문학의 열린 길

사유
·정동·
리얼리즘

문학의 열린 길
사유·정동·리얼리즘

초판 1쇄 발행 / 2021년 12월 3일

지은이 / 한기욱
펴낸이 / 강일우
책임편집 / 이진혁 박대우
조판 / 박아경
펴낸곳 / (주)창비
등록 / 1986년 8월 5일 제85호
주소 / 10881 경기도 파주시 회동길 184
전화 / 031-955-3333
팩시밀리 / 영업 031-955-3399 편집 031-955-3400
홈페이지 / www.changbi.com
전자우편 / lit@changbi.com

ⓒ 한기욱 2021
ISBN 978-89-364-6357-1 03810

문학의 열린 길

사유
·정동·
리얼리즘

한기욱
평론집

창비
Changbi Publishers

1

지난 10년 동안 발표한 문학비평들을 묶어서 두번째 평론집을 내게 되었다. 특정 주제의 저서를 염두에 두고 기획된 것이 아니라 그때그때의 요구에 부응하는 글들이라서 한데 묶이니 꽤 다양한 모둠이 되었다. 그래도 각각의 글에서 감지되는 기본적인 발상과 정동, 현실인식이 서로 이어져 일관된 흐름을 이루기는 한다.

마감이 코앞에 다가와야 발동이 걸리는 글쓰기 습성 때문에 편집자를 애태우기 일쑤였지만, 나로서도 분투의 산물인 이 평문들은 집필 당시 문학과 세상에 대한 내 생각과 느낌을 증언하는 기록이다. 동시에 그 대다수는, 특히 한국문학 비평은 계간 『창작과비평』 편집진의 협동적 산물이기도 하다. 계간 『창비』의 편집 부주간 혹은 주간직을 수행하면서 집필한 것인 데다 대부분이 『창비』의 '특집'이나 '문학평론'란에 발표되었고, 글의 구상에서 최종 원고에 이르기까지 창비 편집진의 집단지성적 역량에 크게 힘입었다.

이 글들을 쓰는 동안 한국 사회와 문학에 가장 심대한 변화를 불러일으킨 사건은 물론 2016년 말에 시작된 촛불혁명이다. 촛불혁명의 혁명성을 어디에 둘지 의견이 분분하지만, 나로서는 그 핵심이 박근혜정부의 탄핵과 정권교체 자체라기보다 그를 포함한 여러 종류와 층위의 기득권 장벽을 돌파함으로써 한국사회의 기본적인 체질을 바꿔놓는 일이라고 본다. 그러니 '촛불정부'를 자임한 정부 출범 이후에도, 그리고 촛불 5주년을 맞이하는 지금도 촛불혁명이 끝나지 않은 것이다.

2

사실 이 책의 제목과 부제를 정할 때의 고민도 촛불혁명과 관련이 있다. 처음에는 부제 없이 '문학의 열린 길'과 '사유·정동·리얼리즘' 가운데 하나를 제목으로 택하려 했으나 결국에는 전자를 제목으로, 후자를 부제로 삼아 둘 다 표지에 올리기로 했다. 표제작인 「문학의 열린 길」은 『창작과비평』 창간 50주년 기념호인 2016년 봄호에 실린 글이다. '어그러진 세계와 주체, 그리고 문학'이라는 부제에서도 나타나듯 글의 스케일이 큰 것은 그해 편집주간직을 맡아서 신임 주간으로서의 소신을 밝히고자 했기 때문이다. 글에 비장한 톤이 살짝 깔린 것도 그 때문인데, 50주년 기념 행사의 인사말 중에 "아내가 저더러 무슨 똥배짱으로 그렇게 막중한 일을 맡았느냐고 물었을 때, 저는 엉겁결에 '죽기 아니면 까무러치기지 뭐'라고 대답했습니다"라고 각오를 밝힌 기억이 있다. 어쨌든 주된 논지뿐 아니라 말미에서 언급한 자본주의 세계체제 및 분단체제 전환기에 대한 주장도 여전히 유효하다고 믿지만, 그때는 촛불혁명 이전이니 체제 '전환'에 대한 생각이 막연할 수밖에 없었다. 이런 이유로 이 글을 표제작으로 삼되 시대론을 겸한 평문들의 모둠인 제1부의 맨 끝에 배치했다.

제1부의 나머지 세편의 글은 모두 촛불항쟁 이후에 쓰였고 제목 혹은

부제에 모두 '촛불'을 달고 나왔는데, 발표순으로 배치하지 않고 「주체의 변화와 촛불혁명」(2018년 겨울)을 첫 글로 삼았다. 그 전작인 「촛불민주주의 시대의 문학」(2017년 겨울)이 촛불혁명 초기의 환하고 유연하면서도 당당한 분위기에 고무되었고 후속작인 「사유·정동·리얼리즘」(2019년 겨울)은 촛불반대 세력과의 대치라는 어두운 경색 국면에 주목했다면 이 글은 밝음과 어둠이 교차하는 지점에서 촛불혁명의 특이성과 그 주체의 남다른 면모를 천착하고자 했다. 이 글에서 촛불혁명의 주체가 '정동적' 성향을 띠고 있다는 것, 그런 까닭에 촛불혁명의 진행 과정에서 상투적인 통념에 휘둘리지 않는 참된 사유를 통해 정동의 '아나키즘'적 속성을 적절히 제어할 힘을 기를 필요가 있음을 강조하고자 했다.

　두번째 글인 「사유·정동·리얼리즘」의 서두에서 2019년 9월 '조국사태'의 착잡한 측면 ── 조국에 대한 찬반 세력 모두 '정동적 주체'가 되어가는 양상과, 특히 기득권과 부동산 문제에 민감한 청년세대 다수가 조국에게 격렬히 반대했다는 사실 ── 을 부각한 데는 촛불혁명이 심각한 위기를 맞이했다는 내 나름의 정세판단도 작용했다. 이 위기가 단순치 않고 대처하기 어려운 까닭은 조국에 대한 찬반이 혁명과 반혁명 세력의 대치로 환원될 수는 없기 때문이다. 이 글에서 대다수 시민을 정동적으로 만드는 근본 원인으로 "자산·소득 불평등과 더불어 극단적으로 치닫는 자본의 수탈방식"(40면)을 거론했는데, 사실 제20대 대통령선거를 앞둔 지금의 정치 국면에서 또 한번 촛불혁명이 위기를 맞이한 것도 이런 문제들에 대한 대책이 부재하거나 안이한 탓이 크다.

　제1부의 평문들도 서두의 시대론/문학론 이후에는 구체적인 작품을 논한다. 그런데 이론이나 담론을 구체적인 작품과 관련해서 논할 때, 최근 유행하는 비평적 글쓰기와는 다른 방식을 취하고자 했다. 이를테면 서구의 최신 이론·담론을 문학적 가치평가의 척도로 삼고 현 시기 한국문학의 주목할 만한 작품을 일방적으로 분석·평가하기보다 이론·담론을 작품

과의 쌍방향적 관계 속에서 비평적으로 다루고자 했다. 「문학의 열린 길」에서 "문학은 사회과학이나 철학적 이론이 이미 인식한 바를 문학 나름의 방식으로 다시 제시하거나 다가가는 것이 아니"라, "작가가 의식하든 안하든 주어진 삶과 현실을 온몸으로 밀고 나가 사유와 감각에서 미답의 세계를 여는 일"이라고 주장한 것도 같은 취지이다.(79면) 요컨대 문학이란 사회과학적·철학적 이론에 후행(後行)하는 무언가가 아니라는 것, 새로운 길을 발견하고 여는 창조적인 행위가 그 핵심이라는 것이다. 내가 가까운 동료들로부터 종종 '문학주의자'라는 칭호를 듣고 또 그것을 칭찬으로 받아들이는 이유다.

3

사실 한국문학 논의에서 서구중심주의는 여러 층위에서 영향력을 발휘하기 때문에 서구의 첨단 이론과 비평이 서구중심주의에 대한 비판을 언표한다고 해서 무비판적으로 추종할 일은 아니다. 장편소설론 관련 글 모둠인 제3부의 「주변에서 중심의 형식을 성찰하다」는 브라질의 탁월한 비평가 호베르뚜 슈바르스의 장편소설론을 이론과 작품을 오가며 살펴본 것인데, 그의 평론을 읽어보면 짐짓 서구중심주의를 비판하는 프레드릭 제임슨이나 프랑코 모레띠 같은 세계적인 이론가/비평가들이 주변부 문학의 이해에서 어떤 심각한 문제를 안고 있는지 실감할 수 있다. 말하자면 그런 유력한 이론과 비평도 '삐딱한' 관점에서 비판적으로 대할 필요가 있다. 그러나 동시에 중심의 논리를 속 깊이 이해한 다음에야 여러 모습의 서구중심주의에 대한 실효적인 대응이 가능할 것이다. 세계문학/미국문학 평론을 모아놓은 제4부에서 멜빌의 「필경사 바틀비」에 대한 포스트모던 논자들—네그리와 하트, 지젝, 아감벤, 들뢰즈—의 논의들을 비판적으로 검토한 것도 그런 '삐딱한' 방식의 한 예다. 그리고 제목이 다소

도발적인 「로런스는 들뢰즈의 미국문학론에 동의할까?」에서 멜빌에 큰 관심을 지녔던 세계적인 작가와 비평가의 견해를 꼼꼼히 짚어본 것도 같은 취지이다.

평론서를 묶으며 발견한 또 하나 특이점은 제1부와 제2부에 수록된 한국문학 평론에서 주요하게 다룬 작가가 백무산과 황석영을 제하면 모두 여성이라는 점이다. 이렇게 된 것은 내가 특별히 여성작가의 작품들을 선호해서라기보다 최근 10년 동안 여성작가들, 특히 그들의 페미니즘 문학이 한국문학을 주도해온 현상의 반영이라고 본다. 그 이면에는 촛불혁명과 합쳐지기도 갈라지기도 하는 '미투운동'을 비롯하여, 가부장적·성차별적 제도와 관행, 발상에 반발하는 강력한 비판적 흐름이 깔려 있다. 「사유·정동·리얼리즘」에서 나는 이런 문학적 경향을 '여성작가 주도의 리얼리즘 문학'으로 언급했고 제2부의 「촛불혁명은 현재진행형인가」라는 짧은 평문에서 황정은의 『디디의 우산』를 논하면서 "페미니즘운동과 촛불혁명이 어떻게 만나야 서로의 혁명적 잠재력을 제대로 실현할 수 있는가"(234면)를 중요 과제로 제기하기도 했다.

제2부의 작품론/작가론에서는 그때그때 가장 주목할 만한 소설들을 꼼꼼히 읽으면서 가부장제하의 여성차별 현실을 깊숙이 들여다보고, 오늘의 노동자들 삶을 조명하는 비평적인 작업을 시도했다. 흥미롭게도, 발표한 글들을 연달아 읽으면서 나도 모르게 여러 글에 부각된 어구가 있음을 발견했다. 그것은 '현재성의 예술로서의 소설'이라는 발상이다. 황정은의 경장편/장편 셋을 다룬 평문 「야만적인 나라의 황정은씨」에는 '그 현재성의 예술에 대하여'라는 부제를, 황석영의 「객지」와 김애란의 『비행운』을 연결 지어 논한 「우리 시대의 「객지」들」에는 '황석영과 김애란 소설의 현재성에 대하여'라는 부제를 각각 붙였다. 사실은 신경숙의 『아버지에게 갔었어』론에도 계간 『창비』에 발표할 때에는 부제에 '기억과 현재성의 예술로서'라는 어구가 들어 있었다. 본문에도 "사실주의와 모더니즘의 회통을

통한 리얼리즘 혹은 현재성의 예술"(127면)이라는 표현까지 등장한다. 그
것은 나 자신이 리얼리즘의 핵심을 현재를 사는 사람들의 삶에 와닿는 것
과 관련시켜 생각하기 때문인데, '현재성'에 대한 작가의 직관적 통찰을
활용하여 이때의 "현재성이란 (…) 개별자의 삶과 존재에 지금 생동하는
것, 시간이라기보다 존재의 떨림"(110면)으로 제시하기도 했다.

또 하나의 공통된 흐름은 개별자 혹은 개체성에 대한 강조이다. 황정은
과 신경숙은 여러모로 대조적인 예술적·언어적 성향을 지녔지만 인물의
개체성 혹은 개별자로서의 인간을 중시한다는 점에서는 상통한다. 따지
고 보면 훌륭한 문학작품은 제각각 나름의 방식으로 '단자화된 개인'과
는 구별되는 개별자성/개체성에 대한 헌신을 보여준다. 장편소설론은 이
제는 논의가 거의 끊긴 감이 있지만, 나 개인으로서는 슈바르스의 장편소
설론에 대한 평문 이후에 다시 시도하고자 했지만 시간과 능력이 부족했
다. 대신 제1부와 제2부에서 보듯 김애란의 『두근두근 내 인생』, 황정은의
『계속해보겠습니다』, 김금희의 『경애의 마음』 그리고 신경숙의 『아버지
에게 갔었어』를 다루면서 한국문학에서 장편소설의 현재적인 힘과 앞으
로의 가능성을 재확인한 셈이다.

4

시대론을 겸한 평문으로 코로나19 팬데믹과 기후위기 시대의 한국문
학을 본격적으로 논하지 못한 것이 아쉽다. 그렇지만 제4부의 「"숨을 쉴
수 없어"」에서 플로이드가 죽어가면서 되풀이한 '숨을 쉴 수 없어요'가
노예제 때부터 온갖 수난을 겪어온 미국 흑인들에게 절절히 닿는 언어
일 뿐 아니라 "코로나19와 기후위기 시대에 갖는 특별한 호소력"(403면)
을 띤다는 점에도 주목하고자 했다. 플로이드 항의시위를 계기로 미국의
체제적 인종주의를 살펴보려는 이 글의 논지 중 하나는 미국은 흑인을 점

점 더 아메리카인디언처럼 대한다는 것, 즉 노예로 부리거나 값싸게 노동력을 착취하기보다 잡아 가두거나 폐기처분하는 '정착식민주의'(settler colonialism) 방식으로 바뀌고 있다는 것이다.

기후위기 시대에 정착식민주의가 더 노골화·전면화될 공산이 큰 것은 '신자유주의'라고도 불리는 지금의 금융화된 자본주의체제가 자신이 제대로 굴러가기 위해 필요한 사회적 재생산 여건과 자연생태를 돌보기는커녕 탈취하여 파괴함으로써 스스로를 잡아먹는 '식인 자본주의'(cannibal capitalism)로 변해가고 있기 때문이다. 현재의 문학과 예술, 사회변혁 담론은 이런 자기파괴적이기까지 한 흐름을 전환할 수 있는 계기를 찾아낼 필요가 있다. 이를테면 5년 전 촛불시민이 광장에 나서서 자기 삶의 주체로서 각자의 바람을 당당히 밝혔던 그 순간처럼 자기 삶의 방식을 만들어나갈 권리를 어떤 권력기관, 어떤 기득권체제에도 넘겨주지 않고 스스로 갖겠다는, 자기변혁이자 사회변혁의 의지를 발신하는 계기들을 일궈내야 한다. 이런 주체의 변혁적 열기와 창의력을 살려내지 않고서는 기후위기 시대에 가속되는 체제의 자기파괴 행태를 저지하기 힘들 것이다.

오늘날 한국의 대중예술이 전세계 사람들로부터 열렬한 반응을 끌어내는 데는 촛불혁명 때 보여준 그런 주체됨과 창의력 발휘가 세계인의 마음을 움직인 면이 크다. 이에 비해 한국문학에 대한 관심은 상대적으로 덜하지만 언어예술인 문학이 한류 혹은 'K-문화'로도 일컬어지는 한국 대중예술의 놀라운 창의력의 밑바탕이 되었음이 분명하다. 어쨌든 이 시대를 사는 사람들의 마음에 깊숙이 닿는 좋은 작품을 쓰고자 애쓰는 작가들과 그런 작품을 놓고 함께 토론하고 간혹 논쟁을 벌이기도 한 동료 평론가들에게도 감사드린다. 세교연구소의 젊은 비평가들과의 즐겁고 활기찬 토론도 내 문학공부에 큰 자양분이 되었고, 달마다 다양한 주제로 열리는 세교포럼도 유익한 배움의 기회였다. 무엇보다 잡지를 만들면서 수시로 토론과 학습을 함께해온 계간 『창비』의 편집진은 이 글들의 구상과 개고 과정에서 충심의 조언과 유익한 제안, 따뜻한 공감과 지지로 신심을 잃지 않게 해주었다.

이 글들 하나하나에는 창비 편집부 직원들의 노고가 깊이 스며 있다. 주간직 수행과 집필 활동에 불편함이 없도록 배려해준 강일우 사장과 염종선 상무와 황혜숙 국장을 비롯한 막강 실력의 편집자들로부터 전문가적인 조언과 실제적인 편집·교정의 도움을 받았으며, 특히 이 평론집을 맡아 교정과 편집, 색인과 디자인까지 알뜰하게 챙겨준 이진혁씨의 보살핌에 따뜻한 감사의 뜻을 표한다. 본문을 살펴준 박대우씨와 표지를 멋지게 만들어준 디자이너에게도 감사드린다. 나의 아마추어적인 일러스트레이션 제안을 흔쾌히 받아들여 어린 향유고래들이 자유롭게 헤엄칠 수 있게 배려해주었다. 그것은 이 평론집의 글들이 구현하지는 못했을지언정 열망하는 삶의 모습이자 정동이다. 이렇게 여러분들로부터 은혜를 입었지만, 개벽사상에 이르는 변혁적 사유와 문학의 공부길을 실천을 통해 일러주신 백낙청 선생님께 특별한 감사를 드린다. 이 책에 묶인 글들 대다수의 원고에 요긴한 논평을 해주셨거니와 최근 저서 『서양의 개벽사상가 D. H. 로런스』(창비 2020)에서 나의 「바틀비」론의 허실을 상세히 짚으면서 비평적 관심을 보여주셨다. 끝으로, 내 글의 첫번째 독자이자 비범한 직관의 교정자인 아내에게 감사의 뜻을 표한다.

2021년 11월
한기욱 삼가 씀

제1부

주체의 변화와 촛불혁명
황정은·정미경·김금희의 소설들

사유·정동·리얼리즘
촛불혁명기 한국소설의 분투

촛불민주주의 시대의 문학
한강과 김려령의 소설들

문학의 열린 길
어그러진 세계와 주체, 그리고 문학

주체의 변화와 촛불혁명

◆

황정은 정미경 김금희의 소설들

촛불혁명 시대에 한국문학은 어떤 뜻깊은 변화가 있었는가? 이 물음에 응답하는 방편으로 주체의 변화에 초점을 맞추어 우리 시대의 혁명과 문학을 함께 생각해보고자 한다. 혁명이 한 사회를 근본적으로 바꾸는 것이라면 혁명의 주체도 근본적인 자기변화를 도모해야 한다. 기존의 낡은 관계와 관행, 가치관에 맞춤하게 체질화된 자신은 바꾸지 않은 채 주어진 세상을 확 바꾸겠다는 것은 망상에 불과하기 때문이다.

문학과 혁명의 관계를 논한 사례를 살펴보면, 혁명기에는 작가의 출신성분이나 사회적 공공성을 앞세우기 쉽고 이런 경향이 팽배해지면 공공성의 이름으로 창조성을 억누르는 사태가 벌어진다.[1] 반대로 창조성을 빙자하여 공공성을 어지럽힐 가능성도 상존하기에 진상을 가려줄 비평의 역할이 요긴하다. 이 지점에서 문학은 누구의 소유도 아니되 누구나 향유

---

[1] 가령 러시아혁명에서 이런 경향은 노동자주의적인 '프롤레타리아 문화'(Proletkult)로 나타났는데, 뜨로쯔끼는 이와 맞서 싸웠다. 이에 대한 자세한 논의는 Leon Trotsky, *Literature and Revolution*, ed. W. Keach, tr. R. Strunsky, Haymarket Books 2005, 9~33면 참조.

할 수 있는 공유영역이라는 '문학 커먼즈(commons)론'의 의미를 되새길 필요가 있다. '커먼즈'라고 하면 으레 공유(共有)와 공공(公共)을 먼저 생각하게 되지만, '문학이라는 커먼즈'의 핵심은 그것이 작가와 독자를 포함한 당대 사람들의 '협동적 창조'라는 데 있다.[2] 그 과정에 동반되는 작품평가 작업도 불멸의 정전을 세우고 보존하는 문제가 아니라 그때그때 특정한 작품의 의미를 물음으로써 문학이라는 커먼즈를 재창조하는 비평 행위로 봐야 한다.

따지고 보면 '창조적 파괴'라 일컬어지는 혁명도 이런 '협동적 창조'의 소산이랄 수 있다. 촛불혁명은 지금 이곳을 사는 사람들의 — 낡은 것의 파괴와 전복을 포함하는 — '창조적 협동'의 구현이며, 이 시기의 문학과 혁명을 함께 거론하는 근거도 여기에 있다. 이 글은 촛불혁명이 문학에 어떻게 반영되는가를 살피기보다 주체의 변화를 중심으로 촛불혁명에 걸맞은 문학의 가능성을 꽃피운 몇몇 소설 작품을 논하고자 한다.

촛불혁명의 주체

어떤 혁명이든, 그 주체가 근본적으로 바뀌려면 관념과 의식의 차원만이 아니라 몸과 무의식의 차원에서도 갈 데까지 가야 한다. 한마디로 존재 자체가 바뀌어야 하는데, 그게 실로 어려운 과정이 아닐 수 없다. 신약성서에서 예언대로 베드로가 새벽 첫닭이 울기 전 예수를 세번이나 부인한 것은 그의 믿음이 일천해서가 아닐 것이다. 그는 예수의 그런 예언을 터무니없다고 여겨 코웃음을 쳤다. 스승을 위해서라면 당장 목숨이라도

---

2 황정아 「문학성과 커먼즈」, 『창작과비평』 2018년 여름호, 특히 2절 '리비스의 커먼즈론'(20~23면) 참조.

내놓을 자신이 스승을 배신할 리가 없다고 생각한 것이다. 그러나 낡은 자아의 마지막 손길이 그를 붙들고 끝까지 놓아주지 않았다. 의식하지 못했던 그 마지막 낡은 껍질까지 여의고서야 그는 비로소 새 존재 ─ 믿음의 '반석'(베드로) ─ 가 될 수 있었다.

그런데 주체가 근본적인 자기변화를 꾀하는 방식은 그 주체를 탄생시키는 혁명의 성격에 따라 달라진다.[3] 가령 87년 6월항쟁은 흔히 '죽 쒀서 개 줬다'는 식의 탄식을 듣지만 '87년체제'라는 민주화시대를 성취한 혁명임에는 틀림없다. 또한 당시에는 주도세력이던 대학생 상당수가 노동자가 되는 '존재 이전'을 감행했고 독재정권을 타도하는 합법·비합법 민주화운동에 참여했다. 이 혁명의 주체들은 광주 시민을 학살하고 집권한 전두환정권과 싸워야 했던 만큼 자신의 신체와 장래를 걸고 비장한 각오를 다져야 했다. 또한 이들은 신원을 숨긴 채 대중을 조직하고 '가투'와 파업투쟁을 이끌어야 했으니, 그 책임감이 막중했다. 이런 심각한 주체화 방식은 87년항쟁의 전투적 시위방식 ─ 경찰과 구사대의 최루탄과 곤봉 세례에 화염병과 짱돌로 맞서는 방어적 폭력 ─ 에도 일부 반영된다. 심지어는 그들은 분신으로 맞서기도 했는데, 이 시기 주체들의 비장한 정서는 이인휘의 소설, 특히 시인 박영근과 박영진 열사가 모델로 등장하는 「시인, 강이산」(『폐허를 보다』, 실천문학사 2016)에 생생하게 묘사되어 있다.

그로부터 삼십년 후 우리가 맞은 촛불혁명은 시민 주도의 민주주의 항쟁이라는 점에서는 6월항쟁을 계승하면서도 그 주체화 방식은 여러모로 다르다. 촛불혁명의 첫 단계인, 2016년 10월 말에서 2017년 4월까지의 촛

---

3 바디우 철학에 따르면, 혁명(정치적 사건)은 예술·과학·사랑의 사건과 더불어 '사건으로서의 진리'가 구현되는 중요한 형식이다. 혁명의 주체란 혁명 이전에 존재하는 것이 아니라 혁명이라는 진리가 도래하는 순간 구성되며 그 진리 사건에 충실한 존재다. Alain Badiou, "The Ethics of Truths," *Ethics: An Essay on the Understanding of Evil*, tr. Peter Hallward, Verso 2001, 40~57면 참조.

불항쟁에서 가장 두드러진 것은 항쟁이 특정한 지도부의 사전 계획에 따른 것이 아니라 자발적 참여자들의 창의적인 협동으로 꾸려졌다는 점이다. 집회를 주최한 것은 범시민단체 연대기구 '퇴진행동'(박근혜정권퇴진비상국민행동)이었지만, 그들은 항쟁을 지도하기보다 관리하는 역할을 했다. 23차례에 걸쳐 연인원 1700만명이 참여한 이 거대한 항쟁의 주체는 '세월호 진상 규명' '박근혜 퇴진' 같은 공통구호를 외치고 여러 적폐들을 날카롭게 비판했지만 그 표현방식은 비장하지 않았다. 이 자발적 주체는 비폭력적인 방식을 준수하면서 구호와 공연, 행진과 자유발언 등을 결합했고 그 덕분에 투쟁현장은 곧 축제의 장이 되었다.

그렇지만 촛불혁명의 주체가 6월항쟁 주체에 비해 덜 힘든 삶을 살고 있다고 단정할 수는 없다. 그들은 30년 전처럼 독재정권의 국가폭력에 짓눌리지는 않았지만, '헬조선'이라 불릴 만큼 온갖 종류의 갑질과 불평등, 모멸과 혐오의 일상을 살아내야 했다. 한 논자는 "〔2008년 광우병시위 당시의〕 다중이 계급·민중 같은 전통적 저항주체로부터 벗어난 새로움 자체에 대한 열광의 산물이었다면, 〔2016년〕 촛불은 그런 다중이 신자유주의 광풍 속에서 산전수전 겪으며 능멸과 혐오의 시대를 견디다 광장에 다시 모인 정동적 주체"[4] 라고 주장한다. 2008년 촛불의 주체와 2016년 촛불의 주체를 대척적인 성격으로 묘사하면서 그 전환의 이유로 "신자유주의 광풍"을 꼽는 것에는 동의하기 힘들지만, '정동적 주체'라는 개념의 적실성 여부는 숙고해볼 만하다.

'정동'(affect, 情動)[5]은 정서(emotion)나 감정(feeling)과 관련된 몸(존

---

4 김성일 「광장정치의 동학: 6월항쟁에서 박근혜 탄핵 촛불집회까지」, 『문화과학』 2017년 봄호 159면. 괄호는 인용자.

5 'affect'의 역어. 이 개념은 스피노자의 정의, "정동하고 정동되는"(to affect and be affected)이 내포하듯, 존재(몸체)들 간의 만남 혹은 충돌 시의 상태를 지칭하는 것으로서, 존재의 힘(역량), 존재들 간의 관계, 그 상호작용으로 말미암은 변화에 관한 것이다. 이 용어의 역어에 대한 논의와 들뢰즈의 해석에 대해서는 김재인 「들뢰즈의 '아펙트'

재)의 상태를 가리키지만 의식 이전의 유동적이고 혼란스러운 상태라서 고정된 개념으로 포착하기 어렵다. 정동은 들뢰즈(G. Deleuze)의 '되기'(becoming) 철학을 거치면서, 기존의 경계들 —— 신체와 정신, 감성적인 것과 이성적인 것, 의식과 무의식 사이의 경계들 —— 을 가로지름으로써 세계를 계속적으로 변형시키는 힘으로 이해된다. 이 변형력이 좋은 쪽으로만 작용하는 것은 아니다. 마쑤미(B. Massumi)가 경고하듯 정동은 "그 자체가 하나의 힘이기 때문에, 틀어질 수 있고, 삶의 부정으로 반전할 수도 있"다. 또한 "존재역량의 긍정이 증오라는 극단으로 치우치면서 (…) 부정과 반동의 힘으로 이행하는 정동적 전환을 보게 된다"는 것이다.[6] 요컨대 정동은 긍정과 부정 양쪽으로 작용할 수 있는 존재역량이며, '정동적 전환'은 정동의 '아나키즘'적 속성이 드러나는 계기라 하겠다. 촛불광장에서 실감하듯 우리 시대 주체에게는 SNS의 역할과 온라인상의 존재감이 예전보다 훨씬 중요해지면서 정동적 힘이 더 세어지는 현상도 중요한 특징이다.

어쨌든 이 개념은 기존의 재현체계를 가로지름으로써 종래에는 무시되기 일쑤였던 비식별 영역에 주목할 수 있어서, 주체의 새 면모를 부각하는 데 유리하다. 이번 촛불에서 두드러진 페미니즘의 다양한 목소리들이 그렇다. '박근혜 퇴진'을 빌미로 여성비하나 여성혐오를 드러내는 경우에는 —— 예정된 DJ DOC의 공연을 취소시키는 등 —— 강한 저항이 있었다. 이후 거세게 번진 미투운동과 혜화역시위 등을 감안할 때, 이 페미니즘의 목소리는 재현-대의체계상의 성차별을 철폐할 것을 요구하는 성평등 주장일뿐더러 무의식적인 남성우월적 발상과 언어, 관행에 대한 '정동'적 저항이기도 하다. 한편 장애인학교 설립을 둘러싼 진통과 '제주난민 반

개념의 쟁점들: 스피노자를 넘어」, 『안과밖』 2017년 하반기호 참조.
6 브라이언 마수미 『정동정치』(조성훈 옮김, 갈무리 2018)의 「한국어판 지은이 서문」, 8면.

대'의 사례에서 보듯이, 장애인과 성소수자, 외국인노동자와 난민 등에 대해서는 정동적인 힘이 부정과 반동으로 전환하는 경우를 심심찮게 보게 된 것도 사실이다.

이번 촛불항쟁의 성격을 놓고 그것이 "단순한 박근혜퇴진을 넘어 헬조선 탈피 등 보다 근본적인 변화를 요구하고 있다"[7]는 점에서 혁명이라고 주장하는 것도 일리있지만, 한반도 차원의 시각을 확보하지 않으면 현재의 혁명적인 변화를 근시안적으로 판단하기 쉽다. 분단체제 역시 돌이킬 수 없는 해체의 길로 접어들었고 그간 반공·반북의 이념적·정서적 기제로 헌법 위에 군림해왔던 '이면헌법(裏面憲法)'[8]의 작동에 제동이 걸린 것 자체가 '근본적인 변화'의 시작이기 때문이다. 사실 이면헌법은 분단현실의 부정적인 정동을 한껏 고조시킴으로써 이곳을 '헬조선'으로 만든 주된 요인이기도 했다.

촛불항쟁 2주년을 통과하는 지금 우리는 혁명의 어디쯤에 있을까? 2018년의 한국은 미투운동과 각종 적폐청산 및 갑질청산을 통해 기득권자들의 입맛에 길들여진 사회의 체질 변화가 시작되었지만, 여전한 고용불안과 수도권 집값폭등 등 경제적 현실에 있어서는 별로 나아지지 않았다. 반면 남북관계는 연이어 획기적인 돌파구를 마련함으로써 한반도가 평화와 통일로 나아갈 토대를 세웠는데, 다만 여기서도 미국과 국내 방해세력의 저항이 만만치 않다.

이 상반된 흐름이 촛불혁명의 두 전선을 형성하고 있는 형국인데, 현재 주된 전선이라 할 한국사회 내부의 개혁에서 우리는 고전을 면치 못하고 있다. 촛불혁명 주체들의 동력이 자칫 부정적인 정동으로 전환하면 혁명

---

7 손호철 「6월항쟁과 '11월촛불혁명': 반복과 차이」, 『현대정치연구』 10권 2호, 2017년 8월, 78~79면.

8 이 개념에 대해서는 백낙청 「'촛불'의 새세상 만들기와 남북관계」, 『창작과비평』 2017년 봄호 30~32면 참조.

이 위기를 맞을 수도 있다. 장기화될 수 있는 촛불혁명을 끝까지 지켜내기 위해서는 정치경제적 개혁 조치들을 실천하는 한편으로 혁명 주체들이 자신의 부정적인 정동을 감당하면서 마침내는 그런 정동에 휘둘리지 않도록 자기변화를 거듭할 필요가 절실하다.

주체의 자기변화와 순간의 삶: 황정은의 「웃는 남자」와 정미경의 「못」

촛불혁명 시대의 문학이라 해서 혁명을 직접 소재로 삼아야 하는 법은 없다. 촛불혁명의 기원적 사건인 세월호참사(2014.4.16)를 포함해도 마찬가지다. 세월호든 촛불항쟁이든 소재를 중심으로 접근하는 데는 한계가 있기 마련이다. 그러나 소재주의가 아니면서 촛불혁명의 지향과 밀착된 방식으로 핵심적인 물음을 던지고 분투하는 작품도 적지 않은데, 그중에서 황정은의 「웃는 남자」 연작[9]이 돋보인다.

연작 중 두번째인 단편 「웃는 남자」는 체질화된 몸의 문제를 거론한다. 일인칭 화자 도도는 그의 연인 디디를 사고로 잃는다. 함께 서서 타고 가던 버스가 승합차와 충돌했을 때 그가 연인을 붙들지 않고 메고 있던 가방을 붙잡는 바람에, 디디는 버스 바깥으로 튕겨나가버린다. 도도는 위급한 순간에 사랑하는 연인 대신 그 평범한 가방을 붙든 자신을 이해할 수도 용서할 수도 없다. 자기 뜻과는 달리 무의식적인 행동 때문에 연인을 지키지 못했으니 참담할 뿐이다. 여기에 이 사건과 연관된 사건들이 더

---

9 첫번째 단편은 『파씨의 입문』(창비 2012), 두번째 단편은 『아무도 아닌』(문학동네 2016), 중편은 『창작과비평』 2016년 겨울호에 실렸다(이 중편은 개고를 거쳐 「d」라는 제목으로 출간되었다. 『디디의 우산』, 창비 2019). 중편에 대한 뜻깊은 논의는 황정아 「민주주의는 어떤 '기분'인가」, 『창작과비평』 2017년 봄호 62~67면 참조.

추가된다. 그중 하나는 땡볕에서 도도와 함께 버스를 기다리던 노인이 도도 쪽으로 쓰러지는 바로 그 순간 도도는 비켜서고 마침 도착한 버스에 올라탔는데, 노인은 도도가 서 있던 자리에 "퍽, 하고 머리를 박고 쓰러졌"던(『아무도 아닌』 177면) 것이다. 작가가 두 사건을 통해 문제 삼는 것은 자기의 의식적인 생각과 따로 노는 패턴화된 부분이다.

> 결정적일 때 한 발짝 비켜서는 인간은 그다음 순간에도 비켜서고…… 가방을 움켜쥐는 인간은 가방을 움켜쥔다. 그것 같은 게 아니었을까. **결정적으로 그, 라는 인간이 되는 것**. 땋던 방식대로 땋기. 늘 하던 가락대로 땋는 것. (…) 나도 모르게 직조해내는 패턴의 연속, 연속, 연속.(『아무도 아닌』 184면, 강조는 인용자)

이것을 한 개인의 잘못된 습성이라고 할 수 있을까. '결정적으로 그,라는 인간이 되는 것', 즉 존재를 결정짓는 어떤 연속적인 패턴은 이를테면 존재의 짜임새로서의 체질이라 하겠는데, 이때의 체질은 타고난 게 아니라 사회에서 습득한 것이다. 역으로 생각하면 개개인의 그런 체질이 사회의 체질 ─ 영어로 '체질'(constitution)에 '헌법'이라는 뜻도 있듯이 ─ 을 구성하는 것이기도 하다. 그러므로 이 맞물려 있는 체질을 바꾸는 것이 곧 혁명이 된다. 두 사건은 모두 도도가 무의식적인 존재의 차원에서 자신의 의식적인 생각과는 정반대의 정동 ─ 남의 생명보다는 내 물건이 소중하다든지 남이야 죽든 말든 상관할 바 아니라는 것 ─ 을 자기도 모르게 직조해낸 것임을 암시한다.

이 일화는 세월호참사의 근본 원인 ─ 생명보다 돈을 앞세우는 사회적 체질 ─ 을 떠올리게 하면서 도도의 주체적인 변화가 곧 혁명의 시작일 수 있음을 암시한다. 세번째 작품인 중편 「웃는 남자」는 d(도도)가 어떻게 여소녀와의 만남을 계기로 그런 체질을 변화시키고 새 존재로 나아가는

가를 감동적으로 그려낸다. 베드로가 예수를 배신한 후에야 새 존재로 거듭나듯 도도 역시 결정적인 순간에 디디를 배신(외면)한 후 그 참담한 결과를 겪고 나서야 비로소 새 존재가 될 가능성이 열린 것이다. 도도에서 d로 이름이 바뀐 것도 그런 혁명적인 존재 변화의 표시로 느껴진다. 「웃는 남자」 연작은 주체의 자기변화라는 주제를 주밀하고 힘차게 밀어붙인, 촛불혁명 시대 문학의 수작 중의 하나로 꼽을 만하다. 하지만 작품의 모든 요소들이 철저하게 존재의 체질화된 부분과 그것의 변화 가능성에 맞춰지다보니 지나치게 성찰적이고 윤리적이며 우화적인 면이 있다.

문학에서 주체는 다른 무엇의 주체이기 전에 먼저 자기 삶의 주체를 뜻하고, 삶의 주체에게 연인 간의 사랑은 혁명 못지않은 '진리 사건'일 수 있다. 그런 면에서 세월호와 촛불 사이(2016년 5월)에 발표된 정미경(2017년 작고)의 연애소설 「못」(『새벽까지 희미하게』, 창비 2018)은 울림이 크다. 혁명이 아니고 연애, 그것도 '실패한' 연애를 다뤘지만 '헬조선'의 일상을 견디면서 자기 삶의 주체가 되고자 애쓰는 과정을 그 실패의 선연함과 함께 날카롭게 묘파한다. 몇몇 중요한 지점을 살펴보자.

금융업 종사자인 공은 직장에서 해고당한 후 아내와 별거 중에 마트의 가전코너 여직원인 금희와 연애를 하게 되고 금희의 원룸에서 반(半)동거를 시작한다. 성격이나 세상을 대하는 태도가 사뭇 다름에도 둘의 관계는 여름 내내 이어져오다가 공이 전 직장 상사로부터 새 일자리를 제안받으면서 끝나고 만다. 이런 줄거리라면 얼핏 헬조선의 낯익은 풍속을 그려낸 세태소설로 보일 수 있지만, 두 사람의 관계를 만남에서 파경에 이르기까지 치밀하게 따라가면서 미세한 감정까지 포착하는 정미경의 예리한 시선과 언어 덕분에 「못」은 이 시대의 인간관계를 깊이 들여다보는 빼어난 작품이 된다. 작가는 공과 금희의 됨됨이는 물론 그들의 직장 스트레스, 욕망과 강박, 심지어 금희의 집에 들어온 길고양이(점순이)를 대하는 태도[10]에서까지 서로 간의 차이를 섬세하게 포착해내는 듯하다.

이 소설에는 「웃는 남자」와 달리 투철한 자기성찰과 자기변화를 수행하는 인물은 없다. 그 대신 공과 금희를 초점화자로 번갈아 활용하는 '내포작가'가 있어 해석과 논평을 통해 두 사람의 삶에서 뭐가 문제인지를 살짝살짝 일러준다. 공의 경우 한때 자신이 제어할 수 없는 것은 긴장할 때 나타나는 눈밑떨림 현상뿐이라는 자신감이 있었으나 이제는 "인정과 안정"(25면) 강박에 사로잡혀 있음을 스스로 인지한다. 전 직장 상사의 부름을 받고 술에 취해 금희에게 전화해서 "출근보다도, 나란 사람을 알아준 게 너무 기뻤어"(36면)라는 말을 되풀이하는 것도 '인정' 강박의 강도를 입증한다. 또한 '인정과 안정'을 동시에 확보한 이상 금희와의 관계를 지속할 동인이 사라졌고 그의 전화를 받은 금희 역시 관계의 끝을 예감한다.

금희의 문제는 무엇일까. 금희의 생각인지 내포작가의 논평인지 애매하지만 "공은 자신의 욕망에 전력으로 매달림으로써 불안을 유예하는 쪽이었다. 금희의 방식은 반대였다. 미리 내려놓음으로써 불안의 싹수를 자르는 식이었다"는 진술은 두 사람이 불안한 현실에 대처하는 방식이 서로 다를 뿐 "어느 쪽을 선택해도 크게 달라질 건 없다고"(36면) 말한다. 사실 금희의 방식으로는 '인정과 안정'의 강박에서 벗어날 순 있지만 ─ 종일 선 자세로 "저지르지 않은 잘못에 대해 용서를 비는 듯한 특유의 발성"(18면)으로 고객들을 대해야 하는 ─ 가혹한 노동의 시간에서 놓여날 수는 없다.

작품 자체는 이런 중립적 진술에 크게 어긋나지는 않지만 그 진술의 차원을 넘어서기도 하는데, 어쩌면 그런 차원이 이 소설을 빛나게 해주는지

---

10 동물권운동의 관점에서 병원비가 비싸다고 해서 점순이를 매정하게 버리는 ─ "알아서 처리해주세요"(41면) ─ 금희의 태도보다 점순이에게 동변상련의 마음을 주고 각종 고양이용품을 사들여 돌보는 공의 태도가 낫다고 볼 소지가 많다. 그러나 금희는 점순이를 위로의 대상으로 삼지 않은 데 반해 공은 필요한 만큼의 위로를 받은 후에는 금희를 떠나버리는 것과 같이 점순이를 아무렇지 않게 떠나버린다.

도 모르겠다. 가령 금희가 바라는 것은 공과 함께 나란히 앉아 세차 서비스를 받는 것, 빗소리를 들으면서 잠드는 것, 책에서 읽은 이야기를 공에게 들려주는 것 정도이다. 이는 실로 소박한 욕망이지만, 인정과 안정의 강박에서 벗어난 사람만이 그런 욕망을 충족하면서 환해질 수 있는 '경지'이기도 하다. 소설의 결말('다시 겨울의 끝')에서 공은 지난여름 금희와의 연애 가운데 좋았던 순간을 떠올린다.

거품 속에 금희와 나란히 앉아 있던 그 순간을 자신도 좋아했다는 생각이 든다. 거품이 창유리를 온통 덮고 있는데도 이상하게 환했던 순간. 생각해보면 그날 환한 빛은 한결 청결해진 유리창이 아니라 우와 하던 낮은 탄성, 조심스레 유리창을 문질러보던 손가락 끝에서 나왔다. 아니다. 빛은 또 다른 어딘가에서 왔다. 그게 금희의 눈빛이 아니라고는 하지 못하겠다.
다음에 또 오자. 막 빠져나온 세차 기계를 되돌아보는 금희에게 무심코 말했을 때 그녀의 대답은 뜻밖에 단호했지.

다음. 다음이란 건 없어.(44면)

여기에 환해지는 삶의 순간이 있고 그런 순간의 "다음. 다음이란 건 없어"라는 단호한 말이 있다. 마치 자기 삶 깊숙이 때려 박는 '못'처럼 아픈 말이다. 두 사람의 관계가 끝나가는 시점에서 나온 이 말은 이중의 의미를 함축한 듯하다. 삶 본연의 빛과 생기가 환해지는 순간은 다음에 그대로 반복될 수 없다는 깨달음과 동시에 그들의 관계가 곧 끝날 것이라는 예감이 겹쳐 있는 것이다. 이 소설은 소멸하는 관계와 찬란한 순간의 삶을 교차시킴으로써 하나의 중요한 물음을 던진다. 환해지는 삶의 순간을 잇는 '다음이란 건' 없다면 어떤 방식으로 삶은 지속되는가, 사람들로 하여금 관계를 지속하게 하는 힘은 무엇인가? 이 시대의 문학에서 환해지는 삶의 순간이 소중하다는 것을 인식하는 작품들은 적잖지만 그에 이어지는 질문까지 던지는 작품은 드물다. 이 물음에 충실히 답하려면 더 긴 호흡의 형식이 필요하다.

지속의 삶과 마음: 김금희 장편 『경애의 마음』

김금희(金錦姬)의 『경애의 마음』(창비 2018)은 흥미진진한 연애소설이자 우리 시대의 특징적인 사건들을 대거 활용하는 스케일이 큰 작품이다. 가령 세월호참사와 닮은꼴인 인천호프집화재사건(1999.10.30)을 중심 사건으로 삼음으로써 그때 친구와 연인을 잃은 두 남녀 주인공의 트라우마 극복 과정을 「웃는 남자」보다 훨씬 현실적인 ─ 지속적인 삶과 변화하는 관계들의 ─ 맥락에서 탐구한다. 그러나 이것만으로는 촛불혁명 시대의 '새로운' 장편이라고 할 수 없다. 이야기하는 방식도 새로워져야 하는데 이 소설은 '마음 중심의 서사'라고 부름직한 자기 고유의 방식을 발명한 듯하다.

'마음 중심의 서사'를 거론한다고 해서 '마음의 사회학'이나 '마음의 레짐'을 논하려는 것은 아니다.[11] 여기서 '마음'을 끌어들이는 이유는 크게 두가지다. 하나는 장편소설의 서사방식과 관련해서이다. 장편의 경우 무엇보다 지속적인 삶의 시간을 감당해야 하는데, 종래의 두가지 큰 흐름은 사실주의 소설의 선형적인 서사와 모더니즘 소설의 '의식의 흐름'에 따른 파편화된 서사로 대별된다. 그런데 이 소설은 양자를 결합하고 굳이

---

11 김홍중은 마음이라는 용어를 "마인드mind보다 하트heart에 가까운 의미계열"로 다루면서 "인간의 인지·정서·의지적 행위능력의 원천을 종합적으로 지시하는 경향"에 주목한다. 이는 참조할 만하지만 서양철학 중심의 입론으로 보이며 마음에 관한 동양적 사유와는 거리가 있다. 「마음의 사회학을 이론화하기」, 『사회학적 파상력』, 문학동네 2016, 505~506면 참조.

따지자면 후자에 가깝지만 두 주인공의 '의식의 흐름'이 아니라 '마음의 움직임'을 따라가는 양상이다.

또 하나는 앞서 '정동적 주체'를 언급하면서 주목한, 정동의 아나키즘적 속성을 염두에 둔 것이다. 정동 개념이 우리 시대의 특징적인 사회현상이나 주체의 새로운 면모를 파악하고 논하는 데 유용하지만 그런 유용성을 활용하는 방법만으로는 정동의 아나키즘적 운동을 제어할 방법이 없다는 점 때문이다. 이 소설이 그 해법을 알려준다는 것은 아니지만 정동 중심이 아니라 마음 중심[12]의 이야기라야 '헬조선'이라는 정동의 소용돌이치는 바다에 뛰어들어 헤쳐나갈 엄두를 낼 수 있겠기 때문이다.[13]

이 소설은 '사건의 한중간으로'(in medias res) 뛰어드는 고전적인 수법을 택하여, 한 중소업체(반도미싱)에 근무하는 박경애와 공상수의 만남에서 시작한다. 흥미로운 것은 두 사람이 각각 트라우마적 사건을 겪었고 실패한 연애의 전사(前事)가 있음은 물론 이미 특별한 인연을 맺었지만 — 화재사건 때 죽은 E/은총을 통해 서로 연결되어 있고 상수의 페북 계정 '언니는 죄가 없다'(이하 '언죄다')를 통해 편지를 주고받기도 했다 — 둘은 그 사실을 모른다는 점이다. 이로써 언제 그 사실이 알려져 어떤 영향을 줄지 추리소설적인 궁금증을 유발한다. 중간에서 시작된 소설 서사는 두 사람 각각의 과거사를 비추는 한편으로 조금씩 앞으로 나아가는 형국인데, 과거와 현재의 사건/시간의 연결은 앞서 지적한 것처럼 마음을 중심으로 이뤄진다.

그런데 마음이라는 것이 묘해서 모든 것을 마음이 정하지만, 그 마음

---

12 정동과 마음은 유사한 뜻으로 쓰이기도 하고 현상적으로는 상당히 겹칠 수 있다. 하지만 정동이 지속적인 변형 과정을 통해 온갖 경계를 무너뜨림에도 여전히 유(有)의 세계에 머무는 반면 마음은 천태만상으로 변하다가도 어느 순간 종적도 없이 사라지는, 유무(有無)의 경계에 매이지 않는 경지가 있다.

13 이와 관련하여 마음공부의 중요성을 강조한 백낙청의 「통일시대·마음공부·삼동윤리」, 『어디가 중도며 어째서 변혁인가』, 창비 2009 참조.

은 자기 마음대로 할 수 없는 경우가 있다. 경애와 산주의 관계에서 경애의 마음이 그렇다. 산주와의 연애가 끝난 뒤에도, 심지어 산주가 결혼하고 3년이 지난 시점에도 그 관계가 끝나지 않는 것은 "마음이 끝나지 않았다면 아무것도 끝나지 않은 것"(60면)이기 때문이다. 산주와의 끈을 놓지 않으려는 "경애의 마음은 로맨스적 욕망도, 관계 회복에 대한 열망도 아닌 일종의 패배감일 뿐"(138면)인데도 경애는 그 마음을 어쩌지 못한다. 이게 통념적인 미련과 결정적으로 다른 점은 E라는 존재 및 그의 상실과 관련 있다. "산주를 죽은 사람처럼 만들고 상관없이 살아간다는 것이. 그건 적어도 스스로를 피조,라고 불렀던 어느 시절 누군가를 잃어본 사람에게는 가능하지 않았"(161면)기 때문이다(이 점에서 두번째 장 'E'의 서두에 산주와의 관계가 처음 등장하는 것은 우연이 아니다). 경애는 그 마음을 '폐기'하지 못한 채 상수와 함께 베트남으로 가는 선택을 한다.

마음은 이렇듯 비합리적으로 움직이는데, 바로 그렇기 때문에 합리적인 방식이 하지 못하는 일을 할 수 있다. 이를테면 무의식 깊은 곳의 움직임까지 포착해내는 것이다. 산주와 경애의 마음의 끈이 무의식의 층위에서는 상당히 깊이 뻗어 있었고 그것은 산주라는 인간이 그만큼 만만찮은 미덕을 지녔음을 입증하는 것이지만, 또 그런 만큼 경애로서는 산주와의 관계를 넘어서는 것이 자기변화의 관건이 된다.

무의식의 차원에서 마음의 움직임을 결정하는 요소는 생명력인데, 이소설의 마음은 살아 있는 쪽으로 뻗친다. 그것은 아무리 칭칭 동여매도 이미 죽었거나 죽어가기 시작하는 관계로부터는 빠져나오려 한다. 그러나 새로운 관계가 생겨나지 않으면 낡은 관계에서 벗어나기 힘들다. 경애는 상수와 살아 있는 새 관계를 맺음으로써 비로소 산주의 그늘에서 벗어나는데 그들이 자기도 모르게 손을 잡는 두번의 장면이 바로 그때다. 첫번째(159~60면)가 산주와의 관계가 깨지는 시작이라면 두번째는 그 단절이 거의 완성되는 순간이다. 상수는 '언죄다' 해킹 사건으로 상심한 상태

에서 자기 상상에 취해 뭉클해서 "자기도 모르게 경애의 손을 잡고 말았다".(258면)

상수는 경애 손을 잡고도 얼이 빠져 실감을 못하다가 경애가 손을 마주 잡았을 때에야 상황을 깨달았다. 처음에는 상수가 경애의 손을 덮듯이 잡았지만 이번에는 경애가 손을 위로 올려 상수의 손을 눌러서 잡았다. 아무것도 없지 않은가, 상수는 생각했다. 이렇게 손을 번갈아 올려가며 잡고 있는 지금은 머릿속이 완전히 비워져 아무 번뇌도 없지 않은가.(259면)

상수의 손을 잡았을 때 경애는 더 밀착하고 싶다는 충동과 더불어 자기 자신을 꽉 차게 들어올리는 힘을 느꼈다. 자기는 물론이고 맞은편의 상수도 한 팔로 안아들 수 있을 듯한 정도였는데 왜 상수를 떠올리면 그런 힘을 생각하게 될까. 힘이 있어야 한다고 다짐하게 될까.(268면)

두 사람이 뚜렷한 이유도 모른 채 서로 손을 잡으면서 한쪽은 아무 번뇌도 없는 상태 — 공상수라는 이름답게 항상 있지만〔常數〕비어 있는〔空〕— 가 되고 다른 한쪽은 "자기 자신을 꽉 차게 들어올리는 힘"을 느끼는 이 장면은 「못」의 환해지는 순간을 방불케 한다. 물론 그 순간이 그대로 반복되는 것은 아니다. 금희와 공의 관계와 경애와 상수의 관계가 다르듯이 그들의 관계 속에 내재된 어떤 생명력이 발현되는 방식은 다를 수밖에 없다. 분명한 것은 이렇게 새 관계가 형성되면서 산주와의 끈을 놓지 않으려는 경애의 마음은 거의 다 사그라들어서, 나중에 이혼했다고 찾아온 산주에게 등을 돌릴 수 있게 된다. 이 지점에서 경애는 체질화된 마음의 '피조(물)'에서 존재로, 삶의 주체로 이행한 것이다.

마음 중심의 서사의 또다른 장점은 가혹한 현실이 불러일으키는 다양한 정동들을 섬세하게 감지하되 거기에 아주 휘둘리지는 않는 능력에 있다. 가령 상수가 더이상 수능시험을 보지 않겠다고 말했다가 아버지에게 농구공으로 맞는 가정폭력의 장면(38~45면)이나 형 상규가 어린 전학생을 "스위스제 주머니칼로 위협해 옥상으로 끌고 가고 완력을 써서 묶고 때리고 방치해 이틀을 보내게 한 것"(122면)에 대하여 상수가 아버지와 함께 대리 사과를 하러 가는 장면(118~24면)은 기존의 단순한 식별체계로서는 표현하기 힘든 정동과 분위기를 실감나게 보여주는 명장면들이다. 가령 후자의 장면에는 충격, 절망, 증오, 공포, 경외, 비참, 분노, 비겁, 노여움, 온기, 당황, 고통, 부끄러움, 순정한 수치심 등의 다양한 어휘가 등장하는데, 이는 "인간의 다양한 얼굴만큼이나 그 나쁨도 그러데이션으로 존재한다는"(15면) 유정의 생각을 떠올리게 한다.

주체의 입장에서 이 폭력의 장면들을 새겨보면 상수의 마음이 온갖 종류와 강도의 신체적·감정적 시련을 겪는 것과 다름없음을 알 수 있다. 하지만 상수가 그 와중에도 부정적 정동들에 아주 장악당하지 않는 것은 그의 마음이 공(空)한 데가 있어 무시로 타인들의 마음을 상상하면서 그 상상의 세계 속으로 가버리기 때문이다. 가령 사과하러 간 '백홍식당'에서 소년의 엄마가 상수의 입장을 헤아리는 말을 하자 "상수의 마음에, 그 막막하고 차가운 마음에 잠깐의 온기가 지나갔"(120면)고 그 온기 덕분에 금방 메뉴판의 '된장술국밥'이라는 단어에 끌려 상상을 한다. 그러다가 "자기 처지도 잊고 그러니까 저 엄마는 된장과 술국밥을, 아니면 된장술과 국밥을 팔아서 아들을 위하려고 섬에서 올라와서, 아들을 위해서 살고 있구나 생각했고 그러자 눈물이 핑"(121면) 돈다. 이 순정한 마음 덕분에 "상수는 형과는 최대한 다른, 아주 다른 인간으로 살기로 결심했"으며 "결국 그 사건으로 인생의 방향을 바꾼 건 상규가 아니라 상수"(123면)가 된다. 이 폭력 세계의 시련이 상수의 주체를 변화시킨 것이다.

상수가 페이스북에서 운영하는 연애상담 페이지 '언죄다' 역시 마음을 나누고 수련하는 장이다. 그런 만큼 '언죄다'라는 가상현실은 특정한 소재로 다뤄지는 것이 아니라 우리 시대 삶의 필수불가결한 영역으로 탐구된다. 게다가 상수는 여기서 '언니'로 불렸고 오랫동안 언니, 즉 여성으로 살아야 했다. 낮에는 회사에서 공상수 팀장으로, 밤에는 집에서 '언니'로 표리가 부동한 이중생활을 한다.

> 어쩌면 이런 이중생활 때문에 상수가 회사에서 겉도는지도 몰랐다. 언니에서 공상수 팀장으로의 전환은 단순히 집과 —— 상수는 반드시 집에서 편지를 썼다. 보안을 위해 —— 회사라는 두 공간의 이동으로 가능하지 않고 좀 거창하게 말하자면 존재가 전이되어야 하는 것이었다. 그런데 그런 존재 전이를 하기에 반도미싱에서의 생활은 상수를 언니도 오빠도 형도 아닌 자꾸 '그것'으로 느끼게 했다.(37면)

이 대목에서 가장 눈에 띄는 것은 '존재 전이'라는 표현이다. 예전에는 대학생들이 노동자로 '존재 이전'을 감행하기도 했지만, 촛불시대에는 그럴 이유가 없다. 대학생 다수가 이미 '알바생'으로서 비정규직 노동자이기 때문이다. 오히려 온/오프라인 공간 사이를 무시로 존재 전이하고 현실의 경계도 모호해지는 것이 이 시대 주체가 처한 상황이다. 그런데 여기서 문제삼는 것이 공상수 팀장에서 언니로의 전이가 아니라 언니에서 공상수 팀장으로의 전이라는 데 주목할 필요가 있다. 상수에게는 온라인에서 언니로 사는 것이 오프라인에서 물건('그것') 취급당하는 현실보다 훨씬 더 인간적이고 소중한 것이다. 그렇기에 상수의 이런 이중생활이란 우리 시대에 온라인 삶의 비중이 커졌음을 의미할 뿐 아니라 온/오프라인 중 어느 쪽이 진정한 삶의 공간인지를 묻는 가운데 온라인 공간이 오프라인(사회현실)의 삶에 대한 비평적 거처가 될 수 있음을 시사한다. 물론 온라인도 온라인 나름인데 '언죄다' 페이지는 남성중심의 사회현실을 비판하고 상처받은 여성들의 마음을 다독이는 곳이기에 상수에게 "단 하나 삶

의 의미였다".(34면)

상수는 회사에서 "막무가내의 이기주의자나 꼴통, 심지어 고문관"처럼 여겨졌지만 경애는 상수가 "자기 마음의 질서가 있는 사람이었고 다만 그런 자기윤리를 외부와 공유하는 데 서툰 것뿐이었다"(158면)고 느낀다. 상수와 경애가 가까워지는 데는 서로를 이어주는 인연들뿐 아니라 주어진 현실에 순응하지 않고 '자기 마음의 질서'와 '자기윤리'에 따라 비평적으로 행동하는 서로서로를 알아보는 것이 큰 계기가 된다. 가령 경애는 노동하는 사람들에 대한 신뢰와 존중을 기본적인 원칙으로 삼지만, 그렇다고 조직노동자들의 잘못된 관행까지 지지하지는 않는다. 반도미싱의 장기파업을 허문 것은 경애가 "파업기간 동안 일어난 성희롱을 노조 측에 항의했기 때문"(25면)인데, 이로 말미암아 경애는 비난과 따돌림을 받게 되지만 조선생의 조언대로 사표는 던지지 않는다. 현실의 잘못된 논리와 관행과 싸우되 관념적인 근본주의는 아닌 비판적 현실주의의 태도를 지녔다고 하겠다.

상수가 경애를 기다리는 마지막 장면은 지속의 삶과 마음에 대한 이 소설의 입장을 압축적으로 보여준다. 상수는 경애가 '언죄다'의 '프랑켄슈타인프리징 님'임을 알았으나 그 사실을 고백하지 못했다. 경애는 상수가 자신의 모든 속내를 들여다봤음을 알고 상처를 받았을 것이며, 편지를 전자책으로 내자는 제안에 끝까지 응하지 않는다. 상수는 그럼에도 경애가 돌아오기를 기다린다. 여름이 가고 가을이 끝날 무렵 상수는 "아마도 경애가 영영 오지 않으리라는 생각을 처음으로"(349면) 한다. 이런 기다림에는 용기가 필요하다.

상수는 누군가 들어와 자신의 허락도 받지 않고 커피포트로 물을 데우고 있는 것을 발견했다. 그리고 둘러보는 것을, 책장을 채운 문고판 소설들과 비디오테이프들과, 이미 죽은 사람이 되었지만 여전히 포스터에서는 웃고 있는 배우들과 잘 말린 수국과 레이스를 덧댄 커튼과 언니들의 편지를 인쇄한 종이들과 물기를 잘 짠 행주와 손으로 메모한 자동차세 납부기일 같은 것들을. 그렇게 자신을 뒤로하고 서 있는 사람의 한편으로 기울어진 고개, 이제는 길어서 포니테일로 묶은 머리카락과 좁은 편의 그 어깨는 상수가 하루에도 몇번씩 상상해본 것이었다.(351~52면)

한 생활인의 공간과 그 속의 물건들, 그리고 마침내 돌아온 연인을 사실적으로 묘사한 이 대목은 「못」의 환해지는 순간과는 대조적인 질감이지만, 다른 방식과 분위기로 그런 순간이 찾아온 것이다. 연인의 시선으로 자신의 익숙한 삶의 공간을 둘러보는 순간, 그 속의 사물 하나하나가 차분하고 명징하게 자기됨을 드러낸다. 상수가 자기를 가다듬으며 기다린 끝에 이 순간이 도래했지만 무조건 기다린다고 해서 이런 순간이 이뤄지는 것은 아니다. 경애는 그간 상수가 자기 주변 사람들의 상처투성이 마음을 돌보기 위해 분투하면서 보여준 자기 마음의 질서와 생명력을 알아보고 믿기에 돌아왔고 상수는 경애가 그러리라고 믿고 기다린 것이다. 이렇듯 '환해지는 순간'이 다시 도래하고 둘은 서로에 대한 믿음 속에서 삶을 지속할 수 있게 된다.

『경애의 마음』이 제시하는 가상현실은 실제현실의 일부나 그것의 보완이라는 의미를 넘어선다. 실체론적인 사고에 매이지 않으면 가상현실도 실제현실도 아니되 어디에서도 접속 가능한 '제3의 영역'이 협동적 창조의 공간으로 열려 있음을 느끼게 한다. 이 점에서 E가 말하는 '불타는 시간', 즉 "영화에서 중요한 것은 줄거리도 씬도 배우도 아니고 오직 그 자리에 앉아 있는 관객과 상영되는 영화 사이에 이는 그 순간의 시간이라는"(64면) 대목은 시사하는 바가 크다. "E가 자기만 본 영화에 대해 열을 올려서 이야기하면 경애는 영화의 내용이 아니라 E가 그렇게 혼자 몰입

했던 시간과 마음의 동선에 신경이 쓰이면서 서운해지곤 했"(230면)고 "그
것에 대해 이야기하는 동안 또다시 거기를 다녀오는 듯해서 싫"(231면)다
고 항변했다. 그 '몰입의 시간'과 '마음의 동선'과 '거기를 다녀오는' 행위
를 통해 창조적인 공유영역에의 참여가 이뤄지지만, 그런 참여는 개별자
각각이 자기 나름의 고유한 방식으로 행해야 하기 때문일 것이다. 이때
'거기'는 '문학 커먼즈'론에서 말하는 '제3의 영역'과 다르지 않다.

『경애의 마음』은 작가가 『제인 에어』 같은 고전과 동시대의 숱한 소설
과 영화와 음악과 SNS 페이지에 '몰입한 시간'과, 그때의 '마음의 동선'
과 '거기'를 다녀온 경험 덕분에 지금 이 자리에 단독으로 존재한다. 그리
하여 이 소설의 독자에게 또다른 '몰입의 시간'과 '마음의 동선'과 '거기'
로 들어가는 통로가 되고 있다. 촛불혁명 시대의 이 독특한 작품은 협동
적 창조의 산물이자 그런 창조적인 작업을 가능케 하는 통로다.

사유·정동·리얼리즘

◆

촛불혁명기 한국소설의 분투

사유와 정동

몇달간 온 나라를 들끓게 했던 '조국사태'에서 자주 떠올린 것은 사유와 정동의 문제였다. 한국사회처럼 역동적이고 복합적인 현실에서 제대로 사유하고 느끼는 것이 얼마나 어려운지 새삼 실감하게 된 것이다. 사유와 정동의 요소가 2014년 세월호참사에서 2016~17년 촛불항쟁을 거쳐 지금에 이르는 우리 문학에서 중요하게 부각된 것은 우연한 일이 아니다.

황정은(黃貞殷)은 중편 「아무것도 말할 필요가 없다」(『디디의 우산』, 창비 2019)에서 어떤 특정한 의견과 논리를 생각 없이 되풀이할 때의 해악을 거론한다. 소설의 화자는 한나 아렌트의 『예루살렘의 아이히만』에 등장하는 '악의 평범성'(banality of evil) 개념에 대해 "'평범성'으로 번역된 banality는 (…) '평범성'보다는 '상투성'에 가까운 말인 듯하다"고 평한다. 화자는 보수 신문의 어휘와 논조를 따라 말끝마다 "종북과 좌빨"을 들먹이는 아버지의 말에서 "아렌트가 묘사한 아이히만식의 상투성"을 보고는, 그것이 "말하기, 생각하기, 공감하기의 무능성"이라고 지적한다.(219~21면) 조국정국에서 이런 '무사유'를 특징으로 하는 상투성은 화자의 아버지 같은 수구·보수 쪽에서 두드러지게 나타나지만, 진보 쪽의 '진영논리'도 이런 상투성과 무관하달 수는 없다.

그런데 상투성에서 벗어난 사유란 어떤 것일까? 이 물음 앞에서 사유의 사전적인 정의 — 가령 "개념, 구성, 판단, 추리 따위를 행하는 인간의 이성 작용" — 는 별로 도움이 되지 않는다. 개념, 구성, 판단, 추리 등이 세상과 인간을 인식하는 데 있어서 필수적인 두뇌활동이지만, 그것 자체로는 사유의 상투성이나 기계적인 조작을 면할 수 없다. 사유의 본질이 인공지능(AI)이 대체할 수 있는 지적인 두뇌능력에 있는 것이 아니라 세상과 인간, 과학기술에 대한 근원적인 질문을 동반하는, 철학적이고 시적인 것이어야 하는 이유가 여기에 있다. '4차산업혁명'이라 불리는 최첨단 과학기술시대는 인간의 자연에 대한 지배력과 물질적인 힘이 엄청나게 비대해지기 때문에 이전 시대들보다 이런 사유가 더 절실히 요구된다.[1]

조국사태를 통해 드러난 언론의 자의성과 혼탁한 언어환경도 사유의 중요성을 돌아보게 한다. 언론개혁이 필요하지만 그것만으로는 문제가 해결될 것 같지 않은 것은 신문과 공영방송뿐 아니라 종편, 사회관계망서비스(SNS)와 유튜브를 비롯한 소셜미디어에서 보도의 진위와 적절성을 일일이 점검하기란 불가능하기 때문이다. 사실과 거짓을 가리지 않고 '아무말 대잔치'를 일삼는 포퓰리즘적인 언론의 행태는 트럼프 시대의 미국을 비롯해 전지구적으로 만연하여 문명적인 병폐가 되고 있다. 개별 주체

---

1 하이데거는 『사유란 무엇인가』라는 강의록의 서두에서 "걱정스러운 생각을 하지 않을 수 없는 우리 시대에서 **가장 걱정스러운 생각을 일으키는 점은 우리가 아직 생각하지 않는다는 사실이다**"(인용자 강조)라고 근대인의 '무사유' 경향을 지적한 바 있다. 이 발언에는 서구 형이상학적 사상체계 일반에 대한 비판이 깔려 있다. Martin Heidegger, *What Is Called Thinking?*, tr. J. Glenn Gray, Harper Perennial Books 1976, 4면 참조. 이 발언을 포함하여 하이데거의 기술시대론과 사유의 중요성에 대해서는 백낙청「문명의 대전환과 종교의 역할」,『문명의 대전환과 후천개벽』, 모시는사람들 2016, 361~62면 참조.

들이 사유와 진리에 깨어 있는 일이 더없이 중요해진 세상이 된 것이다.[2]

조국사태의 두드러진 면모는 정동의 요소가 그 사태에 강하게 작용하고 있으며 시민들 다수가 '정동적인 주체'가 되어가고 있다는 사실이다. 가령 '우리가 조국이다'라는 구호는 정치적 선택의 차원을 넘어선다. '조국지지'나 '조국수호'는 검찰의 과잉수사에 직면하여 내걸 수 있는 구호지만, '우리가 조국이다'는 그런 합리적인 차원 이전의, '몸'이 개입되는 구호다. 이런 정동적인 구호에는 즉각 화답하여 동참하든지 아니면 '나는 조국이 아니다'라는 몸의 반응이 튀어나오기 마련이다. 조국 전 장관이 사퇴한 데는 다른 이유도 있겠지만 후자의 반응을 보인 사람들이 더 많았기 때문으로 보인다. 특히 청년세대의 저항이 격렬했는데, 그것은 그의 공언과 달리 그와 가족의 실제 삶이 촛불정부가 내세운 평등·공정의 지표에 어긋날 뿐 아니라 청년세대 대다수의 현실과는 판이했기 때문이다.[3]

---

2 구글(유튜브), 페이스북, 아마존, 애플 같은 거대 테크기업과 소셜미디어가 '사색 가능성'을 파괴하는 현상에 대해서는 프랭클린 포어 『생각을 빼앗긴 세계』(이승연·박상현 옮김, 반비 2019) 참조. 진실이 실종된 트럼프 시대의 언어환경에 대해서는 미치코 가쿠타니 『진실 따위는 중요하지 않다』(김영선 옮김, 돌베개 2019) 참조. 이 책의 해제에서 정희진은 "포스트모더니즘을 '진실의 실종'이라는 이유로 비판"하는 저자 가쿠타니의 관점에 동의하지 않음을 밝히면서 "진실은 원래부터 존재하지 않았다. 진실이라고 간주되는 것이 있었을 뿐이다. (…) 모든 담론에서 중요한 것은 내용의 '올바름'이 아니라 '효과'다"(197면)라고 주장한다. 그런데 이런 입장은 혼탁한 언어환경을 개선하는 데 도움을 줄 것 같지 않다. 유무를 벗어난 경지의 '진리'와 해체 가능한 '진실'의 차이를 변별하지 않은 채, 해체론적 진리/진실관을 되풀이하고 있는 문제가 있기 때문이다.

3 그렇다고 '386세대'를 불평등의 원인 제공자로, 청년세대를 그 '희생자'로 부각하는 이철승의 '불평등 세대론'에 동의하는 것은 아니다. 솔깃한 대목이 적지 않으나 불평등의 복합적 원인을 끝까지 규명하기보다 세대론적 통념을 강화한다는 느낌이다.(이철승 『불평등의 세대』, 문학과지성사 2019, 14~21면 참조) 이런 가해자-피해자 모델과는 달리 장석준의 '세대 정치'는 설득력이 있다. 기후변화와 성장주의의 위기 앞에서 "구세대가 이어온 맹목의 질주에 새 세대도 끼워달라는 것"이 아니라 "구세대의 '전향'을 요구하는" 것이 진짜 '세대정치'라는 것이다. 장석준 「진짜 세대 정치」, 한겨레 2019.10.18.

이 점에서 신구세대를 막론하고 자산·소득 불평등과 더불어 극단적으로 치닫는 자본의 수탈방식이 대다수 시민들을 정동적으로 만드는 근본적인 원인이 아닐까 싶다. 흔히 우리 시대 자본주의의 특징으로 신자유주의의 무자비한 착취와 무한경쟁, 각자도생을 거론하지만, 그 비정한 현실의 핵심 요인은 노동을 지배하는 자본의 방식이 달라진 데서 비롯된다. 예전에는 자본가가 잉여가치를 착취하기 위해 노동자의 재생산을 보장해주고 남아도는 노동자를 산업예비군으로 관리하는 방식이었다면 이제는 '재생산 없는 축적', 즉 노동자들을 봉쇄/폐기처분하는 쪽으로 점차 바뀌고 있다. 잉여가치의 착취보다 지대(임대료)를 뽑아먹는 식의 '탈취에 의한 축적'과 거대기업이 도시의 부동산을 사들임으로써 노동자들을 도시 밖으로 '축출'하는 형태도 이와 유사한 경우이다.[4] 이런 극단의 축적 방식이 오래 지속될 수는 없겠지만 적어도 한동안은 대다수 시민들이 봉쇄·폐기·축출을 감내해야 하는 상황이다.[5]

이 글은 촛불혁명기의 작가들이 이런 어려운 현실에 어떻게 대응했는지를 몇몇 주목할 만한 소설들을 통해 살펴보고자 한다. 문학이 사유의 거처라면 상투성에서 벗어나려는 분투는 불가피해진다. 특히 리얼리즘 소설은 현실인식과 재현을 중시하는 만큼이나 상투화의 위험이 더 크다. 따라서 상투성과의 대결은 더욱 관건적인데, 그 분투의 과정에서 정동적

---

4 '재생산 없는 축적'(accumulation without reproduction)에 대해서는 Lorenzo Veracini, "Containment, Elimination, Endogeneity: Settler Colonialism in the Global Present," *Rethinking Marxism* 2019.4, '탈취에 의한 축적'(accumulation by dispossession)에 대해서는 David Harvey, *New Imperialism*, Oxford: Oxford University Press 2003, '축출'(expulsion)에 대해서는 Saskia Sassen, "The City: A Collective Good?" *Brown Journal of World Affairs* 23:2(2017) 각각 참조.

5 이런 상황에서는 전통적인 '복지 강화'와는 차원이 다른 새로운 발상이 필요한데, '보편적 기본소득'이 그에 값한다. 이 개념에 대해서는 존 란체스터 「'보편적 기본소득'이라는 좋고 새로운 아이디어」, 『창작과비평』 2019년 겨울호 참조. 현재 경기도가 추진하는 년 1백만원의 보편적 기본소득안은 초보 단계에 불과하지만 유의미한 시도라고 본다.

요소에 눈길을 돌리는 것은 불가피한 것이기도 하다. 먼저 이 시대 문학의 특징과 새로 제기된 리얼리즘 논의를 짚어보고, 황정은과 김세희의 몇몇 소설들을 중심으로 사유와 정동의 요소가 어떤 방식으로 작동하는지에 초점을 맞추고자 한다.

리얼리즘 문학의 재등장

촛불혁명기 한국문학에서 여성작가들의 맹활약과 페미니즘은 이제 대세가 되었다. '대세'라고 한 것은 2016년 한강(韓江)의 『채식주의자』(창비 2007)가 맨부커 인터내셔널 상을 수상한 일이나 2019년에 영화화된 조남주의 밀리언셀러 『82년생 김지영』(민음사 2016)만을 염두에 둔 이야기는 아니다. 딱히 페미니즘을 내세우지 않더라도 이전 세대와 달리 최근 여성작가들의 작품에서는 여성이 자기 삶의 주체이거나 주체가 되려는 과정이 기본값으로 주어진다. 이런 현상은 이 시기에 함께 부상한 퀴어문학에서도 확인할 수 있다. 가령 이전 시기에는 박상영의 '재희' 같은 당당한 여성인물이 출현하기 힘들었을 것이다.(『대도시의 사랑법』, 창비 2019) 최근 주목받는 SF 등도 예외가 아니다. 김초엽과 박문영 등의 여성작가 소설을 제하고 현단계 SF를 실답게 논하기 힘들다. 이처럼 여성의 '주체 되기'라는 기본값을 공유하되 소재와 접근방법, 감수성에 있어서 다양한 시도들이 이뤄지고 있고, 그것이 현재 한국문학에 새로운 활력을 불어넣는 주된 원천이다. 현단계 문학의 이런 상황을 논할 때 빼놓을 수 없는 것은 20대에서 40대에 걸친 견실한 여성독자층이 든든히 받쳐주고 있다는 사실이다.

한국문학의 주력이 어느새 여성 작가·독자로 바뀐 데는 2016년 강남역 살인사건과 '문단 내 성폭력' 사건을 계기로 촉발된 새로운 페미니즘 물결이 한몫했음이 분명하다. 하지만 그 이전의 다른 요인들도 작용했다. 상당수 작가들이 2009년 용산참사와 2014년 세월호참사의 애도(80회를 넘긴 '304낭독회' 포함)에 참여하면서, 사회적 약자·소수자들과 연대하는 경험을 가졌다. 그런 연대의 경험이 페미니즘운동과 결합되어 작가 개인의 윤리만이 아니라 작품적 성격 자체를 변화시키기도 했다. 그 결과 한강 권여선 정이현 황정은 조남주 조해진 김애란 김금희 최은미 최은영 윤이형 백수린 김세희 김혜진 임솔아 이주란 김유담 등의 주목할 만한 단편·중편·(경)장편들이 쏟아져 나왔다.

용산참사에서 촛불혁명/페미니즘에 이르는 기간 동안 여성작가들의 작품은 차츰 사회현실을 중시하고 페미니즘 미학과 정치를 결합하는 리얼리즘 쪽으로 나아간 것으로 보인다. 그리고 이런 여성작가의 리얼리즘 문학이 2000년대 이후 성행하던 다양한 반재현적 포스트모던 서사들 ── 최근의 '후장사실주의'까지 포함해서 ── 을 밀어내고 한국문학의 흐름을 주도하게 되었음도 분명하다. 문학사적으로 볼 때, 남성작가 중심의 1970~80년대 리얼리즘 문학에 이어 여성작가 주도의 리얼리즘 문학이 도래한 것이다. 앞선 리얼리즘이 4월혁명·광주항쟁·6월항쟁의 변혁적 열망 속에 자라났듯, 용산참사·세월호참사의 아픔을 딛고 촛불혁명/페미니즘을 일궈낸 반전의 역사 속에 리얼리즘이 재등장한 것은 어쩌면 당연한 일이다. 이때 제기되는 물음은 두 리얼리즘이 어떻게 연관되고 어떤 차이가 있는가, 그리고 현재의 리얼리즘이 이전 시대의 리얼리즘에 비해 어느 정도의 수준인가의 문제다. 연관된 두 물음에 대해 자신있는 답을 내놓을 능력은 없다. 그 대신 극심한 불평등 시대의 사실주의 문학 일반이 빠지기 쉬운 자연주의적 경향, 이를테면 황정아가 거론한, 불평등한 현실의 폭로나 핍진한 재현이 세상을 변화시키는 데 이바지하기는커녕 세상의 기존 질서를 강화하는 역설[6]을 극복한 수준인지를 살펴보고자 한다.

---

6 가령 다음과 같은 경향이 그렇다. "상식을 벗어난 극심한 불평등을 폭로하는 일은 그것

불평등이나 계급 문제와 관련해서 가장 먼저 떠오르는 소설은 황정은의 「양의 미래」와 「누가」, 「상류엔 맹금류」(『아무도 아닌』, 문학동네 2016)이다. 이 소설들은 앞서 언급한 자본의 새로운 축적 방식에 따른 노동자 봉쇄·폐기·축출의 양상과 그것이 노동자 개인에게 미치는 영향——수치와 분노, 죄책감——을 빼어나게 보여주는데, 특히 이것이 황정아가 말하는 "불평등의 재현이 불평등의 '현실주의'에 포섭되지 않는 방식"(황정아 24면)인지를 논하는 데는 「상류엔 맹금류」가 가장 적합할 것 같다.

소설의 1인칭 화자는 오래전에 남자친구 '제희'와 결혼할 마음이었으나 한 사건을 계기로 관계가 틀어져 헤어지고 만 사연을 들려준다. 화자는 제희가 부모를 모시고 가는 수목원 소풍에 동행하게 되는데, 더운 땡볕에서 점심도시락을 먹을 장소를 찾다가 궁여지책으로 비탈 아래 계곡의 물가로 내려가게 되었다. "직관적으로 그 장소가 싫었"(83면)던 화자는 계곡물에 몸을 씻고 이를 마시는 제희 부모에 대한 역겨움 내지 혐오감을 숨길 수 없었다. 점심 후에 비탈길 위쪽을 가리키는 화살표와 함께 '맹금류 축사'라고 적힌 안내판을 발견한 화자는 제희네 가족에게 "똥물이에요./저 물이 다, 짐승들 똥물이라고요"(86면)라고 마치 보복하듯 말한다. 화자는 제희와 즉각 헤어지지는 않았으나 이 사건이 둘의 관계에 치명타가 되었음을 감지한다.

이 소설은 계급/계층의 요소를 끌어들이되 어떤 해결책이나 전망을 제시하는 대신 대략 두가지 질문을 던진다. 첫번째 질문의 맥락은 이렇다. 번듯하게 살던 제희 가족——누나 넷과 부모까지 총 7명——이 제희 어머

을 바로잡자는 호소가 될 수도 있지만, 그것을 거의 초월적이며 존재론적인 질서처럼 보이게 만들 수도 있다. (⋯) 불평등이 가시화를 통해 스스로를 강화할 수도 있다면 어떻게 되는가. 불평등의 가시화, 또는 불평등의 재현이 불평등의 '현실주의'에 포섭되지 않는 방식을 고민해야 할 필요가 여기에 있다." 황정아 「불평등의 재현과 '리얼리즘'」, 『창작과비평』 2019년 가을호 23~24면.

니와 가까운 지인의 사기행각으로 거액의 빚을 뒤집어쓰게 되었을 때이다. 제희네 부모는 함께 죽는 것, 도망가는 것까지 포함해서 많은 고민을 한 끝에 고생을 하더라도 함께 살면서 빚을 갚기로 했다는 것이다. 그것이 제희네 집이 가난을 면치 못한 이유다. 이런 사연을 들은 화자는 그런 결정이 "부도덕하다고 생각"한다. "제희네 부모님은 왜 도망가지 않았을까. (…) 자신들의 양심과 도덕에 따랐지만 딸들의 인생을 놓고 봤을 때는 부도덕한 선택이 아니었을까" 하고 생각한 것이다.(69~70면) 도망가서 새출발하는 것과 고생하면서 빚을 갚는 것 중에 어느 쪽이 옳은 것인지도 하나의 질문이지만, 흥미로운 것은 화자의 '부도덕하다'는 판단이다. 제희 부모가 자신들의 양심과 도덕에 따라 선택한 결정에 대해 '부도덕하다'고 느끼는 것은 도덕이라는 것도 상대적이라는 뜻인가, 아니면 화자 자신의 계급적인 편견이 그런 느낌을 유발한 것인가? 두번째 질문은 더 미묘하다.

이따금 생각해볼 때가 있다.
차라리 내가 제희네 부모님에게 적극적으로 동조하고 흔쾌히 그 비탈에서 내려서서 계곡 바닥에 신나게 돗자리를 깔았다면 어땠을까. 그편이 모두에게 좋지는 않았을까. 그러는 게 옳지 않았을까.(87면)

화자가 이런 자문을 하게 된 것은 지금의 남편보다 제희에게 미련이 많기 때문이다. 남편과 함께 있으면서 "어째서 제희가 아닌가./그럴 땐 버려졌다는 생각에 외로워진다. 제희와 제희네. 무뚝뚝해 보이고 다소간 지쳤지만, 상냥한 사람들에게"(87면)라고 생각할 정도다. 인용한 화자의 자문을 작품의 마지막 발언——"나는 그날의 나들이에 관해서는 할말이 많다고 생각해왔다./모두를 당혹스럽고 서글프게 만든 것은 내가 아니라고 말이다."(88면)——과 연결해서 읽으면, 화자는 처음에는 자신의 행동이 잘못

이 아니라고 생각했지만 지금은 그런 생각이 흔들리고 있는 상태다. 그렇다면 이 자문에는 숨은 그림처럼 또 하나의 질문이 깔려 있다. 문제의 장소를 화자가 '직관적으로' 싫어한 것은 그 장소가 실제로 그만큼 역겨운 것이었기 때문인가 아니면 그런 정동에 빠지게 한 것은 화자의 계급적인 감수성 — 가령 하층계급과 그 환경에 대한 혐오감 — 이나 계급을 초월한 듯한 방관자적인 태도 때문일까?

이런 물음들을 끝까지 따라가면 이 소설의 한복판에 여러 층의 애매성이 놓여 있음을 발견하게 된다. 가령 빚 문제를 놓고 제희 부모와 화자 가운데 어느 쪽이 옳은가에 대해서도 그렇지만, 화자가 제희와 결혼했을 경우 지금보다 나은 삶을 살았을 것인가의 물음에 대해서도 확답하기 어렵다. 애매한 층위들을 경유하도록 유도하면서 물음을 던질 때, 작가가 이미 결론에 도달한 후에 질문을 하는 경우도 있지만 그런 최종 결론 없이 묻고 있는 경우도 있다. 전자의 방식은 계몽적인 깨달음을 주거나 진실이 드러날 때의 반전 효과를 거두지만, 사유를 촉발함으로써 상투성을 돌파하는 데는 후자의 방식이 더 강력하다. 이 작품의 애매성은 최종적으로는 후자에 속하는 것으로 보이며, 따라서 독자는 공감할 수는 있되 아주 믿을 수는 없는 화자에 비해 자신은 얼마나 계급적 편견에서 벗어나 있는지, 계급이 인간관계에 어떤 작용을 하는지 등을 묻게 된다. 요컨대 이 작품은 우리 삶의 기본적인 요소들 — 사랑과 가족과 계급 — 을 상투성에 매이지 않고 사유하기를 요구함으로써 불평등한 현실을 핍진하게 재현할수록 기존의 불평등한 질서가 강화되는 자연주의적 역설을 돌파하는 한 예를 보여준다.

정동, '생생함', 리얼리즘

최근 리얼리즘론에서 정동의 요소를 적극 사주는 데는 그럴 만한 이유가 있다. 참신한 현실 재현도 반복하게 되면 생동감이 떨어지기 때문에 새로운 감흥, 즉 기존의 재현체계에서 이름을 부여받지 못한 정서나 감정에 주목하게 되는 것이다. 프레드릭 제임슨(Fredric Jameson)이 『리얼리즘의 모순들』이라는 저서에서 리얼리즘의 대립적인 두 원천으로 '서사적 충동'(narrative impulse)과 '정동'을 꼽으면서 후자에 방점을 찍는 새로운 리얼리즘 개념을 제시한 것도 이런 경향을 반영한다.[7] 서구 리얼리즘의 역사를 냉철한 과학자처럼 관찰해온 제임슨은, 이미 플로베르와 졸라의 시대부터 시작된 정동 혹은 '(장면적) 생생함의 충동'(scenic impulse)이 소설서사의 원칙들을 무너뜨려 리얼리즘은 결국 파편화되고 해체되고 말 것이라는 예측을 내놓는다.

제임슨이 정동의 잠재력을 이렇게 높이 평가하는 것은 그의 구도에서 '이야기'는 이미 일어난 과거에 속하는 데 반해 '정동'은 과거-현재-미래의 선형적인 시간대와 차원을 달리하는 '영속적인 현재'(perpetual present)이기 때문이다. 그리고 우리 당대의 포스트모던한 '영속적인 현재'는 "몸으로의 환원"(reduction to the body)이라는 특징을 지니고 있다는 것이다.(27~28면 참조) 요컨대 정동은 몸의 차원에서 느껴지는 강렬

---

7 제임슨의 이런 입장은 루카치가 「서사냐 묘사냐?」(Describe or Narrate?)에서 졸라와 플로베르의 묘사 중심의 소설을 똘스또이와 발자끄의 서사 중심의 소설과 대비시켜 비판한 리얼리즘론을 뒤집어놓은 꼴이다. Fredric Jameson, *The Antinomies of Realism*, London: Verso 2013, 1~44면 참조. 앞으로 이 책의 인용은 본문에 면수만 표시함. 제임슨은 '리얼리즘'과 '사실주의'를 구분하지 않는 서양학계의 관행에 따르고 있는 듯하다. 양자를 구분한다면 책 제목은 '사실주의의 모순들'이 더 정확할 것이다. 루카치의 글은 Georg Lukacs, *Writer and Critic, and Other Essays* (New York: Grosset & Dunlap 1971)에 수록됨.

도(intensity)를 통해 '영속적인 현재' 혹은 '장면적/생생한 현재'(scenic present)를 실현한다. 다분히 들뢰즈의 정동 개념에 의거한 제임슨의 '새로운' 리얼리즘론 ─ 일종의 리얼리즘 해체론 ─ 은 현재의 포스트모더니즘/포스트구조주의 문학론의 경향성을 대변하는 면이 있는 만큼 면밀한 논박이 필요하지만, 일단 그가 말하는 '현재'나 '몸'이 살아 있는 존재의 '진짜' 몸과 시간인지 의심스럽다는 것을 먼저 지적하고 싶다.

문학이라는 커먼즈(공유영역)는 작가와 독자를 포함한 당대 사람들의 '협동적 창조'를 통해서 생성되고 지속되는 세계인데, 제임슨이 상정하는 문학에는 그런 '협동적 창조'의 자리가 부재하다. 한편의 시는 검은 글자들에 대한 개별 독자의 (재)창조적인 반응으로서만 거기에 존재하지만 ─ 그런 재창조의 과정이 없다면 시는 시가 아니라 그냥 검은 글자일 뿐이다 ─ 제임슨이 상정하는 문학은 그런 재창조 없이 그냥 주어지는 듯하다. 달리 말하면 제임슨의 '정동' '생생함의 충동' '영속적인 현재' 같은 발상은 살아 있는 몸으로 반응하는 주체적인 독자보다는 몸-기계의 감각자료에 의해 작동하는 수동적인 독자 쪽으로 정향되어 있다. 제임슨은 정동에 의해 촉발되는 '생생함'과 구체적인 현재 속의 인간의 살아 있음에서 나오는 실감을 구분하지 않는다. 그런 실감을 위해서는 사회현실과 개개인의 삶의 맥락을 제시하는 서사가 필요한데, 그가 그런 서사의 필요성이 점점 줄어들고 있다고 생각하는 것도 같은 이유다.

그렇다고 작품에 정동을 끌어들이면 안 된다는 것은 아니다. 오히려 그반대다. 다수의 사람들이 정동적 주체가 되어가는 마당에 작가가 정동을 외면하는 것은 현명하지 못하고 어쩌면 직무태만이기 때문이다. 하지만 정동의 아나키즘에 어떻게 대처할 것인가가 관건이다. 제임슨은 새로운 '생생함의 충동'이 벌이는 마지막 전투는 "정동적인 충동들을 제어하는 듯한 관점의 지배에 맞서는 것"(11면)이 되리라고 예측하는데, 리얼리즘의 입장에서는 서사적 '관점'(point of view)의 수호가 그만큼 중요한 임무가 되는 셈이다. 그런데 소설의 '관점'을 어떻게 정하고 어떤 방식으로 운용할지의 문제는 여전히 해결되지 않는다. 이 시대의 현실에 걸맞은 서사적 '관점'이 무엇인지 항상 새롭게 물을 필요가 있는데, 이 경우에도 중요한 것은 사유다. 정동적인 충동에 깨어 있는 사유라야 새로운 현실에 부응하는 서사적 '관점'이 무엇인지 제대로 가늠할 수 있겠기 때문이다.

정동적 요소를 간을 맞추듯 적절히 사용하면, 상황이나 인물의 생생함을 높일 수 있을 뿐 아니라 반복적인 서사로 말미암은 상투성이나 정치적 정답주의 등 서사의 도식성을 깨는 데도 효과적이다. 가령 「상류엔 맹금류」에서 제희가 카트에 비뚤비뚤하게 쌓인 짐 위로 고무줄을 당기다가 고리에 발목을 다치는 장면이 그렇다. "굵은 고무줄 끝에 수리 발톱처럼 생긴 금속 고리가 달려 있었는데 그게 어딘가에 잘못 걸렸다가 탁, 풀리면서 제희의 왼쪽, 그것도 안쪽 복사뼈를 때렸다. 조그만 돌이 쪼개지는 듯한 소리가 났다."(75면) 이후 제희가 소풍 내내 절뚝거렸을 때 독자들에게 그 소리와 멍과 절뚝거림으로 생생하게 전해졌을 정동은 기존의 상징 기능을 일부 담당하되 그 결이 다르다. 그 때림은 제희네 가족 내의 갈등과 하층계급에 가해지는 사회적 압박에 노출된 제희의 처지와 무관하지 않되 딱히 그런 상황의 상징은 아니다. 그럼에도 "조그만 돌이 쪼개지는 듯한" 야멸찬 때림은 작품 전체에 울림을 준다.

정동적 요소를 자연스럽되 특이한 방식으로 활용한 예로 김금희의 「세실리아」(『너무 한낮의 연애』, 문학동네 2016)에서 세실리아가 꼭 끼이는 터틀넥 안을 긁는 장면이 있다. 나중에는 너무 긁어서 "따갑다, 따갑다" 했고 그 모습을 지켜본 화자 정은은 "그러게 자꾸 긁더라, 애. 피가 나니?"라고 반문하는데,(94면) 이때 가려움과 긁었을 때의 따가움이 물씬 전해진다. 화자 정은은 대학동기들의 송년회에서 '엉겅퀸'이라는 별명의 세실리아가 사실은 대학 시절 내내 남자동기들에게 성적으로 대상화되어왔음을 알게되었다. 그 뒤로 현재는 유명한 설치미술가가 된 세실리아를 십수년 만에 만나는데, 그때 이 장면이 없었다면 작품의 성격이 아주 달라졌을 것이다. 성폭력 방조자/피해자 간의 반성과 화해라는 '정치적 올바름' 쪽의 구도로 기울었을 소설은 이 정동적 장면 덕분에 그런 상투성에서 훌쩍 벗어난 느낌이다.

어떻게 살 것인가?

앞의 논의에서 짐작할 수 있듯이, 사유는 인식론과 윤리학의 종합이자 삶의 구체성 속에서 작동된다. 그렇기에 살아 있는 한 개인이 현재 자신의 삶을 어떻게 인식하고 느끼는가의 문제뿐 아니라 앞으로 어떻게 살 것인가의 고민까지 구체적으로 보여줄 때, 문학의 사유는 제대로 작동할 수 있다. 『가만한 나날』(민음사 2019)에 묶인 김세희의 소설들이 서술양식이나 어법에서 눈에 띄는 혁신과 파격이 없음에도 불구하고 현재적 삶의 한복판으로 바로 들어오는 느낌을 주는 것은 그 때문이다. 물론 단편소설 형식으로는 충분히 보여주지도 묻지도 못하는 것이 적잖다. 그렇지만 김세희는 형식의 한계 안에서도 직장과 집이라는 두 공간을 축으로 직장동료와 상사, 친구와 연인과의 관계, 가족과 세대와 노년의 문제까지 시야에 넣으면서 어떻게 살 것인가의 물음을 차분하되 집요한 방식으로 묻는다.

「가만한 나날」「드림팀」「감정 연습」에 등장하는 직장은 잘나가는 대기업과는 거리가 먼 열악한 중소기업체로 보이지만, 그런 직장에서의 삶이 실감나게 느껴지는 것은 단지 핍진한 사실주의 묘사 때문만이 아니다. 무엇보다 화자가 관찰자의 시점이 아닌 당사자의 입장에 서기 때문이다.[8]

---

8 장류진의 『일의 기쁨과 슬픔』(창비 2019)에서 느껴지는 톡톡 튀는 생동감도 더 나은 직장이라는 환경적 요인과 작가 특유의 밝은 감성뿐 아니라, 당사자성에서 비롯되는 실감이 크게 작용한 덕분으로 보인다.

가령 「감정 연습」에서 두명의 인턴 중에 "3개월의 인턴 기간을 거쳐 한 사람을 채용한다는" 회사의 조건하에서 초점화자인 상미는 처음에는 "서로 싸울 이유도 미워할 이유도 없었다"고 생각했지만 "어느 순간 자신이 그를 꺾고 싶어 한다는 것을 깨달았다. (…) 언젠가부터 상미는 실제로 그를 미워하고 있었다."(234면) 이 정도에서 그치면 치열한 경쟁구도에서 그럴 수도 있겠다고 하겠지만, 승부가 자기 쪽으로 기울어졌다는 언질을 받은 후에도 상미는 "하루 종일 파티션을 사이에 두고 마주한 채 지내는 사람을 맹렬하게 증오한 나머지 오후가 되면 머리가 지끈지끈거렸다"고 털어놓는다.(235면) 이렇게 사람을 기이한 정동으로 물들인 '감정 연습'을 시킨 것이 신자유주의의 경쟁체제라면 그런 이상상태에서 벗어나기 위해서는 또다른 '감정 연습'이 필요하다는 것이 이 작품의 요점이다.

「가만한 나날」은 치열한 경쟁관계를 유도하는 체제적인 '감정 연습' 메커니즘을 선보인다는 점에서 「감정 연습」과 유사하지만 그 결과가 심각한 사회적 문제로 이어질 수 있는 경우를 보여준다. 블로그 후기 마케팅이 주력인 광고대행사에 첫 출근을 하는 화자 경진은 함께 입사한 세명의 신입 가운데서 가장 열성적이다. 여기서도 실감을 높여주는 것은 화자가 직장생활에서 겪은 여러 감정 — 뿌듯함, 두려움, 혐오감, 죄책감, 부끄러움 — 을 자기 내부로부터 들려주는 당사자성이다.

> 그보다 더 열심히 일할 수는 없었다. 그것도 완전히 자발적으로. 20대 중반까지는 돈을 지불하고 무언가를 학습하고 받아들이기만 했다. 그런데 이젠 돈을 내는 것이 아니라 받았고, 내 머리와 손끝을 써서 뭔가를 생산해냈다. 그 느낌이 너무 좋았다. 쓸모 있는 존재라는 느낌. 조금만 더 시간을 할애해 정성을 기울이면 결과물이 더 좋아지는 게 눈에 보였다.(108면)

이만하면 체제 측의 '감정 연습'은 거의 완벽하게 성공한 셈이라서 차라리 '감정 교육'이라고 부르는 것이 맞을 것 같다. 여기서 주목할 것은 성공 자체보다도 그것을 이끈 주된 동인, 즉 "쓸모 있는 존재라는 느낌"이다. 노동자들이 '폐기처분'되기도 하는 우리 시대의 상황을 놓고 볼 때, 이 토로에는 '쓸모없는 존재'(쓰레기 같은 존재)를 가까스로 면한 사람의 성취감과 다행스러움이 짙게 배어 있다. 그러나 이런 뿌듯함이 뭔가를 보장해주는 것은 아니다. 블로그 후기 마케팅 업계가 수익을 낼 수 없는 상황이 되자 직원들 모두가 일시에 직장을 떠날 수밖에 없게 된다. 다시 '쓸모없는 존재'가 된 것이다.

과장과 허위가 판치는 온라인 언어생태계의 문제점을 섬뜩하게 드러낸 부분도 눈길을 끈다. 화자는 블로그 이웃의 쪽지를 통해 독성물질을 함유한 살균제 '뽀송이'를 자신('채털리 부인')의 블로그에서 리뷰한 적이 있음을 뒤늦게 알게 된다. 여기서 '안방의 세월호'라 불리는 '가습기살균제 사건'을 연상시키는 '뽀송이' 사건을 다루는 방식에 초점을 맞출 필요가 있다. 앞서 언급한 자연주의의 역설을 감안하면 엄청난 재난의 재현이 재난의 '현실주의'에 포섭되지 않는 방식을 고민해야 하는데, 이 작품은 얼핏 재난이 일어날 수밖에 없는 필연성을 포착하는 듯하다. 가령 화자는 블로그 후기에 리뷰를 쓰면서 "이렇게 해도 괜찮나? 싶을 때도 있었다. 병원이 제시한 문구를 넣어 사각턱을 절제했다는 후기를 작성할 때였다. (…) 이래도 되는 건가? 그러나 곧 그 감각도 사라졌다"(106~107면)고 고백한다.

사실 1인칭 화자와 작가(작품)의 '관점'을 동일시하는 한, 이 작품은 '쓸모없는 존재'를 양산하고 세월호참사 같은 일이 일어나는 우리 사회의 현실을 불가피한 것으로 기정사실화할 우려가 없지 않다. 하지만 이 작품의 '관점'과 화자의 '관점'은 미묘하게 다르다. 어쩌면 「상류엔 맹금류」의 화자가 그렇듯이 이 화자는 자신의 부정적인 면을 솔직하게 고백하기도 하지만 숨기기도 하는데, 독자는 타자에 대한 이 화자의 자기중심적인 반응을 통해서 그런 이중성을 엿보게 된다. 가령 입사동기인 예린이 직장에 적응하지 못해 퇴사할 무렵 예린과 나누었던 대화를 떠올리는 장면이 그렇다.

> 그녀는 기운 없는 모습으로, 자기는 이 일이 적성에 맞지 않는 것 같다고 말했었다. 이 일이 좋아지지가 않아요. 그때 나는 입가에 떠오르는 우월감을 최대한 억제하며, 마음속으로 비아냥거렸다. 그게 아니라 일을 못하는 거겠지. 그래서 쫓겨나는 거잖아.
> 그러고 나서 그때 나는 그녀에게 말했다.
> "정말요? 저는 이 일이 진짜 적성에 잘 맞는 거 같은데."
> 그녀는 진심으로 동조해주었다.
> "네, 경진 씨는 정말 그런 것 같아요."
> 그녀가 그 말을 기억하고 있을까? 나는 그녀를 쫓아가 정정하고 싶은 다급한 욕망에 휩싸였다. 그땐 몰랐는데, 저도 그렇게 적성에 맞았던 거 같진 않아요. 그렇게 말해야만 했다.(130면)

'뽀송이' 사건을 겪고 화자는 자신의 잘못을 알게 되었지만, 그럼에도 진심으로 반성하기보다 유리한 입장으로 비쳐지고자 하는 욕망에 묶여 있다. 이를테면 '감정 교육'에서 완전히 벗어나지 못했으되 바로 그런 당사자만이 줄 수 있는 실감이 느껴진다.

「그건 정말로 슬픈 일일 거야」(『가만한 나날』)는 여러 주제를 건드리는 풍부한 텍스트이지만 그 중심에는 극에 달한 자본주의체제에서 어떻게 살 것인가의 물음이 놓여 있다. 결혼을 고려하고 있는 진아와 연승 커플은 연승의 선배이자 독립 다큐멘터리 감독인 소중한의 점심 초대를 받고 서울 변두리에 있는 중한의 아파트를 방문해 환경단체에서 일하는 그의 아내와 함께 넷이서 하루를 보낸다. 그들이 나누는 대화 주제는 여럿이지만

"더 늦기 전에 원하는 일을 하고 싶다"(12면)는 연승의 장래에 초점이 맞춰져 있다. 이 방문의 주된 목적도 얼마 전 유통업체 직장을 사직한 연승이 학창시절에 심취했던 다큐멘터리 작업을 해보려고 먼저 이쪽 일을 하고 있는 선배 중한으로부터 실제적인 조언을 구하려는 것이었다. 하지만 중한은 연승이 기대한 조언은 하지 않고 "이런저런 이유로 이쪽 길을 택했으나 점점 자신의 선택을 세상에 원한을 품는 알리바이로 삼게 된 사람들에 대해"(47면) 말한다. 진아는 돌아오는 길에 연승의 어두운 얼굴빛을 보고는 "네가 세상에 원한을 품지 않을 수 있을까"라고 염려하고 "네가 일그러져 가는 모습을 보게 된다면 그건 정말 슬픈 일일 거야"(52면)라고 생각한다.

이 소설에는 현재의 자본주의체제 속에서 살아가는 두가지 방식이 있다. 하나는 "현실적이고 앞가림을 잘하는"(11~12면) 진아처럼 체제의 요구에 자신을 맞추어 사는 방식이 있고 다른 하나는 소중한과 그 아내처럼 "똑같은 시스템 안에 있"(48면)되 체제의 논리나 요구에 일방적으로 맞추지는 않는 방식이다. 연승은 진아와 같은 방식으로 살아왔지만 이제는 다른 방식의 삶 — 가령 돈은 많이 못 벌더라도 자기가 원하는 삶[9] — 을 살려는 기대를 갖고 이전의 직장을 사직한 것이다.

이 작품이 소중한 부부의 삶을 하나의 바람직한 대안으로 내세우는 것은 아니다. 체제의 요구에 순응하지 않고 수행자처럼 살고자 하는 소중한

---

9 이 소설을 연승의 '소확행'(작고 확실한 행복) 시도가 좌절된 것으로 보는 한영인의 해석은 연승에 관한 한 설득력이 있으나 소중한 부부를 '소확행'을 실천하는 사람들로 보는 데는 고개가 갸웃해진다. 그렇게 '소확행' 개념으로 작품 전체를 감싸면 체제의 요구와 다른 대안적 삶에 대한 탐구의 지평은 이 작품에서 사라지게 된다. 한영인은 "자신을 만족시켜줄 '작고 확실한 대상'"을 스스로 찾고 "내 삶에 있어 '적절한 욕망'의 크기와 형태가 무엇인지를 거듭 묻는 일"의 중요성을 강조하는데, 예전의 '소시민' 개념처럼 '소확행'에 깔려 있는 체제순응의 측면에는 신경을 쓰지 않는 듯하다. 한영인 「'뉴노멀' 시대의 소설」, 『창작과비평』 2019년 가을호 302면 참조.

은 너무 '거룩'하고, 그런 방식에 아무런 불만이 없되 예측불허의 언행을 하는 부인은 너무 '푼수'처럼 보인다. 게다가 정동적 요소를 활용하여 이런 대안적인 삶의 방식이 빠지기 쉬운 허점을 즉각 환기하기도 한다. 가령 소중한이 아내의 종용에 못 이겨 "분만하려고 누워 있으면 지나가던 의사가 불쑥 거기에 손을 넣어 보"(33면)는 산부인과 의사의 행동을 언급한다든지, 아내가 죽염 섭취로 "생리혈이 맑아졌"(35면)다는 말을 되풀이하는 장면에서 소중한 부부의 삶이 뭔가 이상하다는 느낌을 지울 수 없다. 요컨대 작품은 소중한 부부의 삶에 대해 일정한 거리를 두고 있음이 분명하다.

작품은 연승과 진아의 삶에 대해서도 일정한 거리를 두는데, 둘의 차이는 분별을 요한다. 진아는 소설의 인물들 중에 체제의 '감정 교육'이 가장 잘되어 있는 사람임이 분명하다. 가령 그녀는 소중한의 삶의 방식보다 소중한의 집이 서울 변두리에 있는 것이라든지 좁고 낡아서 물이 새는 것에 훨씬 더 민감하게 반응하는데, 그런 반응이 사실은 '감정 교육'의 효과일 수 있다는 생각은 추호도 없다. 이에 비해 연승은 "수리 영역만 빼고 수능 성적이 전부 1등급이었어"(39면)라고 자랑할 정도로 엘리트의식이 강하지만 다른 한편 그런 특권의식을 모두 버려야 가능한 대안적 삶을 꿈꾸고 있기도 하다. 자신의 분열된 양면을 직시할 만큼 자기객관화가 안 되어 있는 것이다.

이 소설에 등장하는 네 인물 중 누구에게도 작가는 전적인 공감을 표하지 않는데, 그 때문에 독자는 자기 스스로 누구의 삶이 나은지를 생각해야 한다. 우리는 네 사람의 현재적 삶을 놓고 어느 쪽이 상대적으로 더 나은지를 가늠해볼 수도 있지만 꼭 그중에 하나를 선택할 필요는 없다. 덜 거룩한 소중한과 덜 푼수인 그의 부인, 좀더 객관화가 된 연승, '감정 교육'을 약간 탈피한 진아가 되는 길이 어떤 것인지 사유할 때만이 "세상에 원한을 품지 않을" 확률은 높아진다. 그리고 이런 사유의 훈련을 통해서만이 말기에 다다른 자본주의체제에 대한 '적응과 극복의 이중과제'[10]를 제대로 수행할 수 있을 것이다. 세상과 자아를 포함해서 모든 것을 의심해볼 수 있을 만큼 발본적이되, 구체적인 현실에서 어떤 삶이 더 나은지를 비평적으로 가려보려는 것이 문학적 사유라면 김세희의 이 작품은 단편 형식으로는 놀랄 정도로 풍부하게 그런 사유의 가능성을 보여준다 하겠다.

이제껏 사유와 정동을 화두 삼아 촛불혁명기의 소설문학을 살펴보았다. 글을 끝내면서 보완의 의미로 사유와 정동의 관계에 대해서만 한마디 덧붙이고자 한다. 조국사태를 통해 드러났듯, 우리는 개인적 삶을 포함하여 사회의 거의 모든 국면에서 정동의 작용이 매우 활발해진 현실을 맞이했다. 이런 새로운 현실에서 정동의 아나키즘에 제대로 대처하기 위해서는 사유와 정동이 어떤 관계인가를 묻는 것이 요긴해진다. 사유와 정동이 본질적으로 대립적이거나 이율배반적인 것이라면 사유가 정동의 작용을 차단하거나 최대한 억제하는 것이 최선일 것이다. 그러나 그런 방식으로는 사유가 정동의 작용을 제어할 수 있을 것 같지 않고, 설령 그것이 가능하더라도 그게 바람직한지 의문이다. 반면 정동마저 통합하는 사유가 있다면 그런 사유야말로 어떤 상투성에 매이지 않으면서 정동의 아나키즘을 능히 감당할 수 있을 것이다. 따져보면 김수영이 시작(詩作)에 대해 "온몸으로 바로 온몸을 밀고 나가는 것"이라고 할 때의 사유는 이미 정동이 내재된 사유라는 생각이 든다.

---

10 여기서 '이중과제'론이란, 참다운 근대의 변혁을 위해서는 '근대적응'과 '근대극복'의 양면적 과제를 유기적으로 추구해야 한다는 입론이다. 이남주 엮음 『이중과제론』, 창비 2009 참조.

촛불민주주의 시대의 문학

◆

한강과 김려령의 소설들

촛불민주주의의 새로움

촛불항쟁 일주년을 맞는 지금도 지난겨울 광화문광장과 전국 도심거리를 가득 메웠던 시민들의 환한 얼굴과 열띤 함성이 생생하다. 수많은 촛불과 사람의 열기가 합쳐져 거대한 공감의 물결을 이루는 경이로운 순간들이었다. 사람들이 모처럼 온전한 자신으로 돌아온 듯 생기 넘쳤고 세상의 주인인 듯 당당했다. 하나 이런 밝은 얼굴 이면에는 '헬조선'이라 불리는 암담하고 가혹한 삶이 있었으니, 사람들이 촛불광장에 나온 데는 온갖 갑질과 혐오로 점철된 세상을 바꿔보려는 열망이 큰 몫을 했다.

촛불이 열어놓은 새로운 빛으로 우리 문학의 현재를 조명해보려는 이 글에서 촛불혁명에 대한 본격적인 논의를 펼칠 계제는 아니지만 그 특별한 성격은 짚을 필요가 있겠다. 이미 지적되었듯, 2016년의 촛불혁명은 연인원 1700만의 시민들이 참여한 엄청난 규모, 현장을 통제·지휘하는 지도부가 부재한 가운데 시민들 스스로가 그때그때 적절한 요구와 주장을 수렴해낸 집단지성의 지혜, 평화적 시위와 합법적 절차의 준수 등 모두 종래의 혁명과는 달랐다. 혁명에 으레 수반되는 '창건적 폭력'(foundational violence)이 없었을뿐더러 혁명공간에서 표출되는 '공적 자유의 새로운 제도화'가 동반되지 않은 것도 기존 혁명론에 어긋난다. 이런 특이한 결여 때문에 김종엽은 "현재까지는 87년체제의 수호에 머무르고 있다"[1]는 진단을 내놓으면서도 "스스럼없이 촛불혁명이라는 이름을 부여한 대중의 직관적 통찰"을 존중하여 촛불혁명을 "새로운 제도의 창설이 아니라 사회의 자기이해 그리고 혁명의 자기이해 갱신의 성취라는 면에서 살펴볼 것을 제안"한 바 있다.[2]

촛불이 '혁명'이라는 '대중의 직관적 통찰'에 공감하는 것은 촛불이 ─ 특히 주권자인 시민들의 힘으로 정권교체를 이뤄내고 새 정부에 강력한 수평주의적 개혁을 요구하는 초기의 혁신적인 국면에서는 ─ 이명박·박근혜 정권이 훼손한 87년체제의 민주주의를 '회복'하는 것에 머무르지 않고 그 체제의 경계를 '돌파'했다고 느꼈기 때문이다. 두 정권 이전의 87년체제로 돌아가는 것만으로는 촛불시민의 '차별 없는' 민주주의의 요구, 세상을 바꿔보자는 대전환의 요구를 감당할 수 없을 것이다. 사실 촛불은 기층에서 이미 폭넓은 변혁적 요구가 생성되어 있음을 드러내지 않았던가. 87년체제 아래서 평등한 인권/시민권을 인정받지 못했거나 아예 배제당한 사람들(여성, 노동자, 장애인, 이주민, 성소수자, 청소년 등)의 생생한 목소리가 여기저기서 터져나왔는데 이를 기존의 제도와 방식으로 수렴하는 일은 더이상 가능하지 않은 것이다.

또 하나 의미심장한 변화는 이면헌법으로 통하는, 국가안보를 빌미로 시민의 헌법적 권리를 유린해온 반공반북 이데올로기의 약발이 먹히지

---

1 김종엽 「촛불혁명의 새로운 단계를 향하여」, 『창작과비평』 2017년 여름호 3면.
2 김종엽 「촛불혁명에 대한 몇개의 단상」, 『분단체제와 87년체제』, 창비 2017, 469면. 처음부터 촛불이 혁명이며 어째서 그런가를 주장한 예로는 서재정 「시민이 하늘이다: 계속되어야 할 촛불혁명」, 창비주간논평 2017.6.21 참조.

않게 된 것이다. 촛불시민들은 "대한민국의 주권은 국민에게 있고, 모든 권력은 국민으로부터 나온다"를 주문처럼 되뇜으로써 국민이 유일한 주권자임을 천명했는데, 이는 대통령 탄핵에 나선 주권자들을 빨갱이나 종북좌파로 몰지 말라는 경고로 들리기도 했다. 물론 성조기를 든 세칭 태극기집회에서는 여전히 험악한 종북몰이가 난무했지만 이는 촛불에 압도되어 시대착오적인 소극(笑劇)에 그쳤다. 요컨대 이면헌법이 한국전쟁 이래 휘둘러온 무소불위의 마법은 깨어진 것이다. 이런 뜻깊은 진전과 돌파를 바탕으로 '촛불민주주의'라 부름직한 새로운 민주주의 흐름이 형성되었다.

촛불민주주의의 지향성은 촛불의 배경이 된 사건들, 즉 가장 직접적인 박근혜·최순실 국정농단 사건과 가장 기원적인 세월호참사를 비롯하여 성주 사드 배치 반대투쟁, 이화여대 점거투쟁, 강남역 여성 살해사건, 구의역 비정규직노동자 사망사건 등의 면면을 통해 엿볼 수 있다. 이 사건들은 한국사회를 구조화하는 여러겹의 '기울어진 운동장'——권위주의 국가와 국민, 가진 자와 못 가진 자, 미국과 한국, 남성과 여성, 정규직과 비정규직 사이의 불평등한 관계——의 너무 가팔라진 경사 때문에 일어났다. 촛불은 이런 기울어진 운동장들로 이뤄진 세상을 수평적으로 바꿔보려는 염원을 담고 있다.

촛불혁명의 미래가 순탄하리라고만 기대하는 것은 아니다. 시민들의 자발적 참여에 바탕한 촛불혁명의 추동력이 약화된 데다 새 정부의 비전과 실력이 변혁의 과제들을 홀로 감당하기 힘들다는 생각도 든다. 하지만 우리는 이미 낡은 세상을 등지고 새 세상으로 나왔고 낙관과 비관의 차원을 넘어 '돌아갈 수 없는 길' 위에 있는 것이다.

촛불집회에서 특히 인상적인 장면은 자유발언대에 오른 사람들 저마다의 생생한 발언과 몸짓, 유연하고 개성적인 어법이었다. 중고등학생부터 할머니 할아버지까지, 노동운동가에서 비정규직·알바까지 실로 다양한 사람들이 자기 삶을 바탕으로 자기가 왜 이 자리에 나왔고 무엇을 바라는지를 열정적으로 들려주었다.[3] 경직된 어투로 준비된 투쟁구호를 외치는 전통적인 운동권 연사도 있었지만 그들보다 뜨거운 박수를 받은 이들은 상투적인 틀에 매이지 않는 자기만의 어법으로 생생한 이야기를 들려준 사람들이었다.

이들의 발언에 묻어나는 생생함은 어디서 왔을까? 아마 세상과 자기 삶을 바꿔보려는 열망에서 나오지 않았을까. 하지만 어쩌면 주눅들지 않는 발언의 순간 이미 우리는 새 삶과 새 세상의 진면목을 흘끗 엿본 게 아닐까. 문학이 촛불혁명에 참여한다는 것은 문학이 새 세상 만들기의 정치사회적 기획에 기여한다는 뜻만이 아니다. 가령 문단 내 성폭력과 블랙리스트 같은 적폐를 청산하는 일이 요긴하지만 이에 한정될 수는 없다. 오히려 그 참뜻은 무엇이 낡은 세상이고 무엇이 새로운 세상인지, 무엇이 살아 있는 삶이고 무엇이 죽어 있는 삶인지를 드러내는 문학적 실천 자체가 곧 새 세상 만들기의 핵심적 일부라는 데 있다.

다음 절에서는 촛불민주주의의 새로움과 관련된 작품들을 다루되 앞서 지적한 낡은 세상과 새 세상, 살아 있는 삶과 그렇지 못한 삶을 가르는 사유와 감각에 주목하고자 한다. 제한된 지면에서 선별적인 논의를 할 수밖에 없는데 촛불혁명 전후로 잇달아 출간된 최근의 페미니즘 소설 몇편과 10년 전에 나온 한강의 『채식주의자』, 그리고 참사 이후의 삶을 천착한 김려령(金呂玲)의 몇몇 소설을 검토해보기로 한다.

---

3 자유발언대의 생생한 발언들은 황정아의 주장대로 "광장은 권력을 퇴진시키는 싸움만이 아니라 우리 자신이 누구이며 누구이고자 하는지, 민주주의란 무엇이며 또 무엇이어야 하는지를 '알고 또 이해하고자' 하는 '열정적인 싸움'의 현장"임을 실감케 한다. 황정아 「민주주의는 어떤 '기분'인가: 김금희와 황정은의 최근 소설들」, 『창작과비평』 2017년 봄호 55면.

최근 페미니즘 소설과 『채식주의자』

촛불혁명을 계기로 분출된 '차별 없는 민주주의'에 대한 요구 중에서도 여성차별과 여성혐오에 대한 반발과 저항이 특히 두드러졌고 꾸준했다. 이런 흐름에 발맞추어 래디컬 페미니즘 비평과 여성혐오 비판 담론 역시 활발하게 개진되었으며,[4] 페미니즘 소설들이 봇물 터지듯 쏟아져나온 것은 우연한 일이 아니다.

한국 페미니즘문학은 그 역사가 짧지 않지만 촛불혁명과의 강한 연관 속에 등장한 소설들 —— 조남주의 장편 『82년생 김지영』(민음사 2016), 강화길의 소설집 『괜찮은 사람』(문학동네 2016)과 장편 『다른 사람』(한겨레출판 2017), 박민정의 소설집 『아내들의 학교』(문학동네 2017), 김혜진의 장편 『딸에 대하여』(민음사 2017) —— 의 분위기랄까 정동은 이전 소설과는 다르게 느껴진다. 이는 래디컬페미니즘의 득세와 레즈비언페미니즘의 대두에서 나타나듯 여성만의 독자적인 주체화가 두드러지기 때문인 듯싶다. 또 하나 차이를 유발하는 요인은 이 시대 젊은 여성들 대다수가 '프레카리아트'(precarious+proletariat)라 불리는 불안정한 노동자로 살아가는 데서 비롯된다. 말하자면 하층 노동자이자 여성으로서의 이중적인 차별 체험에서 배어나는 질감이 이전 세대 페미니즘문학과 또다른 특징이라고 하겠다.

이 소설들 사이의 차이에도 주목할 필요가 있다. 조남주의 장편은 주인공 김지영의 삶을 중심으로 적절한 상황 설정과 사건 배치를 통해 그 세대 여성들이 겪을 법한 여러 종류의 차별과 억압을 고루 제시하는 미덕이 있다. 하지만 주인공 김지영은 한 개체로서 살아 있는 존재라기보다 차별받는 여성의 특성을 고루 조합해서 만든 평균적인 인물 같은 느낌을 준

---

4 젠더불평등과 여성혐오 비판 담론과 관련하여 다수의 논의들이 나왔다. 최근 논의의 흐름을 조리있게 정리한 글로는 백지연 「페미니즘 비평과 '혐오'를 읽는 방식」, 『창작과비평』 2017년 여름호 19~25면 참조.

다. 이런 미덕과 한계로 말미암아 『82년생 김지영』은 페미니즘을 안내하는 유용한 '계몽소설'처럼 읽힌다.[5] 강화길의 장편 『다른 사람』의 두드러진 강점은 페미니즘을 설득하기보다는 열정적으로 부르짖는 듯한 (인물보다 작가의) 목소리에 있다. 다만 그 열정이 앞서는 탓인지 성차별과 따돌림, 성폭행 등을 보여주기 위해 설정된 사건들과 관계들이 너무 복잡해서 의도된 지향성을 잃고 혼란이 야기되는 아쉬움이 있다. 강렬한 목소리가 기존 형식을 파열케 하지만 새로운 형식을 찾아낸 것 같지는 않다. 이에 반해 박민정은 「행복의 과학」과 「A코에게 보낸 유서」(『아내들의 학교』)에서 보듯, 정교한 플롯 감각이 있고 프레카리아트 여성노동자의 삶과 국수주의 마초 문화에 대한 이해가 깊으며, 독특한 여성 인물들을 제시하는 데도 성공한다. 다만 자유로운 발상만큼 설정이 작위적이고 멜로드라마틱한 점이 걸린다.[6]

김혜진의 『딸에 대하여』는 여러 면에서 주목할 만하다. 우선 레즈비언인 딸이 아니라 그 어머니를 화자로 내세운 화법 덕분에 소설은 레즈비언 페미니즘을 위한 계몽적인 저항서사로 환원되지 않는다. 이런 우회적 관점으로 말미암아 독자는 레즈비언 딸보다 '실은, 어머니에 대하여'('작품해설' 제목이기도 하다) 훨씬 더 많은 것을 알게 될 뿐 아니라, 나이 든 이성애자 여성이 가질 법한 편견을 비평적인 거리를 두고 대하게 된다. 가령 한밤중 2층집의 심한 부부싸움 소리에 가정폭력 신고를 한 딸 커플에 대해 화자는 속으로 "저 애들은 부부가 되고 가족을 꾸리는 일의 고단함을 모른다. 그런 걸 모른다는 부끄러움도 없다. 부끄러워해야 할 사람이 누구인지도 생각하지 못한다"(50면)고 속으로 개탄하지만, 독자는 그 개탄

---

5 이 작품에 대한 상세한 논의로는 신샛별 「프레카리아트 페미니스트: 조남주, 강화길 소설에 주목하여」, 문장 웹진 2017.7.1 참조.
6 박민정의 레즈비언 서사 「아내들의 학교」에 대한 논의는 차미령 「너머의 퀴어: 2010년 한국소설과 규범적 성의 문제」, 『창작과비평』 2017년 여름호 64~68면 참조.

에 동조하기보다 이를 비판적으로 읽게 된다.

어머니의 '(혈연)가족' 중심 사고방식은 기성세대에서는 정상으로 통하지만 소수자 차별을 철폐하려는 촛불민주주의 시대에서는 그런 정상성이 회의되고 그런 만큼 어머니는 '믿을 수 없는 화자'가 된다. 그래서 어머니의 이야기는 이성애가족 중심의 선입견을 거꾸로 새겨듣는 재미를 줄지언정 더이상 바람직한 삶의 전형을 제시하지는 못한다. 하지만 어머니는 딸에 대한 애정이 애틋한 데다, 평생 노동자로 살아오면서 타자에 대한 배려와 공동체적 품성이 밴 덕분에 '믿을 수 있는 화자'일 가능성이 열린다. 가령 어머니는 자신이 돌보던 젠이 마지막으로 이송된 요양소로 찾아가 그를 며칠만 집에서 모시고 싶다는 요청을 한다. 요양소 직원이 "가족이 아니면 절대 안 된다"고 하자 어머니는 "저분은 가족이 없어요. 피를 나눈 직계가족 같은 게 없다고요. 찾아올 사람이 세상천지에 하나도 없다고요. 가족이든 아니든 그게 도대체 뭐가 그렇게 중요해요"라고 항의한다.(176면) 혈연가족을 중시해왔던 어머니가 이 지점에서 자기도 모르게 그 경계를 돌파한 것인데, 그 덕분에 소설은 꽤나 아이러니한 효과를 획득한다. 요컨대 '믿을 수 없는 화자'와 '믿을 수 있는 화자' 사이에 비평적 공간이 열리면서 발생하는 아이러니가 이 소설의 매력 포인트다.

적절한 화법 구사와 더불어 치매요양원 보호사로서의 돌봄노동과 거기서 만난 젠과의 관계, 나아가 딸 커플과의 관계까지 모두 사실적인 실감을 살려서 제시한 것도 평가할 만하다. 가령 딸이 어머니에게 막 대하는 데 반해 딸의 파트너는 깊은 배려심의 소유자로 형상화된 점도 그럴 법하다. 다만 이렇게 인물과 그 관계가 모두 적절하게 제시되다보니 작위적인 설정의 기미도 없지 않다. 어머니가 딸 커플에게 "내가 너희를 이해할 수 있는 기적 같은 일이 일어날까. 때로 기적은 끔찍한 모습으로 오기도 하니까"(194면)라고 토로하듯 딸 커플의 관계를 인정하되 아직은 이해하지 못한다는 설정도 설득력 있으나, 이마저 어딘지 '정답' 같다. 성공작이지만 너무 모범적이랄까 너무 적절하달까. 이를테면 레즈비언페미니즘이라는 '진보적'인 주제를 다루고 있지만 적정한 선을 넘지는 않는다.

네 작가들이 각각의 방식과 서사전략으로 페미니즘문학의 전선에서 분투하고 있음을 확인하면서도 촛불혁명에 걸맞은 문학적 돌파에까지 이른 것 같지는 않다. 어쩌면 1970~80년대 노동문학·민중문학의 경우처럼 아무리 선진적이고 혁명적인 사상이라도 보편주의적인 발상에 기대면 오히려 문학적 효력은 반감되는 현상이 아닐까 싶다. 이 지점에서 한강의 『채식주의자』(창비 2007)를 떠올린 것은 이 연작소설이 페미니즘이라는 보편주의적인 발상을 갖고 출발한 것은 아니되 어쩌면 그 때문에 페미니즘 관점에서도 비범한 서사로 읽히는 면이 있기 때문이다. 이런 면모는 이 소설이 미학적이든 정치적이든 어떤 의제(agenda)를 정해놓고 나아가기보다 존재론적으로 미지의 영역을 탐구하는 '발견적' 방식을 취하기 때문이다. 이는 '존재'(being)의 차원에서는 '하나의 세상을 생기게 하는 행위'[7]에 비견할 법하다. 물론 이때의 세상은 우리가 흔히 떠올리는 사물과 인간의 총합으로서의 세계, 즉 공간적 개념으로서의 세계가 아니라 주체와 객체의 구분 이전의 세계, 시간성 속에서 언제나 새롭게 자기갱신을 해내야 할 세계이다.

『채식주의자』의 이런 탐구적·발견적 특성은 이 중편연작 ──「채식주의자」「몽고반점」「나무 불꽃」── 의 복합적이고 정교한 서술구조에 반영되어 있다. 세 소설의 주요 서술자는 어느 날 느닷없이 채식을 결단하는 주인공 영혜가 아니라 그녀의 수수께끼 같은 행동을 지켜보는 남편(「채식

---

7 하이데거의 'worlding' 개념을 풀어쓴 것이다. 이 개념을 포함하여 하이데거의 시간성으로서의 세계 개념에 대해서는 Pheng Cheah, *What Is a World?: On Postcolonial Literature as World Literature*, Duke University Press 2016, 93~130면 참조. "I will discuss Heidegger's argument that radically finite temporality is a "force" of worlding, a process that, in giving rise to existence, worlds a world"(97면) 참조.

주의자」의 일인칭 화자), 형부(「몽고반점」의 삼인칭 초점화자), 언니 인혜(「나무 불꽃」의 삼인칭 초점화자)이다. 영혜의 삶은 몇몇 발언 및 이탤릭체의 내면 서술을 제하고는 이 세 인물의 관찰과 묘사를 통해서만 서술되기 때문에 이 연작은 영혜라는 불가해한 존재를 탐구하면서 동시에 우리 시대의 전형들인 서술자들의 속내와 삶의 방식을 효과적으로 드러낼 수 있게 된다. 말하자면 각각의 서술자가 나름의 방식으로 영혜를 해석하는 이야기를 들려줌으로써 자신을 드러내는 동시에 영혜를 재구성하게 만드는 서사 장치인 것이다.

또 하나 주목할 것은 세 서술자의 이야기 신뢰도가 각기 상이하다는 점이다. 「채식주의자」의 영혜 남편은 완전히 '믿을 수 없는 화자'인 데 반해 비디오아티스트인 「몽고반점」의 형부와 「나무 불꽃」의 언니는 그보다 훨씬 신뢰할 만하지만 그렇다고 완전히 믿을 수 있는 이야기만 하는 것은 아니다. 가령 영혜의 남편은 "세상에서 가장 평범한 여자"(10면, 26면)로 여겨온 아내가 갑자기 육식을 거부하자 "저토록 이기적이고 제멋대로인 구석이 있었다니"(20면)라고 반감과 혐오감을 보인다. 그는 악하다기보다 보통의 속물적인 욕망과 통념을 지닌 직장인 남자인데, 그렇기에 아내의 변화를 더더욱 이해하지 못한다. 한편 중년남자의 일상에 찌든 형부는 예술가적 열망에 진정성도 있어서 아내인 인혜의 눈에 "그의 열정어린 작품들과, 수족관에 갇힌 물고기 같은 그의 일상 사이에는 결코 동일인이라고 부를 수 없을 간격이 분명하게 존재하는 것처럼"(162면) 보일 만큼 분열된 존재다. 예술가로서의 그는 신뢰할 수 있지만 중년남성으로서는 그렇지 않다. 마지막으로 인혜는 집안 생계를 책임지고 예술가 남편과 어린 자식을 뒷바라지하며 동생 영혜까지 챙기는 성실한 사람이지만, 그만큼 자기는 최선을 다했다는 소시민적인 허위의식에 잡혀 있다. 동생과 남편 간의 성행위 장면을 목격하고 그런 허위의식이 깨지면서 인혜는 조금씩 믿을 수 있는 서술자로 바뀐다. 그리하여 "문득 이 세상을 살아본 적이 없다는 느낌" "다만 견뎌왔을 뿐"이라는 느낌(197면)이라든지 문득 "자신이 오래 전부터 죽어 있었다는 것을"(201면) 깨닫는 자기성찰의 순간을 맞이한다. 요컨대 이 작품에는 순전한 진실을 담지한 화자/서술자도, 작가의 입장과 완전히 동일시할 수 있는 화자/서술자도 없는 것이다.

세 서술자의 세계관적 차이를 요약하면 영혜의 남편은 이 세상을 적당히 살아가려 할 뿐 새 세상을 바라지 않고, 형부는 이 세상에 묶여 있되 나비처럼 그 경계를 초월하기를 갈망하며, 언니는 이 세상살이에 최선을 다했으나 그냥 견뎌왔을 뿐 진정으로 산 것이 아니라는 깨달음에 이른다. 영혜는 이상증세에도 불구하고, 아니 어쩌면 그런 '비정상성' 때문에, 이 세상의 경계를 넘어버린 사람이다. 이런 영혜와 통할 수 있는 사람은 예술가로서의 형부, 그리고 자기 삶의 문제를 깨달은 이후의 언니뿐이다. 여기서 하나의 쟁점은 형부와 영혜의 성행위를 어떻게 보느냐이다. 그것은 사회적 도덕률의 관점에서는 불륜임에 틀림없지만, (남편이 영혜한테 한 것처럼) 강압에 의한 성폭력은 아니거니와 섹스 후에 나누는 둘의 대화에서 영혜가 모처럼 평온하다는 사실은 특기할 만하다. 영혜는 육식을 거부하게 만든 끔찍한 꿈 이야기를 털어놓으며 "이제 무섭지 않아요. ⋯⋯무서워하지 않을 거예요"(143면)라고 다짐하듯 말한다. 금기의 성행위가 영혜에게 치유효과를 발휘하는 것은 영혜의 존재적 추구가 이 세상으로부터 탈출을 꿈꾸는 형부의 예술작업과 친화적이었기 때문일 것이다.[8]

---

8 이 점을 고려할 때 「몽고반점」의 핵심을 "형부에 의한 처제의 성적 착취"로 요약하는 최원식의 해석에 동의하기 힘들다. 최원식 「우리 시대 한국문학의 두 촉: 한강과 권여선」, 『창작과비평』 2016년 겨울호 83면. 이런 해석은 사건 당시 인혜의 견해와 통하는데, 자기성찰 후의 그녀는 그것이 진실이 아닐 수 있음을 감지한다. 문제의 장면에 대해 인혜는 "그것은 분명 충격적인 영상이었지만, 이상하게도 시간이 흐를수록 성적인 것으로 기억되지 않았다. 꽃과 잎사귀, 푸른 줄기 들로 뒤덮인 그들의 몸은 마치 더이상 사람이 아닌 듯 낯설었다. 그들의 몸짓은 흡사 사람에서 벗어나오려는 몸부림처럼 보였다"(『채식주의자』 218면)라고 속내를 털어놓는다.

영혜에게 가해진 다양한 폭력은 어떻게 볼 수 있을까. 세 장면을 주목하고자 한다. 하나는 온 가족이 모인 자리에서 아버지의 주도하에 남동생이 조력하고 어머니가 어르면서 영혜에게 고기를 강제로 먹이는 장면이다. 인혜만이 아버지를 만류하지만 그게 통하지 않으리라는 것은 뻔하다. 섬뜩한 가부장적 폭력, 그것도 집단폭력이 아닐까 싶다. 두번째는 동생과 남편의 섹스 장면을 비디오테이프로 보고 충격을 받은 인혜가 두 사람을 정신병원에 가두는 조치를 취한 것이다. 일반적으로는 이런 조치가 심각한 폭력으로 여겨지지 않을 수 있다. 우선 형부와 처제 간의 적나라한 섹스와 그것을 촬영하기까지 한 것은 포르노물의 작동방식과 흡사하고, 게다가 이로써 자신에게 최선을 다한 언니에게 깊은 상처를 입힌 것도 심각한 폭력이라면 폭력이다. 하지만 영혜의 존재적 추구와 형부의 예술적 행위 간의 친화성에 초점을 맞추면 이 조치는 치유의 기미를 보이던 영혜의 삶을 또다시 무참하게 파괴하는 처사였다. 그것이 영혜를 가장 소중히 여기는 인혜의 손으로 저질러진다는 사실도 눈여겨볼 대목이다.

세번째는 정신병원에서 채식마저 거부하는 영혜에게 튜브를 통한 강제급식을 실시하는 장면이다. 단식에 의한 사망에 대처하는 이 조치는 죽음이란 무조건 피해야 할 것이라는 세상의 논리가 휘두르는 폭력이다. 인혜가 음식을 강제로 먹이려는 병원의 조치에 반발하는 동생에게 "네가! 죽을까봐 그러잖아!"(190면)라고 항변하자 영혜는 "……왜, 죽으면 안되는 거야?"(191면)라고 반문한다. 이 장면은 고기를 강제로 먹이는 첫번째 장면과 이어져, 음식을 거부함으로써 이 세상의 지배에서 벗어나려는 영혜의 시도가 세상의 시스템에 의해 원천봉쇄당하는 것 같은 느낌을 준다.

영혜가 채식을 하고 나중에는 나무가 되기를 염원해서 음식을 거부하는 것을 어떻게 해석할 수 있을까? 이 소설에는 채식-꽃-나무로 이어지는 식물성의 모티프가 산재하고 의미심장한 울림이 적잖다. 하지만 영혜가 자신에게 가해지는 폭력들에 대해 칼로 손목을 긋고 짐승처럼 ── "짐승 같은 비명"(51면), "흡사 짐승 같은 소리"(211면) —— 울부짖음으로써 결사적으로 저항한다는 점에서 그의 존재론적 성격은 식물적 주체성과는 거리가 있다.[9] 또한 '나무-되기'의 열망이 경증 정신분열자인 영혜의 망상일 가능성도 배제할 수 없다. 식물적 주체성의 코드로만 읽는 것은 텍스트에 박혀 있는 애매성(ambiguity)의 요소들을 무시하는 읽기가 될 수 있다. 영혜는 무엇보다 존재의 불가해성을 보여주지만[10] 그녀가 어떤 존재인지를 암시하는 단서가 전혀 없는 것은 아니다. 영혜를 괴롭히는 꿈과 그 때문에 시작되는 육식거부·단식은 존재의 마음과 몸에 결정적인 영향을 주는 요소들이다. 근대적 합리성에 어긋나는 이 두 요소를 따라서 갈 데까지 가는 영혜의 존재적 움직임은 은유적인 차원에서는 가부장적 질서와 육식을 당연시하는 근대문명을 비판하는 울림을 담고 있다.

죽어가는 영혜를 싣고 서울로 오는 구급차에서 인혜가 영혜의 귀에 "꿈속에선, 꿈이 전부인 것 같잖아. 하지만 깨고 나면 그게 전부가 아니란 걸 알지…… 그러니까, 언젠가 우리가 깨어나면, 그때는……"(221면)이라고 속삭이는 마지막 대목은 깊은 여운을 남긴다. 무엇이 꿈이고 무엇이 꿈에서 깨어난 현실인 걸까. 인혜와 영혜 각각에게 다른 형태로 나타났지만, 악몽 같은 현실인 이 세상이 오히려 꿈이요, 거기서 깨어나기만 하면 새 삶이 가능해진다는 의미가 담겨 있는 듯하다. 영혜의 속내는 여전히 알 수 없으나, 인혜는 영혜를 처음으로 동정심도 미움도 없이 순수하게 껴안

---

9 신샛별 「식물적 주체성과 공동체적 상상력: 『채식주의자』에서 『소년이 온다』까지, 한 강 소설의 궤적과 의의」, 『창작과비평』 2016년 여름호 참조.

10 존재의 불가해성과 '믿을 수 없는 화자'의 절묘한 구사를 포함해서 『채식주의자』는 허먼 멜빌의 「필경사 바틀비」(Bartleby, the Scrivener, 1853)와 유사한 점이 적잖다. 가령 영혜 남편은 아내가 갑자기 육식을 끊은 것에 대해 마치 변호사가 바틀비의 갑작스런 필사 중단에 반응하는 것처럼 행동한다. 즉 인내하고 체념하고 이해하려고 하지만 결코 이해하지 못한다. 변호사가 바틀비에게 합리적인 설득이 통하지 않자 결국 바틀비의 감옥행을 방치하는 것과 인혜가 남편과 동생의 황당한 성행위를 대하고 두 사람을 정신병원에 집어넣는 조치를 취하는 것 사이에도 비슷한 점이 있다.

는다. 그렇기에 적어도 은유적인 차원에서는 지옥 같은 세상들을 통과한 자매가 삶의 끝에 이르러 진정한 '우리'가 되는 이 종결은 훌륭한 페미니즘서사로도 손색이 없다. 또한 여기서 인혜는 자신의 삶을 옥죄던 소시민의식에서 벗어났을 뿐 아니라 불가해한 존재인 영혜에게도 자신의 존재를 개방함으로써 자기변혁을 이뤄낸 것이 아닐까.

참사 이후의 삶, 김려령의 소설들

세월호참사와 촛불혁명이 이 시대를 특징짓는 양대 사건인 까닭은 참사에 응축된 시대적인 문제점들이 촛불을 통해서만 밝혀질 수 있기 때문이다. 이는 주체 외부의 세상에서 벌어지는 이야기만은 아니다. 이 시대 사람들 상당수가 규모와 양상은 달라도 저마다의 참사와 촛불을 경험한다. 참사를 죽음에 한정하지 않고 참담한 사건까지 포함한다면 참사의 바깥에서 이 시대를 살 수 있을까. 참사를 당하고도 촛불이 부재한 사람은 인혜의 경우처럼 삶을 산다기보다 '견디고' 있는 것이다. 촛불 없이 새 삶은 시작되기 어렵기 때문이다. 이 점에서 근년에 세월호참사와 촛불혁명과 관련된 다큐멘터리와 아울러, 참사와 그 이후의 삶을 천착하는 시와 소설이 다수 출간된 것은 우연이 아닐 것이다.

김탁환의 『거짓말이다』(북스피어 2016)와 한강의 『소년이 온다』(창비 2014)가 역사적 참사 속에서 이 주제를 다뤘다면, 어느 한 개인이나 가족의 차원에서 이 주제를 탐구한 소설은 상당수다. 황정은의 『계속해보겠습니다』(창비 2014)와 중편 「웃는 남자」(『디디의 우산』에 「d」로 수록), 권여선의 『안녕 주정뱅이』(창비 2016), 조해진의 『빛의 호위』(창비 2017), 김애란의 『바깥은 여름』(문학동네 2017) 등, 사실상 이 시기의 역작들 대부분이 그러하다. 흔히 '청소년문학'으로 분류되는 소설들 중에서도 이 명단에 오를 작품이 적잖다. 가령『우아한 거짓말』(창비 2009)에서부터 이미 참사 이후의 삶을 천착해온 김려령의 소설집『샹들리에』(창비 2016)와 손원평의 장편『아몬드』(창비 2017)야말로 이 주제를 집중 탐구한 작품이다.[11]

김려령의 소설을 읽으면 작가의 대범하면서도 섬세한 감수성이 자주 실감된다. 그런데 그 대범함이 주류 소설들의 '미학화' 경향에서 벗어나는 장점으로 작용하는가 하면 더러 통념적 정서나 상투어를 아무렇지 않게 사용하는 약점으로 드러나기도 한다. 그가 이른바 '본격문학'으로 시도한『너를 봤어』(창비 2013)와『트렁크』(창비 2015)가 남다른 미덕이 있음에도 평단과 독자로부터 큰 호응을 얻지 못한 데는 통속적인 요소를 너무 '대범하게' 끌어들인 탓도 있다. 그러나 그 대범함이 비범한 예술적 효과를 발휘할 때가 있다. 바로 죽음을 대할 때이다.

대다수 소설과 달리 김려령의 소설은 참사일 수밖에 없는 죽음을 간단히 알리면서 시작된다. '사건의 중심으로'(in medias res) 바로 들어가는 것이다. 장편『우아한 거짓말』에서는 소설 앞머리에 "내일을 준비하던 천지가, 오늘 죽었다"(7면)고 고지하고 중편「이어폰」(『샹들리에』)에서는 서두부터 불길한 대화("정말 아무 소리도 안 들렸어?"/"네."/"어떻게 그럴 수가 있어?", 165면)가 제시된다. 몇면 뒤 "엄마 몸 위로 흰 천이 덮였다"(170면)라는 대목에서 참사가 일어났음이 분명해진다. 중일이 자기 방에서 이어폰을 꽂고 음악을 들으면서 게임을 하느라고 주방에서 엄마가 쓰러져 죽어가는 것을 전혀 알지 못한 것이다.

첫 대목에서 바로 죽음을 등장시키는 이런 방식은 주요 인물의 죽음

---

11 한국 평단은 이른바 '청소년문학'을 진지하게 평하지 않지만, 이런 관행은 재고되어야 마땅하다. 청소년의 삶이 '헬조선' 바깥이기는커녕 한복판일뿐더러 그들의 삶과 가족의 삶이 맞물려 돌아가기 때문에 청소년의 삶만 떼어낼 수도 없다. '청소년문학'을 하나의 장르문학이라고 본다면, 그중엔 이 장르에서는 성공작일지언정 당대 문학의 수준작에는 못 미치는 작품이 있는가 하면 걸작도 있다. 김려령의 경우『우아한 거짓말』이 후자에 속하며, 소설집『샹들리에』에 수록된 소설들 대부분도 후자 쪽이다.

이 클라이맥스로 배치되는 통상적인 서사방식과 판이하다. 많은 소설에서 죽음은 삶의 끝이지만 김려령의 소설에서 죽음은 삶의 한복판에 놓인다. 대부분의 소설에서 죽음은 각별한 의미를 부여받는 대신 돌아다니면 곤란한 흉물처럼 한구석에 갇혀 있는 데 반해 그의 소설에서 죽음은 크게 떠벌려지지 않으면서도 전편에 걸쳐 존재감을 갖는다.

죽음 이전의 삶을 돌아보는 작업은 바로 죽음의 원인규명 과정이기도 하다. 「이어폰」에서 죽음의 원인은 공식적으로는 "부주의로 발생한 사고사"(202면)로 판정받지만, 그 실제적인 원인은 이어폰의 의미에서 집중적으로 규명된다. 중일에게 고급 이어폰은 친구들 사이에서 자랑거리일 뿐아니라 학교-학원-집을 오가는 힘든 삶에서 빠져나와 자기만의 세계를 살 수 있게 해주는, 없어서는 안 될 장비. 하지만 아이러니하게도 그것은 중일의 삶을 가족의 삶과 완전하게 차단하기도 한다. 중일 아빠의 경우도 크게 다르지 않다. 생활비를 감당하느라 쫓기고 "점점 잔소리가 늘어나는 아내와 이어폰 하나로 저 혼자 천국에 사는 아들놈"(200면)에게 '열받아서' 낙을 붙인 것이 아들처럼 이어폰을 꽂고 게임을 하는 것이었다. 쓰러진 엄마를 먼저 발견한 건 아빠이지만, 엄마가 쓰러지는 순간 그도 이어폰을 꽂고 게임을 하고 있었음이 암시된다. 이쯤 되면 이어폰은 그냥 하나의 기기인 것만은 아니다. 피폐해지고 가혹해지는 삶의 압박을 피하는 통로인 동시에 그나마 잔존하는 가족적·공동체적 유대를 차단·해체하는 기제의 상징물인 것이다. 잘 듣기 위한 장치인 이어폰이 되레 소통을 단절한다는 아이러니를 통해 현대 기술문명의 역설적 성격이 드러나기도 한다.

죽음/참사 이후의 삶은 치유의 과정인데, 촛불과 같은 삶을 밝히는 기운이 없으면 진정한 극복은 힘들 것이다. 「이어폰」의 경우 참사 이후의 어두운 시간을 밝혀주는 촛불은 할머니와 고모로부터 나온다. 그것은 현실을 있는 그대로 대면하는 과정이기도 하다. 할머니는 대범한 성격과 공동체적 품성으로 자식과 손자를 포용하고 속 깊은 고모는 중일의 깊은 상처를 헤아려 정신과 상담을 받게 한다. 그때야 중일은 엄마의 죽음의 순간을, 제대로 상상하고 직시할 수 있게 된다. "방문 하나를 사이에 두고 한쪽에서는 엄마가 의자에서 떨어져 머리를 바닥에 박았다. 텅. 같이 와장창 깨진 접시들. 중일아⋯⋯. 다른 한쪽에서는 중일 자신이 이어폰을 꽂고 춤을 추고 있었다. 좋아하는 가수의 신곡은 마침 좋아하는 리듬이었고, 축구 게임은 막 역전승을 거두는 순간이었다. 좋아! 뿜빠빠빠 뿜빠빠빠⋯⋯ 의자에 앉은 채로 리듬을 탔다."(240~41면) 이 소설은 '이어폰'이라는 실물이자 강력한 상징을 통해 현재 우리 사회의 가족이 어떻게 단절된 상황에 처하게 되었는지를 통찰하는 수작이지만, 할머니와 고모의 힘을 빌린 치유의 과정이 다소 순조롭게 진행된 감이 없지는 않다.

『샹들리에』의 다른 단편들 또한 어떤 특정한 유형에 얽매이지 않고 생동하는 인물을 만들어내는 김려령의 능력을 실감케 한다. 죽음과 삶의 리듬 사이를 오가는 마음의 움직임을 섬세하게 포착하는 작가 특유의 감각이 힘을 발휘하는 대목이기도 하다. 앞서 「이어폰」의 중일과 중일 아빠의 형상화도 뛰어나지만, 따옴표 없이 연속되는 대화말을 통해 청소년의 삶과 언어의 생생한 현장을 발 빠르게 비춰주는 「고드름」은 이 점에서 수작이다. 그런가 하면 「아는 사람」은 한 여고생이 과외그룹 동료와 선생의 성폭력 덫에 걸리는 과정을 섬뜩할 정도로 핍진하게 그려낸다. 인물의 형상화 면에서 가장 주목할 만한 것은 「그녀」와 「미진이」 연작이다. 이 연작에서 신체적인 죽음과 삶뿐 아니라 '살아 있는 삶'과 그렇지 못한 삶에 대한 작가의 남다른 감각이 인물 형상화를 통해 유감없이 드러나기 때문이다.

「그녀」의 일인칭 화자는 할아버지의 장례식을 준비하러 시골에 온 남자 중학생으로 그곳에 사는 '돼지 할머니'의 손녀인 '그녀'를 만난다. 그녀에 대한 화자의 첫인상은 '못됨' 그 자체였다. "온몸에 못됨을 장전하고 있다가 신호만 떨어지면 곧장 못됨을 발사할 것만 같았"다.(40면) 그러니

둘 사이에 무슨 좋은 관계가 싹트겠느냐마는 소설은 그녀의 못됨이 그렇게 나쁘지만은 않고 실은 '살아 있음'의 징표일 수 있음을 암시한다. 그런 낌새를 느끼게 해주는 데는 몇가지 요인이 작용한다.

우선 이 소설에 등장하는 시골마을이 소년 화자의 입장에서 실감있게 그려진 점이 중요하다. 가령 장례를 준비하는 과정과 큰집과 작은집 식구가 함께 일하면서 온 마을이 활기를 띠는 광경이 그러하다. 화자가 전해 들은 이 마을의 고약한 일면, 즉 마을 노인들이 모처럼 찾아온 젊은 사람들의 일거수일투족을 간섭하고 덕담이랍시고 잔소리를 늘어놓는 장면도 자못 생생하다. 가령 화자의 아버지가 본가(할아버지와 큰아버지 집)에 왔다가 돌아가려 할 때 한 할아버지로부터 듣는 잔소리("느이 형하고 형수 용돈 좀 챙겨 줬나? 맨날 얻어만 먹으면 안 되지", 56면)가 그렇다. 그런데 '그녀'는 시골 어른들의 고약한 잔소리에도 전혀 기죽지 않을 만큼 "싸가지가 자유로운 영혼"(55면)인 것이다.

못된 성질의 그녀와 만만찮은 '중딩' 화자가 어둠 속에서 한판 붙는 장면은 이 소설의 백미이자, 살아 있는 삶의 감각과 관련해서 의미심장한 울림을 준다. 그 대화의 절정에서 그녀가 "어른들이 시키는 대로 학교나 다니는 찌질한 새끼가……"라고 공격하자 "나갔다가 다시 오니까 니가 대단한 것 같냐? 너 좆나 찌질해 보여"라고 소년이 응수한다.(45면) 두 사람이 이렇게 싸우는 장면에서는 「고드름」의 언어적 활력에서도 느껴진 오늘날 청소년들의 살아 있는 기운이 실감된다. 화자는 "못돼 처먹은 그녀"(44면) 때문에 성질을 내면서도 그녀의 못된 성질 속에 묻어나는 팽팽한 생기에 자꾸 끌린다.

「미진이」는 '그녀'가 어떤 연유로 도시의 삶을 포기하고 시골 할머니집에서 살기로 '선택'하게 되는가의 전말을 이야기한다. 이 소설도 곧장 '사건의 중심으로' 들어가는 서사방식을 취한다. 미진에게 일대 사건은 이제까지 뭐든 다 들어주던 엄마의 태도 돌변에서 시작된다. 미진이는 제멋대로 학원 대신 과외를 받기로 결정하고 엄마를 종전의 방식대로 구워 삶으려고 하지만 엄마의 반응은 전혀 예기치 못한 것이다. 분위기를 조성해도 소용이 없자 미진이는 "나 과외 받을 거야"라고 떼쓰듯 불쑥 말한다. 그러자 엄마는 "통보니?"라고 마치 매서운 잽처럼 짧게 반문하고 순간적으로 충격을 먹은 미진에게 "대체 너는 무슨 근거로 그렇게 당당하니?"(67~68면)라고 한방을 더 날린다.

"내가 당당하지 못할 게 뭐가 있는데?"
"너는 너를 무엇으로 증명해 봤니?"
"뭐라고?"
"니가 뭔데 네 결정을 부모한테 함부로 통보해. 명령이야?"
"그래, 명령이야! 엄마가 마음대로 낳았으니까 당연히 책임도 져야지!"
"어떤 생명도 지가 승인하고 태어나지 않아. 니 말대로라면, 내 마음대로 낳았으니 니 생명권도 내가 쥔 거니? 죽여도 돼?"(68~69면)

늘 이겨왔던 엄마와의 언쟁에서 미진이는 "죽여도 돼?"라는 치명타를 맞고 처음으로 참담하게 무너진다. 게다가 엄마로부터 "[넌] 그냥 평범한 애거든. 너 전혀 특별한 사람 아니야. 명심해"(69면)라고 싸늘하기 그지없는 평가까지 받자 어떻게 할지 방향을 잃는다. 물론 '못돼 처먹은' 미진이가 순순히 물러선 것은 아니다. 아빠에게 호소도 하고 일주일간 가출도 하고 급기야는 학교까지 자퇴하면서 저항하지만 전혀 먹히지 않았다. 엄마는 심각한 우울증 때문에, 아빠는 그런 엄마를 돌보느라 딸의 저항에 대처할 여력이 없었던 것이다.

이제 미진이는 종전과 같은 방식의 삶을 지속할 수 없게 된다. 이 상황에서 미진이는 돼지 농사를 망친 할아버지의 자살로 홀로된 시골 할머니와 함께 살기로 '선택'한다. 왜 그랬을까? 표면적으로 드러난 이유는 부모가 자신의 응석을 더이상 받아주지 않기 때문이지만 좀더 깊이 들여다 보면 미진이의 서울에서의 삶이란 것이 본질적으로 공허하기 때문이다. 학교-학원(과외)-집을 전전하면서 바쁘게 돌아다녀도 헛소동에 불과한 그 삶은 그녀의 존재 가치를 '증명'하는 것과는 거리가 멀었다. 쇼처럼 포즈로 살아가는 삶이었던 것이다. 게다가 엄마는 엄마대로 극심한 스트레스로 인한 우울증으로 자살충동에 빠지는 위기 상태였다. 미진이가 가출했을 때 아빠는 "아내는 집에서, 딸은 밖에서, 자살할 것만 같았다"(80면)고 털어놓는다. 요컨대 미진이의 선택은 궁여지책으로 보이지만 가족 전체가 위기에 몰린 상황에서 허위의식의 삶에 지친 미진이의 직관적인 선택이랄 수 있다. 그 선택의 순간 미진이의 낡은 삶의 경계는 '돌파'된 것이다.

「그녀」에서 보듯 돼지 냄새보다 더 고약한 동네 사람들의 간섭 때문에 시골생활이 만만찮았으나 미진이는 그에 주눅들지 않고 '싸가지 없이' 맞받아친다. "어이? 이 가시나, 니 인제 핵교 댕기나?"/"네."/"할머니는 어짜고?"/"그럼 할머니를 학교에 데리고 가요?" 그런 다음 미진이는 속으로 이렇게 말한다. "정말 대단한 마을이었다. 그런데도 여기가 집보다는 나았다. 왜 그런지는 나도 모른다. 마주 보고 짜증 내는 것보다 떨어져서 그리워하는 게 차라리 나은 것 같았다."(87면)

그런데 미진이 자신도 모르는 그 이유를 독자는 알 것 같게 하는 데 이 소설의 빼어남이 있다. 미진이가 시골 사람들의 간섭과 싸우면서 제 성질을 다 부릴 수 있을뿐더러 마을사람들로부터 그 못돼먹은 '승질'을 인정받기까지 하는 것이, 서울에서 멋져 보인다고 값비싼 과외를 받고 친구들을 의식해서 아이패드를 사고 엄마한테 뭔가를 언어내려고 쇼를 하는 것보다 나은 삶임이 느껴지는 것이다. 살아 있는 삶과 그렇지 못한 삶의 차이를 알아채는 작가 특유의 감수성이 서울과 농촌 각각의 현실에 대한 사실주의적인 인식과 결합됨으로써 자칫 관념적일 수 있는 미진이의 '자기

변혁' 이야기를 생동하는 리얼리즘서사로 구현해놓았다.

우리 사회가 심각하게 중앙중심적이라든지 청소년세대의 전망이 매우 어둡다든지 하는 사실의 고정된 상에 집착했다면 이런 소설을 써내기 힘들 것이다. 김려령은 그런 상에 매이지 않고 한 구체적인 개인의 변모과정을 ─ 그 개체 내부에서 교차하는 삶의 리듬과 죽음의 리듬을 섬세하게 구분하면서 ─ 주밀하게 따라간다. 그 과정에서 청소년세대와 기성세대, 시골과 도시, 여러 가족 형태를 가로지르는 폭넓은 소설적 탐구가 이뤄진다. 특히 자식세대의 눈으로 부모세대의 삶을 비판하고 부모세대의 눈으로 자식세대의 삶을 비판하는 상호비평적 공간을 만들어낸 것은 특기할 만하다. 한 엄마가 자식들에게 어떤 기대도 버린 듯한 작품 「청소」(『창작과비평』 2017년 봄호) 역시 그 연장이되 이제까지와는 또 딴판인 새로운 시도로 보인다.

맺음말

촛불혁명에 걸맞은 문학이란 '차별 없는 민주주의' 같은 진보적인 의제와 무관하지는 않되 그것을 반영하거나 주장한다고 해서 성취되는 것은 아니다. 낡은 언어와 어법으로 말하는 순간 그 내용이 제아무리 진보적이고 혁명적이라도 소용없어지기 때문이다. 그것은 문학의 언어가 머리만의 언어가 아니라 몸의 언어이기도 하고, 그 어법이 달라지는 순간 마음이 움직이는 방식도 달라지기 때문이다. 얼핏 촛불혁명과 무관한 것처럼 보이는, 한강의 『채식주의자』와 김려령의 소설들을 살펴본 것은 두 작가의 작품 속에서 '자기변혁'을 이룩한 인물들이 탐구되기도 하거니와 무엇보다 그 과정을 제시하는 특별한 방식에 주목했기 때문이다.

개별 작품을 비평하면서 자유발언대에 오른 시민들의 생동하는 모습과 발언을 자주 떠올렸다. 변혁을 향한 열망과 분리될 수 없는 그 생동성이 촛불민주주의 시대의 문학에 길잡이같이 느껴졌기 때문이다. 덕분에 이 글에서 말하려고 한 바가 점차 또렷해졌다. 그것은 우리가 지금껏 살아왔던 방식대로 살지 않기를 진정으로 바라는 마음을 갖게 되는 순간, 문학의 출현은 불가피하다는 것이다. 그렇기에 그 무엇도 아닌 세상과 자신의 삶을 바꾸고자 하는 열기만으로 빛났던 촛불광장의 시민들 하나하나의 마음속에 수많은 시가 씌어질 수 있었다. 이 시대 시인과 소설가의 작업은 사람들이 마음으로 쓴 시를 귀담아듣고 그 뜻을 헤아리며 자기만의 방식으로 새 세상으로 나아가는 모험을 감행하는 일이다. 그렇다면 시를 안고 사는 촛불독자의 역할은 그 용감한 작업의 진가를 알아보고 함께 역사의 열린 길을 나서는 것이 아닐까.

문학의 열린 길

◆

어그러진 세계와 주체, 그리고 문학

문학의 길은 열려 있다

삶이 그렇듯이 문학도 자명하지만은 않다. 중요한 역사적 국면을 맞이할 때마다 문학이란 무엇인가를 묻고 그 물음에 제 나름의 답을 하려는 것도 그 때문이다. 이 물음의 변주도 가능하다. 이를테면 한 개인이 삶의 고비마다 이게 삶다운 삶인가? 하고 자문하듯 문학에 있어서도 이게 문학다운 문학인가? 하고 캐묻게 된다.

지난 50년 동안 계간 『창작과비평』은 이런저런 문학의 위기를 겪으면서 문학의 장 내부에서 일어나는 두가지 편향과도 싸워왔다. 하나는 '순수문학' 또는 '(순수)문학주의'라고 불리는 것, 즉 시대현실이나 이데올로기에 초연한 채 순수한 미적 가치를 지향하는 문학적 흐름이다. 이 흐름은 문학의 순수성을 내세움으로써 민족 또는 민중의 입장에서 독재와 식민주의를 비판하는 문학을 불순한 이데올로기로 몰아붙인다. 순수문학은 '순수 대 참여' 논쟁을 거치면서 자유주의라기보다 차라리 반공독재 순응주의라 할 이데올로기의 면모를 폭로당하기도 했고 1980년대 민중문학의 확산으로 평단에서는 그 세력이 전반적으로 약화되었다. 그러나 소련·동구권이 무너지고 포스트모던 담론이 유입된 1990년대 이후 현실순응적인 자유주의가 다시 여러 형태로 폭넓은 영향력을 행사해왔다.

서구 문학사에서는 19세기 후반의 예술지상주의, 20세기 초반 영미학계의 신비평, 20세기 중후반의 (후기)구조주의가 이런 흐름의 연속선상에 있다. 이 문학 경향의 문제점은 문학 텍스트를 자족적이고 자율적인 하나의 형식 혹은 구조로 간주하는 데서 비롯된다. 이른바 '문학의 자율성'을 절대화하면서 문학 고유의 텍스트-공간을 설정하고 그것의 형식과 구조에 몰두하는 것이다. 이때의 형식 역시 온전한 것은 아니다. 브라질의 비평가 호베르뚜 슈바르스(Roberto Schwarz)는 신비평과 구조주의가 문학적 형식과 사회적 형식 사이의 변증법적인 연관을 무시한 결과 통념과 반대로 형식의 역할을 과소평가한 것으로 보는 반면 자본에 대한 연구에서 형식과 물질의 변증법을 끝까지 밀고 나간 맑스(K. Marx)야말로 구조주의적이고 형식주의적인 사상가라고 평한다.[1] 요컨대 이런 순수주의 문학 노선은 동시대 사람들의 삶에 열려 있지 않는 '닫힌 길'이며, 더 나은 삶을 상상하고 사유하는 데 필수적인 문학을 형식 미학의 문제로 환원한다.

또 하나의 편향은 문학이 어떤 대의를 위해 존재하며 이 대의를 실현하기 위해 특정한 방식으로 수행되어야 한다는 목적론적이며 도구론적인 경향이다. 이런 문학도 나아갈 길이 이미 정해져 있다는 의미에서 '열린 길'이 아니다. 이런 경향은 흔히 혁명기 문학에서 나타나는데, 사회주의리얼리즘이 대표적이다. 우리나라에서는 일제강점기의 카프에 이어 1970~80년대 반독재민주화 시기의 급진적인 문학론 가운데서 이런 경향이 나타났다. 이 경향의 기본적인 문제는 문학이 사회과학적·철학적 혁명

---

1 M. E. Cevasco, "Roberto Schwarz's 'Two Girls' and Other Essays," *Historical Materialism* 22:1(2014) 162면 참조.

론에 종속됨으로써 본래의 상상력과 창조성이 위축되거나 무시될 수밖에 없다는 데 있다. 속류 맑스주의나 '주체문예'를 포함하여 현실사회주의의 공식적인 문학관에서 나타나듯 이 경향의 문학은 이미 과학적으로 파악된 인간과 시대현실의 진실을 문학적 상상력으로 형상화하는, 후행적이고 보조적인 성격을 띤다. 1970~80년대 민중문학이나 노동문학 가운데 최상의 작품들은 문학사의 기념비로 남았지만, 다른 한편 경직되고 도식적인 서사에서 벗어나지 못한 작품도 많았던 것은 이 때문이다. 그후 민중문학은 이런 한계를 극복하려고 애썼고 그 성과도 적지 않았으나 목적론적 문학관의 굴레에서 완전히 벗어난 것 같지는 않다.

문학은 사회과학이나 철학적 이론이 이미 인식한 바를 문학 나름의 방식으로 다시 제시하거나 다가가는 것이 아니다. 셰익스피어의 희곡이 청년 맑스에게 소중한 지적 영감이 된 이유는 셰익스피어가 자본주의 정치경제학을 공부한 다음 이를 뛰어나게 작품화했기 때문이 아니다. 자기 당대의 삶을 통해 자본주의의 핵심 원리와 그 반인간적인 성격을 직관하고 그것을 살아 있는 언어로 표현했기 때문이다. 문학은 작가가 의식하든 안하든 주어진 삶과 현실을 온몸으로 밀고 나가 사유와 감각에서 미답의 세계를 여는 일이며, 비평은 이 창조적 행위가 열어놓은 새로운 인식과 감성의 의미를 밝히면서 그 창조적 핵심을 지켜내는 일이다. 그렇기에 비평은 이를 오도하거나 흩트리는 사견(邪見)들과 비타협적으로 싸워야 한다.

문학의 길은 순수주의와 목적론적 편향을 여의고, 자신을 포함한 구체적 개인과 공동체의 삶에 열려 있는 길이다. 문학의 열린 길은 존재의 개방성을 전제로 하며 문학이 어떤 특정한 공간과 특정한 규칙에 매이지 않음을 함축한다. 그렇다고 무슨 보편적인 진리의 공간에 거주한다는 뜻은 아니다. 오히려 문학은 '보편적 진리'라고 일컬어지는 형이상학을 해체하면서 한 개인이 그때그때 구체적인 장소와 시간에 살아 있음을 드러냄으로써 구현되기 때문이다. 문학을 논하는 자리에서 시대와 주체의 문제를 따져보려는 것도 이 때문이다. 비평은 세계와 시대와 주체의 문제를 놓고 (사회과학과 철학과 이론을 아우르는) 인문학적 논의들과 대화하고 때론 논쟁할 필요가 있다. 이 문제에 관한 한 문학비평은 학문으로서의 인문학과 맞닿아 있는 영역이고 서로의 사유와 상상력에 빚질 수밖에 없다.

어그러진 세상, 갑을관계, 그리고 변혁의 주체

셰익스피어 비극 『햄릿』(Hamlet, 1601)은 근대적 개인의 전형을 보여주는 동시에 시대의 문제를 제기한다. 왕자 햄릿은 자신의 "시대가 어그러졌음"(The time is out of joint, 1막 5장)을 인지하고 자신이 그 어그러진 세상을 바로잡아야 할 사람이라는 사실을 한탄한다. 햄릿의 시대에 수습 불가능하게 어그러진 것은 왕권과 부권을 뼈대로 하는 봉건질서였다. 400여년이 지난 오늘날, 몇몇 세계적인 학자들은 '어그러진'이라는 형용사로 자본주의체제의 현재를 진단한다.

볼프강 슈트레크(Wolfgang Streeck)는 자본주의의 종언을 예측하는 글의 마지막 절 '어그러진 세상'(The World Out of Joint)에서 현재 자본주의의 악성 병폐 다섯가지를 열거하고 치유약이 없다고 단언한다.[2] 이매뉴얼 월러스틴(Immanuel Wallerstein)은 근대 이후 진행된 역사적 경향이 선형적 진보냐 양극화냐를 분야별로 점검하는 책 ─ 이 책의 표제도 '세상이 어그러졌다'(The World Is Out of Joint)이다 ─ 에서 현재의 위기에는 신자유주의적인 방법도 사회민주주의적인 복지국가 모델도 해결책이 될 수 없다고 진단한다.[3] 현재의 세계체제는 평형상태로 되돌아올 수 없

---

2 Wolfgang Streeck, "How Will Capitalism End?" *New Left Review* 87, May-June 2014, 62~64면 참조. 그가 열거한 병폐는 "성장의 쇠퇴, 과두제, 공공영역의 궁핍화, 부패, 전지구적 무정부상태"이다.

을 정도로 어그러졌고 하층계급은 물론 자본가에게도 더이상 득이 되지 않는 지점에 이르렀다는 것이다. 이밖에도 첨단기술이 관리노동을 대체함으로써 중간계급이 설자리가 없어져서 자본주의가 붕괴된다거나, 자본주의는 혁신을 통해 유지될 수 있으나 핵이나 기후변화에 의한 생태적 위기가 체제를 끝장낼 수 있다는 의견도 나왔다.[4]

물론 자본주의의 미래를 이보다 낙관하는 견해도 많다. 그런데 낙관론이 우세한 경제학계 내에서도 자본주의가 심각한 지경임을 입증하는 연구가 나온다. 지난 2세기 동안의 전지구적인 소득과 부의 불평등 추이를 추적한 또마 삐께띠(Thomas Piketty)는 양극화가 줄곧 심화되고 있다는 — 월러스틴도 진단한 바 있는 — 가설이 사실임을 확인시켜준다. 특히 2008년 세계금융위기에서 2011년 월가 점령시위까지 대중이 피부로 실감한 것, 즉 자본주의가 제대로 작동하지 않는다는 직관이 사실임을 입증한 것이다.[5] 월가 점령시위 때 나온 '1 대 99'의 구호는 이제 엄연한 현실로 판명되고 있다.[6] 요컨대 지금은 자본주의가 망해가는데 그 후속 체제는 드러나지 않고 있는 위기의 시대요, 그렇기에 대전환이 절실해진 시

---

3 I. Wallerstein, ed. *The World Is Out of Joint: World-Historical Interpretations of Continuing Polarizations*, Paradigm Publishers 2014, 168면.

4 이매뉴얼 월러스틴 외 『자본주의는 미래가 있는가』(성백용 옮김, 창비 2014)의 2장 랜들 콜린스(Randall Collins)의 논의와 5장 크레이크 캘훈(Craig Calhoun)의 논의 참조.

5 삐께띠는 빈부격차의 해결책으로 세계적인 부자들에게 누진과세 하는 '전지구적인 자본세'를 제안했지만 이 제안은 실현될 가능성이 없기 때문에 그의 연구가 일러주는 바는 결국 앞으로 자본주의가 점점 더 심각한 작동불능 상태에 빠지리라는 것이다. 『옵저버』지 온라인판에 실린 앤드루 허쉬(Andrew Hussey)의 삐께띠 인터뷰 기사, "Occupy was right: capitalism has failed the world" 참조. http://www.theguardian.com/books/2014/apr/13/occupy-right-capitalism-failed-world-french-economist-thomas-piketty

6 한 보도자료에서 국제구호단체 옥스팜(Oxfam)은 "작년 다보스포럼에 앞서 곧 세계 1%의 부자들이 나머지 인구를 합친 것보다 더욱 많은 부를 가질 것이라 예상한 바 있습니다. 그런데 이 일이 예상보다 빨리 2015년에 발생한 것입니다"라고 밝혔다. http://www.oxfam.or.kr/content/62 참조.

대인 것이다.

눈길을 우리 사회 내부로 돌리면, 2014년 세월호참사를 통해 드러난 체제상의 심각한 병폐들이 고쳐지기는커녕 오히려 악화되었음을 실감한다. 게다가 중장기적 문제가 방치되고 있으니 체제 자체가 조만간 붕괴되지 않을까 걱정하는 목소리가 나온다. 가령 2016년 서울대 사회발전연구소장 장덕진(張德鎭)은 저출산·고령화, 정규직·비정규직 이중화, 민주주의, 통일, 환경 등의 문제가 매우 심각함을 역설하며 "앞으로 숙제할 시간은 7~8년밖에 안 남았습니다. 그때쯤부터 사람들이 패닉에 빠지기 시작할 겁니다. 패닉 상태가 되면 어떤 정책 수단도 소용이 없게 됩니다"[7]라고 경고한다. 이런 위기를 반전시킬 그의 해법은 정치를 바로잡는 것, 특히 북유럽과 같은 '합의제 민주주의'의 강화에 있다. 거론한 사안들이 모두 화급한 문제이고 이에 대한 유일한 해법이 정치에 있다는 것에 대해서는 충분히 공감할 만하다. 그러나 한국의 '정치'를 합리적이고 정상적인 과정으로 상정한다는 점에서 그의 진단과 처방은 현실적인 해법이 아니라는 생각이다. 박근혜정권은 그간 최소한의 민주주의적 기반마저 무너뜨리려고 거짓말, 편법, 불법을 일삼았는데, 이런 역행적인 정치적 흐름을 전환해서 합의제 민주주의를 강화할 방도가 너무 막연할 뿐 아니라, 박근혜가 무너뜨리려는 것이 '합의제 민주주의'라는 그의 전제 자체가 87년 이후의 성과를 과대평가하고 분단체제를 벗어나지 못한 87년체제의 한계를 간과한 것이다.[8]

언제부턴지 사회의 거의 모든 분야에서 갑을관계의 작동 현상이 점점 두드러지고 있다. 자본가와 노동자의 관계뿐 아니라, 대기업과 중소(하청)기업도 갑을관계이다. 권력자 앞에서 힘없는 사람들은 을이 될 수밖에

---

7 「남은 시간은 7~8년뿐, 그 뒤엔 어떤 정책도 소용없다」, 허핑턴포스트코리아 2016.2.2.
8 기간제법과 파견법이 포함된 박근혜 정부의 '노동개혁 5법'에 대한 장덕진의 유보적인 태도에서 '합의제 민주주의'에 대한 과도한 신뢰가 드러난다.

없는데, 대통령과 각료부터가 국민에게 갑질을 하고 관료사회 전체가 이를 충실히 재생한다. 현재 우리 사회의 두드러진 특징은 갑을관계가 사회의 모든 영역에 그물망처럼 뻗어 있어 대다수 사람들을 을로 만든다는 것이다. 나아가 크게 보아 을에 해당하는 사람들 사이의 관계도 갑을관계로 둔갑하기 일쑤다. 우리 사회는 '갑을사회'로 불릴 만하고[9] 그렇기에 "몫 없는 이들로서의 을"에 주목하고 을을 정치적 주체로 삼는 '을의 민주주의'라는 발상도 나올 만하다.

'을의 민주주의'라는 표현은 잘 정리된 개념보다는 하나의 화두에 가까운 말이다. 을이 누구인지, 그들이 실제로 정치적 주체로, 민주주의적 주체로 구성될 수 있을지, 그들이 과연 지금까지 존재해왔던 '역사적 대한민국'의 공동체와는 다른 새로운 공동체를 구성할 수 있을지, 아니면 을은 그냥 잠시 사용되었다가 곧 소멸하게 될 유행어인지, 따라서 인터레그넘(interregnum)의 시기를 건너는 새로운 정치의 주체는 다른 데서 찾아야 할지, 그것은 누구도 모른다. 하지만 내가 보기에 중요한 것은 사람들 스스로 자신들을 을이라고 지칭하고 있으며, 사회 스스로 을이라는 이 평범한 말을, 심각하고 무거운 말로, 사회의 심층적인 현실을 가리키는 말로 사용하고 있다는 점이다.[10]

숙고해볼 만한 제언이라고 생각된다. 다만 을의 민주주의의 기반이 될 '을들의 연대'가 어떻게 가능한지에 대해서는 많은 토론이 필요하다고 본다. 그 토론에 기여하는 의미에서 논평을 덧붙이면, 우선 을의 정체를 구성하는 '몫 없는 이들'에 글자 그대로 부합하는 소수자들, 즉 장애인, 이주

---

9 이와 관련된 논의로는 강준만 『갑과 을의 나라』(인물과사상사 2013) 참조.
10 진태원 「을의 민주주의」, 고려대 민족문화연구원 웹진 '민연' 2015년 5월호.

자, 성소수자, 탈북인, 난민 등이 포함되어야 할 것이다. 이들의 '몫 없음' 혹은 '을'의 상태는 종래의 '민중' 개념에서도 탈식민주의의 '하위주체' (subaltern) 논의에서도 제대로 주목받지 못했다. 이밖에도 범주화되지 않은 주변적 존재들에게 눈길을 돌릴 때만이 '을'이 ('병'이라고 일컬어지기도 하는) '을'을 낳는 악순환에 제동을 걸 수 있다. 또한 이 목록에는 한국사회에서 여전히 약자의 위치에 놓이는 여성 역시 빠뜨릴 수 없을 것이다.

더 중요하게 고려할 것은 집단적·지역적 주체로서 갑과 을의 관계이다. 가령 현재 수도권과 지방은 적어도 사회문화적인 차원에서는 갑을관계로 체감되는데, 이는 실제로는 수도권 특권층과 (토호를 제외한) 지방주민의 관계일 터이다. 집단적·지역적 갑을관계는 오래 지속되면 식민화를 동반한다. 오늘날 한국의 지방들이 수도권의 식민지처럼 느껴지는 것은 아마 그 때문일 것이다. 그리고 이런 차원의 갑을관계는 한국사회 내부에만 존재하는 것이 아니다. 가령 국제사회에서 한국과 미국의 관계야말로 전형적인 갑을관계가 아닌가. 이명박정권 이후 한국정부는 한미 간의 갑을관계를 완화하려 했던 전임 정부의 노력마저 불안해하며, 돌려받을 예정이던 전시작전지휘권을 자진 반납하기까지 했다.

흥미로운 것은 남북관계이다. 현재 남북한 사이는 딱히 갑을관계는 아닐지 모르지만, 남북한의 힘의 비대칭이 뚜렷해지고 국제사회에서의 대접이 판이함에 따라 남은 — 특히 남북한의 적대관계를 마다 않는 남측 정권이 들어섰을 때 — 북에 갑처럼 행세하려 든다. 북은 (미국을 등에 업은) 남의 이런 태도를 '갑질'로 인식하고 핵무기와 미사일·인공위성 개발로 대응한다. 이에 남은 개성공단 전면중단(사실상의 폐쇄)이라는 자해적이지만 전형적인 갑질에 해당하는 초강수를 발동한다. 세계체제 패권국의 입장에서는 남북한의 이런 분열과 적대가 한반도를 통제하는 데 더없이 편리한 기제다. 한국으로부터 이데올로기적 조공을 헌납받는 데 더해 사드(THAAD)처럼 대중국용으로 전환할 수 있는 무기까지 배치할 수 있으니 말이다. 남북한 기득권층에게도 상호간의 적대는 나쁘지 않다. 자신의 설자리를 위협하는 개혁세력에게 '종북'이나 '반동'의 딱지를 붙여 몰아냄으로써 특권을 유지·관리할 수 있기 때문이다. 가령 박근혜 대통령이 개성공단 폐쇄조처를 내린 이유가 정확히 무엇이든 여기에는 자신의 권력기반을 지키는 데 불리할 게 없다는 정략적 판단이 작용했을 것이다.

분단체제를 갑을관계로 설명하자면, 남북한 전체가 세계적 패권국가와의 관계에서는 을의 입장에 놓이지만, 한반도 차원에서는 남북의 소수 특권층이 갑이요 남북의 대다수 주민이 을인 셈이다. 달리 말하면 한국사회에서 을의 민주주의를 통해 "지금까지 존재해왔던 '역사적 대한민국'의 공동체와 다른 새로운 공동체를 구성"하는 데까지 나아가려면 분단체제라는 갑을관계까지 철폐하거나 적어도 해소해가는 과정을 수반해야 한다. 분단체제의 갑을관계야말로 한국사회의 온갖 갑을관계를 통제하고 조절하는 상위 기제이기 때문이다. 역으로 말하면 갑을관계로서의 분단체제 극복을 염두에 두지 않은 채 한국사회 내부의 복잡한 갑을관계에만 초점을 맞추면 갑을관계의 상대주의를 벗어나기 힘들다는 생각이다.

을의 민주주의가 정상 상태에서 진행되는 것이 아니라 "인터레그넘의 시기를 건너는 새로운 정치"라는 설정도 주목을 요한다. '인터레그넘'(interregnum, 최고지도자 부재 기간)의 개념은 원래 그람시(A. Gramci)의 '위기' 발언에 유래한 것이지만 지그문트 바우만(Zigmund Bauman)과 진태원(陳泰元)은 여기에 각각 또다른 의미를 부여한다. 바우만이 이 개념을 통해 주목한 것은 국민국가 시대에서 세계화 시대로 전환하는 과정에서 생겨나는 권력과 정치의 어긋남이다. 즉 정치는 아직 국민국가 단위로 작동하는데, 권력(특히 세계시장 및 자본의 권력)은 국민국가와 국민적 주권의 힘을 넘어서는 데 따른 위기국면을 뜻한다. 한편 진태원은 세월호 참사가 드러낸 "검은 공백으로서의 국가"라는 것에 주목하고 그러한 공백을 통해 표현된 "주체성을 상실한 국가"를 "어떻게 (다시) 주체화할 것인가의 문제"를 사유하고자 한다.

바우만과 진태원의 의미부여는 시사하는 바가 크지만, 이 개념이 유래한 그람시의 발언, 즉 "위기는 정확히 말하면, 낡은 것이 소멸해가고 있는데 새로운 것이 태어날 수 없다는 사실에 놓여 있다. 이러한 인터레그넘에서는 극히 다양한 병리적 증상들이 출현하게 된다"[11]라는 지적을 존중하면서 현재의 위기(인터레그넘)를 말한다면 대략 세 층위의 체제를 구분할 필요가 있다. 하나는 시민들의 힘으로 민주주의를 쟁취하여 건설한 87년체제의 위기, 둘은 분단체제의 위기, 셋은 앞서 거론한 자본주의 세계체제의 위기가 그것이다. 이 세 층위의 위기는 연동되어 있으며 낡은 세 체제가 무너진 후에 어떤 '새로운 것'이 나타날지는 미정이다.

87년체제의 위기부터 살펴보자. 세월호참사를 통해 드러난 것은 국가 자체의 부재나 공백이라기보다 이 나라를 '을을 위한 나라'로 만들지 않겠다는 기득권-집권층 카르텔의 결연한 태도라고 보아야 한다. 이런 역행적인 움직임이 점점 강화되면서 87년체제의 근간인 민주주의적 거버넌스를 뒤집어엎는 사태 — 이남주의 표현으로는 '점진 쿠데타' — 가 일어나고 있는 것이 현재의 엄중한 국면이다.[12] 또한 현재 분단체제의 위기는 김대중·노무현 시대에 비교적 원만한 해체작업이 진행되던 것을 이명박·박근혜 정권에 와서 중단하고 분단체제를 억지로 복원하려 드는 데서 비롯된다. 복원이 불가능한 까닭은 무엇보다 분단체제 고착기와 달리 지금은 동서냉전의 한 축이던 소련이 붕괴했고 그럼에도 미국이 패권국의 지위를 상실해가고 있기 때문이다. 더구나 중국이 적어도 한국 경제에 결정적인 영향력을 행사할 수 있는 지위로 떠오른 상태에서, 한국이 미국에

---

11 앞의 글에서 재인용.
12 이에 대한 상세한 논의는 이남주 「수구의 '롤백 전략'과 시민사회의 '대전환' 기획」, 『창작과비평』 2016년 봄호 참조.

'올인'하면서 남북대결을 다시 격화시킨다고 해서 무너져가는 분단체제가 되돌려지지는 않는다. 분단체제가 더욱 위험해질 수는 있으나 그럴수록 무리한 착수로 인해 자칫하면 땜질한 건물처럼 순식간에 붕괴되면서 경제적 파탄이나 전쟁 같은 대재앙을 부를 가능성만 커지고 있다.[13]

도래할 새 체제를 일궈나갈 정치적 주체, 이를테면 을의 민주주의의 주체로 나설 사람들은 누구일까. 87년 민주대항쟁의 주역이던 '386세대'는 이제 기득권세력의 전형으로 비난받는다. 그들로서는 억울한 점도 있겠지만 그만한 이유도 없지 않다. 그들은 민주화 주역이라는 훈장도 있고 자유화의 혜택도 누렸으며 다수가 사회의 요직을 차지하고 있다. 그에 반해 오늘의 청년세대는 저들이 누린 많은 것(연애, 결혼, 인간관계, 내집마련 등)을 포기해야 할 처지가 된 것이다. 사실은 기성세대도 체제의 위기를 피할 수 없는 까닭에 대다수는 곧 중산층의 지위를 잃게 될 것이다. 아무튼 뜻있는 소수를 제하고는 기성세대가 자발적으로 을의 민주주의 주체로 나설 가능성은 희박하다. 청년세대는 어떨까? 손아람은 청년세대의 입장을 대변하는 '망국선언문'을 쓰면서 서두에 이런 말을 한다.

이곳을 지옥으로 단정하지 마십시오. 미래의 몫으로 더 나빠질 여지를 남겨두는 곳은 지옥이 아닙니다. 종말을 확신하지 마십시오. 우리의 상상력은 최악에 미치지 못했습니다. 등 뒤로 멀어지는 모든 시점을 우리는 그

---

13 김선주(金善珠)는 TV 드라마 「응답하라 1988」의 발상을 빌려 "2044년. 그때도 분단체제일까. 분단 100년을 맞게 되는 것일까. 북은 핵을, 남은 사드를 장착하고 6자회담 4자회담을 놓고 주변 강대국의 이해관계에 따라 우리의 운명이 좌우되는 게 여전할까. 무겁고 무섭다"라고 한반도의 가능한 나쁜 미래를 상상한다(김선주 칼럼 「'응답하라 2016'」, 한겨레 2016.2.3). 그때도 분단체제하라면 그건 '무겁고 무서운' 상황이겠지만, 십중팔구 그렇지 않을 것이다. 분단체제를 극복하고 더 나은 체제를 만들었든가 아니면 분단체제보다 더 나쁜, 그 무거움과 무서움을 상상할 수조차 없는 상태가 되었든지 둘 중 하나일 것이다.

나마 좋았던 시절로 기억하고 있습니다. 그러니 그만 과거와 작별하고 미래를 받아들일 준비를 하십시오. 우리는 조만간 이 순간을 그리워해야 합니다.[14]

십분 공감한다. 만약 지금보다 나쁜 체제가 들어설 경우 우리 사는 이곳은 지금 우리가 상상할 수 있는 것보다 훨씬 나쁜 일들이 일어날 것이다. 하지만 그럴 가능성이 높다는 것이지 그렇게 정해져 있다는 것은 아니며, 이런 지옥 같은 세상을 바꾸는 일에 청년이 주체로 나서느냐 아니냐에 따라 상황은 완전히 달라진다. 그런데 "청년들은 더 이상 꿈을 꾸지 않으며, 불공평한 생존보다는 공평한 파멸을 바라기 시작했습니다. 우리는 국호를 망각한 백성들처럼 이 나라를 '헬조선'이라 부릅니다"라는 선언은 기성세대에게 청년들이 얼마나 막막한 상황에 처했는지를 일깨우려는 의도라면 납득되지만 미래의 주체로서의 발언으로는 적합하지 않다. "불공평한 생존"을 바꿔보려는 생각 없이 "공평한 파멸"만을 바라는 존재라면 세상을 바꾸기는커녕 자신이 지은 '마음지옥'도 어쩌지 못한다. 이 지옥 같은 세상에서 분한(憤恨)을 넘어서는 마음 하나를 더 내면 상황은 완전히 달라진다. 청년들 가운데 그런 사람들이, 가령 지금 이곳의 막다른 상황을 직시하고 분노할지언정 원망과 절망과 무기력에 잡혀 살지는 않는 이들, 세상을 바꾸는 일에 자기 몫의 힘을 보태려는 이들이 많다. 청년들뿐 아니라 다양한 세대와 계층에서 갑을관계의 변화를 진정으로 열망하는 사람들이 새로운 정치적 주체가 될 것이다.

---

14 「손아람 작가 신년 특별기고 '망국(亡國)선언문'」, 경향신문 2016.1.1.

문학의 아토포스와 오늘의 한국문학

어그러진 세상에서 문학은 무슨 일을 할 수 있을까? 이런 물음은 문학 독자의 수가 급격히 줄었다는 보도가 들리고 심지어 문학은 죽었다는 단언까지 나도는 오늘날 곤혹스럽기까지 하다. 하지만 이 물음 앞에 정직하게 설 때만이 유의미한 문학 논의가 가능하다고 믿는다.

작금의 문학위기론은 대부분의 사람들이 문학책을 거의 읽지 않는다는 사실에서 출발한다. 예전에는 영화와 TV, 인터넷 같은 대중문화 매체의 영향이 거론되었으나 스마트폰 사용과 SNS가 일상화되고 웹소설과 웹툰이라는 새로운 대중문학·문화 장르가 활발해지면서 기존의 문학은 더욱 설자리를 잃어간다는 위기감이 존재한다. 그런데 정보기술과 매체의 발달이 문학의 종언을 낳는 결정적인 요인은 아니다. 문학은 원래 문자언어에 국한되지 않는 언어예술이다. 구비문학은 차치하더라도 셰익스피어 희곡이나 우리의 판소리도 그 대본이 문자화되어 책으로 묶이기 전에 청중에게 향유되던 예술이다. 『미생』이나 『송곳』 같은 만화도 순수한 언어예술은 아니지만 연극과 희곡처럼 문학적 향유와 평가의 대상이 될 수 있다. 그럴진대 종이책이 아닌 오디오북이나 전자책, 인터넷과 SNS상의 글이나 소리의 형태를 취한다고 해서 그 때문에 문학의 자격에 하자가 생기는 것은 아니다. 문제는 매체의 변화에도 불구하고 문학이 우리 삶에 여전히 대체 불가능하고 소중한 것이냐이다.

자본주의의 상품화 기제도 문학을 위협하는 요인이다. 알다시피 근대 자본주의에서 문학은 시장에 의존하게 되었고 자본주의가 진전될수록 문학작품은 예술이자 상품이라는 이중성을 띠게 되었다. 문학의 독자 역시 언어예술의 향유자이자 상품의 소비자가 되었다. 예술로서의 문학은 자본주의의 상품화 기제에 대해 적대적일 수밖에 없다. 그러나 자본주의의 문화적 지배방식이 점점 교묘해짐에 따라 문학이 상품화의 미로에 포섭

될 가능성도 배제할 수 없다. 전세계의 문학은 아니라도 한 나라, 한 지역의 문학이 문화상품 같은 오락거리로 추락하는 일이 일어날 수 있다. 사실 카라따니 코오진(柄谷行人)이 '근대문학의 종언'을 선언하고 문학 장을 떠난 데는 일본문학이 타락했다는 그 나름의 판단이 깔려 있었다.

코오진이 한국문학은 제대로 읽어보지도 않았으면서 한국문학도 끝났다고 성급하게 판단한 데는 그의 목적론적인 문학관이 한몫했다고 본다. 문학이 국민국가의 형성에 주도적 역할을 했듯이 자본주의 세계체제를 변혁하는 일에도 기여하기를 기대했지만 그런 문학은 찾기 힘들었던 것이다. 코오진의 종언론이 일본보다 한국에서 큰 영향력을 발휘한 사실은 아이러니하다. 문학평론가 김종철(金鍾哲)처럼 1990년대 이래 문학이 사회변혁의 힘을 상실했다고 판단하는 비평가에게도, 서구 포스트모던 담론의 영향하에 칠팔십년대 민족문학의 과도한 사회정치성을 비판하던 젊은 비평가들에게도 종언론은 환대받았는데, 서로 다른 이유에서였다. 따지고 보면 희한한 반전이 일어난 것이다. 문학주의 비평가들은 근대문학이 끝났다고 믿었음에도 코오진과 김종철처럼 문학의 장을 떠나지 않았다. 그 대신 떠난 사람들이 무의미하다고 일축한 '근대문학 이후의 문학'(탈근대문학)을 새 시대의 문학으로 제시하는 논리를 개발했다. 가령 2000년대 문학의 탈사회적·탈정치적 성격을 강조하는 이광호의 '무중력 공간의 서사'라든지 김영찬의 '탈내면적 서사'와 '무기력한 주체'는 이런 흐름을 대변한다.[15]

2000년대 문학에서 두각을 나타낸 김애란 박민규 황정은의 소설은 칠팔십년대 민중문학과는 달랐지만 그렇다고 '무중력 공간의 서사'나 '무

---

15 코오진의 근대문학 종언론에 대한 좀더 상세한 논의는 강경석 「비평의 로도스는 어디인가: '근대문학 종언론'에서 '장편소설 논쟁'까지」, 『문학들』 2015년 여름호 및 졸고 「문학의 새로움은 어디서 오는가」(『문학의 새로움은 어디서 오는가』, 창비 2011) "'근대문학의 종언과 그 이후의 문학'이라는 프레임"(20~23면) 참조.

기력한 주체'의 이야기인 것도 아니다. 이들은 탈사회적이고 탈정치적인 것이 아니라 기존 소설과는 다른 방식과 감각으로 사회성과 정치성을 구현했던 것이다. 2008년 랑씨에르(J. Rancière) 문학론을 참조한 진은영(陳恩英)의 글 「감각적인 것의 분배」(『창작과비평』 2008년 겨울호, 『문학의 아트포스』, 그린비 2014에 재수록)가 촉발한 '문학과 정치' 논의는 미래파 시 이래의 고민을 담고 있었지만 새로운 소설의 정치성을 해석하는 데도 긴요했다. 그후 백낙청 이장욱 신형철 등이 참여하여 한층 풍부하게 된 '문학과 정치' 논의는 코오진의 종언론에 대응하는 대안담론적 성격을 띠며, 그런 만큼 한국문학의 비평적 활력을 입증해 보였다.

진은영이 최근에 제출한 문학의 '아토포스'(非場所)론은 '문학과 정치'에서 보여준 고민을 심화한 논의이다. 그에 따르면 문학의 아토포스란 "정체가 모호한 공간, 문학적이라고 한번도 규정되지 않은 공간에 흘러들어 그곳을 문학적 공간으로 바꿔버리는 일, 그럼으로써 문학의 공간을 바꾸고 또 문학에 점유된 한 공간의 사회적–감각적 공간성을 또다른 사회적–감각적 삶의 공간성으로 변화시키는 것"[16]이다. 진은영의 이 개념은 문학이 이미 정립된 특정 형식이나 공간, 제도라고 생각하는 사람에게 신선한 충격일 수 있다. 하지만 백낙청(白樂晴)의 지적처럼 이런 작업은 새로운 문학적 공간을 창출하는 일(새로운 토포스)이거나 기존 공간의 성격을 변화시키는 것(변화된 토포스)이지 그것 자체가 '아토포스'(비장소)의 구현은 아니다.[17] 이어지는 진은영의 발언 "이렇게 떠도는 공간성, 그리하여 결코 확정할 수 없는 방식으로 순간의 토포스를 생성하고 파괴하며 휘발시키는 일"(같은 면) 역시 유목적이고 불확정적인 방식이긴 하나

---

16 진은영 『문학의 아토포스』, 그린비 2014, 180면. 앞으로 이 책의 인용은 본문에 면수만 표시함.
17 백낙청 「근대의 이중과제, 그리고 문학의 '도'와 '덕'」, 『창작과비평』 2015년 겨울호 124~25면 참조. 앞으로 이 글의 인용은 본문에 면수만 표시함.

'토포스'의 생성과 파괴, 사라짐이지 '아토포스'의 출현은 아니다.

　오히려 '아토포스' 개념은 진은영이 바디우(A. Badiou)의 말라르메 논의를 논평하면서 "말라르메가 사용하고 있는 춤의 유비를 따라 우리는 시를 시적 테크닉과 시를 쓰는 시인의 경험으로 전적으로 환원되지 않는 순수한 출현으로 생각해볼 수 있다"(153~54면)라고 말할 때, 그리고 "인과관계의 사슬로부터 벗어난 순수한 발현의 순간으로서의 시"(154면)에 주목할 때 더 방불하다. 이런 순수한 출현과 발현의 순간으로서의 시에 대해 백낙청은 "현실의 어떤 '토포스'에서 일어나는 사건일지라도 그것을 훌쩍 벗어난 '아토포스'를 함축한다고 말할 수 있다"라고 평가하면서도 "동시에 그것이 현실공간의 온갖 인과관계와 필기구의 잡다한 특성을 간직한 채 '아토포스'를 창출하는 것인지, 아니면 '순수한 출현'이라는 또 하나의 관념으로 시를 단순화하는 것인지는 한층 엄밀한 검토를 요한다"라고 단서를 단다.(126면) 백낙청 자신은 "작품이 발현될 때 드러나며 이룩되는 아토포스는 그냥 '없음〔無〕'도 아니려니와 '있음〔有〕'의 영역 ─ 플라톤의 '이데아'나 그 어떤 초월적 존재를 포함해서 ─ 도 아니라는 사유방식"(127면)의 중요성을 강조하고 이를 동아시아의 도(道)라는 '아토포스'의 차원에서 재조명한다.

　'문학과 정치'의 논의에 이어 또 한번 진은영과 백낙청 사이에 중요로운 대화가 이어진 느낌인데, 거론된 사안들을 상론하지 못하고 간단한 논평만 덧붙인다. 진은영의 '아토포스'론은 새로운 문학적 토포스를 창출하거나 기존의 문학적 토포스를 변화시키거나 파괴할 때 생겨나는 생동감, 활력, 정동(情動, affect)에 주목하는 한편 시란 시인의 테크닉이나 경험으로만 환원되지 않는 순수한 발현이며, 더욱이 "시가 쓰여진 대로 읽히는 것이 아니라 시를 읽는 이와의 감응 속에서 사건으로서 발현된다는 점"(154면)을 강조한다. 이런 아방가르드적인 태도 때문인지 하나의 예술 '작품'으로서 구체적인 시나 소설의 면면에 대해서는 섬세하게 따지지 않는다. 그러나 창작과 독서, 시 낭독과 청취 같은 문학 행위의 토포스가 어디냐에 상관없이 예술언어로서의 작품이 삶에 내재된 진리를 드러낼 때 문학의 아토포스가 이룩된다고 본다.

이 점에서 영국의 소설가 D. H. 로런스(D. H. Lawrence)의 "예술언어가 유일한 진리이다. 예술가는 대개가 형편없는 거짓말쟁이지만 그의 예술은 그것이 예술인 한은 그날의 진실을 일러줄 것이다. 영원한 진리 따위 소용없다. 진리는 그날그날로 살아 있는 것이다"[18]라는 발언은 문학의 아토포스와 관련해서도 새겨볼 만하다. 예술언어를 통해 드러나는 그날의 진실을 빼고 문학의 아토포스를 논하는 것이 가능할까 싶은 것이다. 실은 우리 마음의 거처도 '있는 것도 아니고 없는 것도 아닌' 아토포스이다. 문학은 궁극적으로 마음에 작용하는데, 문학이 그날의 진실을 일러줄 때 마음을 뒤흔드는 '사건'이 일어난다. 아토포스에서 일어나는 이 사건이 그날의 세상의 모습을 여실히 드러내고 더 나은 세상으로 바꿔보려는 마음을 내게도 하는 것이다. 물론 그러자면 마음이 돈의 노예가 아니라야 하고 다른 사람과 세상, 말 그대로 우주만물에 열려 있어야 한다.

근자에, 특히 표절과 문학권력 사태 이후 한국문학은 죽었다고 단언하는 경우도 많았지만 문학의 아토포스를 실감케 하는 작품은 계속 태어나고 있다. 한국문학은 살아 있는 것이다. 다양한 작품들 가운데서 앞의 논의와 관련해서 주목할 만한 최근작 몇편을 살펴보고자 한다. 백무산의 최근 시집 『폐허를 인양하다』(창비 2015)는 글자 그대로 '그날의 진실'을 일러줌으로써 문학의 아토포스를 실감케 한다.[19] 시인은 시대현실과 체제

---

18 D. H. Lawrence, *Studies in Classic American Literature*. Ed. E. Greenspan, L. Vasey and J. Worthen, Cambridge: Cambridge UP 2003, 14면.

19 백무산의 이번 시집에 대한 논의로는 백낙청, 앞의 글 135~40면 참조. 이 글에 앞서 필자도 페이스북에서 이 시집 —「패닉」(2015년 10월 11일), 「꽃가루가 바람을 타고 가듯이」(10월 6일) — 을 거론한 바 있다.

같은 큰 문제를 붙들고 씨름하지만 어디까지나 시인 자신의 살아 있는 몸으로 겪은 바를 표현하기에 관념적인 발상이 틈입할 여지가 없어 보인다. 특히 『햄릿』처럼 시대의 문제를 주체의 속내로부터 끄집어내는 점이 미덥다. 햄릿의 독백이 '시대'만큼이나 어그러지고 분열된 그의 '내면'을, 벼랑 끝에 선 그의 '마음'을 쏟아내듯, 백무산의 「패닉」의 화자는 구체적인 이유를 대지 않고 자신의 황폐한 마음을 토로한다.

> 어쩌다 한밤중 산길에서
> 올려다본 밤하늘
> 만져질 듯한 별들이 패닉처럼
> 하얗게 쏟아지는 우주
>
> 그 풍경이 내게 스며들자
> 나는 드러난다
> 내가 폐허라는 사실이
>
> 죽음이 갯벌처럼 어둡게 찾아들고
> 사랑이 불같이 스며들고
> 모든 질서를 뒤엎고 재앙의 붉은 피가 스며들 때
> 나는 패닉에 열광한다
>
> ──「패닉」 부분

"내가 폐허라는 사실"이 드러난다고 고백할 때, 우리는 그의 시대에 무슨 일이 일어났길래 그가 폐허가 되었는가? 하고 묻게 된다. 즉각 떠오르는 것은 단원고 학생 250명을 포함한 승객 304명을 수장시킨 세월호참사이다. 시집 제목의 '인양'과 인용시의 마지막 문장 "나는 그 폐허를 원형대로 건져내야만 한다"는 주장이 진실과 함께 수장된 세월호의 인양 책임을 연상시킨다. 그렇지만 이 시집 곳곳에서 출현하는 '폐허'는 세월호참사에만 국한되지 않는다. 이 시집의 '폐허'는 『햄릿』의 '어그러짐'과 맞먹는 의미, 즉 한 세상이 무너지고 있다는 징후의 역할을 한다. 위에 인용한 3연에도 세상의 파국을 맞이하는 듯한 묵시록적 분위기가 스며 있다.

'폐허'와 더불어 '패닉'(panic)이라는 말이 화자 '나'의 특이한 태도를 형성하는 데 주효하다. 가령 그것의 역어인 '공황(恐慌)'이나 '공포'를 사용하면 전혀 어울리지 않을 자리에 '패닉'을 넣으니 그럴듯해진다. '패닉'이 우리 당대의 언어라서 그렇기도 하지만 이 말이 그리스신화의 목신(牧神)인 판(Pan)에게서 유래되었음을 감안하면 단순한 공포라기보다 경이로움이 깃들어 있는 공포, 그리고 니체의 디오니소스적 광란의 무도를 연상시키기 때문이다. 요컨대 파국을 맞이하는 '나'의 태도는 근대적 합리성을 초과하는 직관적인 열광에 가깝다. 그렇기에 '나'는 세상의 파국을 두려워하는지 반기는지 애매모호하다. 이 애매모호함은 나와 세상과의 관계에도 스며 있다. 1, 2연에서는 우주의 풍경에 비친 '내가 폐허라는 사실'이 패닉처럼 드러나지만, 3연에 이르러서는 내가 폐허이기 때문에 이 세상이 폐허로 변하는 광경에 열광하는 게 아닌가 하는 불길한 의심마저 깃들어 있다. 사실 시의 마지막 문장 "나는 그 폐허를 원형대로 건져내야만 한다"에서 '그 폐허'에는 세상의 파국을 지켜보면서 패닉에 열광하는 병적인 측면까지 포함될 듯하다.

백무산은 여기서 우리가 사는 부도덕한 세상에 대한 윤리적이고 당위적인 비판을 하고 있는 것이 아니라 자본주의 세상의 가능한 파국 앞에 서서 자신을 정직하게 드러낸다. 이 점이야말로 자본주의가 설마 망하지는 않으리라는 가정하에 그 부정적인 면을 세련된 방식으로 꼬집거나 세상이 망했다고 큰소리로 개탄하는 대다수 비판적 지식인들과는 질적으로 다른 점이다. 자본주의의 변화상에 대한 통찰로는 「무엇에 저항해야 하는

지 알겠으나」도 빼놓을 수 없다. 가령 "자유에 대한 새로운 감각"의 의미를 아이러니하게 진술하는 구절이 그렇다.

> 정규직 노예가 되고 싶다 비정규직 노예를 철폐하라
> 불안정 노예를 정규 노예화하라고 외쳐야 한다
>
> 인간에게 자유에 대한 새로운 감각이 생겨난 것이다
>
> 자유를 팔면 자유보다 귀한 것을 얻을 수 있다고 믿게 되었다
> 자유를 반납하면 더 풍족한 삶을 얻을 수 있다고 믿는다
> 이제 들판의 자유는 패배자의 위안일 뿐이라고 믿는다
> 새로 구입한 것이 자유인지 아닌지 그런 따위는 중요하지 않다
> 철창을 걷어낸 후에도 들판으로 갈 수 없다
> ──「무엇에 저항해야 하는지 알겠으나」 종결부

맑스는 자본주의에서 노동자에게 자유란 중세의 신분적 족쇄에서 풀려남을 뜻하는 동시에 자신의 노동력을 팔지 않고서는 삶을 영위할 수 없는 상태, 즉 임금노예가 되는 것임이 은폐되고 있다고 지적했다. 즉 노동자에게 진정한 자유란 무엇보다 임금노예로부터의 해방을 뜻하는 것이다. 그런데 이 시에서 자유란 어떤 가치를 지니는가? 우리 시대의 '믿음'에 따르면 자유는 "더 풍족한 삶"을 누리려고 스스로 반납할 수 있는 어떤 사소한 권리 같은 것이다. 이런 믿음이 팽배한 사회에서는 '비정규직 철폐와 정규직 전환'이라는 구호조차 "불안정 노예를 정규 노예화하라"는 임금노예들의 이권투쟁의 호소로 추락할 수밖에 없는 것이다.

이렇게 보면 "자유에 대한 새로운 감각"이란 자본이 노동을 극단으로 밀어붙여 한때 노동자들의 이념적 무기였던 "들판의 자유"를 "패배자들

의 위안"으로 믿게 만든 결과 생겨난 것이다. 자본주의가 노동자들의 이념마저 무너뜨렸으니 자본주의의 최종적 승리라고 할 만하다. 그러나 이로 말미암아 그동안 위태롭게 삐걱거리던 자본주의가 한결 단단해졌다기보다는 뭔가 자신을 초과하여 다른 무엇으로 전화한 느낌마저 든다. 이를테면 기왕의 자본주의가 노동과 자본의 팽팽한 대립을 축으로 삼은 데 비해 이 시에서 나타나는 체제는 양자의 대립이 무너지고 자본의 지배가 아무런 이념적 제동 없이 전일적으로 이뤄지는 상태라고 할까. '자유에 대한 새로운 감각'은 우리 곁에 이미 와 있는 더 나쁜 미래의 맛을 느끼게 한다.[20]

백무산의 이번 시집에 희망의 전언 같은 것은 없다. 그렇다고 비관이나 절망에 빠져 있다는 뜻은 아니다. 희망도 절망도 여읜 채 자신과 세계를 냉정하게 관찰하면서, 소중하게 지켜온 삶의 원칙들이 파괴되고 있음을 정직하고 치열하게 말할 뿐이다. 폐허 같은 시대와 자신에 대한 증언 같기도 한 시들이 밝게 보일 리 없지만,「풀의 투쟁」이나「완전연소의 꿈」에서처럼 인간의 시간보다 더 긴 시간, 인간의 영역보다 더 큰 대지와 자연에 대한 그의 폭넓은 사유와 믿음이 감지되면서 어둡지만은 않게 느껴진다. 노동자의 관점이지만 편협한 노동자주의에서 벗어나 육식, 성소수자, 동물과의 관계 등 근대문명 차원의 쟁점에 대해서도 통념을 깨뜨리는 성찰을 보여준다.

최근 우리 문학이 노동하는 주체를 빈번하게 등장시키는 것은 노동을 삶의 핵심적인 요소로 재인식하기 시작했다는 신호로 여겨진다. 특히 백무산과 더불어 팔구십년대에 노동문학의 최전선에서 활동했던 정화진과 이인휘가 오랜 침묵을 깨고 주목할 만한 작품을 발표한 것이 반갑다.

---

20 '이미 와 있는 미래'라는 발상과 관련된 논의로는 황정아「'이미 와 있는 미래'의 소설적 주체들」,『창작과비평』 2012년 겨울호 참조.

정화진의 「두리번거리다」(『황해문화』 2015년 가을호)와 이인휘의 「공장의 불빛」(『실천문학』 2015년 봄호)은 둘 다 노동자가 주인공인 소설이지만 그 성격이 약간 다르다. 「공장의 불빛」이 노동현장에 집중하는 전형적인 노동소설이라면 「두리번거리다」는 노동의 문제를 중요하게 다루면서도 주인공 남녀의 일상적 삶과 서로 간의 관계가 주축을 이룬다.

「두리번거리다」의 미덕은 일상에서 벌어지는 작은 일화를 통해 자본에 매이지 않을 때의 노동 본연의 모습을 돌아보게 만드는 데 있다. 정규직과 비정규직 간의 차별을 체험한 남자와 대기업 인턴생활과 실직(알바생활)을 반복해온 여자가 이웃으로 만나 고장난 변기를 고치는 일을 함께 해냄으로써 둘의 관계가 깊어지는 것이 소설의 골자다. 고장의 원인인 낡은 고무패킹을 껌으로 땜질함으로써 결국 문제를 해결하는데, 그 우여곡절의 과정이 재미있으면서 의미심장하기도 하다. 고장난 변기를 고치는 일도 노동인데 직장에서의 노동과 달리 즐겁고 훈훈하게 느껴지는 것은 자본주의의 회로에서 벗어나는 순간 노동은 그것의 시장가격과 상관없이 즐겁고 유용한 활동, 약간의 인내심과 창의력을 발휘하면 하나의 성취가 될 수 있기 때문이다. 주인공 남녀의 됨됨이나 그들의 관계가 발전하는 과정이 자연스럽게 제시되고 있긴 하나 갈등의 여지없이 너무 원만하게 그려져 이상화의 흔적이 느껴지는 것은 아쉽다.

「공장의 불빛」은 여러모로 대조적인 작품이다. 한 합판공장의 살벌한 노동현장과 비정한 노사관계, 노동자끼리의 갈등과 연대감 등이 박진감 있게 그려져 있어 우리 시대의 「객지」 가운데 하나라고 느껴진다. 합판이 만들어지기까지의 노동 과정, 사장이 노동자를 부려먹는 방식, 그 과정에서 쫓겨난 한 고참 노동자의 자살, 노동과 종교의 연계 등을 적나라하게 제시함으로써 오늘의 노동현장이 얼마나 열악한지를 선명하게 보여준다. 강도 높은 노동현장의 분위기와 힘의 논리를 실감케 하는 것이 이 작품의 미덕이라면, 인물들이 다소 유형화되어 있고 소설의 강렬한 남성적 언어가 새로운 세대의 감각을 충분히 보여주지는 못한다는 점은 아쉽다. 이처럼 두 작품 모두 아쉬운 대목이 없지 않지만 목적론적 문학관에서 벗어나 달라진 노동현실을 직시하려고 제 나름의 방식으로 분투하고 있다는 점은 사주고 싶다.

김애란(金愛爛)의 『비행운』(문학과지성사 2012) 이후 젊은 세대의 문학에서도 삶의 핵심 국면으로서의 노동문제가 꾸준히 다뤄지고 있다. 그중에 이미 빼어난 작품으로 평가받은 한강의 「눈 한송이가 녹는 동안」(『창작과비평』 2015년 겨울호) 외에도 『센티멘털도 하루이틀』(2014)을 출간한 김금희가 최근에 발표한 몇몇 소설들이 특히 인상적이다. 「고양이는 어떻게 단련되는가」(『너무 한낮의 연애』, 문학동네 2016, 이하 면수만 표기)에는 전통 부엌가구 회사의 과장이었다가 '직능계발부'로 발령받아 생산직 교육을 받게 되는 특이한 인물이 나온다. 모과장은 동료들과 잘 어울리지 못하는 모난 사람이었고 여러번 물의를 빚어 부하 직원으로부터 '비정상적인 분'이라는 말까지 듣는다. 그가 보통의 직장인과 다른 점은 공원(工員)으로 입사해서 본사의 관리직으로 승진했음에도 불구하고 현장에 나가고 싶어한다는 것이다.

다들 하청업체를 '족치러' 나간다고 생각했고 실제로 그렇게 행동하기도 했지만 그것이 다는 아니었다. 그는 그냥 망치질을 하고 싶어 나가는 것이었다. 그렇게 틈틈이 망치를 두드리지 않으면, 머릿속이 텅텅 울리도록 충격을 가하지 않으면 온종일 무언가가 쇳물처럼 끓어올랐다. 삶의 활력 같기도 하고 분노 같기도 하고 무기력해서 너무 무기력해서 도리어 어떤 형태의 에너지로 변해버린 것 같기도 했다.(233~34면)

모과장은 '(육체)노동 중독'인가? 아니면 그냥 '또라이'인가? 어느 쪽인지 분명하지 않다. 또 하나의 가능성은 원래 노동이란 '삶의 활력'이 구현되는 한 방식일 가능성이다. 말하자면 모과장이 '또라이'라서 그런 것이 아니라 오늘날 자본주의 사회가 육체노동을 기피하게 만들었기 때문에 노동해야 살맛이 나는 모과장을 모나게 보이게 한 것일 수 있다. 가령 사장으로부터 '직능계발부'를 맡아달라는, 즉 생산직 교육을 명분으로 관리직을 해고하는 역할을 해달라는 부탁을 받았을 때 모과장은 "저는 그저 망치질이 좋습니다만"이라고 답하지만 사장은 "에헤 ── 모과장, 망치질 좋아하는 사람이 어디 있나"라고 일축한다.(258~59면)

모과장의 삶을 구성하는 또 하나 특이한 면은 유기묘의 주인을 찾아주는 일이다. 그가 그렇게 된 데는 사연이 있다. 우울감과 알코올에 젖어 자살하기로 결심한 날 길고양이 한마리가 마당의 고무 '다라이'에 낳은 새끼들 때문에 "며칠을 더 살았고 나중에는 그냥 자기 자신을 고양이에게 기탁했"(254면)던 것이다. 그러므로 그가 고양이들을 키우는 게 아니라 "그는 이 집에서 그저 고양이 옆에 있는 '무언가'였고 그 삶에 만족했다".(253면) 사실 그는 사람들보다 고양이에게 더 가까운 사람인지도 모른다. 집집마다 나는 특유의 냄새 때문에 '집멀미'를 하게 되는데도 고양이를 찾아달라는 요청에 응하는 것은 "십이만원의 일당이나 의뢰인들의 하소연이 아니라 순전히 집 나간 고양이들이 겪을 고통 때문"(238면)이었다. 심지어 그는 생선을 좋아하고 특히 꽁치조림을 반겼는데 식당 주인 여자가 빈 꽁치 접시를 채워주면 "마치 자기가 원하는 것이 아니라는 듯 딴청을 피우다가 주인이 텔레비전이나 다른 손님에게 시선을 팔 때 그 검푸른 몸체를 재빨리 파먹곤 했다".(같은 면) 이처럼 하는 짓까지 고양이를 닮아가는 것이다. 어찌보면 그는 들뢰즈식의 '고양이 되기'를 수행하는 것으로도 보인다. 이 점에서 '직능계발부'를 맡아달라는 부탁을 받고 고민에 빠지는 대목도 주목할 만하다.

여기서 나간 사람들은 어떻게 되는 것인가. 가족이 데려가는가. 그에게는 없는 가족이 그 사람을 데려가 나쁘지 않게 살 수 있게 되는 것인가. 그 사람들에게는 아마 고양이는 없을 테지만 고양이는 사실 누구에게나 있어야 하는 것은 아니지만 혹시 쫓기지는 않는가, 그가 상관할 바는 아니지만, 그래도 살 수 없게 되는 것은 아닌가.(259면)

그는 해고된 회사 동료들이 어떻게 될지 걱정하지만 그런 순간에도 유기묘 신세와의 유비를 통해서 사람들의 절박한 처지를 상상한다. 마치 고양이와의 관계를 통해서 인간들과 접속하는 느낌을 준다.

이 작품에서 제기되는 핵심적인 물음은 노동문제에서뿐 아니라 동물과의 관계에서 모과장이 '비정상적'인가 아니면 오히려 그를 모나게 보이게 하는 다른 사람들이 '비정상적'인가이다. 이 물음에 딱 부러지게 답하기 힘들다. 양쪽에 모두 문제가 있다고나 할까. 모과장은 주위 사람들과 단절되어 있을뿐더러 타인과 유의미한 관계를 맺으려는 시도를 포기한 사람처럼 보인다. 다른 한편 노동과 고양이에 대한 태도에서 보듯 그는 기본적으로 돈에 매인 사람이 아니며 돈의 가치를 강요하는 자본주의적 삶에 '부적응자'인 면이 있다. 그는 이미 절반은 고양이의 입장에서 사유하고 이미 절반은 자본주의 질서 바깥의 삶 ─ '대안적인 삶'이라는 것과 질감은 다르지만 ─ 을 살아가고 있는지 모른다. 그가 「필경사 바틀비」의 바틀비를 연상케 하는 것은 존재적인 단절과 폐쇄성을 지니면서도 자본주의적 가치체계를 거부하는 태도 때문일 것이다.

김금희의 「너무 한낮의 연애」(『너무 한낮의 연애』)는 주인공 남녀의 복잡미묘한 변화를 섬세한 언어로 포착하고 있다. 이 소설에도 모과장 못지않게 특이한 양희라는 인물이 등장한다. 소설의 중심에는 필용과 양희의 연애관계 즉 사랑이 놓이지만, 그 사랑이 어긋나고 교차하는 지점에는 예술(연극)과 노동이 배치되어 있다. 사랑, 예술, 노동의 세 요소가 빚어내는 복합적인 움직임을 눈여겨볼 필요가 있다.

소설은 앞서의 작품과 비슷하게 주인공 필용이 "문책을 받아 영업팀장에서 시설관리직으로 밀려나는"(49면), 사실상의 권고사직을 뜻하는 좌천에서 시작된다. 필용은 버티기로 했지만 충격이 컸고, 직장동료들의 이목을 피해 종로의 맥도날드에서 점심식사를 하다가 맞은편 건물에서 16년 전 대학시절 과후배 양희가 대본을 쓴 관객참여형 부조리 연극을 알리는 현수막을 보게 된다. 그 순간 "필용은 자기가 인생 최대의 위기를 맞았을 때 왜 종로의 맥도날드가 떠올랐는지 깨달았다. (…) 필용이 하필이면 지금 이 시간에 여기 있는 것은 바로 양희와 재회하기 위해서였다".(14면)

사실 그때 어긋났던 둘의 사랑이 필용의 좌천을 계기로 지금 다시 불려나온 것은 결코 우연이 아니다. 영업팀에서 시설관리직으로 오면서 필용은 서서히 표정이 바뀐다. "무엇보다 양 입가를 팽팽하게 견인하고 있던 긴장이 사라졌다. 그 긴장은 언제라도 무슨 존칭, 무슨 웃음, 무슨 헛기침, 무슨 지시, 무슨 권유, 무슨 답변 등을 하기 위한 것이었는데 당분간은 필요 없었다. 10년 넘게 얼굴을 차지하고 있던 긴장이 사라지자 필용의 얼굴은 말개지는 게 어딘가 젊어진 듯한 인상을 주었다."(17~18면) 필용의 이런 변화는 그간 재촉받았던 자본주의적 삶의 방식에 대한 중독기가 현저히 빠졌음을 암시한다.

소설은 필용과 양희의 과거와 현재를 오가며 그들의 이런 존재적인 변화를 추적한다. 16년 전의 그들은 서로 성격이 전혀 달랐다. 그 차이를 선명하게 보여주는 것은 "양희의 느닷없는 사랑 고백"(20면)과 그에 대한 필용의 반응이다. 같은 어학원을 다니던 시절 함께 종로 맥도날드에서 필용이 떠벌리는 이야기를 한참 듣다가 양희는 불쑥 "선배, 나 선배 사랑하는데" 하고 고백한다. 양희는 그 말을 "감정의 고저 없이, 2, 3천원을 쥐어주며 햄버거 주문을 부탁하던 톤"으로 하는 것이다. 당황한 필용은 웃으면서 묻는다.

"사랑하면 어떻게 되는 건데?"

"어떻게요?"

양희가 뭐 그런 걸 묻느냐는 듯이 되물었다.

"그러니까 앞으로 어떻게 해야 하느냐는 거지."

"그런 걸 뭣하러 생각해요."(20~21면)

　사랑을 끝내는 방식도 느닷없기는 마찬가지다. 여느 날이나 다름없이 햄버거를 먹다가 양희가 "깜박 잊을 뻔했다는 투로, 아, 선배 나 안 해요, 사랑, 한 것"이다. "안 해?"/"네."/"왜?"/"없어졌어요."/필용은 믿을 수 없었다. 바로 어제만 해도 사랑하느냐고 물으면 표정 없는 얼굴이기는 했지만 고개를 끄덕였는데 말이 되는가?/"없어? 아예?"/"없어요."/"없는 게 아니라 전만큼은 아니게 시들은 거지. 야, 그게 어떻게 그렇게 단박에 사라지냐?"(30면) 이렇게 이어지는 필용과 양희의 대화는 서로 성격이 다른 사람들 간의 대화일뿐더러 마치 다른 세대, 다른 시대 사람들 간의 대화로도 느껴진다. 묘하게도 이 때문에 둘의 대화는 선문답처럼 들린다. 다른 세상에 사는 사람들 간의 불가피한 어긋남에서 비롯되는 효과일 텐데, 사실 사랑을 보는 두 사람의 현격한 차이는 자본주의체제에 대한 생각과 감각의 차이와 맞닿아 있다.

　필용은 우리 시대를 사는 평범한 얼굴의 인물이었지만 양희를 만나면서 그 체제의 바깥과 만나게 된 것이다. 그런 양희는 예전에 자신이 대본을 썼던 부조리극을 무대에 올리는 예술가가 되었다. 16년 전에는 자본주의적 삶의 방식을 당연시했던 필용은 좌천을 계기로 상당히 달라졌다. 그에게도 이 체제의 방식과 다른 일면이 내부 깊숙이에 자리잡고 있었던 것이다. 어쨌든 현재의 필용은 양희의 연극을 수차례 관람하고 마침내 그 무대에 참여하는 경험을 통해 다른 방식의 삶과 예술과 사랑을 깨닫게 된다.

양희야, 양희야, 너 되게 멋있어졌다. 양희야, 양희야, 너 꿈을 이뤘구나, 하는 말들을 떠올리다가 지웠다. 안녕이라는 말도, 사랑했니 하는 말도, 구해줘라는 말도 지웠다. 그리고 그렇게 지우고 나니 양희의 대본처럼 아무것도 남지 않게 되었다. 하지만 아주 없는 것은 아니었다. 시간이 지나도 어떤 것은 아주 없음이 되는 게 아니라 있지 않음의 상태로 잠겨 있을 뿐이라는 생각이 남았다. 하지만 그건 실제일까.(42면)

문학뿐 아니라 사랑을 포함해서 삶의 가장 소중한 것들은 "아주 없음이 되는 게 아니라 있지 않음의 상태로 잠겨 있을 뿐"인 일종의 아토포스의 상태에서 이루어진다. 이 소설은 이런 삶의 진실을 섬세하고 명징하게 드러냄으로써 스스로가 아토포스의 경지임을 입증한다.

글을 맺으며

문학은 세가지 세상과 관련된다. '이 세상'과 '다음 세상', '다른 세상'이 그것이다. 이 세 세상은 독자적이되 중첩되어 있기도 해서 그 셋의 복합적인 관계를 동시에 사유하는 종합적인 예술이 더없이 소중하다. 예컨대 우리는 자본주의 세상에 살고 있지만 이미 그 속에 좋은 미래와 나쁜 미래의 맹아들이 들어와 있다. '이 세상'의 개체와 시대의 진실을 드러내자면 '다른 세상'을 상상하는 작업을 통해 이미 '이 세상'에 들어와 있는 잠재적인 '다음 세상'의 성격을 감별해야 한다. 이 작업은 대단히 섬세하고 지적인 감수성을 필요로 하는 것이다. 이런 의미에서 눈길을 끄는 신예작가들이 적지 않은데, 특히 김엄지 김종옥 최정화, 그리고 최근 국내에서 첫 소설집을 펴낸 중국교포 작가 금희가 그들이다.

체제 전환기를 맞아 장편소설에 관한 비평과 이론 역시 중요하지만, 이에 대한 논의는 다음 기회로 미루고 여기서는 간단한 논평을 달고자 한다. 흔히『창작과비평』의 비평가들이 장편소설 '대망(大望)'론을 펼쳐왔다는 전제를 깔고 논쟁이 이뤄지는데, 그것은 정확한 파악이 아니다. 필자가 초지일관 주장한 것은 장편소설이 이제 불가능하다고 단정하지 말고 그 미래를 열어놓고 지켜보자는 것이다. 장편소설의 가능성에 주목한 지 10년이 넘었지만 그 성과가 기대에 못 미쳤다고 주장할 수는 있으나 그간 문예지나 웹진의 연재 공간을 통해 뛰어난 장편소설들이 태어나지 않았으면 한국문학이 이만한 힘으로 버틸 수 있었을까. 또한 한때 주목할 만한 장편소설론을 개진했다가 디지털 인문학과 진화론적 문학관으로 전환함으로써 장편소설 불가능론의 이론적 근거를 제공한 프랑꼬 모레띠(Franco Moretti)만 편식할 게 아니라 다양한 장편소설론으로 논의를 확장할 필요가 있다.[21]

우리는 자본주의 세계체제가 무너져가고 아직 미정인 다음 체제가 형성되는 전환기에 있다. 그와 연동된 한반도의 분단체제 역시 슬기로운 극복이냐 재앙적인 파국이냐의 선택의 기로에 들어서 있다. 작금의 세상은 향후 수십년 동안 우리가 어떻게 하느냐에 따라 그 미래가 결정될 것이다. 이런 시기에는 한 사람의 작은 문학적·사회적 실천이 실로 중한 결과로 이어질 수 있다. 문학은 자명하지 않고 미래는 확실하지 않다. 그런 불확실성 속에서 문학의 열린 길을 용감하게 갈 때만이 지금은 가려진 더 나은 세상을 열 수 있다고 믿는다. 아니, 그런 용감한 삶은 그 자체로 더 나은 삶이다.

---

21 황정아 엮음『다시 소설이론을 읽는다』(창비 2015) 및 브라질의 비평가 호베르뚜 슈바르스의 소설론을 검토한 졸고「주변에서 중심의 형식을 성찰하다」,『안과밖』2015년 하반기호(이 책 제3부에 수록) 참조.

제2부

한국 근대를 살아냈을 뿐

◆

신경숙『아버지에게 갔었어』

기억과 현재성

신경숙(申京淑)의 신작 장편『아버지에게 갔었어』(창비 2021, 이하『아버지』)를 읽으면서 새삼 눈에 띄는 것은 작품 곳곳에 깔려 있는 크고 작은 기억들이다. 이 기억들 중에는 아버지가 '나'의 글을 읽고 "별것을 다 기억한다"(『아버지』49면, 이하 면수만 표기)라고 했을 때의 '별것'과 잠 못 드는 밤 '나'가 펼쳐든『그날들』에서 사진작가가 언급한 "절대 놓치고 싶지 않은 어떤 것" 혹은 "다시는 나타날 수 없는 그런 순간"(50면)도 포함되어 있으리라. 적잖은 기억들이 작가의 전작에서 등장한 바 있지만 새로운 서사와 느낌으로 다가왔다.

이런 기억들의 생생함은 어디서 생겨나는 걸까. 선형적인 시간관에서 기억의 서사는 과거의 영역을 다루며 현재와의 단절을 전제로 전개되지만, 신경숙 소설에서 기억은 과거에 속하는 완결되고 고착된 것이 아니다. 그것은 한 개인의 현재의 시간대에서 벌어지는 '동사(動詞)'적인 사건이기도 하다. 이 점은 글쓰기에 대한 고민과 그 지난한 과정을 소설의 핵심적 일부로 통합하는 그의 '메타픽션'적이고 '생성적'인 작법을 통해 수시로 강조된다. 가령 『외딴 방』(전 2권, 문학동네 1995)의 '나'는 육년 전 하계숙과 희재언니 등과 함께했던 시절을 두고 "내게는 그때가 지나간 시간이 되지 못하고 있음을, 낙타의 혹처럼 나는 내 등에 그 시간들을 짊어지고 있음을, 오래도록 어쩌면 나, 여기 머무는 동안 내내 그 시간들은 나의 현재일 것임을"(1권 85면) 느낀다. 이렇게 현재로 남아 있는 과거와 그것을 끌어내는 기억을 문학의 속성과 연관시키기도 한다.

> **현재성**을 오래 생각해본다. (⋯) 미래소설이나 가상소설이라고 처음부터 작정을 해둔 게 아니면 글쓰기는 결국 뒤돌아보기 아닌가. 적어도 문학 속에서는 지금 이 순간 이전의 모든 **기억**들은 성찰의 대상이 되는 거 아닌가. 오늘 속에 흐르는 어제 캐내기 아닌가. 왜 내가 지금 여기에 있는지를 알기 위해서, 지금 내가 여기에서 무얼 하려고 하는지 알기 위해서.(1권 86~87면, 강조는 인용자)

이때 '현재성'이란 선형적인 시간대의 실증적 현재가 아니라 개별자의 삶과 존재에 지금 생동하는 것, 시간이라기보다 존재의 떨림이다. 글쓰기가 "오늘 속에 흐르는 어제 캐내기"가 되는 차원에서 기억은 이를테면 '과거도 현재도 아닌 그 중간쯤의 시간'에 속할 것이다. 작가는 '기억'을 이렇게 현재성과 연동시켜 문학의 본질적인 속성으로까지 조명하지만, 기억의 한계 역시 분명히 인식한다. 가령 '나'는 희재에 대해 "언니의 진실을, 언니에 대한 나의 진실을, 제대로 따라가"기를 염원하면서 "내가 진실해질 수 있는 때는 내 기억을 들여다보고 있는 때도 남은 사진들을 들여다보고 있을 때도 아니었어. 그런 것들은 공허했어. 이렇게 엎드려 뭐라고뭐라고 적어보고 있을 때만 나는 나를 알겠었어. 나는 글쓰기로 언니에게 도달해보려고 해"(1권 248면)라고 말한다. 이는 기억을 "공허"한 것으로 재규정한다기보다, 기억이든 사진이든 완결·고착된 재현물의 한계에 맞닥뜨릴 때 "뭐라고뭐라고 적어보"는 글쓰기라는 창조적 과정을 통해 그 한계를 돌파할 수 있으며 현재성을 구현할 수 있다는 뜻일 듯싶다.[1]

한 개인의 기억에 이런 한계와 불완전한 면이 있음에도 어째서 그것은 현재성의 예술에 요긴한 자원이 될 수 있는 걸까. 생활고에 몰려 한편의 영화만 더 만들어보기로 한 「미나리」(2020)의 감독 정이삭은 어떻게 새로운 시나리오를 쓸 것인지 고민하던 끝에 윌라 캐더(Willa Cather)의 『나의 앤토니아』(My Antonia, 1918)를 발견하게 된다. 한 소년의 네브래스카 농장에서의 성장기를 그린 이 소설은 아칸소 농장에서 자란 그의 마음에 속속 와닿았다. 처음에 이를 각색해 시나리오를 쓰려 했던 감독은 "감탄하기를 그치고 기억하기 시작했을 때 내게 삶이 시작되었다"는 캐더의 발언에 영감을 받아 자기 삶의 '기억'으로 영화를 만들기로 한다.[2] 자신이 어린아이일 때 ─ 영화 속 데이비드의 나이일 때 ─ 어땠는지를 써내려간 결과 그는 80개가량의 기억들을 얻게 되었다고 한다. 물론 이것만으로 영화가 되는 것은 아니고 '뭐라고뭐라고 적어보는' 것에 해당하는 배치와 편집, 연기와 연출의 과정을 거쳐야 했을 것이다. 어쨌든, 만약 이 기억들 대신 자신의 기존 작품처럼 '개념있는' 서사를 활용해서 '제작된' 각본을 사용했더라면 이렇듯 생생한 영화로 탄생하지 못했을 것이다.

신경숙의 이번 장편 『아버지』는 작가의 삶에서 끌어올린 이런 기억들

---

1 기억은 착오나 왜곡에서 자유롭지 않은 재현방식이기도 하다. 『아버지』에서 '나'의 아버지는 자기가 산낙지를 좋아하면서도 '나'가 산낙지를 좋아한다고 단정하는데, '나'는 "이렇게 왜곡되는 것이 기억인데 내가 사실이라고 여기고 있는 것들을 계속 믿어도 될까"(62면)라고 자문한다.

2 인용된 캐더의 발언("Life began for me, when I ceased to admire and began to remember")에는 당대 최고 작가들의 작품을 감탄하기보다 자신의 유년의 삶을 기억하면서 비로소 자기만의 작품을 쓸 수 있었다는 의미가 담겨 있다. Lee Isaac Jung, "Some unusual guidance is behind writing 'Minari.'," *LA Times*, 2021.2.22.

을 활용하되 기억이 지닌 한계를 직시하고 돌파하려는 분투의 결과물이라고 여겨진다. 이 글에서는 '개별자'로서의 한 비평가에게 이 소설이 왜 중요하게 느껴지는지를, 즉 기억이 어떻게 현재성의 예술인 작품을 일구어 역사를 써내는지를, 아버지의 진실에 닿기 위해 '뭐라고뭐라고 적어보는' 직관과 성찰이 어찌하여 '나' 자신의 진실에 닿게 되는지를 살펴보고자 한다.

아버지와 '나'의 재회의 시간

『아버지』에서 서사의 중심축은 일인칭 화자인 큰딸 '나'와 아버지 사이의 이야기이다. 이 이야기의 현재는 교통사고로 불시에 딸을 잃은 '나'가 노년의 아버지가 울었다는 이야기를 듣고 오랜만에 J시(정읍)의 고향집을 찾아가 병든 아버지와 함께 시간을 보내는 것이다. '나'는 딸의 죽음으로 인한 상심으로 부모와의 만남을 피해왔지만 오년의 세월이 흐른 데다 엄마가 병원 치료를 위해 상경하는 바람에 홀로 된 아버지의 곁에 있기로 한다.

아버지와 단둘이만 있는 터라 현재 시간대의 서사가 진행되는 중간중간 등장하는 과거의 시간도 대체로는 아버지와 관련된 이야기이다. 기억들은 J시의 집에 당도하기 전부터 '나'에게 찾아든다. 중학교 졸업 후 고향을 떠나기 전 '나'가 아버지 가게에 찾아가지만 작별인사도 제대로 못하고 헤어졌을 때, 중학생이던 '나'가 대흥리 다리에서 평소와는 "완전히 다른 느낌"(29면)의 아버지와 마주치고 그를 외면했을 때, 서울 이주 후 '나'가 J시의 역으로 자신을 마중 나온 아버지의 오토바이 뒷자리에 타고 집으로 달려갔을 때의 기억이 그것이다. 이 기억들에는 시기와 정황이 다르지만 모두 '나'가 간직한 아버지의 여러 모습이 담겨 있다. 주목할 것은 이런 기억이 사실적인 이야기이자 동시에 '정동(情動)'적인 장면이기도 하다는 것이다. 첫번째 기억에서 작별의 상황은 처음에는 "내가 J시를 떠나오던 날 집에서 나와 아버지에게 작별인사를 하려고 그 가게에 갔었다. 가게에 도착해서 늘 그랬던 것처럼 그 늘어뜨려진 고무줄을 모아 잡고 아버지, 불렀는데 아버지가 안에서 나오기 전에 기차역으로 가는 버스가 가게 앞 신작로에 도착했다. 밤이었다. 그 버스를 놓치면 기차역까지 걸어가야 했다. 걸어서 기차역에 도착해본들 기차가 출발한 다음일 것이다"(16면)처럼 사실적으로 서술되다가 이어지는 대목에서는 정동이 점점 고조되면서 '장면'(scene)화한다.

> 혹여라도 버스가 출발해버릴까봐 나는 어두운 가게 안쪽에 대고 아버지, 나 가요…… 소리치고는 뛰어서 버스에 타버렸다. (…) 아버지는 가게에서 막 뛰쳐나와 한쪽 발엔 슬리퍼를 한쪽 발엔 고무신을 끼어 신고 손을 흔들지도 어쩌지도 못한 채 나를 태운 버스를 쳐다보며 우두커니 서 있었다. 내가 방금 붙잡았다가 세차게 놓아서 그때까지도 흔들리고 있던 검은 고무줄 옆 어둠 속에 서 있던 아버지의 실루엣.(17면)

여기서 '고무줄'은 이전에 "아버지에게 돈을 달라는 말이 입에서 떨어지질 않아 애꿎은 그 고무줄만 잡아당기고 있을 때"(15~16면)의 기억을 감안하면 '나'의 안타까운 마음의 객관적 상관물이다. '나'의 애타는 마음과 아버지의 망연자실한 모습이 선연하게 대비되어 제시되는 이 기억의 장면에는 프레드릭 제임슨이 리얼리즘 소설 내부의 모순적인 두 요소로 지적한, '서사적 충동'(narrative impulse)과 '정동' 혹은 '장면적/생생함의 충동'(scenic impulse)이 불가분으로 어우러져 있는 듯하다.[3] 이 기억의 서

---

3 Fredric Jameson, *The Antinomies of Realism*, London: Verso 2013, 1~44면 참조. 제임슨

사/장면은 그 자체로도 인상적이지만 『외딴 방』의 '나'가 자기 발바닥에 쇠스랑이 박힌 채 태연히 누워 있는 장면과 연동되어 상징적인 울림을 준다. 그 무렵(1970년대 후반) 정읍을 포함한 한국의 농촌지역은 서울과 주요 도시들의 급속한 산업화를 뒷받침하는 배후지로 전락하고 있었고 그때만 해도 딸에게 고등교육을 시키는 농가는 드물었다. "헤어지지 않고는 앞으로 나아갈 길이 없는 관계에 봉착할 때면 그때 그 신작로에서 아버지, 아버지를 부르던 절박한 내 목소리가 북소리처럼 둥둥둥 머릿속에 울린다"(16면)는 고백에서 드러나듯 아버지와 헤어지는 것이 안타까워도 여성으로서는 농촌을 떠나 도회로 공부하러 가는 것만이 "앞으로 나아갈 길"이라는 '나'의 확신은 쇠스랑만큼이나 날카롭고 강한 것이다.

J시에 당도한 '나'는 회색 앵무새 '참이'의 죽음을 슬퍼하는 아버지와 재회하는데, 얼마 지나지 않아 아버지가 순간적인 기억상실에다 수면장애, 우울증 등의 복합적인 질환을 앓고 있음을 알게 되고 "밤마다 어딘가에서 쭈그리고 앉아 울고 있는 아버지를 찾아다"(59면)니게 된다. 그렇지만 오년 만에 아버지와 단둘이 있게 된 이 시간은 '나'가 아버지라는 몸과 존재에 다가가는 시간이기도 하다. 아버지의 헐렁해진 허리를 껴안고 팔짱을 끼고 손을 잡아 계단을 오르며, "자냐?/네, 자요./잔다면서 대답을 허냐?/그러게 말이에요, 어서 주무셔요"(63면) 하고 두런두런 말을 주고받는 시간인 것이다. 또한 아버지의 지난날들의 노동과 숨결이 깃들어 있는 장소와 물건을, 헛간과 우사와 농기구를, 웅과 낙천이 아저씨가 살던 우사 옆 폐가에 딸린 방을, 그 속에 있는 나무궤짝을 '나' 홀로 찾아보고 만져

의 정동 중심의 리얼리즘에 대한 필자의 비판적 독해는 졸고 「사유·정동·리얼리즘: 촛불혁명기 한국소설의 분투」, 『창작과비평』 2019년 겨울호 25~28면(이 책 제1부에 수록) 참조. 제임슨은 리얼리즘 소설에서 정동이 서사를 밀어내고 파편화시켜 결국에는 소설의 관점(point of view)마저 파괴할 것으로 예측하지만, 이 소설의 경우는 두 요소가 팽팽한 긴장을 이루면서 정동 덕분에 기억이 생생한 떨림의 상태에서 순간적으로 포착된 듯한 효과를 준다.

보는 시간이기도 하다.

이 주된 서사의 흐름 간간이 서로 연관된 두가지 기억의 끈이 끼어든다. 하나는 '나'의 잃어버린 딸에 대한 기억이다. 가령 함께 시장에 생선 사러 갔다가 회색 앵무새가 따라오는 것을 보고 "앵무새가 엄마 따라쟁이야"(41면)라고 명랑하게 소리치던 딸의 기억이 스치는데, "딸을 잃고 나니 모든 일에 경계선이 사라졌다. 웃을 일도 따질 일도 지킬 일도 무의미해졌다. 오늘도 내일도 어제도 그저 덩어리진 채 흘러갔다"(67면)는 심경 변화도 함께 상기된다. 또 하나는 작가가 되고팠던 '나'의 열망과 등단 시절에 관련된 기억이다. 대학 졸업 후 '나'는 출판사에 취직해 서로 다른 역자가 나누어 번역한 책의 내용을 말이 되게끔 기워 맞추는 일을 하는데, 출근길이면 회사의 계단에서 도로 내려가버리고 싶은 충동에 사로잡히곤 한다. 하지만 '나'는 퇴근 후 독서실에 가서 무언가를 쓰고 지우기를 반복했고, '어디다 됐던가'로 시작되고 '삶에는 기습이 있다'라는 문장이 들어 있는 데뷔작이 탄생된다. 고향의 아버지한테 전화를 걸어 등단 소식을 알렸더니 좋은 일이냐고 물었고, '나'는 "좋은 일인지는 모르겠고요, 제가 꼭 하고 싶은 일이에요, 아버지"(69면)라고 답한다. 그랬던 '나'가 지금은 "니가 하고 싶어서 하는 일은 잘하고 있냐?"(68면)라는 아버지의 물음에 아무런 대답도 하지 못한다.

딸을 잃은 어미의 마음을 짐작하는 아버지는 "벌써 육년이 흘렀구나. 너무 오래 붙들고 있으면 그아도 갈 길을 못 가고 헤맬 것잉게 (…) 붙들고 있지 말어라. 어디에도 고이지 않고 흘러가게 둬라"(92면)라고 속 깊은 충고를 한다. '나'는 그 말에 울컥하지만, 딸을 놔줄 마음 상태가 아니었고 마음처럼 글도 만신창이 상태였다. 그래서 아버지의 물음에 속으로 "나는 하고 싶어서 쓰는 게 아니라 살고 싶어서 쓰는 것 같아요"라고 대답하며 "아버지, 나는 부서지고 깨졌어요. 당신 말처럼 나는 별것이나 쓰는 사람이에요. 아무것도 아니에요. 그런데 나는 그 별것을 가지고 살아가야만

해요"라고 절규한다.(93면) 이렇게 상호 연관된 두 기억의 끈을 따라가면, '나'가 딸을 잃은 엄마로서뿐 아니라 작가로서도 산산이 "부서지고 깨"진 상태로 아버지 곁으로 찾아왔음이 분명해진다. 중학교 졸업 후 도시의 근대적인 삶을 열망하여 결연하게 떠나왔던 고향에, 아버지 곁에, 빈 몸으로 다시 돌아온 것이다.

아버지의 과거의 시간

아버지의 과거의 시간이 나타나는 통로는 화자인 '나'의 기억만이 아니다. 그 시간은 아버지 자신이나 엄마와 고모 같은 집안의 누군가로부터 들은 이야기에 담기기도 한다. 큰오빠와 아버지가 주고받은 편지와 엄마, 작은오빠, 박무릉의 구술도 요긴하게 활용된다. 이렇게 다양한 통로와 방식의 활용은 '아버지의 진실'에 닿기 위한 '나'의 예술적 분투의 일환이랄 수 있다. 그런데 그 길목에서 만난 아버지는 '나'가 전에 '알던' 아버지가 아니었다. '나'는 "아버지가 고백처럼 젊은 날에 우리들의 먹성이 무서웠다고 한 말"의 충격으로 "처음으로 아버지의 어린 시절을, 아버지의 소년 시절을, 아버지의 청년 시절을 생각해보게" 된다. "전염병으로 이틀 사이에 부모를 잃은 마음을, 전쟁을 겪을 때의 마음을, (…) 짐작이 되지 않았다."(197면) 왜 그런가를 자문하자,

나는 아버지를 한번도 개별적 인간으로 보지 않았다는 것도 그제야 깨달았다. 아버지를 농부로, 전쟁을 겪은 세대로, 소를 기르는 사람으로 뭉뚱 그려서 생각하는 버릇이 들어서 아버지 개인에 대해서는 정확히 아는 게 없고 알려고 하지도 않았다는 것. 새삼스럽게 아버지가 간혹 조부를 원망하며 학교에나 보내주실 일이지, 했던 혼잣말이 무겁게 다가왔다.(197면)

"뭉뚱그려서 생각하는 버릇"이 문제가 되는 까닭은 그것이 어떤 정형화된 유형, 즉 상투형을 만들어내어 사람들 각각의 고유한 개별성을 가리기 때문이다. 아버지가 "농부" "전쟁을 겪은 세대" "소를 기르는 사람"이 아닌 것은 아니지만, 문제는 그런 '뭉뚱그려진' 범주의 일원으로만 인식되고 감각될 때 '아버지 개인'의 개별성의 차원은 쉽게 소거되고 만다. 가령 조부에 대한 아버지의 원망에는 학교 교육에 대한 아버지 '개인'의 남다른 열망이 깃들어 있다. 이런 개별성의 감각과 인식은 삶의 문제이자 예술의 문제이기도 하다. 인물의 개별성이 체감되지 않으면 재현 대상이 과거에 있건 현재에 있건 현재성의 예술은 불가능하기 때문이다.[4]

아버지가 한 개별적 인간으로 보이면서 '나'에게 또 하나의 깨달음이 도래한다.

> 나는 (…) 갑자기 또 깨달았다. 내가 평소에 나의 아버지에게서, 보통 아버지라고 할 때 으레 따라붙는 가부장적인 억압을 느끼지 않고 엄마보다 아버지를 다정히 여기며 살아온 것은 아버지의 내면에 도사린 세상에 대한 두려움 때문이었다는 것을. 무섭고 두려운 게 많은 아버지는 말을 많이 하지 않는 방식으로 세상과 대적해왔다는 것도.(198면)

"보통 아버지라고 할 때 으레 따라붙는 가부장적인 억압을 느끼지 않고 엄마보다 아버지를 다정히 여기"는 경우는 예외적일 것이다. 그런 만큼 그것이 "아버지의 내면에 도사린 세상에 대한 두려움 때문"이라는 '나'의 해석이 얼마나 타당한지 들여다볼 필요가 있다. "세상에 대한 두려움" 중

---

4 작가의 단편 「모여 있는 불빛」을 중심으로 '고유한 개별자'의 중요성을 논한 글로는 백지연 「비평의 질문은 어떻게 귀환하는가: 신경숙 소설과 90년대 문학비평 담론」, 『사소한 이야기의 자유』, 창비 2018, 98~105면 참조.

에는 가난의 무서움도 있고 가족의 목숨을 삽시간에 앗아간 전염병의 공포도 있고, "난리도 그런 난리는 없었"(115면)을 한국전쟁 중의 끔찍했던 일들도 있다. '나'의 해석이 설득력이 있으려면, 이런 두려움의 진상이 무엇이며, 그것이 한 존재를 어떻게 변화시켰는지를 구체적으로 느낄 수 있도록 제시해줄 필요가 있다.

　아버지의 삶에 맨 처음 크나큰 영향을 미친 것은 전염병이었다. 전염병으로 어린 나이에 세 형을 잃고 장남이자 종손이 된 아버지는 몇년 후 또다른 전염병 —— 1946년의 콜레라로 짐작된다 —— 으로 부모마저 잃게 되어 열네살에 고아가 된다. 이 시절 이야기 중 가장 인상적인 것은 아버지가 외가에서 생계를 도모하라고 준 송아지의 코청을 뚫고 코뚜레를 거는 장면이다. 소년은 "코청을 뚫어 코뚜레를 걸어놓으면 송아지는 꼼짝없이 자신을 따를 수밖에 없을 것이다. 이 집의 운명에 자신이 따를 수밖에 없듯이"라고 생각하며 "소가 되어가는 중인 송아지와 자신의 처지가 같"다고 여긴다.(98면) 문제의 장면은 이렇다.

　결박당한 송아지는 커다란 눈망울로 소년을 바라보았다. 막 떠오른 아침 햇빛이 송아지의 눈에 어룽졌다. 소년이 다가가자 송아지의 숨소리가 거칠어졌다. (…) 소년은 송아지의 고통을 덜어주려면 정확하게 한번에 뚫어야 한다,고 생각했다. 코뚜레 끝을 불에 달궈 소독을 마친 후에도 망설이자 작은아버지가 자신이 하겠다고 나섰으나 소년은 코뚜레를 내주지 않았다. 내 송아지이니 내가 해야겠다고 마음먹었으므로. 소년은 눈을 크게 떴다. 땅을 딛고 있는 발바닥에 힘을 주었다. 결박당한 송아지의 코청에 코뚜레의 날카로운 끝을 박고 힘을 주었다. (…) 소에게 코뚜레를 걸었던 얘기를 하는 아버지의 숨소리가 나지막해졌다. 말 못하는 짐승한티 내가 그리했고나.(99~100면)

열다섯 소년의 심경이 선연하게 그려지는 이 장면에서 아버지는 더이상 '아버지'가 아닌 '소년'이다. 그리고 송아지와 소년의 두려움이 숨결처럼 뒤섞이고 공유되는 듯한 이 장면에서 소년은 코뚜레가 뚫려 꼼짝달싹하지 못할 삶에 결박되는 '소'이기도 하다. 여기서 소년은 오롯이 자신에게 맡겨진 삶의 책임 앞에 벌거벗고 선, 존재가 된다.

개인의 운명을 집안의 운명과 일치시키는 이 대목은 '나'의 아버지가 학교 교육을 통한 도시적·근대적 삶으로 나아가려는 열망을 접고 농촌의 전통적인 삶을 받아들이는 지점이기도 하다. 한 세대 후 자신의 큰딸이 작별인사도 제대로 하지 않고 근대화되는 도시로 떠날 때와 방향은 반대지만 삶의 분기점에서의 결정적인 선택이기는 마찬가지인 순간이다. 소설은 이렇게 부녀의 삶이 교차하는 지점을 포착하고 대조함으로써 한국의 굴곡진 근대를 복합적 시선으로 조명할 수 있게 하고, 그럼으로써 기억 서사를 평면적으로 재생하는 기존의 관습적 가족 서사의 한계를 뛰어넘는다.

아버지가 근대화의 뒤안길인 농촌에 남게 되었다고 근대화의 시간을 비껴간 것은 아니다. 자신은 누리지 못한 학교 교육을 자식들에게 권장하여 육남매 모두에게 대학 교육을 시켰을 뿐 아니라, 엄마의 구술에서 나타나듯 1970년대 품종개량운동이라든지 경운기·트랙터의 도입 등 농촌 근대화 정책에 적극 호응하기도 한다. 1980년대 중반의 소값 파동 때는 소몰이투쟁에 참여하기도 했지만 그것이 근대화 반대를 뜻하는 것이 아님은 1990년대 전후 한 대기업 해외건설현장에서의 삶을 상세히 알려주는 큰아들의 편지에 대한 반응에서도 여실히 드러난다.

하지만 아버지는 한국 농촌에 이어져온 전통적인 덕목을 실천하는 사람인 까닭에 근대화의 길로 매진하지는 못하며, 때론 그것과 어긋나는 행동을 하기도 한다. 여기서 생각해볼 것은 아버지가 소학에서 사서삼경에 이르는 유교 경전을 통해 배운 전통적인 고전 교육과 정읍을 비롯한 호남

지역에 광범위하게 스며 있는 동학 및 그 후속 종교들 — 천도교, 증산교/보천교, 원불교 — 의 영향을 받았을 가능성이다. 이 점에서 집안의 어른이자 이야기꾼인 고모의 차천자(차경석) 이야기는 주목할 만하다. 집안의 땅이 쪼그라든 것도 '나'의 증조부와 조부가 강일순(강증산)과 그 제자 차천자를 따랐기 때문이라는 것이다. 차천자는 입암면 대흥리에 보천교 교당을 크게 짓고 신도들에게 인장과 교첩을 팔았는데, 그걸 사려고 사람들이 "먼지가 일게"(87면) 몰려든 것을 두고 고모는 "동학도 패허고 나라도 뺏기고 지낼 데가 없어농게" 그런 허황된 일이 일어났다고 하면서도 그때의 "새 세상을 바라는 마음"만큼은 부정하지 않는다.(86면) 고모는 어린 조카들에게 "동학도 새 세상 세우는 일도 거듭거듭 결실 없이 끝났시도 여그 땅이 그런 기운을 지닌 땅"이라고, "너그는 좋은 기운을 받아 다사롭게 살라고" 이른다.(87면)

아버지의 삶에 근대식 교육과 다른, 근대적 가치로 환원되지 않는 이런 전통 교육과 기운, 관점이 어떻게 작용했는지 직접 언급되지는 않는다. 그렇지만 아버지가 한창 소를 키우던 무렵 이웃의 웅과 낙천이 아저씨를 받아들여 우사 옆 거처에 살게끔 해준 일화는 특기할 만하다. 말귀도 잘 알아듣지 못하는 웅에게 송아지 한마리를 주고 '웅이의 송아지'라고 반복해서 쓰게 하고 그것으로 팻말을 만들어 송아지 목에 걸게 하는데, 책임과 소유의식을 불어넣고 글쓰기를 통해 한 사람을 개별자로 세우는 이런 '자력양성(自力養成)'의 방식은 약자나 소수자에 대한 배려의 차원을 넘어선다. 웅과 낙천이 아저씨를 받아들인 이유가 전쟁 통에 진 빚이나 신세를 갚으려는 보은이라는 것도 우연이 아닌 것이, 그것이 유교와 불교, 동학이 공유하는 핵심 덕목이기 때문이다.

아버지의 인생에 전염병보다 더한, 결정적인 영향을 준 것은 한국전쟁이었을 것이다. 그런데 전쟁 통의 일들은 처음에는 아버지의 육성과 '나'의 소감이 간간이 뒤섞인 채 서술되고(104~17면), 4장에 가서야 '박무릉'

의 구술 — 정확히 말하면 4장의 다른 구술들과 달리 '나'가 현장에 있는 상태에서 진행되는 구술 인터뷰 — 을 통해 더 깊은, 어두운 면이 조명된다.(292~324면) 초반에 나오는 이야기만으로도 인민군 '제6사단 사람들'이 J시를 점령한 후에 벌어진 일련의 일들이 얼마나 참혹했을지 짐작할 수 있다. 아버지의 작은아버지들이 살해당하고 아버지 자신은 군대 징집을 피하기 위해 '큰봉'이라는 사당지기에게 손가락이 잘리기도 한다. '나'는 "아버지의 뇌가 잠을 자지 않는다는 말을 처음 들었을 때 (…) 전쟁 중에 아버지의 손가락이 잘리던 순간이 떠올랐다. 아버지의 뇌를 잠 못 들게 하는 게 꼭 그 순간인 것만 같아서"(111면)라며 그때의 경험이 아버지에게 트라우마로 남았을 가능성을 전한다. 여기서는 장성 사람 박무릉은 언급만 될 뿐, 구체적인 이야기는 나오지 않는다.

박무릉의 구술 전에 등장하는, 아버지 인생에서 또 하나 빠뜨릴 수 없는 사건은 김순옥과의 인연이다. 여기서 4·19라는 역사가 아버지의 삶과 비스듬히 만나는 방식도 주목할 만하다. 아버지는 1960년 4월에 서울에 왔다가 한때 차천자를 따랐던 백반집 주인을 만나고 그의 대학생 딸 김순옥을 정치 깡패들로부터 구하며 깊은 관계를 맺게 된다. 나중에 김순옥과 그의 아버지가 용공분자로 몰려 백반집이 풍비박산 나서 다시 입암으로 내려오게 되니, 그들 가족에게 동학/보천교에서 4·19 — 용공분자로 몰리는 때는 5·16 이후로 추측된다 — 로 이어지는 아픈 역사의 끈은 끊이지 않는 셈이다.

아버지의 삶을 정면으로 관통한 것은 박무릉의 구술에 나타나는 한국전쟁기의 비정한 역사로서, 소설 후반의 긴장감을 한층 더 끌어올린다. 박무릉이 '나'에게 구술한 이야기의 핵심에는 자신과 아버지가 장성 갈재의 빨치산 셋에게 포로로 잡혀서 서로가 서로를 죽이라는 강요를 번갈아당하는 상황이 놓여 있다. 박무릉이 도망가는 아버지를 쏘라는 강요를 거부하자 아버지에게 박무릉을 낭떠러지 아래 시체구덩이 속으로 굴리라는 협박이 가해진다. "나는 피를 뒤집어쓰고 쓰러진 채 그들이 자네 아버지에게 나를 계곡 밑으로 굴리라고 하는 소리를 들었네. 그러지 않으면 너를 쏘겠다,고 하더군." 박무릉은 "자네 아버지가 나를 어떻게 했을까? 그들의 지시대로 시체들이 쌓인 계곡 밑으로 나를 굴렸을까?"라고 자문한 후에 "그때 일은 자네 아버지를 다시 만나서도 묻지 않았네"라고 덧붙인다.(317면)

박무릉과의 인터뷰는 한국전쟁기의 참혹한 상황을 밀도있게 담아내면서도 자신과 아버지, 심지어 '나'와 관련된 크고 작은 이야기를 생동감 있게 풀어낸다. 누구보다 지적이지만 다리가 잘려 오랜 세월 갇혀 살아온 한 인간이 오랜만에 대화 상대를 만난 양 다양한 소재와 터치의 다채로운 이야기를 쏟아내며 활기 띤 구술을 이어간다. 아버지가 수배당한 셋째 아들을 데리고 찾아왔을 때라든지 아버지와 함께 철도청 임시직 시험 준비를 하던 때의 이야기를 소상하게 들려주기도 하고, 여름날 너무 더워서 죽어버리고 싶어도 그러지 못하게 하는 단풍 들 때 복자기의 '야발진' 자태며 계수나무 잎사귀에서 나는 "다디단 냄새"(304면)를 언급하기도 한다. 이런 감각적 묘사는 시체 썩는 냄새의 압도적인 후각적 충격을 묘사할 때 절정에 달한다. 가령 시체구덩이에 대해 "공포도 공포지만 당장 냄새를 참아낼 수가 없었"음을 토로하면서 "눈이고 코고 귓구멍이고 구멍 뚫린 곳에서 고름이 줄줄 새어나오는 것 같아 자꾸만 팔소매로 얼굴을 훔쳤어. 그때 맡았던 냄새를 내가 어찌 잊겠나"라고 말할 때가 그렇다.(314면) 앞서 거론한 서사와 정동의 긴장 속에 그때의 절박한 상황이 후각으로 집중되는 온몸의 감각으로 실감되면서 시각 중심의 사실주의 재현의 평면성을 훌쩍 벗어난다.[5]

---

5 이 점에서 시체 썩는 냄새(시취屍臭)가 구술의 현장에서 미묘한 방식으로 등장하는 것도 눈여겨볼 필요가 있다. 초면의 '나'가 계속 멀찌감치 서 있는 걸 보고 박무릉이 "왜 그 나무 아래서만 서 있소?"(303면)라 하고, 잠시 후에도 "계속 거기 서 있을 건가? 내

차천자의 서자라고도 알려진 빨치산 토벌대장 차일혁과 관련된 일화들도 이야기의 재미를 더할뿐더러 고모의 차천자 이야기로부터 시작된 동학/보천교의 이야기를 이어가는 느낌을 준다. 차일혁은 고복수, 황금심을 단원으로 둔 가극단 — 1940년대 전옥(全玉)의 백조가극단을 모델로 삼았을 듯 — 을 빨치산의 위협으로부터 구출하고는 부대원들의 사기 진작을 위한 공연을 요청해서 "어이없게도 방금 전까지 총탄이 오고 간 갈재의 산속에서 가극단의 공연이 벌어"(310면)지고 화엄사 소각 명령에도 꾀를 내어 화엄사를 지켜내기도 한다. 박무릉은 자신의 죽은 고양이를 묻어달라는 부탁과 함께 '나'에게 간곡한 청을 한다. "삶은 삶을 알아보네. 자네가 이 집에 들어섰을 때 알았네. 자네는 이미 한번 죽은 사람이라는 것을. 그럼에도 살아야 하니 자네도 힘겹겠네만, 사람으로는 내 인생의 하나뿐인 동무가 자네 아버지네. 아버지가 자네 옆에 있게 해주소. (…) 자네 얘기도 하고 아버지 얘기도 좀 들어줘. 달리 무엇을 더 할 수 있겠는가." 이미 여러번 죽어봤을, "기습으로만 이루어진 인생"을 살아온 박무릉이 '나'를 "이미 한번 죽은 사람"으로 정확히 알아봐주는 이 만남은 여태껏 알려지지 않았던 아버지의 삶 가장 밑바닥층의 어둠이 드러나면서 '나'가 아버지에게 결정적으로 가까이 다가가는 순간이기도 하다.(323면) 박무릉의 구술 대목은 황석영의 「한씨연대기」(1972)와 조갑상의 『밤의 눈』(2012)을 연상시키며 그 못지않게 한국 근대사의 핵심적인 지점을 무섭도록 깊숙이 파고든 느낌이다.

가 갈 수도 없고 참……"(305면)이라고 하는데, '나'가 이런 결례를 범하는 것이 고양이 시체 썩는 냄새 때문임이 암시된다. 박무릉이 전쟁 중에 맡았을 시체 썩는 냄새에 비할 바가 아닐 텐데도 '나'는 되도록 멀리 서 있고 싶은 것이다. "저 가엾은 생명을 묻어주고 가게나"로 끝나는 이 대목(324면)은 시체 썩는 냄새로 과거와 현재를 이어주면서 "내 무릎 가까이까지 와 기척을 내던 유일한 숨"이자 "함께 살던 내 동무"였던 고양이의 죽음을 슬퍼하는 애도의 장면으로서, 아버지가 '참이'의 죽음을 슬퍼하는 장면과 조응한다.

매듭이 풀리다

박무릉은 이십몇년 만에 아버지를 만났을 때 "그립고 반갑고 그런 마음이라기보다 매듭이 풀리는 느낌이었"다고 토로한다. 무슨 매듭일까? 그간 아버지가 자신의 행방을 알고 있었을 텐데도 찾아오지 않는 것에 대해 "서로를 구하지 못했던 사람들이 만나서 뭐 하겠나"(297면) 하고 이해하면서도 속으로는 그 순간을 기다려왔던 것이다. 의식의 표면에서는 납득된 사안이지만 마음속 깊이에 맺힌 데가 있었던 것이다. 그런 매듭이 만나자마자 풀렸기에 박무릉은 그때 갈재에서의 일을 묻지 않을 수 있었다.

아버지는 아버지대로 매듭을 푼다. '무릉이 형'에게 보내는 마지막 연하장에 "다시 만났을 때 갈재의 골짜기에서 뭔 일이 잇었는지 캐묻지 않아 감사햇습니다"라고 쓴다. 그러고는 "내가 갈재에서 형을 골짜기 아래로 미러습니다"라고 고백하고, "살어오는 동안에 그들이 나에게가 아니라 형의 귓부리에 총을 대고 잇엇다면 형은 나를 어찌햇을까를 자주 생각햇"음도 실토한다. 그 오랜 세월 아버지를 괴롭혔을 속엣것을 드디어 털어놓은 것이다. 그리고 "일생을 형을 돌보겟다"는 마음속 맹세를 지키지 못하게 되었음을 미안해하며 "모든 거슬 다 알고도 일생 동무를 해주어 고마웠습니다"라고 글을 끝맺는다.(394면)

딸을 잃은 '나'의 경우는 어떤가. '나'의 마음속에 매듭이 단단히 맺혀 있음은 열쇠가게 남자와의 싸움 장면에서 인상적으로 드러난다. '나'는 그가 복사해준 열쇠가 제대로 작동하지 않자 환불을 요구하는데, 그는 전액을 주지 않고 오히려 "소설가라더니 얼굴색 하나 안 변하고 거짓말을 한다며 심보를 그렇게 쓰니 딸이 사고를 당한 거라고"(347면) 비난한다. 그러자 '나'는 손에 쥔 열쇠들을 바닥에 내동댕이치면서 "당신, 평생 저 안에서 열쇠나 복사하면서 살아!"라고 소리치는데, 그때의 심정은 "흘러내리는 코피를 손바닥에 받아 훅 뿌리는" 듯했다.(348면) 열쇠가게 남자의 언행이 욕 들을 만했으나, 피를 뿌리는 심정으로 저주의 말을 토해낸 것은 딸의 죽음으로 인한 깊은 슬픔과 죄책감이 마음의 매듭으로 남아 있음을 드러낸다.

묶여 있던 '나'의 매듭이 풀리기 시작하는 것은 아버지의 삶의 가장 깊은 어두운 지점들을 접하게 된 이후, 대흥리 다리에서 폭우로 불어난 물의 소용돌이와 흰 거품들이 나를 향해 돌진하면서 "여태 살던 대로 계속 살 거야? 외치는 것만 같았"(368면)던 순간에 찾아오지만, 매듭이 완전히 풀리는 것은 어느 날 산에서 "현실 속의 사람이 아닌 듯"(403면)한 할머니들을 만났을 때이다.

옆에 있던 할머니가 쟈가 누구라고? 마른 입술을 달싹였다. 넝뫼 양반 큰딸이구먼. 쟈가 콩알만 할 때부터 헛간에 들어가 책에 코를 박고 있더마는 낭중에 글씨 쓰는 사람이 되었다덩만. (…) 한 할머니가 아, 니가 갸구나, 하고 난 뒤였다. 햇빛 속의 유령 같은 할머니들이 내 주위로 모여들며 이마를 맞대고 내 기색을 살피더니 얼굴을 일그러뜨리고는 앞서거니 뒤서거니 한마디씩 내뱉으며 수다스러워졌다.

— 오래 슬퍼하지는 말어라잉.

— 우리도 여태 헤맸고나.

— 모두들 각자 그르케 헤매다가 가는 것이 이 세상잉게.

할머니들은 내 곁으로 바투 다가와서 손을 잡고 어깨를 만지고 머리를 쓰다듬고 등을 두드렸다. 앙상한 손가락들인데 머리에 어깨에 등에 닿는 느낌이 부드러웠다. 나는 산보를 하다가 할머니들에 에워싸여 느닷없는 위로를 받고 있었다. 내 마음에 팬 것들이 흐릿하게 뭉개지는 느낌이었다. 밤마다 문질러 내 손바닥에 실킨 내 뺨도 할머니들이 쓸어주어 부드러워진 느낌이었다. 문득 열쇠집 남자에게 내 말이 너무 심했다고 사과할 수도 있을 것 같았다.(403~404면)

소박한 말투와 몸짓, 순정한 마음이 환하게 드러나서 비현실의 느낌까지 주는 "햇빛 속의 유령 같은 할머니들"의 위로의 말과 어루만짐으로 마침내 "내 마음에 팬 것들이 흐릿하게 뭉개지는 느낌"이 든다. 매듭이 완전히 풀리고 매듭 자국에 팬 상처까지 아물기 시작한 듯하다. 이 대목은 앞서 거론한 서사적 충동과 장면적 충동 간의 긴장까지 훌쩍 넘어서며 비현실인 듯 생생한 현실로 다가온다. 하필 이 지점에서야 매듭이 온전히 풀리는 것은 소멸을 바로 앞에 둔 존재들이 '나'에게 "너도 잘 마치고 와라 잉"(404면) 하고 마치 동네 마실 가듯 죽음을 범상하게 대하는 그 무심한 해방의 느낌 때문이 아닐까. 목숨 있는 생명의 불가피한 소멸 앞에서 사라지는 것들을 살려내는 언어의 빛이 환하다.

아버지는 가족들 각자에게 유언과 유물을 남기고 마지막으로 "살아냈어야"라고 "용케도 너희들 덕분에 살아냈어야"라고 소박하게 말하지만(416면), 사실 그는 그때그때 주어진 조건 속에서 자신과 가족, 친구와 이웃을 위해 최선을 다해 살아왔고, 그건 훌륭한 삶이었다. 그리고 그 삶은 근대화를 열망하면서도 오로지 돈과 권력 쪽으로 나아가는 근대주의에는 거리를 두는 것이기도 했다. 한국의 농촌에서 태어난 한 평범한 사람의 일생을 그린 이 소설은 J시(정읍)라는 구체적인 장소와 '나'가 아버지라 부르는 한 개별자의 생애를 실감케 하면서 현재적인 생생함을 획득한다.

한국의 굴곡진 근대를 특이한 방식으로 조명한 것도 뜻깊다. 특히 박무릉과 아버지가 한국전쟁의 와중에서 서로가 서로를 죽이도록 강요받은 상황은 상징적인 차원에서 분단체제의 메커니즘을 보여주는 효과마저 있다. 아버지가 자신을 밀었는지 아닌지를 묻지 않는 박무릉과 자신이 밀었음을 실토하면서 묻지 않은 데 고마움을 표하는 아버지 사이의 상호교감 속에 '분단체제'라는 매듭이 풀리는 듯하다. 김순옥의 집안을 박살 낸 4·19와 5·16, 무전여행하던 둘째를 간첩으로 오해받게 만든 1976년 판문점 도끼만행 사건, 셋째로 하여금 박무릉의 거처에 숨게 만든 1979년 12·12 쿠데타 등은 분단체제의 여전한 위력을 보여주되 아버지의 삶을 정면으로 타격하지는 않고 지나간다.

예술적인 면에서도 『아버지』는 풍부한 사실적 서사들과 함께 '의식의 흐름'과 연동되는 장면적 충동(정동)을 구사함으로써 양자의 긴장 속에서 사실주의적 재현의 평면성을 넘어선다. 그런가 하면 정동/장면적 충동으로 서사를 파편화시키는 포스트모던한 방향으로 나아가지는 않는다. 사실주의와 모더니즘의 회통을 통한 리얼리즘 혹은 현재성의 예술이라고 부름직하다. 이 소설의 모든 것이 최상이라고 주장할 생각은 없다. 큰오빠와 아버지 간의 곡진한 편지는 둘의 살가운 관계와 아울러 1990년 전후의 한국 대기업자본주의의 현장을 보여주는 효과가 있지만 너무 많은 비중을 차지하고, 젊은 세대인 '아들의 아들의 말'의 구술이 그렇게 와닿지는 않는다. 그러나 인물과 장소의 개별성을 살리면서 근대 서구의 단자화된 개인이라든지 전근대/근대/탈근대의 도식적인 모델에 의지하지 않고, 근대 한국의 개인과 가족과 공동체를 생생하게 되살리는 데 성공한다. 『외딴 방』에 비해서도 뒤지지 않는 걸작 장편이라고 생각된다.

글을 맺으며

장편 치고도 무척 풍부한 텍스트를 다루면서 제대로 논하지 못한 것도 많다. 그중 가족제도와 가족애, 그리고 아버지의 지위와 역할에 관련된 문제가 있다. 과거와 현재를 오가는 신경숙 소설은 한국의 압축적 근대화 과정에서 전통적인 가족이 와해되는 양상을 그 가부장적 요소를 비판하는 동시에 가족애 자체는 긍정하는 균형적인 입장에서 그려냈다.[6] 그런데 이번 소설의 가부장주의 비판은 『엄마를 부탁해』(창비 2008)와 다른 방식이다. 말하자면, 페미니즘에서 흔히 부재하거나 비판 대상이 되는 정형화된 아버지상과 다른 '개별자로서의 아버지'를 드러냄으로써 그 당자에게도 가부장적 가족제도가 부담이자 구속이기도 한 면을 조명하는 방식이다. 이런 중도적인 입장은 가족애라든지 모성이나 부성(父性)에 대해서 종종 회의적이며 심지어 적대적이기까지 한 최근 소설들의 흐름과는 결이 다르다. 이 부분은 급변하는 현실 — 농촌의 대가족, 도시의 핵가족을 거쳐 지금은 일인가구와 비혼이 큰 비중을 차지하고, 그간 페미니즘의 담론은 확산되었지만 여성차별은 여전한 현실 — 에 비추어 활발한 토론이 필요한 지점이라 여겨진다.

이 소설이 조명하는 인간과 생태환경/자연의 관계라든지 생명친화적 감수성의 예들이 풍부하고 의미심장한데도 이를 구체적으로 논하지 못해서 아쉽다. 신경숙 소설은 개인에게나 공동체에나 자연과의 관계가 우리 삶의 본질적인 요소임을 느끼게 해주지만, 이번 장편은 역사적인 대비를 곁들이면서 더 심화된 인식을 담아낸다. 한때 소들의 숨결로 가득했던 우사는 텅 비어 있고 푸르렀던 논밭은 방치되고 노인들만 남겨진 황량한 풍경은 농촌의 생태환경마저 급속히 무너지고 있음을 일러준다. 가족과 공동체의 문제, 노년의 삶과 돌봄의 문제와 더불어 소설에 제시된 생태환경의 문제는 팬데믹과 기후위기의 시대를 살아가는 우리 삶의 방식에 근본적인 질문을 던지게 한다.

---

6 이에 관해서는 졸고 「가족의 재구성: 가부장제와 근대주의를 넘어서」, 『오늘의 문예비평』 2012년 봄호(이 책 제2부에 수록) 참조. 이 글에서 신경숙의 『엄마를 부탁해』를 비롯하여 권여선, 김이설, 김애란, 공선옥의 장·단편을 살펴보았는데, 아버지에 대해 김이설의 소설이 적대적이라면 권여선의 작품은 공감과 냉소 사이를 오가는 것이었다. 최근 들어서도 황정은의 『연년세세』(창비 2020)에서 보듯, 한국 근대의 가부장적인 흐름을 비판적으로 탐사·조망하는 주목할 만한 소설화 작업이 시도되고 있다

야만적인 나라의 황정은씨

◆

그 현재성의 예술에 대하여

같은 텍스트라도 큰 사건을 겪은 이후에는 사뭇 다르게 느껴진다는 것은 문학작품의 독자가 종종 경험하는 사실이다. 추측건대 그 사건을 계기로 세상이 실제로 달라졌거나 적어도 세상을 받아들이는 독자 자신의 감각이 바뀌었기 때문일 것이다. 지난해(2014년) 4월 16일의 세월호참사를 전후해서 일어난 이 감각상의 차이는 유난히 도드라진다.

이 글은 낯선 어법의 소설을 선보여온 황정은의 작품세계를 『百의 그림자』(민음사 2010), 『야만적인 앨리스씨』(문학동네 2013), 『계속해보겠습니다』(창비 2014)를 중심으로 살펴보려는 시도다. 다수의 비평가들이 이미 그의 소설의 비범한 예술성에 주목했고, 나 또한 소설의 정치성을 특이하게 구현한 예로 『百의 그림자』를 거론하기도 했다.[1] 그런데도 최근작인 『계속해보겠습니다』는 물론 전작들까지 함께 논하려는 것은 그의 주요 작품들을 세월호 '이후'의 달라진 감각과 관점에서 다시 읽어보고 싶기 때문

---

[1] 졸고 「문학의 새로움과 소설의 정치성」, 『문학의 새로움은 어디서 오는가』, 창비 2011 참조.

이다. 황정은이 사회참여적인 작가라서 그렇게 하겠다는 뜻은 아니다. 그가 2009년 용산참사 이후의 항의시위에 참여하면서 「입을 먹는 입」(『문학동네』 2009년 겨울호)을, 2014년 세월호참사 집회에 나간 후에는 「가까스로, 인간」(『눈먼 자들의 국가』, 문학동네 2014)을 썼고, 이 글들을 통해 민감한 사회정치적 문제에 대한 자신의 생각을 솔직하게 밝힌 것은 사실이지만, 이 뛰어난 산문들도 그의 소설과는 일단 구분해서 다룰 일이다.

빛과 그림자의 예술

황정은은 등단 이래 내내 독특한 방식의 단편소설을 썼지만 그 특유의 문체와 주제, 모티프와 기법을 집약적으로 보여준 것은 『百의 그림자』일 것이다. 이 소설의 의의는 기존 소설의 여러 통념을 깨뜨리는 동시에 그 자체로 새로운 발상과 독특한 감수성을 보여준 데 있다. 2000년대 이래 등장한 파격적인 소설들 가운데 기존 형식의 뒤집기와 해체에 능한 예는 많지만 그처럼 새롭고 독특한 경우는 드물다.

2010년 발간 당시뿐 아니라 세월호라는 '사건'을 겪은 후에 읽어도 이 작품의 호소력이 여전한 까닭을 그 비범함을 빼고 논할 수 없을 것이다. 그런데 구체적으로 어떤 비범함을 말하는가? 우선 주어진 현실을 제시하는 독특한 방법부터 살펴보자. 이 소설은 도심 재개발과 철거라는 민감한 사회적 주제를 깔고 있지만 그전에 이런 주제를 다뤄왔던 통상적인 사실주의 소설과는 상당히 다르게 느껴진다. 명백한 차이는 인물들의 그림자가 스스로 움직이는 초자연적인 현상이 버젓이 등장하는 데서 찾을 수 있지만, 고통받는 사회적 약자에 대한 태도도 사뭇 다르다. 주인공인 은교와 무재의 선문답식 대화에서 엿볼 수 있듯 고통의 당사자들이 자신을 '희생자'로 내세우지도 않거니와 작품의 분위기도 이들에 대한 공감을 전제로 연민과 연대를 요청하는 당위적인 태도나 온정주의적 태도와는 거리가 멀다. 그러나 이런 변화 말고 현실묘사 자체가 특이한 점은 없을까?

사실주의와 리얼리즘을 구분하지 않는 평자들은 앞서 지적한 눈에 띄는 변화를 근거로 이 소설을 리얼리즘과는 다른 것이라고 판단하고 이 소설의 현실묘사가 정확히 어떤 특성을 띠고 있는지 눈여겨보지 않는다. 소설의 공간을 이루는 도심의 오래된 전자상가라든지 주인공인 은교와 무재가 나중에 찾아가는 섬까지도 우리 현실의 구체적 장소를 필요한 만큼은 정확하게 재현한 것으로 보인다. 사실 소설 속 전자상가는 철거를 앞둔 세운상가를, 두 연인이 찾아가는 섬은 근년의 석모도를 모델로 한 것이라고 추정할 수 있지만, 실제와 부합하느냐 아니냐가 중요한 문제는 아니다. 오히려 특이한 점은 있을 법한 시공간을 상당히 정확하게 제시하면서도 '있는 그대로' 묘사했다는 느낌은 주지 않는 데 있다. 여기서 공간과 사물에 대한 황정은 특유의 예민한 감각을 주목할 필요가 있는데, 소설의 화자인 은교는 공간과 사물을 범상한 듯 서술하지만 사실은 매우 섬세하게 지각한다. 가령 종종 이런 식의 서술이 등장한다.

나는 도심에 있는 전자상가에서 일하고 있었다. 가동과 나동과 다동과 라동으로 구별되는 상가는 본래 분리되어 있었던 다섯개의 건물이었으나 사십여년이 흐르는 동안 여기저기 개축되어서 어디가 어떻게 연결되었는지 얼핏 봐서는 알 수 없는 구조로 연결되어 있었다.(29면)

소설 뒤쪽에 붙인 '작품 해설'에서 신형철(申亨澈)은 이 구절을 두고 "그저 '다섯개의 동'으로 이루어져 있다고 말해도 될 텐데 이 작가는 각 동의 이름을 하나하나 거명한다. 각 동의 상점들마다에 서로 다른 방식으로 새겨져 있는 사십년의 시간 앞에 예의를 갖추기 위해서일 것이다"(176면)라고 논평했다. "각 동의 이름을 하나하나 거명"하는 언술행위에 함축된 뜻을 잡아채는 눈썰미와 그 풀이도 그럴듯하다. 그런데 여기서 강조할 것은 '예의'보다 존재의 '개체성'에 대한 황정은의 비상한 감각과 헌신성이다. 무재가 은교에게 가마는 사람마다 다르게 생겼는데 "그런데도 그걸 전부 가마,라고 부르니까, 편리하기는 해도, 가마의 처지에서 보자면 상당한 폭력인 거죠"(38면)라고 유머러스하게 던진 말에도 개체성에의 눈멂이야말로 폭력이라는 생각이 묻어 있다.

이 점을 잘 보여주는 또 하나의 예는 은교가 수리실의 여씨 아저씨 책상 서랍을 정리했을 때이다. 화자는 서랍 속에 들어 있는 "철사 조각, 나사들, 드라이버 손잡이, 카세트테이프, 라벨들, 봉투에 담긴 알약들, 처방지들, 메모들, 쇳가루들, 전선들"을 비롯하여 무려 26개 품목을 죽 열거한 후에 그 "외에도 아무리 봐도 뭔지 모를 마른 것이라거나 브래지어 후크 같은 것이 발견되기도 하는 등 종잡을 수 없었다"(47~48면)고 말을 맺는다. 마치 그 잡다한 것 하나하나의 '처지'를 염두에 두고 그 개체성을 묵살하는 폭력을 가하지 않으려는 듯이 말이다. 통상적인 사실주의자라면 26개 품목을 다 열거할까? 십중팔구 몇몇 적절한 예만 들 것이다. 그렇기에 26개 품목을 9행에 걸쳐 일일이 열거하는 이 장면은 특정한 시공간과 그 속의 사물들을 '있는 그대로' 제시하기보다 작가/화자의 주관적인 의도에 따라 훨씬 늘려놓은 느낌을 준다. 그러나 가만 생각해보면 '있는 그대로' 제시하지 않은 쪽은 오히려 품목들을 (인용자처럼) 전부 묘사하지 않고 적당한 선에서 자르거나 아니면 '온갖 잡다한 것들'이라는 식으로 뭉뚱그려버리는 종래의 사실주의 작가들이 아닌가? 작가가 의도했든 안 했든 이 열거 장면은 보통의 사실주의자(혹은 자연주의자)들보다 더 사실적으로 밀고나감으로써 사실주의적 관념—사물과 세계를 '있는 그대로' 그려낸다는 생각—을 뒤집고 사실주의가 빠지기 쉬운 맹점—개체성에의 눈멂—을 꼬집는 대목으로 읽힌다.

오무사 전구가게의 묘사가 빛을 발하는 것도 개체성에 대한 예민한 감각에 힘입은 바 크다. 그간 알전구를 하나씩 더 넣어주는 오무사 할아버지의 배려와 그 가게가 사라졌을 때 "오래되어서 귀한 것을 오래되었다고 버리지는 않을까"(104면) 하는 은교의 염려에 초점을 맞춰 이 대목은 흔히 '윤리'적으로 해석되었다. 하지만 이 '윤리'라는 것도 그 가게의 특이성과 오무사 할아버지가 손님을 대할 때의 그 할아버지 특유의 모습이 살아 있지 않으면 작가의 설교로 떨어질 위험이 있다. 특히 인상적인 대목은 알전구 다발로 '빽빽한' 가게 벽에서 할아버지가 손님이 주문한 알전구를 찾아내어 "손바닥만 한 비닐 봉투를 벌려서 입구를 동그랗게 만들어둔 다음에, (…) 봉투 속으로 한번에 한개씩 (…) 제비 새끼 주둥이에 뺑 과자 주듯, 떨어뜨"(103면)리는 동작이다. 할아버지는 아마 알전구를 하나씩 세어나갔을 테지만 이 동작을 통해 그 알전구 하나하나를 대하는 할아버지의 애틋한 마음이 군더더기 없이 전해지면서 마치 할아버지와 알전구 하나하나 사이의 특별한 '관계'가 드러나는 느낌이다.

  황정은은 특정한 시공간과 동작의 묘사에서 이런 정확하고 빼어난 재현능력을 보여주면서도 다른 한편 사실주의적 규범에 아랑곳하지 않고 소설 속의 현실과 인물을 자신의 미학적·'윤리'적 요구에 따라 과감하게 편집하고 변형해서 제시해왔다. 이미 여러 단편을 통해서 아버지를 모자로 바꾼다든지 항아리에 말하는 능력을 부여한다든지 온갖 기이한 존재들과 귀신까지 출연시켰으니 이 소설에 등장하는 그림자 분리현상은 그리 놀라운 일은 못된다. 불행과 모멸의 극한에서 참다못해 절망과 죽음을 받아들일 때 일어나는 이 현상은 등장인물이 거의 예외 없이 겪는 일이라서 작품 전체에 지대한 영향을 끼친다. 이 소설의 핵심적인 모티프이자 서사장치인 것이다.[2]

---

2 이 장치의 동원에 대해 신형철은 "이것은 미학(기법)의 문제가 아니라 윤리(자세)의 문제"라고 주장한다. 오늘날 불행의 상투적인 표현들이 범람하고 있어서 "소설가는 '불행의 평범화'에 맞서서 '불행의 단독성'을 지켜내야 한다"(179면)는 것이며, 이 장

이 소설에서 그림자 분리현상이라는 초자연적 혹은 환상적 장치가 성공한 것은 아버지를 모자로 변형시킨다든지 하는 종전 장치에 비해 훨씬 복합적이고 미묘한 방식의 표현력을 획득했기 때문이다. 기본적인 발상은 사람의 그림자가 독자적으로 움직일 때의 섬뜩한 이미지를 활용하는 것이지만, 작가는 이를 여러 단계로 세분화하고 인물들의 운명이 자신의 독립된 그림자에 대한 태도에 따라 달라지게 함으로써 삶과 죽음 사이의 다양한 상태를 표현할 수 있게 된 것이다. 가령 한 인물이 자기 그림자에 장악될 때엔 처음에는 그림자가 스스로 일어서고, 다음에는 분리되어 스스로 걸어가고 심지어 식탁에 버젓이 앉아 있기도 하다가, 마침내 그 분리된 그림자가 그 인물의 등에 올라타고 입속으로 들어가서 말을 장악하기까지 한다.

여기서 결정적인 순간은 분리된 그림자에 자신을 내맡길 때이다. 소설의 첫 장면에서 숲에서 그림자를 따라가다 길을 잃은 은교는 뒤따라온 무

치를 구사하는 것이 "그 무슨 발랄한 현실 일탈이 아니라 세상의 모든 유일무이한 불행에 대한 소설가의 예의"(180면)임을 강조한다. 신형철의 이런 견해는 경청할 만하지만, 윤리에도 '작가'의 윤리가 있고 '작품'의 윤리라 부름직한 차원이 있는데, "소설가의 예의"에만 주목하여 '작가'의 윤리만 강조하고 '작품'의 미학적 차원을 부정하는 것은 온당하지 않다. 이 장치의 구사는 당연히 미학(기법)의 문제이기도 하며, 그것도 작품 전체의 미학적 짜임새에 작용하는 중대한 요소라고 봐야 한다. 이것이 성공할 때만이 "유일무이한 불행에 대한 소설가의 예의"도 실답게 지킬 수 있다. 흔히 '도덕'(morality, morals)의 개념과 대립적으로 설정되는 '윤리'(ethics)라는 용어도 따져보면 많은 문제를 안고 있는데, 이 개념쌍은 평자에 따라서 정반대의 뜻을 함의한다. 가령 블랑쇼, 벤야민, 랑씨에르의 구분법에 따르는 진은영에게 문학의 가치는 '비윤리' 혹은 '모럴(도덕)'에 있는 반면 푸꼬, 데리다, 레비나스의 입장을 취하는 김홍중이나 신형철의 경우는 '윤리'에 있다. 이로 말미암은 혼란과 부작용에 대해 백낙청은 "서양의 개념을 근거로 윤리와 도덕을 구별하다보면 원래 동아시아 전통에서 말하던 도덕, 즉 도(道)와 덕(德)에 대한 사유가 실종되고 만다"고 지적하는데, 세월호 이후에는 그런 의미의 '도덕'이라는 용어를 되살릴 필요가 절실해진다. 백낙청 「우리시대 한국문학의 활력과 빈곤」, 『문학이 무엇인지 다시 묻는 일』 창비 2011, 126면. 이 글에서 푸꼬·데리다·레비나스적 '윤리'는 작은따옴표를 쳐서 표시하기로 한다.

재가 그림자한테 당한 자기 아버지 이야기를 하자 "……내 그림자도 그토록 위협적인 걸까요?"라고 묻는다. 무재가 "글쎄요"라고 얼버무리자 또 묻는다.

> 나는 어떻게 되는 걸까요, 무재 씨, 죽는 걸까요, 간단하게.
> 따라가지 마요.
> 무재 씨가 문득 나를 향해 돌아서서 말했다.
> 그림자가 일어서더라도, 따라가지 않도록 조심하면 되는 거예요.(20면)

'따라가지 마요'라는 한마디에는 은교에 대한 무재의 따뜻한 배려 이상의 애절함이 깃들어 있다. "따라가지 않도록 조심하면 되는 거"라는 무재의 충고로도 안심할 수 없는 것은 바로 직전에 무재의 아버지가 '따라가지 마요'라는 어머니의 간청에도 "일단 일어선 그림자를 따라가지 않고는 배겨낼 수가 없"다고 토로하다가 "귀신 같은 모습이 되어" 죽고 만 이야기를 들었기 때문이다.

그러나 이 불길한 분위기는 잠시 후 은교가 '섹스'를 언급하면서 금세 달라진다. "섹스 말인데요, 그게 그렇게 좋을까요./좋지 않을까요./좋을까요./좋으니까 아이를 몇이나 낳는 부부도 있는 거고./글쎄 좋을지./궁금해요?/그냥 궁금해서요./여기서 나가면 해볼까요./나갈 수 있을까요"(21면)하고 특유의 문답식 대화가 이어지다가 무재의 사랑고백("나는 좋아합니다./누구를요./은교 씨를요./농담하지 마세요./아니요. 좋아해요. 은교 씨를 좋아합니다.", 22면)으로 끝난다. 죽음의 그림자 때문에 축축하고 어두웠던 분위기가 환한 삶의 빛 쪽으로 돌아온 것이다.

이 소설은 처음부터 끝까지 삶의 빛과 죽음의 그림자 사이의 경계를 아슬아슬하게 걷는 두 남녀의 삶에 초점을 맞춘다. 죽음 쪽으로 기울다가 삶 쪽으로 다시 기우는, 삶과 죽음의 리듬과 아슬아슬한 균형에서 작가의

'윤리'로도 함부로 손댈 수 없는 작품 자체의 팽팽한 긴장이 발생한다. 요컨대 섬세하고 정확한 재현에다 그림자 장치의 중층적 효과가 더해져서 비범한 소설이 된 것이다.

그런데 그림자 장치의 효과로 인한 성공에 대가도 따른다는 것을 지적할 수밖에 없다. 이 소설은 생생한 사물성과 관계성을 느끼게 하는 대목이 한두군데가 아니지만, 그럼에도 어딘지 몽환적인 분위기가 감돈다. 소설에 서려 있는 몽환적 아름다움이나 그런 분위기 속에서 엄습하는 섬뜩한 공포감은 충분히 매력적이라서 이 작품의 최대 미덕으로 꼽히기도 한다. 이때의 몽환성은 그림자 장치의 우화적 효과와 관련이 있지만, 우화적인 요소를 활용한다고 해서 반드시 몽환적인 예술이 되는 것은 아니다.[3] 이 소설에서의 우화적 요소의 활용이 현실과의 대면을 회피한다는 뜻은 아니지만 시대현실과의 맞닥뜨림 혹은 발본적인 성찰에 일정한 제약이 된 것은 사실이다. 그림자의 '실체'라고 말하는 것은 모순이겠지만, 이 같은 요소는 그 실체를 상상하게 해주는 반면 그 풍부한 세부사항을 이미지로 축소하는 결과를 낳을 수 있다.

야만적인 나라의 비장한 예술

『야만적인 앨리스씨』는 『百의 그림자』의 집필을 끝낸 후 황정은이 구상한 '폭력 삼부작'의 첫째권이다. 왜 이런 구상을 했을까? 『百의 그림자』도

---

3 가령 호손(N. Hawthorne)은 사실주의와 우화적 요소를 결합하여 낙관주의로 치닫던 당대 미국의 어두운 진실을 냉정하게 탐구했다. 사실과 우화 사이에서 생겨나는 애매성(ambiguity)을 활용하여 당대의 시대정신을 뒤집어 어둠(숲)의 진실과 빛(마을)의 허위의식을 조명한 것이다. 이에 대한 논의는 졸고 「모더니티와 미국 르네쌍스기의 작가들」, 『안과밖』 1998년 상반기호 65~73면 참조.

언어적 폭력(가령 '슬럼'에 깃들어 있는 폭력)과 사회구조적 폭력(산업 재해와 강제철거)에 민감한 텍스트이지만 폭력의 문제를 좀더 '본격적으로' 다룰 필요성을 느꼈기 때문일 것이다. 우리가 사는 곳이 전보다 훨씬 더 폭력적으로 변했다는 판단도 작용한 듯하다. 이를테면 이명박정부 이래 갈수록 '야만적인 나라'가 되어가는 이곳의 황폐화된 삶을 직시하려는 작가적 분투로 여겨진다.

『百의 그림자』에 비해『야만적인 앨리스씨』의 분위기는 잔인할 정도로 어둡다.『百의 그림자』의 정조(情調)가 그림자(어두운 현실/죽음)의 위협 아래서 위태롭지만 그만큼 애틋해지는 삶이라면,『야만적인 앨리스씨』는 마치 그 그림자 세계 한가운데 갇혀버린 채 악몽 같은 현실을 사는 듯한 느낌이다. 우리 시대의 폭력과 '악몽 같은 현실'을 보여주는 소설은 이전에도 많이 출간되었고 그중에는 새로운 형식을 실험한 것도 적지 않았다. 가령 김이설(金異設)의『환영』(자음과모음 2011)은 스스로 희망의 싹을 잘라버리는 냉소적인 자연주의 미학을, 김사과의『테러의 시』(민음사 2012)는 어둠을 폭로하는 사실주의와 재현주의마저 내파(內破)하는 미학적 무정부주의를 보여주었다. 그런데『야만적인 앨리스씨』는 두 소설 못지않게 이 시대 어둠의 밑바닥까지 내려가면서도 양자와 다른, 황정은 특유의 방식을 보여준다. 그 특이한 형식을 예시하기 위해 몇몇 요소를 거론해본다.

우선 소설의 장소 '고모리'가 어떤 곳인지 짚어보자. 작가 자신이 이 장소에 대해 "오래된 무덤에 관한 이야기가 있는 마을을 생각했"[4]다고 밝힌 데다 성경의 '고모라'와 관련해서도 의미심장한 울림이 있어 이곳을 마치 우리가 사는 현실과 다른 곳으로 해석하려는 경향[5]이 있다. 그런데 고지

---

4 황정은·복도훈 대담 「뫼비우스의 씨발 월드, 그 바깥을 꿈꾸기」,『자음과모음』2014 봄호 223면.
5 "모든 것이 부서졌다가 재조립된 평행현실(parareality)로서의 '고모리'"라는 심진경의 견해(「극장적 세계와 탈정념 주체의 탄생」,『창작과비평』2014년 겨울호 115면)가 한

식한 사실주의자가 아니라면 고모리는 일단 텍스트에서 기술된 대로 이 나라 대도시 주변부에서 흔히 볼 수 있는 불특정의 소도시/마을로 받아들일 일이다. 한때 "시내와 시외의 경계인 개활지"(10면) 인근에 위치한 그곳은 벌판을 가득 채운 벼들의 물결을 볼 수 있었으나 재개발사업의 열풍이 지나간 지금은 거대한 주거단지로 탈바꿈했다. 인근의 하수처리장은 악취가 심해 증축에 반대하는 주민들의 항의가 있었으나 "재개발사업이 구체적으로 진행될 것이라는 이야기가 돌면서" 잠잠해졌다. 주민들은 재개발사업이 되면 "낡은 집들은 돈이 될 것"이라는 기대에 이를 악물고 참고 견딘 것이다.(25면) 고모리는 지난 수십년 동안 한국사회의 성장주의가 낳은, 돈독이 잔뜩 오른 재개발사업 현장 중의 하나인 것이다. 우리가 사는 곳 주위에도 있을 법하지 않은가?

주인공이자 화자인 앨리시어는 가족이 사는 곳을 소개하기 전에 그 한쪽 옆에 있는 개장을 먼저 언급한다. 다음은 그중 한 구절이다.

> 개야.
> 개가 발톱으로 개장을 긁는다. 긁어도 소용없는 모서리를 맹렬히 긁고 뒤로 물러났다가 같은 자리를 다시 맹렬하게 긁는다. 수년째 새끼 잡는 냄새와 기척에 시달려 돌아버렸는지도 모르겠다.(13면)

앨리시어 아버지는 새끼 개를 때려잡고 굽고 이웃과 나눠먹는 행위를 어미개가 뻔히 보는 앞에서 한다. '개야'라는 처연한 호명은 이어지는 단문들의 섬뜩한 — "수년째 새끼 잡는 냄새와 기척에 시달려" — 의미와

예이다. 그는 김영찬의 주장에 동조하면서 "2000년대 문학에서 현실은 그렇게 소설 바깥으로 밀려나감으로써만 존재감을 발휘하는, 부재와 부정의 동력이었다"(같은 면)고 서술하는데, '문학에서 현실'을 실증주의·사실주의의 시각으로 한정한 후 그 '실증적 현실'이 없다고 지적하는 격이다.

결합되어 개장에 스민 어둠과 개의 공포를 바로 눈앞에 불러내는 효과가 있다. 현실의 어두운 곳을 적나라하게 파헤치는 환경결정론적 자연주의 문학은 흔히 서두에 궁지에 몰린 동물의 상황을 배치함으로써 향후 전개될 인간들의 비슷한 처지를 암시하곤 하는데, 이런 배치로 인해 이 소설에도 자연주의적 색채가 짙게 드리워진다. 그러고는 불쑥 "개장 곁에 앨리시어의 집이 있다"(14면)라는 서술이 등장한다. 마치 개장이 주된 장소이고 앨리시어의 집은 그 개장에 곁가지로 붙어 있는 것처럼. 개장과 사람의 집의 위상을 뒤집는 이 문장은 그후 소개되는 앨리시어의 집이 개장의 상황과 다르지 않는 '야만의 나라'임을 예시(豫示)한다. 이 개장 속의 살아 있는 개와 마을 논둑에 죽어 있는 개, 두 개의 섬뜩한 이미지가 합쳐지면서 고모리는 '절망과 죽음이 살아 있는 곳'[6]처럼 느껴진다.

소설 속 폭력의 중심에는 앨리시어의 어머니가 있다. 그녀가 '씨발 년'이 되는 순간은 폭력 문제를 다루는 근년의 소설 가운데서도 명장면에 속한다. 그녀는 어릴 때 월급을 빼앗는 아버지한테 대들다가 추운 겨울날 "발가벗겨져 집밖으로 쫓겨나 눈 속에 서 있어야" 했다.(41면) 버티다 못해 집 안으로 들어와 보니 식구 모두가 잠들어 있다. 그녀는 자고 있는 어머니의 얼굴을 내려다보면서 "어머니는 왜 아무것도 하지 않을까. 왜 내다보지 않았을까. (…) 죽고 싶을 정도로 나는 씨발 추웠는데 왜 나를 궁금해하지도 않는 얼굴로 자고 있나"라고 생각한다. 그 순간 "수제비 냄새와 낡은 이불깃과 잠든 인간들의 냄새가 섞인 따뜻한 공기 속에서 아주 조용하게 씨발 년이 발아한"(42면) 것이다. 앨리시어의 외할머니는 이웃으로부터는 '선한 사람'으로 통할지언정 "포스트 씨발 년을 탄생시킨 씨발 년"(43면)인 것이다. '씨발 년의 발아' 장면은 폭력의 방조자가 폭력의 가

---

6 복도훈은 고모리를 "죽음이 살아서 삶과 관계를 지배하는 곳"(앞의 대담 222면)이라고 논평한다.

해자 못지않게 폭력의 재생산에 일조함을 일러준다.

'씨발 됨'의 심리상태라든지 신체적·언어적 폭력 현장의 묘사와 서술은 우리 시대 폭력에 대한 예사롭지 않은 성찰이라 여겨진다. 다만 여기서는 청소년들이 흔히 사용하는 비속어와 욕을 '화끈'하게 구사한 점이 폭력 장면의 실감을 더해준다는 것, 그것이 언어의 수행적(performative)이고 정동적인 성격을 최대한 활용하는 황정은의 특장이라는 것에 주목하고자 한다. 가령 앨리시어의 어머니가 '씨발 년'이라고 말할 때의 씨발은 "백 퍼센트로 농축된 씨발, 백만년의 원한을 담은 씨발, 백만년 천만년은 씨발 상태로 썩을 것 같은 씨발"(27면)이라는 서술은 '씨발 년'이라고 독살스럽게 내뱉는 소리의 맹독성을 상상하게 만든다.

예전에는 앨리시어의 외할머니가 폭력의 방조자였는데 지금은 앨리시어의 아버지가 폭력을 방조한다. 앨리시어와 그의 동생은 스스로가 '씨발 됨'의 상태에 몰려 이 야만적인 나라에서 벗어나는 출구를 찾으려 한다. 첫째는 배다른 누나와 형에게, 다음엔 구청의 가정폭력 담당자에게 도움을 요청하려 하지만 모두 실패한다. 앨리시어는 어머니의 폭력에서 동생을 구하려고 스스로를 폭력적으로 단련하여 드디어 어머니와 '맞장 뜰' 자신감이 생길 즈음 동생을 잃게 된다. 동생의 죽음은 어머니의 폭력과 형의 부재 탓만은 아니고 고모리의 특수한 환경과 그날의 우연이 겹쳐 일어난 것이지만 처음부터 예정되어 있었던 면이 있다.

이 소설이 꿈과 이야기로 가득하다는 사실도 눈여겨보아야 한다. 꿈을 꾸고 이야기를 하는 행위는 인간 삶의 필수조건이요 엄연한 '사실'이라서 소설 속의 꿈과 이야기('이야기 속의 이야기')는 사실주의에 어긋나는 요소가 아니다. 그러나 그런 요소들의 비중을 과도하게 높이면서 그 부조리한 서사에 암시적·예지적 의미를 부여하면 문제는 달라진다. 꿈과 꾸며낸 이야기는 의식과 무의식의 접경지대에 거주하면서 양쪽으로 영향을 미칠 수 있는데, 특히 사람 목소리로 전해질 때 소름끼치는 것이 있다. 앨리시어의 어머니가 꾸는 섬뜩하고 불길한 꿈 — '복숭아술로 유명한 마을에 애들이 납치되는데 그 범인이 앨리시어로 밝혀지는 꿈'(83~84면) — 이 그렇다. 그녀는 이 꿈 이야기를 들려줌으로써 앨리시어에게 의식과 무의식을 관통하는 '온몸의' 타격을 가한다. 앨리시어가 "여기 이 모퉁이에서" 그 꿈의 다른 버전을 이야기하는 대목(113~14면)은 그가 아직도 그 꿈에서 벗어나지 못했음을 암시한다.

이런 점에서 앞서 『百의 그림자』의 성취로 거론한 삶과 죽음, 빛과 그림자의 두 리듬과 양자 사이의 '아슬아슬한 균형'이 이 작품에서는 죽음 쪽으로 확실히 기울어진 것으로 보인다. 앨리시어와 고미의 동성애적 관계도 눈여겨볼 만하지만 이 소설에서 둘의 관계는 앨리시어와 동생의 관계에 비하면 부차적이다. 그러나 삶과 빛의 리듬이 완전히 끊겼다고 단정할 수는 없다. 동생이 죽기 전까지 형제간에 심심풀이용이지만 더없이 절박하게 나누는 이야기들은 압도적인 폭력세계의 독기 어린 서사에 대항하는 최후의 버팀목 구실을 한다. 은교와 무재처럼 다정하게 주고받는 대화와 이야기, 노래와는 달리 그들의 이야기는 적대적인 폭력세계 한가운데서 발각될까봐 몰래 하는 속삭임에 가깝다. 그중 그들의 궁지를 반영하는 것('어머니가 여우인 이야기'와 '소년 앨리스 이야기')도 있고 엉뚱한 것('네꼬 이야기'와 '라디오 출력석 이야기')도 있지만, 모두 형제간 교감을 통해 무의식까지 스며든 폭력에 대응하는 서사자원으로 동원된다는 점에서는 감성적 힘이다. 그러나 앨리시어 형제 이후의 사람들에게 희망의 자원이 될지언정 그 이야기들이 그들을 구출하지는 못한다. 앨리시어는 꿈과 이야기가 접속하는 무의식의 세계에서도 어머니의 폭력적 지배로부터 자신과 동생을 구하지 못한 것이다.

이 소설에서의 서사는 자연주의적 색채가 짙은데다 전작처럼 안온한 분위기를 자아내는 우화적 요소도 없다. 그러나 무의식까지 지배하는 출구 없는 야만의 세계가 적나라하게 드러날수록 마치 공포영화 혹은 잔혹

동화를 보는 것처럼 현실에서 '도리어' 멀어지는 느낌이 든다. 환상적이거나 초자연적인 장치가 없음에도 전설과 꿈 이야기와 뒤섞이면서 잔인한 설화적 분위기가 생겨나는 것이다.

하지만 이 소설은 남다른 화자와 화법으로 인해 상투적인 자연주의 문학과 확연히 달라진다. 소설을 완전한 절망으로 빠지지 않게 하는 이 특이한 화자의 어법은 『百의 그림자』의 그림자 장치처럼 작품 전체에 영향을 미치는 서사 '장치'이기도 하다. 화자는 서두에서 "내 이름은 앨리시어, 여장 부랑자로 사거리에 서 있다"라고 자신의 신분을 밝히고는 곧바로 "그대는 어디까지 왔나"라고 묻는다. 그런데 화자는 '나'가 아니라 '앨리시어'라고 칭한다. 마치 자신을 타자인 것처럼 객관화하여 부르는 것이다.

그대는 (…) 무심코 고개를 돌리다가 앨리시어의 체취를 맡을 것이다. 그대는 얼굴을 찡그린다. 앨리시어는 이 불쾌함이 사랑스럽다. 그대의 무방비한 점막에 앨리시어는 도꼬마리처럼 달라붙는다. 갈고리 같은 작은 가시로 진하게 들러붙는다. 앨리시어는 그렇게 하려고 존재한다. 다른 이유는 없다.(7~8면)

소설의 화자인 앨리시어는 독자로 추정되는 '그대'에게 "도꼬마리처럼 들러붙는" 것이 바로 자신의 존재 이유임을 밝힌다. '그대'뿐 아니라 '앨리시어'도 불특정하게 느껴지는 것이 이 대목의 묘미인데, 이 불특정성은 이어질 폭력과 죽음 이야기가 어떤 특정한 인물의 특수한 경우가 아니라 '그대'도 연루된 보편적인 것임을 상기시킨다.

화자가 죽은 동생의 이야기를 하다가 무시로 현재의 시점으로 돌아와 독자에게 "그대는 어디까지 왔나"(10면)를 묻는 것은 소설 전편에 일종의 리듬을 부여한다. 독자를 향한 이런 물음 혹은 말 걸기는 앞서 지적한 황정은 소설 언어의 '수행적'이고 '정동적'인 성격이 드러나는 또 하나의 예다. 이때 리듬은 단순한 장식이 아니라 수행성의 필수 요소에 해당한다. 그렇기에 이 이야기는 "앨리시어의 실패와 패배의 기록"(161면)이지만 화자는 절망과 죽음에 의탁하지 않겠다는 뜻이고 이 이야기의 독자를 포함한 '그대'를 끝까지 기다리겠다는 것이다. 이처럼 남다른 화자와 화법을 통해 미래의 희망을 작품 깊숙이 박아놓음으로써 『야만적인 앨리스씨』는 결정론적 비관이나 전망 부재의 자연주의와는 갈라서게 된다.

폭력의 가해자와 피해자를 설정하는 구도에서도 특이하다. 가령 『환영』이나 『테러의 시』처럼 흔히 폭력의 피해자로 부각되는 여성/어머니가 『야만적인 앨리스씨』에서는 가해자의 전형으로 등장한다. 하지만 앨리시어의 어머니의 폭력이 아버지의 방조에 의해 뒷받침되고 있음을 주목해야 한다. 이 구도는 가부장적 폭력이 없다는 뜻이 아니라 '가부장적 폭력'이라는 정형화된 틀로 이 시대의 폭력 문제를 깔끔하게 정리할 수 없음을 암시한다.

『百의 그림자』에 비해 인물 형상화에서도 유의미한 진전이 있다. 무엇보다 드디어 악인다운 악인이 구체적인 형상으로 출현한 것이다. 은교와 무재, 앨리시어와 그 동생은 작가와 거리가 별로 없는 데 반해 앨리시어의 어머니와 아버지는 전혀 다른 존재들('씨발 년놈들')이다. 앨리시어의 어머니는 『계속해보겠습니다』의 애자, 순자와 함께 놓고 보면 또 하나의 어머니상, 이를테면 '폭자'라고 부름직한 인물이다. 앨리시어의 아버지는 한국전쟁 이래 지속된 성장제일주의와 배금주의가 낳은 괴물 같은 존재인데, 이 인물을 특히 실감나게 하는 것은 그가 돈밖에 모르는데도 민주주의와 생명존중의 논리를 제 입맛대로 갖다붙인다는 점이다. 어미개가 보는 데서 새끼 개를 때려잡는 위인이 낚시로 잡은 물고기 몇마리 풀어주고는 "세상 나고 자란 목숨 가운데 가치 없는 것은 없는 거다"(52면)라며 설교를 한다. 요컨대 작가는 여기서 자신이 좋아하거나 동조하지 않을 가증스러운 인물을 실감나게 창조함으로써 그 인물의 '처지'에 선 것이다.

그것이 소설가에게는 최고의 '윤리'이기도 하다.

계속해보겠습니다!

『계속해보겠습니다』는 황정은이 '소라나나나기'라는 제목으로 『창작과비평』에 연재한 작품을 개고해서 출간한 소설이다. 그사이 일어난 세월호참사가 개고과정에 어떤 영향을 미쳤는지 궁금할 법한데, 무엇보다 눈에 띄는 것은 제목이 달라진 점이다. '소라나나나기'는 개체성과 새로운 감각을 중시해온 황정은다운 제목으로 적잖은 호응을 받았다. 그런데도 표제로 '계속해보겠습니다[7]'를 선택한 데는 작가 나름의 이유가 있을 것이다.[8]

『계속해보겠습니다』는 전작들에 비해 인간관계가 훨씬 복잡해지면서 분량도 늘어났다. 이 복잡성은 소설의 세 화자인 소라, 나나, 나기가 차례

---

7 '계속해보겠습니다'는 앨리시어의 '그대는 어디까지 왔나'처럼 반복되면서 수행성이 강해지는 말이다. 이 발언은 소설의 세 화자 중 하나인 나나의 말이므로 일차적으로는 나나가 독자에게 이야기를 계속해보겠다는 뜻으로 받아들여진다. 거기에 작가도 편승하여 자기도 이야기를 계속해보겠다고 말하는 느낌이 없지 않다. 그런데 그 발언(혹은 그 변종인 '계속하겠습니다')의 배치가 바뀌면서, 즉 나나의 이야기 장(章)에서 '*' 표시로 구분되는 절의 서두에 놓이다가(100, 123, 137면) 말미로 위치가 바뀌면서(143, 161면) 뉘앙스가 달라진다. 게다가 '계속해보겠습니다'는 소설의 마지막 말(228면)이자 책의 표제에까지 등장하는데 이로써 '무엇을' 계속하겠다는 건지 살짝 애매해진다. 이를테면 '계속해보겠다'라는 동사의 행위가 텍스트 안에만 머물지 않겠다는 뜻으로도 다가온다.

8 황정은은 라디오 인터뷰를 통해, 개고하면서 책 제목은 '계속해보겠습니다'가 되어야겠다고 생각했고, 그것이 '작가의 말'을 대신하는 면이 있으며, 그 뜻에 대해서는 '계속해보겠다'는 것이 삶이든 사랑이든 결국 세 화자의 이야기인데, 거기에 자기는 "살짝 손가락만 이렇게 얹어본" 것이라는 발언을 했다. 팟캐스트 「라디오 책다방」 80회 황정은 2부 — '계속해보겠습니다'(with 송종원 평론가)(2014.11.17) 참조.

로 각각 자신의 현재적 삶과 과거에 대한 기억을 들려주고 나나의 짤막한 이야기로 마무리하는 독특한 구성에 어느정도 반영되어 있다. 이들 각각은 나머지 두 사람의 삶에 대해 논평하는데 이것이 복합성을 더해준다. 이런 복합적인 관계망 속에 떠오르는 핵심적인 물음은 우선 생명의 문제이다. 소설의 중심적인 흐름을 형성하는 주된 모티프는 나나의 임신이고 이 폭력적인 세상에서 새 생명을 어떻게 할 것인가의 문제가 전면에 대두된다. 생명과 관련된 또 하나의 물음은 소라와 나나가 이웃집 벽에 붙은 나방에게 던지는 "죽었니 살았니"이다. 뻔한 질문처럼 보이지만 "이미 죽은 것,이라고 생각하고 보면 회백색이더라도 선명하고 곱던 빛깔이 미심쩍고, 살아있는 것,이라고 생각하고 보면 며칠이고 움직이지 않았다는 점이 미심쩍다"(33면)라는 서술에서 엿보이듯 현실의 관계 속에서는 판별이 쉽지 않다. 무엇이 진짜 사랑일까라는 문제는 이 물음들과 더불어 핵심적인 질문으로 던져진다. 이 역시 섬세한 삶의 감각과 도덕적 판단을 필요로 한다. 요컨대 이 소설의 주된 관심사는 생명과 사랑의 문제인데, 이것이 복잡한 인간관계 속에서는 '애매함'을 내포하기 십상이라는 것이다.[9]

복합적인 인간관계를 드러내는 데 일조한 것은 현재와 과거를 자유롭게 오가는 화법이다. 화자인 소라, 나나, 나기 각각은 자신의 현재적 삶을 서술하는 동시에 기억을 통해 과거의 잊히지 않는 장면과 인물을 무시로 불러내는데, 독자는 이 이중의 서사를 통해 주요 인물 각각의 삶을 시간상의 변화 속에서 감지할 수 있다. 또한 이 덕분에 그들에 버금가는 인물인 소라와 나나의 어머니 애자와 나기의 어머니 순자, 그리고 나기의 동성애 연인인 '너'의 삶도 소설의 의미망 속에 중요한 자리를 부여받게 된다. 이 소설은 『야만적인 앨리스씨』와 달리 삶과 죽음 사이의 아슬아슬

---

9 황정은은 『계속해보겠습니다』의 집필에서 개고, 출간 사이에 삶의 애매성을 탐구하는 뛰어난 단편들을 썼다. 특히 「상류엔 맹금류」(『자음과모음』 2013년 가을호)와 「양의 미래」(『21세기문학』 2013년 가을호) 참조.

한 균형을 지켜내고 있지만 단순히 『百의 그림자』에서 보여준 예전 형식의 균형으로 되돌아간 것은 아니다. 성소수자로서의 나기의 삶을 다루는 장이 너무 어둡기 때문에 밝음이 우세한 소라와 나나의 장들과 접합됨으로써 가까스로 소설은 전체적인 균형을 이룬다는 느낌이다.

이 소설에는 전작들과 달리 눈에 띄는 장치는 없지만, 소라와 나나의 이야기를 상당히 이질적인 나기의 이야기와 함께 묶어두는 '거멀못' 같은 것이 있다. 그것은 그들이 어릴 적에 함께 공유했던 특이한 구조의 집이다. 소라와 나나의 아버지가 산재(産災)로 죽은 뒤 그들 가족이 이사한 반지하의 집을 화자 모두는 소중한 장소로 떠올리는데, 최근에 꿈에서 이 집을 본 소라는 이렇게 서술한다. "본래 창고로 사용하던 지하실 중앙에 양쪽 방향으로 트인 벽을 하나 세워 현관과 화장실을 공유하는 두개의 셋집을 만든 구조"로서 "벽 이쪽과 저쪽에 사는 사람들은 각자의 집을 한개씩 가진 것이 아니고 반씩 나눠 쓰는 집"이었다고 하면서 "이상하지만 그런 집도, 세상에 있는 것"(28면)이라고 덧붙인다. 공간적인 감각이 탁월한 작가가 아니고서는 이 기이한 공간을 여러 이야기들을 묶는 거멀못으로 활용하지 못할 것이다. 나기를 처음 만나는 날 소라와 나나는 그 집 중간에 가로놓인 벽을 돌다가 나기네 집 쪽으로 건너가게 된다.

두 집을 나누는 가운데 벽을 중심으로 양쪽으로 활짝 펼쳐진 나비 날개처럼 이쪽과 저쪽이 같았다. 다만 나나와 내가 방금까지 있던 공간과는 다르게 소리가 있고 온기가 있고 인간이 생활하는 데 사용되는 사물들이 고스란히 있는 공간이었다.(34면)

소라와 나나가 이 집에 사는 동안 이 특이한 구조 덕분에 나기네와 접속되지 않았더라면 그들은 생활의 '소리'와 '온기'와 생활에 필요한 '사물들'을 전혀 누릴 수 없었을 것이다. 이 특이한 공간이 없었다면 순자가 그들에게 6년간 아침마다 도시락을 챙겨주는 일이 가능했을까. "그 시절엔 초등학생이라도 도시락을 싸서 다녔는데 나기네 어머니는 나기의 도시락까지 세개를 준비해서 신발장에 얹어두었다. 나기네 신발장 위에 한개, 우리 쪽 신발장 위에 두개. 나나와 나는 아침마다 그것을 챙겨서 등교했다."(40면) 두 집 사이가 완전히 차단되었을 경우를 생각해보라. 아침마다 문을 두드려 도시락을 건네주고 건네받는 과정을 오래 거듭하기 어려웠을 것이다.

삶의 기운과 죽음의 기운을 팽팽하게 엮어 묘한 균형을 이룬 것도 주목할 점이다. 소라와 나나의 장을 관통하는 죽음의 기운은 그들의 어머니 애자로부터 나온다. 애자는 '전심전력'으로 사랑했던 남편(김금주)을 끔찍한 사고—큰 톱니바퀴에 말려들어 온몸이 짓뭉개져 죽은 사건—로 잃고 실의에 빠져 소라와 나나를 돌보지 않는 채 "너희의 아버지는 비참한 죽음을 맞았지만 그가 특별해서 그런 일을 겪은 것은 아니란다./그게 인생의 본질이란다./허망하고,/그런 것이 인간의 삶이므로 무엇에도 애쓸 필요가 없단다"(12면)라는 말만 되풀이한다. 남편의 사고가 열악한 작업환경에서 비롯된 산재라는 의식도 없고 남편의 친가에서 사고 위로금을 가로채 생계가 위협받는 데도 무대응인 채 모든 것을 접고 허무 속으로 침잠한다.

애자의 이런 모습은 어린 소라와 나나의 삶에 이중의 타격을 가한다. 우선 경제적인 곤궁과 돌봄의 부재로 그들은 고아나 마찬가지의 상태가 된다. 스스로 먹고 입는 것을 챙겨야 하고 학교에서 당하는 '왕따'에 둘이서 대처해야 한다. 이런 생활적인 어려움보다 더 심각한 것은 애자의 반복적인 허무 이야기가 그들에게 안겨주는 정서적인 폭력이다. 가령 소라에게 애자의 이야기는 "달콤하게 썩은 복숭아 같고 독이 담긴 아름다운 주문"처럼 들린다. "사는 것 자체가 고통스러운 일이므로 고통스러운 일이 있더라도 특별히 더 고통스럽게 여길 것이 아니라는 이야기는 특별히 더 달콤"한데 그런 달콤한 이야기를 들으면 "머릿속이 나른해"지고 "만사를 단념하"게 된다. "자기만의 황폐에 빠진 애자"(128면)의 이야기는 앨리시어의 어머니('폭자')의 잔인한 꿈 이야기 못지않게 주인공들에게 심각한 손상을 가한다. 애자는 '폭자'처럼 자식을 마구 패거나 쌍욕을 해대는 '씨발 년'은 아니지만 자신이 죽음에 가까이 있는 탓으로 정서적으로는 '폭자'보다 더 깊은 죽음의 기운으로 자식들의 삶을 뒤덮는 것이다.[10] 반지하로 이사할 때 애자는 소라와 나나에게 수레를 돌려주라고 보내는데, 자매는 애자가 그때 자살하려 했음을 직감한다. 씩씩하고 영매(靈媒) 기질도 있는 나나는 그런 애자의 모습을 떠올리며 "수십번 수백번 죽어버렸구나./저렇게 누워서, 여러 가닥으로 찢어져서./그런 것을 그냥 알게 된 어린 시절"(95~96면)이었다고 말한다.

자매의 어린 시절을 애자의 죽음의 그림자로부터 지켜준 것은 나기와의 만남, 그리고 순자가 싸준 도시락이었다. 소라는 순자의 도시락이 자기와 나나의 '뼈'를 키웠을뿐더러 무엇보다 그들을 "오로지 애자의 세계만 맛보고 자라지는 않도록 해준 것"으로 "대단히 대단하"고 평가한다.(44면) 순자의 도시락 이야기는 『百의 그림자』의 오무사 이야기처럼 '윤리'적 혹은 도덕적 성찰이 담긴 대목이다. 하지만 순자의 도시락은 오무사 할아버지가 끼워주는 여분의 알전구처럼 '타자의 배려'라는 측면뿐아니라, "투박하기 이를 데 없는 도시락"이지만 '집밥' 같은 것이다.[11] 그

---

10 애자는 『百의 그림자』에서 남편이 타워크레인의 추에 압사당한 후 그림자가 달라붙고 입속으로 들어가 "입이랄지, 검은 것 가운데 오목하게 들어간 조그만 구멍을 열었다 닫았다 하며"(71면) 부조리한 고집을 세우는 유곤의 어머니와 흡사하다.

11 정혜신은 세월호참사의 치유과정에서 전문적인 상담가보다 비전문적인 일반 시민의 참여가 중요함을 강조하면서 치유의 핵심을 집밥에 비유한 바 있다. "비유를 하자면요, 우리가 집밥을 만들 수 있잖아요. 자격증 없어도 아무나 조금 덜 맛있든 어쩌든 만들어 먹고 살잖아요. 그리고 심지어 고급요리는 안 먹어도 문제가 없는데, 집밥을 오래 못 먹으면 사람이 정서적으로도 문제가 생겨요. 그러니까 맛은 덜해도 집밥은 우리한테 심리적으로 중요한 바탕이 되는 요소란 말이죠." 정혜신·진은영 대화 「이웃집 천사

게 '대단히 대단한' 것은 "오로지 애자의 세계만 맛보고 자라지는 않도록 해"줌으로써 심리적 안정을 되찾게 하고 삶과 죽음의 차이를 분별해주는 바탕이 된 데 있다.

애자의 어두운 그늘에 살던 소라와 나나에게 순자의 도시락이 삶의 숨통을 터준 중요한 계기였다면 그들의 현재 이야기에서 중대사건은 나나의 임신이다. 소라의 태몽으로 시작되어 나나의 임신을 둘러싼 자매의 갈등과 화해의 과정, 그리고 나나와 아기 아빠인 모세의 갈등과 결별[12]의 과정이 병치된다. 현재의 이야기에는 미혼모와 편부모 가정에 대한 입장 차이를 포함한 사회적인 쟁점들도 대두되지만 여기서는 삶과 죽음의 이중적 리듬과 관련된 부분에 초점을 맞추고자 한다.

소라는 태몽을 꿈으로써 동생의 임신을 눈치채고는 속으로 "어쩌려는 걸까, 하고 걱정하게 되는 것이 아니고 어쩌자는 거야, 하고 화가 나./나나는 애자가 될 셈인가"라고 힐문하고 마침내 "싫다고" 생각한다.(23면) 소라는 엄마가 된다는 것은 곧 애자가 된다는 생각에서 자유롭지 못한 것이다. "애자는 없는 게 좋다"고 판단하면서도 "사랑스러울 정도로 가엾"다는 생각을 떨치지 못한다.(45면) 그러다 얼떨결에 동생을 따라 산부인과에 가서 "쐐, 쐐, 쐐, 쐐, 쐐, 쐐" 하는 나나 아이의 심장 소리를 듣고는 그 소리에 사로잡히게 된다. "두근, 두근, 하는 소리를 듣게 될 거라고 생각했는데 뜻밖에도 요란하게 쐐, 쐐"(64~65면) 하는 소리를 들은 소라는 생명현상의 격렬함을 깨닫고 '싫다고' 생각하는 마음을 고쳐먹는다.

나나는 종종 스스로를 '나나'라고 자칭하고 '입니다'체로 이야기하며

를 찾아서: 세월호 트라우마, 어떻게 극복할까」, 『창작과비평』 2014년 겨울호 171면.

12 연재본에는 나나가 모세와의 관계를 지속할 것으로 나오지만 단행본에서는 결별하는 것으로 바뀐다. 이에 대해 작가는 모세가 다른 세계를 만난다면 바뀔 여지가 있지 않을까 하는 가능성을 염두에 뒀지만 그것은 "내 욕망"이라는 것을 깨달았고 단호하게 결별하는 쪽으로 바꿨다고 말한다. 앞의 「라디오 책다방」 인터뷰 참조.

'제대로' 묻고 말하고 생각하는 것을 중시한다. 나나는 애자에 대해 소라보다 단호하다. 가령 나나가 애자를 요양원으로 보내는 결단을 할 때의 속내는 이렇다. 애자는 "이미 죽었으므로 더는 죽으려 하지 않고 다만 살아가는 데 필요한 온갖 활동을 시시때때로 정지하며 스스로를 망가뜨리고 소라를 망가뜨리고 나나를 망가뜨리고. 나나는 그런 것을 더는 두고 보고 싶지 않습니다."(99면) 이런 나나의 태도가 의미심장하게 드러나는 장면은 나나가 모세와 함께 요양원으로 애자를 찾아갔을 때이다. 애자가 요양원의 자기 방을 "벽에서 천장까지, 점점이 붙여나간 종이꽃으로 꽃천지"(133면)로 만들어놓은 광경을 쳐다보면서 나나는 생각한다.

아름답다고 생각하는 마음과 끔찍하다고 생각하는 마음이 뒤섞여 동요하고 말았습니다. 애자는 침대에 앉아서, 밖으로 터지고 번진 듯한 애자의 내면으로 발을 들인 사람들을 잠자코 바라보고 있었습니다. 나나는 침대 곁에 마련된 긴 의자에 앉아 도시락을 무릎에 올렸습니다. 도시락의 무게로 무릎을 누르며 애자를 마주 보았습니다.(133면)

"시들지 않고 썩지도 않고 먼지에 덮인" 종이꽃들 가운데 앉아서 나나와 모세를 "잠자코 바라보고" 있는 애자는 언뜻 영정사진 속의 인물처럼 보인다.[13] 그런데 종이꽃 천지에 '끔찍하다'는 생각을 하는 나나가 유령 같은 애자를 마주 볼 때 "도시락의 무게로" 무릎을 누르는 동작을 하고 있다는 것은 의미심장하다. 이 도시락은 순자의 도시락은 아니지만 상징적인 층위에서는 그와 다르지 않아서 그 무게로 죽음 같은 애자를 대면할 수 있게 한다.

---

13 송종원은 이 장면에서 조화로 가득한 '신당'이나 '꽃상여'를 떠올리면서 애자가 무당 같다는 논평을 한다. 앞의 인터뷰 참조.

나나가 모세네 화장실에서 요강을 발견하고 거기 깃든 의미를 받아들이는 태도에서도 삶의 감각이 미묘하게 작용한다. 나나가 "사랑스럽지만 더는 안되겠다"(146면)면서 모세와 헤어질 것을 고려하게 된 계기는 모세의 아버지가 요강을 사용하고 어머니가 요강을 비운다는 사실 자체라기보다 모세가 그것을 이상하다고 생각하지 않는 것이 결정적이다. 요강에 함축된 '윤리'적인 성찰이 작가의 설교로 떨어지지 않는 까닭은 오무사 장면에서처럼 나나가 목격하는 모세네 가족의 기이한 관계가 명징하고 섬세한 감각으로 선연하게 포착되기 때문이다. 가령 모세 아버지가 자기 아내에게 '어이' 하고 부르는 호칭이라든지 "생기가 사라져서 인형 같은 모습"(108면)의 모세가 어머니와 소파에 나란히 앉아서 텔레비전 화면을 쳐다보면서 이야기하는 광경이 손에 잡힐 듯 생생하다. 나나는 모세가 "전혀 발소리를 내지 않고 걸을 수 있는 사람이고 그 점은 조금 무섭다"(103면)고 하는데, 이런 말이 단순히 나나의 영매적인 감수성의 소산인 것 같지는 않다. 모세네 가족 전부가, 그림자를 뻔히 보고서도 그것이 그림자임을 알아보지 못하는 『百의 그림자』의 여씨 아저씨 가족을 연상시키기 때문이다.

나기의 이야기는 동성애자로서의 그의 삶이 앨리시어나 그의 동생 삶 못지않게 폭력과 죽음의 세계에 노출되어 있음을 실감케 한다. 황정은은 「뼈 도둑」(『파씨의 입문』, 창비 2012)에서 이미 한 동성애자의 어려운 처지와 그 절절한 사랑을 극도의 추위 속에 눈 덮인 대지를 가로질러 죽은 애인의 뼈를 도둑질하러 가는 형상으로 부조한 바 있다. 또한 『야만적인 앨리스씨』에서 앨리시어와 고미 사이는 둘 다 폭력에 시달리긴 하지만 그렇게까지 애절하지는 않다. 그런데 이 두 사례에 비해서도 나기와 나기의 연인 '너'의 관계가 유독 어둡게 채색된 데는 나기가 상대방에게 마음대로 접근할 수 없는, 일종의 짝사랑을 하고 있다는 사정과 관련이 있다. 동성애에다 짝사랑이니 이중의 어려움이 겹쳐 있는 형국이다. 하지만 그런 사정을 감안해도 나기가 '너'에게 매혹되는 대목들은 이 둘의 사랑이 '문제적'임을 암시한다.

> 너는 작았지. 머리카락이 가늘고 입술이 붉었지. 건방졌지. 난폭했고, 조용했지. 폭발하듯 갑자기 웃을 때가 있었는데 아무도 네가 왜 웃는지를 몰랐다. 네가 그렇게 웃을 때, 매번은 아니고 이따금 나는 정신이 나갈 것 같았지. 약간 벌어진 두 눈은 미묘하게 다른 방향을 바라보고 있었고 아주 노란색이었지. (…) 이상한 눈. 실은 모르겠다. 나는 너를 때리고 싶었나. 만지고 싶었나. 너의 목을 조르고 싶었나. 만지고 싶었나. 나는 너를 기다린다. 너의 소식을 기다린다.(172면)

연인에게 매혹되는 순간을 꽤 실감나게 그려낸 장면인데, 애매하기는 하지만 가학적 성애의 느낌으로 살짝 채색된 점은 눈여겨볼 필요가 있다. 열네살 때 나기가 처음 '너'를 만났을 때도 매혹감은 폭력의 흔적과 함께 찾아왔다. '너'가 아버지에게 폭력을 당해 보라색으로 멍든 목을 손으로 긁을 때 "멍과 살갗의 대비가 또렷했고 가느다란 약지가 그 경계를 더듬듯 누르고 있었다. 나는 그것을 보고 있다가 얼굴을 붉혔다. 예쁘다고 느꼈고 외설적이라고 느꼈다. (…) 옷깃 속으로 숨어들어간 멍을 마저 보고 싶었고 그 등에 손바닥을 대보고 싶었다".(177면)

나기는 '너'의 환심을 사기 위해 아버지의 죽음을 이야기했고 나기의 '너'에 대한 애정을 눈치챈 아이들이 '변태'라고 부르며 그를 때리기 시작했다. 나기 역시 멍이 들기 시작했고 연인에게 이렇게 폭력을 당하는 일은 잠시 돈 벌러 일본에 가 있는 동안에도 계속된다. 흥미로운 지점은 나기가 또래들에게 맞아서 멍들기 시작할 열네살 무렵 어항 속의 물고기를 괴롭히는 나나의 뺨을 때리는 장면이다. 나기는 몇차례 힘껏 때리고는 아프냐고 묻고 나나가 고개를 끄덕이자 "내가 너를 때렸으니까 너는 아파.

그런데 나는 조금도 아프지 않아. (…) 내가 아프지 않으니까 너도 아프지 않은 건가?"(130면) 하고 묻고는 지금 나나가 아픈 것과 조금 전 나나가 괴롭힌 금붕어가 아픈 것이 같은 것임을 지적한다. 그러고는 마지막으로 "이걸 잊어버리면 남의 고통 같은 것은 생각하지 않는 괴물이 되는 거야"라고 덧붙인다. 폭력을 통해 폭력의 문제를 지적하는 나기의 모습은 아이러닉할 수 있지만 폭력을 당함으로써 폭력의 본성을 간파한 듯한 역설도 성립한다. 무엇보다 이 행동과 말에는 나기의 슬픔이 짙게 배어 있고 이것이 나나의 마음을 움직인 것이다. 나나는 이를 소중한 가르침("그 옛날, 나기 오라버니가 나나의 뺨을 때려 가르쳐준 것", 142면 참조)으로 간직한다.

나기의 내면은 심하게 분열되어 있고 ── 소라·나나와 삶, 음식을 공유하는 밝은 자아와 오로지 연인의 죽음을 기다리는 어두운 자아 ── 나기의 사랑은 그가 나나에게 일러준 폭력에 대한 교훈마저 뒤집는다. 사실 나기의 사랑은 애자의 사랑처럼 사랑 자체가 최고의 가치가 되는 '전심전력'의 형식이다. 나나는 사랑의 이런 측면을 경계한다. 나나는 사랑의 정도를 "헤어지더라도 배신을 당하더라도 어느 한쪽이 불시에 사라지더라도 이윽고 괜찮아,라고 할 수 있는 정도. 그 정도가 좋습니다. 아기가 생기더라도 아기에게든 모세씨에게든 사랑의 정도는 그 정도,라고 결심해두었습니다"라고 말하며 "애자와 같은 형태의 전심전력, 그것을 나나는 경계하고 있"다고 고백한다.(104면) 이 소설에서 제기되는 가장 중요한 물음 중의 하나가 여기에 있다. 즉 소설은 애자와 나기의 사랑처럼 어떤 '정도'도 정하지 않고 죽음까지 받아들이는 사랑과 "헤어지더라도 배신을 당하더라도 (…) 이윽고 괜찮아,라고 할 수 있는 정도"를 정하려는 사랑 중 어느 쪽이 진정한 것인지, 혹은 도덕적인 것인지를 묻고 있는 듯하다.

나기의 이야기는 파편화되어 있고 너무 어둠 일색이라서 그 연인관계의 구체적인 모습을 온전히 실감케 하는 데는 한계가 있다. 그러나 이 취약점은 나기의 길이 우리 사회에서 소수자 중 소수자의 길임을 반증하는 것이기도 하다. 들뢰즈식으로 말한다면 나기는 '소수자 되기'와 '여성 되기'를 수행하고 있다고 하겠는데, 다만 그런 나기의 사랑도 일방적으로 지지받기보다 다른 사랑들과의 관계 속에서 상대화된다. 사실 나나도 "오라버니와 아이를 만들고 싶"(143면)을 만큼 나기를 너무나 사랑했지만 거절당하는 '짝사랑'의 아픔을 겪은 적이 있다. 나기가 나나의 사랑을 간파하고 그것이 새끼오리가 누군가를 무작정 따라다니는 '각인'과 같은 것이라고 설명함으로써 나나를 "울려버린 뒤 어쩔 수 없이 너의 사진을 보여주었을 때"(191면) 둘이 느끼는 아픔도 각별한 데가 있다. 나나 속의 새 생명이 자라면서 세 화자가 조금씩 변하는 모습도 눈여겨봐야 한다. 태어날 아이에 대한 사랑의 조화가 아니고서는 이 변화를 설명할 길이 없기 때문이다. 나나는 "자그자그자그자그" 하는 자신의 것과 다른 박동 소리를 들으며 "신체에서 모체로의 전환"(124면)을 느끼며 자신을 '엄마'라고 자칭하고, 소라는 동생의 아이를 함께 키울 마음이 되며, 심지어 나기마저 그 분위기에 '감염'된다. 나기의 지독하게 어둡고 아픈 사랑은 새 생명에 대한 세 화자의 기대 및 사랑과 함께 놓임으로써 가까스로 균형에 이른다.

세편의 소설을 검토하면서 분명해진 것은 황정은이 가장 아픈 주체들의 처지에서 우리 당대 삶의 중요한 문제들을 야무지게 생각하는 작가라는 사실이다. 그는 빼어난 사실묘사를 구사할 수 있지만 사실주의를 초과해서 환상적·우화적인 수법을 사용하는 데 주저함이 없다. 그렇지만 그의 예술의 초점은 기발한 방식으로 삶의 여러 양상을 색다르게 제시하거나 오로지 주어진 삶을 완벽하게 구현하는 데 있는 것이 아니라 우리가 나나처럼 '제대로' 생각하고 '제대로' 살고 있는가를 묻는 데 있다고 여겨진다. 세월호 이후에도 황정은 소설이 빛을 발하는 것은 아마 이 때문일 것이다. 다만 소설에서 이 물음을 제대로 묻는 일과 삶의 현재성을 실감케 하는 일이 둘이 아니라는 것, 그리고 한두번의 문답으로 끝낼 수 없다는 것을 그는 이미 알고 있다. 지금까지의 물음에서 우리가 사는 이곳이 심각하게 망가진 '야만적인 나라'라는 진단은 나왔지만 물음과 답은 계속될 필요가 있다. 그의 소설은 이 중요한 물음을 날카롭게 던질 수 있도록 스스로를 단련해왔고 '계속해보겠습니다'라고 힘겨운 다음의 시도를 약속하고 있다.

이 글에서는 해당 소설들을 장르론적인 관점에서는 검토하지 않았다. 장편소설 '대망'론자로 취급받지만 나의 기본 입장은 단편이든 중편이든 (경)장편이든 작품이 훌륭하냐 아니냐를, 훌륭하다면 얼마나 그리고 어디가 훌륭하냐를 묻는 것이 우선이며 이미 나와 있는 훌륭한 작품을 알아보는 일이 특정 장르의 성과를 '대망'하는 일보다 중요하다고 보기 때문이다. 황정은은 어떤 소설이 어느 정도의 분량이 필요한지를 아는 작가다. 앞서 검토한 세편의 소설은, 세계문학의 분량 기준으로 전작 두편은 중편 (novella)에, 『계속해보겠습니다』는 경장편에 해당한다. 그는 분량의 차원만이 아니라 우리 당대의 복합적이고 구체적인 관계들과 당대적 삶의 도덕성·부도덕성을 '제대로' 묻는다는 의미에서 점점 장편소설 쪽으로 나아갔고, 『계속해보겠습니다』는 이미 이 시대의 중요한 장편이다. 아무런 전제를 달지 않고 그가 계속 시도하는, '대단히 대단한' 현재성의 예술을 지켜보면서 나 역시 '계속해보기로' 한다.

우리 시대의 「객지」들

◆

황석영과 김애란 소설의 현재성에 대하여

전태일(全泰壹)은 자신이 분신하는 해인 1970년 1월에 이런 말을 남겼다. "사람들의 공통된 약점은 희망함이 적다는 것이다."[1] 오늘, 동시대 대중으로부터 사회와 문학의 일대 혁신을 요구받고 있는 지금, 고단한 삶과 열정적인 투쟁 속에서 튀어나온 그의 이 말은 깊이 되새겨볼 만하다. 문학을 당대의 사회현실과 정치로부터 떼어놓은 채 자율성의 공간에 '안전하게' 가둬놓으려는 경향이나 반대로 점점 가혹해지는 현실의 절박함에 사로잡혀 문학의 창조적 상상력을 못 미더워하는 편향이나, 그 어느 쪽이든 문학에 거는 희망이 적은 결과가 아닐까.

다행히 최근에 문학인들 스스로 문학의 혁신을 도모하려는 조짐이 뚜렷하다. 지난 대통령선거를 계기로 상당수 작가·시인·비평가 들이 시민사회의 간절한 변화열망에 동참했거니와 우리 문학의 현실과 문학의 정치성에 대해서도 꽤 근본적인 문제를 제기해왔다. 이에 한국문학의 큰 혁신이 이뤄지기를 기대하며 이 글을 쓴다. 여기서는 먼저 '문학과 정치' 논의

---

1 조영래『전태일평전』(개정판), 돌베개 1995, 211면.

와 최근의 르뽀 논쟁에서 제기된 중요 쟁점을 짚고, 그 연장선상에서 리얼리즘론의 현황을 점검한 다음, 황석영(黃晳暎)의 「객지」(1971)와 김애란(金愛爛) 『비행운』(문학과지성사 2012)의 몇몇 단편을 상호비교의 관점에서 논하고자 한다. 한 세대 이상을 격한 두 뛰어난 작가의 소설적 성취를 새로 논하려는 것은 양자가 알게 모르게 공유하는 문학적 성격을 짚어봄으로써 한국 리얼리즘 문학의 기여와 풍부한 가능성을 헤아려보기 위해서다.

문학의 정치성과 르뽀 논쟁

혁신의 움직임은 이명박정부 때부터 있었다. 2008년 촛불시위 이래 젊은 문인들이 이런저런 항의시위에 적극 참여하고 사회비판적인 목소리를 냈을뿐더러, 창작에서도 그간의 탈정치적인 풍조를 반성하고 문학의 정치성을 어떻게 성취할지 모색해왔다. '시(문학)와 정치'로 결집된 이 논의는 오랫동안 이어지면서 적잖은 부작용과 피로감을 불러일으키긴 했지만 문학의 자율성과 타율성이 양자택일의 대상이 아님을 일깨워준 뜻깊은 계기였음이 분명하다. 하지만 그 의의를 일축하거나 의심하는 쪽도 있다. 가령 한 좌담에서 정과리는 이를 두고 "문학을 혁명에 복무시키겠다는 1980년대식 생각의 현대적 변용 같은 것"으로 평하고 강계숙(姜桂淑)은 "문학이 문화산업의 회로에 종속되면서부터 비평가들이 (…) '정치'라는 키워드를 끄집어내어 자기의 존재증명을 온당한 것으로 만들려는 욕망이 숨어 있지 않은가"[2]라고 의심한다. 문제는 논의가 엇비슷한 발상을

---

2 정과리·우찬제·김형중·강계숙·이수형·강동호 좌담 「도전과 응전 ─ 세기 전환기의 한국문학」, 『문학과사회』 2012년 겨울호 359~60면. 매사를 상업주의 탓으로 돌리는 이 좌담의 흐름에 대해 권희철은 "참담한 현실 앞에서 문학은 무엇을 할 수 있고 무엇을 해야 하는지를 묻는 저 절실하고 다급한 다급한 물음조차도 '상업주의'와 연관지

되풀이하는 양상을 보이고 그래선지 많은 작가와 비평가가 폭넓게 참여하는 논쟁으로 확산되지 못하고 있다는 것이다.

그런 점에서 진은영(陳恩英)의 애초의 문제의식에서부터 어떤 중요한 진전이 이뤄졌는지를 살펴볼 필요가 있다. 이에 대해 권희철(權熙哲)은 "'문학적인 것'은 (현실정치를 반성하고 해체하며 재구성하는) '정치적인 것'과 매우 가까운 자리에 놓일 수 있지만 그 정치적인 것이 어떻게 '현실정치'에 대한 압력으로 이행하게 되는 것일까. 그러한 '이행'은 어떻게 가능하며 그 이행에 문학은 다시 어떻게 관여하는 것일까"(383면)라고 논평하며, '정치적인 것'에서 '현실정치'——랑씨에르의 용어로는 '정치'(politics)에서 '치안'(police)——로의 '이행' 과정이 선명하지 못한 것을 문제점으로 지적한다. 그는 이 '이행'의 문제를 해명하는 "결정적인 무엇인가"(같은 면)를 끄집어내지 못하기 때문에 피로 속에서도 반복적인 논의가 이어지는 것이라고 추측한다. 문학에서 '정치적인 것'과 '현실정치' 간의 이행 방식과 경로를 묻는 권희철의 물음의 취지는 높이 사줄 만하다. 하지만 논의가 반복적으로 되는 것이 '이행'의 문제와 관련된 '결정적인 무엇인가'를 끄집어내지 못한 탓은 아닌 것 같다. 오히려 '결정적인 무엇인가'는 그가 생각하는 '문학적인 것'과 관련이 있지 않을까 싶다.

권희철에게 '문학적인 것'은 소설에서 르뽀로 전향한 김곰치의 글에 대한 논평에서 선명하게 드러난다. 김곰치는 1970년대 국내소설들과 도스또옙스끼의 소설을 읽고 "아, 문학 독서란 것은 약간 의미가 있는 '킬링타임'이구나!"라고 소감을 밝힌다. 그리고 그와 대조적으로 체르노빌을 경험한 사람들의 삶과 죽음, 사랑을 기록한『체르노빌의 목소리』(스베틀라나 알렉시예비치 지음, 새잎 2011)의 절심함에서 깊은 감동을 받는다. 김곰치의

어서 이해할 수밖에 없는, 그 자신이 역설적으로 상업주의에 사로잡힌 비평의 불만"이라고 일침을 가한다. 권희철「너무나 여리고 희미한 능력」,『21세기문학』 2013년 봄호 394면. 앞으로 이 글에서의 인용은 면수만 밝힘.

최종 결론은 "그야말로 지금은 전 인류의 비상시국이고, 하늘을 우러러 떳떳할 수 있도록 지금 제대로 밥값 하는 문학은 그런 '절실함'이 아니고서는 안된다는 판단"[3]이다. 그가 문학을 '킬링 타임'으로, 르뽀를 '절실함'으로 단순화시킨 데 대해 권희철은 이렇게 논평한다.

> 그런데 '문학적인 것'은 오히려 무엇이 '킬링 타임'이고 무엇이 '절실함'인지에 대해 확정하려는 의지 자체에 대해 반성하려는 의지가 아닐까. '문학적인 것'은 수많은 해석이 경합하는 어떤 흐름 안에서 단 하나의 해석만이 '현실'이라고 확정하려는 바로 그 힘을 비틀어버리는 힘이 아닐까. 문학은 저 역설적인 의지와 힘을 표현하는 한에서 문학으로 남고, 또 그렇기 때문에 현실적인 위력에 대한 포기를 감수할 수밖에 없는 것이 아닐까.(385~86면)

이 대목에서 특징적인 것은 "확정하려는 의지 자체에 대해 반성하려는 의지"라든지 "확정하려는 바로 그 힘을 비틀어버리는 힘" 같은 표현이다. 이런 문학관을 뭐라 부를지 모르겠지만 — 경합주의 혹은 다원주의 문학관? — 현실을 어떤 하나의 해석으로 고집하고 강요하는 독선을 방지하는 이점이 있는 반면 현실의 핵심적인 면모가 무엇인가를 끈질기게 탐구하는 문학의 지적·감각적 작업을 공허하게 만들기 십상일 듯하다. 권희철에게 문학의 "저 역설적인 의지와 힘"은 현실적인 위력에 대한 포기를 감수해야만 발휘될 수 있으니, 그가 '이행'의 문제를 고민하는 이유가 짐작이 간다.

그렇다고 김곰치의 입장이 옳다는 것은 아니다. 우선 문학의 '킬링 타임'과 르뽀의 '절실함'이라는 이분법적 설정이 얼마나 설득력이 있을까.

---

3 김곰치 「킬링 타임이냐, 절실함이냐」, 『실천문학』 2012년 겨울호 56~57면.

그런 구도가 그의 독서 체험에서 나온 것이라 해도 다른 사람의 체험은 다를 수 있다. 게다가, 절실함에도 여러 차원이 있으니 무엇이 '절실함'인 지뿐 아니라 어떤 종류의 '절실함'인지도 따져볼 일이다.『체르노빌의 목소리』의 절실함은 주로 생존 차원에서 제기되는 절실함일 것이다. 이런 차원의 절실함을 무시할 수 없는 것은 자명하다. 하지만 그와는 다른 차원, 예컨대 생존이라기보다 삶의 차원 혹은 영혼의 차원에서 제기되는 절실함도 있다. 그가 '킬링 타임' 쪽으로 분류한 도스또옙스끼의『백치』나『악령』은 결딴난 영혼들의 내면에서 비롯되는 '절실함'이 있다. 생존 차원의 절실함에만 집착하여 다른 종류나 차원의 절실함을 얕잡아볼 일은 아닌 것이다.

공지영(孔枝永)의 르뽀『의자놀이』(휴머니스트 2012)를 세심하게 검토하려는 서영인(徐榮裀)의 태도에도, 김곰치의 과장된 단순화와는 차이가 있지만 생존 차원의 절실함에 휘둘려 다른 차원의 절실함을 알아보지 못하는 맹점이 있다. 물론 "『의자놀이』는 절박한 현실에 대한 공감과 실감을 잃어가고 있는 한국문학의 한계와 곤경을 그 자체로 표상하고 있다"[4]는 그의 판단은 일리가 있다. 한국문학의 작가들이 '절박한 현실'의 맥락에서 동떨어져, 있을 법하지 않은 가상세계를 헤매면서 '사실' 자체를 우습게 보는 풍조가 있다는 점을 지적한 것이라면 상당정도 동의할 수 있다. 하지만『의자놀이』의 르뽀를 김애란의「물속 골리앗」, 황정은의「옹기전」, 김연수(金衍洙)의『파도가 바다의 일이라면』(자음과모음 2012)의 판타지와 비교 검토한 후에 "뫼비우스의 띠처럼 서로 꼬리를 물고 있는 판타지의 딜레마가 좀처럼 해결하지 못하고 있는 어떤 지점을『의자놀이』는 르포의 방법으로 내파하고 있는 것은 아닐까. 사실 자체를 탐구하고 기록

---

4 서영인「망루와 크레인, 그리고 요령부득의 자본주의」,『실천문학』2012년 겨울호 19면. 앞으로 이 글에서의 인용은 면수만 밝힘.

하는 방법으로, 그것이 가진 무한한 진실에 접근하기 위해 우선 사실에 주목해야 한다는 문제 제기로써"라고 논평하는 데는 고개가 갸우뚱해진다.

서영인의 논지를 김곰치식으로 표현하면 르뽀의 '사실'과 소설의 '판타지'를 대립구도에 놓고 양자의 미흡함을 모두 지적하되 전자의 손을 들어주는 형국이다. 단박 드는 의문은 르뽀의 '사실'을 그렇게 사주면서 사실적인 작품이 수두룩한 김애란의 『비행운』에서 하필 사실주의 기율을 넘어서는 「물속 골리앗」을 택했는가의 문제이다. 황정은의 경우도 정도는 덜하지만 비슷한 의문을 제기할 수 있다. 아마도 『의자놀이』에서처럼 크레인과 망루 같은 상징이 등장하는 소설을 고른 결과일 테지만, 이런 편의적인 비교는 사태를 왜곡할 수 있다. 더군다나 "현재의 한국문학장 내에서 발현되고 있는 판타지와 르포는 동일한 상황의 서로 다른 표현이라고 볼 수도 있을 것 같다. 현실의 위력이 너무나 압도적이어서 그것을 돌파할 문학적 방법이 묘연한 것, 이것이 판타지와 르포가 공통으로 부닥친 장벽이 아닌가. 부정적인 현실이 너무나 압도적이고 위력적이어서 판타지와 르포는 모두 그 현실을 파고들 동력을 얻지 못한다"(28~29면)고 논평하려면 사실주의 계열의 소설들을 필히 검토했어야 하지 않을까. 서영인이 르뽀와 판타지 사이에 상당수준의 리얼리즘 문학 — 최근의 알찬 결실이 바로 『비행운』과 『파씨의 입문』(창비 2012)인데 — 이 존재하고 있음을 보지 못하는 것이 놀라울 따름이다.

문학의 정치성과 리얼리즘론

언제부턴지 리얼리즘론이 예술적으로 더이상 유효하지 않은 문학론으로 여겨지고 기껏해야 미학적 보수주의의 대명사쯤으로 취급되는 것이 평단의 현실이다. 물론 문학과 정치 논의와 관련하여 리얼리즘론을 재검토하거나 재구성하려는 작업이 없진 않았지만 그 결과는 결코 희망적이지 않았다. 가령 "'잔해'로서의 '리얼리즘'"이라는 발상을 제시한 고봉준(高奉準)은 "'시와 정치'에 관한 평단의 논의는 '리얼리즘'에 대한 부채의식 없이도 문학이 정치를 사유할 수 있음을 보여주었다. 적어도 최근 젊은 시인들이 보여주는 '정치적인 것'에 대한 감각이 리얼리즘 개념과 무관하다는 데에는 이견이 없을 듯하다"[5]고 하면서 양자가 무관함을 기정사실화하려 든다. 리얼리즘의 급진적 재구성을 시도한 장성규의 경우는 "총체성과 반영론과 당파성의 틀에 갇힌 사물화된 리얼리즘"[6]을 강력히 비판할 뿐 어떤 새로운 미학적 대안을 내놓지는 못한다. 그런데 소설가 권여선(權汝宣)은 이와 다른 취지의 발언으로 주목을 끈다.

문학의 정치성과 관련해서 보면, 그런 관심이 시나 소설, 평론으로 곧바로 드러나지 않지만, 그 문제에 대한 보다 근본적이고 이론적인 고민들이 시작되었다는 생각은 들어요. (…) 우리가 문학, 정치, 역사, 혁명 등의 거대한 테마를 오랜 시간 거쳐왔잖아요. 리얼리즘이나 민족문학이 열정적으로 주창되기도 하고 또 폐기되기도 하고. 그런데 요즘 몇몇 문예이론가와 평론가들이 그 범주들을 다시 들여다보는 작업을 하고 있는 것 같아요. 총체성이란 게 뭐냐, 전형성이란 게 뭐냐, 예전에 우리가 규정했던 그 개념이 과연 그에 합당한 개념이었냐, 뭐 그런 근본적인 차원에서 다시 보자는 거죠.[7]

---

5 고봉준 「리얼리즘, '억압적인 것'에 대한 문학적 반응」, 『리얼리스트』 2호, 2010년 6월, 341~42면.
6 장성규 『사막에서 리얼리즘』, 실천문학사 2011, 5~6면.
7 권여선·심보선·정홍수·신용목 좌담 「한국의 문학 현실과 문예지의 역할」 『21세기문학』 2013년 봄호 277면.

권여선은 앞선 논자들과 달리 문학과 정치 논의에서 촉발된 "근본적이고 이론적인 고민들"이 한때 '폐기'되기도 한 리얼리즘을 재검토하는 작업으로 나아가고 있음을 지적한다. 특히 리얼리즘의 핵심범주인 총체성과 전형성을 다시 들여다볼 것을 요청하는 태도는 그 개념들을 재검토하지 않은 채 '잔해' 혹은 '사물화'의 딱지를 붙이는 태도와는 다르다. 권여선의 발언은 분명 고무적이지만, 리얼리즘론을 주장하고 각자 나름의 쇄신작업을 시도해온 평론가들의 노력까지 반영한 것은 아니다. 가령 리얼리즘과 민족문학의 열정적인 주창자라 할 백낙청은 리얼리즘을 폐기한 적이 없을뿐더러 맑스주의 리얼리즘의 '총체성' '전형성' '당파성' '현실반영' 같은 핵심범주들을 '다시 들여다보는 작업'을 꾸준히 시도해왔고, 그 결과 중요한 입장 차이를 표명했다.[8]

백낙청은 문학과 정치 논의의 바탕을 제공한 랑씨에르의 예술체제론에 대해서도 비판적 검토를 시도했는데, 여기서는 앞으로의 논의에 요긴한 논점만 살펴보기로 한다. 우선 랑씨에르의 사실주의(realism) 개념을 검토하는 부분이다. 알려진 대로 랑씨에르의 예술체제론은 플라톤이 대변하는 '윤리적 체제'(ethical regime), 아리스토텔레스가 주도한 '시학

---

8 '총체성'과 '전형성'에 대해서는 백낙청 「시와 리얼리즘에 관한 단상」, 『통일시대 한국문학의 보람』 창비 2006 및 「로렌스 소설의 전형성 재론」, 『창작과비평』 1992년 여름호, '당파성'과 '객관성'에 대해서는 「민족문학론과 리얼리즘론」 5절 '레닌의 똘스또이론'과 「사회주의현실주의 논의에 부쳐」, 『통일시대 한국문학의 보람』 396~426면, '현실반영'에 대해서는 「모더니즘에 덧붙여」 중 '리얼리즘론에서의 "현실반영"의 문제』, 『민족문학과 세계문학 2』, 창작과비평사 1985, 443~46면 및 「로렌스와 재현 및 (가상)현실 문제」, 『안과밖』 1996년 하반기호 참조. 이 가운데 「시와 리얼리즘에 관한 단상」에 대한 논의로는 졸고 「문학의 새로움과 리얼리즘 문제」, 『문학의 새로움은 어디서 오는가』, 창비 2011 참조. 내가 본문에서는 백낙청이 리얼리즘을 폐기한 적이 없음을 지적했으나, 그가 "지혜가 한층 보편화된 세상의 예술은 아마도 '리얼리즘'이라는 거추장스럽고 말썽 많은 낱말을 더는 부릴 이유가 없기 쉽다"(『통일시대 한국문학의 보람』 412면)라고 그 자연스러운 해소를 전망하기는 했다.

적-재현적 체제'(poetic-representative regime) 그리고 근대/현대 특유의 '미학적 체제'(aesthetic regime)로 나뉜다. '시학적-재현적 체제'에서 '미학적-감성적 체제'로 도약하는 시발점에 위치한 랑씨에르의 사실주의는 결코 재현의 거부를 뜻하는 것은 아니지만 '닮음의 중시'(valorization of resemblance)보다는 '재현적 체제'의 위계질서를 전복하는 데 초점을 맞추고 있다. '위계질서의 전복'을 실감하는 데는 플로베르의 『보바리 부인』(*Madame Bovary*, 1856)에 대한 랑씨에르의 다음 논평이 도움이 될 것이다.

고귀한 주제도 천한 주제도 없다는 것이 플로베르가 표명한 반(反)아리스토텔레스적 진술이다. 시적인 소재와 산문적인 소재를 나누는 경계도, 고귀한 행위의 시적 영역에 속하는 것과 산문적인 삶의 영역에 속하는 것 사이의 경계도 없다는 뜻이다. 이 진술은 개인적인 신념이 아니다. 이것은 문학 그 자체를 구성하는 원칙이다. 플로베르는 이를 순수한 **예술**의 원칙으로 강조한다. 순수한 **예술**이란 소재에 어떤 위엄도 부여하지 않는 **예술**이라는 것이며, 이는 **예술**에 속하는 것과 비예술적인 삶에 속하는 것 사이의 경계가 없다는 뜻이다. (…) 그렇기에 예전의 순수문학 수호자들이 작가와 인물 간의 공모를 맹비난한 것이다. 그녀[에마]가 자극의 원천과 쾌락의 형식을 가리지 않는 '민주주의'를 구현하듯 그[작가]는 어떤 주제도 평등하게 다루는 '민주주의'를 구현한다. 그에게는 모든 것이 평등하다. 그는 인물들에 대해 똑같은 감정을 느끼며, 그들의 어떤 행위에 대해서도 개인적인 의견은 없다. 인물의 민주주의적 자극과 작가의 민주주의적 무감함은 동전의 양면이거나 같은 질병의 두가지 변종인 것이다.[9]

---

9 Jacques Rancière, "Why Emma Bovary Had to Be Killed," *Critical Inquiry* 34 (2008), 237면. 강조는 원문의 것이며, 번역은 인용자의 것이다.

랑씨에르에게 사실주의란 사실적 재현보다 감각체험에서의 자율성, 즉 기존의 어떤 경계에도 매이지 않는 철저한 '민주주의'를 뜻한다. 작가와 인물의 관계에서도 작가는 자기가 창조한 인물들에 대해 어떤 선호의 감정 없이 똑같은 무감함으로 대하는 '민주주의'를 수행하는 것이다. 이에 대해 백낙청이 제기하는 논점은 크게 두가지다. 즉 랑씨에르의 사실주의는 "'재현적 체제'의 위계질서를 전복한 점이 강조되고 근대의 도래와 더불어 예술에서 사실적 재현이 남다른 의미를 갖게 된 점에 대한 인식은 미흡해 보인다"[10]는 것이다. 그러고는 리얼리즘 문학의 도래가 뜻하는 바를 아리스토텔레스 시학의 명제를 빌려서 해명한 자신의 글을 인용한다.

> 즉 문학은 실제로 일어났기보다 일어남직한 일을 말해준다는 대원칙만은 그대로 남는다 해도, '일어남직한 일'의 정립에 있어서 실제로 일어났던 일, 일어날 수밖에 없거나 일어나야 마땅한 일 등에 대한 사실적(事實的) 인식 — 아리스토텔레스의 표현을 빌린다면 '역사가'의 인식 — 이 전혀 새로운 비중을 차지하게 되는 것이다. 사실주의의 사실성(寫實性)이 갖는 본질적 의의는 바로 이러한 역사인식·세계인식의 전환에서 찾아야 할 것이다.(77면)[11]

랑씨에르와 백낙청은 각각의 방식으로 아리스토텔레스의 '시학적-재현적 체제'의 원칙을 변혁하거나 수정한다. 랑씨에르의 사실주의가 시학적-재현적 체제의 위계질서를 무너뜨리고 '민주주의'적인 예술체제로 전환한다면, 백낙청의 리얼리즘은 시학적-재현적 체제의 문학론에서 '역

---

10 백낙청 「현대시와 근대성, 그리고 대중의 삶」, 『문학이 무엇인지 다시 묻는 일』 창비 2011, 76면.
11 백낙청 「리얼리즘에 관하여」, 『민족문학과 세계문학 II』, 창작과비평사 1985, 372면에서 재인용.

사가'의 인식 ─ 즉 역사와 세계에 대한 과학적·사실적 인식 ─ 의 의의
가 새로워진 예술로 나아간 것이다.

백낙청의 또다른 논점은 랑씨에르가 3단계의 예술체제를 엄격하게 구
분함으로써 생겨나는 부작용에 관한 것이다. 가령 랑씨에르가 미메시스
를 엄격한 위계질서의 시학이라는 의미의 '재현적 체제'로 규정함으로써
"일반적 의미의 미메시스(mimesis) 내지 재현이 모든 예술체제에 공존한
다는 사실이 흐려지고 만다"는 것이다. '윤리적 체제'의 구분에서도 비슷
한 문제점이 있음을 지적한 후, "예술작품은 아마도 태곳적부터 윤리적이
고 재현적이면서 미적(＝감각체험적)이기도 했으리라는 점이 랑씨에르
적 분류법의 도식적 적용으로 간과되지 말았으면" 한다고 결론짓는다.

랑씨에르 사실주의의 '민주주의'와 백낙청 리얼리즘의 '사실적 인식'
중시는 근대 예술론의 양축이라 할 만하며, 상호보완적인 면이 없지 않다.
하지만 랑씨에르 사실주의의 감각체험적 민주주의는 앞서 『보바리 부인』
에 대한 논평에서 보듯 플로베르의 작품만큼이나 '무정부주의적'인 면이
있다. 그것은 삶과 예술에서 모든 경계, 모든 금기를 무너뜨리는 해방적인
측면과 아울러 쓸데없이 온몸의 감각을 혹사하는 소모적인 측면이 함께
있다. 또한 작가가 인물들에 대해서 '똑같은 감정'을 느끼고, 인물들의 행
위에 대해서 아무런 개인적인 의견이 없다는 것이 예술적으로 꼭 바람직
한 것인지도 의문이다. 그래선지 앞의 인용문에서 "인물의 민주주의적 자
극과 작가의 민주주의적 무감함"을 "같은 질병의 두가지 변종"에 빗댄 표
현 쪽에 크게 공감하게 된다.

「객지」의 탁월성

황석영의 「객지」는 1970년대 이래 오랫동안 리얼리즘 문학의 본보기

로 꼽혀왔다. 그렇다면 발표된 지 40년이 지난 지금의 시점에서 「객지」는 '예술적'으로 얼마나 평가해줄 만한 작품일까. 반복적인 해석을 피하기 위해서는 전통적(맑스주의적) 리얼리즘의 관점과는 다르게 접근해볼 필요가 있다. 가령 랑씨에르가 「객지」를 읽고 어떤 반응을 보일지 가정해보는 것도 한 방법일 것이다.

앞서 거론한 랑씨에르의 '미학적-감성적 체제'와 『보바리 부인』에 대한 논평에 근거하여 판단하건대 랑씨에르는 「객지」를 굉장히 인상적으로 보고 높이 평가할 가능성은 있지만 『보바리 부인』만큼 철저하게 '미학적'인 작품으로 여기지는 않을 것 같다. 어쩌면 황석영의 초기작 가운데 오히려 「섬섬옥수」(1973)를 더 주목할지 모른다. 이 소설이야말로 한국판 『보바리 부인』이라고 부름직한 면이 있기 때문이다. 장편과 단편이라는 차이는 있지만, 두 작품 모두 주인공 여자가 세 남자와의 관계를 통해 겪는/즐기는 감각체험에 초점이 맞춰져 있다. 가령 「섬섬옥수」의 주인공인 여대생 박미리는 부잣집 아들 장만오와 시골 출신 고학생 김장환, 아파트 관리실의 공인 상수와의 관계를 거치면서 "자극의 원천과 쾌락의 형식을 가리지 않는"다. 인물에 대한 작가의 태도에서도 황석영 작품치고는 드물게 모든 인물에 대해 — 플로베르의 "민주주의적 무감함"까지는 아니라도 — 공평하게 거리를 유지하는 냉정함이 도드라진다.

「객지」도 물론 상당히 높은 점수를 받을 것이다. 이 소설은 노동자들이 자본주의 세상의 위계질서에 맞서는 서사적 차원의 '민주주의'뿐 아니라 '재현적 체제'의 위계질서를 전복하는 미학적 차원의 '민주주의'도 뚜렷하기 때문이다. 말하자면, 고귀한 주제와 천한 주제, 시적인 소재와 산문적인 소재, 예술적인 것과 비예술적 삶을 구분하고 양자의 우열을 질서화한 재현적 위계질서의 경계를 가로지른다. 그런데 이 가로지름의 방식은 『보바리 부인』이나 「섬섬옥수」의 그것과는 다르다. 두 소설의 경우 가로지름은 여주인공에게 대립항의 양쪽이 우열 없이 똑같은 감각체험의 대상이 된다는 뜻이지만,「객지」의 경우 파업이라는 중심 사건이 진행되고 주요 인물이 변화함에 따라 작품이 대립항의 어느 쪽에 속하는지 애매해지며 심지어 대립의 발상 자체를 무너뜨리기도 한다. 가령 밑바닥 노동자들의 궁핍하고 부박한 삶을 다룬다는 점에서 천한 주제, 산문적인 소재, 비예술적인 삶 쪽에 속하지만 그들이 삶다운 삶을 누리고자 함께 정치투쟁을 벌임으로써 주체로 변모하고 동료들을 위해 자기희생도 마다하지 않으면서 소설은 어느새 고귀한 주제, 시적인 소재, 예술적인 것과 구분할 수 없을 만큼 중첩된다.

「객지」는 그런 특이하고 발본적인 방식의 가로지름을 내장하고 있기에 보통의 사실주의(자연주의) 소설, 그리고 르뽀와 다른 깊이를 갖게 되었다. 당대 사회의 어둡고 비참한 구석을 들춰내 낱낱이 기록하려는 자연주의 서사와 르뽀 가운데는 고귀함과 천함, 시적인 것과 산문적인 것, 예술과 비예술의 경계를 넘지 못하는 경우가 허다하다. 서영인이『의자놀이』의 르뽀적 미덕을 높이 사면서도 "정작 주체가 되어야 할 노동자들의 목소리가 작가에 의해 대행된 서술 속에서 밀려나 있는 것은 아닌가 하는 의문"을 제기하고 "그들이 연민과 관심의 대상으로 타자화되는 것"을 우려할 때(28면) 그것은 자연주의 서사 일반의 취약성과 통하는 지점을 짚은 것이다.「객지」가 주는 감흥은 이와 전혀 다르다. 만약 서영인의 발언을 뒤집으면 그것이 바로「객지」의 미덕을 짚는 논평이 될 것이다.

하지만「객지」의 인물들이 감각체험의 차원에서『보바리 부인』의 엠마처럼 '민주주의적 자극'을 구현하고 있지 않음도 분명하다. 서해안의 '운지 간척공사장'에 모인 날품 노동자들은 마치 고립된 수용소에서처럼 고된 노동을 반복하면서 노동력을 유지할 만큼의 음식과 휴식을 취할 수 있을 뿐이고, 여흥이라곤 술과 노래가 고작이다. 그들의 감각에 '자극'을 주는 것은 한마디로 가혹한 노동과 감독자·착취자로부터의 부당한 압박이며, 파업과정에서 돈독해지는 동료들끼리의 연대감이 임계점으로 치닫는 그 '비민주적인' 자극과 신경 압박을 겨우 견디게 해준다. 요컨대 그들의 감각체험은 가혹하고 '비민주적'이고 척박하다. 하지만 한가지 변수가 있다. 파업에 참여하는 주체들, 아니 파업을 방해하려는 사람들까지 흥미진진한 정치드라마 같은 역동적 현실을 상당기간 '온몸'으로 체감할 가능성 말이다. 이를 감안하면「객지」는 감각체험의 차원에서도 결코 느슨하거나 빈곤하지 않다. 오히려 다양한 인물들의 지적·감성적 감각이 한껏 '자극'되어 팽팽한 긴장감을 유지한다. 이 점은 중국의 비평가 쑨 거(孫歌)가 '정말 뛰어난 부분'이라고 지목한 것과 밀접한 연관이 있다.

소설에서 정말 뛰어난 부분은 바로 정치투쟁, 특히 감정에 의지해 조직해낸 군중운동의 변화무쌍한 과정과 그 과정에서 매 순간순간 내려야 하는 판단의 중요성을 남김없이 잘 서술하고 있다는 것이다. 동혁이라는 인물의 상당히 출중한 정치적 판단력은, 그가 현실정치라는 것은 추상적인 불변의 '그 무엇'이나, 추상적인 정의의 개념으로 실행하고 해석할 수 있는 정태적인 대상이 아니라 매 중요한 순간에 주체가 선택하고 결단을 내려야 하는 동태적이며 역동적인 관계라는 것을 이해한 점에 잘 나타난다.「객지」는 바로 이러한 순간의 내재적인 몇몇 장력으로 구성되어 있으며, 매 결정적인 순간에도 항상 불확정성으로 충만해 있고, 또한 그로 인한 초조함과 회의로 충만해 있다.[12]

쑨 거는 이렇게「객지」의 탁월성이 '정치투쟁의 역동적 과정'을 적실하게 드러낸 데 있음을 강조한다. 쑨 거의 주장은 전통적인 리얼리즘론과 랑씨에르의 사실주의, 그 어느 쪽과도 완전히 부합되지 않지만 양자와

---

[12] 쑨 거「극한상황에서의 정치감각」, 최원식·임홍배 엮음『황석영 문학의 세계』, 창비 2003, 220면.

겹쳐지는 지점도 있다. 가령 리얼리즘 논자인 하정일(河晸一)은 "「객지」에서 파업이 갖는 두가지 의미, 곧 자본주의의 허구성이 낱낱이 밝혀지는 장이자 자본에 대한 최후의 저항수단이라는 의미가 분명해지는데, 파업을 매개로 이 두 축을 결합시키는 데 성공한 점만으로도 「객지」는 70년대 한국문학의 최고봉에 오르기에 손색이 없다"[13]고 상찬한다. 하지만 문학의 본령은 '현실정치'가 아니라 어디까지나 '정치적인 것' — 감각적인 것의 분배를 바꾸는 일 — 임을 강조하는 랑씨에르가 하정일의 주장에 동의할지는 의문이다. 파업이라는 '현실정치'의 진행과정을 사실적으로 재현하고 파업의 본질적 성격을 깊이 이해하는 것만으로는 여전히 '정치적인 것'이 되지 않기 때문이다.

그런데 인용한 쑨 거의 마지막 문장은 '현실정치'의 사실적 재현에 대한 이야기만은 아니다. 즉 결정적인 순간마다 주체의 선택과 결단이 요구되는 정치투쟁의 역동적 관계 속에서 '감각적인 것의 배분'에도 영향을 미치는 의미심장한 변화가 일어날 수 있음이 암시되는 것이다. 충만해 있는 '불확정성'과 '회의와 초조'는 그런 변화의 가능성을 일러주는 표지일 것이다. 쑨 거의 해석은 맑스주의 리얼리즘과 랑씨에르적 사실주의 개념 양자가 모두 놓치기 쉬운 「객지」의 예술적 탁월성 — 즉 '현실정치'(= '치안')가 어떻게 '정치적인 것'과 결합되는지를 실감케 하는 부분 — 을 포착한 것으로 보인다. 하지만 여기서 쑨 거가 탁월성으로 지목한 '정치투쟁의 역동적 과정'이란 것이 당대 한국의 현실과 노동자들의 일상에 대한 '사실적 인식' 없이는 애초부터 재현하기 불가능하다는 점을 숙고할 필요가 있다.

두 문학론이 가장 불일치하는 대목은 아마 인물(특히 주인공) 형상화

---

13 하정일 「저항의 서사와 대안적 근대의 모색」, 민족문학사연구소 현대문학분과 엮음 『1970년대 문학연구』, 소명출판 2000, 28면.

의 문제, 그리고 그와 연동되어 있는 작가와 주인공의 관계 문제일 것이다. 맑스주의 리얼리즘의 '전형성' 개념은 장편소설을 전제로 한 것이지만「객지」같은 중편에서도 흔히 준용되어왔다. 그런데「객지」의 주인공 동혁의 형상화(그리고 그와 불가피하게 연동되는 결말의 의미)에 대해서는 리얼리즘 논자들 사이에서도 의견이 나뉜다. 먼저 동혁이 발길에 채는 남포를 입에 문 상태에서 죽음을 결단하는 듯한, 결말 부분을 인용해보기로 한다.

그는 자기의 결의가 헛되지 않으리라는 것을 믿었으며, 거의 텅 비어버린 듯한 마음에 대하여 스스로 놀랐다. 알 수 없는 강렬한 희망이 어디선가 솟아올라 그를 가득 채우는 것 같았다. 동혁은 상대편 사람들과 동료 인부들 모두에게 알려주고 싶었다.
"꼭 내일이 아니라도 좋다."
그는 혼자서 다짐했다.[14]

이에 대해 성민엽(成民燁)은 "감동적임에도 불구하고 낭만적 허위의 색채에서 자유로울 수 없다"[15]고 일격을 가하고 하정일 역시 "동혁에 대한 이러한 영웅주의적 형상화는 인물의 현실성을 상당히 훼손하는 결과를 낳았고, 그것은 리얼리즘적 성취를 제약하는 가장 큰 요인"[16]이라고 결

---

14 황석영『객지』, 창작과비평사 1974, 103면. 작가는 발표 당시 뺐던 분신 부분을『황석영 중단편전집』(창작과비평사 2000)을 내면서 되살려놓았다. 추가된 부분에서 동혁이 남포의 심지 끝에 불을 붙이자 "작은 불똥을 올리며 선이 타들어오기 시작했다"는 말로 끝난다. 이렇게 분신자살의 정황이 분명해지면서, 그 전해인 1970년에 분신한 전태일과의 연관성이 더 뚜렷해졌다. 이에 대해 작가는 최원식과 나눈 대담에서 "어떻게 보면 발표본대로 꼭 내일이 아니라도 좋다, 하는 데서 자른 것도 나쁘지 않았던 것 같은데"라는 소감을 표했고 최원식도 그 의견에 동의한다. 황석영·최원식 대담「황석영의 삶과 문학」,『황석영 문학의 세계』, 43면.

15 성민엽「작가적 신념과 현실」,『한국문학의 현단계』, 창작과비평사 1984, 139면.

론짓는다. 이런 부정적인 견해들에 대해 임규찬(林奎燦)은 "'동혁'의 형상화는 아직 도래하지 않은 미래를 향한 외침이자 미래에의 전망을 달성하고자 하는 당대 현실의 경향에 새로운 생명을 불어넣는 작업이었다. 그렇기 때문에 이를 손쉽게 낭만화 혹은 영웅주의화로 명명하여 비판적으로 바라보는 것 자체가 잘못"이라고 맞받아치고 "전형적인 인물의 전인적인 창조보다는 '전형적 상황과 전형적 성격'의 창조에 주안점을 둔" 것이라고 반박한다.[17]

이 논의는 쉽사리 끝나지 않을 듯하다. 동혁의 마지막 결단은 어찌 보면 그 나이 또래의 혈기왕성한 청년이 정의감에 이끌려 저질러버린 과한 행동 — 시쳇말로 '오버'한 것 — 으로 보일 수도 있고, 전태일처럼 동료 노동자들을 위해 사심없이 자기 몸을 불사르는 '소신공양'(燒身供養)으로 보일 수 있기 때문이다. 작가는 후자를 의도했을지 모르나 작품에는 이렇게 애매하게 구현된 것이다. 그런데 이 애매한 형상화가 양쪽 중 어느 한쪽으로 확정될 때의 형상화보다 오히려 낫고, 그런 까닭에 분신이 암시될 뿐 확정되지는 않는 발표본이 수정본보다 낫다.

이렇게 보면 쏜 거가 상찬한 동혁의 '출중한 정치적 판단력'에 대해 작가가 "오랫동안 노가다판에서 분쟁을 겪어 선택의 감각이 예민해진" 덕분이 아니라 "단순히 그의 성격일 따름"(37면)이라고 서술한 대목에 주목할 필요가 있다. 이 설명은 얼핏 설득력이 떨어지는 것처럼 들린다. 그러나 동혁의 타고난 정치적 감각과 결말의 애매함이 맑스주의 리얼리즘의 다분히 상투화된 '전형성' — 이를테면 『강철은 어떻게 단련되었는가』(1934) 이후에 굳어진 노동자상 — 에는 맞지 않을지라도, 종종 본인도 해명하지 못하는 살아 있는 한 개인의 결정적인 행동으로서는 더 실감나

---

16 하정일 「민중의 발견과 민족문학의 새로운 도약」, 민족문학사연구소 엮음 『민족문학사 강좌』 하, 창작과비평사 1995, 264면.

17 임규찬 「「객지」와 리얼리즘」, 『황석영 문학의 세계』, 창비 2003, 165~67면.

는 면이 있다. 또한 중편치고는 상당히 많은 인물이 등장하는데, 작가는 그 각각에 대해 소설서사에 필요한 만큼의 형상화작업을 하면서 공감과 비판의 뉘앙스를 적절히 조절한다. 플로베르의 장편이나 자신의 「섬섬옥수」와는 전혀 다른 인물형상화 방식인 것이다. 그 효과로 인해 대위와 장씨 같은 주요 인물들이 고유한 개인으로서 실감되는 동시에 간척공사장 떠돌이 노동자 다수의 집단적 존재감과 움직임도 감지되는 것이다.

"꼭 내일이 아니라도 좋다"는 다짐으로 끝나는 결말에 대해서도 부정적인 견해가 많았다. 가령 황광수(黃光穗)는 "쟁의 자체의 의미에서 볼 때 '열려진 끝'이라기보다는 오히려 더이상의 가망성이 없는 '닫혀진 끝'으로밖에 생각되지 않는다. 이것은 물론 작가 자신의 개인적 역량의 한계이기도 하지만 60년대식 노동쟁의의 한계 (…) 무엇보다 떠돌이 노동자들로 구성된 공사판 그 자체가 지닌 소재적 한계이기도 하다"라고 비판한다. 황광수가 이처럼 「객지」의 여러 한계를 맹비판한 데는 소설의 결말이 조직적으로 대응해야 할 문제를 '개인적인 결단'으로 처리했을뿐더러 동혁의 마지막 다짐이 '근거 없는 낙관'을 퍼뜨림으로써 현실의 노동운동을 어렵게 만든다는 판단이 작동한 것 같다. 그러나 지금의 시점에서 분명해지는 것은 오히려 이런 비판을 추동했던 경직된 맑스주의 리얼리즘론의 한계들이다. 그후 산업화 시기를 거치고 세계적 규모의 대기업과 숱한 공장이 생겨나면서 상당수 한국 작가들이 산업노동자의 삶을 소설화하려고 시도했지만 노동하는 사람들을 다룬 소설로 이제껏 「객지」만큼 확실한 소설적 성취를 내놓지 못했다. 신경숙의 『외딴 방』(문학동네 1999)과 2000년대 이후 비정규직 노동자들의 삶을 깊숙이 파고든 젊은 소설가들의 몇몇 작품만이 「객지」와 견줄 만하다는 생각이다.

김애란 소설의 실험성과 대중성

황석영의 「객지」를 다시 읽으면서 '우리 시대의 「객지」'로 어떤 소설을 꼽을 수 있을까라는 물음이 줄곧 떠올랐다. 독서로 실감한 「객지」의 현재성 혹은 여전한 생명력에 대한 고민이 꽤 깊어졌을 때야 비로소 김애란의 소설집 『비행운』을 떠올릴 수 있었다. 물론 이 말이 다른 소설들은 우리 시대의 「객지」가 될 수 없다는 뜻은 아니며, 「객지」와는 성격이 판다른, 예컨대 2000년대 이래의 각종 실험적인 소설과 장르소설이 한국문학의 다양성과 언어적 혁신에 기여했음을 부인하는 것도 아니다. 『비행운』이 특별한 것은 「물속 골리앗」을 제한 대부분의 단편이 우리 시대의 노동과 삶을 '사실적'으로 다뤘다는 것뿐이 아니다.[18] 진정 주목할 대목은 대다수 비평가들이 전제하듯 소설의 실험성과 창조성이 반사실주의 혹은 반재현주의에서만 나오는 것이 아니라는 것, 오히려 우리 시대 문학의 창조적 활력이 사실주의에 내포된 실험성과 창조성을 얼마나 끌어내느냐에 크게 좌우되리라는 것을 보여준 점이다.

중편인 「객지」를 『비행운』의 어느 한편과 비교하는 것은 무리겠지만, 몇편을 함께 고려한다면 그럴듯하다는 생각이다. 그중 「하루의 축」「너의 여름은 어떠니」「서른」을 사실주의의 실험성에 초점을 맞추어 논하기로 한다. 육체노동의 현장을 다룬다는 점에서 「객지」와 가까운 작품은 인천공항 여자화장실 청소부의 하루를 추적한 「하루의 축」이다. 이 작품의 새로운 점은 한 평자가 재치있게 평했듯 "그간 김애란 소설의 중심인물이 '알면서도 모른 체하는 인물'이었던 반면, 이 소설의 중심인물은 '정말로

---

18 「물속 골리앗」을 논의에 포함시키지 않는 것은 사실주의적 규율을 벗어나기 때문이지 그렇다고 리얼리즘 소설이 아니라는 뜻은 아니다. 이 소설의 비범함에 대한 논의는 숙제로 남겨둔다.

알지 못하는 인물'인 것"[19]이다. 사실 소설은 기옥씨가 자신의 삶과 세계에 대해 제한된 인식밖에 갖지 못했음을 수시로 일깨운다. 이 소설은 이를테면 제한된 인식의 주인공을 통해 독자로 하여금 그가 처한 현실을 읽게 하는 일종의 '실험'이다.

먼저 김애란 소설에서는 생활과 삶이 밀접하게 연관되나 등치되는 것이 아님을 알아둘 필요가 있다. 이것이 그의 소설만의 특성은 아니지만, 그의 소설문법의 기초이자 사실주의 실험의 바탕이기 때문이다. 「하루의 축」의 기옥씨에게도, 「너의 여름은 어떠니」의 서미영에게도, 「서른」의 수인에게도 일상적으로 영위되는 '생활'의 차원과 "정말 살아 있다는 그 느낌"[20]의 충만한 '삶'이라는 또다른 차원이 있다. 그런데 비정규직 노동자에게는 '생활'을 유지하는 것 자체가 만만찮고 '생활'이 무너지면 그들은 곧바로 '생존의 차원'으로 내몰린다. 「객지」의 동혁과 대위에게도 '생활'과 '삶'의 차이가 중요하게 작동한다. 노동판에서 하루하루를 견디고 살아가는 '생활'이 중요하긴 해도 그것이 그들이 바라는 '삶'은 아니기에 투쟁에 나서는 것이다.

기옥씨는 무식할지언정 '생활'과 '삶'의 차이를 '감'으로 구분할 줄 안다. 그녀에게 '삶'이 가능하려면 교도소에 있는 아들 영웅이 달라져야 한다. 아들이 불행한 상태에서 그녀가 '삶'을 제대로 누리는 것은 불가능하다. 사실 아들이 교도소에 가는 순간부터 생긴 기옥씨의 스트레스성 원형 탈모는 "어느새 수박만큼 커진"(191면) 상태이다. 그러나 기옥씨는 온전한 '삶'은 아닐지라도 그냥 '생활'의 차원에 머물지는 않으려고 애쓴다. 그래서 추석 전날 자신을 위해 음식을 장만한다. "기옥씨는 음식으로 자기 몸

---

19 정실비 「돌아오는 문장, 실패하는 독서」, 『문학동네』 2012년 여름호 583면. 앞으로 이 글에서의 인용은 면수만 밝힘.

20 박민규 『죽은 왕녀를 위한 파반느』, 예담 2009, 300면. 박민규 소설에서도 생활/삶의 구분이 중요하다.

에 절하고 싶었다. (…) 시간에게, 자연에게, 삶에게 '내가 네 이름을 알고 있으니, 너도 나랑 사이좋게 지내보자' 제안하듯 말이다. 기옥씨는 그걸 '말'이 아닌 '감'으로 알았다."(178면) 즉 소설은 기옥씨가 인식은 제한되었을지언정 '정말로 알지 못하는 인물'이라기보다 "'말'이 아닌 '감'으로" 중요한 것을 많이 알고 기본적으로 건강한 인물임을 보여준다.

이 소설의 사건은 이렇다. 기옥씨는 하루의 노동이 끝난 후에야 아들의 편지를 읽는데 기대와 달리 "엄마, 사식 좀"(197면)이라는 딱 한마디밖에 발견하지 못한다. 그녀는 넋 나간 듯이 앉아 있다가 파트장에게 가서 '부평 아줌마'가 억지로 떠맡은 추석 근무를 자청한다. 그러나 모자를 챙겨 쓰지 못해서 "가운데 머리가 통째로 없어 마치 암 환자"(201면) 같은 그녀의 간청하는 모습이 파트장의 눈에는 괴상망측하게 보였다. 남는 물음은 기옥씨가 아들 편지에 낙심한 후 왜 야근을 자청하느냐이다. 그녀는 '감'으로 행동했을 터이므로 확답하기는 어렵다. '삶'의 희망이 사라지자 '생활'전선으로 돌아와 아들의 '사식'비라도 벌겠다는 건지 아니면 자기는 무산된 '삶'을 동료인 '부평 아줌마'라도 누릴 수 있게끔 해주겠다는 건지 애매하고, 아마 양쪽 다일 수도 있다. 분명한 것은 "마치 좋아하는 남자에게 고백이라도 하듯"(201면) 부탁하는 기옥씨의 간절함과 원형탈모의 섬뜩함이 합쳐진 그 장면이 무척이나 그로테스크하다는 것이다.

기옥씨의 성공적인 형상화에는 특이한 시점 운용이 요긴한 역할을 한다. 독자는 마치 리얼리티 프로그램의 카메라를 따라가면서 기옥씨가 체험하는 노동과 삶의 현장을 들여다보는 동시에 그 카메라의 제한성을 일깨워주는 더 큰 시선을 느낀다. 이를테면 기옥씨를 따라가는 시선과 그 시선 너머를 비춰주는 시선이 동시에 작동하는데, 두 시선이 따로 움직이다가 하나로 합쳐지기도 하면서 예기치 못한 소설적 효과를 빚어낸다. 즉 르뽀나 다큐멘터리 같은 자연주의적 사실성의 효과를 거두는 동시에 그 시선에 갇히지 않는 것이다. 기옥씨를 따라가는 시선이 포착한 장면으로,

가령 이런 대목을 보라.

　기옥씨는 양동이를 들고 이제 막 누군가 용무를 보고 나온 자리로 들어
갔다. 그런데 문을 열자마자 안쪽에서 훅하고 피비린내가 끼쳤다. 방금 전
덩치 큰 백인 여성이 어두운 얼굴로 지나간 자리였다. 어쩐지 눈도 안 마주
치고 급히 자리를 뜨더라니. 기옥씨는 경험상, 가끔은 피 냄새가 똥 냄새보
다 역하다는 걸 알고 있었다. 물론 최악은 '생리 중인 여자가 똥을 누고 간'
경우였다. 기옥씨는 미간을 찌푸리며 탈취제를 뿌리고 변기 앞에 쪼그려
앉았다. 그러곤 꽃처럼 활짝 벌어진 따끈한 생리대를 보며 역시 화장실은
여자가 남자보다 더 더럽게 쓴다는 걸 확인했다.(185면)

　기옥씨의 '공감각적'인 체험과 경험상의 논평을 통해 제시된 국제공항
여자화장실의 광경은 중년 여인의 시선과 감각이 스며 있어 더 생생하게
느껴진다. 이런 노동현장의 생생한 묘사, 나아가 기옥씨가 감지하는 세계
에 대한 뛰어난 사실적 재현은 「객지」에도 뒤지지 않는다.
　또 하나의 시선은 기옥씨가 이해하는 반경 너머의 세계를 보여준다.
"현대의 복잡하고 거대한 시스템이 정적(靜的)으로 평화롭게 돌아갈 때,
그 무탈함이 주는 이상한 압도, 안심, 혹은 아름다움 같은 것이 공항에는
있었다. (…) 시커먼 타이어 자국이 밴 활주로 사이로 휘이- 시원한 가을
바람이 지나갔다. 정차된 항공기들은 모두 앞바퀴에 턱을 괸 채 눈을 감
고 그 바람을 느끼고 있었다. 어느 나라에서 불어와 어떤 세계로 건너갈
지 모르는 바람이었다. 몇몇 항공기는 탑승동 그늘에 얌전히 머리를 디민
채 졸거나 사색 중이었다"(176면)라고 서술할 때 그 시선은 기옥씨 너머로
자유롭게 움직인다. 소설의 서술 대부분은 이 두 시선의 조합이다. 그러
므로 "작가는 공항을 오가는 세계 각국의 사람들이 흘리고 간 쓰레기들이
모이는 곳에 주인공을 위치시켜, 세계의 불가해성을 상징적으로 표현해

낸다"(582~83면)라고 해석하는 것은 두 시선의 의미를 충분히 감안한 독법은 못 된다. 두 시선, 이를테면 작가와 인물의 시선을 가려서 읽으면 우리는 '세계의 불가해성' 한가운데서도 자신의 노동에 충실한 한 중년 여자를 실감하게 된다.

기옥씨는 김애란 소설에서 작가의 '분신' 같은 느낌을 완전히 떨쳐버린 새로운 유형의 주인공이다. 작가가 주인공을 자기화하지도 상투화하지도 않고 끝까지 직시했다는 느낌이 든다. 오래전부터 비정규직 중년 여성 노동자들이 늘어나고 있음에도 그들을 제대로 구현하지 못한 한국소설에 기옥씨의 출현은 뜻깊은 성취다.

「너의 여름은 어떠니」는 주로 1인칭 화자 서미영의 시점을 따라가지만 준이 선배가 또다른 시점 역할을 한다. 여기서도 시선은 하나가 아닌 둘인데, '생활'과 '삶'의 두 차원을 놓고 두 시선이 벌이는 '대화적' 관계가 눈길을 끈다. 이 소설의 주된 관심사는 한 구체적인 개인이 '타자'라 불리는 다른 사람과 어떻게 진정한 관계를 맺을 수 있느냐에 맞춰져 있다. 소설은 이런 타자성의 탐구를 '삶'과 '생활'의 두 차원과 관련시키되 후자와의 관계를 집중적으로 다룬다. 미영은 선배에게 자신의 궁핍한 '생활'을 보이고 싶지 않지만 선배는 오히려 미영에게서 '생활'이 보여서 좋다고 한다. 그 순간 미영은 "이제부터 이 사람을 본격적으로 좋아해야겠다고 다짐"(24면)한다. 인생은 언제나 '삶'을 향하지만, 타자로부터 '생활'의 차원을 인정받지 못하면 모든 것이 무너지는 지점이 있다. '생활'이 '삶'의 보루이자 타자성의 진정성을 시험하는 일차적인 지표가 되는 까닭이 여기에 있다.

타자성의 탐구에서 감각체험에 초점이 맞춰진다는 것도 눈여겨볼 만하다. 케이블TV의 조감독이 된 선배는 미영에게 자신이 맡은 프로그램에 출연해달라고 부탁한다. 선배의 꼬드김과 간곡한 요청에 멋모르고 출연한 미영은 숨기고 싶은 자신의 뚱뚱해진 '몸'을 오히려 적나라하게 드러내야 하는 곤욕을 치른다. 그것이 선배 쪽의 원래 의도였음을 알고는 배신감까지 더해진다. 더 의미심장한 감각체험은 피디로부터 쌍욕을 들으면서도 '생활' 전선에서 살아남으려는 선배의 안간힘이 미영의 팔뚝을 잡는 행위를 통해 전달되는 대목이다. "선배가 다급히 내 팔뚝을 잡았다. 손바닥이 땀으로 축축하게 젖어 있었다. (⋯) 선배는 손에 계속 힘을 주고 있었다. 얼마나 세게 쥐었던지 팔뚝이 아릴 정도였다."(33면) 선배는 삐쳐서 도망치듯 가버리는 미영을 달래려고 또 한번 미영의 팔뚝을 완강하게 잡는다.(37~38면) 미영은 병만의 장례식 문상까지 포기하고 집으로 돌아와 검은색 정장 차림으로 누워서 '여덟살, 여름방학 때의 일'을 떠올린다. 그 추억의 핵심은 병만이 물에 빠진 미영을 구하는 장면이다.

생전 처음 겪는 공포가 밀려왔다. 아득하고 설명이 안 되는 두려움이었다. 나는 점점 가라앉고 있었다. 더이상 버티기 힘들었다. 그런데 그때 누가 내 손을 잡는 게 느껴졌다. 순간 있는 힘을 다해 그 팔을 잡았다. 어디서 그런 힘이 나오는지 알 수 없었다. 내 손을 잡을 이가 아플 거란 걸 알았지만 손에서 힘을 뺄 수 없었다. 아니, 그럴수록 그 팔을 더욱 세게 잡게 되었다. (⋯) 그리고 가까스로 뭍으로 나왔을 때 물에 흠뻑 젖은 채 창백해진 병만의 얼굴을 보고 말았다. 누군가의 손톱자국을 따라 깊게 홈이 파인, 살짝 핏물이 맺힌 채 시퍼렇게 멍이 든 그 애 팔뚝도⋯⋯(41~42면)

병만의 팔뚝에 새겨진 손톱자국과 멍 때문이기라도 한 듯 얼마 후 미영은 통증을 느끼고 선배가 자기 팔뚝에 남긴 '멍'을 발견한다. 곧이어 깨달음의 순간이 밀어닥친다. "내가 살아 있어, 혹은 사는 동안, 누군가가 많이 아팠을 거라는 생각이 들었다. 나도 모르는 곳에서, 내가 아는, 혹은 모르는 누군가가 나 때문에 많이 아팠을 거라는 느낌이"(44면) 들었다. 그후 미영이 "손톱으로 그렇게 눌리면 아팠을 텐데⋯⋯"(44면) 하면서 크게 울어버린다. 미영은 병만의 죽음을 애도한 것이다. 김애란 소설에서 '물'이 지 닌 원초적 생명력을 감안하면, 병만이 미영을 구하는 장면은 대단히 사실 적이면서 고도로 상징적이다. 그것은 위급한 순간의 생생한 재현이자 구 조자나 피구조자에게 모두 '재생'의 의미를 갖는 상징성을 띤다.

　타자를 '타자화'시켜 배제하지 않고 존중하는 방식도 여럿일 수 있다. 하나는 들뢰즈식의 '타자-되기'(becoming) 방식이고 다른 하나는 아감 벤(G. Agamben)식의 '있는 그대로의 존재'(whatever being) 방식이다. 전 자가 소수인 타자 쪽으로 자기 존재를 변모시키는 방식이라면 후자는 나는 나대로 타자는 타자대로 각각의 '고유성'을 지키는 방식이다. 이 소 설을 통해 김애란이 보여준 방식은 그 중간쯤이다. 즉 타자의 필사적인 요청에 응하여 실제적인 도움을 주고 '몸'으로 아파하되 나는 나됨을 타 자는 타자됨을 지키는 방식이다. 이런 점에서 이 소설은 이런 타자성의 심오한 문제를 '생활'인의 감각으로, 사실적이되 상징적인 언어로 탐구한 수작이다.

　「너의 여름은 어떠니」의 주제를 이어받아 '타자성의 윤리'를 묻는 작품 이 「서른」이다. 하지만 「서른」은 한 개인의 윤리적인 문제에 국한되지 않 고, 한국 자본주의 현실의 핵심을 찌르는 깊고 애절한 울림을 지니고 있 다. 이 울림은 「서른」이 편지 형식을 취하는 것과 불가분의 관계다. 「서 른」의 비범함은 무엇보다 서간체 형식의 특성을 우리 시대의 인간관계와 노동의 성격을 심층적으로 탐사하는 데 걸맞게 구사한 데 있다. 일견 소 품처럼 보이는 「서른」은 이런 점에서 대담한 발상의 작품이다. 그 울림에 주목하여 몇몇 중요한 점만 거론하기로 한다.

　"언니 잘 지내요? 언니를 언니라 불러보는 게 얼마 만인지 모르겠어 요"(289면)라고 시작되는 편지는 서른의 나이가 된 수인이 10년 전에 함께 독서실 방을 썼던 성화 언니에게 보내는 편지다. 이 평범한 인사가 이 소 설을 다 읽은 다음에는 마음을 에는 아픈 언어로 변모한다. 수인한테는

'언니를 언니라 불러보는 게' 바로 '삶'인 것이다. 수인의 말에 이런 애절함이 서리는 것은 그녀가 다단계판매 업체에서 빠져나오기 위해 학원강사 시절 자기를 따르던 수강생 혜미를 끌어들인 행위에 대한 죄책감과 떼어놓을 수 없다. 수인 자신도 예전 남자친구의 꼬임에 넘어가 인생 막장 같은 곳으로 들어갔던 것과 똑같이. 하지만 이런 직접적인 애절함의 표현은 편지라서 가능한 것이기도 하다. 이를테면 신체적인 접촉은커녕 맞대면도 일어나지 않는데도 감성적 강도는 앞서 거론한 두 작품의 경우보다 오히려 더 절절한 것이다.

이 점은 혜미가 수인한테 보낸 마지막 문자메시지 ─ "샘 여기 분위기 쩔어요. 원래 이런 건가염. 샘 배고파요. 밥 사주세염. 샘 왜 제 문자 씹어요. 샘 전화 좀. 샘 어디세요. 샘 전화 한번만. 샘 저 좀 꺼내주세요……"(317면) ─ 에서도 마찬가지다. 요즘 신세대의 시시껄렁한 SNS 어투지만, 마치 어린 미영이 물에 빠졌을 때 느꼈던 공포와 절박감이 묻어나는 것이다. 독자인 우리가 혜미로부터 직접 문자를 받은 것도 아니고, 혜미가 수인한테 보내고 수인이 성화한테 편지로 알려준 문자를 훔쳐보듯 읽을 뿐인데도 그 감성적 울림이 마음에 직방으로 와닿는 것이다. 수인의 편지와 혜미의 문자는 감각체험 없이 곧장 독자의 마음에 꽂히는데, 이 점이 오늘의 역설적 현실에 방불하다. 직접적 감각체험 역시 그 종착지가 '마음'이라면 오늘날 젊은이들의 감각이 마음에 직통하는 가상성의 회로에 접속되어 있는 꼴이기 때문이다.

가상성이 높을수록 직접적이고 본질적일 수 있다는 것은 오늘날 노동의 성격에서도 관찰된다. 「객지」의 공사장 막노동에서 「오늘의 축」의 화장실 청소, 「너의 여름은 어떠니」의 방송서비스 노동, 「서른」의 '전화질'을 통한 판매에 이르는 변화는 노동의 성격이 근력 중심에서 감정-신경 중심으로 이행하면서 노동에서 가상성의 비중이 점차 높아지는 경향을 보여준다. 그런데 이 변화는 노동이 자본주의가 발달함에 따라 변질을 겪는 것이라기보다 노동의 본질이 더 순수한 형태로 나타나는 측면이 있다. 가령 수인은 "어느 날 정신을 차리고 보니 제가 팔고 있는 게 물건이 아니었더라고요. 제가 팔고 있던 건 사람이었어요"(307면)라고 말하는데, 이는 일차적으로는 다단계판매의 특수성 — 즉 안면있는 사람한테 터무니없는 값으로 물건을 파는 일은 '인간관계'를 파는 일이라는 것 — 을 가리키지만, 자본주의체제의 근본 속성을 가리키는 것일 수 있다. 노동하는 것은 노동력을 파는 일인데, 다단계판매 노동은 다른 사람의 노동력을 파는 일이라고나 할까. 어쨌거나 분명한 것은 「객지」에서 간척공사 막일이 노동의 막장이라면 청년실업, 고액등록금 등의 기제를 통해 대학생들을 '객지' 노동으로 동원하는 다단계판매야말로 우리 시대 노동의 막장이라는 점이다.

「객지」에서 '객지'의 의미는 산업화 초기에 농민들이 도시로 일자리를 찾아 떠도는 이농현상과 밀접한 관련이 있다. 작품 속 떠돌이 노동자들은 산업화시대를 거치면서 상당수 흡수되지만 그것은 한국민의 상당수가 객지에 정착했다는 뜻이기도 하다. 그런데 1990년대 후반부터 수도권집중화가 전일화되면서 지방학생들이 수도권에 몰리는 현상이 점증했다. 수인이 "과거에는 대학생이 학생운동을 했고, 지금은 다단계판매를 하게 됐다"(305면)고 말할 때의 지금의 대학생은 수인처럼 주로 지방학생들이다. 그 「객지」의 떠돌이 노동자들의 후예가 바로 (지방 출신) 대학생들인 것이다. 그들의 자리를 이어받을 '산업예비군'도, 수인이 "언니, 요즘 저는 하얗게 된 얼굴로 새벽부터 밤까지 학원가를 오가는 아이들을 보며 그런 생각을 해요./ 너는 자라 내가 되겠지……겨우 내가 되겠지"(297면)라고 할 때 그 아이들(고등학생, 재수생)이다. 우리 시대의 노동현실은 교육현실과도 밀접하게 연관되어 있다는 것이다.

혜미의 문자메시지는 「너의 여름은 어떠니」의 영미가 물에 빠졌을 때 누군가에게로 손을 뻗친 필사적인 몸부림 혹은 준이 선배가 직장에서 살아남기 위해 전화로 "안 되겠니? 안 되겠지?"(28면)라고 애절하게 간청하는 것과 진배없다. 다행히 병만이 영미에게 손을 내밀었고 영미도 선배의 간청을 뿌리치지 않았다. 그러나 수인은 혜미의 간절한 요청을 회피한다. 빛과 인간관계의 파탄으로 자살을 시도한 혜미는 지금 식물인간이 되어 병원에 누워 있다. 수인이 깊은 죄의식을 느낀다는 것은, 혜미의 문자메시지가 수인의 팔뚝을 잡을 수는 없었지만 수인의 마음에 또렷한 멍을 남겼다는 것이다. 수인이 혜미가 입원한 병원을 찾아가느냐 마느냐의 여부를 '열린 결말'로 처리한 데 대해 정홍수(鄭弘樹)는 "'나'가 살아남기 위해서는 망각과 부인, 회피의 환상이 불가피하다. 혜미의 병실 방문을 주저하고 망설이는 대목에서 소설을 끝낼 수밖에 없는 사정이 여기에 있었을 것이다. 그러나 뒤집어 생각하면 이것은 하나의 타협이 아닌가"[21]라고 반문한다. 어느 쪽을 택해야 타협이 안 되는 것인지 궁금한데, 적어도 예술적으로는 이 열린 결말이 가장 '윤리적'인 것이 아닐까 싶다. 수인의 고독한 결단은 피해자-가해자의 연쇄를 끊는 하나의 계기가 될 것이고, 소설을 읽는 독자는 수인의 윤리적 결단 여부와 상관없이 이런 비극을 낳는 사회를 직시하게끔 마음을 움직일 것이기 때문이다.

맺음말

황석영의 「객지」를 다시 읽을 때의 감흥은 특별했다. 그 현재성이 어디서 오는가를 생각해보니 소설 속의 흥미진진한 이야기와 그와 대조적인 건조하고 정확한 소설언어가 만들어낸 결과가 아닐까 싶다. 황석영 소설 서사 특유의 긴장감과 박동감이 결코 부차적인 예술적 자원이 아님은 앞

---

21 정홍수 「세상의 고통과 대면하는 소설의 자리」, 『창작과비평』 2012년 겨울호 39면.

서 웬만큼 짚어보았다. 그런데 이와 결합된 이야기의 내용 자체가 설득력을 잃는다면 예술적 긴장감은 한순간에 사라진다. 「객지」는 「한씨연대기」와 아울러 한국전쟁기에서 산업화시대에 이르는 한국사회의 모순과 갈등의 핵심을 예리하게 파고들었기 때문에 지금도 예술적 생명력을 누리는 것이 아닐까 싶다. 부박한 떠돌이 일용노동자들의 파업(정치투쟁) 이야기에 새겨진 그때의 모순과 갈등이 설령 그때와는 다른 얼굴을 하고 있어도 지금 계속되고 있기에 「객지」의 이야기가 절절이 와닿는 것이다. 이런 의미에서 황석영의 「객지」는 '우리 시대의 「객지」' 1호인 것이다.

김애란의 「하루의 축」 「너의 여름은 어떠니」 「서른」은 우리 시대의 각각 다른 노동현장을 답사하고 '생활'과 '삶'의 차원 혹은 '생활인'과 '예술가'의 감각을 오가면서 종요로운 예술적 실험과 탐구 작업을 수행한다. 각각의 단편은 그 울림과 방향은 다르지만 모두 '생활'이라는 시련의 불길을 거치는 '삶'이라야 참된 예술임을 암시한다. 사실적인 동시에 상징적인 언어, 생활감각적이면서 '삶'의 꽃피움에 민감한 감수성은 그의 소설이 널리 읽히면서도 예술적인 활력과 긴장을 잃지 않는 이유이다. 따지고 보면 그의 이런 소설언어와 창의적인 이야기는 대중이 실제로 쓰는 언어와 대중적 삶에서 끌어낸 것이 아닐까 싶다.

리얼리즘 문학의 총체성과 전형성을 다시 들여다보자는 제안이 나왔지만 단편들에서 이런 개념을 적용하기는 무리일 것이다. 하지만 김애란의 단편들은 우리 시대 현실의 핵심적인 면모가 무엇인가에 대한 예술적 촉각이 곤두서 있기에 쓰일 수 있는 이야기임을 실감한다. 그런 의미에서 세 소설이 모두 나름의 전형성을 띠고 있지만 그중에서도 「서른」의 실험성과 창조성은 놀라우며, 여러 「객지」들 가운데서도 가장 돋보인다.

황석영 「객지」에 대해서도 그랬듯이 김애란 소설의 '열린 결말'에 대해서도 논란이 많다. 필자가 실감한 바로는 그의 소설의 중심인물들은 섣부른 낙관도 절망도 하지 않고 가혹한 시대현실의 한복판을 통과하고자 한다. 그가 새 장편 연재를 시작하면서, "어떻게 하면 절망의 감미(甘味)에 빠지지 않으면서도, 섣부른 낙관에 기대지 않고 이곳에서 걸어나갈 수 있을지 고민해보고 싶다"(문학동네 2013년 봄호 365면)고 밝힌 것은 문학에 큰 희망을 건 작가만이 보일 수 있는 자세일 것이다.

가족의 재구성

◆

가부장제와 근대주의를 넘어서

근대화와 가족서사: 신경숙

가족서사는 근현대 한국문학에서 큰 비중을 점하면서 중심적인 흐름을 형성해왔다. 근대의 여러 사회집단 가운데 가족은 기초 단위이자 학교와 더불어 사회성원들이 그 사회의 주요한 가치를 전수하고 훈련받는 교육의 장이기도 하다. 그런데 유교적 가부장의 권위와 혈연적 유대가 유별나게 강했던 한국사회에서는 서구에서라면 정부와 기업, 시민사회가 수행할 법한 일의 상당부분을 가족이 떠맡기도 했다. 가령 근대화 과정에서 산업화에 필요한 싼 값의 노동력 제공뿐 아니라 육아와 가사, 노령인구 돌보기의 책임까지 도맡은 것이 가족이었다. 국가가 별다른 보상이나 지원 없이 '근대화의 산업역군'을 요청했을 때 그에 부응한 쪽이 기업이나 시민사회가 아니라 가족이었다고 해도 과언이 아니다. 세계사에 유례 없을 정도로 급격하고 복합적인 '압축적 근대성'을 달성한 주된 동력으로 강력한 가족주의의 전통이 꼽히는 것도 이 때문일 것이다.[1]

놀라운 '압축적 근대성'의 성취를 가능케 한 요인들 가운데 한국전쟁 이후 한반도에 구축된 분단체제의 구조적 영향력을 빼놓을 수 없다. 분단국이 아니었다면 남북의 위정자들이 그토록 격렬하게 체제경쟁에 열 올리지 않았을 것이며, 그토록 속전속결의 급속한 근대화로 내달을 이유도 없었을 것이다. 사실인즉, 각각 미국과 중국·소련의 지원을 등에 업은 남북한의 집권세력이 허약한 정통성을 보완하는 체제옹호 이데올로기로서 근대적 개발주의를 내세움으로써 사회의 문화적·정치적 지형이 심각하게 왜곡되기도 했다. 가령 유럽의 경우와는 달리 남한에서 좌우파 간의 이념적 대립은 더 나은 체제를 위한 사회적 공론과 다원적 민주주의로 발전하지 못했고, 남한 정부는 독재에 반대하는 개인과 가족을 빨갱이로 몰고 종종 국가폭력을 동원한 가혹한 탄압을 하기도 했으니, 이는 분단체제의 위력이 작동한 탓이 크다. 이런 이념적 기형성과 국가폭력의 기원을 성찰하는 가족서사는 한국 근대문학의 수작들을 낳았는데, 그중에서 황석영의 「한씨연대기」(1972), 현기영의 「순이 삼촌」(1978) 그리고 박완서의 「엄마의 말뚝 2」(1981), 『그 많던 싱아는 누가 다 먹었을까』(1992)와 『그 산이 정말 거기 있었을까』(1995) 등을 우선 꼽을 수 있겠다.

압축적 근대화는 특히 농촌 가족이 분해되어 도시로 이동하는 이농현상을 통해서 급속하게 추진되었다. 가령 신경숙의 『외딴 방』(1995)이 실감나게 보여주듯, 1960, 70년대의 전형적인 농가는 자식들을 도시로 내보냄으로써 광범위한 영역에서 도시화와 산업화를 동반하는 본격적인 근대화[2]의 적극적인 참여자가 되었다. 근대화에 참여하는 길은 교육과 노동이

---

1 장경섭은 '압축적 근대성'의 개념을 중심으로 한국사회의 근대화를 분석하면서 "세계사에도 유례가 없는 급격한 경제적, 정치적, 사회적, 문화적 변화를 겪어온 한국사회는 그 압축적 변화의 이면에 가족주의 질서가 꾸준히 강화되는 독특한 모습을 보였다. 한국인들은 가족주의에 기초한 '압축적 근대성'(compressed modernity)을 일구어왔다고 할 수 있다"고 주장한다. 장경섭, 『가족·생애·정치경제: 압축적 근대성의 미시적 기초』, 창비 2009, 15면 참조.

2 한국사에서 '근대화'(modernization)의 시점을 언제로 잡을 것인가에 관해서도 논의가

라는 두 경로인데, 대다수 농촌가정은 자원이 빠듯했으므로 도시에서 누가 공부를 계속할지 누가 공장에 취직할지 선택해야만 했다. 당시에는 가족의 재생산 문제의 경우 가부장제적 질서에 따라 거의 예외 없이 아들에게 우선권이 주어졌다. 대학교육을 받은 사람이 정부나 기업의 요직에 앉게 되면 '근대화의 산업역군'을 지휘하는 엘리트 계층이 되므로, 가부장제는 근대화 과정에서 남녀차별을 구조적으로 온존하고 강화한 측면이 있다.[3] 고향에 남아서 가족성원을 뒷바라지하는 부모 역시 근대화의 숨은 참여자였다. 직접적으로는 새마을운동 같은 농촌지역의 근대화 바람을 피할 수 없었거니와 도시에서 '근대화의 역군'으로 나선 자식들의 아낌없는 지원자 역할을 했기 때문이다.

본격적인 근대화가 시작된 지 한 세대가 지난 1990년대~2000년대에 이르러 한국사회는 눈부신 성장을 이룩하고 G20에 참여하는 경제대국이 되었으니, 실로 '압축적 근대화'를 완수했다고 할 만하다. 그 짧은 시기에 근대화의 주체랄 수 있는 가족의 변모 역시 아찔할 만큼 급격했다. 신경숙의 『엄마를 부탁해』(2008)는 핵가족 형태로 바쁘게 살아가는 도시의 자식들이 고향을 지키는 부모의 존재를 거의 잊고 있음을 환기시킨다. 낯선 서울의 지하철역에서 아버지가 엄마를 잃어버리는 순간은 대단히 사실적으로 그려져 있는데, 이는 곧 전통적인 가족과 가부장제의 종언을 예고하

분분하다. 여기서 한국의 근대화는 서양의 근대 문물이 유입되기 시작하는 조선시대 말의 개항에서 시작되어, 수탈과 군사기지화를 겨냥한 일제강점기의 부분적인 산업화 및 근대화를 거쳐, 전 국토를 대상으로 개발주의 정책이 추진되어 광범위한 산업화와 도시화가 이뤄지는 박정희 시대(1960~86)에 본격화되었다고 본다. 이 글에서는 박정희 시대를 본격적인 근대화의 시기로 파악하고 이를 주로 지칭한다.

3 이 글에서 '가부장제'(patriarchy)는 가장인 아버지가 가족성원에 대하여 강력한 권한을 가지고 가족을 지배·통솔하는 봉건적 가족형태에 국한되지 않고 성인 남자가 권력을 쥐고 여성과 아이는 종속적 위치를 차지하는 근대적인 가족 및 사회 제도 일반을 지칭한다. 이 용어에 대한 좀더 상세한 설명은 Lorraine Code, ed. *Encyclopedia of Feminist Theories*, London and New York: Routledge 2000, 378~79면 참조.

는 '상징적' 장면에 다름 아니다. 그 시대의 아버지들이 엄마의 존재를 배려하지 않고 앞서서 걸어갔듯이 아버지는 그 습성대로 먼저 전동차에 올라타는 바람에 엄마를 잃어버린 것이다. 이 사건에서 특별한 것은 엄마가 다시는 자식들에게 연락을 취하지 않는다는 것인데, 아버지와 헤어진 바로 그 순간에 엄마의 치매가 시작됐을 수 있다는 설정 자체가 아주 의미심장하다. 이 대목에서 치매는 무엇보다 엄마가 가부장제적 가치의 연계망에서 훌쩍 벗어나 그런 가치로 유지되는 가족의 품으로 귀환할 수 없는 상태임을 뜻한다.[4] 실종 이후 여러 화자의 기억이 차례대로 소환되면서 우리는 엄마와 아내의 빈자리에 선 자식과 남편이, 가부장제로 말미암아 엄마가 여태 떠안았던 고통의 시간을 복원하고 그 의미를 스스로 성찰하는 과정을 목도하게 된다. 하지만 죽어서 새가 된 엄마의 넋은 이미 가부장제의 경계를 벗어나 있는 듯하다. 압축적 근대화의 추동력이었던 가부장제적 가족, 그리고 그 가족의 사실상의 중심이었던 엄마는 이제 임무를 완수한 것이고, 그와 동시에 가부장제는 치매와 같이 원상회복이 불가능한 상태에 이른 것이다.[5]

---

4 이처럼 기존의 이데올로기적 억압 기제로부터의 탈각을 암식하는 치매가 실제로 나타나는 순간은 이창동 감독의 「시」(2010)에서 절묘하게 포착되어 있다. 주인공 미자는 자기 손자가 강간한 여학생의 엄마를 설득하러 찾아갔으나 방문 목적을 까맣게 잊어버렸다가 돌아오는 길에서야 자신의 치매를 깨닫고 섬뜩하게 놀란다. 미자는 이 사건을 계기로 자식들의 죄를 돈으로 감추려는 아버지들의 공모 — 가족주의와 금권주의의 공모 — 에서 벗어난다. 영화는 미자의 이 벗어남이 이런 공모를 도덕적으로 비판하는 차원에서가 아니라 미자가 사태의 진실을 구하는 차원, 이를테면 '시란 무엇인가'를 묻는 것과 통하는 차원에서 일어난 것임을 분명히 한다. 요컨대 치매는 가부장제적 가족주의와 금권주의로부터의 탈각을 은유하는 사건이며, 치매의 각성은 미자가 가족 바깥의 타자인 그 여학생에게로 나아가는 계기가 된다.
5 적잖은 평자들이 『엄마를 부탁해』를 모성을 이상화함으로써 가부장제적 가치를 부추기는 소설로 비판하지만, 그것은 일면적인 해석이 아닐 수 없다. 박소녀라는 존재는 가부장제적인 억압에 화가 나서 접시를 깨뜨리기도 했으며 가부장제의 가치관으로는 용납할 수 없는, 친구인지 애인인지 모를 남자와 애매한 관계를 맺기도 했다. 모성의 이

지금은 기존의 가부장제가 더이상 유효하게 작동하지 않는 와중에 그것을 대체할 새로운 가족 형태 또한 도래하지 않은 혼란과 위기의 국면이다. 이 같은 이행기에는 가부장제적 가치나 발상이 변칙적으로 더 고약한 위세를 부릴 소지가 있다. 가령 우리 사회가 전통적인 가족형태에서 핵가족으로 이행해왔고 작금에는 가족의 해체 혹은 '탈가족화'의 경향까지 보이자 사회 일각에서는 오히려 가부장제적 가치를 되살리려는 반동적인 움직임도 일어난다. 가족제도의 위기가 심화될수록 가부장제의 온갖 변모된 형태들에 꺼둘리기도 쉽다. 그렇기에 우리는 가부장제적 가족주의를 넘어서는 새로운 인간관계와 가족관계를 찾아야 하는데, 이 일은 가부장제를 지탱하는 중요한 기둥인 근대적 개발주의를 극복하는 일과 분리될 수 없다.

이 글은 가부장제가 더이상 유효하게 작동할 수 없는 이 지점에서 향후 인간/가족 관계를 모색하면서 최근 주목할 만한 여성작가들의 몇몇 소설들을 살펴보고자 한다. 이들의 소설은 현재의 가족관계 변화상을 다양한 각도에서 보여줌으로써 미래의 가족이 어떤 형태로 이뤄질지, 어떻게 재구성될 수 있을지를 요긴한 방식으로 묻고 있다고 여겨진다.

가부장제 몰락의 현장: 권여선

90년대 이래 젊은 여성작가들은 가부장제적 전통이나 가치를 다양한 방식으로 비판하는 가족서사를 선보였다. 신경숙, 공선옥과 같은 연배이

상화 못지않게 모성의 구속성에 대한 인식도 분명히 존재한다. 자식을 기르는 일이 소중하지만 그 때문에 여성으로서의 요구가 은폐되고 억눌러지고 있다는 엄마의 자각과, 가족을 위해 자신의 개인적 가능성을 제대로 꽃피우지 못한 엄마의 생애를 안타까워하는 딸의 마음이 곡진하게 그려져 있는 것이다.

되 가부장제에 대한 비판에서 전혀 다른 감수성과 서사 방식을 보여주는 예로 권여선을 꼽을 수 있다. 우선 그의 소설에 등장하는 어머니들은『엄마를 부탁해』의 엄마인 박소녀와는 사뭇 다르다. 그들은 도시적 감수성을 지닌 인물로서 자기 주도로 가족의 장래를 설계하려는 경향이 강하다. 그들은 무능력한 남편에게는 형식적인 가장의 자리마저 용인하지 않으며 종종 자신의 정체에 대해서 강한 허위의식을 지니고 있다.

「K가의 사람들」(『내 정원의 붉은 열매』, 문학동네 2010)에서 'K의 아내'가 좋은 본보기이다. 이 특이한 인물의 행적을 살펴보면 가부장제적 질서의 변형과 와해가 어떻게 도래하는지 실감할 수 있다. "가족이라는 테두리 안에 몸담아본 적 없는 극단적으로 분방한 영혼"(159면)인 K와 "남녀차별이 심한 완고한 대가족 층층시하에서 자란 탓에 일찍부터 복종의 관계를 간파하는 데 민첩했고 사람을 제대로 부리는 법을 알았"(158면)던 K의 아내는 딸 셋을 낳아 5인 가족을 구성하게 된다. K의 아내가 딸들을 교육하는 방식은 신경숙 소설의 엄마의 방식과는 판이하지만 가부장제적 훈육의 일종이란 점에서 양자는 상통한다. 가령 "맏이는 태어나는 것이 아니라 양육되는 것"(161면)이라는 믿음에 따라 K의 아내는 맏딸을 혹독하게 다잡아서 "장차 태어날 동생들에게 본이 되며 부모의 영을 받들어 세우"(161면)게 하는 데 성공한다. 자녀 교육뿐 아니라 특수한 부녀관계를 구축해내는 것도 K의 아내의 일이다. 한때 호방했으나 "국민 교육의 효과"(156면) 때문에 겁이 많아진 K와 딸들의 관계는 엄마의 중재와 조정의 결과 전통적인 가족의 경우와 달리 권력관계와 성 역할에 과도하게 집착하게 된다. 가령 "K의 큰딸이 어머니로부터 지배의 권능을 배우고자 했다면, K의 둘째딸은 언젠가 되찾게 될 친어머니의 환상을 통해 현재의 노예상태를 인내하고자 했다. 그리고 나, K의 막내딸은 어머니로부터 서비스권을, 즉 K를 시중들 독점적 자격을 조금이나마 나눠받고자 했다. 간단히 말해 K의 큰딸이 K의 아내가 되고자 했다면, K의 둘째딸은 K 아닌 다른

남자의 아내가 되려 했고, 나는 K의 첩이 되고자 했다".(172면)

　이쯤 되면 가족의 우두머리는 K가 아니라 K의 아내인 것이 분명해진
다. 그녀는 "권력에 대해 극히 예민한 촉수를 지니고 있었다. 그녀는 집
안을 움직이는 중심이며 모든 구성원을 매개하는 고리였고 자신이 원하
는 연기를 요구하는 엄격한 연출자였다. K의 세 딸은 물론이거니와 일 년
에 한두 달 정도밖에는 집에 머무르지 못하는 K도 아내를 중심으로 도
는 행성에 불과했다."(173면) K의 가족은 신경숙 소설의 전통적인 가족과
는 달리 도시 핵가족의 형태에 가까운데, 이런 형태에서는 우연한 하나
의 계기로도 가부장제의 가치질서가 내부로부터 붕괴될 수 있다. 예상보
다 이른 K의 실직으로 자신의 장래 계획이 망가지자 "K의 아내는 천상
꼭대기에 올려놓고 추앙하던 K를 지하 깊은 곳으로 끌어내리기 시작"하
여 결국 "세 딸들이 늙고 무능한 K를 혐오하도록 만드는 데 성공했다. 그
러나 그녀가 권력학개론에서 깜빡 잊은 게 하나 있었다. 격하되는 대상
이 가진 전염력이었다. K가 격하되면 그의 아내 또한 격하될 수밖에 없었
다".(176면) 그렇게 하여 가부장제적 질서와 부모에 대한 존중심은 붕괴되
고 가족성원 간의 유대도 끊어지면서, 서구적인 의미의 개인이 탄생한다.

　권여선의 가족서사가 매혹적인 까닭은 '권력에 대해 극히 예민한 촉수'
로 인물 간의 관계를 파고들면서 가부장제의 와해과정을 정밀하게 탐사
하기 때문이다. 냉철한 인식과 섬세한 감각, 신랄한 냉소와 재기 넘치는
발상 등 그의 가족서사를 매력적으로 만드는 미덕들이 많지만, 개성적인
인물의 형상화는 특별히 눈여겨볼 필요가 있다. 다른 무엇보다 인물의 고
유한 성격이 결정적인 변수로 작용하기 때문이다. K의 아내는 실직한 남
편의 처지를 배려하고 그의 형식적인 권위를 지켜줄 수도 있었지만 자기
성질을 못 이겨, "신경질적이고 완벽주의적인 파티시에처럼 (…) 남은 케
이크에 만족하는 대신 케이크를 모조리 뭉개버리는 쪽을 택했"(176면)던
것이다. 요컨대 K의 아내는 신경숙의 엄마와 달리 가부장제의 '엄마 대행

체제'를 뭉개버리고 K의 "가족 개개인을 남김없이 파괴하게 되는 길을 갔다"(176면)고 할 수 있다.

권여선은 집안의 권력을 차지한 중산층 여성의 허위의식을 파헤치는 데도 남다른 솜씨가 있다. 「은반지」(『한국문학』 2011년 여름호)에서 작가는 오여사의 인식과 사고방식이 딸들이나 친구이자 가정부였던 심여사의 그것과 괴리가 있음을 보여줌으로써 오여사가 자기중심적 편견을 지녔음을 암시한다. 하지만 동시에 딸들이나 심여사 역시 뭔가에 단단히 사로잡혀 심적인 불균형 상태에 있음을 보여줌으로써 어느 쪽이 옳은지를 쉽게 가릴 수 없는 '애매한' 상황을 제시한다. 이 애매함은 중의적 표현을 통해 한층 더 부각된다. 가령 작은딸이 전화 통화에서 실직한 남편 때문에 안달하자 오여사가 점잖게 타이르는 장면이 그렇다.

"걱정하지 말고 조금만 더 기다려봐라. 공연히 마음 끓이면 몸만 상하지."
"몸은 상한 지 한참 됐어요. 몸무게가 오 킬로나 빠졌고, 머리카락도 얼마나 빠지는지 이러다 대머리 되겠어요."
"윤서방이?"
"아뇨. 제가요. 하루하루 사는 게 지옥 같아요. 차라리 죽어버렸으면 좋겠어요."
"얘가, 쓸데없는 소릴!"
오여사는 어안이 벙벙한 와중에도, 차라리 죽어버렸으면 좋겠다는 사람이 작은딸인지 윤서방인지 궁금했다. 만일 윤서방을 말하는 것이라면 큰딸 말대로 작은딸은 이미 망가지기 시작한 것이다. 그러자 문득 죽어버렸으면 좋겠다는 그 존재가 오여사 자신은 아닐까 하는 의혹마저 들었다.(48면)

오여사는 "대머리 되겠어요"와 "죽어버렸으면 좋겠어요" 같은 문장의 주어가 작은딸이 아닐 가능성에 민감하게 반응한다. 후자의 경우는 작은

딸 대신 윤서방, 심지어 오여사 자신일 경우까지 상상하는데, 가능성이 희박하기는 해도 일리가 있다는 것이 꺼림칙하다. 오여사는 강퍅해진 딸에게 돈을 빼앗길까봐 신경을 곤두세울 뿐 약골인 딸을 진심으로 걱정하지는 않는다. 딸의 날선 발언에서 의외의 중의성을 찾아내는 것도 딸에 대한 깊은 애정의 결여 때문일 것이다. 한편 작은딸도 무척 히스테릭한 반응을 하여 정말 '망가진' 것이 아닐까 하는 의혹을 자아낸다. 가령 죽어버렸으면 좋겠다는 극언으로도 엄마한테 사업자금을 얻지 못할 듯하자 앙칼진 목소리로 "엄마가 저를 이렇게 약골로 낳아놓는 바람에 전 공부도 제대로 못했고 좋은 놈도 못 만났고, 한평생 비루먹은 말처럼 고생만 하다 엄마보다 먼저 죽게 된다는 걸"(51면) 알라고 악담을 퍼붓고 전화를 끊어버리는 것이다. 이런 막돼먹은 딸보다 점잖게 타이르는 엄마 쪽이 그래도 멀쩡한 편이라고 여겨지지만, 모녀의 판이한 경제적 처지를 감안하면 꼭 그렇지만 않다. 딸은 필사적으로 들이댈 이유가 있고 엄마는 딸의 그런 필사적인 태도를 가라앉힐 이유가 있으니, 이 '막장 드라마' 같은 상황에서 어느 쪽의 입장이 더 타당한지, 아니 덜 부조리한지 판단하기가 쉽지 않다. 분명한 것은 가족성원 간 믿음의 유대는 끊어졌고 그 단절의 지점에서 애매한 상황과 중의성이 생겨나고 있다는 사실이다.

심여사와 오여사의 관계의 밑바탕에도 애매함이 내재해 있다. 오여사는 남편의 교통사고 후 함께 지내던 심여사가 왜 갑자기 일본의 딸네 집으로 떠났는지, 그리고 삼개월 전에 일본에서 돌아와서도 왜 자기 집으로 돌아오지 않고 요양소로 가버렸는지 이해할 수 없다. 요양소를 찾아간 오여사와 심여사의 상봉과 대화를 통해 드러나는 것은 그들은 한때 은반지를 함께 맞추어 낄 만큼 절친한 친구나 연인처럼 살았지만 줄곧 상대방과 자신의 정체에 대한 인식은 어긋나 있었다는 점이다. 가령 오여사는 심여사와의 동거에 대체로 만족하고 심여사도 불만이 없으리라고 생각하지만 심여사는 오여사 집에 얹혀사는 탓에 가사와 요리를 도맡고 오여사의 비위까지 맞춰야 했으며 그런 굴욕적인 삶에서 벗어나고 싶었음이 드러난다. 그런데 어느 쪽의 인식이 타당한지 확정할 만한 결정적인 단서는 없다. 가령 오여사를 대하는 심여사의 행동이 변덕스럽고 광신적인 데가 있어 심여사의 판단을 신뢰하기가 힘들다. 외부와의 연락을 통제하며 통성기도를 일상화하는 요양원의 폐쇄적 분위기도 불신과 의혹을 가중시킨다. 그렇다고 오여사를 신뢰하기도 힘든데, 그것은 심여사와의 대화를 통해, 그리고 내면 독백을 통해 오여사의 허위의식이 점점 확연해지기 때문이다.

오여사는 치매는 아니지만 노망기 같은 것이 있다. 영화 「시」의 미자와는 달리 자신의 병증을 깨닫지 못해 자기중심적 허위의식에 갇혀 있는 형국이다. 심여사의 예기치 못한 반응에 오여사의 심경이 흔들리고 은폐된 허위의식이 언뜻언뜻 드러나면서 양자의 관계 속에 내재된 애매한 요소들이 풍부한 암시를 얻는다. 가령 심여사가 "오여사가 한밤중에 무슨 짓을 했는지 내가 모를 것 같아요?"(72면)라든지 "오여사가 해준 그 더러운 은반지를 내가 왜 갖고 있어야 되는데, 왜?"(73면)라는 힐난에 대해 오여사는 숨이 막힐 듯이 놀라면서도 자기가 한밤중에 무슨 짓을 했는지 그리고 자기가 해준 은반지가 왜 심여사에게 '더러운' 것인지를 명료하게 짚어내지 못한다. 이런 혼란스러운 반응은 노인들끼리 부둥켜안고 키스하는 광경을 추잡하다고 여기는 오여사의 의식 이면에 자신과 심여사 간의 내밀한 관계가 은폐되어 있을 가능성을 암시한다.

오여사는 자식에게 애틋하되 자신에게는 엄격했던 박소녀와는 전혀 다른 인물로서, 한국의 전형적인 어머니상에 부합하지 않는 듯하다. 하지만 핵가족 시대의 가족 내 권력관계와 자식에 대한 어머니의 이중적인 태도를 고려하면 오여사야말로 중산층 어머니의 한 '전형'이라 할 만하다. 게다가 노령화시대 여성의 독립적인 삶에 초점을 맞추면 이 작품의 울림은 한층 깊어진다. 오여사나 심여사에게는 자식들과의 관계보다 함께 살 동거인과의 관계가 더 중요한데, 한국 가족사에 새로 등장한 이런 상황은 기존의 가족형태로는 충족하기 어렵다. 이 단편은 가족 간의 유대가 단절되고 개인주의적 삶의 방식이 늘어나는 과정에서 맞닥뜨릴 수밖에 없는 노년 여성의 문제를 깊이 있게 파헤친 수작이다. 특히 중산층 노년 여성의 허위의식 속에 도사린 애매한 지점들을 음식, 성, 돈 같은 욕망의 매개물을 통해 섬세하게 짚어낸 점이 돋보인다.

권여선의 가족 서사에서는 전통적인 의미의 부모에 대한 존경심이라든지 모성성의 이상화 같은 것은 거의 남아 있지 않다. 그 대신 「K가의 사람들」이 보여주듯, 가족 내 권력다툼의 과정에서 지위가 격하된 외롭고 딱한 부모에 대한 연민은 존재한다. 특히 아버지에 대한 연민이 뚜렷하다. 『푸르른 틈새』(1996; 문학동네 2007)에서 아내와 딸들, 그리고 친가와 처가의 여자들이 자신을 무시하는 것에 대해 "이년들, 이 나쁜 년들! 나 손재우 아직 안 죽었다!"(259면)고 중얼거리듯 절규하는 아버지에 대한 막내딸의 은근한 연민이 인상적이다. 연애에 실패한 막내딸과 실직한 아버지가 한 상에 앉아 따로 끓인 라면을 안주 삼아 각자의 방식으로 소주를 마시는 장면이 잊히지 않는 것은 가부장제 질서의 와해와 함께 집안 내에서 지위를 잃은 아버지에 대한 속 깊은 연민이 배어 있기 때문일 것이다. 어쩌면 그것은 가부장제 바깥의 아버지, 즉 그냥 자신의 아버지에 대한 공감의 표현일 수 있다. 말미에서 화자가 아버지의 어법을 따라 "이년들아! 이년들아! 이년들아! 나, 손미옥이, 아직 안 죽었다!"(279면)라고 신나게 외쳐대는 대목은 가부장제의 종언을 받아들이는 동시에 자신이 아버지의 딸임을 선포하는 듯하다.

가부장제를 향한 분한(憤恨): 김이설

숱한 여성작가들이 가부장제를 비판하지만, 김이설만큼 가부장제에 대한 반감이 절절하고 그에 대한 비판을 세게 밀어붙이는 작가는 드물 것이다. 그의 가족서사가 강렬한 데는 여성들 가운데서도 가장 밑바닥 계층의 인물을 형상화하고 그 형상화 방식에 있어 유머나 기발한 발상, 장식이나 수사를 전혀 사용하지 않기 때문이다. 기층여성이 온갖 비루하고 속된 현실을 겪을 때의 먹먹한 느낌을 그 질감 그대로 되살려놓는 데는 형용사나 부사가 거의 없는 메마르고 짧은 문체가 효과적이다. 가령 김이설의 두번째 장편 『환영』(자음과모음 2011)에서 공무원시험 준비를 하는 남편을 뒷바라지하고 갓난아이를 키우기 위해 서윤영이 왕백숙집에서 감수해야 하는 노동과 매춘의 사례들은 너무 비속하지만 그녀의 심경을 토로하는 발언은 최소한으로 절제됨으로써 윤영의 헐벗은 삶이 선연하게 제시된다.

한 평자가 "김이설의 『환영』에는 대상에 대한 미적 묘사를 찾을 수 없다. 한 편의 소설은 오래된 흑백다큐멘터리를 보는 것처럼 차갑고 단조롭다"[6]고 평하는가 하면, 다른 평자는 "김이설의 소설에는 대타자나 이데올로기와 같은 말이 들어갈 여지가 별로 없는 것이, 그런 체제의 인정을 계산하기 이전에 생존의 문제가 불확실하게 던져져 있기 때문이다"[7]고 주장한 것도 바로 이런 특성 때문일 것이다. 『환영』이 종종 김애란의 『두근두근 내 인생』(2011)과 대비되면서, 비루하고 암담한 현실을 미화하지 않은 작품으로 조명되는 것도 이 때문일 것이다. 그런데 간과해서는 안 될 것은 '생존의 문제' 혹은 생존주의는 그 절박한 이름에서 풍기는 인상과는 달리 이데올로기가 둥지를 틀기에 적합한 터이기도 하며, 미적 묘사를 생

---

6 서희원 「키치적 구원과 구원 없는 삶」, 『문예중앙』 2011년 가을호 401~402면.
7 강지희 「영원히 여성적인 것이 우리를 끌어올리지 못할지라도」, 『문예중앙』 2011년 가을호 345면.

략하는 것도 하나의 미학적 선택이라는 사실이다. 『환영』이 문제적인 것은 바로 이 지점이다. 우선 이 작품을 통틀어 가장 강력한 이데올로기로 작동하는 것이 '돈이 지배하는 세상'이라는 명제임을 직시할 필요가 있다. 가령 왕백숙집에 갓 들어온 조선족 여인 용선이 화자인 윤영과 나누는 대화를 보자.

> "저기, 돈은 많이 법니까?"
> 나는 용선을 빤히 쳐다봤다. 쟁반을 들고 있는 용선의 손이 바들바들 떨렸다. 손톱 끝이 뭉툭했다.
> "왜 이렇게까지 돈을 벌려고? 결혼도 안 했으니, 남편도 없고, 애도 없을 거 아냐. 부모나 형제자매가 속 썩여?"
> "사람대접 받고 싶습니다."
> "그럼 많이 벌어야겠다."
> "네."(148면)

사람대접을 받으려면 돈을 많이 벌어야 한다는 것에 대해 이 소설은 어떤 시비도 하지 않는다. 이 소설이 문제삼는 것은 오히려 돈이 없어도 사람대접을 받을 수 있는 체하는 위선이다. 돈 이외에 독립적인 가치로 설정된 것은 모성이 거의 유일하다. 그런데 가부장제 가족은 돈과 시장의 지배에 대한 방파제로서 모성을 지키는 역할을 일부 수행했지만, 김이설의 소설에서 가족은 그런 역할을 하지 못한다. 남편이 가족의 경제를 책임지는 가장의 구실을 전혀 못하기 때문에 윤영은 임신한 상태에서도 매춘에 나선다. "어느 인간이 뿌린지도 모르는 것이 배 속에 있다. 그런데도 나는 두 눈을 똑바로 뜬 채 낯선 남자에게 또 그 구멍을 열었다."(150면) 이 대목이 불편한 것은 "매춘과 출산이 결국 하나의 구멍에서 이루어진다는 사실"[8]이 함축되어 있기 때문이다. 윤영의 몸은 아이와 모성이 태어나는 거룩한 장소인 동시에 여성에 대한 돈의 지배가 '기입'(inscription)되는 장소이기도 하다.

가족이 돈의 지배로부터 모성을 지키지 못하는 만큼 돈을 벌어오는 사람이 집안의 권력자가 된다. 윤영의 가족에서 종래의 남편과 아내의 역할이 뒤바뀌면서 윤영이 남편을 대하는 방식도 가부장적인 남편의 언행을 닮아 있다.

> 새벽에 들어오는 날이면 나는 남편의 책을 꺼내 한 뭉텅이씩 찢어버렸다. 그리고 그날 번 지폐를 책상 위에 던졌다. 다시 나갈 차비를 하는 동안 남편이 일어나 아침상을 차렸다. 나는 이제 밥이나 빨래, 청소를 하지 않았다. 책상 위의 돈을 챙기며 남편이 조금만 더 달라고 했다. 요즘 채소값이…… 아껴 써! 나는 한마디만 던지고 일을 하러 나갔다. 남편은 문 앞에서 나를 배웅했다.(126면)

김이설의 가족 서사에서 가장 특징적인 것은 응어리진 분노이다. 그런데 그 분노가 향하고 있는 지점은 돈이 지배하는 세상이라기보다, 그런 세상에서 여자(여성과 모성)를 지켜주지 못하고 오히려 여자의 몸을 짓밟고 쾌락을 취하는 남자와 그런 남자에게 가장 행세를 용인하는 가부장제이다. 그 분노에는 남자와 가부장제를 응징하고자 하는 충동까지 느껴진다. 문제는 그 분노의 응어리 속에서 어느 만큼이 정당하고 어느 만큼이 '분한'에 가까운 것인지를 판별하는 일이다. 분한에 내포된 응징에의 욕망과 있을 법한 독선은 가부장제를 비롯한 여성억압의 기제를 벗어나는 데 도움이 되지 않겠기 때문이다. 더 심각한 문제는 돈의 지배를 가능하게 하는 근대 자본주의와 남성의 지배를 구조화하는 가부장제 간의 공

---

8 강지희, 앞의 글 351면.

모관계가 주목받지 못하고 분노의 표적 바깥에 놓임으로써 여성/모성의 수난과 착취가 반복될 수밖에 없는 숙명처럼 비친다는 점이다. 그렇기에 윤영이 자발적으로 노동과 매춘의 현장인 왕백숙집으로 돌아가는 결말에서 '윤리적 경건함'을 찾아내는 독법[9]은 작가의 의도를 사주는 것인지는 모르나 비평적 공감을 얻기는 힘들다.

하지만 「부고」(『창작과비평』 2011년 여름호)의 결말에서 '윤리적 경건함'을 읽어낸다면 일리가 있을 것이다. 이 단편에서 화자 은희가 감내해온 깊은 고통은 마치 한꺼번에 발설하기 힘든 듯 메마른 간결체를 통해 분절되어 표출된다. 트라우마로 남은 상처들과 웅어리진 분노는 그 가해자들의 부고를 받고서야 진정의 기미를 보인다. 첫번째 부고는 은희의 생모의 죽음을 알리는 것인데, 그것을 전한 이는 그녀를 키워준 의붓엄마였다. 은희는 자신이 어릴 적에 집을 나갔다가 이태 전에 다시 돌아와 당뇨를 앓다가 죽은 생모에 대해 "남편을 떠나고 어린 나와 오빠를 버린 사람"(118면)이라고 정리하며 "아버지의 외도 때문에 떠난 엄마였지만, 나를 버린 사람이라는 것을 용서할 수 없었다. 어릴 적 내가 불쌍해서라도 용서하고 싶지 않았다"(127면)면서 애도는커녕 용서도 하지 않는다.

생모에 대한 태도가 매정함이라면 아버지에 대한 태도는 절절한 적대감과 분노이다. 거기에는 그럴 만한 이유가 있었다. 은희는 열일곱살 때 배다른 오빠와 그 패거리한테 강간을 당하는데, 강간 사건 자체보다 그 사건을 처리하는 아버지의 태도가 더 치명적인 상처를 남겼다. "숨기는 게 은희에게 더 큰 상처가 될 거예요"라는 의붓엄마의 항변에 대해 아버지는 "가만두면 조용해질 일이야. (…) 왜 긁어 부스럼을 만들어?"라고 타박하면서 "내 새끼가 내 새끼를 해쳤다고 고발하라고? 나는 못해. 차마 그렇겐 못하겠다"(124~25면)고 강간 사건을 없던 일로 덮어버린 것이다. 이

---

9 "김이설의 누벼진 결말에는 어떠한 윤리적 경건함이 있다." 서희원, 앞의 글 404면 참조.

런 아버지에 대해 은희는 "나의 불운을 만든 건 바로 아버지"라고 생각하면서 아버지가 그 사건을 "잊어라"고 하자 "아버지가 살아 있는 동안은 잊을 수 없어요"라고 맞받아친다.(135~36면)

은희의 주장대로 아버지는 은희의 인생을 망친 책임을 면할 수 없다. 결말에서 은희는 의붓엄마로부터 두번째 부고, 즉 아버지가 스스로 생을 놓았다는 부고를 받고 "어쩐지 놀랄 일도 아닌 것 같았다. 마치 오래 준비해왔던 소식처럼 들리기까지 했다"(137면)고 담담하게 반응한다. 아버지가 자살로 인생을 마감한 것은 자기 책임을 시인하는 한 방식이고 그로써 아버지에 대한 은희의 분노도 사위어가는 듯하다. 이 작품은 가부장제가 야기한 상처와 죄를 야무지게 추궁하는 한편 은희, 아버지, 의붓엄마, 상준 같은 인물들의 됨됨이를 실감나게 살려냄으로써 팽팽한 긴장감을 유지한다. 또 하나 주목할 것은 의붓엄마에 대한 은희의 공감과 연대이다. 가부장제에서 상처받는 여성들 간의 유대는 김이설 가족 서사에 지배적인 죽음과 폭력의 흐름을 뚫고 삶과 돌봄의 기운을 끌어들인다.[10] 은희에게 진정한 가족이란 혈연적 가부장제의 틀 속에서 자식을 버리거나 강압하는 생부모가 아니라 의붓자식을 자식처럼 돌보고 배려하는 의붓엄마 같은 존재이다. 「부고」가 혈연적 가부장제의 죽음을 알리는 '부고'처럼 읽히는 데는 충분한 이유가 있다.

타자로서의 가족: 김애란

김애란의 『두근두근 내 인생』(창비, 2011)에 대해서는 평단의 견해가 극

---

10 이런 돌봄의 여성적 연대가 김이설 소설에서 얼마나 중요한 요소로 자리잡을지는 미지수이다. 「부고」 이후의 「미끼」(『자음과모음』 2011년 겨울호)는 이런 연대의 가능성 없이 오로지 가부장제적 폭력이 난무하고 대물림되는 핏빛 현장으로 되돌아간다.

명하게 갈린다. 부정적인 견해는 첫째, 그것이 현실성이 약하고 타자의 삶의 고통을 너무 가볍게 다루거나 미화해서 좋은 소설이 못 된다는 것이고, 둘째, 장편소설 감으로는 미흡하고 단편으로 족하다는 주장으로 요약될 수 있다. 첫째 경우의 예는 가령 김애란이 비극적 소재를 다루면서 "약간의 눈물과 적절하게 감상할 수 있는 애잔함, 그리고 키치적 아름다움으로 이를 순화시켜 제시한다"[11]는 주장이다. 둘째 경우 "기묘한 형태의 장편. 기묘한 형태라? 뭐가 기묘한가. 장편이라면, 최소한 인물들이 있고 그들은 확고한 역사, 사회 공간의 실체여야 하고, 각자 자기의 내력을 가지기 마련이며 그래서 그의 궤적이 그대로 사상(주제)이 될 수밖에 없는 것이니까. 이러한 통념에서 벗어날 때의 장편도 장편이라 할 수 있을까"[12]라고 반문하는 입장이 대표적이다. 이런 견해에 대해 일일이 논평할 계제는 아니지만, 이 작품에 대한 필자의 견해가 잘못 알려진 바도 있기에 이 기회에 분명한 입장을 밝힌다.[13] 필자는 이 작품이 언어와 타자성에 대한 성찰을 통해 타자의 고통과 가족관계를 새롭게 인식하고 형상화한 성공적인 소설일뿐더러, 장편의 '통념'에는 부합되지 않으나 주목할 만한 예술적 쇄신을 보여준 독창적인 장편소설이라고 보는 입장이다.

---

11 서희원, 앞의 글 399면. 그 밖에 이명원 「김애란의 『두근두근 내 인생』, 그 명랑함에 묻는다」, 프레시안 2011. 7. 15 참조.

12 김윤식 「장편에 맞선 단편, 타협 사항인가 선택 사항인가」, 『문학사상』 2011년 8월호 230면.

13 「김애란 '두근두근 내 인생'에 엇갈린 시선」(경향신문 2011. 8. 11)에서 한윤정 기자는 이 작품을 옹호하는 한 예로 필자의 발언("전통적인 장편소설의 관점에서 볼 때 인물이나 서사에서 결격 사유가 있는 건 사실이지만, 그런 결점을 뛰어넘는 쇄신을 시도했기 때문에 뛰어난 소설이라고 본다")을 소개했지만 그 발언이 김윤식의 견해에 대한 반론임을 일러주는 문맥이 잘려나가는 바람에 오해의 소지가 생겼다. 발언의 취지를 살리자면 '(김윤식처럼) 전통적인 장편소설의 관점에서 볼 때'라는 조건절의 문맥이 선명하게 전달되었어야 했다. 그후 이 발언마저 거두절미하여 필자가 "서사에 결격 사유가 있다"고 작품을 비판한 것으로 보도한 사례도 있었다. 「"소설이다" "아니다" 논란 속 문예지 '김애란 조명' 잇따라」, 『서울신문』 2011. 8. 24 참조.

김애란의 소설집『달려라, 아비』(2005)와『침이 고인다』(2007)에 수록된 단편들이 장편『두근두근 내 인생』을 지향해왔음은 분명하다. 하지만 그렇다고 이 장편에 대해 "이즈음 다른 젊은 작가들의 장편과 마찬가지로 그 발상이나 방법에서 기존 단편세계의 총합에 불과하다"[14]고 평하는 것은 성급하다. '기존 단편세계의 총합'에 그치는 것이 아니라 김애란 문학의 필수 요소들이 무르익고 발효되어 세계와 사람을 대하는 새로운 관점과 방식이 비로소 완전하게 구현되었기 때문이다. 그의 단편들 속에 산재했던 요소들, 가령 사실적 세부를 성실히 제시하되 실증적 사실주의에 매몰되지 않고 언어와 존재의 근본을 묻는 특유의 서술방식, 돈이 지배하는 세상을 송두리째 거부하지 않되 자본주의의 물신화와 가부장제에 승복하지 않는 태도, 그리고 부모자식 간의 관계를 비롯한 인간관계를 완전히 새롭게 보려는 시도 등이 장편에 와서야 서로 유기적으로 결합되면서 온전한 모습을 드러낸 것이다. 장편으로서 특별히 주목할 것은 언어와 존재의 근원에 대한 물음이 사람들의 '관계'를 탐구하는 이야기로 이어지는 흐름이다. 소설의 첫머리에서 화자가 말들의 경이로움을 언급하는 것은 우연이 아니다.

바람이 불면, 내 속 낱말카드가 조그맣게 회오리친다. 해풍에 오래 마른 생선처럼, 제 몸의 부피를 줄여가며 바깥의 둘레를 넓힌 말들이다. 어릴 적 처음으로 발음한 사물의 이름을 그려본다. 이것은 눈〔雪〕. 저것은 밤〔夜〕. 저쪽에 나무. 발밑엔 땅. 당신은 당신…… 소리로 먼저 익히고 철자로 자꾸 베껴쓴 내 주위의 모든 것. 지금도 가끔, 내가 그런 것들의 이름을 안다는 게 놀랍다.(10면)

---

14 김영찬「공감과 연대: 21세기, 소설의 운명」,『창작과비평』2011년 겨울호 309면.

내 속 낱말카드가 조그맣게 회오리치는 모습은 「종이 물고기」에서 방의 네 벽과 천장을 도배한 포스트잇들의 파르르 떠는 광경을 연상하게 한다. '바람'이라는 생명의 기운과 함께 화자 내부의 말들이 회오리치고 파르르 떨리면서 의식적인 삶이 시작되는 것이다.[15] 이런 말들의 움직임 없이는 화자도 (현실이라 불리는) 화자의 세계도 유의미하게 구성될 수 없다. "제 몸의 부피를 줄여가며 바깥의 둘레를 넓힌 말들"은 화자에게 세계의 경계가 된다. "내가 '그것'하고 발음하면 '그것……' 하고 퍼지는 동심원의 너비. 가끔은 그게 내 세계의 크기처럼 느껴졌다."(11면) 말을 줍고 다니던 어린 시절이 끝나고 살아가는 데 필요한 말을 거의 다 아는 사춘기에 접어들면 "중요한 건 그 말이 몸피를 줄여가며 만든 바깥의 넓이를 가늠하는 일"(11면)이다. 이제 "당신을 부를 때, 눈 덮인 크레바스처럼 깊이를 은닉한 편평함을 헤아리는 것"(11면)이 필요하다. 당신은 속내를 짐작할 수 없는 타자이기 때문이다.

존재와 언어에 관한 이런 특이한 서술은 화자인 한아름의 소설 쓰기와 이메일 쓰기로 연결된다. 조로증에 걸려 십년 이상 병원을 들락거리면서 책읽기를 낙으로 삼아온 아름은 중환자실에서 사경을 헤맨 후에 "본격적으로 진짜 '이야기'를 써보겠다"(56면)고 마음먹는다. 이후 소설 속 현실

---

15 김애란을 '네오 샤먼'적인 작가로 보는 임우기는 "김애란의 언어 의식의 뿌리는 '아버지'로 상징되는 '태초'의 신화성이다. 그런데 중요한 사실은 그 '태초'의 신화성은 '바람'으로 표현되고 따라서 작가의 언어 의식의 뿌리는 '바람' 그 자체라는 점이다" 라고 주장한다. 임우기 『길 위의 글: 네오 셔먼으로서의 작가』, 솔 2010, 254면 참조. 신화적 해석의 타당성은 따로 살펴봐야겠지만, 김애란 소설에서 '바람'의 이미지가 매우 강렬하고 지속적이며 아버지 존재와 관련되어 있음은 분명하다. 가령 부자관계를 다루는 「누가 해변에서 함부로 불꽃놀이를 하는가」의 한 대목을 보라. "바람이 잘 새는 어느 집. 졸고 있는 한 아이를 본다. 좁은 등압선을 가진 바람이 몰고 오는 이야기에 귀기울이고 있는 저 아이를. 아버지의 목소리가 들리지 않기 때문에 이제 아이는 스스로 이야기하려 한다. 아버지가 어머니를 만나는 이야기를."(『달려라, 아비』, 창비 2005, 190면)

의 이야기와 아름이 쓰는 소설(진짜 '이야기')이 불가피하게 얽혀든다. 아버지와 어머니가 어느 여름날 우연찮게 만나서 사랑을 나누기까지를 다루는 아름의 이야기는 한번 지워지지만 다시 씌어져 '두근두근 그 여름'이라는 표제로 소설의 말미에 덧붙여진다. 화자인 한아름이 '이야기'를 쓰는 과정에 대해 서술하고 성찰하는 부분들이 소설의 핵심적인 일부가 되기 때문에 이 작품은 이른바 '메타픽션'적인 면도 지니게 된다.

　가족서사로서 우선 주목을 끄는 것은 '부모보다 먼저 늙어죽는 자식'이라는 일견 터무니없는 발상이다. 김애란의 비범함은 그런 발상을 조로증이라는 희귀병에 착안하여 긴박감 넘치는 현실의 이야기로 바꿔놓은 데 있다. 조로라는 특이한 고통과 외로움으로 말미암아 아름은 제 몸이 늙는 만큼 빠른 속도로 성숙해져서 어쩌면 '부모보다 더 성숙한 자식'이 된다. 오랜 고통의 담금질 속에서 피어난 아름의 각성과 성숙은 이 소설에서 필수불가결한 요소이다. 그 덕분에, 희귀병에 걸려 죽어가는 아이가 자기를 고통스럽게 지켜보는 부모를 오히려 위로하는 구도가 통하게 되고, "이것은 가장 어린 부모와 가장 늙은 자식의 이야기"(7면)라는 역설도 성립하는데, '프롤로그'의 다음 부분은 아름의 각성과 성숙이 어떤 성격인지를 일러준다.

　아버지가 묻는다.
　다시 태어난다면 무엇이 되고 싶으냐고.
　나는 큰 소리로 답한다.
　아버지, 나는 아버지가 되고 싶어요.
　아버지가 묻는다.
　더 나은 것이 많은데, 왜 당신이냐고.
　나는 수줍어 조그맣게 말한다.
　아버지, 나는 아버지로 태어나, 다시 나를 낳은 뒤

아버지의 마음을 알고 싶어요.

아버지가 운다.(7면)

　이 대목에서 아들 한아름과 아버지 한대수는 세상에서 더없이 가까운 사이인 것처럼 보인다. 하지만 그것은 가부장제의 '부자유친'처럼 혈육을 전제로 맺어지고 천륜이라는 당위성이 부여된 전통적인 부자관계와는 다른 느낌이다. 그것은 이를테면 '타인이여, 나는 당신으로 태어나, 다시 나를 만난 뒤, 당신의 마음을 알고 싶어요'라고 말하는 느낌에 가깝다. 메타픽션적인 구성으로 말미암아 이 소설은 그 내부에 한아름이 아버지 한대수와 어머니 최미라의 사랑으로 자신이 잉태되는 소설('두근두근 그 여름')을 쓰는 과정과 그 결실을 포함하고 있다. 맞물려 있는 두 소설을 이어서 읽으면 '이것은 타자성의 바탕에서 다시 씌어진 부모와 자식의 이야기'로 다가온다. 그렇기에 이 소설은 기존의 부자관계의 소중함을 확인시키는 이야기가 아니라 새로운 부자관계를 찾아가는 이야기이다. "엄마, 나는…… 엄마가 나한테서 도망치려 했다는 걸 알아서, 그 사랑이 진짜인 걸 알아요"(143면)라는 아름의 말에도 타자성의 바탕에서 부모의 마음을 헤아리려는 노력이 배어 있다.

　아름이 병원비를 감당하기 위해 「이웃에게 희망을」이라는 TV방송에 출연하는 일화는 '돈이 지배하는 세상'이라는 이데올로기에 대한 한아름 가족의 태도를 보여준다.

　아버지는 녹화 내내 내가 상처받지 않을지 염려하는 듯했다. 밤새 미남이고 어쩌고 하던 호방함은 간데없고, 초조해하는 기색이 역력했다. 말은 안해도 어머니 역시 긴장하고 있는 게 분명했다. 두 사람 다 이런 식으로 병원비를 마련하는 게 옳은지 끝내 확신하지 못하는 눈치였다. 하지만 내가 걱정하는 부분은 따로 있었다. 혹 시청자들이 내 모습에 거부감을 느끼

면 어떡하나 하는 거였다. 나는 내가 너무 괜찮아 보여서도, 지나치게 혐오
감을 줘서도 안된단 걸 알았다. 사람들이 직시할 수 있을 정도의 불행, 기부
프로그램을 움직이는 건 그런 것이어야 한다고 생각했다.(150면)

아름의 부모는 아름의 고통을 전시하여 돈을 마련하는 일을 결코 달가
워하지 않지만 아름의 치료를 위해 타협한다. 한아름이 나서서 부모를 겨
우 설득할 만큼 방송출연 결정은 고육지책에 가깝다. 마지못해 '돈의 효
력'을 받아들이는 이런 태도는 『환영』의 윤영처럼 '돈의 지배'를 기정사
실화하는 태도와는 일단 구분해야 한다. 어떤 비평가는 이 대목에서 "아
름이 인지하는 방송 제작 형태와 김애란의 소설 작법은 그리 다르지 않
다"고 단정하면서 양자가 "다른 곳에서 자란 쌍둥이"처럼 키치를 원리로
한다고 비판한다.[16] 이 작품을 정치적 씨스템에 순응하는 키치로 보는 것
은 현실 정치에 가시적인 영향을 끼치지 않는다는 이유로, 감성적인 것의
배분을 바꾸는 문학의 정치성을 무시하는 독법이다. 그것은 랑씨에르적
의미의 '정치'(la politique)의 지평을 '치안'(la police)의 차원으로 환원하
는 격이다. 이 소설의 주된 영역은 돈의 지배에 시달리면서도 돈의 가치
로 정할 수 없는 삶의 이야기, 가령 타자성에 바탕한 부모자식 간의 이야
기이다. '치안'의 차원에서 보면 이건 (가령 키치처럼) 시시한 이야기처
럼 보일 수 있지만, 새로운 감각의 분배를 꾀하는 '정치'의 차원에서는 의
미심장한 이야기가 아닐 수 없다. 이서하에 대한 아름의 사랑 이야기 역
시 그러하다. 이서하 쪽에서는 시나리오를 쓰기 위해 아름을 이용한 것이
지만 한아름은 이서하라는 타자를 두근거리는 마음으로 받아들이고, 이

---

16 서희원, 앞의 글 398면. 또한 "키치는 물질적 행복을 가져오는 자본주의 문명을 예찬
하며 그 안락함을 가능하게 하는 정치적 제도를 함께 찬양한다. 키치가 '본질적으로
민주적'이라는 사실은 김애란의 소설이 한국의 정치적 시스템과 불편한 관계를 갖지
않는다는 점을 이해하는 데 있어 중요하다"(397면)라는 대목도 참조.

마음의 작동이 감각의 배분을 완전히 바꾸기 때문이다.

　이서하와의 관계에서 특히 주목할 것은 한아름은 이서하가 자기를 속였음을 알고 한동안 절망하지만 마침내 분한을 품지 않고 그 관계를 마무리한다는 점이다. 속임수가 발각된 후 아름의 병실로 몰래 찾아온 이서하에게 아름은 이렇게 말한다.

　　"네가 무얼 생각하고 있는지 모르겠어. 어쩌다 여기까지 찾아오게 됐는지도 모르겠고. 너는 아마 지금 내가 무척 화가 나 있을 거라 생각하겠지? 그래, 맞아. 원망했던 것도, 미워하고 저주했던 것도 사실이야. 그리고 앞으로도 계속 그럴지 몰라."

　　"……"

　　"그래도 한번쯤은 네게 이 얘기를 전하고 싶었어. 우린 한번도 만난 적이 없지? 직접 목소리를 들은 적도 없고, 얼굴을 마주한 적도 없고. 어쩌면 앞으로도 영영 만날 수 없을 테지? 하지만 너와 나눈 편지 속에서, 네가 하는 말과 내가 했던 얘기 속에서, 나는 너를 봤어."

　　"……"

　　"그리고 내가 너를 볼 수 있게, 그 자리에 있어주었던 것, 고마워."(308~309면)

　이처럼 아름이가 자기를 속인 사람에게 원망의 감정을 갖기는커녕 오히려 고마움을 표하고 있다는 것도 성숙함의 징표일 것이다. 하지만 주목할 것은 이서하의 기만에도 불구하고 이서하와 자기 사이에 뭔가 본질적인 일이 일어났음을 아름이 인지한다는 점이다. 이를테면 참된 관계맺음이 이뤄졌고 한아름과 이서하는 속임수에도 불구하고 한낱 허황된 관계가 아니라 '누구세요'라는 물음에 진실하게 응답한 '너'의 존재를 알아보는 본질적인 관계로 조명된다. 아름의 아버지가 어머니를 처음 만났을 때도 '누구세요'라는 물음을 던졌다는 사실(341면)을 고려하면 타자성을 전제로 하는 '누구세요'라는 물음과 그에 대한 응답을 본질로 맺어진 한아름과 이서하의 관계는 — 그 속에 내포된 속임까지 포함해서 — 가상현실을 매개로 일상을 영위하는 오늘날 젊은이들의 관계에 대한 진지한 물음과 응시를 담고 있다. '누구세요'라는 존재론적인 물음은 상대방뿐 아니라 자신을 향해서도 나아가면서 '나'의 정체성이 '너'와의 '관계' 속에서 탐구되기도 한다.[17]

오로지 온라인상으로 주고받은 편지(말과 이야기)를 통해 그런 관계맺음이 이뤄졌다는 것이 신기하다. 어쩌면 가상현실을 통한 친교 방식 덕분에 한아름은 남녀관계에 끼어들기 마련인 세속적인 사항들 — 상대방의 학벌이나 경제력, 외모 등 — 에 휘둘리지 않고 곧바로 상대방의 존재적 핵심에 가닿을 수 있었고 그 생생한 경험이 죽어가는 아름에게 남다른 삶의 활력을 주었던 것이 아닐까. 아름이 고백하듯이 자기의 편지질이 "손이나 발이 아니라 '마음'을 사용해서 한 일"(251면)인 것이다. 상대방에게 '누구세요'라고 묻고 상대방의 '마음'을 알아보고 상대방의 '시간성'을 느끼는 것(187면 참조)은 상대방의 현존재를 타자로서 경청할 경우에만 가능한 경지이다. 요컨대 한아름과 한대수의 부자관계와 더불어 이서하에 대한 한아름의 관계도 타자성을 바탕으로 새롭게 재구성되고 재인식되는 측면이 강한 것이다. 새 세대의 감수성으로 사람들 간의 기본적인 관계를 실로 새롭게 사유하고 다시 쓰는 것, 이것이 장편으로서 이 작품이 해낸 예술적 성취가 아닐까.

---

17 가령 「영원한 화자」의 "나는 내가 어떤 인간인가에 대해 자주 상상한다. 나는 나에게서 당신만큼 멀리 떨어져 있으니 내가 아무리 나라고 해도 나를 상상해야만 하는 사람이다. 나는 내가 상상하는 사람, 그러나 그것이 내 모습인 것이 이상하여 자꾸만 당신의 상상을 빌려오는 사람이다"(『달려라, 아비』, 136면)라는 대목에서 암시된 쌍방향의 존재론적 물음과 탐구는 장편에서 본격적으로 이뤄진다.

개발주의와 여성: 공선옥

『꽃 같은 시절』(창비 2011)은 공선옥(孔善玉)이 '작가의 말'에서 밝힌 것처럼 "순하고 약한 사람들의 순하고 약한 '항거'에 관한 이야기"(260면)지만 가족서사로서도 중요한 의미를 지니고 있다. 이 시대 대다수 여성작가들의 그것과 달리 공선옥의 가족서사는 전통적인 대가족이든 서구화된 핵가족이든 좁은 의미의 가족에 머무르지 않는다. 가령『수수밭으로 오세요』(2001)에서는 버려진 아이들을 가족성원으로 받아들여 열린 가족을 구성하거니와 이번 장편에서 가족은 지역 공동체의 일원으로 존재한다. 현실의 공동체가 점점 해체되고 옹색해짐에 따라 공선옥의 소설이 설 땅은 줄어들지만 최소한의 공동체 없이 삶다운 삶을 누릴 수 없는 만큼 그의 서사가 더욱 소중해지기도 한다. 앞질러 말하자면『꽃 같은 시절』은 근년의 장편소설 가운데 빠뜨릴 수 없는 성취이거니와, 생태주의, 민중주의, 여성주의 등 공선옥 문학의 오랜 지향들이 유려하게 결합된 수작으로 여겨진다.

이 작품에서 공선옥은 지난 수십년 동안 빈번했던 난개발에 대한 지역주민의 '항거'를 실감나게 형상화하는데, 특히 그 항거의 주체로 할머니들의 삶의 방식을 곡진하게 들려주는 대목이 값지다. 공선옥의 인물은 개인의 고유성이 살아 있는 개체이되 공동체를 향해 열려 있다. 이런 개방성은 가부장제, 식민주의, 개발주의로 말미암은 온갖 억지와 고초를 겪은 한 시골마을('순양군 유정면') 토박이 할머니들(무수굴댁 이오목, 백세할멈 해징이댁 조난남, 시앙골댁 오명순, 소리쟁이댁 임애기, 김애순, 노분례, 김공님……)의 됨됨이와 말투 속에 고스란히 묻어난다. 예순부터 아흔 너머의 할머니들의 "소리가 없다고 해서 소리가 없는 것이 아닌 것들의 소리"(79면)에 귀기울임으로써 그들의 '순하고 약한 항거'는 새로운 의미로 피어나는 듯하다.

공선옥이 할머니들의 '꽃 같은 시절'의 구체적인 실감을 되살려놓은 데는 새로운 서사적 시도들이 요긴했다고 본다. 무엇보다 눈여겨볼 것은 '무수굴떠기'(무수굴댁)라는 망자를 일차적인 화자로 활용함으로써 마치 높은 망루 위의 새처럼 마을 전체를 조망하면서 여러 차원의 시간성과 더불어 '우리'라는 공동체의 목소리를 구사할 수 있게 된 점이다. '무수굴떠기'의 목소리는 첫째 장('저승길을 못 가고')과 마지막 장('혼엄마의 노래')뿐 아니라 '화전놀이'나 '당산나무가 운다' 같은 중간 장에서도 등장하여 자신의 개인사뿐 아니라 마을 전체의 역사를 들려준다. 그의 이야기는 기본적으로 생태주의적인 공동체를 지향하며 설화적이고 민속적이지만, 일제의 식민통치와 분단의 고통 그리고 개발주의 시절의 병폐까지 기록하기도 한다. 소설의 사실적인 이야기는 이 망자의 목소리를 통해 설화적·민속적 요소와 결합한다. 물론 이 망자와 사후세계가 얼마나 방불하게 그려져 있는가도 따져봐야겠지만, 민담풍의 이야기가 천연덕스럽고 넉넉하여 그럴듯하다.

또 하나 색다른 서사 양식은 '업종변경(업종추가) 승인신청서 반려', '출석요구서' '소장' '탄원서' '반론보도문 신청 이유' 등등의 공문서들이다. 이런 행정적 문건들이 설화적인 무수굴떠기의 목소리와 번갈아 등장하면서 특이한 분위기를 연출한다. 얼핏 생각하면 현실의 쟁점을 놓고 지역주민들, 순양석재, 군청을 비롯한 관할 관청 사이에 오간 이 문서들은 무수굴떠기의 설화적 이야기와 극명하게 대비되는 듯하다. 그러나 이 문서들이 실제로 활용되고 취급되는 맥락을 따져보면 문서들의 '현실성'은 전복되기 일쑤이다. 가령 영희의 탄원서가 아무리 진실하게 씌어졌다 해도 힘있는 사람을 통해 감사관에 선을 대지 않으면 "감사 청구해도 함흥차사"(157면)인 것이 엄연한 현실이다. 공선옥은 다양한 공문서 양식을 통해 유정면의 싸움의 사회적 맥락을 짚는 동시에 이런 행정적인 절차와 문서들이 힘없는 사람들의 요구를 차단하고 굴절시키는 미로처럼 작용하고 있음을 무수굴떠기가 굽어보듯 넌지시 보여준다.

영희라는 유별나게 곱고 착한 인물에 대해서도 언급할 필요가 있다. 영희는 서울의 도시 재개발지역에서 쫓겨나 무수굴떠기의 빈집으로 이사하면서 유정면 할머니들의 삶과 투쟁 속으로 점점 동화된다. 영희는 할머니들과 함께 유정면에서 불법으로 쇄석기를 가동하는 순양석재와 그 회사를 펀드는 관청에 항거하여 데모를 벌인다. 돈과 개발이 제일이라는 근대주의적 발상에 맞서는 이 싸움의 당사자는 마을 주민들과 순양석재 및 순양군청이지만, 소설이 진행될수록 싸움의 지형은 확대된다. 가령 김공님 할머니의 경우처럼 도시에 사는 자식들은 하나같이 데모에 반대하는데, "엄마, 어차피 우리 집값이 얼마나 하겠어. 나 같으면 공장 들어와, 도로 놔져, 발전하면 땅값 올라가, 그러면 집 팔아서 그 돈으로 도시에서 편안히 살겠네. 그러니까, 데모하지 말라고오"(111면)라는 막내딸의 개발과 돈 타령은 순양석재와 순양군청의 입장과 다르지 않다. 사실은 막내딸에게 모든 가치는 돈으로 환원될 수 있다.

어느 순간부터, 막내딸은 이쪽에서는 하지도 않았는데 걸핏하면 돈 말을 한다. 알았어, 알았어, 돈 주면 될 거 아냐. 그 말이 거슬려서 하루는,
"아이, 자식한테 묵을 것 보냄서 어느 부모가 돈 욕심을 낸다냐. 그런 방정맞은 입초실랑은 놀리지를 말어라."
했더니,
"엄마, 좀더 솔직해지면 안돼? 돈이 좀 적다,라고 한달지, 뭐 그렇게."(232면)

지금은 김공님의 막내딸처럼 대다수 도시 여자들도 개발과 돈에 중독되어 있지만, 예전 새마을운동 당시 농촌에서는 개발주의에 사로잡힌 쪽은 남자들이었고 여자들은 개발주의의 후과를 우려하여 그것을 막아보려는 쪽이었다. "남자들은 군에서 나오는 씨멘트와 모래를 쓰지 못해서 환

장이었다. 멀쩡한 돌담들을 허물고 그 자리에 공터에서 찍어낸 씨멘트로 브로꾸(블록)담을 쌓았다."(136면) 시앙골댁 오명순의 돌담을 허물고 브로꾸담을 쌓아주고는 기념으로 개(조난남의 누렁이)를 잡아 잔치를 벌인 사건은 남자들이 개발주의에 환장하듯 달려들었음을 예시한다. 그러면서도 그 뒷감당은 여성에게 미루었다. 가령 마을 공동 산을 개간하여 뽕나무를 잔뜩 심어놓았지만 나중에 누에치기는 고스란히 여자들 몫이 되었다.

유정면의 싸움은 대한민국의 농촌과 도시를, 새마을운동 당시부터 지금까지를 가로지르면서 확대되는 싸움이다. 유정면의 연로한 할머니들과 영희는 순양석재와 순양군청뿐 아니라 할머니들이 도시로 보낸 자식들 같은 개발주의와 금권주의의 맹신자들과도 싸워야 한다. 말하자면 이 싸움은 가족 내부에서도 전개되며 가부장제를 비롯한 편협한 가족주의를 얼마나 극복하느냐가 싸움의 결정적인 고비가 될 것이다. 여기서 영희의 존재가 중요해진다. 가령 김공님 할머니한테는 서울의 막내딸이나 순양석재에 다니는 조카 영식과 영희 가운데 누구를 따르느냐의 문제가 제기되기 때문이다. 싸움에서 번번이 실패하지만 소설의 전망이 어둡지 않은 것은 영희가 싸움을 결코 포기하지 않으려 하고 유정면의 할머니들이 도시의 자식들보다 영희를 따르는 선택을 하기 때문일 것이다.

영희의 남편 철수가 보기에는 영희가 이끄는 할머니들이 순양석재를 이기는 것은 불가능하다. 철수의 입장은 "이길 수 없는 게임을 왜 하느냐"는 것이다. 이에 대해 영희는 순양석재와의 싸움이 "이기든 지든 결과에 상관없이 나를 억압하는 것과 싸운다는 것"임을 깨닫는다.(146면) 또한 철수에게는 이 싸움이 '이길 수 없는 게임'처럼 보일 수 있지만, 소설은 영희와 할머니들의 편에 살아 있는 자연 전체를 올려놓아 균형을 맞추는 듯하다. 가령 다음 대목을 보라.

어디선가 귀에 익은 지렁이 울음소리가 띠루띠루띠루루루 들려왔다. 그와 동시에 돌공장에서도 다갈다갈다갈 쿵쿵 소리가 나기 시작했다. 가만히 듣자 하니, 지렁이는 돌공장 소리에 결코 지지 않겠다는 듯, 간절하게, 줄기차게 울 태세였다. 철수가 그런 지렁이 울음소리를 듣지 못하고 산을 내려간 것이 안타까웠으나 할 수 없었다. 가만히 귀기울여야 들리는 지렁이 울음소리를 듣지 못하는 철수의 귀에는 오직 돌공장 소리만 들릴 거였다. 이 세상에는 돌공장 소리 말고도 지렁이 울음소리도 있다는 것을, 철수에게 어떻게 설명할까 생각하며 영희는 감자밭에 몸을 엎드리고 한참 동안 가만히 있었다.(108면)

이 싸움의 또 하나의 전선은 지렁이 울음소리와 돌공장 소리의 대결이며, 그리하여 여기서 사람들이 지렁이 울음소리를 듣는 것이, "이 세상에는 돌공장 소리 말고도 지렁이 울음소리도 있다는 것"을 깨닫는 것이 무엇보다 중요한 것이다. 공선옥의 생태주의가 놓이는 자리는 바로 이 지점이다. 지렁이 울음소리는 가만히 듣지 않으면 들리지 않는 소리이며, 그런 의미에서는 유정면 할머니들처럼 약하고 순한 존재의 소리인 것이다. 그런 반면 철수는 새마을운동 시절의 남자들처럼 돈과 개발이 제일이라는 근대주의적 발상에 사로잡혀 지렁이 울음소리와 할머니들의 소리(그리고 영희의 소리)를 듣지 못한다.

그러나 철수는 구제불능의 개발주의자도 가부장제 신봉자도 아니다. 철수와 석현 같은 남자들은 이내 할머니들의 투쟁과 아내들의 설득에 이끌려 가부장적 발상을 포기하고 좀더 생태적이고 공동체적인 삶을 시작한다. 철수와 영희 가족, 그리고 혜정과 석현의 가족의 변화를 하나의 척도로 삼는다면 새로운 가족은 근대주의를 떠받치는 개발주의와 금권주의와의 싸움 속에서 배태될 수밖에 없을 것이다. 그런데 이 모든 싸움의 원동력은 '삿된 생각이 없는'(思無邪) 착한 사람들의 마음의 작용으로 설정되어 있다. 착하고 고운 사람('꽃사람')의 전형인 영희가 죽음의 문턱까지 갔다가 할머니 혼령들의 도움으로 되살아날 것 같은 결말에는 생태친화적인 새 세상에 대한 작가의 바람이 깃들어 있다.

『꽃 같은 시절』은 난개발에 대한 풀뿌리 지역주민의 저항에 초점을 맞춰 근대주의와 가부장제를 넘어서는 길을 모색한 뜻깊은 소설이다. 그러나 이런 성취가 예외적인 조건들의 행복한 결합에 의존하고 있음도 분명히 인식할 필요가 있다. 우선 이 싸움의 무대는 아직 공동체적 기반이 남아 있는 농촌마을이며, 둘째 싸움의 주역인 노령의 할머니들과 영희는 물론 등장인물 대다수, 심지어 데모하는 사람들을 감시하는 형사 강신환조차 모두 착하디착한 선인들이라는 점이다. 역으로 말하면, 도시의 경우 지역주민들이 오랫동안 단결하여 이런 싸움을 벌일 수 있는지는 미지수이다. 물론 용산의 남일당 근처에 음식점을 열고 있는 무수굴떠기의 아들 만택과 며느리 귀옥이 영희와 만나서 우정을 나누는 장('사람꽃')에서 농촌의 난개발 반대 투쟁이 도시 재개발 반대 투쟁과 연결되어 있음을 느낄 수 있지만, 이 연대감은 현실의 공동체를 기반으로 하기보다 작가의 간절한 열망의 표현에 가깝다.

'사람꽃'이라 불리는 영희와 할머니들의 순정함을 실감나게 그려낸 것은 공선옥만이 구사할 수 있는 미덕이다. 하지만 작중 여성 인물들의 착함과 낙천성에 작가가 깊이 공감한 나머지 정말로 껄끄러운 상황은 건너뛰는 것이 아닐까 하는 의문도 든다. 가령 지렁이 울음소리에 어느 여자 못지않게 민감한 남자나 새마을운동 당시에도 돌담보다 브로꾸담을 원하는 여자는 정말 없었을까 하는 생각이 스치는 것이다. 악인다운 악인이 없다는 것과 남녀 구분에 따라 개발주의와 생태주의로 갈라진다는 것이 다소 편의적인 설정이 아닐까 싶은 것이다. 요컨대『꽃 같은 시절』은 공동체적인 지평에서 개발주의와 가부장제를 넘어서는 길을 사유한 중요한 소설임에 틀림없지만 작가의 열망이 현실의 곤혹스러운 쟁점을 덮어버린 면이 없지 않다.

맺음말

앞서 논의한 여성작가들의 소설은 가부장제와 근대주의를 넘어서는 새로운 가족을 모색하는 요긴한 징검다리이다. 신경숙의 장편은 압축적 근대화의 과업을 수행하는 가부장제 가족의 분투를 곡진하게 그려낼뿐더러 그 가족의 임무를 완수한 엄마의 삶을 애절하게 노래한다. 흥미로운 것은 이 역사적인 과정에서 여성이 결코 수동적이지 않았으며 오히려 주체로 나섰다는 점이다. 『외딴 방』의 어린 화자는 도시로 간 오빠의 편지를 기다리면서 쇠스랑에 자기 발바닥이 찍히고도 통증을 느끼지 못할 정도이다. 여성 역시 근대적인 도시문명의 활력을 누리기를 그만큼 열망한 것이다. 『엄마를 부탁해』가 증언하듯 엄마는 아들딸 모두를 도시에 진출시키기를 바랐고 그 일을 이루기 위해 한 여성으로서 자기의 삶을 헌신해야 했다. 신경숙이 가부장제에 대해 명시적으로 비판하고 있지는 않지만 엄마의 실종과 치매라는 설정 자체가 가부장제의 종언을 예고하는 상징적인 사건으로 다가온다.

권여선의 소설은 가부장제의 '엄마 대행체제'를 뭉개버리는 도시 중산층 핵가족을 해부하는데, 「K가의 사람들」이 입증하듯 가부장제의 몰락 과정에서 남성의 위선과 허세뿐 아니라 여성의 자기기만에 대해서도 가차 없는 해부의 칼날을 들이댄다. 「은반지」에서 보듯 특히 중산층 노년 여성의 이중성이나 허위의식을 파고드는 솜씨가 일품이다. 남성이든 여성이든 가부장제 가족이든 핵가족이든 권여선의 예리한 비평의 눈길을 면하지 못한다. 김이설 소설은 가부장제의 억압과 위선에 고초를 겪는 여성들의 모습을 처연하게 그려낸다. 『환영』의 경우처럼 특히 기층여성의 성과 노동의 착취에 초점을 맞춤으로써 그의 소설 세계는 현장감을 살리면서 가부장제의 여성문제를 묵직하게 제기하고 있다. 하지만 주로 가부장제와 남성에 대한 분노가 승한 반면 가부장제와 돈의 지배(자본주의 근대)의 공모관계에는 둔감한 탓에 자연주의적인 폭력의 악순환에 빠져드는 경향이 있다.

김애란의 『두근두근 내 인생』은 언어와 존재에 대한 물음을 '관계'에 대한 탐구로 이어가면서 타자성의 바탕에서 부모자식의 관계와 연인관계를 근본적으로 다시 사유하고 다시 쓴다. 가부장제에 대해 새로운 방식의 비판을 한다기보다 아예 가부장적 발상에서 벗어나는 면이 있어 현실성이 떨어진다는 혐의를 받는 것인지 모른다. 그러나 가족 공동체를 타자성에 바탕하여 재구성하지 않고서는 가부장제 몰락 이후의 위기와 혼란을 헤쳐나가기 힘들다는 점에서 김애란의 장편은 중요롭고 필수불가결한 가족서사라고 하겠다. 공선옥의 『꽃 같은 시절』은 개발주의와 가부장제의 공모관계에 초점을 맞춰서 지역의 난개발에 대한 할머니들의 순한항거를 조명한 뛰어난 작품이다. 그의 장편은 공동체에 열려 있는 개체와 가족을 실감나게 구현함으로써 단자화된 개인 중심의 근대주의적 발상을 넘어설 소중한 단초를 보여준다. 다만 생태주의/개발주의와 여성/남성의 접합에 있어서의 도식적인 면과 영희를 비롯한 착한 인물에 대한 작가의 과도한 공감은 아쉬운 점으로 남는다. 그 밖에 지면 사정상 이주노동자와 '다문화 가족'의 문제를 형상화한 작품들을 다루지 못한 것이 아쉽다. 어쨌든 앞으로도 가부장제와 근대주의의 극복의 길을 사유하는 소설들이 많이 나와 한국문학에 요긴한 활력을 더해주리라고 믿는다.

떠도는 존재의 기억과 빛

◆

조해진의 『빛의 호위』에 대하여

최초의 감각

어떤 소설가들에게는 작품이 시작되는 최초의 감각이 있다. 가령 미국
모더니즘 소설의 걸작 『소리와 분노』(*The Sound and the Fury*)는 "오빠와
남동생들은 나무에 올라갈 용기를 내지 못하는 상황에서 속바지가 흙투
성이인 한 여자아이가 나무에 올라가 거실 창문을 들여다보는 광경"[1]에
서 시작되었다. 포크너(William Faulkner)는 이 최초의 감각을 구현하면
서 소설의 주요 인물들과 특유의 분위기를 끌어냈다. 조해진의 경우도 소
설을 시작하게 하는 최초의 감각이 있고, 그 두드러진 예가 자전소설 「문
래」다. 여기서 최초의 감각은 세살 무렵의 화자를 두고 일하러 나가는 어
머니가 밖에서 문을 잠그는 소리다. "찰칵. 곧이어 기억 속 방 하나에 불
이 켜지면서 그 시절의 시간이 점자처럼 만져지기 시작했다."(『문학동네』

---

1 Frederick L. Gwynn and Joseph L. Blotner, *Faulkner in the University*, Random House
1959, 1면.

2014년 봄호 145면) 「문래」는 이런 '최초의 감각'의 의미를 찾아가는 것을 소설의 주된 모티프로 삼는다.

닫힌 방 안의 아이는 어떻게 되었을까?『빛의 호위』(창비 2017)에 묶인 아홉편의 소설은 작가가 그 질문 앞에 오래 머물면서 당대적 삶과 예술의 여러 가능성을 탐색한 결과로 다가온다. 그 아이는 홀로 꿈과 현실이 뒤섞인 고독의 시간을 견디면서 자신이 철저히 고립된 개별체임을 배운다. 그는 최초의 감각이 시작되는 혼자만의 방은 지녔으되, 부모형제와 이웃과 동네가 유기적으로 연결되는 공동체로서의 고향은 상실한 것이다. 방밖에서는 좁은 골목의 가난한 판자촌들이 철거되고 고층 아파트가 세워지는 급속한 도시화가 진행 중이다. 이런 도시에서 집과 고향 없이 방 한칸을 얻어 살아가며 세계를 떠도는 존재들, 유학생, 이주노동자, 편의점 알바생, 용역업체 직원, 실직자, 가난한 예술가, 입양아 등이 조해진 문학의 주요 거주자들이다.

이렇게 보면 포크너를 비롯한 모더니즘 문학에서 최초의 감각이 지닌 지향성과 조해진의 그것은 좀 다르다. 모더니즘의 최초의 장면은 몰락하는 전통사회에서 폴 드만(Paul de Man)이 모더니티의 정의로 제시한 것, 즉 "진정한 현재라 부를 수 있는 한 지점에 마침내 도달하기를 희구하여 이전에 있었던 모든 것을 지우려는 욕망의 형태"[2]에서 비롯되기 십상이다. 그 '진정한 현재'를 진리의 현현(epiphany)처럼 영원한 것으로 만들려는 충동이 최초의 감각을 낳고 다른 모든 것을 파편화하는 경향이 있는 것이다. 가령『소리와 분노』의 경우 포크너가 몰락하는 남부에서 '진정한 현재'로 포착한 것이 문제의 그 광경이다. 이에 반해 조해진의 경우 최초의 감각은 고립된 개체의 삶과 예술의 시작점이되 직시하기가 고통스러

---

2 Paul de Man, *Blindness and Insight: Essays in the Rhetoric of Contemporary Criticism*, 2nd Ed. Methuen Co. & Ltd, 1983, 148면.

운 진실로 상정된다.

이 소설집의 표제작 「빛의 호위」에서 최초의 감각이 단번에 드러나지 않는 것은 주체가 그 감각을 상실했다기보다 그것이 그만큼 깊숙한 속내에 간직되어 있었음을 암시한다. 시사잡지사 기자로 일하던 화자는 어릴 때 같은 반 학생이자 지금은 분쟁지역 전문 사진작가가 된 권은을 이십여 년 만에 만나 인터뷰하지만 그녀를 첫눈에 알아보지 못한다. 화자가 반장이었던 어린 시절 담임의 지시에 따라 권은의 집을 찾아갔을 때, "문손잡이를 돌리는 쇳소리"를 들으며 들여다본 방이 화자에겐 최초의 감각에 해당할 것이다. "얼결에 문을 열게 된 열세살의 소년은 암순응이 되지 않은 두 눈을 껌뻑이며 겁먹은 목소리로 이렇게 물을 터였다. 거, 거기, 권은 집, 맞아요?"(21면) 그러나 화자에게 최초의 감각을 담지한 이런 "기억들은 어느 한순간 섬광처럼 내 머리를 강타한 것이 아니라 아주 먼 곳에서 한조각씩 내 감각 속으로 흘러들어왔"(19면)던 것이다.

사실 화자가 어릴 적 자신이 권은과 각별한 관계였음을 발견하기 위해서는 둘만이 공유한 것의 의미를 '한조각씩' 되찾는 과정을 거쳐야 했다. 어린 권은은 부엌도 화장실도 없는 작고 추운 방에 홀로 버려진 채 악몽을 꾸고 싶지 않아 스노우볼의 눈 내리는 세계 속으로 빠져들었으니, 스노우볼은 홀로 버려진 악몽 같은 현실의 마지막 피난처 역할을 한 것이다. 권은을 위해 화자가 가져다준 카메라는 더 의미심장하다. 그 수입 카메라는 화자의 눈에는 "중고품으로 팔 수 있는 돈뭉치"(25면)로 보였지만 권은에게는 "단순히 사진을 찍는 기계장치가 아니라 다른 세계로 이어지는 통로였"(26면)다. 권은은 자신의 블로그에 화자를 향해 "반장, 네가 준 카메라가 날 이미 살린 적이 있다는 걸 너는 기억할 필요가 있어"(27~28면)라고 쓴다. 어린 권은에게 카메라는 무엇이었기에 그녀를 살릴 수 있었을까.

사람을 살린다는 것이 무슨 의미인지를 묻는 순간, 「빛의 호위」가 화자와 권은 사이의 이야기뿐 아니라 또 하나의 이야기를, 말하자면 '이야기

속의 이야기'를 지니고 있음에 주목하게 된다. 권은의 이야기 속에는 알마 마이어와 장 베른, 노먼 마이어의 이야기가 접혀 있는데, '사람을 살린다'는 의미는 이 이중의 이야기를 가로질러 탐구된다. 이런 액자식 구성과 짝을 이루는 것은 화자의 '의식의 흐름'에 따라 현재와 과거를 번갈아 비추는 비선형적 '플래시백' 서사방식이다. 소설 서사는 화자가 헤겔 한센의 다큐멘터리 「사람, 사람들」을 보게 되는 현재와 권은과의 만남에 대한 회상이 번갈아 등장하면서 두 이야기 ― 화자와 권은의 이야기 그리고 알마 마이어와 장 베른, 노먼 마이어의 이야기 ― 의 교직으로 구성된다.

액자 속 이야기는 이렇다. 유대인 바이올리니스트 알마 마이어는 나치의 유대인 박해가 시작되자 같은 오케스트라의 호르니스트인 장의 도움으로 지하 창고에 숨어 살게 되었다. 장은 음식과 함께 자신이 작곡한 악보 한장씩을 바구니에 넣어주었는데, 날마다 죽음만 생각하던 알마에게 장의 악보들은 "내일을 꿈꿀 수 있게 하는 빛"이었다. 알마는 그 악보로 침묵의 연주를 하면서 그 '빛' 덕분에 단순한 생존이 아니라 그 나름으로 충일한 삶을 살 수 있었다. "그러니 난 이렇게 말할 수 있어요. 그 악보들이 날 살렸다고 말이에요."(23면) 권은에게는 화자가 준 카메라가 그 악보와 같은 '빛'이었다. 그러니 참다운 삶이라는 게 있다면 조해진 소설에서 그것은 '빛의 호위'를 받으며 사는 삶일 것이다.

야만적 역사가 아로새긴 상처

조해진의 소설은 심심찮게 역사적 폭력의 문제를 다룬다. 등장인물이 홀로코스트와 팔레스타인 분쟁의 비극을 겪는 「빛의 호위」도 그렇지만, 「사물과의 작별」과 「동쪽 伯의 숲」은 야만적인 역사로 말미암은 개인의 상처에 초점을 맞춘 작품이다. 각각 재일교포 유학생 간첩단 사건(1971년)

과 동백림 사건(1967년)을 활용하지만 『로기완을 만났다』(창비 2011)를 포함한 조해진의 모든 소설이 그러하듯이 특정한 역사적 사건의 자초지종을 따지기보다 그 야만적인 역사의 칼날이 특정 개인에게 어떤 무늬의, 얼마나 깊은 상처를 남겨놓았는지를 섬세하게 파고든다. 이를테면 역사 자체의 문제보다 역사적 폭력이 개인에게 어떤 결과를 초래하는가에 초점을 둔다. 그렇기에 고립된 개별체로서의 인간이 잔인한 역사의 폭력을 어떻게 견뎌내는지가 관심사가 되는데, 이는 예술의 문제이자 동시에 윤리의 문제가 된다. 닫힌 방 안의 아이가 바깥으로 나와 성장할 때 그에게 상처를 줄 수 있는 것은 비단 황량한 도시환경만이 아니다. 오히려 상처는 국가의 권력적 가제들로부터 크게 받는다. 어쩌면 그 불의의 권력으로 말미암은 억압의 결과 그의 내면에 도래하는 자기불신과 자기검열, 죄책감 등이 더 큰 상처가 될 수도 있다.

국가폭력의 폐해는 폭력의 직접적인 희생자 못지않게 그와 연을 맺은 사람에게도 심각한 영향을 미친다. 이런 파생효과를 잘 보여주는 작품이 「사물과의 작별」이다. 지하철 유실물센터에서 일하는 화자는 알츠하이머에 걸려 요양원에 들어간 고모의 첫사랑 '서군'에 관한 이야기를 듣는다. 재일조선인 유학생이었던 서군은 늦은 봄날 청계천변을 거닐다가 고모(태영)의 이름을 딴 레코드 상점(태영음반사)에 들렀다가 고모와 처음 만난다. 운명의 한순간이었던 그때에 관해 고모는 조카에게 "이렇게나 늙고 병들었는데도, 아침에 눈을 뜨면 내가 있는 곳은 여전히 그 봄밤의 태영음반사야"(69면)라고 토로했다. 서군은 조총련과 접선한 친구로 인해 당국의 수색을 받을까봐 원고 뭉치 하나를 고모에게 맡기는데, 이것이 화근이 된다. 고모는 자신이 그 원고를 잘못 전해줌으로써 서군이 유학생 간첩으로 몰렸다고 생각하고 자신의 행동을 "용서할 수 없는 죗덩어리"(76면)로 인식했고 평생 그 죄의식에서 벗어날 수 없었다.

형기를 마치고 결국 교수가 된 서군은 야만적인 역사에 상처를 입었지만 치명상을 입은 쪽은 오히려 서군을 짝사랑한 고모였는지 모른다. "서군이라는 이름의 영토 한가운데엔 상상의 법정이 있었고 고모는 수사관과 피고인, 증인의 역할을 모두 떠맡으며 한평생을 살았다. 고문하고 고문받으며, 죄를 묻는 동시에 자백하면서, 어제의 증언을 오늘 다시 부정하길 반복하며……"(77면) 고모는 무기한의 지독한 형을 살았다. 조해진은 이처럼 역사의 이면을 들여다보고 가시화되지 않은 상처에 깊은 관심을 표한다.

화자는 치매 증상이 심해지는 고모와 서군을 다시 한번 만나게 해주기로 결심한다. 화자에게는 정신이 오락가락한 고모의 모습이 "망각 속으로 침몰해야 하는 유실물이 세상에 보내오는 마지막 조난신호"(73면) 같았던 것이다. 하지만 이 만남은 화자 뜻대로 되지 않는다. 막상 약속 장소에 나간 두 사람은 서로를 알아보지 못한다. 심지어 고모는 엉뚱한 사람을 서군으로 오인하여 그에게 영치물 같은 쇼핑백을 안겨주면서 미안하다는 말과 다 잊어달라는 부탁을 한다. 고모의 비운의 삶에 덧붙여진 소극(笑劇) 같은 결말이다.

하지만 국가폭력에 의한 개인의 삶이 씁쓸하고 허탈한 결말로만 끝나는 것이 아니다. 「동쪽 伯의 숲」 역시 독재정권의 조작사건으로 망가지는 억울한 삶들을 조명하지만 여기서 부각되는 것은 조작된 역사의 폭력에 맞서는 개인들의 뜻깊은 행위이다. 소설은 최근 독일 작가들과 아시아 작가들의 교류의 밤 행사에서 만난 희수와 발터의 서신 교환을 통해 발터의 할머니 한나와 한국인 유학생 안수 리의 비극적인 사랑을 추적한다. 1964년 베를린에서 작곡을 공부하던 한나는 베를린자유대학교 철학과를 다니던 유학생 안수 리를 만나 사랑에 빠진다. 발터는 희수에게 보름 전 한나가 임종을 맞이한 소식을 전하며 안수 리가 살아 있다면 그를 찾아달라는 부탁을 한다. 안수 리가 한나의 죽음을 "애도하는 순간에야 한나는 (…) 온전한 존재가 될 수 있을 거라"(94면)는 것이다.

처음 희수는 답장에서 한나가 1967년 베를린에서 실종된 안수 리를 적극적으로 찾지 않았다는 점을 들어 발터의 요청에 부정적인 반응을 보인다. 안수 리가 실종된 지 두달 후 서독 내 한국 유학생 및 광부 상당수가 한국 경찰에 끌려갔기 때문에 안수 리가 군사정부에 협조한 사람이라는 의혹이 있었고 이 때문에 한나가 안수 리를 찾지 않은 것 아니냐는 것이다. 발터는 그에 대해 안수 리가 "스파이였을지도 모른다는 그 가능성이 사실이라 해도, 한나 역시 그 가능성을 염려하며 평생 동안 괴로워했다 해도, 한나와 안수 리의 우정과 나에게까지 닿아 있는 그 우정의 힘을 부정해야 하는 합리적인 이유는 되지 못한다"고 답한다. 요컨대 발터는 "개인이 세계에 앞선다는 것"(100면)이 자신의 신념임을 밝힌다. 한나가 안수 리를 찾아나서지 않은 데는 기자였던 그녀의 아버지가 전쟁을 지지하던 나치 동조자였음을 발견한 충격적인 체험이 작용하기도 했다. 한나는 자신이 사랑하는 안수 리가 스파이였을 가능성을 감히 직시하지 못한 것이다. 희수는 우여곡절 끝에 안수 리가 개명한 채 재야 학자로 살아왔음을 발견하고 그에게서 당시의 진실을 듣는다. 그는 1967년 납치당하듯 한국 경찰에 끌려가 지하 취조실에서 "발가벗겨진 시간"(111면)으로 기억되는 혹독한 고문을 당하지만 다른 자발적인 스파이가 나타나는 바람에 풀려난다. 이후 안수 리는 독일행을 포기하는데, 그것은 그가 한나 그리고 당시의 유학생 동료들을 마주할 용기가 없었기 때문이었다. 희수로부터 한나의 죽음을 전해들은 안수 리는 "한나의 묘지를 찾아가 정식으로 애도를 표하겠노라고"(114면) 전한다.

「동쪽 伯의 숲」은 사랑하는 연인인 한나와 안수 리가 야만적인 조작 사건으로 고초를 겪으면서도 서로에게 자신의 진실을 알릴 수 없었으되 상대방과의 뜻깊은 인연을 배신하지 않음으로써 "개인이 세계에 앞선다는 것"을 재확인하는 작품이다. 달리 말하면 안수 리는 한나에게 "내일을 꿈꿀 수 있게 하는 빛"을 남겨놓았고, 한나는 미심쩍은 상황에서도 그 '빛'

을 버리지 않은 것이다. "개인이 세계에 앞선다는 것"은 곧 그 개인을 살리는 '빛'이 무엇보다 소중하다는 것과 통한다. 이것이 첫번째 원칙이지만 이것만으로 끝나는 것은 아쉽다. 실제 역사에서 세계와 개인이 대립적인 관계에 놓이기 십상이지만, 개인이 세계와 역사의 주체가 되는 순간 개인들 다수가 광화문광장의 촛불 빛처럼 경이로운 '빛'을 누리게 된다는 것도 사실이기 때문이다.

양극화하는 세계, '뿌리뽑힌' 존재

세계화가 진행될수록 부와 권력의 양극화 현상이 심각해지고 있음이 곳곳에서 드러난다. 세태와 풍속에 민감한 장르적 특성상 양극화하는 세계에서 노동자의 점점 더 비참해지는 생활상이 소설에 흔히 등장하는 것은 당연한 일이다. 눈여겨볼 대목은 조해진 소설이 양극화의 외형적 세태묘사는 절제하는 한편 양극화로 말미암은 인물 내면의 변이를 섬세하게 포착한다는 점이다. 가령 「시간의 거절」에서 화자가 노조의 파업 투쟁에서 이탈하고 「작은 사람들의 노래」에서는 조선소 협력업체 직원이 동료의 추락사를 목격하지만, 두 소설은 이 사태를 양극화와 관련된 사회적 문제로 조명하기보다 인물 내면에서 벌어지는 특이한 현상을 탐구하고자 한다.

「산책자의 행복」 역시 이 점에서 예외가 아닌데, 실직한 비정규직 대학 강사의 미묘한 내적 변화를 섬세하고 빼어난 감각으로 추적한다. 소설은 철학 강사 홍미영(라오슈)과 그녀의 마지막 학기 강의를 수강하고 독일로 간 중국인 유학생 메이린이 교차로 등장하여 그들 각각의 실존적 삶에 대하여 서술하는 방식을 취한다. 메이린의 서술은 라오슈에게 보내는 편지로 쓰인 것 같지만 답장이 없기에 일기로도 느껴진다. 한쪽이 다른 한

쪽의 부름에 응하지 않아 얼핏 따로따로 노는 형국이지만 저변에는 서로를 절실하게 필요로 하는 욕구가 확인된다.

조해진의 소설이 종종 그렇듯이 이 소설도 의미심장한 사건들이 이미 일어난 이후의 시점에서 시작되며 그 사건들과 관련된 일을 회상하는 형식이다. 메이린에게 중요한 사건은 한국인 친구 이선의 자살과 철학과 강사 홍미영과 특별한 관계를 맺은 것이지만, 홍미영에게는 구조조정 여파로 이십년간의 강사직을 잃게 된 일이 가장 심각한 사건이다. 게다가 종양이 발견된 어머니의 수술과 입원으로 결국 파산하고 기초생활수급자로 살아가며 편의점 알바로 생활비를 버는 신세가 된다. 졸지에 빈곤층으로 추락한 것이다.

독일 유학 중인 메이린은 공부에 전념하지 못하고 체류 중인 도시를 산책한다. 그러면서 난민 유입에 반대하는 거리행진이나 폭력시위, 한 쿠르드계 독일인 노숙자(루카스)의 사연을 통해 소수민족을 차별하는 분위기를 전하기도 한다. 하지만 메이린 이야기의 정점에는 라오슈와의 관계, 특히 라오슈가 실의와 죄책감에 빠진 자신의 손을 잡고 위로한 말, "살아 있는 동안엔 살아 있다는 감각에 집중하면 좋겠구나"(127면)라는 발언이 놓여 있다. 메이린은 그 발언을 상기하면서 "떠올릴 때마다 경이로운 그 말을, 라오슈, 저는 한번도 잊은 적이 없습니다"(136면)라고 고백한다. 라오슈의 발언은 죽음을 생각하던 메이린에게 "내일을 꿈꿀 수 있게 하는 빛"이었던 것이다.

아이러니한 것은 정작 이 발언의 당사자는 "살아 있다는 감각에 집중"하지 못하고 있다는 사실이다. 아니, 어쩌면 '살아 있다는 감각'이 과연 무엇을 뜻하는지가 시험대에 올랐다고 하겠다. 자정부터 아침까지 편의점 카운터를 지키던 라오슈는 젊은 남자가 들어서면서 자신과 눈이 마주치자 "후드티 모자를 벗어 깍듯하게 인사"하는 순간 바짝 긴장한다. 그전에도 한 젊은 여성이 자신을 알아보고 "홍미영 교수님 아니세요?"라고 묻는 질문에 "아, 아닙니다" 하고 부인했듯이 라오슈는 대학 강사에서 편의점 알바로 바뀐 자신의 모습을 숨기려 했다. 이는 "생존은 스스로 해결하되 세상이 인정하고 우대해주는 직업에 연연하지 말라고"(124면) 가르치던 자신의 발언과도 어긋나는 행동이었다. 사실 그녀는 홀아비인 편의점 사장과의 생활이 제공할 법한 "아늑한 침대와 자족적인 식탁을 남몰래 탐하곤"(137면) 한다.

그런데 새벽에 귀가하는 도중 개에 쫓겨 혼쭐이 난 후 "미치도록 살고 싶어"(140면) 하고 메이린을 부르며 흐느끼는 대목은 양가적인 느낌을 준다. 편의점 알바의 팍팍한 삶은 삶이 아니라는 홍미영의 편견이 드러나는 한편 그녀가 이제야 비로소 생생하게 살아 있다는 감각이 전해지기 때문이다. 이 소설은 한 철학과 강사가 실직을 계기로 세상이 대접해주는 삶 바깥으로 내몰리면서 '살아 있다는 감각'을 잃고 표류하는 상황을 빼어나게 형상화한다. 그 과정에서 지적 성찰이라는 것 아래 잠복해 있을 수 있는 속물성과 허위의식의 측면 역시 날카롭게 잡아채는 데 성공한다.

조해진 소설에서 어떤 이유로든 국경을 넘어 낯선 나라를 떠도는 사람들은 상당수에 이른다. 그중 중국인 유학생 메이린이나 「번역의 시작」의 태호처럼 경쟁력을 높이기 위해 유학을 하는 경우도 있지만 좀더 전형적인 예는 「번역의 시작」에서 가족을 위해 큰돈을 벌려고 미국에 왔다가 행방이 묘연해진 영수씨라든지 고향인 아르헨티나를 떠나 미국으로 밀입국한 안젤라, 「잘 가, 언니」에서 심장이 약한 동생을 위해 화가의 꿈을 접고 일찌감치 결혼해서 미국에 왔다가 흑인의 총격에 살해당한 화자의 언니 같은 사람들이다. 조해진은 공감적 상상력을 통해 국경을 넘어 떠도는 존재들의 내면을 들여다보고 그 속내의 분위기를 감성적 이미지로 형상화한다. 가령 「번역의 시작」의 화자에게 무시로 들리는 기차 소리는 어디에도 정주하지 못하고 끝없이 떠도는 존재의 표지처럼 느껴진다.

국경을 넘어 떠도는 사람들 가운데는 자신의 정체성의 뿌리를 알지 못하고 심지어 버림받았다는 의식을 떨치지 못하는 입양아의 경우도 있다. 그렇기에 여섯살 때 한 프랑스 가정에 입양된 '문주/나나'의 삶을 추적하는 「문주」는 떠도는 존재의 이야기 '완결판' 같은 느낌을 준다. 「문주」의 화자는 한국에서의 이름은 '문주'지만 프랑스인 부모(앙리와 리사)로부터는 '나나'라는 이름을 부여받았다. 그녀는 "독일에서 극작가로 활동하는 한국계 프랑스인"(202면)이라는 독특한 이력 덕분에 자신에 관한 단편 다큐멘터리를 찍으려는 서영의 제안에 응해 한국에 온다. 문주가 청량리역의 철로를 따라 걷는 광경을 영화의 오프닝 씬으로 찍으면서 입양아 문주와 철로의 특별한 친연성이 강조된다. "고향과 국적과 주소가 모두 다른 나라로 기록되는 떠돌이와 안정성이 보장되지 않는 철로가 묘하게 어울린다"든지 "영화의 주인공인 떠돌이에게 철로는 근원에 맞닿은 대체불가의 공간"(199면)이라는 서술이 그렇다. 사실 문주는 철로를 따라 걷다가 한 기관사에 의해 발견되어 그로부터 '문주'라는 이름을 받았고 문주가 서영의 제안을 받아들인 이유는 "무엇보다 영화를 찍는 동안 그 기관사를 만날 수 있을지 모른다는 기대감"(203면) 때문이었다.

　소설에서 문주의 정체성 찾기는 두 방향이다. 하나는 문주가 복희식당의 주인할머니 '복희'를 만나서 "내가 넘버 원 사랑하고 미안한 사람, 그 사람이랑 닮았어"(215면)라는 말을 듣고 난 후에 시작된다. 문주는 그후 뇌출혈로 입원한 복희를 간호하다가 복희가 그녀의 딸 이름이고 자신을 닮은 그 딸이 자신처럼 버려진 뒤 헤매고 다녔을 가능성에 사로잡힌다. 의식불명의 할머니에게 "버린 건 아니라고, 언제 죽어버릴지 모르는 철로 같은 곳엔 더더욱 버리지 않았다고, 그렇게 말해달라고"(217면) 속으로 부르짖는 대목에서 문주 자신의 상처받은 속내가 드러난다. 화자 자신을 발견한 기관사를 만나서 자신의 입양에 이르기까지의 전말을 듣고자 한 것도 정체성 찾기의 일환이다. 고아원의 원장수녀와 그 기관사의 동료를 통해 확인한 사실은 삼십년쯤 전에 기관사 '정'이 여자아이를 숙직실에 데려왔으며 신중하게 고아원을 알아보고 다녔다는 것, 그러는 한달 동안 그 여자아이는 "문주라는 이름에 거주하며 그의 보호를 받았다"(220면)는 것이다. 그러나 그 기관사가 문주를 나중에 도로 데려가려 했다는 고아원 원장수녀의 추정은 확인할 길이 없다.

화자가 '문주'와 '나나' 가운데 하나를 선택할 수 없음은 자명해 보인다. 이 작품에서 화자가 고민하는 부분은 이제껏 삶의 대부분의 시간을 차지한 '나나'로서의 정체성이 아니라 뿌리조차 불확실하게 남아 있는 '문주'로서의 정체성이다. 소설이 진행되면서 화자는 문주로서의 정체성이 상당 부분 불확실하지만 그렇다고 그것을 제거할 수 없음을 깨닫고, 확인될 수 없고 오로지 상상할 수 있는 '가상의 문주'까지 받아들인다. 말미에서 "시나리오도, 카메라도 없는 문주의 영역을 무작정"(222면) 걷는 장면에 이르러 '문주'로서의 새 삶을 시작하려는 기미도 보인다. 조해진은 살아 있는 고향과 그에 뿌리박은 정체성이 애초에 불가능한 세계에서 문학을 통해 새로운 고향과 정체성 만들기를 시도하고 있는 건지 모른다. 어쩌면 그것은 「문래」의 끝에서 "내 고향은 문래라고, 나의 문장(文)이 그 곳에서 왔다(來)고⋯⋯"라고 했을 때의 의미인 듯도 하다.

떠도는 인물은 소설 장르에 흔히 등장하지만, 조해진 소설에서는 중심을 차지하고 그런 존재를 대하는 작가의 시선과 감각도 남다르다. 조해진의 떠도는 인물들은 농촌에서 유년기를 보냈으되 지금은 근대적 도회의 삶에 적응한 세대, 가령 공선옥과 신경숙의 소설에 흔히 등장하는 농촌 출신의 도시 노동자들과 또다르다. 그들은 고향 땅의 농본주의적 양식과 도시 이주민의 양식을 고루 경험하고 이주로 말미암은 고통뿐 아니라 도회의 새 삶에서 새로운 감각과 해방감을 누릴 수 있었다. 이에 비해 조해진의 인물들은 이 소설집에서 잘 나타나듯 도시에서 태어나 평생 고립적인 삶을 살아가며, 이런저런 이유로 내면의 상처를 안고 떠도는 개별적 존재들이다. 이들은 고향의 기억과 농본적 유대감이 결여되어 있을 뿐 아니라 도시 문화의 활력에서도 소외된 듯이 보인다.

조해진은 대지의 삶에서 '뿌리뽑힌' 삶을 예외적 상태가 아니라 삶의 기본적인 조건으로 받아들인다. 설령 한 장소에 머물더라도 이 '뿌리뽑힘'은 어쩌지 못한다. 그는 '뿌리뽑힌' 존재들에서 '탈주'와 '되기'의 가능성을 보는 최근의 포스트모던한 경향과는 달리 오히려 실존주의적 고립과 결핍과 상처를 감지한다. 조해진의 떠도는 존재들은 공감적 상상력을 통해 자기도 모르는 사이에 다른 떠도는 사람들 ─ 타자 ─ 에게 "내일을 꿈꿀 수 있게 하는 빛"이 되기도 한다. 찰나적이었지만 한때 한순간 타자를 살게 한 아슬아슬한 빛, 그 빛이 한줄기 실낱같은 희망이 되었다는 기억이 떠도는 존재의 현재적 삶을 지탱하고 새로운 출발을 가능하게 한다.

촛불혁명은 진행형인가

◆

『디디의 우산』을 읽고

2016년 10월 말에 시작되어 이듬해 봄에 대통령 박근혜의 탄핵과 문재인 정부 출범의 동력이 되었던 촛불혁명은 진행형인가? 혼탁해진 국내정치를 지켜보면 언제 혁명 비슷한 일이라도 있었나 싶다. 어디서 어떻게 풀어야 할지 가닥을 잡기 힘든데, 따져보면 여야 두 거대정당의 당리당략적 태도가 주된 요인이다. 정부와 여당이 자유한국당 탓만 할 게 아니라 무엇보다 촛불민심을 반영하는 선거제도 개혁을 이루겠다는 실천적 의지를 보일 때만 해결의 실마리가 보일 것이다.

시야를 넓히면 2차 북미회담을 앞두고 또 한번 남북관계의 획기적인 진전과 한반도 대전환을 도모하는 움직임이 확연하다. 분단체제 변혁이라는 견지에서 남북관계는 물론 북도 체제 바깥은 아니다. 게다가 촛불정부 출범 이래 계속되는 적폐청산과 아울러 낡은 권위적인 조직문화와 성차별적 관행에 저항하는 미투운동과 갑질 반대운동까지 감안하면 혁명은 끝난 것이 아니다. 이 시점에서 혁명이 무엇인지 다시 묻는 일이 요긴한데, 마침 소설가 황정은이 최근작 중편 둘을 함께 묶은 연작소설 『디디의 우산』(창비 2019)에서 바로 그 물음을 제기한다.

『디디의 우산』에 수록된 중편 「d」와 소설·에세이의 혼합양식 같은 「아무것도 말할 수 없다」에서 눈여겨볼 것은 혁명이라는 주제를 다루는 특이한 방식이다. 작가 나름의 새로운 혁명 개념을 제시하기보다 기존의 혁명운동이나 혁명관을 삐딱한 각도에서 바라보는 것이다. 게다가 그 비스듬한 시선으로 보이는 형상과 움직임을 그대로 진술하기보다 서사화하고 비평함으로써 독자로 하여금 스스로 낡은 세계의 제도·정동·사유에 침윤되지 않은 혁명 개념을 재구성하도록 이끈다. 가령 「d」에서, 전도하듯 혁명을 주장하는 박조배의 종말론적 혁명론이 허세 가득한 엉터리 혁명론이라면 진짜 혁명은 어떻게 시작할 수 있는가를 묻는 것이다.

'혁명' 주제를 좀더 직접적으로 다루는 「아무것도 말할 수 없다」에는 한국사회의 주요한 시대적 흐름과 관련된, 대략 세가지 혁명적 계기가 등장한다. 금방 눈에 띄는 것은 촛불혁명이다. 박근혜 파면 선고일 오후에서 시작하여 그 첫 장면으로 돌아와 끝맺는 소설의 구조부터 촛불 '혁명'을 부각하는 셈이다. 하지만 정작 촛불시위는 짤막하게만 다뤄지며(11장), 그 현장에서의 태도도 열렬한 지지와는 거리가 있다. 화자는 '惡女 OUT'이라고 적힌 한 남성의 손팻말을 보고도 그냥 지나치지만, 적절히 반응하지 못했다는 자책감을 떨치지 못한다. 마지막 장(12장)에서 화자는 이렇게 말한다. "사람들은 오늘을 어떻게 기억할까./탄핵이 이루어진다면 혁명이 완성되는 것이라고 사람들은 말했지. 동학농민운동, 만민공동회운동, 4·19혁명과 87년 6월항쟁까지, 한번도 제대로 이겨본 적이 없는 우리가 이기는 것이라고. (…) 오늘은 그날일까. 혁명이 이루어진 날."(313~14면) 화자는 '사람들'의 이런 평가에 이견을 달지 않은 채 촛불이 진정한 혁명인지에 대해서는 유보적인 입장을 보인다.

또 하나는 1996년 연세대 투쟁이다. NL계의 범청학련과 한총련이 공동 주최한 제6차 8·15통일대축전을 '문민'정부를 자처한 김영삼정부가 군사작전을 방불케하는 가혹한 방식으로 진압한 바로 그 사건이다. 작가는 이 행사에 참여한 수많은 학생들이 경찰의 봉쇄와 최루탄 폭격에 내몰린 채 며칠간 한 건물에 갇혀 지낸 그 현장을 ── 그때의 정황을 적나라하게 전하는 신문보도까지 인용해가며 ── 그 특유의 정동적 언어로 실감나게 제시한다. 연세대 투쟁이 화자에게 어떻게 체감되었는지를 일러주는 상징적인 일화는 갇혀 있는 동안 어쩔 수 없이 생리혈로 얼룩진 바지를 입고 지낸 여학생 L의 이야기다. L은 사건 이후 트라우마를 겪는데, 화자를 포함해서 함께 갇혀 있었던 운동권 동료들조차 처음에는 그 트라우마를 이해하지 못한다. 크리스떼바(J. Kristeva)의 '비체(Abject, 卑體)' 개념이 시사하듯 여기서 '생리혈'은 자신이 속한 공동체에서 쫓겨나는 비참함을 환기한다.

세번째는 페미니즘 운동이다. 화자는 96년 연세대 투쟁을 계기로 페미니즘 쪽으로 나아간다. 이 사건 이후 운동권에 대한 대학 안팎의 혐오가 널리 퍼지면서 "체감상 학생운동은 끝났"(186면)기 때문이기도 하지만, 설령 왕성하게 활동했다 해도 남성 중심의 관행과 체질이 배어 있는 운동권에 남아 있을 것 같지 않다. 그런데 운동권을 떠나서 페미니즘 활동을 한다면 혁명은 포기한 것인가? 화자에게 운동적 지침이 있다면 그것은 주류의 남성들에게는 보이지 않는 여성을 비롯한 소수자들(성소수자 장애인 아이 등)에게 당당하게 살 수 있는 자리와 몫을 주어야 한다는 의식이다. 이런 의식은 용산참사와 세월호참사 같은 일을 겪는 사회적 약자들과의 연대감과 결합된다.

학교, 직장, 가정에서 벌어지는 여성과 소수자에 대한 억압과 배제, 혐오와 갑질의 사례들은 한국사회가 근본적으로 바뀌기 어려운 연유를 적시함으로써 향후 일상에서 싸워야 할 지점들을 드러낸다. 그중 단연 눈길을 끄는 것은 딸과 아버지의 관계다. 화자는 부모와 자식, 어른과 아이, 남성과 여성이라는 삼중의 관계에서 약자의 처지인 딸의 입장에서 아버지의 삶과 언행을 적나라하게 포착한다. 가부장적 폐해를 뚜렷이 자각하지 못했던 시절에는 아버지가 불쌍해서 어쩔 줄 몰랐던 딸은 이제 아버지가 비열한 짓을 했음을 깨닫고 분노한다. 그리고 화자가 연세대 투쟁 현장에서 다시 만난 동성의 서수경과 이십년간 함께 살고 이들의 집에 동생 김소리와 조카 정진원이 찾아오는 상황은 일종의 대안가족 등장에 해당한다. 이 장면들에는 억압과 배제, 혐오와 갑질이 없는 새로운 방식의 가정을 어떻게 이룰 것인지 작가 나름의 고민이 깃들어 있다.

이 소설이 남기는 묵직한 과제는 페미니즘운동과 촛불혁명이 어떻게 만나야 서로의 혁명적 잠재력을 제대로 실현할 수 있는가의 문제가 아닐까 싶다. 세월호시위와 촛불시위에 참여해온 소설의 화자도 짐작하듯, 정치적 혁명운동과 단절된 페미니즘 운동만으로는 한국사회 전체를 바꾸는 일은 가능하지 않을 것이다. 그런데 그 역의 경우도 숙고해볼 필요가 있다. 이를테면 현재 진행되는 페미니즘운동과 갑질 반대운동의 힘찬 활력이 없다면 촛불혁명은 얼마나 지속될 수 있을까? 설사 지속 가능하더라도 촛불혁명의 동력은 현저히 줄어들 것이다. 사실, 촛불혁명이 시작된 무렵부터 여성과 사회적 약자들에 대한 폭력과 혐오를 고발하고 남성 중심의 잘못된 관행을 고치려는 페미니즘운동과 갑질 반대운동은 적폐청산과 더불어 촛불혁명의 강력한 보루였다. 물론 촛불혁명이 좌초할 경우 이들 운동을 포함하여 한국사회 진보개혁운동 전체가 실로 심대한 타격을 받으리라는 것은 두말할 나위가 없다. 페미니즘 운동, 갑질 반대운동 그리고 촛불혁명이 서로 불편해하면서도 함께 가야 할 이유가 여기에 있다.

작금의 혼탁한 정국은 촛불혁명을 무너뜨리려는 세력이 바라는 바다. 수구세력의 준동과 반격은 예상했던 바, 촛불정부와 여당은 의연하게 대처하고 감내할 일이지 이를 선거법 개정 같은 관건적인 정치개혁을 회피할 핑계로 삼아서는 안 된다. 이 시점에서 정치개혁 문제를 정부와 여당에만 맡겨놓을 일이 아니라, 페미니즘운동을 포함한 시민사회의 여러 운동들이 더 긴밀하게 결합하여 정부와 여당이 주요한 정치개혁들을 제대로 실행하도록 압박해야 한다. 촛불혁명은 진행형이지만 지금 중대한 고비를 맞고 있다.

제3부

기로에 선 장편소설
최근 소설비평의 흐름에 대한 비판적 고찰

최근 소설과 비평의 지나친 탈근대적 성향이 불편한 이유
재반론 – 김형중 교수의 반론에 답하며

장편소설 해체론과 비평의 미래
『문학과사회』 2013년 가을호 특집에 대하여

주변에서 중심의 형식을 성찰하다
호베르뚜 슈바르스의 소설론

기로에 선 장편소설

◆

최근 소설비평의 흐름에 대한 비판적 고찰

논의를 시작하며

2010년대는 장편소설을 꽃피울 수 있는 절호의 기회다. 한국문학사를 통틀어 이만한 기회는 드물다고 생각한다. 하지만 이 절호의 기회는 심각한 위기와 맞물려 있다. 이 시기를 놓치면 한동안 찾아오지 않을 다음 기회를 기다려야 하는데, 그때는 아픈 실패의 경험 때문에 기회를 살리기가 훨씬 더 힘들 것이다. 그런데 이 기회/위기의 시기에 비평은 별로 움직임이 없다. 사실 이 비평적 대응의 부재야말로 한국문학의 위기를 나타내는 징후가 아닐까 싶다.

『창작과비평』2007년 여름호의 특집 '한국 장편소설의 미래를 열자' 이래 장편소설은 놀라운 양적 성장을 거듭하여 이른바 '장편소설 붐'을 맞이했고, 이를 계기로 폭넓고 밀도있는 비평적 논의들이 연이어 나오리라 예상되었다. 하지만 장편소설의 (불)가능한 미래를 놓고 김영찬(金永贊), 김형중(金亨中)과 내가 벌인 논쟁[1]을 제하면 장편소설에 대한 열띤 토론이나 논의를 찾아보기 힘들다. 현재의 '장편소설 붐'이 2010년대 한국문학의 지형을 크게 바꿔놓을 것이 분명한 만큼 이에 대한 대응은 비평의 최우선적 과제인데, 비평가들은 개별 장편에 대한 논의는 하되 중요한 장르로서 장편의 가능성과 방향성에 대해서는 좀처럼 발언하지 않는다. 이런 연유로 지난 5년 사이 장편소설의 범람 속에서 우리의 소설문학이 어디쯤 와 있고, 어디로 가고 있는지에 대한 감각은 실종되고 있는 듯하다. 우리가 어디에 있는지 누구나 다 알고 있는 듯이 행동하지만 사실은 아무도 모르는 상태랄까.

논의 부재에 대한 해명으로, 비평적 견해를 본격적으로 개진하기에는 때가 이르다는 입장도 있다. 가령, 장편소설의 양적 팽창에도 불구하고 아직까지는 예술적 성과를 논할 만큼 뛰어난 작품이 별로 나오지 않았다는 소리를 종종 듣는다. 일리가 없진 않다. 오랫동안 단편 위주로 단련된 소설가들이 장편에 도전해 뜻깊은 작품을 써내려면 꽤 오랜 시일이 필요할 것이다. 현재 진행 중인 '장편소설 붐'의 규모와 다양성, 예술적 성격과 질적 수준의 윤곽이 드러나려면 앞으로 오년 정도는 더 기다려야 할지 모른다. 그러나 그때는 그 성과와 문제점을 분명하게 회고할 수 있을지언정 비평적 개입의 적기는 놓치는 셈이다.

장편소설 '형식'에 대한 비평적 논의가 좀처럼 나오지 않는 실제적인 이유는 전혀 다른 곳에 있는지 모른다. 장편 형식의 특별한 미덕을 실감하지 못해 "한국의 '장편소설'이란 개념이 원고의 분량 (그리고 그것이 주는 몇가지 경제적 이점) 외에 별다른 내포를 지시하지 않은 개념이 되었"[2]다는 김형중의 주장에 공감하는 비평가가 적지 않을 것으로 여겨진

1 졸고「한국문학에 열린 미래를: 현단계 소설비평의 쟁점과 과제」,『문학의 새로움은 어디서 오는가』, 창비2011; 김형중「그러니까, '장편소설'이란 무엇인가?」, 교수신문 2011. 7. 5; 졸고「최근 소설과 비평의 지나친 탈근대적 성향이 불편한 이유」, 교수신문 2011. 7. 13(이 책 제3부에 수록); 김영찬「공감과 연대: 21세기, 소설의 운명」,『창작과비평』 2011년 겨울호 참조.
2 김형중「프랑켄슈타인 박사의 소설 쓰기: 2011년 여름, 한국 소설의 단면도」,『문학과

다. 이를테면 '장편소설 종언론' 혹은 '장편소설 무용론'이 별다른 논의도 거치지 않은 채 일종의 이데올로기처럼 평단 내부에 상당히 퍼져 있는 것이다. 또한 김영찬의 경우가 그렇듯이, 장편소설의 중요성을 믿더라도 근대문학의 종언을 확신하는 평자라면 뒤늦게 도래한 '장편소설 붐'에 사뭇 곤혹스러워할 수 있다. 다행히 김영찬 자신은 그 곤혹스러움을 한참 '앓은' 후에, "지금은 불가피한 '장편의 시대'"[3]라고 천명하며 젊은 작가들에게 장편의 무대에 용감하게 뛰어들기를 요청한다. 납득하기 힘든 부분이 없진 않지만 장편소설에 대한 그의 전향적인 입장은 일단 고무적이다.

김영찬이 '장편소설 회의론'에서 '장편소설 불가피론/기대론'으로 선회하는 입장을 보인 데 반해 김형중은 '장편소설 회의론/불가능론'에서 흔들림이 없고 그렇기에 김영찬 식의 곤혹스러움도 없다. 물론 김영찬과 김형중 외에도 주목할 만한 탐구와 논의를 수행하는 비평가가 없지는 않다. 가령 서구 이론가의 저술을 활용하여 단편과 장편의 특성을 규명하고 장편소설의 본질을 '윤리학적 상상력'에서 찾는 신형철의 비평적 시도도 검토해볼 만하다. 아울러 장편소설에 관한 견해를 밝히지는 않지만 특정한 작품의 선택과 특정한 방식의 독해를 통해 장편에 대한 생각을 드러내는 경우도 고려해야 한다. 가령 서구의 반체제적 지적 유산을 자양분으로 삼아 주로 장르적이고 비주류적인 소설을 열정적으로 독해하는 복도훈(卜道勳)의 작업은 주목할 만하다.

장편소설이라는 형식도 역사적인 산물이며, 따라서 흥망성쇠의 변화에서 면제되어 있지 않다. 장편소설이 '서사문학의 꽃'이라든지 '근대문학 최고의 장르'라고 불려왔다고 해서 향후에도 그런 특별한 지위를 누릴지는 미지수다. 다만 문학의 주체인 작가와 비평가와 독자가 자기 몫을 충

사회』 2011년 가을호 223면 각주 1번.
3 김영찬 「공감과 연대: 21세기, 소설의 운명」 310면.

실히 수행하느냐 아니냐에 따라 장편소설의 미래는 크게 달라질 수 있다. 장편소설이 기로에 선 이 시점에서 그 향방에 관한 논의를 펼칠 수 있는 비평의 역할이 특히 중요하다. 장편 형식의 핵심이 무엇인지, 우리 시대의 장편은 어떤 의미를 지니는지에 대한 논의를 촉발하고, 그 현재적 성과와 문제점을 진단하며 이를 토대로 이 장르의 가능성과 방향성을 먼저 논하는 것까지가 두루 비평가의 몫이다.

나아가 이런 비평작업은 한국문학을 일차적인 대상으로 삼되 세계문학의 차원에서, 그리고 동아시아 지역문학의 차원에서도 이루어져야 한다. 특히 한중일 세 나라에서 나타나는 장편 형식의 급속한 변화와 서로 다른 양상을 눈여겨볼 필요가 있다. 다만 이 글에서는 세계문학의 사례들을 참조하되 한국문학의 맥락에 집중하고자 한다. 실제적인 토론이 되려면 구체적인 작품 논의가 충분히 제시되어야 하지만, 여기서는 몇몇 작품을 촌평하는 것으로 만족할 수밖에 없겠다.

근대/탈근대 문학과 예술적 보수/진보

장편소설에 대한 논의에서 가장 큰 걸림돌 중의 하나는 '근대문학의 종언'을 기정사실화하고 현시기 문학을 '근대문학 이후의 문학'('탈근대문학')으로 인식하는 발상이다. 설령 '근대문학'이 끝난 것은 아니라 해도 이미 예술적 효력을 잃었기에 곧 사라질 운명의 문학으로 인식하는 것도 이런 발상의 한 변종이라고 하겠다. 이 단절의 구도에서는 '근대문학 최고의 장르'라는 장편소설의 위상이 애매해진다. 이에 대한 반응으로 대략 두가지 비평적 경향이 나타난다고 여겨진다.

하나는 김영찬처럼 "'근대문학' 이후를 살아가는 한국소설이 근대적 의미의 장편(novel)을 넘어 새로운 시대의 장편을 창조적으로 재구성하는 과제"[4]를 새롭게 설정하는 길이다. 기존의 형식과는 다른 새로운 종류의 장편을 시도해보자는 취지는 훌륭하다. 아쉬운 점은 한국소설이 "'근대문학' 이후"를 살아간다고 규정함으로써 '근대문학'이 내장하고 있는 풍부한 자산─그중에서 가장 값진 것은 근대에 대한 발본적인 비판과 통찰─을 이 새로운 예술적 기획에 활용하기 힘들어진다는 것이다. 이런 단절로 인한 빈약한 예술적 자산을 가지고서는 '새로운 시대의 장편을 창조적으로 재구성하는 과제'의 실현이 어렵지 않을까. 역으로 말하면 '근대문학'의 자산을 활용하여 창조적으로 재구성된 '새로운 시대의 장편'이 나오더라도 그 진가를 알아보지 못할 공산이 크리라고 짐작된다. 그가 박민규(朴玟奎)의 『죽은 왕녀를 위한 파반느』(예담 2009)와 김애란의 『두근두근 내 인생』(창비 2011)을 장편의 성과로 인정하지 않는 것도 이와 무관하지 않을 듯싶다.

또 하나의 경향은 장편이라는 장르, 나아가 소설이라는 장르 자체의 유효성을 의심하고 그 경계를 해체하는 쪽으로 나아가는 길이다. 이런 경향이 2000년대 이후 소설 창작에서 일부 나타나는 것은 사실이지만, 비평이 앞장서서 이런 경향을 추동하는 측면이 두드러진다. 가령 한 젊은 평론가는 이런 서술을 한다.

소설은 시나 희곡, 또는 개별 민족의 다양한 문학 장르를 자체에 복속시키며 성장하는 방식을 취했다. 그 결과 소설과 소설 아닌 것을 구분할 방법은 거의 없어졌다. 가령, 1930년대 이상의 소설과 에세이는 구분이 어렵다. 학자의 방식에 따라 어떤 에세이는 소설로 구분되고 있다. 사정은 지금도 다르지 않다. 김태용과 한유주의 소설을 에세이라 부르는 사람도 있다. 이기호가 성경의 조판 방식과 언어 습관을 차용해 쓴 소설은 어떤가. 박형서

---

4 김영찬, 같은 글 304면.

가 연구 논문의 형식으로 쓴 소설은 어떤가. 아무리 영민한 문학평론가라 할지라도 소설과 소설 아닌 것을 구분하는 일은 불가능하다.[5]

이 구절을 읽고 어리둥절한 것은 초두의 '소설'은 장편(novel)임에 틀림없고 '1930년대 이상의 소설'을 비롯하여 상당수의 '소설'은 단편(short story)일 수밖에 없는데, 첫 문장의 서술은 단편에는 해당되지 않기 때문이다(이 대목을 영어로 번역하기는 불가능한데, '소설'을 'novel' 또는 'short story'로 구분하여 옮기는 순간 논지 자체가 붕괴돼버린다). 문맥에서 요구되는 장·단편의 구분을 삭제한 것이 의도적인 것인지 실수인지 아리송하다. 어쨌거나 평자가 무리와 과장을 무릅쓰고 전달하려는 것은 장편 형식은 물론 소설 장르 자체의 경계가 해체되고 있다는 메시지일 것이다.[6]

문학의 장르와 형식이 시대에 따라 변하는 것은 당연하며, 이를 고착화하려는 움직임은 예술적 보수 혹은 수구일 공산이 크다. 그러나 근대문학이 끝났다는 가정하에 근대문학의 모든 장르와 형식을 해체하는 것이 무조건 예술적 진보라고 생각한다면 그것은 오산이다. '근대문학의 종언과 그 이후의 문학(탈근대문학)'이라는 발상의 일차적인 문제는 그 속에 깔려 있는 단절론과 단계론이 역사적 상황을 왜곡할 가능성이 크다는 데 있다.

'근대'(modern)와 '탈근대'(postmodern)라는 용어를 떼어내어 시대 구분과 성격 규정의 측면에서 생각해보자. '근대'의 핵심적인 성격을 자본주의체제와 연관 짓는 입장에서는 이 체제가 지속되는 한 근대가 끝난

---

5 서희원「2012년 봄호를 펴내며」,『문예중앙』 2012년 봄호 3면.
6 서희원이 '소설' 대신 고려하는 용어는 '픽션'이다. 가령 "21세기 한국문학에서 '픽션'을 담당하고 있는 내분의 소설가를 만났다. 박형서, 김성중, 윤이형, 조현이 그들이다"(같은 글 4면) 참조.

것은 아니며 따라서 이때의 '탈근대'는 근대 이후의 역사적 시간대를 뜻하는 것이 아니다. 그렇다면 '탈근대'는 근대의 틀 — 근대의 지배적 이념·가치·제도 — 에서 벗어나려는 충동이나 경향을 뜻하거나(성격 규정) 그런 충동이나 경향이 두드러지는 근대 말기의 시간대를 뜻한다(시대 구분). '탈근대'라는 '시대'는 근대에 대한 자기반성이 심화되면서 근대의 경계를 넘어서려는 시도가 빈번해지는 시기라고도 하겠다.

문학 논의에서는 탈근대적 성향이 정확히 언제부터 두드러졌느냐의 문제뿐 아니라 탈근대적인 충동과 계기들이 어떤 방식으로 전유(專有)되느냐에 주목을 요한다. 근대 자본주의체제가 워낙 교활하여 탈근대적인 요소들조차 체제 내로 포섭하여 문화상품으로 개발할 수 있기 때문이다. 아니, 어쩌면 체제의 입장에서는 이 요소들이야말로 꼭 포섭해야 할 대상일지 모른다. 그것들이 새로운 문화상품으로서의 가치가 높을뿐더러 그 잠재적 변혁성을 무력화하는 것이 체제의 자기보전에 관건이 되기 때문이다. 그렇기에 탈근대적인 성향을 '역사화하지'(historicize) 않고 무조건 진보적/혁신적인 것으로 인지하는 것은 자본주의체제의 포섭에 걸려들기 안성맞춤이다.[7] '동일성' 대신 '차이'를 강조하고 '타자의 윤리학'을 표방하는 서구 현대의 이론도 이런 포섭대상에서 면제되어 있는 것은 아니다.[8] 그러므로 어떻게 하면 탈근대의 충동과 계기를 자본주의 상품화과정과 체제 내의 회로에 포섭되지 않게 하고 근대극복의 소중한 예술적 자원으로 만드느냐를 고민해야 마땅하다.

한가지 유력한 방법은 근대의 장편소설을 근거지로 삼되 '탈근대적 상

---

7 프레드릭 제임슨의 저서 제목 '포스트모더니즘(탈근대주의), 혹은 후기자본주의의 문화논리'(Postmodernism, or, The Cultural Logic of Late Capitalism) 자체가 이를 웅변한다.

8 가령 알랭 바디우는 '차이'와 '윤리'에 특별한 의미를 부여하는 최근의 이론들에 대해 신랄한 비판을 가한 바 있다. Alain Badiou, *Ethics: An Essay on the Understanding of Evil*, Verso 2002, 2장과 3장 참조.

상력'을 근대의 경계를 뚫고 새 길을 개척하는 일종의 전위대로 활용하는 것이다. '탈근대적 상상력'이라는 전위는 근거지에서 근대성찰 세력으로부터 힘을 충전하되 그 내부의 근대주의 수구세력과도 싸워야 한다. 근대 장편소설이 내장한 근대성찰의 풍부한 지적 자산과 탈근대적 상상력의 결합, 이것이 김영찬이 제기한 '새로운 시대의 장편을 창조적으로 재구성하는 과제'를 수행할 수 있는 핵심적인 전략이 아닐까. 사실은 빼어난 장편소설이 내장한 근대성찰의 지적 자산 속에는 이미 과거 여러 시대의 탈근대적 상상력이 응축되어 있다. 그럼에도 새로운 시대의 장편은 새 시대 고유의 탈근대적 상상력을 핵심의 일부로 삼고자 한다. 장편소설은 무엇보다 당대성의 예술이기 때문이다. 과거를 다루더라도 현재와의 연관이 중요하며 그 예술적 촉수는 어느새 미래를 향해 뻗어 있기 마련이다.

'근대문학'과 '그 이후의 문학'(탈근대문학)을 단계론적으로 나누어 각각을 예술적 보수(수구)와 진보로 대응시키는 발상은 현단계 문학예술의 복잡한 지형을 통념적으로 단순화한 결과다. 이는 서구중심주의와 전지구적 자본주의체제의 유지와 확장에 유리한 지적·문화적 구도를 재생산해낸다. 한국문학에서 이런 발상이 퍼지게 된 결정적 계기는 물론 카라따니 코오진의 근대문학 종언론이다. 그런데 종언론을 추종하는 한국의 비평가가 경각심을 가져야 할 대목은 카라따니가 문학판을 떠나게 된 이유이다. 그는 '근대문학'을 밀어낸 '근대문학 종언 이후의 문학'이 예술적 진보는커녕 오락에 불과한 것으로 판단하고 문학에 대한 희망을 접은 것이다.

단편, 중편, 장편의 본질적 특성

앞의 도식적 발상에 잡혀 있지 않더라도 장편소설의 본질을 규명하기란 쉽지 않다. 하지만 장편소설이 무엇인가를 묻지 않은 채 어떻게 그 미래를 논할 수 있겠는가. 세계문학에서 (장편)소설론은 루카치(G. Lukács), 바흐찐(M. Bakhtin), 모레띠 같은 비평가들에 의해 발전되어왔지만, 이들의 논의를 끌어들여 작금의 한국 장편소설에 대한 진지한 입론을 시도한 예는 드물다. 한때 맑스주의 문학론의 정수로서 막강한 영향력을 행사했던 루카치의 소설론과 그 중추인 총체성, 전형성, 당파성 개념은 현실반영론과 함께 낡은 미학의 기표처럼 취급될 뿐이다. 이질성과 다성성을 강조하고 총체적 장르를 지향하는 장편소설 개념을 제시한 바흐찐, 서구 교양소설의 종언과 '근대의 서사시'(modern epic)라는 새 발상을 제시한 모레띠의 소설론도 면밀하게 연구되기보다 자의적으로 발췌·이용되는 경우가 많다.

이처럼 소설론 빈곤상태에서 최신 서구 이론가의 저술을 활용하여 단편과 장편의 본질을 규명하고 작품 논의까지 시도한 신형철의 평문[9]에 주목하지 않을 수 없다. 먼저 들뢰즈·가따리의 저서를 거론하면서 단편의 특성을 논하는 대목을 살펴보자. 『천개의 고원』의 저자들은 꽁뜨와 단편을 비교하면서 단편의 본질을 규정한다. 꽁뜨가 '무슨 일이 일어날 것인가?'라는 질문을 중심으로 움직인다면 단편소설은 '무슨 일이 일어났는가?'라는 질문을 중심으로 구축된다는 것이다. 꽁뜨가 '발견'의 형식이라면 단편소설은 '비밀'의 형식이다."(376면) 얼핏 그럴듯하기도 의아하기도 하다. 확인해보니 국역본은 nouvelle(novella)을 '단편소설'로, conte(tale)를 '꽁뜨'로 각각 옮겼는데, 오역이 아닐 수 없다.[10]

---

9 신형철 「'윤리학적 상상력'으로 쓰고 '서사윤리학'으로 읽기: 장편소설의 본질과 역할에 대한 단상」, 『문학동네』 2010년 봄호. 앞으로 이 글의 인용은 본문에 면수만 밝힘.

10 국역본(『천개의 고원』, 김재인 옮김, 새물결 2001)은 8장 제목(1874년 — 세개의 단편소설 또는 "무슨 일이 일어났는가")에서부터 'nouvelle/novella'를 '단편소설'로 번역하는 심각한 실수를 범했다. 프랑스에서 'nouvelle'은 장편소설(roman)보다 짧은 소설을 뜻하며 주로 중편을 지칭한다. 들뢰즈·가따리가 'nouvelle'의 예로 거론한 작품

묘한 것은 들뢰즈·가따리가 '중편소설'의 본질로 제시한 특성을 '단편소설'의 본질로 이해해도 어느정도는 말이 된다는 것이다. 가령 "중편은 근본적으로 비밀(발견될 비밀의 재료나 대상이 아니라 끝내 간파되지 않는 채로 남는 비밀의 형식)과 관련되어 있는 반면 단편은 발견(무엇이 발견될 수 있는가와 무관하게 발견의 형식)과 관련되어 있다"[11]에서 '중편'의 자리에 상당수의 단편도 들어갈 수 있다는 것이다. 내가 보기에 권여선의 「은반지」(『한국문학』 2011년 여름호)는 발견의 형식이라기보다 비밀의 형식이다. 멜빌(H. Melville)의 「필경사 바틀비」(Bartleby, the Scrivener, 1853) 같은 작품은 어떤가? 발견과 비밀이 중첩되는 형식으로 보는 것이 타당할 것이다. 단편 중에 뛰어난 작품일수록 비밀의 형식을 포함할 확률이 높으니, 단편과 중편이 형식상 중첩되는 지점이 있는 것이다.

그러나 중편소설과 단편소설이 구분되는 지점이 있다. 들뢰즈·가따리는 중편이 "삶의 선(線)들을 발생시키고 조합하는 고유의 방식"(194면)에 초점을 맞춘다. 가령 피츠제럴드의 자전적 에세이 분석에서 그들은 붕괴하는 '하나의 삶'을 구성하는 세개의 선을 구분해낸다. 그것은 그의 삶을 무너뜨리는 세 종류의 결정적 타격이 나아가는 선이다. 하나는 외부에서 오는 타격의 선(절단선), 다른 하나는 내부로부터 오는 타격의 선(파열선), 그리고 기왕의 삶으로부터 완전히 벗어나는 단절과 탈주의 선(단절

들도 단편이 아니라 중편이다. 그렇기에 영역자는 'nouvelle'의 역어로 'short story'가 아닌 'novella'를 택한 것이다. 'conte'는 짧은 이야기로서 그 성격상 영어의 'short story'보다는 'tale'에 더 잘 어울린다. 프랑스문학의 'conte'는 우리말 '꽁뜨'와는 완전히 어감이 다르므로 '단편'으로 옮기는 것이 마땅하다. 8장에서 들뢰즈·가따리는 '리좀'(rhizome) 철학을 적용하여 제임스(H. James)의 「새장에서」(In the Cage)를 비롯한 중편소설들과 피츠제럴드(S. Fitzgerald)의 중편 분량의 자전적 에세이 「무너짐」(The Crack-Up)을 날카롭게 분석하면서 삶의 세가지 '선'(line) 개념을 제시한다.

11 Gilles Deleuze and Felix Guattari, *A Thousand Plateaus: Capitalism & Schizophrenia*, Tr. Brian Massumi, University of Minnesota Press 1987, 193면. 번역은 필자의 것임. 앞으로 이 책의 인용은 본문에 면수만 밝힘.

선)이 그것이다. 이 부분을 소개한 후에 신형철은 이렇게 말한다.

　이제 단편소설은 절단선과 파열선과 단절선 모두를 효과적으로 조합할 때 성립된다고 말하면 될까? 그러나 그것은 너무 지나친 요구일 것이다. 피츠제럴드에게서 세개의 선을 발견해낸 이들의 관점에 반드시 부합하는 것은 아닐지라도 나름대로 이런 최소한의 정의를 시도해볼 수 있지 않을까. **단편소설은 '무슨 일이 일어났는가?'를 묻고 삶에서 하나의 파열선을 발견해내는 작업**이라고 말이다. 뒤집어 말하면 '삶을 가로지르는 아주 미세한 파열선 하나'를 포착하기만 해도 단편소설은 성립될 수 있다. (378면, 강조는 원문)

들뢰즈·가따리는 세개의 선을 이야기하지만, 신형철은 하나의 선만을 받아들인다. 그들은 중편을, 그는 단편을 염두에 두고 논하기 때문이다. 중편 형식은 세 선의 조합으로 구성되지만, 단편 형식으로는 세 선 모두를 수용하기 힘들다. 이것이 두 형식의 차이일 것이다. 신형철이 세 선 중에서 "우리 삶을 내부에서부터 천천히 갉아먹는 파열선"(378면)을 단편의 본질적인 선으로 고른 것은 타당한 선택이다. "단편소설은 '무슨 일이 일어났는가?'를 묻고 삶에서 하나의 파열선을 발견해내는 작업"이라는, 그가 재구성한 정의도 들뢰즈·가따리의 원안보다 설득력이 있다. 하지만 이보다 더 나은 정의라 해도 이 장르의 본질을 규정하는 보편적인 공식이 될 수는 없다.[12] 중편 형식에 대한 들뢰즈·가따리의 논의도 마찬가지다. 풍부한 탈근대적 상상력과 복잡·정교한 논리를 지니고 있어서 중편이 늘어나는 우리의 입장에서 경청할 만하지만[13] 이것도 중편을 읽는 하나의

---

12 아르헨띠나 소설가 삐글리아의 '단편소설에 대한 테제'가 더 나은 정의에 해당한다고 생각된다. 그는 단편소설이란 '보이는 이야기'와 그 속에 숨겨진 '비밀 이야기'의 다양한 방식의 조합이며, 그중 "비밀 이야기가 단편 형식의 열쇠"라고 주장한다. Ricardo Piglia, "Theses on the Short Story," *New Left Review*, 2011년 7-8월 참조.

흥미로운 방법일 뿐이다.

장편소설에 대한 논의에서 신형철은 "특정한 '세계'에서 특정한 '문제'를 설정하고 특정한 '해결'을 도모하는 서사전략"이라는 자신의 지론을 상기시키고 그 연장선상에서 "장편소설은 최소한의 경우 스토리텔링이지만 최대한의 경우 의제 설정이자 사회적 행동일 수 있다"는 과감한 주장을 편다.(379면) 장편소설을 사회적인 의제나 행동과 무관한 것으로 치부하는 평단의 경향에 비추어 상당히 진취적인 태도로 보인다. 물론 그렇다고 장편 형식을 사회의 다른 담론 형식과 동일하게 취급하는 것은 아니다. 장편소설은 의제 설정과 사회적 행동을 '독자적인 방식'으로 수행하는데, 신형철은 이것을 '문학적 판단' 기능이라고 부르고 이렇게 설명한다.

그 기능은 어떤 지배적인 판단체계로도 파악할 수 없는 진실이 있음을 고지하면서 사건을 특정 판단체계의 권력으로부터 회수하여 모든 것을 근본에서부터 다시 사유하도록 만든다. 이것이 옳고 그름에 대한 통념적 규정을 뒤흔든다는 점에 주목해 그 문학적 판단체계를 '윤리학적 상상력'이라 명명할 수 있다.(380면)

이 대목은 분명 장편소설이 어떤 최종심급의 진실 혹은 진리와 연관이 있는 장르라는 뜻이다. 장편소설은 일찍부터 특정한 개인과 그 개인이 속한 계층·체제의 옳고/그름과 선/악의 기준에 매이지 않는 '진리'의 문제와 씨름해왔으니, 이는 그리 새로운 인식이 아니다. 다만 장편 형식과 진리의 연관성을 망각한 듯한 요즘의 평단에서는 상기할 가치가 충분하다. 여기서 눈여겨볼 것은 '윤리학적 상상력'이라는 명명이다. '윤리학적 상

---

13 '경장편'이라 불리는 500매 안팎의 소설들—가령 황정은의 『百의 그림자』처럼 경장편 연재를 통해 탄생하는 소설의 대다수—은 영미문학에서라면 중편에 해당하며 이런 작품들에 장편소설론을 적용하는 것은 무리다

상력'이라는 용어를 대하면 일반적으로 '타자의 윤리학'을 떠올리기 십상이지만, 여기서의 뜻은 정확히 그 반대다. 이때의 윤리학은 바디우의 '진리의 윤리학'에서 연유하기 때문이다.

사실 바디우의 『윤리학』에 개진된 '진리의 윤리학'은 신형철의 장편소설론—특히 그 핵심인 '윤리학적 상상력'론—을 새롭게 가다듬는 데 결정적인 역할을 한다. 그는 이 책 4장 「진리들의 윤리학」의 주요 대목을 인용하면서 '사건으로서의 진리'의 과정을 꽤 상세하게 서술한다. 그리고 바디우에게 '주체'란 '진리과정의 담지자'이며, '진리의 윤리학'이란 '진리의 과정을 지속시키는 원리'임을 강조하기도 한다. 사실 바디우 철학의 '사건' '주체' '진리 과정' 등의 개념이 장편소설 형식에 풍부한 함의를 갖고 있음을 부인할 수 없다. 신형철은 또한 '윤리학적 상상력을 분석하고 평가할 수 있는 하나의 관점'이 필요하다면서 슐링크(B. Schlink)의 『더 리더』(*The Reader*)를 검토하고 이 소설의 3단 구성—어떤 사건의 발생(1부), 사건의 진실이 밝혀짐(2부), 진실에 대한 주체의 응답(3부)—에 주목한다. 그런 후에 "『더 리더』가 따르고 있는 '사건-진실-응답'의 3단 구성을 윤리학적 상상력으로 씌어지는 장편소설의 기본 문법"(381면)으로 상정하고, "3단계 구조를 '진리의 윤리학'(바디우)의 풍부한 함의를 포괄할 수 있도록 다듬어"서 만들어내는 시각을 '서사윤리학'이라고 지칭해보자고 제안한다.(382면)

이로써 신형철의 장편소설론은 '윤리학적 상상력'(장편소설의 의제 설정과 해결을 가능케 하는 문학적 판단 기능), '사건-진실-응답'의 3단 구성(장편소설의 기본 문법), '서사윤리학'(윤리학적 상상력을 분석·평가할 수 있는 관점)이라는 세개의 핵심 개념을 중심으로 빈틈없이 짜이게 된다. '멋진' 이름의 개념들로 구축된 그의 장편소설론은 꽤 근사해 보인다. 사실 현재의 평단에서 장편소설 논의를 위해 이런 비평적 건축술을 보여준 사례는 찾기 힘들다. 그런데 근사한 '이름붙이기'(命名)의 욕구와 모든 것을 특정한 틀(정의나 도식)을 통해서 이해하려는 경향이 다소 과도한 것은 아닐까. 그의 명명법과 그에 따른 이해의 도식이 지닌 유용성과 상대적인 미덕을 실감하면서도 무리하고 부당한 면이 눈에 밟힌다.

먼저 '윤리학적 상상력'(그리고 '서사윤리학')이라는 명칭의 적절성 문제를 거론하지 않을 수 없다. 바디우는 『윤리학』의 2, 3장에 걸쳐 '타자의 윤리학'이니 '차이의 윤리학'이니 하는 최근 서구이론의 온갖 '윤리학' 타령을 신랄하게 비판하면서 오로지 '진리들(혹은 진리 과정들)의 윤리학'만이 유일하게 진정한 윤리학임을 누차 강조한다. 이런 『윤리학』 전체의 논지에 비춰볼 때, 바디우의 '진리의 윤리학'의 핵심을 끌어와 장편소설론에 활용하면서 그것을 ('진리'와의 연관이 드러나기는커녕 바디우가 그토록 비판한 '윤리학' 타령을 연상케 하는) '윤리학적 상상력'이라고 명명하는 것은 부당하지 않은가?

장편소설의 '기본 문법'으로 제시된 '사건-진실-응답'의 3단 구성은 『더 리더』를 포함한 상당수 장편에 유용한 도식이 될지 몰라도 독창적인 걸작 장편에는 공연한 족쇄가 되기 쉽다. 3단 구성은 바디우의 '사건으로서의 진리' 과정과 닮아 있다. 그런데 장편소설에서 진리가 드러나는/구현되는 방식이 바디우의 '사건으로서의 진리' 과정 혹은 '사건-진실-응답'의 3단 구성과 동일하거나 유사해야 하는가? 그렇지 않다고 본다. 우리는 장편소설에서 어떻게 진리가 구현되는지를 도식화할 수 없다. 뛰어난 장편소설은 제각각 진리를 구현하는 고유한 방식이 있다. 그리고 소설 속에서 사건의 진실이 밝혀지는 것과 예술작품에서 이뤄지는 진리 구현은 동일한 차원이 아니다.[14]

---

14 가령 미국문학 최고 장편으로 꼽히는 『모비 딕』(*Moby-Dick*, 1851)의 경우 이질적인 장르와 양식의 혼합으로 말미암아 선형적인 3단 구성을 적용하는 것 자체가 무리다. 설령 그중에 전통적인 소설서사에 가까운 에이헙의 광기 이야기만 떼어놓고 다룬다 해도 제2단계에서 사건의 '진실'이 말끔히 밝혀지기는커녕 더 애매해지기도 한다. 묘

장편소설의 실제비평에서 무엇보다 중요한 것은 작가의 말보다 소설서사의 '예술언어'에 귀를 기울이는 일이다. 작가의 의도와 실제 구현된 작품의 차이에 민감하게 반응하면서 작가의 주문이 아닌 작품의 언어를 읽는 독법이 필요한 것이다.[15] 신형철이 '서사윤리학'의 관점에서 황석영의 『손님』(창비 2001)과 김연수의 『밤은 노래한다』(문학과지성사 2008)를 읽는 부분에서 눈에 띄는 것은, 한편으로는 작가의 의도에 휘둘리고 다른 한편으로는 '사건-진실-응답'의 3단 구성에 집착함으로써 정작 작품에 대한 비평감각이 제대로 작동하지 못한다는 점이다. 두 장편은 모두 주목할 만하지만 『손님』의 경우 작가의 의도가 비교적 성공적으로 구현된 데 반해 『밤은 노래한다』의 경우는 그렇지 않다.

『밤은 노래한다』는 복잡한 구성과 추리적 기법, 공식 역사와 어긋나는 사실을 들춰내고 꼼꼼히 기록하려는 미덕에도 불구하고 소설의 핵심을 이루는 사랑과 역사적 진실의 문제에서 어딘지 만족스럽지 못하다. 신형철이 지적하듯 역사라는 큰 이야기를 "한 개인의 사랑과 그 상실이라는 작은 이야기로 해체"(384면)하려는 의도는 분명한데, 소설 속 남녀가 진짜 사랑한다기보다 작가가 나서서 둘은 진짜 사랑하고 있다고 말해주는 느낌이랄까. 그런데 그런 말을 자주 할수록 사랑은 상투적이고 감상적으로 느껴질 수밖에 없다. 화자 김해연이 이정희와의 추억을 떠올리는 장면도, 여옥과 사랑을 나누는 장면도 그렇다. 이는 역사라는 큰 이야기의 해체를 염두에 두고 사랑이라는 작은 이야기를 작위적으로 구성하는 측면이 강하기 때문으로 보인다.

한 것은 이 때문에 오히려 작품 차원에서 '진리'의 드러남이 가능해지는 측면이 있다는 점이다.

15 "예술언어가 유일한 진리"이며 "예술가는 대개가 형편없는 거짓말쟁이지만 그의 예술은 그것이 예술인 한은 그날의 진실을 일러줄 것이다"라는 로런스의 발언은 장편소설을 읽을 때 특히 명심해야 한다. D. H. Lawrence, *Studies in Classic American Literature*, Penguin 1983, 8면.

이에 비해 김연수의 신작 『원더보이』(문학동네 2012)는 그런 큰 이야기 해체의 강박에서 벗어난 듯 서사의 흐름이 한결 가볍고 유연한데, 이는 초능력의 아이를 화자로 설정한 덕이 크다. 역사나 사랑에 대해 진지하고 성숙한 입장을 취할 필요가 없어졌거니와 환상적인 요소의 운용이 가능해지기 때문이다. 물론 복잡한 지적 미로를 즐기는 현학적 취향은 여전하고 초능력의 도입으로 포스트모던 소설의 특징은 더 두드러지지만, 그 특유의 탈근대적 발상과 기발한 언어유희가 상당한 효과 —— 특히 타인들의 심중의 말이 화자의 독심술에 감지되어 불쑥불쑥 흐린 활자의 형태로 출현할 때의 효과 —— 를 발휘한다.

삶과 죽음의 충동, 2010년대 소설문학의 흐름

우리 시대에 장편소설 형식이 어떤 의미를 지니는지, 특정한 장편소설론이 얼마나 유효한지를 묻기 위해서는 주목할 만한 장편들에 대한 비평적 논의가 필수적이다. 그런데 우리 시대의 '주목할 만한 장편들'로 무엇을 꼽는가의 문제부터가 사실은 논의의 시작이다. 2000년대 이래 소설문학은 상당히 다양해져서 각양각색의 장편이 출간되고 있으니, 그중 몇몇을 선택하는 데는 평자의 비평적 판단이 작용하기 마련이다. 개별 작품의 평가뿐 아니라 이른바 '본격/장르'의 구분에 대한 입장도 영향을 미칠 것이다. 장편소설의 가능성을 믿지 않는 평자라면 또다른 관점에서 주목할 만한 작품들을 선별할 것이다. 김형중은 최근 발표한 두편의 평문[16]에서 이러한 작업을 시도하는데, 장편소설에 집중된 논의는 아니되 장편 형식

---

16 김형중 「살아 있는 시체들의 밤 1」, 『문예중앙』 2012년 봄호 및 「살아 있는 시체들의 밤 2」, 『문학들』 2012년 봄호.

과 밀접한 관련이 있으니 간단히 짚기로 한다.

김형중은 2011년 번역·출간된 브룩스(P. Brooks)의 『플롯 찾아 읽기』(*Reading for the Plot*, 1984)를 참조하여 근년의 한국소설의 흐름을 프로이트의 정신분석학적 관점에서 재검토하면서, 삶의 충동보다 죽음·파괴의 충동이 지배하는 서사가 '우세종(優勢種)'이 되어가고 있다고 주장한다. 욕망과 희망의 서사보다 죽음과 파국의 서사가 늘어난다는 것이다. 그는 이런 주장의 근거로 윤성희의 「부메랑」, 한유주의 「도둑맞을 편지」, 정영문의 『어떤 작위의 세계』, 박형서의 「나는 『부티의 천년』을 이렇게 쓸 것이다」, 김태용의 「포주 이야기」, 강영숙의 『아령하는 밤』, 김사과의 「정오의 산책」, 김유진의 『숨은 밤』 등을 거론한다. 또한 작품 논의는 하지 않지만 조하형(『조립식 보리수 나무』 『키메라의 아침』), 박민규(『핑퐁』 「깊」 「슬」), 백가흠(『귀뚜라미가 온다』), 김애란(「물속 골리앗」), 편혜영(『아오이가든』 『재와 빨강』 『저녁의 구애』), 서준환(『고독 역시 착각일 것이다』)도 언급한다.

김형중의 이번 주장은 서구 19세기 리얼리즘 소설 이후 "세계가 더이상 유기적이고 인과적인 인지의 대상이 되지 못하고, 사회의 총체적 조망은 더이상 불가능할 만큼 모호하고 파편적"으로 변해 "장편소설을 쓰는 일은 불가능하거나 (…) 가망 없는 작업"[17]이 되었다는 자신의 '장편소설 불가능론'과 밀접한 연관이 있다. 이번에 그가 브룩스의 저서에서 착안한 것은 19세기 소설 내부에 들어온 증기기관이다.

피터 브룩스의 말마따나 19세기의 소설들이 근대적이었던 것은 그것이 증기기관이 지배하는 세계를 잘 묘사했기 때문이 아니라, 아예 소설 내부로 증기기관을 들여왔기 때문이다. 19세기의 위대한 소설들 내부에는 강

---

17 김형중 「장편소설의 적: 최근 장편소설에 관한 단상들」, 『문학과사회』 2011년 봄호 256면.

력한 에너지를 뿜어내면서 서사를 추동하고 플롯을 만들고 의미있는 결말이 있기 전까지 독자들의 리비도 집중을 유인하는 어떤 모터가 장착되어 있었다. 그것은 때로는 작품에서 중요한 모티프 역할을 했던 증기기관이기도 했고, 주로는 주인공들의 욕망이었고, 신분상승에의 의지였고, 보다 나은 삶에 대한 희망 같은 것들이었다. 더 크게는 근대 전체를 떠받치고 있던, 그러나 이제 와 생각하면 별 근거가 없어 보이는 '끝없는 진보'라는 신화였다.[18]

연이어 그는 "전시대 한국문학 내에도 증기기관은 장착되어 있었다"고 단언하며 80~90년대 한국문학을 추동한 근대적 에너지는 구체적 발현양태는 달라도 그 구조에 있어 서구 19세기 소설의 그것과 흡사하다고 주장한다. 이쯤에 이르면 김형중의 최종적인 주장을 추측하기는 어렵지 않다. 즉 2000년대 이후의 한국문학에서 삶의 충동 엔진을 장착한 소설보다 죽음과 파괴의 충동 엔진을 장착한 소설들 ── 앞서 열거한 작품들 ── 이 점점 우세종이 되어가고 있다는 것이다.

김형중의 이런 주장은 일리가 없진 않으나 일면의 진실을 전부인 것처럼 밀어붙이는 또 하나의 예이다. 이데올로기가 그렇듯이 '절반의 진실'은 솔깃하지만 완전한 엉터리 논리보다 사태를 왜곡하는 데 오히려 더 효과적이다. 우선 서구 19세기 소설에 대한 브룩스의 정신분석학적 내러티브 연구가 지닌 미덕과 한계에 대한 비평적 감각이 없거니와, 브룩스의 논지를 단순화하면서 자신의 생각에 부합하는 쪽으로 몰아가는 문제도 있다. 간단한 반론을 펴자면 ──『위대한 유산』(*Great Expectations*, 1861) 같은 영국의 장편소설들도 그렇지만 ── 19세기 중반 '미국문학의 르네쌍스'를 꽃피운 호손(N. Hawthorne), 멜빌, 포우(E. A. Poe)의 소설들은 이

---

18 「살아 있는 시체들의 밤 2」 279면.

런 일면적인 '증기기관 장착론'으로는 도저히 설명이 되지 않는다. 가령 추리/공포/환상소설의 개척자인 포우는 김형중이 2000년대 이후 한국소설의 우세종으로 거론한 죽음과 파괴의 충동을 장착한 소설들의 효시이다. 호손과 멜빌은 또 어떤가. 미국의 독립 이후 희망에 들뜬 시대 분위기 속에서 미국사와 근대문명의 어둠을 끝까지 직시하여 "근대 전체를 떠받치고 있던 (…) '끝없는 진보'라는 신화"의 가장 깊은 뿌리까지 성찰한 작가들 아닌가. 호손의 『주홍글자』(*The Scarlet Letter*, 1850), 멜빌의 『모비딕』과 「필경사 바틀비」 같은 소설은 바로 근대의 개인과 사회 내부에 '장착된' 증기기관에 대한 섬세하고 심오한 예술적 탐사이다. 이에 비하면 20세기 모더니즘 소설은 자기 내부의 증기기관을 해체하는 데 골몰한 나머지 세상 속의 증기기관이 파국으로 치닫는 것을 직시하지 않는/못한 면이 있다는 생각이다.

김형중이 2000년대 이후 한국문학에서 우세종으로 꼽는 소설들의 꽤 긴 명단에 대해서는, 우선 죽음과 파국의 서사가 늘고 있음은 분명하지만 그것들이 우세종이 되고 있다는 것은 그의 주관적인 판단임을 지적하고 싶다. 시쳇말로 '쪽수만' 따져서 우세종으로 떠오르는 것은 상품성을 최대화하려고 애쓰는 대중적 소설들이 아니겠는가. 이런 소설들은 팔리기만 한다면 감상적 사실주의는 물론이고 추리와 스릴러, 판타지뿐 아니라 재난과 파국의 서사도 얼마든지 수용할 수 있다. 죽음충동을 내장한 작품들의 '쪽수'가 아니라 예술적 '수준'을 따지자면 종말론적 서사의 정치성을 포함한 폭넓은 논의가 필요하다.[19] 우선 이런 계열의 소설들 중에서도 어느 작품이 더 나은가를 가늠할 필요가 있거니와, 다른 계열과 비교하면 어느 정도의 수준인지도 평할 필요가 있다. 죽음과 파괴의 충동으로 씌어

---

19 종말의 정치적 주체를 중심으로 주목할 만한 비평적 논의를 시도한 예로 황정아 「재앙의 서사, 종말의 상상: 근래 한국소설의 한 계열에 대한 검토」, 『창작과비평』 2012년 봄호 참조.

지는 소설들 가운데서도 포우의 작품처럼 어떤 경지에 도달한 경우는 드물다. 또한 장편소설 논의와 관련해서 눈여겨볼 것은 죽음과 해체의 감각이 압도적인 포우가 (단편 양식에서의 업적은 선구적이었으나) 빼어난 장편을 쓰지 못한 반면, 삶과 죽음의 리듬감을 둘 다 지닌 호손과 멜빌이 미국문학 최고의 장편을 썼다는 사실이다. 이는 뛰어난 장편은 삶과 죽음의 충동 가운데 어느 한쪽의 독주가 아니라 둘의 협주에 가깝다는 것을 암시한다.

2000년대 이후 등단한 우리의 젊은 소설가들 가운데서도 삶과 죽음의 감각, 창조와 해체의 리듬을 겸비하고 있는 작가가 상당수 있다. 김형중의 명단에 올라와 있는 윤성희, 박민규, 김애란, 그리고 그 명단에는 빠져 있지만 특이한 감수성을 지닌 황정은을 포함하여 다수의 작가가 그러하다. 설령 지금은 한쪽 충동이 강한 작가라도 다양한 서사 실험을 통해 자신의 새로운 일면을 발견할 수도 있다. 요컨대 젊은 소설가들이 좋은 장편을 쓸 가능성은 분명히 있다는 것이다. 하지만 지금까지의 성과가 흡족할 만한 것은 아님을 솔직히 인정해야 한다. 신경숙의 『엄마를 부탁해』(창비 2008)와 박민규의 『죽은 왕녀를 위한 파반느』 이후에는 김애란의 『두근두근 내 인생』 정도를 확실한 성취로 꼽을 수 있겠다. 이 작품에 대해 장편이냐 아니냐의 시비까지 있었지만 그에 대해 다른 지면에서 논한 바가 있으므로[20] 여기서는 한두마디만 덧붙이기로 한다.

김애란의 『두근두근 내 인생』은 전통적인 장편소설론의 관점에서 보면 결격사유가 눈에 띈다. 무엇보다도 이 작품은 사회적 지평이랄 것이 ——

---

20 졸고 「가족의 재구성: 가부장제와 근대주의를 넘어서」, 『오늘의 문예비평』 2012년 봄호 272~78면 참조(이 책 2부에 수록). 신경숙, 권여선, 김이설, 김애란, 공선옥의 장·단편 소설을 특정한 주제와 연결해서 다룬 이 글은 장편에 초점을 맞춘 논의는 아니지만 필자 나름으로 눈여겨본 장편소설들을 논의에 포함시켰다. 권희철의 곡진한 평문(「감정교육: 김애란 장편 『두근두근 내 인생』을 위한 노트」, 『창작과비평』 2012년 봄호)도 이 작품이 그저 좋은 소설 정도가 아니라 빼어난 장편임을 실감케 해준다.

전혀 없지는 않더라도 —— 빈약하다. 흔히 장편에서 기대하는 개인의 삶을 넘어서는 공동체의 역사나 사회적 문제에 대한 관심과 비중이 턱없이 적다고 느낄 수 있다. 하지만 장편소설이 사회현실을 얼마나 그리고 어떻게 다뤄야 하는지를 미리 정해놓을 필요는 없다. 오히려 "장편소설이 다루는 것은 어디까지나 개인들의 구체적 삶이 먼저"이고 "유일무이한 단독자로서 그 개인의 삶, 그 개인이 타자와 맺는 관계, 주위의 자연이나 사물과 맺는 관계의 진실에 대해 근본적인 물음을 밀고 나가면 그것이 시대현실에 대한 물음에 닿을 수밖에 없다"는 인식이 중요하다.[21]

이 작품은 한아름이라는 구체적인 개인이 맺는 두 관계에 집중한다. 하나는 부모, 특히 아버지와의 관계고 다른 하나는 가상공간에서 만난 이서하라는 가명을 지닌 사람과의 연인관계다. 양자의 관계에서 모두 이 작품은 이전의 소설들이 보여주지 못한 새로운 경지로 나아간 면이 있다. 부모와의 관계에서는 혈육을 전제로 맺어지고 천륜이라는 당위성이 부여된 전통적인 부자관계에서 벗어나 부모 역시 타자로 받아들이는 지점으로 나아간다. 한아름과 이서하의 관계에서는 가상현실이 삶의 중요한 일부가 된 우리 시대에 사랑의 본질이 새롭게 탐구된다. 가령 사랑이란 고정된 정체의 개인들이 상대방의 정체를 알고 나서 그에 기초하여 친밀한 관계를 이뤄나가는 것이 아니라 '누구세요?'라는 물음과 그에 대한 응답을 본질로 해서 맺어지는 어느 순간의 참된 관계 맺음이 먼저이고 개인들의 정체는 그 관계에 의해 새롭게 재구성되는 면이 있음을 일깨워준다. 그렇기에 이서하가 정체를 속였음을 알고도 한아름은 "너와 나눈 편지 속에서, 네가 하는 말과 내가 했던 얘기 속에서, 나는 너를 봤어"(『두근두근 내 인생』 308~309면)라고 말할 수 있었던 것이 아닐까.

최근에 붐을 이루는 SF와 같은 장르소설과 재난과 종말의 서사에서는

---

21 졸고 「한국문학에 열린 미래를」 227면 참조.

여러편의 수작 단편들이 나와 있고 이를 토대로 조만간 성공적인 장편이 나오기를 기대한다. 우리 시대 여성의 삶과 그 시대적 질곡을 성찰하는 서사들 역시 빛나는 단편이 많지만 장편에서는 아직 확실하게 만족할 만한 작품은 나오지 않았다고 판단한다. 다만 김이설의『환영』(자음과모음 2011)과 최진영(崔眞英)의『끝나지 않는 노래』(한겨레출판 2011)는 그 잠재력 면에서 눈여겨볼 만하여 차기작을 기다리고 싶다. 배수아(裵琇亞)의『서울의 낮은 언덕들』(자음과모음 2011)과 한강의『희랍어 시간』(문학동네 2012)은 두 작가 각각의 섬세한 감수성으로 존재의 새로운 층위를 탐사하면서 언어와 존재, 장소성과 관계성에 대한 물음을 던진다. 중편 형식에 더 어울리는 작품이라는 생각이 들면서도 그들의 다음번 서사적 모험을 기대하게 된다.

최근에 중견작가들 중심으로 성장기의 삶을 되돌아보는 소설들이 쏟아져나오고 있다. 가령 천명관의『나의 삼촌 브루스 리』(전 2권, 예담 2011), 김영하(金英夏)의『너의 목소리가 들려』(문학동네 2012), 권여선의『레가토』(창비 2012) 등은 작가 개인사의 결절점과 한국현대사의 중요한 계기를 연결하여 현재의 성숙한 시각에서 다시 쓰려는 시도이다. 장편만이 할 수 있는 기획이고 영화, 드라마, 만화 같은 대중문화 장르의 코드를 활용함으로써 시장바닥 장르 특유의 활력을 되살리려는 시도를 나쁘게 볼 이유가 없다. 하지만 대중성과 작품성을 함께 만족시키기는 쉽지 않은데, 예술적 성취의 관건은 역사를 즐겁게 소비하는 대중문화의 방식으로 귀착되지 않고 그 개인의 삶과 성장기 시대현실에 얼마나 핵심적인 질문을 던지고 그 질문을 현재적 삶과의 연관 속에서 얼마나 끈질기게 추궁하느냐의 문제일 것이다. 이 계열의 작품들은 현재 연재 중인 것도 상당수이다. 지금까지 나온 작품들은 제각각 장단점을 가지고 있지만, 인물들의 고유성과 관계성에 대한 예민한 감각, 언어적 밀도와 활력에서 돋보이는『레가토』가 주목할 만하다. 고통 받는 삶의 현장을 사려깊은 마음으로 헤아리는 공선옥의『꽃 같은 시절』(창비 2011)과 김려령의『가시고백』(비룡소 2012)은 흔히 사실주의 서사 혹은 청소년문학으로 분류되어 평단의 관심 밖에 놓여 있지만 주목할 만한 장편에 포함시킬 만하다. 또한 칭기스칸(테무진)의 성장기를 다룬 김형수(金炯洙)의『조드』(전 2권, 자음과모음 2012) 출간을 계기로 그간 역사적 진실에 대한 관심은 퇴색하고 자의적인 해석이 넘쳐나던 역사소설 장르에 새로운 계기가 마련되기를 기대한다.

김영찬의 말대로 2010년대는 불가피하게 장편의 시대이다. 소설의 창작현장은 여러 장르와 분야에서 단편의 성취를 바탕으로 성공적인 장편을 내놓고자 분투하고 있다. 이를테면 단편의 언덕에서 장편의 더 높은 산으로 몸을 던져 오르려는 힘겨운 모험을 감행하는 형국이랄 수 있다. 비평가들이 그 창작현장을 지키며 적실한 논의를 하느냐 아니면 침묵을 지키거나 엉뚱한 방향으로 끌고 가느냐에 따라 상황은 크게 달라질 수 있다.

최근 소설과 비평의 지나친 탈근대적 성향이 불편한 이유

◆

재반론── 김형중 교수의 반론(교수신문 608호)에 답하며[1]

필자의 평문 「한국문학에 열린 미래를」(『창작과비평』 2011년 여름호, 『문학의 새로움은 어디서 오는가』, 창비 2011에 재수록)에 대한 김형중의 반론을 관심 있게 읽었다. 서로의 입장이 판이함을 재확인하면서도 '비평적 소통 가능성'을 포기할 이유는 없다는 생각이다. 그런데 문제의 쟁점에 직접하지 않고 필자의 평문을 "이른바 민족문학 계열 논자들의 글에서 자주 발견되는바, 한국 문학에 대한 일종의 부정신학적 논법"으로 규정하면서 글을 시작하는 것은 아쉽다. '민족문학'에 대한 그의 독법이 그리 깊지도 않거니와, 그 문제가 당면한 쟁점도 아니지 않은가. 주요 쟁점에 초점을 맞추고 상대방

---

1 필자는 『창작과비평』 2011년 여름호에 게재한 평문 「한국문학에 열린 미래를」에서 김영찬, 김형중 두 평론가를 거론하면서 이들의 단절론적 근대문학사 인식과 장편소설 불가능론을 비판했다. 이에 김형중 조선대 교수(국어국문학과)가 반론(교수신문 608호, 2011.7.4)을 제기했다. 김 교수는 필자의 분석과 주장을 가리켜 "온당한 제안이지만 구체적 분석이 결여됐다"라고 반박하면서 필자의 장편소설론이 "'구체와 보편의 변증법'으로 요약 가능한 루카치 시대의 '장편소설론'에서 얼마나 진척된 내포를 포함하고 있는지 알 수 없"다고 지적했다. 이에 필자는 최근 소설과 비평의 지나친 탈근대적 성향을 우려하는 이유를 제시하면서 김 교수의 반론에 재반론을 내고자 한다.

이 실제로 발언한 말의 진의를 헤아리며 토론한다면 서로의 입장 차이뿐 아니라 공통된 지점도 포착할 수 있다고 본다. 그런 관점에서 그의 반론을 읽어보자.

우선 그와 김영찬의 단절론적 문학사 인식에 대한 비판을 두고 "수긍할 지점들이 없지 않다"고 인정한 것이라든지 "'근대문학'이냐 아니냐를 따지는 차원에 매이지 말고 작품 하나하나의 진가를 사주는 일에 초점을 두자"라는 나의 제언을 '온당한 제안'으로 받아들인 것은 고무적이다. 물론 무조건적인 인정은 아니다. "그런 비판의 타당함에도 불구하고" 혹은 "온당한 제안을 해놓고도" 필자가 마땅히 수행해야 할 비평작업을 하지 않는다고 나무라는 것이다. 가령 작금의 한국소설을 이해하는 데 왜 '87년체제론'이 '97년체제론'보다 나은 이론틀인지를 구체적으로 논하지 않으며 '작품 하나하나의 진가를 사주는 일'도 실제 작품 분석을 통해 제시하지 않는다고 지적한다. 전적으로 틀린 말은 아니지만, '작품 하나하나의 진가를 사주는 일'을 제한된 범위에서 가능한 만큼은 시도했다는 것 — 가령 박민규의 『핑퐁』에 대한 김영찬의 독법의 대안을 제시한 것 — 을 알아보는 독자도 있기를 기대한다.

3D와 스마트폰 시대의 (장편)소설?

김형중은 단절론적 문학사 인식이 장편소설 회의론과 맞물려 있다는 필자의 주장에 대해서는 이의를 제기하지 않되, '장편문학은 여전히 근대문학의 꽃'이라고 생각하는 논거를 제시하지 않는다고 비판한다. 영미문학과 우리 문학의 여러 전거를 대면서 장편소설이 여전히 우리 문학에 유효한 형식임을 길게 논한 필자로서는 섭섭한 대목이다. "유기적인 인과와 총체성이 묘연해져버린 우리 시대에도 전통적 의미에서의 장편소설이 가능한가?"라고 다시 묻는데, 이에 대해서는 이런 취지로 답한 바 있다. '전통적 의미에서의 장편소설'과 '그 이후의 장편소설'을 나누어 후자는 장편소설이 아닌 별개의 장르인 것처럼 — '브리꼴라쥬'처럼 — 단절적으로 인식하는 방식의 문제점을 지적하고 그런 입장이 자의적임을 19~20세기 영미소설의 창조적 계승 사례를 들어서 비판했다.

그런데도 김형중은 "단편소설은 무엇이고, 장편소설은 무엇인가? 아니 3D와 스마트폰 시대에 소설은 무엇인가?"라는 물음을 다시 반복한다. 이렇게 "의도적으로 발본적"인 주장을 함으로써 그는 장편소설이 더이상 설 자리가 없다는 것을 암시하는 듯하다. 그렇지만 이 물음이 유효한 지역은 지금으로서는 일본이 유일하지 않을까 싶다. 1990년대 이후 일본문학은 컴퓨터게임, 인터넷, 휴대전화가 소설 양식에 지대한 영향을 미치면서 '게임리얼리즘'이라는 개념과 '캐릭터 소설'이라는 장르가 등장하고 '케이따이소설'(携帶小說), 즉 '휴대전화 소설'이라는 장르가 선풍적인 인기를 누려왔으니 말이다. 여기서, 필자가 앞서 언급한 것처럼 카라따니 코오진의 종언론을 추종하는 한국의 비평가들은 그가 이런 '근대문학 이후의 문학'을 오락에 불과한 것으로 판단한 대목을 숙고할 필요가 있다.

탈근대적 상상력과 근대극복의 길

다행한 것은 일본문학의 상황이 예외적이며 한국소설이 일본소설의 전철을 밟을지 아니면 새로운 행로를 보일지 미정이라는 점이다. 급성장하는 중국소설의 복잡다기한 변화도 중요한 변수이며, 특히 장편 형식의 다양한 실험은 예의주시해야 할 사안이다. 최근 중국소설은 경직된 사실주의 형식에서 벗어나 현실의 문제를 직시하면서 상당한 예술적 활력을 보여주고 있다. 이처럼 동아시아 지역의 문학들이 변화의 소용돌이에 처해 있는 상황에서, 특정 지역만을 모델로 삼아 장편소설이 불가능하다는 쪽으로 몰아갈 일은 아니라는 것이다. 그것이야말로 한국문학의 미래를 닫는 길이기 때문이다. 한국문학의 '열린 미래'를 위해서 '전통적 의미에서의 장편소설'이라는 고정된 형태를 군건히 지키자는 것이 아니다. 그 소중한 유산과 핵심적인 특성을 물려받되 이 문학형식의 예술적 혁신을 위해 분투하자는 뜻이다. 장편소설이 지금 이곳에도 유효한 최고의 문학형태로 남기 위해서는 옛것의 고수가 아니라 하루하루 달라지는 삶의 형태에 대응하는 예술적 혁신이 필요한 것이다.

근대와 함께 발전해온 장편소설 형식이 영원하리라고는 생각하지 않는다. 이 점에서 김형중 못지않게 필자도 발본적이다. 가령 "당위와 근거없는 낙관이 어떤 장르의 기복과 운명을 결정하는 것이 아니라, 아무리 복잡한 매개를 거치더라도 (…) 최종심에서는 토대가 소설 양식을 구축한다"는 그의 주장에 동의한다. 다만 이때 '토대'는 3D와 스마트폰 같은 과학기술적 혁신과 그에 따른 사람들의 지각 방식과 감수성의 변화만이 아니라 인간과 인간의 관계, 그리고 한 사회의 성격을 결정적으로 조건 짓는 자본주의 생산양식과 그에 기초한 근대 세계체제이다. 전자는 그 자체로 놀라운 혁신이고 일정한 양식의 변화를 동반하지만 후자의 체제 속에서 일어나는 계기들 가운데 하나인 만큼 장편소설이라는 형식의 본질적인 성격을 바꿔놓지는 못한다는 것이 필자의 생각이다.

(장편)소설은 3D와 스마트폰뿐 아니라 사진과 영화, 라디오와 텔레비전, 인터넷과 휴대폰 등의 전자매체의 발달에 심대한 영향을 받아왔다. 소설은 이들 매체와 경쟁하면서 위기를 겪기도 하지만 그 경험을 자양분으로 흡수하면서 진화해왔다. 물론 소설의 독자 수와 영향력이 점점 줄어들고 있는 것은 사실이다. 그러나 시대현실과 개인의 삶을 관통하는 핵심적 진실을 탐구하는 형식으로서 장편소설은 쉽게 포기할 수는 없다. 근대적인 삶을 충실히 살아가는 데도, 근대 '체제'가 부과한 질곡에서 벗어나는

데도 종요로운 예술적 자산이기 때문이다.

　김형중과 필자의 차이가 가장 또렷이 드러나는 지점은 신경숙의 『엄마를 부탁해』와 박민규의 『죽은 왕녀를 위한 파반느』의 평가에서이다. 그의 말마따나 개별 작품에 대한 평가는 다를 수 있지만 "두 작품은 두 작가의 문학적 행보에서는 가장 성취도가 낮은 작품들"이라고 심하게 비판할 때에는 적어도 그 근거를 댈 필요는 있다. 김형중이 새로운 소설 형태로 주목한 "이장욱의 입체적 소설쓰기, 윤성희의 컬트적 소설쓰기"를 필자 역시 중요한 성과로 꼽지만, 신경숙과 박민규 장편의 전면적인 성취에는 못 미친다고 판단한다. 근대체제가 막바지에 이를수록 거기서 벗어나려는 '탈근대적' 충동은 커지기 마련이다. 그렇기에 작금의 문학에서 '탈근대적' 상상력이 부재하다면 그것은 '건강한' 예술의 징후가 못된다. 그렇지만 '탈근대적' 충동에 휩쓸린 나머지 마치 근대가 끝난 것처럼 근대적 삶과 예술의 형식들을 무차별적으로 해체하거나 내동댕이치는 것은 그 형식을 때론 활용하고 때론 변화시키며 살아가는 구체적인 개인의 삶을 존중하는 예술적 방식이 아니다. 내가 최근 소설과 비평의 지나친 탈근대적 성향을 비판하는 이유다.

장편소설 해체론과 비평의 미래

◆

『문학과사회』 2013년 가을호 특집에 대하여

들어가며

한국 소설문학의 침체를 장편소설의 활성화로 타개해보자는 의견이 대두되던 2007년 여름 계간『창작과비평』이 '한국 장편소설의 미래를 열자'라는 특집을 꾸린 것은 잘 알려진 일이다. 그후 계간지와 웹진의 장편 연재와 현상공모가 늘어남에 따라 장편소설 출간은 비약적인 성장을 거듭했다. 하지만 질적인 성과로 내세울 만큼 뛰어난 작품은 아직 많이 나오지 않았다는 것이 중론이다. 냉정하게 말하면, 오륙년 전에 시작된 장편소설 활성화 노력은 장편의 양적 팽창에도 불구하고 확실한 성공의 길로 접어든 것이 아니며 아직 성패의 기로에 서 있다고 하겠다.

이런 상황이 이어지면서 장편소설 장르를 중시하고 그 활성화에 기대를 거는 담론을 비판하는 평자들도 등장했다. 김형중은 현재의 장편소설 활성화 시도가 문학시장의 여건 변화에 따른 출판 자본의 요구에 의해 주도되고 있다고 꼬집는 한편 19세기 사실주의 이후 "사회의 총체적 조망은 더 이상 불가능할 만큼 모호하고 파편적일 때 장편소설을 쓰는 일은 불가능하거나, 브리콜라주가 되거나, 아니면 존재하지 않는 가상의 총체성을 세계에 투사하는 가망 없는 작업이 되고 만다"[1]고 단언한다. 그의 장편소설 불가능론은 우리 당대 장편소설의 미학적 유효성에 회의적인 젊은 평자들 사이에서 꽤 공감을 얻고 있는 듯하다.

지난호『문학과사회』의 특집, "문제는 '장편소설'이 아니다 — '장편대망론' 재고(再考)"를 읽으면서 새삼 확인한 것도 장편소설 회의론 혹은 반대론의 뿌리가 꽤나 깊고 그 방식과 이유도 다양하다는 점이다. 이 특집에 실린 세 편의 글[2]은 모두 김형중의 입장과 통하지만 성격이 조금씩 다르다. 강동호의 글이 일제 식민지시대의 사례까지 거론하면서 리얼리즘과 장편소설을 시대적인 이데올로기와 그것의 숭고한 대상이라고 양자를 싸잡아 공격하는 장편소설 해체론이라면, 조연정의 글은 문학시장의 흐름에서 비껴선 잘 읽히지 않는 장편들의 미학적 가능성에 주목할 뿐 대중적 예술 장르로서의 기대는 접어버리는, 일종의 장편소설 포기론에 가깝다. 김태환의 논의는 앞의 두 글과 성격이 또 다르다. 그는 "소설의 역사를 서술자의 역사로서 재구성"(301면)해서 펼쳐 보이는데, 20세기 이후의 장편소설에 대해서도 사려 깊은 논의를 이어갔더라면 이 특집에 끼일 이유가 없을 것이다.

이 특집에 대한 논평을 자청한 것은 나의 장편소설 논의에 대한 부당한 비판을 반박하려는 것뿐 아니라 장편소설 논의를 생산적으로 하기 위해

---

1 김형중「장편소설의 적: 최근 장편소설에 관한 단상들」,『문학과사회』2011년 봄호 256면. 그의 '장편소설 불가능론'을 비판적으로 검토한 글로는 졸고「한국문학에 열린 미래를: 현단계 소설비평의 쟁점과 과제」,『문학의 새로움은 어디서 오는가』창비 2011, 93~98면 참조.

2 강동호「리얼리즘이라는 이데올로기의 숭고한 대상: 장편소설론에 대한 비판적 시론(試論)」, 김태환「누가 말하는가: 서술자의 역사」및 조연정「왜 끝까지 읽는가: 최근 장편소설에 대한 단상들」,『문학과사회』2013년 가을호. 앞으로 이 글들의 인용은 본문에 면수만 밝힌다.

서라도 우리가 직면하고 있는 중요 쟁점이 무엇인지를 분명히 할 필요가 있기 때문이다. 그간의 장편소설 활성화 노력이 어떤 성과와 허실을 남겼는지에 대한 체계적인 점검 작업은 다음 기회로 미루고, 여기서는 이 특집과 연관된 쟁점에 집중하고자 한다.

장편소설과 전지적 서술자

김태환은 소설 형식의 발전 과정을 서술자의 변화를 통해 살펴보면서 통념을 뒤집는 유익한 통찰을 심심찮게 선사한다. 가령 "전통적으로 전지적 서술자는 사실주의가 추구한 세계의 총체적인 파악과 서술을 가능하게 하는 존재로 여겨졌고, 따라서 세계에 대한 인식 가능성과 서술 가능성이 의심스러워진 모더니즘의 시대에 전지적 서술자는 사실주의 소설과 함께 몰락한다고 주장되곤 했다. 하지만 모든 것에 대한 진술의 자유를 누리는 서술 장치로서의 전지적 서술자는 결코 몰락하지 않았다. 인물 스스로도 이야기할 수 없을 의식의 흐름을 재현하는 제임스 조이스의 서술자도, 벌레가 된 채 혼자 갇혀 있는 주인공의 의식과 지각을 철저하게 추적하는 카프카의 서술자도 불가능한 진술의 주체로서 모두 사실주의 시대를 주도한 전지적 서술자의 계승자인 것이다"(300면)라는 대목이 그렇다. 그는 19세기 사실주의 소설과 20세기 모더니즘 소설 사이의 질적인 차이에도 불구하고, "장편소설과 밀접한 관련이 있다"(301면)는 '전지적 서술자'라는 중요한 유산이 '계승'되고 있음을 지적한 것이다. 그러나 아쉽게도 그는 이 '계승'의 의미를 더 논하지 않고 논의의 막판에 이르러 장편소설 불가능론 쪽으로 나아간다.

19세기 사실주의는 삶을 본질적인 것으로 요약하는 이야기의 구심력과 모든 것을 말하고자 하는 전지적 서술자의 원심력이 절묘한 균형을 이루면서 영원한 고전성의 느낌을 주는 장편소설의 걸작들을 배출했다. 하지만 루카치 같은 리얼리스트가 전범으로 삼았던 이러한 균형은 오래 지속될 수 없는 불안한 균형이었고, 이미 20세기 초에 깨지고 전지적 서술자와 장편소설은 새로운 서술의 가능성을 개척하며 이야기에서 멀리 이탈해갔다. 그래서 카프카는 결코 장편소설을 완성할 수 없었고, 무질도 작품을 끝낼 수 없었던 것이다.(301면)

이 진술은 만약 카프카나 무질처럼 파격적인 서사적 실험을 시도한 모더니즘 작가의 미완성작을 장편소설 역사의 종착역으로 상정한다면 설득력이 있을 것이다. 그러나 그런 상정이 얼마나 타당한지 의문이다. 모더니즘의 시대에도 제임스 조이스나 윌리엄 포크너처럼 장편소설을 완성한 작가도 있거니와, 19세기 사실주의 서사와 문법을 과감하게 혁신하면서도 그 리얼리즘적 유산을 계승하여 뛰어난 장편을 쓴 토마스 만이나 D. H. 로런스의 경우도 있기 때문이다.

이야기의 구심력과 전지적 서술자의 원심력 사이의 균형이란 것이 "이미 20세기 초에 깨지고 전지적 서술자와 장편소설은 새로운 서술의 가능성을 개척하며 이야기에서 멀리 이탈해갔다"라는 진술이 맞다면, 예컨대 세계문학사에서 '서사의 귀환'이라 불리는 가브리엘 가르시아 마르께스의 『백년의 고독』(1967)을 비롯한 라틴아메리카 '붐' 소설들의 출현을 어떻게 이해할 수 있을까. 그것들은 분명 "새로운 서술의 가능성을 개척"한 것이지만 "이야기에서 멀리 이탈해갔다"기보다 '새로운 방식과 관점의 이야기'를 갖고 찾아왔기 때문이다. 이뿐 아니다. 우리 시대에 생산되는 장편소설 가운데도 새로운 방식과 관점의 '이야기'로 새로운 '균형'을 성취해낸 작품이 적지 않다. 영어권에 한정해도 J. M. 쿳시, 토머스 핀천, 돈 드릴로, 코맥 매카시 등의 뛰어난 장편들을 꼽을 수 있다. 그렇기에 카프카와 무질 이후의 장편소설에 대해 "추상적인 분량의 차원에서 뭉뚱그려서 장편소설이라는 범주를 설정하는 것은 무의미하다"고 결론짓는 것은 실상에 부합하는 타당한 진술이랄 수 없다.

　김태환의 글은 장편소설 형식과 밀접한 연관을 갖는 '전지적 서술자'에 초점을 맞춤으로써 19세기 장편과 20세기 장편의 관계를 '단절'만이 아니라 '계승'으로도 파악할 수 있는 계기를 포착했으나 그런 복합적 관점의 계기를 살리지 못하고 김형중의 입장에 가까운 장편소설 무용론으로 빠져버린 것이다. 김태환이 이런 결론에 이른 데는 20세기 모더니즘 소설이 19세기 사실주의 소설보다 예술적으로 더 진전된 것이라는 생각이 작용한 것으로 보인다. 하지만 소설문학의 예술적 진보 과정을 사실주의-모더니즘(-포스트모더니즘)으로 상정하는 단계론적 발상은 경계해야 한다. 서구 장편소설을 두루 섭렵한 뛰어난 학자 마이클 벨은 자신이 편집한 유럽소설에 관한 안내서의 결론부에서 "장편소설의 역사가 모더니즘 시대에 접어듦에 따라 진보주의적 오류(progressive fallacy)를 특히 경계할 필요가 있"음을 강조한다. "작가들은 선배 작가들의 분명해진 한계들을 벗어나 새로운 형식을 끊임없이 창조하지만, 이는 자연과학에서처럼 새로운 것이 꼭 진보임을 의미하는 것은 아니다"라는 것이다. 그러고는 20세기에 온갖 종류의 장편들이 나왔지만 그중에서 "그전 이백년간에 걸쳐 발전된 전지적인 사실주의 서사가 양적으로뿐 아니라 질적으로도 여전히 이 장르의 주축이다"라고 덧붙인다.[3] 마이클 벨의 이 같은 발언은 우리의 장편소설 논의에서도 참조할 만하다.

---

3 Michael Bell, "Conclusion: The European novel after 1900," *The Cambridge Companion to European Novelists*, Cambridge University Press 2012, 428면.

장편소설 논의에서 실제와 서구중심주의

김태환의 논의가 마지막 단락을 제하면 대체로 수긍할 만한 진술로 이뤄진 데 반해 강동호의 글은 그렇지 않다. 그 이유의 상당부분은 관점의 차이와 논쟁적인 글쓰기 방식에서 비롯되었을 것이다. 그러나 그것만은 아니다. 발랄한 어법으로 상대방의 논지를 공략하거나 뒤집는 재주가 비상하고 문학사의 개념이나 담론에 개입된 정치적 무의식까지 비평의 무기로 삼는 패기는 사줄 만하지만, 문맥을 무시하고 넘겨짚는 논법, 과잉·과소 진술, 불필요하고 과도한 수사 등 납득하기 힘든 구석이 많다. 비평적 대화나 논쟁을 찾아보기 힘든 우리 평단에서 실명 비판을 한 것은 주목할 일이지만, 이왕이면 실사구시적인 논의를 펼쳤더라면 기본적인 사안을 두고 시비를 가리는 수고는 덜었을 것이다.

가장 기본적인 사안은 '소설'과 '장편소설'이라는 용어의 개념과 쓰임새에 관한 것이다. 강동호는 "최근 들어 비평적 쟁점으로 부상한 '장편소설'이라는 장르의 형성 배경을 이해하려면 그 역시 치열한 역사적 부침 속에서 출현한 '한국적' 장르 개념이라는 사실을 염두에 두어야 한다"(248면)고 주장한다. 달리 말하면 '장편소설'을 서구의 '노블'과 등치시키는 것은 "서구의 장르 개념을 의심할 수 없는 자명한 전제로 설정"하는 것으로 "일종의 강박관념"이고 "반드시 짚고 넘어가야 할 편견"이라는 것이다.(251면) 그는 '장편소설=노블'이라는 등식을 '착각'이라고 단언하면서 그것이 한국 근대문학사에 미친 악영향을 이렇게 강조한다.

주지하듯 이러한 착각은 오랫동안 한국 근대 소설이 서구 근대 소설에 비해 열등한 존재, 즉 노블에 대한 일종의 결여태라고 판단하게 만든 원동력이었다. (…) 가령 여러 시기에 걸쳐 한국 소설사를 메타적으로 성찰하는 자리를 돌아보면, 시기를 막론하고 한국 근대 문학사에서 장편에 대한 성취가 상대적으로 취약하다는 지적이 강박적으로 제기되고, 나아가 서구적인(근대적인) 소설의 모범 양식에 미달하는 한국 근대 소설에 대한 절하가 콤플렉스처럼 노출되고 있다는 사실을 어렵지 않게 관찰할 수 있다.(251면 각주 4)

우리 평단의 서구중심주의적 관행을 경계하는 의의는 있지만, 이 대목의 문제는 한국문학의 자기인식에서 서구중심주의의 문제점을 비판하는 만큼이나 자기 문학을 돌아볼 줄도 아는 비평적 균형감각이 부재하다는 것이다. '장편소설=노블'의 등식이 성립하든 안 하든 일단 다른 나라의 소설문학에 비해 한국 소설문학의 상태와 수준을 냉정하게 평가하고 더 나은 성취를 거두도록 노력하자는 것은 납득할 만한 태도인데, 이런 노력마저 도매금으로 매도될 우려가 있다. 서구문학의 담론과 작품을 비판적이고 주체적으로 대하되 그 빼어난 성취는 그것대로 수용하면서 그에 비추어 한국문학의 문제를 성찰할 줄도 아는, 개방적이고 쌍방향적인 균형감각이 필요한 것이다. '장편소설=노블'의 등식에 대해서는 복잡한 논의를 펼칠 수 있겠지만, 이는 그 등식을 받아들이느냐 부정하느냐 하는 두 입장 간의 양자택일의 문제가 아니다. 이를테면 양자가 동일하다거나 동일해야 한다는 강박관념에서 벗어날 필요가 있지만 그렇다고 완전히 별개의 장르인 것처럼 취급하는 것은 실상에 맞지 않는다.

'장편소설=노블'의 등식을 해체하려는 의지가 너무 강한 탓인지, 강동호는 '소설'이라는 용어에 대해 문맥에서의 쓰임새와 어긋나는 무리한 주장을 펴기도 한다. 가령, 그가 "소설에 대한 다분히 서구 중심적인 편견이 강고하게 작동한 사례"(249면)를 비판할 때가 그렇다. 문제의 대목은 내가 어느 평론가의 용어 사용법의 문제점을 지적한 구절인데, 상황을 명확히 보여주기 위해 먼저 나의 비판 대상이 된 구절과 나의 논평 가운데 필요한 부분을 나란히 제시한다.

(1) 소설은 시나 희곡, 또는 개별 민족의 다양한 문학 장르를 자체에 복속시키며 성장하는 방식을 취했다. 그 결과 소설과 소설 아닌 것을 구분할 방법은 거의 없어졌다. 가령, 1930년대 이상의 소설과 에세이는 구분이 어렵다. 학자의 방식에 따라 어떤 에세이는 소설로 구분되고 있다.[4]

(2) 이 구절을 읽고 어리둥절한 것은 초두의 '소설'은 장편(novel)임에 틀림없고 '1930년대 이상의 소설'을 비롯하여 상당수의 '소설'은 단편(short story)일 수밖에 없는데, 첫 문장의 서술은 단편에는 해당되지 않기 때문이다.[5]

1)에서의 '소설'이라는 용어 사용에 대해 나는 "초두의 '소설'은 장편(novel)임에 틀림없고 '1930년대 이상(李箱)의 소설'을 비롯하여 상당수의 '소설'은 단편(short story)일 수밖에 없"다는 것을 문제점으로 지적했는데, 강동호는 이런 지적을 두고 "산문 양식의 잡식성을 오로지 서구식 '노블'이라는 특정 형식만이 독점할 수 있는 특성으로 간주하고 있는 것"(250면)이라고 비판한다. 그러니까 (1)의 초두의 '소설'이 내가 이해하듯 반드시 '장편소설(novel)'이라고 단정할 수 없다는 것이다. 그런데 만약 '장편소설(novel)'을 뜻하는 것이 아니라면 한국에서 '소설'로 지칭되는 문학 장르 가운데 무엇이 "시나 희곡, 또는 개별 민족의 다양한 문학 장르를 자체에 복속시키며 성장하는" 장르로 이해될 수 있다는 말일까?

강동호는 "한국에서 '소설'은 모든 허구 창작물을 포괄하는 상위 개념(fiction)으로 쓰이지만 동시에 (⋯) 서구적인 의미의 '노블'이 구현하고

---

4 서희원 「2012년 봄호를 펴내며」, 『문예중앙』 2012년 봄호 3면.

5 졸고 「기로에 선 장편소설: 장편소설과 비평의 과제」, 『창작과비평』 2012년 여름호 224면(이 책 3부 242면에 게재).

자 했던 어떤 인식론적·미학적 기획의 원형을 가리키는 하위 개념(장편소설)으로도 통용되고 있다"(248~49면)고 주장한다. 이 주장의 근거가 무엇인지 몰라도 실제의 용례와 얼마나 부합하는지 의문이다. 한국에서 '소설'은 문맥에 따라 장편소설을 가리킬 수도 단편소설을 가리킬 수도 있고, 양자를 함께 가리키는 통칭으로 쓰일 수도 있다. (여기서 중편소설까지 포함하면 쓰임새가 더 늘어난다.) 영어권에서는 'short story'(단편소설)와 'novel'(장편소설)을 통칭할 때 'fiction'(픽션)이라는 용어를 사용하지만, 한국에서는 '단편'이나 '장편'이라는 한정어를 떼고 그냥 '소설'이라는 용어를 사용하면 된다. 이런 연유로 한국에서 '소설'을 '픽션'의 뜻으로 사용하는 경우는 문학 장르 논의에서보다는 ── 지어낸 이야기나 거짓말을 들을 때 '소설 쓰고 있다'라고 하는 경우처럼 ── 실생활에서 더 많을 것이다.

물론 실제의 용법에 반대하여 대안적인 용어 사용을 제안할 수는 있다. 하지만 그런 경우라도 문맥을 존중하는 한 (1) 초두의 '소설'을 '장편소설'이 아닌 다른 어떤 장르로 독해할 수 있을지 궁금하다. '단편소설'로 독해하는 것은 기술한 내용상 불가능하며, '픽션'으로 읽는 것도 부조리하다. (2)의 이어지는 괄호 부분 ── "(이 대목을 영어로 번역하기는 불가능하다. '소설'을 'novel' 또는 'short story'로 구분하여 옮기는 순간 논지 자체가 붕괴되기 때문이다)" ── 에서 내가 '소설'이라는 용어를 둘러싼 영어권과 한국어권의 실제적인 용법 차이를 강조하면서 (1)의 혼란을 지적한 대목을 서구중심주의의 증거로 비판한 것은 착각에서 비롯된 해프닝으로 보인다.

장편소설 해체론의 논리

강동호 글의 절반 이상은 1930년대 소설론, 특히 임화와 김남천의 장편소설론에 대한 분석과 비판이다. 장편소설을 둘러싸고 치열한 논쟁을 벌였던 식민지시대의 비평 현장을 돌아봄으로써 오늘날 장편소설 활성화론의 허실을 짚어보려는 취지라면 충분히 납득할 만하고, 실제로 그런 검토 작업을 요청하는 목소리도 있었다.[6] 그러나 강동호 글의 취지는 이와 전혀 다르다. "이때〔1930년대〕의 논쟁들은 장편소설 양식 개념을 직접적으로 창안하고 견인함으로써 장르적 안정성을 마련해준 담론들이었으며, 오늘날까지도 '장편소설=노블'이라는 강박관념이 이어져오도록 영향력을 행사해온 결정적인 담론들"이었을 뿐 아니라 문학적 의제에 국한된 것이 아니라 "어떤 거대한 프로젝트, 즉 세계의 총체적인 변화와 변혁을 기도하기 위해 제출되었던 다분히 사회적·정치적 거대 담론의 일환이었다"는 서술(254~55면)에서 엿보이듯이 '장편소설=노블'이라는 등식과 거대 담론으로서의 장편소설을 비판하고 해체하려는 분명한 목표가 있는 것이다.

논쟁적 글쓰기에서 뚜렷한 목표를 갖고 비판적 논지를 전개하는 것은 전혀 나무랄 일이 아니다. 문제는 그 목표 설정이 적절하고 논법은 정당한가, 그리고 자기 논의 역시 비판받을 소지가 없는가를 돌아볼 줄도 알아야 하는데, 유감스럽게도 그의 글에서는 그런 성찰적 균형감각을 찾을

---

6 권성우 「장편소설 대망론에 거는 기대와 우려」, 『창비주간논평』 2007. 6. 12. 가령 "김남천(金南天) 등에 의해 제기된 장편소설론은 (…) 문학의 현실성과 총체성을 창조적으로 복원하며 당시의 소설문단을 객관적으로 성찰하고자 하는 시도"로 전개되었고 "단지 소설의 분량이나 형식 차원이 아니라, 변화된 상황에 능동적으로 대처하고자 하는 첨예한 시대사적 문제의식을 동반하고 있었"는 데 비해 "최근에 제기되고 있는 장편소설 활성화론은 세계관의 문제, 문학적 가치의 문제, 시대사적 전망을 지나치게 경시하고 있는 것은 아닌지 되물을 필요가 있을 것"이라는 논평 참조.

수 없다는 점이다. 그중에서도 가장 문제로 보이는 것은 자의적인 논법이다. 가령 김남천의 발언에 대한 현란한 정신분석학적 해석이 그 두드러진 예다. 김남천은 "최근의 우리 비평가들이 리얼리즘을 운위(云謂)하면서 단편 창작을 검토할 때, 리얼리즘이란 말이 공허한 채 자의적으로 씌어지든가, 그렇지 않으면 언제나 2, 3개의 문예학적 술어(述語)의 되풀이에 그쳤다. 리얼리즘은 씨 등에게 있어서는 모든 것을 설명하는 술어(述語)인 동시에 아무것도 설명치 못하는 술어(述語)였다. 앞으로 나는 단편소설을 전혀 별개의 실험에 사용할 것이다. 그러므로 내가 소설문학에 관해서 말하는 한, 그것은 리얼리즘과 장편소설을 언제나 고려하게 될 것이다"[7]라고 소신을 밝혔는데, 이에 대해 강동호는 이렇게 논평한다.

이 대목이 놀라운 것은 리얼리즘이 "모든 것을 설명하는 술어(述語)인 동시에 아무것도 설명치 못하는 술어(述語)"였다는 말이 그의 의도와 무관하게 당대의 리얼리즘의 이데올로기적 성격에 대한 정확한 정신분석학적 진단처럼 들리기 때문이다. 사실상 아무런 실체가 없으나 모든 것을 설명할 수 있는 것. 아시다시피 이는 이데올로기의 히스테리적인 효과에 비견될 만한 것이다. 그렇다면 이러한 날카로운 인식을 김남천은 왜 끝까지 개진하지 못한 것일까? 혹 그것은 김남천에게 있어 단편의 대체물로서 장편이 등장한 것은 결국 리얼리즘이라는 이데올로기를 지탱해줄 수 있는 숭고한 대상으로서 장편소설이 다시 물신화된다는 의미가 아니었을까? 물론 이러한 장편소설의 물신적 성격은 거꾸로 말하면 상품의 신비성과 마찬가지로 장편소설이 실은 텅 빈 개념이었음을 환기한다.(269면)

여기서 "모든 것을 설명하는 술어(述語)인 동시에 아무것도 설명치 못

7 김남천 「관찰문학소론 ― 발자크 연구 노트3」, 『인문평론』 1940년 5월호.

하는 술어(述語)였다"는 김남천의 논평은 자신을 포함한 당시 비평가들이 "리얼리즘을 운위(云謂)하면서 **단편 창작을 검토할 때**"(인용자 강조) 드러나는 문제점을 지적한 것인데, 강동호는 이를 "당대의 리얼리즘의 이데올로기적 성격에 대한 정확한 정신분석학적 진단"으로 전환시켜 접수한다. 그 결과 김남천의 이 발언은 단편소설과 장편소설의 장르적 분별을 요하는 문맥과 의도에서 분리되어 되레 그 자신의 취지를 공격하는 '날카로운 인식'으로 돌변한다. 그리고 다음 순간 "이러한 날카로운 인식을 김남천은 왜 끝까지 개진하지 못한 것일까?"라고 추궁한다. 이어지는 넘겨짚기 논법은 그 기발한 상상력은 사줄 만하지만, 비평의 자세와는 거리가 멀다. 정신분석학 비평이란 것이 원래 분석 대상/주체의 의식적인 의도 아래 숨은 무의식을 밝히려는 작업이지만, 이를 구실로 문맥도 무시하는 논법을 구사해도 좋은지는 별개의 문제다.

어쨌든 그가 주장하려는 바는 "리얼리즘이라는 이데올로기를 지탱해줄 수 있는 숭고한 대상으로서 장편소설"로 요약되는데, 이에 대해 '리얼리즘은 이데올로기가 될 수 없다'든지 '장편소설은 숭고한 대상으로 이상화될 수 없다'라고 맞설 뜻이 없다. 만약 그런 절대적인 부정을 추구한다면 그것은 또다른 극단으로 치닫는 꼴이 될 것이다. 그러니 문제는 다시 비평적 균형의 문제로 돌아온다. 강동호는 임화와 김남천의 소설론과 리얼리즘론에서 이데올로기적 편향과 관념론적 한계를 날카롭게 파고들면서 양자 사이의 유의미한 차이를 짚기도 한다. 하지만 앞서 보았듯이 '장편소설을 리얼리즘이라는 이데올로기의 숭고한 대상'으로 몰아가려는 의지가 워낙 강한 탓에 임화와 김남천의 문학론을 실사구시로 논하지도 못하고 그들이 성취한 바는 그것대로 사주면서 비판하는 균형감각을 발휘하지도 못한다. 임화와 김남천 각각에 대한 그의 비판과 양자 간의 차이에 대한 논평이 신빙성이 떨어지는 것은 이 때문이다.

또 하나의 문제는 충분한 근거 없이 근대초극론의 혐의를 씌우는 일이다. 그는 김남천의 「전환기와 작가」의 한 대목을 거론하며 "소위 근대초 극론으로 대변되는 대동아공영권의 제국적 이데올로기와 제휴될 수 있는 가능성까지도 맹아처럼 배태하고 있었다"(264면)고 평한다. 이 판단이 얼마나 타당한지 의심스럽거니와 나에게도 근대초극론의 혐의를 씌우니 실소가 나온다. 나의 글과 그의 논평을 차례로 제시한다.

어떻게 하면 탈근대의 충동과 계기를 자본주의 상품화과정과 체제 내의 회로에 포섭되게 하지 않고 근대극복의 소중한 예술적 자원으로 만드느냐를 고민해야 마땅하다.

한가지 유력한 방법은 근대의 장편소설을 근거지로 삼되 '탈근대적 상상력'을 근대의 경계를 뚫고 새 길을 개척하는 일종의 전위대로 활용하는 것이다. '탈근대적 상상력'이라는 전위는 근거지에서 근대성찰 세력으로부터 힘을 충전하되 그 내부의 근대주의 수구세력과도 싸워야 한다.[8]

"근대극복의 소중한 예술적 자원"이라는 표현에서 저 '근대극복'이라는 말이 내포하고 있는 욕망의 무의식은 그냥 쉽게 지나칠 수 있는 것이 아니다. 특히 "근대의 경계를 뚫고 새 길을 개척"해야 한다는 비전의 제시는 그저 추상적인 슬로건으로만 치부하기에는 석연치 않을 만큼 대단히 징후적인 것이다. 비평가가 이야기하는 새 길이라는 것이 무엇인지 그 구체성이 묘연하다는 것은 말할 것도 없지만, 오히려 그 구체성의 결여가 담론을 전유하는 주체로 하여금 필요에 따라 그 비어 있는 개념을 자의적으로 활성화시키고 나아가 헤게모니를 용이하게 확보하도록 만드는 추상화의 전략이 된 셈이다. 이러한 추상화가 지닌 위험성은 결코 간과해서는 안 될 종류의 것이다. 근대 내부의 적을 청산함으로써 근대를 초탈하겠다는 이 선명

---

8 졸고, 앞의 글 225~26면.

하고도 섬뜩한 기획이 70여년 전에 식민지 지식인들의 의식 구조에 깊숙이 침윤되었던 쇼와 시대의 '근대초극론'의 논의와도 묘하게 닮아 있다는 우리의 의심은 과연 기우에 불과한 것일까?(272면)

강동호는 내 글의 특정 대목을 두고 "선명하고도 섬뜩한 기획"이라고 하는데, 나 역시 내 글이 이렇게 곡해되어 나를 공격하는 자료로 사용될 수 있다는 것이 '섬뜩'하다. '근대극복'이라는 말의 사용에서 '욕망의 무의식'이 추궁당하고 '새 길'이라는 표현의 "추상화가 지닌 위험성은 결코 간과해서는 안 될 종류의 것"이라고 핍박당하며 급기야는 "70여년 전에 식민지 지식인들의 의식 구조에 깊숙이 침윤되었던 쇼와 시대의 '근대초극론'의 논의와도 묘하게 닮아 있다"고 의심받는다. 김남천의 경우처럼 나 역시 나의 '의도와 무관하게' 해석되는 형국이다. 어쨌거나 김남천에 대한 강동호의 비판의 적실성과는 별도로 내 글의 취지가 '근대초극론'과 얼마나 닮았는지는 따져볼 문제인데, 연이은 부분 — "근대 장편소설이 내장한 근대성찰의 풍부한 지적 자산과 탈근대적 상상력의 결합, 이것이 김영찬이 제기한 '새로운 시대의 장편을 창조적으로 재구성하는 과제'를 수행할 수 있는 핵심적인 전략이 아닐까" — 이 하나의 참조점이 될 것이다. 문맥을 감안하면 인용된 대목의 초점은 '근대문학 이후의 문학'(탈근대문학)을 꿈꾸는 김영찬에게 근대문학이 죽지 않았거니와 장편소설이 지닌 근대성찰의 유산을 등진 채 '탈근대적 상상력'만으로는 자본주의 근대를 극복할 수 없음을 역설하려는 데 있다.

강동호는 논의의 막바지에서 "장르론의 실용주의적 전회"를 제안하고 참고할 만한 사례로 "최근 들어 노블에 대한 광범위한 데이터베이스를 바탕으로 독창적인 연구를 진행하고 있는" 프랑꼬 모레띠의 글을 길게 인용한다.(275~76면) 자신의 입장을 분명히 드러내야 할 지점에서 서구 문학계에서 각광받는 논자의 입장을 — 그에 대한 국내외의 우려 섞인 반론들[9]을 참조하지도 않은 채 — 소개하는 것으로 글을 마무리하는 것은 예기치 못한 일인데, 이야말로 서구중심주의적 행태가 아닐까 싶다. 하지만 모레띠의 주장을 새겨보면 왜 관례를 깨면서까지 말미에서 모레띠의 논의를 크게 부각시켰는지 수긍이 가기도 한다. 장편소설 해체론의 입장에서는 모레띠가 개진한 '디스턴트 리딩'(distant reading)이나 '진화론적인' 연구방법론이 더없이 편리할 것이기 때문이다.

인용된 구절에서 보듯 이제 모레띠는 개별 문학 텍스트에 대한 비평은 접고 생물학적 진화론에 입각한 문학사 연구로 나아갈 것을 주장한다. 말하자면 소설의 장르와 장치 같은 형식적 요소를 컴퓨터에 입력하여 데이터베이스화하고 '도표, 지도, 수형도'(graphs, maps, trees)[10]를 작성하고 그것을 통해 문학사를 새롭게 쓰고 해석하기를 기대하는 것이다. 모레띠의 이런 문학사 연구방법론에 대한 체계적인 검토는 앞으로의 과제로 남겨두고, 여기서는 두가지 문제점만 거론한다. 첫째는 모레띠가 의존하는 생물학적 진화론이 자연이 아니라 문학에 적용함으로써 생겨날 법한 문제이다. 소설 형식의 진화과정을 객관적으로 관찰하고 분석하는 '과학적인' 방법론에서는 개별 텍스트의 '꼼꼼한 읽기'에 기반한 독자의 '주관적인' 비평행위가 개입할 여지가 크게 축소될 수밖에 없다. 이는 문학사 — 나아가 인간의 모든 역사 — 에서 인간 주체를 객체화하면서 그 주체적 잠재력의 핵심이라 할 가치평가 능력을 제약할 것이다. 둘째는 이로 말미

---

9 대표적인 글 몇편만 소개하면, 조녀선 애럭 「지구시대의 비교문학과 영어의 지배」, 『창작과비평』 2003년 봄호(Jonathan Arac, "Anglo-Globalism?," *New Left Review* 16 (2002)의 국역본); 유희석 「세계문학에 관한 단상: 프랑꼬 모레띠의 발상을 중심으로」, 『안과밖』 2005년 상반기호; Christopher Prendergast, "Evolution and Literary History: A Response to Franco Moretti," *New Left Review* 34 (2005).

10 모레띠가 시도한 문학사 연구의 새로운 연구의 방향은 "텍스트에서 모델로" 나아가는 것인데, 이때 "모델은 문학연구가 이제까지 전혀 혹은 거의 상호교류가 없었던 세 분과학문들로부터 나온 것이다. 즉 도표는 계량사학에서, 지도는 지리에서, 수형도는 진화론에서 끌어온 것"이라고 밝힌다. Moretti, *Graphs, Maps, Trees*, Verso 2005, 1~2면.

암아 비평적 분별 기제가 제대로 작동하지 못하는 상황에서 장편소설의 운명은 결국 시장의 힘에 좌우될 것이라는 우려이다.[11]

강동호는 "장르론의 실용주의적 전회를 위해 비평이 할 일은 단언컨대 여전히, 너무도 많다"(278면)라는 말로 글을 맺는데, 모레띠 이론을 참조하면 이때 '장르론의 실용주의적 전회'는 '방법론의 과학주의적 전회'와 짝을 이룬다. 이 양자의 전회를 위해서라면 당장 비평이 할 일은 장편소설을 해체하는 일일 것이다. 그러나 그것은 비평이 시대의 창조성을 지키는 중차대한 과제를 자발적으로 시장에 헌납하는 꼴이 아닐까 싶다.

장편소설 해체론과 시장

장편소설 해체와 더불어 비평의 남는 길은 십중팔구 시장에 봉사하는 일일 것이다. 조연정의 글에는 이런 가능성을 현실적인 위협으로 자각하고 시장으로부터 되도록 멀리 떨어져 있으려는, 비평의 불안이 깔려 있다. 그는 "우리 시대 장편소설의 위기는 결국 속도와 시간의 문제로 인해 발생한다"는 전제하에 "장편의 위기를 근본적으로 극복하는 일은 속도전에 동참하는 일이 아니라 결국 그것에 맞서는 일이 되어야 하지 않을까"라고 입장을 밝힌다.(303면) 그런데 '속도전'을 추동하는 것이 시장이지 않은가. 시장과 관련하여 장편소설에 대한 그의 입장이 좀더 명료하게 드러나는 것은 김영찬과 '창비 쪽'의 상반되는 입장에도 불구하고 특정 작품에 대한 견해가 서로 비슷하다고 불만을 터뜨리는 다음 대목이다.

---

11 프렌더개스트가 제기한 논점도 이와 비슷하다. Prendergast, 앞의 글 특히 54~62면 참조. 이에 대해 모레띠는 적극 반론을 펴지만 쟁점이 해소된 것 같지는 않다. Moretti, "The End of the Beginning: A Reply to Christopher Prendergast," *New Left Review* 41 (2006) 참조.

김영찬의 이 같은 논의는 장편소설의 양적 팽창에 대해 신뢰와 기대를 보내는 창비 쪽의 담론을 의식한 발언들이다. 그러나 김영찬의 과도한 비관도, 창비 쪽의 과도한 신뢰도 모두 자의적이라는 느낌이 든다. 게다가 양쪽에서 공통적으로 신경숙의 『엄마를 부탁해』(창비, 2008)와 김애란의 『두근두근 내 인생』(창비, 2011)을 장편의 성과로 지목할 때, 이들이 상업적 성과와 무관하게 문학적 성과를 상찬하는 것인지, 아니면 상업적 성과라는 결과로부터 문학적 성과를 거꾸로 도출해내는 것인지, 결국 장편소설에 관해서라면 상업적 성과와 문학적 성과가 한 몸이라고 하는 것인지 조금 혼란스럽게 느껴진다.(310면)

시장의 힘에 대한 조연정의 불안을 감안하지 않으면 납득이 되지 않는 이상한 논리요 하소연이다. 장편소설의 성과를 '문학적 성과'와 '상업적 성과'의 조합으로 굳이 따지자면, 경우의 수는 최소한 네 가지다. 하나는 상업적 성과는 있어도 문학적 성과는 없는 작품, 둘째는 역으로 상업적 성과는 없어도 문학적 성과는 있는 작품, 셋째는 상업적 성과도 없고 문학적 성과도 없는 작품, 넷째는 상업적 성과도 있고 문학적 성과도 있는 작품이다. 여기서 비평가의 책무는 상업적 성과에 휘둘리지 않고 문학적 성과를 정치하게 논함으로써 네가지 경우의 분별을 가능하게 하는 일일 것이다. 그런데 조연정은 이런 분별을 어렵게 만드는 방식으로 질문을 재구성하고는 "조금 혼란스럽게 느껴진다"고 토로한다. 이런 혼란은 따지고 보면 한편으로는 비평에서 문학적 가치판단을 피하려는 경향과 다른 한편으로는 장편소설의 대중성을 예술성과 양립할 수 없는 것으로 간주하는—여기서는 넷째의 경우를 원천적으로 배제하려는/직시하지 않으려는—편향과 밀접한 연관이 있다.

조연정은 말미에 한유주의 『불가능한 동화』(문학과지성사, 2013)와 박솔뫼의 『백 행을 쓰고 싶다』(문학과지성사, 2013)를 실제비평으로 다룸으로써 앞서의 분류법에 따르면 '상업적 성과는 없어도 문학적 성과는 있는' 둘째의 가능성에 의미를 부여하고자 분투한다. 나는 이것이 뜻깊은 비평적 작업이라는 것을 강조하고 싶다. 다만 그가 "오늘날 어떤 안 읽히는 긴 소설들은 이처럼 불안한 유희를 지속함으로써 시스템에 편입되지 않는 방식을 고안한다"고 평할 때 그 발언 자체에는 동의할 수 있어도 두 장편이 문학적인 성공이라는 생각은 들지 않는다. 박솔뫼는 빼어난 단편을 여럿 썼고 『백행을 쓰고 싶다』에서도 그의 독특한 감수성과 스타일이 찍혀 있지만, 장편에서 요구되는 긴 호흡의 서사전략을 제대로 감당하지 못해 긴장이 풀어지는 대목이 많다. 그렇기에 "박솔뫼는 쓴다는 행위를 통해 스스로 충만해지려는 무의식적 욕망으로부터 애써 거리를 둔다. 그녀의 소설이 어떤 경우 무심하게 건성으로 쓰여진 듯한 느낌을 주는 것은 이런 이유 때문일 것이다"(327면)는 식의 평가에는 찬성할 수 없다. 이 범주에 속하는 최신작 가운데서는 배수아의 장편 『알려지지 않은 밤과 하루』(자음과모음, 2013)가 오히려 눈여겨볼 만하다는 생각이다.

장편소설이 활성화되려면 둘째 범주의 작품도 소중하지만, 역시 넷째에 속하는 작품이 여럿 나와야 할 것이다. 여기서 '상업적 성과'보다는 '대중성'이라는 개념이 나을 듯하다. 이때의 대중성이란 많이 팔린다는 뜻이라기보다 동시대의 다수 독자가 작품을 향유한다는 뜻에 가깝다. 이 계열에서 『엄마를 부탁해』와 『두근두근 내 인생』 이후에도 주목할 만한 작품이 나왔지만, 여기서 거론할 겨를은 없다. 그 대신 시장의 힘이 커짐에 따라 정유정의 『28』(은행나무 2013)이나 김영하의 『살인자의 기억법』(문학동네, 2013), 구병모의 『파과』(자음과모음, 2013) 같은, 상업적 성과는 있어도 문학적 성과에 대해서는 논란의 소지가 다분한 장편을 비평하는 일도 긴요해졌음을 강조하고 싶다. 시야를 넓히면 일본의 무라까미 하루끼(村上春樹)나 중국의 모옌(莫言)의 장편들에 대해서도 비슷한 비평적 과제를 안고 있다고 하겠다. 그런데 장편소설에 내재하는 문학적 가치에 대한 감각 없이는 이런 대중적인 장편을 비평하는 작업 역시 실답게 해낼 수 없다.『문학과사회』지난 호 특집의 제목 "문제는 '장편소설'이 아니다"를 내 식으로 바꾸면 이렇게 될 것이다. "문제는 장편소설의 '해체'가 아니다"라고.

주변에서 중심의 형식을 성찰하다

◆

호베르뚜 슈바르스의 소설론

서구중심적 문학론의 극복 과제

브라질의 비평가 호베르뚜 슈바르스(Roberto Schwarz, 1938~)가 현재 전지구적 문학논의에서 중요한 자리를 점하는 것은 서구중심적 문학론의 성채를 돌파하는 그의 견결한 비평작업 덕분이다. 물론 지난 반세기에 걸쳐 사이드(Edward Said)를 비롯한 상당수의 학자들과 비평가들이 문학에서 서구중심주의와 식민주의 문제를 비판적으로 제기해온 덕분에 서구중심주의 비판과 탈식민주의(postcolonialism)는 이제 지구적 차원의 문학 논의에서는 빼놓을 수 없는 상식이 되었다.

이런 노력에도 불구하고 1980년대 이래의 주요 문학 논의 및 논쟁을 살펴보면 서구 중심의 발상과 관행이 극복된 것은 아니라는 것이 분명해진다. 프란츠 파농(Franz Fanon)과 사이드에서 스피박(Gayatri Spivak)과 호미 바바(Homi K. Bhabha)로 이어지는 탈식민주의 담론이 서구중심의 발상과 관행의 고질적인 문제점을 돌아보게 한 것은 분명하지만 이들 담론이 서구중심의 문화적·문학적 장벽을 무너뜨렸다는 생각은 들지 않는다.

가령 탈식민주의 담론이 서구 학계에 수용되면서 그 속에 깊이 스며든 후기구조주의적 해체와 차이의 미학은 중심부 문학주체의 자기반성 부담을 줄여주는 한편, 주변부 주체에게는 중심부의 문학적·문화적 패권에 대한 저항력을 갖추기 힘든 여건을 조성해놓은 면이 있다.

의도와 다른 결과를 초래한 경우는 맑스주의 비평이라고 해서 예외가 아니다. 가령 서구의 대표적인 맑스주의 이론가이자 비평가인 프레드릭 제임슨은 '제3세계문학'(third-world literature) 연구의 필요성을 논하는 글에서 "모든 제3세계 텍스트들은 불가피하게 알레고리적이다"라고 주장했다. 좀더 구체적으로 말하면 여기서 알레고리는 '민족적/국민적 알레고리'(national allegories)를 지칭하며 '제3세계 텍스트'에는 소설 같은 서구적인 재현기제에서 발전된 것도 포함됨.[1] 제임슨이 이런 주장을 내놓는 이유와 근거를 살펴보면 그가 자기 나름으로 서구중심주의를 경계하면서 '제3세계문학'과 그것의 주된 형식인 '민족문학'을 존중하고 배려하고 있음을 발견할 수 있다. 말하자면 서구식 비평적 잣대를 '제3세계문학'에도 적용하는 것은 부당하며, '제3세계문학'은 서구문학과 다른 만큼 그것을 읽고 평가하는 비평잣대도 달라야 한다는 것이다.

다만 유감스러운 것은 '모든 제3세계 텍스트'라든지 '불가피하게 알레고리적'이라는 단정적인 명제화가 제3세계문학에 대한 본질적인 판단을 함축하고 있는 점이다. 그런데 이 명제는 제3세계문학 텍스트들의 실제와 부합하지도 않거니와[2] 서구문학의 '타자'를 배려하는 제스처에도 불구하

---

1 Fredric Jameson, "Third-World Literature in the Era of Multinational Capitalism," *Social Text* 15 (Autumn 1986) 69면 참조. 해당 구절은 이렇다. "All third-world texts are necessarily, I want to argue, allegorical, and in a specific way: they are to be read as what I will call *national allegories*, even when, or I should say, particularly when their forms develop out of predominantly western machineries of representations, such as novels."

2 제임슨은 루 쉰(魯迅)의 「광인일기」를 거론하면서 그 '민족적/국민적 알레고리적' 측면을 부각하지만 제3세계에는 염상섭의 『삼대』 같은 사실주의적 텍스트들도 있다.

고 실제로는 서구문학과 제3세계문학의 위계적 관계의 변화를 더 어렵게 만드는 면이 있다. 제3세계문학 텍스트를 '민족적/국민적 알레고리'로 읽어야 된다는 제3세계문학 고유의 독법 속에는 제3세계의 피식민적 경험과 민족적/국민적 정체성을 존중하는 한편으로 제3세계문학을 한계짓는 기제도 장착되어 있는 것이다. 그렇기에 이 입장은 발표 당시에도 제3세계 맑스주의 비평가로부터 강력한 비판을 받았으며,[3] 슈바르스는 그 몇해 전에 마치 이런 사태를 예견한 듯 "정치학에서든 미학에서든 제3세계는 당대 현실의 유기적 일부"이지만 "제3세계의 미학 같은 것은 따로 없다" (there is no such thing as *the* aesthetics of the Third World)[4]고 경고한 바 있다.

근년에 주목받은 까자노바(Pascal Casanova)의 '문학의 세계공화국'론과 모레띠의 진화론적 소설유형학도 제임슨의 발상처럼 서구 중심부를 비판하고 주변부를 배려하는 논리를 표명하고 있으나 그 속내에서도 서구중심주의를 온전히 벗었는지 의심스럽다. 그들 이론에는 그런 비판적 논지를 무력하게 하고 중심-주변의 위계체제를 지속시키는 메커니즘이

---

3 Aijaz Ahmad, "Jameson's Rhetoric of Otherness and the 'National Allegories'," *Social Text* 17 (Autumn 1987) 3~25면. 이 글은 아마드의 저서 *In Theory: Classes, Nations, Literatures* (New York: Verso 1994) 2장에 수록되었다.

4 Roberto Schwarz, "Is There a Third World Aesthetic?," *Misplaced Ideas: Essays on Brazilian Culture*, ed. John Gledson, New York: Verso 1992, 174면. 슈바르스의 이 글은 1980년에 뽀르뚜갈어로 발표되었다. 백낙청은 이보다 한해 앞서 제3세계의 개념에 대해 "민중의 입장에서 볼 때 — 예컨대 한국 민중의 입장에서 볼 때 — 스스로가 제3세계의 일원이라는 말은 무엇보다도 그들의 당면한 문제들이 바로 전세계·전인류의 문제라는 말로서 중요성을 띠는 것이다. 곧, 세계를 셋으로 갈라놓는 말이라기보다 오히려 하나로 묶어서 보는 데 그 참뜻이 있는 것이며, 하나로 묶어서 보되 제1세계 또는 제2세계의 강자와 부자의 입장에서 보지 않고 민중의 입장에서 보자는 것이다"라고 말함으로써 자신의 제3세계문학론이 1세계나 2세계와 별개의 '제3세계주의'나 '제3세계 미학'과는 다름을 분명히 했다. 백낙청 「제삼세계와 민중문학」, 『인간해방의 논리를 찾아서』, 시인사 1979, 178면.

내장되어 있다는 생각이 든다. 가령 까자노바의 경우 "나의 희망은 이 저서가 문학세계 주변부의 모든 궁핍하고 지배받는 작가들에게 도움이 될 일종의 비평적 무기가 되었으면 하는 것이다"[5]라고 천명하고 그에 값하는 통찰을 군데군데 보여주기도 한다. 하지만 그가 검토하는 '문학세계 주변부'의 작가들이란 카프카·프루스뜨·조이스·포크너 등으로, 서구 중심부의 중심에서 볼 때 변두리에 위치할 뿐 전지구적인 구도에서는 중심부 작가인 것이다. 게다가 문학의 '그리니치 표준시'를 중심으로 하는 '세계공화국'이라는 발상 자체의 문제점은 그것이 현재의 전지구적 문학의 판세를 실질적으로 반영하기 힘들다는 것과 더불어 '표준시'의 요건이 되는 '모더니티' 개념이 '현대성'에 치우쳐 있어 모더니즘 편향적이라는 데 있다.[6]

이와 관련하여 까자노바가 라틴아메리카 문학의 '마술적 사실주의'와 그 대표적 작가인 가르시아 마르께스(Gabriel García Márquez)를 주목한 것은 그가 명실상부한 주변부 지역의 작가라는 점에서 평가해줄 만하다. 하지만 평가 방식이 여전히 문제라서 "마치 『백년의 고독』(Cien años de soledad, 1967) 이전 백년 동안 라틴아메리카에는 가르시아 마르께스 현상과 연결되는 문학전통이 하나도 존재하지 않는 듯하다"는 불만이 라틴아메리카 비평가로부터 터져나온 것은 우연이 아니다.[7] 까자노바가 가르시아 마르께스의 경우를 문학의 세계공화국에서는 중심부에서 동떨어진 작

---

5 Pascal Casanova, *The World Republic of Letters*, trans. M. B. DeBovoise, Cambridge: Harvard UP 2004, 354면.

6 까자노바의 '세계공화국' 발상의 문제점에 관한 논의로는, 백낙청 「세계화와 문학」, 『안과밖』, 2010년 하반기호 25~28면; 윤지관 「'경쟁'하는 문학과 세계문학의 이념」, 『안과밖』 2010년 하반기호 42~43면 참조.

7 Silvia L. López, "Dialectical Criticism in the Provinces of the 'World Republic of Letters': the Primacy of the Object in the Work of Roberto Schwarz," *A Contracorrient: A Journal on Social History and Literature in Latin America* 9.1 (Fall 2011) 참조.

가도 혜성같이 나타나 영광의 자리에 앉을 수 있음을 보여주는 예로 부각했기 때문이다.

월러스틴(Immanuel Wallerstein)의 세계체제론을 활용한 모레띠의 근대서사시론 역시 서구 모더니즘에 편향된 문학론을 보여준다. 모레띠는 다만 가르시아 마르께스를 높이 평가하면서 『백년의 고독』을 계기로 '근대 서사시'를 중심부가 아니라 주변부의 관점에서 보게 되었다고 그럴듯한 논평을 한다. 그러면서도 모레띠는 『백년의 고독』에 대해 "마술과 제국 간의 공모"(A complicity between magic and empire) 가능성을 거론하고 이 작품이 서구에 쉽게 수용된 것은 "이해가 가능할 만큼 충분히 유럽적('라틴적')이며, 또 비판적 통제를 회피할 만큼 충분히 이국적('아메리카적')"이기 때문이라는 삐딱한 논평[8]을 함으로써 비판적인 균형을 보여준다. 그러나 이런 평가는 서구 지식인의 자기성찰을 보여주긴 하지만 『백년의 고독』을 포함한 "세계텍스트가 결국 세계체제에 대한 이념적 합리화라는 기본 과정을 다시 한번 증명하는"[9] 격이라서 주변부 문학의 이국적인 것을 상품화하려는 중심부 문학시장의 이해와 맞아떨어질지언정 서구중심의 문학론을 극복하는 노력으로 이어지지는 않는다.

제임슨의 제3세계문학론, 모레띠의 '근대서사시'론, 까자노바의 '문학의 세계공화국'론과 슈바르스의 주변부 문학론이 어떻게 다른가를 규명하기 위해서는 별개의 연구가 필요하다. 이 글에서는 슈바르스 문학론의 요체라고 여겨지는 소설론을 살펴봄으로써 본격적인 비교연구의 초석을 까는 데 만족하고자 한다.[10] 슈바르스의 뛰어난 평문들 가운데 그의 소설

---

8 Franco Moretti, *Modern Epic: The World System from Goethe to Garcia Marquez*, trans. Quintin Hoare, New York: Verso 1996, 249면.

9 윤지관 「근대성의 황혼: 프랑꼬 모레띠의 모더니즘론」, 『세계문학을 향하여』, 창비 2013, 343면.

10 국내의 슈바르스 논의로는, 유희석 「세계체제의 (반)주변부와 근대소설」, 『창작과비평』 2010년 여름호의 2절; 황정아 「문학에서의 트랜스내셔널 패러다임」, 『역사와 문

론의 핵심 주장이 잘 드러난 것을 살펴보고 그 밑바탕에 깔려 있는 발상과 전제가 서구중심적 문학론의 극복이라는 중차대한 과제에 어떤 의미를 갖는지 헤아려보려는 것이다.

논의의 순서는 먼저 그를 전지구적 차원의 비범한 비평가로 만든 지적 자원들을 살펴보고, 그의 소설론에서 중요한 모티프가 되는 브라질사회의 피식민적 성격과 유럽산 자유주의 사상의 괴리("Misplaced Ideas") 그리고 그의 브라질소설 논의에서 드러나는 시점과 발상("Dialectics of Rogue" 및 "Universalism and Localism")을 차례대로 조명하면서 그 현재적 의의를 가늠하고자 한다. 이 과정에서 슈바르스가 왜 차이의 미학을 중시하는 후기구조주의 대신 맑스주의 '정통'의 변증법적 유물론을 방법론으로, 그리고 가르시아 마르께스가 아니라 마샤두 지 아시스(Machado de Assis, 1839~1908)를 일생의 연구대상으로 삼았는가에 주목하고자 한다. 브라질문학에 대한 슈바르스의 논의는 한때는 문학세계의 주변이었으나 19세기 중후반을 거치면서 중심부로 진입하는 미국문학의 경우와 비교할 만한 대목들이 많은데, 이 글에서는 필요한 경우에만 이에 대해 언급하고자 한다.

세가지 지적 자원

슈바르스는 브라질 작가 마샤두 지 아시스에 대한 연구서 서문에서 "나는 안또니오 깐지두에게 특별한 감사의 표시를 해야 마땅하다. 그의 저서와 관점은 내게 각주로는 반영할 수 없을 만큼 속속들이 영향을 끼쳤다. 내 작업은 또한 루카치, 벤야민(W. Benjamin), 브레히트(B. Brecht),

---

화』 2010년 하반기호의 III절 참조.

아도르노(T. Adorno)에 의해 형성된 ─ 모순적인 ─ 전통 없이는, 그리고 맑스의 영감 없이는 생각조차 못할 것이다"[11]라고 말했다. 여기서 슈바르스는 자신에게 결정적인 지적 영향 세가지를 거론한 셈이다. 주변부 작가이되 세계문학 반열에 오르는 마샤두라는 소설가, 중심부의 모델을 거부하고 주변부의 독자적인 문학론을 개척한 그의 스승 안또니오 깐지두(Antonio Candido), 그리고 '모순적인'(contradictory) 맑스주의 전통이 그것이다.

슈바르스가 맑스주의 전통의 영향을 언급하면서 루카치뿐 아니라 그와 논쟁했던 벤야민, 브레히트, 아도르노를 함께 거론하고 맑스의 영향을 따로 명기한 것은 주목할 만하다. 슈바르스는 1938년 비엔나의 좌파 지식인 집안에서 태어났지만 곧바로 가족이 나치즘을 피해 브라질로 이주함에 따라 싸웅빠울루에서 성장하게 되었다. 1920년대 비엔나에서 루카치 강연을 들었던 부모에게서 루카치를 알게 되었고 부친의 친구 로젠펠트(Anatol Rosenfeld)로부터 근대 독일철학을 두루 익혔다. 슈바르스는 1957년에 싸웅빠울루대학 사회과학부에 입학하여 1958년 젊은 교수들의 발의로 시작된 '맑스(『자본론』) 세미나'에 참여했는데 나중에 세미나 동료들에게 '루카치의 아이'(a child of Lukács)로 기억되기도 했다. 맑시즘을 통해 브라질 사회와 문화, 문학의 특성을 분석하고 그 특이한 모순들을 규명하고자 한 슈바르스에게 자본주의 사회에 대한 루카치의 변증법적 분석과 계급의식, 리얼리즘론과 장편소설론은 중요한 참조점이 아닐 수 없었다. 하지만 그는 종종 루카치와 거리를 두었는데, 가령 재현주의와 형식적 전통주의의 방식을 고수하는 루카치보다 예술양식에 대한 어떤 선행 판단 없이 당면 현실에 대한 통찰을 중시하는 브레히트 쪽에 더 친

---

11 Roberto Schwarz, *A Master on the Periphery of Capitalism*, trans. John Gledson, Durham: Duke UP 2001, 4면.

화감을 보였다.[12]

　슈바르스에게 비평이 천착할 지점과 나아갈 방향을 구체적으로 제시한 사람은 그의 스승인 깐지두다. 그는 깐지두의 선각자적인 연구와 비평을 통해 유럽과 변별되는 '지역'(location)으로서의 브라질의 특수성과 브라질 문학·문화·사회의 형성에서 '객관적 형식'(objective form)이 지니는 중요성을 깨달았다. 깐지두는 1941년에 창간된 잡지 『끌리마』(Clima, '기후, 풍토'라는 뜻)를 중심으로 모인, 브라질 문화비평 첫 세대를 대표하는 인물이었다. 이 그룹은 싸웅빠울루대학 인문학부를 거점으로 삼아 당시 대도시로 변모하던 싸웅빠울루의 미래에 문화비평을 통해 개입하고자 했다. 이런 움직임에는 브라질은 유럽과 다른 지역이라는 각성이 깃들어 있었다. 그들은 브라질의 특수성을 문화적 형식 속에 구조화된 것으로 파악하려 했고, 그 방법으로 유럽의 풍부한 사상적 자원을 활용하고자 했다. 깐지두가 싸웅빠울루대학에 문학이론학과를 창설한 것은 이런 노력의 일환이었다.[13] 슈바르스는 깐지두의 문화비평적 작업을 이어받아 브라질의

---

12 슈바르스는 1959년에 루카치를, 1960년에 아도르노를, 1961년에 벤야민을 읽고 카프카와 브레히트를 좋아하게 되었고 그리하여 아방가르드 작가가 되려 했다고 밝혔다. 이 시기의 경험에 관한 진술로는 A. Fávero, A. Paschoa, F. Mariutti, and M. Falleiros, "Resolving Doubts with Roberto Schwarz: An Interview," *Cultural Critique* 49 (Fall 2001), 169~71면 참조. 당시 맑스 세미나의 영향에 대해서는 또 하나의 인터뷰인 "Roberto Schwarz: A critic on the periphery of capitalism," ed. Luis Henrique Lopes Dos Santos and Mariluce Moura, *Pesquisa FAPESP*, (April 2004) 참조. http://revistapesquisa.fapesp.br/en/2004/04/01/a-critic-on-the-periphery-of-capitalism/. 루카치와의 차이와 브레히트와의 친연성에 관해서는 Roberto Schwarz, *Two Girls and Other Essays*, ed. Francis Mulhern (New York: Verso, 2012)의 편집자 소개말 ("Introduction") xii~xiv면 참조.

13 깐지두에 대한 상세한 논평은 M. E. Cevasco, "Roberto Schwarz's 'Two Girls' and Other Essays," *Historical Materialism* 22.1 (2014) 150~54, 158면 참조. 슈바르스는 1957년 싸웅빠울루대학 사회과학부에 입학하여 깐지두에게 사회학을 배웠으나 그후 깐지두는 문학이론학과를 창설하고 문학을 강의했다. 사회학보다는 문학에 관심을 갖게 된 슈바르스는 깐지두에게 조언을 구했고, 그 결과 예일대학 문학이론·비교문학과

사회와 문학을 전지구적 구도 속에서 더 명징하게 분석하고 해석해냈다.

슈바르스가 깐지두에서 물려받은 또 하나의 유산은 아도르노 비평의 특징으로 알려진 변증법적인 형식 분석이다. 슈바르스는 깐지두의 형식 분석이 20세기 초반 서구 주류 학계에서 유행한 신비평이나 20세기 후반의 구조주의·후기구조주의의 형식주의와 본질적으로 다르다는 점을 강조한다. 신비평과 (후기)구조주의는 문학 텍스트를 그것이 뿌리박은 사회현실로부터 떼어내어 하나의 자율적인 형식 또는 구조로 다룬다는 점에서 내용보다 형식을 과도하게 중시하는 것으로 여겨져왔다. 그러나 슈바르스가 보기에는 내용의 문제는 차치하고라도 이런 형식주의는 문학적 형식과 사회적 형식 사이의 변증법적인 연관을 무시하기 때문에 형식에 대한 온전한 사유도 아니며 그런 만큼 철저한 형식주의에는 미달하는 것이다. 그렇기에 슈바르스는 통념과 반대로 신비평과 (후기)구조주의가 형식의 역할을 과소평가한 것으로 보는 반면 자본에 대한 연구에서 형식과 물질의 변증법을 끝까지 밀고나간 맑스야말로 구조주의적이고 형식주의적인 사상가라고 본다.[14]

깐지두의 형식 비평은 형식을 단순한 사회반영으로 여기는 속류 맑스주의와도 판이하다. 깐지두에게 문학형식은 이제껏 감추어진 사회구조

석사과정을 거쳐 1963년에 싸웅빠울루대학 문학이론학과에 교수로 합류했다. 앞의 인터뷰 "Roberto Schwarz: A critic on the periphery of capitalism" 참조.

14 Cevasco, 앞의 글 162면 참조. 슈바르스는 신비평 또는 (후기)구조주의에 대한 깐지두 비평의 우월함을 이렇게 말한다. "〔깐지두 통찰의〕 이점은 다른 형식주의들과의 대결에서 부각된다. 이 경우 형식주의란 형식의 역할에 대한 이론적인 과대평가를 지칭하기 위해 비난조로 사용된 것인데, 사실은 과소평가의 경우라고 하는 것이 마땅하므로 오도적인 용어인 것이다. 그 이유는 형식주의자들이 형식을 한정하려는 경향, 즉 형식을 하나의 뚜렷하고 배타적인 특징으로, 예술의 특권으로, 문학 바깥 분야에는 존재하지 않는 어떤 것으로 보려는 경향이 있기 때문이고, 그런 이유로 그들은 형식을 지시대상이 없는 구조로 찬양하는 것이다." Roberto Schwarz, *Seqüências Brasileiras*, São Paulo: Companhia das Letras 1999, 31면; Cevasco, 앞의 글 153면에서 재인용.

의 측면을 드러내는 속성을 갖는데, 비평은 이를 발견하여 그 속에 담긴 새로운 인식을 끌어내는 것이다. 슈바르스는 문학과 문학비평의 인식적·발견적 능력에 대한 깐지두의 이런 입장을 물려받고 더 확장한다. 통상적인 맑스주의 문예이론가들과 달리 깐지두와 슈바르스에게 문학은 이론이 이미 인식한 바를 문학 나름의 방식으로 다시 제시하거나 다가가는 것이 아니라 새로운 인식과 발견의 길인 것이다. 그가 체계적인 이론이나 논문 형식보다 작품과 이론 논의를 넘나드는 비평(essay)을 더 중시하는 것도 이 때문이다.

문학의 인식적 능력에 대한 이런 믿음 덕분에 슈바르스는 마샤두 소설의 특이함 — 마샤두 특유의 아이러니가 자유주의와 노예제가 혼합된 브라질사회의 특수성과 상관있다는 것 — 을 직관적으로 간파할 수 있었고 이를 해명하는 과정에서 소설 형식에 대한 날카로운 통찰을 제시할 수 있었다. 그는 『자본주의 주변부의 대가』(*A Master on the Periphery of Capitalism*, 2001(1990))를 비롯한 여러 저서와 평문을 통해 마샤두 소설의 선진적인 면모를 집중 조명함으로써 마샤두를 세계문학의 반열에 올려놓는 데 결정적인 공헌을 했으며 그 과정에서 출중한 맑스주의 평론가로 떠올랐다. 20세기 후반의 가르시아 마르께스는 빈곤한 문학전통에서 혜성같이 나타난 것이 아니라 마샤두를 포함한 라틴아메리카의 비옥한 문학적 자산을 자양분으로 삼아 등장한 것이다.

슈바르스는 중심부(유럽과 미국)와 주변부(브라질과 남아메리카)의 다양한 문학적·문화적 현상을 '객관적 형식'을 매개로 변증법적인 방식으로 다루었다. 그의 비평에는 마샤두 소설 논의가 중심을 차지하지만 '브라질 문제'라고 부름직한 복합학문적인 주제하에 브라질의 사회와 문화, 문학예술과 철학이 폭넓게 다뤄지는 한편, 카프카(Franz Kafka) 단편의 전지구적 의미라든지 오늘날 브라질에서의 브레히트 드라마의 의미를 진단하는 평론처럼 중심과 주변을 가로지르는 평문도 다수 포함되어 있다. 게다가 미국 유학 시절 집필한, 헨리 제임스(Henry James)의 소설 방법론과 호손의 『주홍글자』(The Scarlet Letter)에 대한 글들[15]까지 감안하면 그의 문학적 시야는 전지구적이라 할 만하다.

'잘못 놓인' 이념들

슈바르스는 「잘못 놓인 이념들」(Misplaced Ideas)[16]이라는 유명한 글에서 브라질의 골치 아픈 문제는 중심부인 유럽의 자유주의 이념들이 주변부인 브라질에 '잘못 놓인' 데서 비롯됨을 설득력 있게 보여준다. 그는 우선 브라질사회의 물질적 토대와 지배적인 이데올로기를 생산양식과 계급의 관점에서 분석한다. 그 과정에서 유럽사회와 브라질사회의 차이를 예리하게 포착하고 그 중층적인 의미를 사회적·문학적 형식을 통해 사유한다. 그의 분석의 남다른 점은 식민주의를 경험한 브라질의 역사와 문화를 유럽 중심의 보편주의적 관점에서 해석하지 않고 오히려 브라질의 주변부적 특수성을 통해 자본주의 근대세계 전체의 작동방식을 재조명하는 것이다. 이 재조명 작업은 달리 말하면 자본주의체제 중심과 주변의 지배·종속적 상호관계를 비판적으로 사유하면서 브라질사회의 후진성이 지닌 '세계사적' 의미를 재발견하는 길이다.

1822년 브라질이 뽀르뚜갈의 식민지에서 독립한 뒤에도 노예제도에 기반한 라티푼디움(latifundium)이라 불리는 대농장 토지제도는 오랫동안

---

15 Cevasco, 같은 글 157면; Roberto Schwarz, "Objective Form: Reflections on the Dialectic of Roguery," Two Girls and Other Essays 30~31면 참조.

16 Roberto Schwarz, "Misplaced Ideas: Literature and Society in Late-Nineteenth Century Brazil," Misplaced Ideas: Essays on Brazilian Culture 19~32면 참조. 이 글의 인용은 괄호 안에 면수만 표시함.

지속되었다. 1888년 노예들이 정치적으로 해방되었는데도 라티푼디움과 '자유롭지 못한 노동'(unfree labor)의 결합은 불식되지 않아 "지금까지도 논쟁과 폭력의 문제로 남아 있다".(27면) 브라질사회의 물질적 기반이 이렇게 근대화되지 못해 후진성을 면하지 못했음에도 그 주류 문화와 지배적인 이데올로기는 당대 서구유럽의 '선진적'인 사상과 문학예술을 모방했는데, 이로 말미암아 브라질의 사회현실과 이데올로기 사이에는 현저한 괴리가 존재했다. 가령 19세기 브라질은 라티푼디움과 노예제를 근간으로 하는 사회이지만 그 지배적인 이데올로기는 개인의 자율성과 법적 평등, 자유로운 노동과 사유재산권을 전제하는 유럽산 자유주의 이념들이었다. 이 이념들은 브라질의 사회현실과 우스꽝스러울 정도로 동떨어진 것이었다.

이런 괴리를 실마리로 삼아 슈바르스는 브라질사회와 전지구적 자본주의체제 자체에 대한 논의를 더 심화시킨다. 그는 우선 자유주의라는 근대 보편주의 이념이 유럽사회와 브라질사회에서 다른 성격을 띠게 됨을 주목하며 그 차이에 대해 이렇게 말한다.

　　물론 자유로운 노동, 법 앞에서의 평등, 그리고 좀더 일반적으로 보편주의는 유럽에서도 이데올로기였다. 그러나 거기서는 그것들이 외양과 일치했고 본질적인 것 — 노동의 착취 — 을 숨기고 있었다. 우리들 사이에서는 그 동일한 이념들이 다른 의미에서, 말하자면 독창적인 방식으로, 거짓이 될 것이다. 예를 들면 1824년 브라질 헌법에 일부 옮겨놓은 인권선언은 그것이 외양과 일치하지도 않았기 때문에 노예제도를 속일 수가 없었고 실상 그것을 더 날카롭게 부각시켰다.(20면)

슈바르스는 사회현실의 외양과 부합하지 않는 브라질에서의 자유주의 이념들을 "2차 이데올로기"(ideologies of the second degree, 23면)라고 명명함으로써 유럽에서의 그것들과 다른 차원의 것으로 구분한다. 그런데 노예제 현실의 외양조차 반영하지 못하는 이런 '2차 이데올로기'가 어떻게 그렇게 오랫동안 유지될 수 있었을까? 슈바르스는 "자유주의적 이념들이 실행될 수도 없었지만 버려질 수도 없었다. 그것들이 특별한 실제적 상황의 일부가 된 것이다"라고 지적하면서 "따라서 그 이념들의 명백한 허위성을 주장하는 것은 도움이 되지 않는다. 우리는 오히려 이 허위성이 진정한 일부를 이루는 그 이념들의 역학을 관찰해야 한다"고 주장한다.(28면)

이 이념들의 역학과 작동방식에 대한 슈바르스의 논의는 계급관계 분석에서 시작된다. 브라질의 식민주의는 토지의 독점을 바탕으로 3개의 기본계급을 낳았는데, 라티푼디움의 소유자, 노예, 그리고 '자유민'(free men)이 그들이었다. 노예제가 기본적인 생산관계였지만 그것이 이데올로기적 삶에 직접적으로 영향을 끼치는 사회적 관계는 아니었으며 오히려 주목할 계급은 소유자도 노예도 아닌 '자유민'이었다. 이 계급이 사회생활에 참여해서 그 혜택을 누리는 길은 오로지 부자와 권력자의 '뒤봐주기'(favor)에 달려 있었다.

뒤봐주기는 부와 권력의 소유자가 노예제로부터 자유롭되 일정한 생계수단이 없는 사람들('자유민')에게 은혜를 베풀어 보살펴주고 그 대신 허드렛일을 포함하여 온갖 필요한 서비스를 제공받는 후견인–피후견인 관계인 것이다. 그러므로 '자유민'은 이름과는 달리 종속적인 존재였다. 뒤봐주기는 자유민 계급이 소유자 계급에 의존하여 자신을 재생산하는 방식이자 관계였는데, 슈바르스는 브라질에서 "이데올로기적 삶의 영역은 이 두 계급에 의해 형성되고 따라서 〔뒤봐주기라는〕 이 관계에 의해 통치·운영되는 것"(22면)이라고 주장한다. 뒤봐주기는 수많은 형식과 이름을 달고 노예제라는 기본적인 생산관계를 제외한 행정·정치·산업·교역·법원·도시생활 등 사회의 모든 영역에 형성되어 폭넓은 영향력을 행사했다. 슈바르스는 "뒤봐주기는 우리의 준보편적인 사회적 매개였다"(Favour was our quasi-universal social mediation, 22면)고 논평하면서 그것이 노예제보다는 훨씬 호소력이 있었기 때문에 브라질 작가들은 뒤봐주기를 기반으로 브라질을 해석했다고 주장한다.

뒤봐주기는 자유주의적 이념들이 허위임을 폭로하는 노예제와 달리 그 이념들을 자의적으로 활용함으로써 새로운 이데올로기적 패턴을 생성시켰다. 뒤봐주기와 자유주의의 긴 동거 기간에 보편성의 지위를 차지한 것은 자유주의였지만 뒤봐주기의 설 자리가 없어진 것은 아니었다. 합리적인 사유의 영역에서 자유주의 원칙들이 기꺼이 수용되었지만 노예제를 제외한 실생활의 모든 사회적 영역에서 뒤봐주기는 힘을 발휘했다. 가령 공공기관들과 관료집단과 법원은 유럽적 부르주아 국가의 형태를 취했지만 실제로는 뒤봐주기를 매개로 하는 후견인제도에 의해 통치·운영되었다. 그렇기에 슈바르스는 **"일단 유럽의 사상과 동기가 자리를 잡자 그것들은 뒤봐주기의 관행에서 자의적일 수밖에 없는 것에 대한, 명목상 '객관적인' 정당화의 역할을 할 수 있었고 실제로 자주 그렇게 했다"**(23면, 강조는 원문)고 지적한다. 보편주의로 행세하는 자유주의가 실상은 자의적인 뒤봐주기의 관행을 마치 합리적인 거래인 것처럼 정당화하는 역할을 수행한 것이다. 이것이 자유주의 이념들과 뒤봐주기의 동거방식이고, 브라질에서 자유주의가 2차 이데올로기임에도 불구하고 사회생활에서 필수불가결하게 된 이유다.

이제까지의 논의에서 드러나듯, 라티푼디움과 노예제에 바탕한 브라질 사회의 물적 토대라든지 자유주의와 뒤봐주기의 결합으로 말미암은 기이한 이데올로기적 상황은 유럽의 관점에서는 근대화도 제대로 달성하지 못한 명백한 낙후성의 사례로 보인다. 이 관점에서라면 브라질은 선진 자본주의 국가들의 선례를 따라 더 진전된 근대화와 자본주의의 방향으로 열심히 나아가야 마땅하다. 그러나 슈바르스는 자본주의 세계체제의 중심이 아니라 주변의 관점에서, 더 정확히 말하자면 중심-주변의 역학관계를 성찰하는 주변의 관점에서 사태를 전혀 다르게 파악한다. 가령 라티푼디움과 노예제(또는 자유롭지 못한 노동)는 전근대적인 요소로 여겨지지만 노예노동이 임금노동보다 더 나은 이윤을 주는 동안에는 노예 소유주가 자유주의 신봉자보다 훨씬 더 철저하게 자본주의적이라고 할 수 있다. 게다가 봉건제-자본주의로 이어지는 유럽 중심의 역사발전 경로를 적용하여 자본주의 이전의 제도로 간주되는 라티푼디움과 노예제를 봉건제적 형태로 파악하는 경향에 대해서는 더욱 단호한 태도를 취한다. "브라질과 유럽의 관계는 봉건제와 자본주의의 관계가 아니었다. 그렇기는커녕 우리는 유럽 자본주의의 함수였고 게다가 우리의 식민화는 상업자본의 짓이었기 때문에 우리는 봉건적이었던 적이 없다."(23면) 달리 말하면 세계 자본주의의 주변부에 위치한 브라질의 전근대적인 낙후성은 자본주의의 요구에 따라 성립되어 유지되고 있다는 냉철한 유물론적 인식이 깔려 있는 것이다.

슈바르스의 이런 탈중심적 관점에서는 브라질문학에 대한 인식도 일반적인 통념과 상당한 차이가 있다. 유럽중심주의에 침윤된 통념적 관점에서 브라질문학은 브라질의 낙후된 현실에 묶여 있거나 브라질의 상황과 동떨어진 유럽의 선진적인 이념과 문예사조를 모방하는 예술적 후진성을 드러내기 십상이다. 그러나 슈바르스에게 브라질문학은 사회현실과 자유주의 이념들 간의 괴리나 양자의 기이한 결합으로 빚어지는 아이러니와 코미디를 보여줄 수밖에 없는데, 이것이 제대로 구현된다면 세계사적으로 선진적인 예술이 되는 것이다. 그가 프랑스 소설보다 러시아 소설을 더 선진적으로 평가하는 것도 러시아의 후진성을 간과해서가 아니라 오히려 그 후진성으로 말미암아 러시아에서는 소설 형식이 더 복잡한 현실을 직시할 수밖에 없었기 때문이다.(29면 참조) 마찬가지로 브라질의 문학이 자본주의 중심부의 이념과 형식을 차용할 수밖에 없지만 주변부의 낙후된 상황과 아이러니한 관점까지 보여줄 수 있다면, 그리고 후자의 관점에서 전자의 풍경을 재조명할 수 있다면 세계사적인 의의를 성취할 수 있으리라는 것이다.

브라질문학의 형성과 마샤두의 성취

브라질문학사에서 계속 문제가 된 것은 자유주의 이념들과 마찬가지로 소설이 유럽에서 브라질로 수입될 때 그 형식이 사회현실과 맞지 않는 현상이었다. 이 경우, 형식이 잘못인가 나라가 잘못인가를 묻는 것은 우문이겠지만 근대문명의 변두리에 속한 작가에게는 심각한 미학적 문제가 된다. 슈바르스는 「브라질의 소설 수입과 알렝까르의 작품에 나타나는 그 모순점들」(The Importing of the Novel to Brazil and Its Contradictions in the Work of Alencar)에서 미국 소설가 헨리 제임스를 거론하는데, 그는 미국과 영국 사회 가운데 어느 쪽이 소설가의 삶에 유리할지 고민하다가 "영국 사회구조가 지닌 풍부한 상상력의 가능성에 관심을 가졌기에 그곳으로 이주하게 되었다."(41면) 그러나 제임스와 다른 선택의 길도 있다. 소설가가 이주하기보다 소설의 형식을 소설가가 발붙인 사회의 현실에 맞게 변형시키는 길인데, 슈바르스에 따르면 알렝까르(Jose de Alencar, 1829~77)를 비롯한 19세기 중후반의 상당수 브라질 작가들이 그랬다.[17]

슈바르스는 브라질에서 소설을 쓸 경우 소설 형식에 내재한 이데올로기들이 브라질적인 삶의 맥락에는 어긋나게 된다는 사실에 주목한다. 말

---

17 소설 형식의 변형을 시도한 또다른 작가들로 제임스 이전의 미국 작가들, 특히 호손과 멜빌을 거론할 수 있겠다. 졸고 「『주홍글자』와 미국문학의 특성」, 『창작과비평』 1992년 봄호; 「『모비 딕』의 혼합적 형식과 그 예술적 효과」, 『모비 딕 다시 읽기』, 동인 2005 참조.

하자면 이 어긋남은 중심부의 형식이 주변부의 현실과 만나면서 불가피하게 빚어진 것인데, 이로 말미암아 빚어지는 객관적 복잡성을 제대로 다루려면 이 어긋남을 내용뿐 아니라 형식의 층위에서도 되풀이해서 보여줄 필요가 있다는 것이다. 슈바르스는 이 일을 훌륭하게 해낸 것이 바로 마샤두의 위대한 성취라고 평하는 한편, 중심의 형식에 매여서 이 어긋남을 표면화할 방도를 찾지 못하거나 이 어긋남이 본의 아니게 바람직하지 않은 방식으로, 하나의 결함으로 표면화될 경우는 수준 높은 문학에 미달한다고 본다.(41~42면 참조)

슈바르스는 이 어긋남을 표현하는 소설 형식의 변경을 주제, 플롯, 인물, 화법 등의 차원에서 구체적으로 점검한다. 소설이 뿌리박고 있는 역동적인 주제들 — 가령 사회적 지위 상승, 돈의 위력, 귀족적 삶과 부르주아적 삶의 충돌, 사랑과 편의적인 결혼 간의 갈등 등등 — 가운데 브라질의 사회현실과 어긋나는 것들이 많지만 그런 것들도 완전한 허위는 아니다. 이것들은 브라질 사람들의 실생활은 아니더라도 상상을 통해서는 유럽적인 이념들이 불러일으키는 실감과 함께 존재하는 것이기 때문이다. 문제는 중심부의 형식을 수정하고 변경할 방도가 어떤 것이며 그런 수정이 형식에 미치는 효과가 어떤 것이냐다. 슈바르스는 브라질 소설문학의 첫 거장이자 대표적인 낭만주의 소설가로 평가받는 알렝까르의 소설들을 검토하면서 소설 형식의 수정과 그 효과에 주목한다. 그는 알렝까르가 재능있고 성찰적인 작가로서 브라질의 상황에 다양하고 심오한 방식으로 반응했음을 인정하지만 그럼에도 그의 소설들이 진정으로 성공한 적은 없다는 견해를 내놓는다. 뭔가 균형이 맞지 않고 심지어 바보같이 순진한 면도 있다는 것이다. 그런데 그가 보기에 이런 약점들은 다른 각도에서 보면 강점으로 나타난다. 슈바르스는 그 약점들의 중요성에 대해 이렇게 말한다.

그것들은 유럽적 모델과 지방색(알렝까르는 그 열렬한 지지자였다)이 결합되면서 모순을 낳는 지점들을 드러낸다. 그런 지점들이야말로 소설과 유럽문화가 이 나라에 이식된 결과 발생하는 객관적인 갈등들 — 이데올로기적 모순들 — 을 드러내주기 때문에 브라질 사람의 삶과 문학에 결정적이다.(44면)

슈바르스는 구체적인 예로 알렝까르의 『귀부인』(Senhora, 1875)을 거론하는데 여기서 주제뿐 아니라 인물과 분위기, 플롯과 갈등구조에서의 달라진 면모를 주목한다. 이 소설의 중심에는 주요 등장인물인 젊은 남녀가 알렝까르가 즐겨 읽는 발자끄(Honoré de Balzac) 소설들의 공식에 따라 행동하면서 돈과 사랑(결혼) 사이에서 갈등하는데, 이 작품은 이 같은 부르주아 소설의 핵심 주제를 진지한 톤으로 담아낸다. 유럽에서라면 이 주제는 전사회의 부르주아화를 비판하는 사실주의적 충동으로 전경화될 것이지만 노예제를 기본으로 하는 브라질에서는 어딘지 과장되고 극단화된 느낌을 준다. 그리고 운명적인 젊은 연인들이 금전욕으로 타락한 세태를 극복하고 사랑을 되찾는 다분히 낭만주의적 주제로 나타난다. 한편 조연급 인물들은 브라질의 실제 삶에서 나온 듯 한결 느슨한 톤으로 행동하면서 전적으로 사랑이나 돈에 휘둘리지는 않고 오히려 뒤봐주기 같은 후견인-피후견인 관계에 충실함으로써 훨씬 사실주의적인 면모를 보여준다. 단순화해서 말하면 소설의 중앙무대를 차지하는 주요 인물들의 갈등 부분은 유럽적 사실주의 소설에서 나온 것 같고, 조연급 인물들이 익숙한 환경에서 자연스럽게 행동하는 부분들은 당대 브라질에서 유행하던 지방색 소설이 삽입된 것 같다. 소설은 하나지만 두가지 다른 세계와 다른 소설 형식이 결합되어 있는데 양자의 결합이 조화롭지 못하고 어정쩡한 것이다.

슈바르스에 따르면 마샤두 소설의 성취는 알렝까르가 깔아놓은 두 세계의 괴리를 미학적으로 원만하게 결합한 데서 나온다. 말하자면 "마샤두지 아지스는 이 불일치를 최대한으로, 희극조로 자연스럽게, 활용할 것"인데, "알렝까르에게 주변적이고 지역적인 것이 마샤두의 소설에서는 중심적인 소재가 된다. 이런 자리바꿈이 알렝까르 작품에 중심적인 '유럽적' 모티프들과 진지한 호언장담에 영향을 끼친 결과 그것들이 완전히 사라지지는 않지만 그로테스크한 톤을 띠게 된다."(52면) 소설 형식에서 변증법적 전환(자리바꿈)이 일어난 것이다.

그러나 마샤두의 소설이 처음부터 중요한 성취를 거둔 것은 아니다. 후기 소설들에 가서야 '위대한 성취'에 이르는데, 그 과정의 미묘함을 제대로 감식하자면 먼저 마샤두의 특이한 사실주의에 주목할 필요가 있다. 교과서적인 분류에 따르면 마샤두는 브라질의 낭만주의와 자연주의 사이에 위치한 사실주의에 속하는 작가다. 그런데 슈바르스에 따르면 그런 분류가 만족스럽지 못한 것은 마샤두의 스타일이 18세기 영국과 프랑스의 글쓰기를 방불케 할 만큼 구식의 습성이 있는 반면 심리적 동기에 관한 그의 비관습적인 감각은 "무의식의 철학을 예견하면서 사실주의와 자연주의 둘 다를 넘어선 일종의 유물론을 탐구했으며 프로이트와 20세기 실험들을 예시(豫示)했"[18]기 때문이다. 그렇다면 마샤두의 사실주의는 통상적인 문예사조 분류법상의 사실주의에는 들어맞지 않는 것이다. 이 문제에 관한 슈바르스의 논평은 이렇다.

대부분의 관습적인 기준에 따르면 마샤두를 반(反)사실주의자로 부르는

---

[18] Roberto Schwarz, "Beyond Universalism and Localism: Machado's Breakthrough," *Two Girls and Other Essays* 34면. 이 글의 인용은 이 책에 따르며 이하 괄호 안에 면수만 밝힌다. 이 글의 국역본은 『창작과비평』 2008년 겨울호에 「주변성의 돌파: 마샤두와 19세기 브라질문학의 성취」라는 제목으로 게재되었고, 그후 단행본 『세계문학론』(창비, 2010)에도 수록되었는데, 이를 참조했음을 밝혀둔다.

편이 더 타당할 것이다. 하지만 움직이는 당대 사회를 포착하려는 야심을 사실주의의 독특한 정신이라 여긴다면, 확실히 그는 위대한 사실주의자랄 수 있다. 그러나 일견 반사실주의적 장치들을 활용하는 사실주의자라고 부르는 것이 그의 복합성에 더 잘 들어맞을 것이다.(34면)

슈바르스는 왜 이런 특이한 사실주의자가 나왔는가를 자문자답하는 과정에서, 미적 장치와 그것이 묘사하는 삶이 일치되지 않는 주변부에서의 사실주의는 양자가 조응하는 중심부에서의 사실주의와 다르다는 견해를 피력한다. 이제까지의 논의를 바탕으로 양자가 어떻게 다른지 유추해보면, 주변부 사실주의는 미적 장치와 그것이 묘사하는 삶 사이의 불일치 문제를, 즉 주변부 삶의 실상과 그에 부과된 중심부 이데올로기까지 감당해야 하는 것이다. 이를테면 유럽의 자유주의와 브라질의 자유주의가 둘 다 이데올로기지만 차원이 다르듯이, 중심부의 사실주의와 주변부의 사실주의는 둘 다 "움직이는 당대 사회를 포착하려는 야심"을 지니고 있다고 해도 자본주의체제의 중심과 주변으로 구성된 전지구적 사회현실을 파고드는 깊이의 급이 다를 수 있는 것이다.[19] 이는 물론 주변부의 모든 사실주의가 그런 깊이를 지녔다는 말이 아니라 마샤두처럼 비범한 리얼리스트의 경우가 그러하다는 뜻이다. 달리 말하면 마샤두는 중심부의 이념과 예술 형식에 대한 감각이 있고 그것이 브라질 현실에서 어떻게 작동하는가를 간파할 줄 아는, 즉 세계체제의 중심과 주변의 상호관계를 체득한 작가라는 말도 된다.

---

[19] 슈바르스가 밝히는 마샤두의 특이한 사실주의는 한국문학에서라면 '리얼리즘'이라고 불릴 것이다. 주변부 사실주의의 리얼리즘적 성격과 관련하여 "세계체제의 주변부나 반주변부에서는 사실주의 자체가 갖는 실험성과 창조성 — 즉 참된 리얼리즘으로서의 생명력 — 이 여전히 위력적인 경우가 숱하다"는 백낙청의 발언도 참조. 백낙청 「문학이 무엇인지 다시 묻는 일」, 『문학이 무엇인지 다시 묻는 일』, 창비 2011, 42면.

마샤두의 초기 소설은 앞서 지적했듯이 알렝까르가 확립한 "우선순위와 비율을 뒤집었다"(reversed the priorities and proportions, 44면). 뒤봐주기라고 불리는 후견인-피후견인 관계가 전면에 나서고 개인주의에 관한 상류사회의 논의는 최소한으로 축소되었다. 한마디로 "지방색이던 것이 이제는 핵심 주제가 되었으며, 핵심 주제이던 것이 시대의 외향적 표지(outward signs of the times)가 된 것이다."(44면) 마샤두 초기 소설의 이 예술적 행보도 획기적인 진전이었다. 이로써 뒤봐주기를 통해 맺어지는 브라질의 두 계급, 즉 소유자 계급과 가난한 '자유민' 계급의 관계가 전면적으로 드러나게 된다. 여기서 눈여겨볼 것은 두가지다. 하나는 서사가 약자인 자유민 계급 —— 시골의 불한당과 순종적인 유권자와 아그리가두스(agregados)라고 불리는 대가족에 딸린 일손들 —— 의 관점에서 이뤄진다는 사실, 그리고 또 하나는 자유민에 대한 소유자 계급의 태도를 일컫는, 이른바 가부장적 온정주의는 인간적일 수도 사악할 수도 자유로울 수도 있어서 특정한 순간에 어떻게 나타날지 극히 불확실하다는 것이다. 그런데 소유자 계급의 자의성으로 말미암은 이 불확실성이야말로 종속적인 자유민의 관점에서 생생하게 체험하는 브라질의 현실인 것이다. 슈바르스는 이처럼 마샤두의 초기 소설들이 힘없고 가난한 사람들의 관점에서 브라질 현실의 고유한 특성을 포착한 성과는 "자유주의 선전문구를 진지하게 다룬 알렝까르의 경박성보다 훨씬 더 튼실"(46면)했다고 평한다.

그러나 마샤두의 초기 소설들을 위대한 문학이라고 할 순 없었는데, 슈바르스는 그 소설들이 브라질의 지역적 사실주의의 전개에서는 하나의 진전이었지만 "온정주의 영역을 더 현실적인 세계로 부각하는"(46면) 과정에서 전지구적인 세계의 현재와는 거리를 두게 된 탓이라고 풀이한다. 슈바르스가 브라질 최초의 세계 수준급 소설로 지목한 작품은 마샤두가 1880년에 발표한 『브라스 꾸바스의 사후 회고록』(*Memórias Póstumas de Brás Cubas*, 이하『사후 회고록』)이다. 이 소설의 특이한 점은 죽은 사람에 의

해 쓰여지는 형식을 취했다는 것이고, 그렇기에 굉장히 내밀한 이야기까지도 자연스럽게 들린다는 점이다. 또 하나 주목을 요하는 점은 화자이자 주인공인 브라스 꾸바스가 노예와 아그리가두스를 거느린 브라질 부잣집의 버릇없는 아들로 성장하는 과정이 생생하게 그려졌다는 점이다. 그러므로 이 소설을 통해 독자는 노예와 피후견인이 어떤 대접을 받는지 알게 되고 상류사회의 사람들이 무슨 일로 시간을 보내는지 목격하게 되며 브라스 꾸바스의 "아무렇지 않게 잔혹해지는 상류계급의 언어"(46면)를 듣게 된다.

그전 소설들과 확연히 달라진 것은 이야기의 관점을 약자들에게 공감하던 입장에서 상류계급의 입장으로 옮겨놓은 점이었다. 상류계급 가운데서도 자기정당화에 능하며 양심불량이지만 도덕군자로 칭찬받고 싶어하는 뻔뻔한 속물을 화자로 내세웠던 것이 주효했다. 일인칭 화자의 속내를 거리낌없이 보여주는 서사를 통해서 독자는 "자유주의적이면서 노예소유주인 데다 가부장주의적인 브라질 유산계급의 변덕"(47면)이 자랑처럼 펼쳐지는 것을 목격하게 된다. 하층민들에게 온정주의적 배려를 베풀다가 부르주아적 무관심을 보이고 또 노예 소유주의 막강한 권위를 부리기도 하는 화자 브라스 꾸바스의 자의적인 변덕에서 브라질 부자들의 부도덕하고 기회주의적인 행태를 실감할 수 있다. 슈바르스는 마샤두 소설의 이런 변모에 대해 "이제껏 그의 소설의 내용을 이룬 중심적인 문제였던 것이, 즉 갈지자걸음의 놀라운 계급적 본질이 『사후 회고록』에서는 소설의 형식, 곧 서사의 내적 리듬이 된다"(47면)고 평가한다. 소설의 내용이 형식으로 바뀌는 또 한번의 변증법적 전환이 일어난 것이다.

『사후 회고록』이 성공한 것은 사실 화자인 브라스 꾸바스가 생동하는 인물로 형상화된 점에 크게 힘입었다. 그는 부잣집 응석받이 아들로 자라면서 온갖 철부지 짓을 하지만 타자의 고통을 의식하지 않는 사람 특유의 순진 발랄한 매력도 있다. 게다가 그의 자유분방한 발상과 언행은 당대

세계의 지배적인 자유주의 이데올로기에 의해 뒷받침되고 있기에 명백한 잘못으로 인식되기보다 양가적인 애매함을 띨 때가 많다. 브라스 꾸바스는 분명 '믿을 수 없는 화자'(unreliable narrator)이지만 어디까지 믿고 어디서부터는 못 믿을 것인지는 독자가 스스로의 감각과 판단으로 정해야 하는데, 이때 필요한 것은 당대 세계에 대한 도덕적 감각이다. 그런데 브라스 꾸바스라는 존재는 중심부의 지배적인 문화와 이데올로기를 브라질사회에서 하층민을 통제하고 지배계층으로서 품위를 유지하고 혜택을 누리는 데 동원하기 때문에, 중심과 주변의 역학관계에 따라 형성된 전지구적인 현재(global present)와 긴밀히 접속되어 있다. 달리 말하면 독자가 브라스 꾸바스의 감각과 생각과 언행을 판단하면서 어떤 점은 받아들이고 어떤 점은 비판해야 할지를 분별하려면 전지구적인 현재에 대한 독자 나름의 감각과 사유가 작동되어야 하는 것이다. 슈바르스의 논평대로 "이런 화자야말로 새 지평을 연 발명품"(This narrator is an invention that breaks new ground, 49면)이라고 할 만하다. 슈바르스는 최종적으로 이렇게 말한다.

> 브라스 꾸바스라는 화자는 『사후 회고록』 이전 브라질 소설의 핵심 내용을 형식으로 전환시킨 문학적 장치다. 그런 장치로서 이 화자는 진정한 변증법적 대체물이며, 브라질문학의 개념을 다른 선진적인 문학의 개념과 동등하게 만들어준 획기적 발전이었다.(52면)

슈바르스 소설론의 현재적 의의

슈바르스는 '믿을 수 없는 화자'로서 브라스 꾸바스의 혁신성을 강조하면서 이런 성취 면에서 마샤두를 동시대 미국 소설가 헨리 제임스와 비교하기도 한다.(52면) 그 비교는 분명 적절하지만 제임스 이전에 멜빌이 이미 브라스 꾸바스처럼 계급적인 내용을 담지하는 '믿을 수 없는 화자'를 탁월하게 창조했음을 덧붙일 필요가 있다. 가령 「필경사 바틀비」의 변호사나 「베니토 서리노」(*Benito Cereno*)의 아마사 델라노(Amasa Delano) 선장이 그런 인물이다.[20] 이들의 독백에서 우리는 브라스 꾸바스의 경우처럼 계급갈등을 엿볼 수 있고 화자들 자신의 본의와는 달리 가부장적 온정주의가 노동자나 흑인노예를 통제하고자 하는 지배 이데올로기의 작동과 뒤섞여 뒤죽박죽이 되는 의미심장한 장면들을 엿볼 수 있다. 아무튼 슈바르스 소설론의 발상을 적용하면 노예제가 운영되던 19세기 미국을 포함하여 자본주의의 주변부 또는 반주변부의 문학이 세계 수준급의 문학으로 발돋움하는 경로를 재구성해보거나 전망해볼 수 있을 것이다.

슈바르스는 소설문학의 미래를 낙관하는 비평가는 아니다. 그렇기는커녕 중심부의 소설문학이 19세기 후반에서 20세기 초반에 이르는 전성기를 거쳐 지금은 하강과 해체의 국면을 견디고 있다고 판단하는 것 같다(*Two Girls and Other Essays*, 35면 참조). 그런데 이런 전망에서도 중심부와 주변부가 다르다는 분별이 전제되어 있다. 즉 중심부 지식인들은 서구 문학전통이 파산상태에 이르렀다는 것을 제대로 받아들이지 못했으며, 그로 말미암아 "문화적 단절과 자의성"(cultural discontinuity and arbitrariness)이 팽배해졌는데, 주변부에 위치한 브라질은 브라질 사람들의 의지에 반하여 처음부터 그런 상태였다는 것이다(*Misplaced Ideas*, 43면 참조). 요컨대 이제 중심부 문학의 유리한 기반은 사라졌고, 앞으로 뭔가

---

20 「필경사 바틀비」의 '믿을 수 없는 화자'인 변호사에 대해서는, 졸고 「근대체제와 애매성: 「필경사 바틀비」 재론」, 『안과밖』 2013년 상반기호 337~42면 참조(이 책 4부에 수록). 델라노 선장에 대한 분석으로는 Greg Grandin, "The Two Faces of Empire: Melville knew them, We Still Live With Them," http://www.tomdispatch.com/post/175798/tomgram%3A_greg_grandin_the_terror_of_our_age/. 이 글의 국역본 「제국의 두 얼굴」, 『창작과비평』 2014년 여름호 420~32면 참조.

전지구적으로 의미심장한 작품들이 나온다면 주변부 문학에서 나올 가능성이 크다고 판단하는 듯하다.

그의 소설론의 허실을 확인하는 하나의 방법은 여타 세계문학론이나 장편소설론에 비해 우리 시대의 중요한 문학적 쟁점에 대해 얼마나 유의미한 대응력과 설명력을 갖추고 있는지 점검하는 것이다. 우리는 가령 서두에 거론한 빠스깔 까자노바의 '문학공화국론'이라든지 진화론적 문학사관과 '원거리 읽기'(distant reading) 방법론에 입각한 모레띠의 소설유형학, 일찍이 알레고리적 제3세계문학론을 제시하고 『리얼리즘의 이율배반』(*The Antinomies of Realism*, 2013)이라는 근작에서 사실주의와 소설 형식에 대한 해박하고 집요한 탐구력을 보여준 제임슨의 입장을 슈바르스의 소설론과 비교할 만하다. 이런 비교의 본격적인 작업은 앞으로의 과제로 남기고 여기서는 슈바르스 문학론이 여타의 이론에 비해 어떤 상대적인 미덕을 지니는지 간단히 짚고자 한다.

슈바르스의 소설론은 근대 자본주의체제에서의 중심과 주변의 상호관계를 주변의 관점에서, 말하자면 중심의 형식을 감식할 줄 아는 주변의 관점에서 볼 때만이 제대로 파악할 수 있다는 입장을 갖고 있다. 그렇기에 전세계의 문학들로 구성된 공화국을 전제하되 그 기준시를 유럽에 놓음으로써 유럽중심주의의 자장에서 벗어나지 못하는 까자노바의 세계문학론과는 확연한 차이가 있다. 또한 슈바르스는 서구 중심부의 사실주의와 급이 다른, 주변부 사실주의의 '리얼리즘'적 성격을 간파하고 있다는 점에서 제3세계문학의 민족적·국민적 알레고리와 서구문학의 복합적이고 모순적인 사실주의라는 이항대립적 구도를 설정하는 제임슨과 대조되는 바가 있다. 그리고 슈바르스는 '꼼꼼한 읽기'(close reading)와 '비평'을 바탕으로 문학의 사회적 인식과 비판 능력에 초점을 맞추기 때문에 '원거리 읽기'의 기치 아래 문학의 사회비판 기획을 청산한 모레띠의 소설유형학과 디지털인문학에 비판적일 수밖에 없다.[21]

슈바르스의 소설론은 한국문학 비평에도 의미심장한 물음을 던진다. 우리에게는 '잘못 놓인' 중심부의 이념들이 없는가, 있다면 그것들이 한국문학에 어떤 영향을 끼치는가 하는 물음을 생략할 수 없는 것이다. 어쩌면 이 물음을 피할 수 없게 만든 것 자체가 슈바르스 문학론의 현재성이 아닐까.

---

21 슈바르스의 모레띠에 대한 비판적 논평과 그에 대한 모레띠의 답변으로는 Moretti, "The End of the Beginning: A reply to Christopher Prendergast," *New Left Review* 41 (2006), 83~86면 참조.

제4부

근대세계의 폭력성에 대하여

◆

멜빌의『모비 딕』과 매카시의『피의 자오선』

미국과 근대, 민주주의와 폭력성

미국은 북아메리카의 정착민들이 영제국의 식민통치를 거부하는 '혁명전쟁' 과정에서 탄생했다. 1776년 7월 4일 이른바 '건국선조들' (Founding Fathers)은 민주주의를 내세워 영국의 폭정을 성토하는「독립선언문」을 선포함으로써 하나의 독립국가를 출범시켰다. "모든 사람이 평등하게 창조되었고"(all men are created equal), 창조주로부터 "생명, 자유, 그리고 행복추구"(Life, Liberty, and the pursuit of Happiness)라는 양도할 수 없는 권리를 부여받았다고 천명하는「독립선언문」은 바로 민주주의 선언문이기도 하다. 미국이 근대 국민국가의 모범으로 평가받는 이유는 무엇보다 근대의 보편적인 이념인 민주주의를 처음부터 내걸었기 때문이다.

그런데 건국 이후에도 아메리카대륙의 원주민인 인디언들과 흑인노예들은 이런 민주주의적 권리를 전혀 누리지 못했다. 사정이 그렇기에 어떤 평자는 미국 민주주의가 제퍼슨의「독립선언문」에서 시작되어 링컨의 흑인노예철폐령에 와서야 완성되었다고 평한다.[1] 미국 민주주의는 미국의 혁명(독립)전쟁과 남북전쟁(내전)이라는 두차례의 폭력적 조정을 거쳐 온전한 형태를 갖추었다는 것이다. 그 뒤로 비폭력을 강조한 1960년대 흑인해방운동에서 대대적인 항의시위를 통해 인종차별 문제가 상당히 개선되었고, 2008년 오바마(Barack Obama)가 흑인으로서는 최초로 대통령직에 오름으로써 인종 간의 평등이 '무혈'로 완성된 것처럼 보인다. 그렇지만 눈에 띄는 이런 개선에도 불구하고 인종차별 문제가 해결되어 더이상 폭력이 들어설 여지가 없게 되었는지는 의문이다. 1960년대 흑인해방운동 이후에도 LA폭동(1992)이 일어났거니와 오바마 이후에도 '티파티'(Tea Party) 같은 인종주의적인 보수세력이 설치고 있는 것이 미국의 엄연한 현실이다.

게다가 폭력의 개념을 어떻게 설정하느냐에 따라 상황판단은 완전히 달라진다. 가령 지젝(Slavoj Žižek)은 "명백히 식별할 수 있는 행위자가 행하는" 주관적 폭력과 근대세계 속에 박혀 있어 드러나지 않는 객관적 폭력 ─ 이는 다시 언어형식들에 구현되는 '상징적' 폭력과 '체제적' 폭력으로 구분되는데 ─ 을 구분한 후 주관적 폭력의 매혹에서 벗어나 객관적 폭력에 주목해야 할 이유를 이렇게 말한다. "주관적 폭력은 '정상적'이고 평온한 상태의 교란으로 보인다. 그러나 객관적 폭력은 바로 이 '정상적인' 상태에 내재하는 폭력이다. 객관적인 폭력이 눈에 보이지 않는 이유는 그것이 우리가 무엇인가를 주관적으로 폭력적이라고 지각할 때 바로 그 배경이 되는 순전한 비폭력의 기준을 유지해주기 때문이다."[2] 지젝의

---

1 Andrew Delbanco, *The Real American Dream: A Meditation on Hope*, Cambridge, Mass.: Harvard UP 1999, 56면 참조. 이렇게 규정된 미국 민주주의를 델뱅코는 '하나의 새로운 종교'(a new religion)라고까지 규정한다.

2 Slavoj Žižek, *Violence: Six Sideways Reflections*, New York: Picador 2008, 1~2면 참조. 국역본 『폭력이란 무엇인가』, 난장이 2011, 23~24면 참조. 번역은 필자의 것이다.

316 제4부

이런 구분법과 주장은 미국의 근대가 폭력에 의존해온 양상을 성찰할 때 중요한 참조점이 된다.

여기서 두가지 방향의 상보적인 논의가 가능하다. 하나는 미국 민주주의의 발전이라는 '정상적인' 흐름에 내재하는 '체제적 폭력'을 고찰하면서 근대의 산업화와 자본주의체제를 탐구하는 것이다. 또 하나는 미국의 시작을 1776년의 독립과 건국 이전으로, 즉 영국 청교도들이 종교의 자유를 찾아 북아메리카로 이주한 시기로 거슬러올라가 거기서부터 미국의 근대를 재검토하는 것이다. 영국사람들이 북아메리카 원주민들과 맞닥뜨렸던 그때가 사실은 건국 못지않게 결정적인 선택의 순간이었는지 모른다. 그들이 근대의 문턱에서 선택한 것은 원주민과 함께 사는 길이 아니라 그들을 쫓아내거나 아예 살해하는 것이었다. 미국사의 서두에 나오는 '필그림 선조'(Pilgrim Fathers) 이야기는 미국인의 정체성을 정초한 뜻깊은 사건으로 기록되지만 그 숭고한 이야기와 짝을 이루는 야만적인 이야기 — 바로 그 선조들이 땅을 차지하려고 아메리카 인디언들을 속이고 추방하고 죽인 이야기 — 는 소홀히 취급되기 일쑤다.[3]

근대세계를 활짝 열어젖힌 미국의 시작에는 이처럼 폭력이 아로새겨져 있다. 그것은 아메리카 원주민과 흑인에 대한 백인의 인종주의적 폭력으로 시작되지만 민주주의의 진전과 더불어 그 가시적 형태의 주관적 폭력은 (적어도 국내에서는) 잦아드는 대신 근대 '체제' 속으로 스며들어 비가시적인 객관적 폭력의 메커니즘을 형성한다. 그런데 청교도 공동체에서 민주주의사회로 나아가는 '정상적'인 외양에도 불구하고 종종 체제

---

3 여기서 근대는 16세기경에 태동한 자본주의 근대를 일컫는다. 미국은 자본주의 세계체제의 헤게모니 국가인 영국의 식민지에서 출발하여 스스로가 헤게모니 국가가 된 경우다. 근대 자본주의 세계체제는 스페인과 영국의 남북아메리카 정복과 함께 시작되며, 인종주의와 자본주의는 근대의 쌍생아인 것이다. Immanuel Wallerstein, *The Decline of American Power* (New York: Norton 2003): 국역본 정범진·한기욱 역 『미국패권의 몰락』(창비 2004) 4장 「인종차별주의: 우리의 앨버트로스」 참조.

의 틈새가 벌어지면서 섬뜩한 파국이 내비치는 순간이 생겨난다. 미국문학의 대가들은 그런 순간을 포착하여 거기에 그들의 예술적 역량을 쏟아부었다. 가령 호손이 식민지시대 청교도 공동체의 위기적 순간들에 집중했다면 멜빌은 19세기 중반 시장자본주의 체제하에서 민주주의적 인간관계가 맞닥뜨리는 곤경을 숙고했다. 그리고 최근 들어 매카시(Cormac McCarthy)는 호손과 멜빌 당대에서 작금에 이르기까지 미국 남서부 황야를 방랑하는 뿌리뽑힌 존재들의 폭력적인 여정을 탐사한다.

이 글은 미국 근대의 폭력문제에 초점을 맞춰 매카시의 『피의 자오선』(*Blood Meridian*, 1985)을 멜빌의 『모비 딕』(1851)과 비교하면서 논하고자 한다. 두 작품이 비교할 만하다는 주장은 이미 제시되었다. 가령 블룸(Harold Bloom)은 압도적인 살육묘사 때문에 처음에는 작품을 완독하지 못했다고 고백하면서도 『피의 자오선』이 『모비 딕』에 비견될 만한 "진정한 미국의 묵시록적 소설"이라고 평한다. 그는 『피의 자오선』이 멜빌과 포크너, 셰익스피어의 문학적 유산을 계승하는 동시에 매카시 고유의 독창성을 이룩한 "미국적인 동시에 보편적인 피의 비극으로서 정전에 값하는 상상력의 성취"라고 높이 평가한다. 이어서 "그 무자비한 살육이 전혀 불필요하거나 과도하지 않다"며 그 과도한 폭력묘사도 옹호한다.[4]

이 소설의 압도적인 폭력에 대한 논란은 예술적인 동시에 역사적인 것이다. 이런 폭력묘사의 적실성 문제는 머리가죽 벗기기 사건들에 대한 매카시의 소설적 형상화 방식이 미국 근대의 진실을 드러내는 데 얼마나 기여하는가를 평가하는 작업과 맞물려 있다. 나아가 머리가죽 벗기기 사건들이 객관적 폭력과 어떤 관련을 맺고 있는지도 짚어볼 일이다. 이런 맥락에서 매카시의 강렬하고 생생한 문체와 서사양식에 대한 논의도 필요

---

4 Harold Bloom, *How To Read and Why* , New York: Touchstone Book 2001, 254~55면 참조.

하며, 근대세계의 체제적·상징적 폭력에 대한 남다른 통찰을 보여주는 『모비 딕』과의 비교논의도 요긴할 것이다. 근대 미국문명을 탐구하는 두 소설을 비교하는 것이 '미국적인 동시에 보편적인' 근대의 근본적인 폭력성을 성찰하는 하나의 계기가 되기를 기대한다.

고래사냥 대 머리가죽사냥

미국 근대의 폭력성과 관련하여 읽을 때 『모비 딕』의 고래사냥 이야기와 『피의 자오선』의 머리가죽사냥 이야기는 의미심장한 여운을 띤다. 두 이야기는 사실에 바탕을 둔 이야기이지만 동시에 고도로 암시적이고 상징적인데, 이런 복합적인 서사방식 덕분에 근대세계에 대한 깊이있는 탐구가 가능해진다.

『모비 딕』에서 고래잡이의 사실적 토대는 산업과 개척지로 요약된다.[5] 포경업은 유전이 발견되기 전에는 조명용 기름을 생산하는 중요한 산업이었다. 그것은 고래의 포획과 살생이라는 수렵·어업의 성격과 고래비계를 끓여서 기름을 만드는 제조업의 성격을 동시에 지니고 있었다. 말하자면 피쿼드호 선원들은 고래사냥꾼이자 동시에 고래기름 정유공장의 노동자인 셈이다. 고래를 한마리라도 더 잡고, 한방울의 고래기름이라도 더 짜내려는 항해사들의 독려와 선원들의 분투는 포경업이 자본주의시장에 종속되어 있음을 보여준다. 포경업 자체에서 가시적인 '주관적 폭력'은 인간이 고래를 잡아 죽이는 일이다. 생명력 넘치는 고래를 살생하는 현장이 더없이 폭력적인 것은 분명하다. 하지만 고래에 대한 폭력의 무자비한 정

---

5 Charles Olson, *Call Me Ishmael* , New York: Grove Pr. Inc. 1947, 16~25면, 특히 "So if you want to know why Melville nailed us in *Moby-Dick*, consider whaling. Consider whaling as a Frontier, and Industry"(23면) 참조.

도를 따지기 전에, 이런 고래사냥을 추동하는 것이 자본주의시장의 힘이라는 것을 상기할 필요가 있다. 따라서 폭력의 문제와 관련해서는 고래잡이 현장 자체보다 이 현장에 작용하는 '체제적 폭력'에 주목해야 한다.

고래잡이는 그 속성상 개척지(frontier)의 작업이기도 하다. 피쿼드호의 선원들이 세계의 바다를 돌아다니며 고래를 잡는 것은 미국의 근대문명(가령 조선업과 포경업)의 힘으로 바다라는 자연을 경략(산업화와 자본주의화)하는 행위다. 19세기 중반 미국에서 실제로 개척의 여지가 남아 있는 자연은 서부와 바다였다. 『모비 딕』의 고래잡이 이야기는 바다라는 개척지를 ─『피의 자오선』은 미국 남서부라는 개척지를 ─ 매개로 하는 미국 근대의 이야기인 셈이다. 종래의 개척지 이야기는 근대문명의 힘으로 자연을 개척·착취하는 동시에 찬미하는 이중적인 이데올로기적·신화적 담론인바, 끊임없이 새 개척지를 찾아나서는 자기완결적인 메커니즘을 내장하고 있다. 이런 개척지의 신화에는 산업과 자본의 팽창주의적 충동이 깃들어 있다. 여기서 '상징적 폭력'의 문제가 대두되는데, 주목할 것은 뛰어난 소설일수록 기존의 문학적 양식과 어법의 혁신을 동반하며, 그런 만큼 그 속에 박혀 있는 상징적 폭력(가령 근대화 신화)에 대응하는 독특한 방식을 성취한다는 것이다.

『모비 딕』이 성취한 장르와 언어상의 혁신은 여럿인데, 그중 고래에 대한 명상이자 인식과 재현에 대한 사색이라 할 이른바 '고래학 장'이 눈에 띈다. 하지만 폭력과 관련해서는 고래잡이 이야기 자체에서 이뤄진 혁신에 주목할 필요가 있다. 혁신은 피쿼드호의 선장 에이헙(Ahab)의 기이한 광기를 고래잡이 이야기의 한가운데로 끌어들인 데 있다. 기이함은 두가지다. 하나는 포경선의 선장이 돈벌이가 되는 고래사냥은 제쳐두고 오로지 흰고래의 추적과 살해에만 매달리는 이유이며, 다른 하나는 선원들이 선장의 이런 광기를 꺾기는커녕 오히려 적극 따르게 되는 연유다. 선원들의 잡다한 인종과 그에 따른 위계구조 ─ 지휘관인 백인선장과 중간간부

인 백인항해사들, 다양한 인종과 지역 출신의 작살잡이들과 평선원들 ──
가 미국사회의 구조를 닮은 만큼이나 피쿼드호는 미국이라는 '국가의 배'
(the ship of the state)의 속성을 띠는데, 문제는 이 '미국호'가 광기에 사
로잡힌 지도자의 의지에서 벗어나지 못한다는 것이다.

이 광기의 드라마의 심각한 의미는 에이헙 선장의 내면에서 진행되는
그의 존재적인 변이와 흰고래의 중층적 의미에 주목하지 않고서는 짐작
하기 힘들다. "내 모든 수단은 멀쩡한데 내 동기와 목적은 미쳐 있는"(all
my means are sane but my motive and object mad)[6] 에이헙의 기이한 광
기를 이해하는 실마리는 에이헙을 근대세계의 별종이 아니라 오히려 전
형적인 인물로 조명할 때 주어진다. 민주주의를 구현하고 산업화와 자본
주의를 달성한 미국사회에서 에이헙 같은 전체주의적 인물은 돌연변이가
아니라 근대문명의 합리성은 물론 그 '합리성의 근본적 비합리성'까지 체
현한 전형적인 근대인인 것이다. 이를테면 에이헙은 자본 축적과 증식의
'모든 수단은 멀쩡한데, 그 동기와 목적은 미쳐 있는' 자본주의체제의 핵
심모순을 체화하고 있다. 그러므로 에이헙의 광기는 자본주의 근대의 합
리성에 어긋나는 돌연변이적인 광기가 아니라 오히려 그 합리성에 내재
된 비합리성이 피어난 결과다. 그것은 존재의 추상화와 기계화를 동반하
는 근대화의 과정에서 자연과 인간의 신비한 본질을 꿰뚫어 보려는 반생
명적인 충동에서 탄생한 것이니만큼 근대의 본질적 속성의 일부다.[7] 『모
비 딕』이 근대 산업주의와 자본주의에 내장된 '체제적 폭력'까지 섬뜩하
게 드러낼 수 있는 것은 고래잡이라는 해양모험 이야기에 에이헙의 이런

---

6 Herman Melville, *Moby-Dick or The Whale*, ed. Harrison Hayford et als., Evanston:
  Northwestern UP 1988, 41장 186면. 앞으로 이 작품에서의 인용은 본문에 장(章)수와
  면수만 병기함.

7 이에 대한 자세한 논의는 졸고 「미국 민주주의와 '제국': 멜빌 문학의 현재성」, 『안과
  밖』 2003년 상반기호 18~33면 참조.

기이한 광기를 끌어들인 장르적·서사적 혁신에 힘입은 바가 크다. 또한 이런 혁신 덕분에 근대의 이야기를 실감나게 들려주면서도 근대화의 신화나 이데올로기에 말려들지 않고 그것을 오롯이 드러낼 수 있는 것이 아닐까.

『피의 자오선』은 그 무엇보다 폭력에 관한 소설이다. 제사(題詞)에서부터 30만년 전의 에티오피아 두개골 화석에서 머리가죽이 벗겨진 증거가 나왔다는 신문보도가 인용되고, 첫장에서 주인공 '소년'(the kid)의 "무분별한 폭력취향"(a taste for mindless violence)[8]이 언급된 이래 잔인무도한 살육과 폭력의 장면이 쉼없이 이어진다. 그렇기에 매카시가 폭력에 대한 본질론적인 입장을 갖고 있다는 혐의가 주어지기도 한다. 하지만 이 소설의 머리가죽사냥 이야기는 멕시코전쟁(1846~48) 직후 미국-멕시코 국경지대에서 실제 일어난 사실에 바탕을 두고 있다. 평자들에 따르면 글랜턴(Glanton) 대위와 홀든(Holden) 판사 같은 작중인물들이 실존인물이며, 글랜턴 일당의 행적도 역사적 사실에 부합한다.[9] 매카시가 이 소설을 쓰기 위해서 텍사스 엘파소로 이사를 했을뿐더러 수년에 걸쳐 철저한 자료조사를 했다는 것은 널리 알려진 사실이다. 하지만 특정한 시대와 장소의 사실(史實)을 바탕으로 쓰였다 해도 한편의 독창적인 이야기로 탈바꿈한 만큼, 굳이 '역사소설'이나 '역사로맨스'라는 한정적인 범주를 붙이지 않은 편이 낫다는 생각이다.[10]

---

8 Cormac McCarthy, *Blood Meridian or Evening Redness in the West*, New York: Vintage Books 1992, 3면. 앞으로 이 소설의 인용은 이 책에 따르며 본문에 장수와 면수만 밝힌다. 국역본(『핏빛 자오선』, 김시현 옮김, 민음사 2008)을 참조했으나, 번역은 필자의 것이다.

9 이 소설이 참조한 폭넓은 사료들에 대해서는 John Emil Sepich, "'What Kind of Indians was them?': Some Historical Sources in Cormac McCarthy's *Blood Meridian*," Edwin T. Arnold and Dianne C. Luce Eds, *Perspectives on Cormac McCarthy*, Jackson: UP of Mississippi 1993 참조.

10 쎄픽은 "활용한 출처를 재검토하면 역사적 진실성에 대한 매카시의 헌신과 그 출처

사실 당시의 머리가죽 벗기기는 서부극을 통해 널리 알려진 통념과는 달리 주로 멕시코전 참전미군들이 멕시코정부가 내건 보상금을 노리고 아메리카 인디언에게 가한 폭력이었다. 멕시코의 주정부는 호전적인 인디언들의 노략질로부터 주민을 보호하기 위해 참전미군들과 머리가죽 매매계약을 맺기도 했다. 멕시코정부로서는 외국인을 용병으로 고용하여 인디언을 소탕하는 것이고 참전미군으로서는 귀대하여 쥐꼬리 같은 봉급을 받기보다 전시처럼 이민족을 죽이는 일을 계속하면서 거액의 보상금을 타는 편을 택하기 쉬웠다.[11] 이렇게 된 데는 물론 인종주의가 강력히 작용했다. 멕시코인도 미국인도 아메리카 인디언을 증오하는 까닭에[12] 당시의 미군 대다수는 인디언의 머리가죽 벗기는 일을 그리 끔찍한 반문명적인 행위로 여기지 않았다. 게다가 미국인은 멕시코인에 대해서도 인종주의적 경멸감을 갖고 있었기에 머리가죽사냥을 하며 멕시코인들까지 죽이는 경우가 종종 있었다. 매카시는 이런 사실(史實)을 바탕으로 독창적인 이야기를 만들어낸 것이다.

소설은 14살에 테네시주의 벽촌에서 가출하여 서부의 국경지대를 떠돌아다니는 '소년'의 행적을 따라가며 주로 그의 주위에서 벌어지는 사건들을 기록하는 피카레스크 형식을 취한다. 쎄인트루이스와 뉴올리언즈를 거쳐 1849년 봄에 텍사스의 내커도처스(Nacogdoches)에 당도한 소년은

를 자기의 고유한 목적에 맞게 재단할 때의 과감성이 동시에 드러난다"(Sepick, *Notes on Blood Meridian*, Revised and Expanded Ed. Austin: U of Texas P 2008, 3면)고 지적하며 이 소설을 '역사로맨스'(historical romance)로 본다. 이 소설을 루카치식과 다른 새로운 종류의 '역사소설'로 특징짓고자 하는 시도로는 Dana Phillips, "History and the Ugly Facts of Cormac McCarthy's *Blood Meridian*," *American Literature* 68:2 (June 1996) 참조.

11 당대의 회고록에 따르면 미국군인의 월급은 7달러에서 15달러 수준인데 인디언 머리가죽은 장당 200달러까지 받았다고 한다. Sepick, *Notes on Blood Meridian* 7면 참조.

12 미국인의 '인디언 혐오증'에 대한 뛰어난 사회심리학적 분석으로는 Herman Melville, "The Metaphysics of Indian-Hating," *The Confidence-Man*(1857) 참조.

처음에는 화이트(White) 대위가 이끄는 미국의 비정규군에 가담한다. 화이트 부대의 임무는 미국과 인접한 북부멕시코 일대를 돌아다니며 주민들에게 멕시코정부에 대한 반란을 선동하는 일이며, 부대원들은 반란을 통해 획득된 땅을 전리품으로 나누어 가질 예정이었다. 국경을 침략하고 외국의 땅을 강탈하는 행위를 화이트 대위는 이렇게 정당화한다.

우리가 지금 상대할 것은 퇴화한 인종이야. 껌둥이보다 별로 나을 게 없는 잡종이지. 어쩌면 전혀 나을 게 없을지도 몰라. 멕시코에는 정부가 없어. 젠장, 멕시코에는 하느님도 없어. 앞으로도 영원히 그럴 거야. 우리는 스스로를 통치할 수 없는 무능한 민족을 상대해야 해. 그런데 스스로를 통치할 수 없는 사람들은 어떻게 되는지 아나? 그렇지. 다른 사람들이 와서 그들을 대신해서 통치하는 거야.(3장 34면)

이른바 '명백한 운명'(Manifest Destiny)이라는 담론이다. 타락한 종족이자 자치능력을 결여한 무능한 멕시코인들을 대신하여 미국인 ── 물론 여기서 흑인과 인디언은 제외된다 ── 이 그들의 땅을 다스리는 것이 당연하다는 것이다. '명백한 운명'은 이처럼 인종주의, 팽창주의, 경제적 이권이 결합된 산물이다. 화이트 부대는 코만치족의 습격을 받아 부대원 대다수가 몰살됨으로써 단명하고 만다.(4장)

소년이 글랜턴 부대와 합류하면서 소설은 본격적인 국면, 즉 머리가죽사냥 이야기로 나아간다. 글랜턴 부대는 멕시코 치와와(Chihuahua) 주지사와 인디언 머리가죽을 장당 100달러에 매매하기로 계약한다. 치와와 주지사가 이런 보상금을 내건 것은 아파치족의 습격과 약탈로부터 멕시코 주민을 보호하기 위한 조처다. 그런데 머리가죽사냥이 계속되면서 폭력의 광기가 점점 고조되고 행동의 경계가 무너지기 시작한다. 가령 19명의 글랜턴 일당이 천여명의 길레뇨인디언(the Gileños, 아파치족과 비아파치족을 포함하는 인디언 부족)을 기습하여 살해하는데, 그 속에 섞여 있는 멕시코인과 어린아이와 여성을 가리지 않는다.

부락에는 멕시코인 노예가 상당수 있었고 이들이 스페인어로 외치며 뛰쳐나왔지만 머리가 박살나거나 총알을 맞았다. 델라웨어인 한명이 양쪽 팔에 벌거벗은 아기를 하나씩 안고서 연기를 뚫고 나오더니 두엄더미 주위의 돌덩이에 웅크리고 앉아 하나씩 아기의 발꿈치를 잡고 돌리다가 그 머리를 돌덩이에 후려쳤고 아기의 정수리 숨구멍으로 시뻘건 토사물 같은 뇌수가 콸콸 쏟아졌다. 불이 붙은 사람들이 마치 광포한 전사처럼 새된 괴성을 지르며 뛰쳐나오자 말탄 군인들이 거대한 칼로 그들을 난도질했으며 젊은 여자 하나가 달려와 글랜턴이 탄 군마의 피투성이 앞발을 부둥켜안았다.(12장 156면)

이 소설에서 빈번히 등장하는 살육의 현장 가운데 하나다. '델라웨어인'은 동부 델라웨어 출신 인디언으로 글랜턴 부대에 합류한 자다. 폭력장면의 적나라한 묘사뿐 아니라 멕시코정부가 보상금을 내건 취지와 상반되는 행위도 눈여겨볼 필요가 있다. 글랜턴 일당은 평화로운 티구아스(Tiguas)족 인디언들을 도륙할뿐더러 마침내는 멕시코 마을주민들을 몰살시켜 보상금을 타내는 파렴치한 행위까지 서슴지 않는다. 보상금의 취지가 완전히 뒤바뀌어버린 것이다. 그후 글랜턴 부대는 유마(Yuma)인디언을 배신한 데 대해 보복을 당하여 글랜턴을 비롯한 다수 대원이 죽음으로써 해체되고 만다.

피쿼드호의 선원들처럼 다인종·다민족적인 글랜턴 일당은 피쿼드호의 선원이 한방울의 고래기름이라도 더 얻으려고 분투하듯 머리가죽을 한장이라도 더 벗기기 위해 물불을 가리지 않는다. 근대문명이 떠받드는 민주주의적·인도주의적 가치도 기독교적 선악개념도 아랑곳하지 않는 무법자들인 것이다.[13] 글랜턴 일당은 멜빌이 '비천하기 짝이 없는 뱃사람' (meanest mariners)으로 묘사한 피쿼드호 선원들보다 더 비천한 사람들이다. 피쿼드호 선원들은 야만인처럼 흥청거리고 환호하기도 하지만 때론 강인하게 단련된 노동자처럼, 때론 불굴의 용사처럼 행동한다. 이에 비해 글랜턴 일당은 극악무도한 악행을 저지르고 비열하며 추잡할 뿐 어떤 존엄한 면모도 보여주지 못한다. 그들은 "저주받은 땅에서 빠져나오려고 허우적거리는 어떤 어두운 군대의 잔존자들처럼"(like the remnants of some dim legion scrabbling up out of a land accursed, 17장 251면) 황량한 서부를 떠돌 운명인 것이다.

글랜턴 일당의 이런 모습은 서부극의 전통이나 개척지의 신화와는 판이하다. 선하고 용감한 백인이 사악하고 폭력적인 백인이나 인디언을 제압하여 공동체의 안전과 평화를 회복한다는 서부극의 구도에 완전히 어긋난다. 문명화된 백인이 황야에 사는 야만인을 교화하여 문명화의 세계를 확대해간다는 개척지의 신화와도 정면으로 충돌한다. 그렇다고 일부 비평가들이 주장하듯 이 소설이 수정주의적 역사관을 보여주는 것도 아니다. 이를테면 선악의 자리가 뒤바뀌어 오히려 아메리카 인디언이 선하고 백인이 악하다는 전도된 대립구도가 형성되는 것도 아닌 것이다.[14] 글랜턴 일당도 아파치족도 멕시코인도 모두 선하거나 고귀하게 그려지지 않는다.

이렇게 야만적인 글랜턴 일당이 피쿼드호에 비견될 정도로 미국문명의 기원과 운명을 상징하는 또 하나의 '미국호' ─ 이 소설의 맥락에 맞게 표

---

13 이 천하의 불한당들이 당대의 평균적인 미국인보다 인종주의적 편견이 덜한 면도 있다. 가령 흑인 잭슨(Jackson)이 이름이 같은 백인 잭슨에게 심한 인종주의적인 모욕을 당한 후 그를 살해하지만, 현장에 있던 글랜턴과 그의 동료들은 전혀 개입하지 않는다.(8장 106~107면 참조) 인종주의적 모욕에 대한 반격의 권리를 인정한 것이다.

14 John Cant, *Cormac McCarthy and the Myth of American Exceptionalism*, New York: Routledge 2008, 159면 참조.

현하자면 '미국의 군대' —— 로 비치는 이유는 무엇인가. 그들은 상징적인 차원에서는 '폭력을 통한 재생'(regeneration through violence)이라는 서부신화에 등장하는 '성스러운 사냥꾼'(sacred hunter)에 해당한다. 쿠퍼(James Cooper)의 『사슴사냥꾼』(*Deerslayer*)에서 대니얼 분(Daniel Boon)과 버팔로 빌(Buffalo Bill)에 이르는 서부의 전설적인 사냥꾼들은 마을공동체를 떠나 숲으로 들어가서 야생동물을 추적·살해함으로써 문명에 병들어가는 공동체를 재생시키는데, 이런 '폭력을 통한 재생'은 서부가 개척되는 과정이기도 하다.[15] 그런데 글랜턴 일당은 '성스러운 사냥꾼' 신화의 코드를 따르되 사슴이나 들소가 아닌 사람(주로 아메리카 원주민)을 사냥함으로써 '폭력을 통한 재생'에 감추어진 의미를 폭로한다. 이를테면 굿맨 브라운(Goodman Brown)이 숲에서 만나는 악마숭배집회가 청교도 마을의 교회가 숨기고 있는 어두운 진실을 드러내는 것과 다르지 않다. 이 소설의 머리가죽사냥 이야기는 서부 황야의 '성스러운 사냥꾼'이라는 신화를 뒤집어 그 속에 감춰진 타인종과 자연에 대한 폭력과 제국주의적 팽창주의의 가장 어두운 지점을 섬뜩하게 보여준다.

요컨대, 종교의 자유를 위해 아메리카대륙에서 새로운 삶을 시작한 '필그림 선조'의 이야기와 영제국의 폭정에 대항하여 미국의 독립을 성취하고 민주주의의 기초를 세운 '건국선조'의 이야기가 미국 근대의 숭고한 이야기라면 피쿼드호 선원들의 고래사냥과 글랜턴 일당의 머리가죽사냥

---

15 이에 대한 고전적인 연구는 Richard Slotkin, *Regeneration of Violence: the Mythology of the American Frontier, 1600~1860* (Middleton, CT: Wesleyan UP 1973)이다. 특히 "사냥꾼 신화는 황야가 수용(收用)되고 개발되는 과정에 대한 허구적인 정당화"(554면)라는 논평이 주목할 만하다. 슬롯킨의 연구에 기반하여 『피의 자오선』에서 '성스러운 사냥꾼' 신화의 해체와 그를 대체하는 새로운 신화 등장의 의미를 논하는 글로는 Sara L. Spurgeon, "Foundation of Empire: The Sacred Hunter and the Eucharist of the Wilderness in Cormac McCarthy's *Blood Meridian*," *Cormac McCarthy: Bloom's Modern Critical Views*, ed. Harold Bloom, new edition New York: Chelsea House 2009 참조.

이야기는 미국 근대의 야만적 이야기인 것이다. 명심해야 할 점은 이 두 이야기가 동전의 양면이라는 것이다. 앞면은 믿음과 자유와 민주주의를 노래하고 뒷면은 반생명적인 광기와 타자에 대한 핏빛 폭력이 새겨져 있는 '운명의 동전'이라고 할까.

홀든 판사와 소년

글랜턴 대위가 군 경험과 광포성 덕분에 대장 노릇을 하지만 머리가죽 사냥꾼들의 지도자는 홀든 판사이다. 그렇기에 홀든은 『모비 딕』의 에이헙에 비견된다. 사실 홀든이 없다면 이들은 무장한 폭력집단일 뿐 미국 근대문명의 향방과 관련하여 그렇게 의미심장한 집단은 아닐 것이다. 홀든의 비범한 점은 여럿인데, 법학지식과 언어적 재능도 예사롭지 않지만 무엇보다 그의 해박한 과학지식과 그것을 즉각 활용하는 실용적인 면모를 거론해야 한다. 과학지식과 실용주의적 순발력이야말로 총기류의 우월성으로 인디언이나 멕시코군인에 비해 기술적 우위를 겨우 유지하는 이 집단에 그와는 차원이 다른 근대적 면모를 부여한다. 홀든은 박물학, 지질학, 고생물학 등에 정통하여 즉석에서 지질학 강의를 하고 식물채집을 하는가 하면 유물을 감식하고 스케치한다. 게다가 박쥐 배설물과 숯과 유황에 사람 오줌을 섞어 현장에서 화약을 만들기도 한다. 일당 중의 하나인 전직 신부 토빈(Tobin)은 홀든 판사의 독려에 따라 대원들이 오줌을 누는 광경을 소년에게 들려준다.

우리는 정신이 반쯤 나가 있었지. 모두 줄을 섰어. 델라웨어인디언들까지 포함해서 말이야. 글랜턴만 넘나간 듯이 바라보고만 있었어. 우리는 모두 물건을 꺼내 거기에 갈겼고 무릎을 꿇고 앉은 판사는 맨손으로 반죽을 주물러댔어. 오줌이 사방으로 튀는데 판사는 이봐 오줌을 싸, 혼신을 다해 싸라고, 저 아래 인디언들이 안 보이냐고 소리쳐댔지. 그러면서 껄껄 웃으며 악취나는 그 크고 시커먼 반죽덩이를 열심히 주물렀어. 악마의 똥덩어리도 그렇게 독한 냄새가 나진 않았을 거고, 반죽하는 판사도 여간 시커먼게 아니었어.(10장 132면)

판사는 이렇게 제조한 화약을 사용하여 백여명의 아파치를 극적으로 물리침으로써 글랜턴 일당의 지도자로 인정받는다. 토빈의 실감나는 이야기를 통해 우리는 판사가 해박한 과학지식과 실용주의적 순발력의 소유자일 뿐 아니라 자기의 목적에 맞게 사람들의 신명을 돋울 줄 아는, 용병술에 능하고 흥행사적 기질이 풍부한 인물임을 알 수 있다. 판사는 여기서 대단한 지력을 갖추고 뛰어난 항해술과 천문지식으로 선원들을 압도하는 한편 술과 금화, 극적 이벤트로 선원들의 마음을 사로잡는 에이헙과 다르지 않다. 다만 거짓항복으로 아파치인디언들을 유인하는 얄팍한 속임수라든지 마치 장난감인형 쓰러뜨리듯 인디언들을 쓰러뜨리면서 흥겹게 내기를 거는 경박함은 홀든 고유의 면모다. 이는 내면의 깊이와 진지한 고뇌가 두드러지는 에이헙과 대조적인 점이다.

과학자적인 면과 더불어 주목할 것은 홀든의 사상가적 면모다. 그는 인간이 지구의 주인으로서 확고한 권위와 지배력을 가져야 한다고 생각한다. 가령 토드바인(Toadvine)이 지상의 모든 것을 다 알고 있는 사람은 없다고 말하자 판사는 "세상의 비밀이 영원히 감춰져 있다고 믿는 사람은 신비와 공포 속에서 살지. 미신이 그를 질질 끌고 다닐 거야. 빗방울에 인생의 행적이 침식될 것이고 말이야. 하지만 태피스트리에서 이치(理致)의 실을 뽑아내기로 작정한 사람은 그 결심만으로도 세상을 떠맡을 것이며 그로 인해 자기 운명의 조건을 정하는 길을 가는 것이야"(14장 199면)라고 반박한다. 세상의 모든 이치를 깨닫고자 하는 지식욕, 그리고 자기 운명의 주인이 되고자 하는 의지적 자세는 파우스트 이래 근대인의 두드러진 특징이 아니던가. 여기서도 홀든은 에이헙과 다르지 않다.

홀든이 에이헙과 다른 자기 고유의 철학을 가지고 있다면 그것은 인간사를 전쟁의 역사로 보는 데 있다. 그는 "전쟁은 늘 여기에 존재했네. 전쟁은 인간이 존재하기 전부터 인간을 기다렸어. 전쟁의 궁극적 일이란 전쟁의 궁극적 실행자를 기다리는 것이지. 전쟁은 과거에도 그랬고 앞으로도 그럴 거야. 그것 외엔 다른 수가 없어"(17장 248면)라고 전쟁불멸설을 천명한다. 나아가 그는 "판돈으로 게임과 권위와 정당화를 동시에 거는 것이 전쟁의 속성이야. (…) 전쟁은 궁극적으로 존재의 단일화를 강제한다는 점에서 궁극적인 게임이지. 전쟁은 신이야"(249면)라고 일갈한다. 이런 도저한 전쟁론에 대원들은 "드디어 미쳤어"라고 반응하거나 "힘이 세다고 옳은 것은 아니야"라고 대꾸하지만 판사는 "도덕의 법은 약자를 위해 강자의 권리를 빼앗으려고 인간이 발명한 것이야. 역사의 법이 시시때때로 도덕의 법을 뒤엎지"라고 반박한다.(250면)

홀든 판사의 사상에 대해서 영지주의(Gnosticism), 사회적 다원주의, 니체의 초인사상 등과 관련짓는 해석이 시도되었다. 여기서 주목하고자 하는 것은 그의 전쟁불멸론과 이에 기반을 둔 강자의 철학이 근대세계의 근본적인 폭력성을 시인함과 동시에 그것을 절대적 가치로 삼고자 하는 경향을 구현하고 있다는 점이다. "전쟁이 성스럽지 않다면 인간은 한낱 우스꽝스런 진흙일 뿐이야"(If war is not holy man is nothing but antic clay, 22장 307면)라는 전쟁숭배론에 기반한 홀든 판사의 사상적 지도력 덕분에 당대의 인종주의와 팽창주의 흐름에 편승하여 남서부 국경지대를 가로지르며 머리가죽사냥과 노략질을 일삼는 글랜턴 일당은 한낱 비천한 악당의 무리에 머물지 않고 미국 근대의 폭력성을 대변하는 '성스러운' 집단의 지위를 부여받는다.

홀든의 이런 입장에 반대하는 사람이 없지는 않았다. 소년에게 반란을 선동하는 전직 신부 토빈의 반발은 에이헙에 대한 일등항해사 스타벅 (Starbuck)의 반발처럼 독자적인 저항의 논리를 갖추고 있지 않다. 글랜 턴 일당 가운데 오로지 소년만이 홀든 판사의 지도력과 전쟁광적인 비전에 실제로 저항한다. 여기서 소년은 에이헙에 매혹되면서도 반발하는 이쉬미얼을 떠오르게 한다. 홀든 판사와 소년, 에이헙과 이쉬미얼, 두 짝은 상당히 유사함에도 불구하고 양자 간에는 미묘한 차이가 있다. 가령 이쉬미얼을 눈여겨보지 않는 에이헙과는 달리 홀든은 일찌감치 소년을 의식하거니와 둘 사이의 대립이 분명해질 즈음에는 "내가 너를 아들처럼 사랑할 수도 있었다는 걸 모르니?"(Don't you know that I'd have loved you like a son?, 22장 306면)라고 꼬드기기도 한다. 둘의 관계는 에이헙에 대한 이쉬미얼의 일방적인 경외심과는 달리 쌍방향적이고 부자지간 같은 면을 지니고 있다. 또 하나 다른 점은 소년은 홀든에게 매혹과 반발을 동시에 느끼되 이쉬미얼과 달리 홀든의 동참요구를 끝내 거절한다. 소설의 마지막 장에서 둘은 글랜턴 일당이 해체된 지 28년 만에 텍사스 포트 그리핀 (Fort Griffin)의 어느 술집에서 조우하여 이런 말을 주고받는다.

이 말은 할 수 있지. 전쟁이 불명예가 되고 전쟁의 고귀함이 의문시됨에 따라 피의 신성함을 아는 명예로운 이들이 전사의 권리인 춤에서 쫓겨날 거야. 그렇게 되면 춤은 가짜 춤이 되고, 춤꾼도 가짜 춤꾼이 되는 거지. 하지만 거기엔 언제나 진정한 춤꾼이 한명은 있기 마련인데 그게 누군지 짐작이 가나?
당신은 아무것도 아냐.(23장 331면)

전쟁과 피(폭력)의 신성함을 춤에 비유하면서 (이제 중년이 된) '소년'을 꾀려 드는 홀든 판사의 요설(妖說)에 소년은 동문서답하듯 "당신은 아무것도 아냐"(You aint nothin)라고 무뚝뚝하게 대꾸한다. 양자의 대립적인 입장과 대조적인 삶의 방식이 선명하게 드러나는 듯하다. 잠시 후 야외변소에서 홀든은 소년을 성적으로 범하고 죽이는 것으로 추정된다. 소년의 단호한 거절이 죽음으로 이어진 것인데, 양자의 부자관계적인 측면을 생각하면 그 의미심장함은 배가된다. 오이디푸스적인 부친살해의 유형을 뒤집는 아들살해인 것이다.[16]

홀든이 '아들 같은' 소년을 죽이고 돌아와 춤을 추는 마지막 장면 —— "그는 결코 잠들지 않는다고 말한다. 그는 빛과 어둠 속에서 춤을 추고 대단한 인기를 누린다. 판사, 그는 결코 잠들지 않는다. 그는 춤을 추고, 또 춘다. 그는 결코 죽지 않는다고 말한다"(335면) —— 에서 홀든은 마치 전쟁의 신처럼 말한다. 니힐리즘 앞에서 짜라투스트라(Zarathustra)가 삶의 춤을 춘다면 홀든은 이렇게 전쟁을 찬미하는 죽음의 춤을 춘다. 커츠(Kurts)가 근대의 '어둠의 속'을 들여다보고 '공포!'를 외친다면 홀든은 그 속을 응시하며 태연히 미소를 짓고 춤을 춘다. 이런 홀든의 광기는 에이헙의 광기와 마찬가지로 근대의 어두운 심연 속에서 탄생된 것이다.

어릴 때부터 '무분별한 폭력취향'을 지녀왔던 소년은 전쟁과 폭력을 찬미하는 홀든에게 이끌릴 수밖에 없었다. 소년에게 홀든의 유혹을 물리치는 것은 자신의 '무분별한 폭력취향'을 극복하는 문제와 긴밀히 연동되어 있는 것이다. 중년의 그에게 "남북전쟁으로 고아가 된 폭력적인 아이들" —— 28년 전의 자기처럼 '무분별한 폭력취향'에 빠져 있는 소년들 —— 이 시비를 걸어올 때 그는 그중 하나를 죽이긴 해도, 그의 폭력은 '무분별'하지 않고 불가피한 것으로 보인다.(318~23면 참조) 소년은 여기서 남부의 부조리한 폭력과 살인의 현장을 목격할 뿐 아니라 자신도 폭력적인 아

---

16 이와 관련하여 서부의 살인자가 어떻게 탄생하는가에 대한 홀든의 우화적인 이야기(11장 142~45면)를 주목할 필요가 있다. 이는 아버지와 아들의 관계를 중심으로 백인과 아메리카인디언, 주인과 나그네, 배신과 참회, 현실과 신화에 대한 풍부한 암시를 내포하는 이야기다.

버지에게 총을 겨눌 수밖에 없는 허클베리 핀(Huckleberry Finn)의 후예이기도 하다.

어쨌든 소년은 홀든의 전쟁광적인 춤에 동참하기를 거부함으로써 죽음을 맞이한다. 이쉬미얼과 에이헙 짝의 운명과 거꾸로 소년이 죽고 홀든이 살아나는 결말은 미국 근대의 행로가 더욱 어두운 길로 접어들었음을 암시하는 듯하다. 이를테면 이쉬미얼의 후예인 소년을 통해 엿보이는 미국의 민주주의적 삶의 가능성이 홀든 판사로 현현한 '전쟁의 신'에게 패배한 것처럼 보이는 것이다. 하지만 한편의 시 같은 짧은 에필로그는[17] 이쉬미얼이 살아남는 『모비 딕』의 에필로그에 비해 대체로 어둡고 애매한 분위기를 자아내지만, 홀든의 전쟁광적인 비전의 승리가 미국문명의 끝이라기보다 새로운 단계로의 이행이라는 암시로 읽힌다.

자연과 인간, 자연풍경과 '시각의 민주주의'

『피의 자오선』과 『모비 딕』이 공유하는 또 하나의 중요한 특징은 소설 속의 자연이 엄청난 비중을 차지하며 필수적인 역할을 한다는 것이다. 주지하다시피 뛰어난 소설에서 자연은 등장인물의 삶의 행위가 펼쳐지는 단순한 배경에 그치지 않고 그들의 삶의 일부를 구성한다. 그런데 두 소설에서 자연의 역할은 이런 기준으로 보아도 남다른 데가 있다.

우선 『모비 딕』의 바다와 『피의 자오선』의 서부는 완전히 길들지는 않은 자연이며, 문명의 힘으로 그런 자연을 개척하고 길들이는 근대화가 진

---

17 한 남자가 굴착기로 보이는 기구(an implement with two handles)로 바위에 불꽃을 일으키며 하나씩 구멍을 뚫고 전진하며 그 뒤쪽의 평원에서 방랑자들이 뼈를 줍는 광경이 나온다. 서부의 평원에 철책이 세워지는 시대 ─『국경 삼부작』(*Border Trilogy*)의 시대 ─ 의 분위기를 암시하는데, 그 관점은 상당히 애매하다.(337면)

행되는 개척지이기도 하다. 주목할 것은 이 살아 있는 자연이 두 소설 속에서는 근대화의 대상인 동시에 근대화의 폭력을 견제하는 유일한 세력으로 작동한다는 것이다. 근대의 전형적인 인물인 에이헙과 홀든의 광기와 반생명적 의지에 저항할 수 있는 것은 궁극적으로 이쉬미얼과 소년과 같은 인물이라기보다 바다와 고래이며 서부의 황야와 사막이다.

이처럼 자연이 핵심적인 역할을 하기에 두 소설을 읽는 데는 생태학적 발상이 요청되지만, 그런 독법을 적용하자면 먼저 자연에 대한 인식과 재현의 문제와 맞닥뜨릴 수밖에 없다.[18] 『모비 딕』에는 주체의 마음상태를 자연에 투사하는 동일시의 위험을 일러주는 일화가 있다. 이쉬미얼은 풋내기 선원들이 돛대망루에서 졸다가 "발밑의 신비한 해양을 인간과 자연에 스며 있는 저 깊고 푸르고 바닥도 없는 영혼의 가시화된 이미지로 간주하고"(35장 159면) 바다와 혼연일체가 되는 합일감에 빠져 추락하는 이야기를 들려준다. 이 일화는 자연을 정신의 상징으로만 보는 초월주의의 관념성을 꼬집은 것이다. 흥미로운 것은 에이헙의 광기 이야기가 이 일화의 어두운 버전이라는 점이다. 에이헙의 광기는 그가 자신의 다리를 물어뜯은 흰고래에 대해 원한을 품어오다가 "마침내 자신의 육체적 참상뿐 아니라 지적·정신적 분노까지도 그 고래와 동일한 것으로 보게 되었"던 때부터, 즉 잘못된 동일시에서 시작된 것이다. 이런 동일시가 진전된 결과 "모든 악이 미친 에이헙에게는 모비 딕이라는 눈에 보이는 몸을 갖고 나타나 이를 실제로 공격하는 것도 가능하게 되었다".(41장 184면)

이 두 일화가 일러주는 것은 근대적인 정신은 독립되어 존재하는 자연을 자신과 동일시하려는 나르시시즘적 경향을 지니고 있으며 그것이 일정한 경계를 넘어서면 위험한 광기를 띠게 된다는 것이다. 그러므로 정신

---

18 『모비 딕』에서 자연에 대한 인식과 재현의 문제를 논한 글로는 졸고 「추상적 인간과 자연: 미국 고전문학의 근대성에 대하여」, 『안과밖』 1997년 상반기호 참조.

이 그런 자기동일시 없이 자연을 있는 그대로 인식하고 그려낼 수 있을까하는 물음은 그런 광기에 휘말리지 않고 살 수 있는가의 문제와 직결된다. '고래의 진정한 형태'를 찾아 헤매는 '고래학 장들'은 바로 이 문제와씨름하는데, 이쉬미얼의 결론은 "거대한 고래는 끝까지 그려질 수 없는세상의 유일한 존재"(55장 264면)라는 것이다. 이쉬미얼은 여기서 언어로써 사물을 재현하는 데는 불가능한 지점이 있다는 것을 깨달은 것처럼 보인다. 게다가 '거대한 고래'가 무엇인가의 물음은 여전히 남기 때문에 문제는 다시 원점으로 돌아온다. 이 갇힌 원을 뚫고 나가자면 인식주체 내면으로 눈길을 돌릴 수밖에 없다. 주체의 내면이야말로 주체가 자연과 맺는 관계를 조건짓기 때문이다. 이와 관련하여 『모비 딕』에서 의미심장한구절은 에이헙의 다음과 같은 독백이다.

> 오! 해돋이가 나를 고결하게 북돋워주듯 지는 해가 나를 달래주던 때도있었지. 이젠 아니다. 이 사랑스러운 빛, 이 빛은 나를 비추지 않는다. 나는결코 누릴 수 없으니 모든 사랑스러움은 내게는 고통일 따름이다. 높은 지각을 부여받았건만 향유하는 낮은 능력을 결하고 있다니, 더없이 미묘하고더없이 악랄한 저주를 받았구나! 천국의 한가운데서 저주받았구나!(37장167면)

에이헙의 문제는 '높은 지각'(high perception)이 비상하게 발달된 반면 '향유하는 낮은 능력'(low, enjoying power)을 상실하게 되어 해돋이의 '사랑스러움'을 **지각할 수는 있으나 느끼지는 못한다는 것**, 따라서 그 미적 작용을 누리지 못한다는 것이다. 만약 에이헙이 '향유하는 낮은 능력'을 여전히 갖고 있었다면 흰고래를 악의 화신으로 간주하는 동일시가 성공하지 못했으리라는 것을 고려하면, 그것의 결핍이 그의 인식작용에 끼친 영향력이 얼마나 막중한지 알 수 있다. 이에 반해 이쉬미얼의 내면은 이를테면 '높은 지각'과 '향유하는 낮은 능력' 둘 다를 갖고 있고, 그 양자가 대체로 분열된 상태에 있지만 통합될 가능성이 없는 것은 아니다. 사실 『모비 딕』에서 바다와 고래를 비롯한 자연의 모습이 생생하게 제시되며 고래잡이 현장이 실감나게 그려져 있는 것은 화자 이쉬미얼과 작가 멜빌의 의식이 종종 통합되기도 한다는 증거다. 그런 순간 '거대한 고래'들이 유유히 유영하거나 아기고래가 어미의 젖을 빠는 경이로운 광경이 빼어나게 '재현'되기도 한다.

인간의 어린애들이 젖을 빨 때 눈동자를 젖으로부터 딴 곳으로 돌려 조용히 그리고 가만히 쳐다보며, 마치 동시에 두 가지의 다른 삶을 살고 있는 양, 인간의 자양분을 섭취하면서도 이 세상의 것이 아닌 회상을 정신적으로 한껏 누리고 있는 양, 이들 아기고래도 이와 똑같이 우리를 쳐다보고 있지만 사실은 우리를 보는 것은 아닌 듯했다. 우리는 그들의 새로 태어난 눈에는 한낱 한 조각 해초에 불과한 듯했다.(87장 387~88면)

이 장면에서 이쉬미얼은 아기고래의 모습을 그 기이한 신비함과 함께 제시하면서도 그들에게 자신의 마음상태를 투사하는 동일시를 시도하지 않는다. 오히려 "우리는 그들의 새로 태어난 눈에는 한낱 한 조각 해초에 불과한 듯했다"고 말하는 데서 느낄 수 있듯이 이쉬미얼은 아기고래를 일방적인 인식대상으로 파악하기보다 쌍방향의 교감상대로 대한다. 이 순간 이쉬미얼의 내면은 통합되어 있고 그와 아기고래 사이에는 교감이 이뤄지는 듯하다.

『피의 자오선』에서 묘사된 서부의 자연풍경은 『모비 딕』의 바다풍경 못지않게 다채로울뿐더러 생생하다. 피쿼드호의 항로 앞에 다양한 바다풍경이 펼쳐지고 고래를 포함한 온갖 해양 동식물이 출현하듯, 머리가죽 사냥꾼들의 행로에는 사막과 평원이 태양, 눈, 비, 우박, 바람 등의 기후변화에 따라 달라지는 서부의 풍경이 펼쳐지고 다양한 동식물이 출현한다. 매카시의 잔혹한 전쟁·폭력 장면과 짝을 이루는 자연묘사는 너무 정교하고 생생해서 종종 '포토리얼리즘'(photorealism)이라고 불리기도 한다.[19] 사실 이 작품의 양식에 대한 논의는『모비 딕』의 경우만큼 의견이 분분한데, '서부극'의 전통을 해체하는 포스트모던 로맨스, 후기 모더니즘, 자연주의/사실주의 등이 제기되었다.[20] 그런데『모비 딕』의 경우도 그렇지만 이 작품은 종래의 구분법인 사실주의/자연주의, 모더니즘, 포스트모더니즘 가운데 그 어디에도 들어맞지 않는 듯하다.

이처럼 양식에 대해 다양한 의견이 표출되는 일차적인 이유는 매카시의 서술이나 묘사가 미국의 특정한 역사와 지역 서술에 충실하면서도 종래의 사실주의와는 사뭇 다르기 때문이다. 이 소설을 서부의 신화나 미국의 제국주의적 예외주의에 대한 비판으로 읽는 평자들이 소설의 주된 양식을 사실주의가 아니라 신화나 로맨스로 규정하고[21] 생태적인 읽기를 시도하는 평자도 사실주의가 아니라 알레고리라고 강조하는 것은 이 때문일 것이다.[22] 가령 다음 대목을 보라.

---

19 Vereen M. Bell, *The Achievement of Cormac McCarthy*, Baton Rouge: Louisiana State UP 1988, xii면; Cant, 앞의 책 11면 참조.

20 다수 평자가 포스트모더니즘 양식임을 전제하는데, 후기 모더니즘으로 보는 예는 David Holloway, *The Late Modernism of Cormac McCarthy* (Westport, Connecticut: Greenwood P 2002), 자연주의로 보는 예는 Barcley Owens, *Cormac McCarthy's Western Novels* (Tucson: U of Arizona P 2000) 참조.

21 가령 스퍼전은 매카시가 "특히 영국계와 비영국계 사이, 그리고 인간과 자연세계 사이에 형성된 미국의 근대적 관계의 뿌리를 조명하는 서부의 대항기억, 혹은 일종의 반신화"를 제시하고 있다고 주장하며, 캔트는 미국 예외주의의 신화를 비판하는 매카시의 소설 텍스트가 "그 자체가 본질적으로 신화적인 것"으로서 호손과 멜빌 같은 미국의 로맨스 전통을 이어간다고 주장한다. Spurgeon, 앞의 글 87면; Cant, 앞의 책 10~11면 참조.

22 George Guillemin, *The Pastoral Vision of Cormac McCarthy*, College Station: Texas A&M UP 2004, 3, 73면 참조.

그들이 말을 타고 가는 동안 동녘 태양이 창백한 빛줄기를 뿜어내더니 갑자기 더 진한 핏빛이 확 번지면서 평원 전체를 환히 밝혔다. 땅이 하늘로 빨려드는 삼라만상의 끄트머리에서 태양의 정수리가 거대한 붉은 남근의 귀두처럼 불쑥 솟아올라 드디어는 희미한 해무리에서 벗어나더니 그들 뒤에 버티고 앉아서 악의적인 맥박을 쳤다. 자잘한 돌 그림자들이 연필 선처럼 가느다랗게 모래 위에 늘어져 있고 사람과 말의 형체가 그들이 지나온 밤의 가닥인 양, 다가올 어둠에 그들을 묶어놓을 촉수(觸手)인 양, 길쭉한 형상으로 나아갔다. 모자에 얼굴이 가려진 상태로 고개를 숙인 채 말을 타고 가는 그들의 모습은 행군 중에 잠든 군대 같았다. 아침나절 또 한 사람이 죽었다. 마차의 식량자루를 더럽히며 누워 있던 그를 끌어내려 묻고서 그들은 다시 길을 갔다.(44~45면)

아파치족과 콜레라에 쫓겨 마차에 환자들을 싣고 서부의 메마른 평원을 횡단하는 화이트 부대의 모습을 그린 대목이다. 서부평원에 대한 세밀한 묘사가 강렬한 이미지와 감각적 비유와 결합되면서 매카시 특유의 영상미가 두드러진다. 화자는 자연에 대한 묘사에서 '거대한 붉은 남근의 귀두' 같은 도발적인 이미지나 '악의적' 같은 가치함축적인 단어까지 구사함으로써 주관성의 표출을 자제하지 않는다. 그렇기에 자연세계를 객관적으로 재현하려는 통상적인 사실주의와는 판이한 느낌을 주는 것이다. 다른 한편 소설이 다루는 특정한 시대와 장소의 정황을 화자가 자의적으로 제시한다든지 거기에 화자 자신의 내면을 일방적으로 투사한 것만은 아니다. 모더니즘 텍스트처럼 자연세계보다는 언어 자체에 심취하는 것도 아니다. 서부의 자연이 화자의 주관적 반응과 빼어난 언어감각에 의해 독특한 문양과 결, 색깔로 부각되어 있는 것은 분명하지만 그것이 서부평원 특유의 고유한 떨림을 예리하게 포착한 것일 가능성도 배제할 수 없다.

또 하나 눈에 띄는 것은 여기서 인간은 소설서사의 주역이 아니라는 사실이다. 오히려 자연이나 자연지배하의 인간의 모습이 주된 관심사이며, 그와 무관한 인간의 행위는 마치 간단한 실무를 보고하듯 별 감흥없이 "아침나절 또 한 사람이 죽었다. (…) 그를 끌어내려 묻고서 그들은 다시 길을 갔다"는 식으로 간단히 덧붙여진다. 자연묘사에서 공들여 구사한 정교한 이미지며 비유법과는 대조적이다. 이 소설에서 사람이 이런 푸대접을 받는 것은 우연이 아니다. 이는 사람을 포함한 모든 현상을 평등하게 취급하고자 하는 매카시의 미학과 관련이 있다.

> 그 지역의 중성적인 엄격함 속에서 모든 현상들은 기이한 평등성을 물려받았고 거미든 바위든 풀잎이든 그 어느 것도 우선권을 주장할 수 없었다. 이런 항목들이 하나하나 선명해지자 그 친근함은 사라졌다. 왜냐하면 눈은 그 모든 것을 어떤 특징이나 부분에 입각하여 인식하는데, 그 어떤 것도 다른 것보다 더 밝지도 어둡지도 않았기 때문이다. 그런 풍경의 시각의 민주주의 속에서 모든 선호는 변덕이 되며 사람과 바위는 예기치 못한 친족관계를 부여받게 된다.(17장 247면)

동물(거미), 식물(풀잎), 무생물(바위), 사람이 평등성을 부여받는 '시각의 민주주의'(optical democracy)를 어떻게 이해할 수 있을까? 『모비딕』의 이쉬미얼은 위대한 '민주주의의 신'(democratic God)에게 사람들 사이의 평등을 기원하는데, 『피의 자오선』의 화자는 사람을 포함한 자연의 모든 물상을 이미 평등하게 보는 것이다. 생태주의 논자를 포함한 다수의 연구자들이 이 '시각의 민주주의'를 미국문명의 인간중심주의에 대한 비판으로 받아들인다.[23] "그 모든 것을 어떤 특징이나 부분에 입각하여 인식하는" 편파적인 눈 대신 '시각의 민주주의' 속에서 새로운 지각방식이 탄생되었다는 것이다. 이 새로운 '민주주의적' 시각은 그 모든 것을 평등하게 대할 뿐 아니라 어떤 관념적 매개없이 지각한다. 이런 평등하고 직접적이며 우주적인 시각은 에머슨의 '투명한 눈알'(transparent eyeball) 을 연상케 하지만, 여기에는 '높은 지각'뿐 아니라 '향유하는 낮은 능력' 도 작용한다는 점에서 그것과 결정적인 차이가 있다. 이를테면 이 새로운 시각은 "에머슨적으로 되지 않는 방법을 배운 투명한 눈알"이며, 인간사 를 인간중심주의에서 벗어나 자연사적 관점에서 기술하고 묘사할 수 있 게 해준다.[24] 다음은 글랜턴 일당이 하룻밤을 지내려 마구간에 들어가 잠 잘 준비를 하는 장면을 묘사한 것이다.

암말은 불안한지 코를 쿵쿵거리고 망아지는 서성댔다. 이윽고 그들은 한 명씩 겉옷을, 가죽비옷과 생모로 짠 망토와 조끼를 벗기 시작했다. 그들 몸 에서는 차례차례 파득대는 불꽃이 터져나왔고 각자는 푸르스름한 불꽃 수 의를 입은 것처럼 보였다. 옷을 벗느라 높이 쳐든 팔에서 빛이 났고 흐릿한 모습의 사람들은 마치 늘 그랬다는 듯이 저마다 소리나는 빛의 형상 속에 감싸였다. 마구간 한구석에서 암말은 그토록 어두운 존재들에서 이런 빛이

---

23 Bell, 앞의 책 124면; Shaviro, 앞의 글 17면; Gueillmin, 앞의 책 75~76면; Philips, 앞 의 글 443~43면 참조. James D. Lilley, "Of Whale and Man: The Dynamics of Cormac McCarthy's Environmental Imagination," Steven Rosendale, ed., *The Greening of Literary Scholarship: Literature, Theory, and the Environment*, Iowa City: U of Iowa P 2002, 152면 참조.

24 Philips, 앞의 글 "a transparent eyeball that has learned how not to be Emersonian" (447면) 및 "For McCarthy, the history of the West is natural history"(453면) 참조. 다 만 비(非)에머슨적인 '투명한 눈알(시각의 민주주의)'에서도 시각중심성은 여전할뿐 더러 그 무차별적 민주주의가 근대주의 극복에 얼마나 요긴한지는 따로 따져볼 일이 다. 그리고 자연사적 관점 때문에 그의 소설이 미국 자연주의문학 전통과 가까워지는 것은 사실이지만(Owens, 앞의 책 3장 참조), 그의 자연사적 세계관은 비관적 결정론이 라기보다는 인본주의적 진보사관과 갈라서면서 낙관주의를 거부하는 태도에 가깝다.

나는 것에 놀라 콧김을 내뿜으며 뒷걸음질쳤고 망아지는 고개를 돌려 어미의 처진 옆구리에 얼굴을 묻었다.(15장 222면)

머리가죽사냥꾼들이 옷을 벗을 때 일어나는 정전기 불꽃에 암말과 망아지가 놀라는 반응이 세밀하게 그려져 있다. 인간과 관련된 묘사가 더 많은 분량을 차지하지만 그렇다고 인간이 자연에 우위를 점하는 것은 아니다. 이쉬미얼이 아기고래를 바라볼 때처럼 이 장면의 화자는 말을 인간의 관점에서 이해하려 들지 않는다. 오히려 "암말은 그토록 어두운 존재들에서 이런 빛이 나는 것에 놀라"에서 보듯 인식과 반응의 주체는 인간이 아니라 말이다. 인간과 말의 움직임, 정전기현상을 하나의 연속된 물리적 공간 속에서 평등하게 파악하는 '시각의 민주주의'가 작동한다고 하겠다. 다만 인간과 말 사이에는 아기고래 장면의 경우와 같은 교감은 없다. 흥미로운 것은 정전기현상을 정확히 묘사하고 있음에도 불구하고 "소리 나는 빛의 형상 속에 감싸"(enveloped in audible shapes of light)인 사람들의 모습에서 예수탄생의 장면이 연상되고 "그토록 어두운 존재들에서 이런 빛이 나는 것"(this luminosity in beings so endarkened) 같은 구절이 아이러니한 은유적 의미를 띠기 쉽다는 것이다. 머리가죽사냥꾼들에게 후광처럼 예수의 이미지가 들씌워질 때의 기이한 효과 역시 '시각의 민주주의'가 거둔 성과라면 성과라고 하겠다.

　시각의 민주주의와 자연사적 관점과 관련하여 눈여겨볼 것은 인물의 내면이 깊이 탐구되지 않는다는 사실이다. 가령 마구간 속의 인물들은 옷을 벗는 동작만 할 뿐 속내를 드러내는 어떤 언행도 하지 않는다. 사실 『모비 딕』의 이쉬미얼은 이야기와 사색을 통해, 에이헙은 독백을 통해 자신의 속내를 자유롭게 토로하지만 『피의 자오선』의 소년과 홀든은 직접 속내를 드러내지 않는다. 그들의 속내는 오로지 그들의 대화와 행동을 통해 추측될 뿐이다. 그 대신 매카시는 대화를 표시하는 따옴표를 생략함으로써 대화와 서술의 경계를 삭제하는데, 그 결과 자유간접화법이 두루 그 효과를 발한다.

맺음말

지금까지 미국 근대의 폭력문제에 초점을 맞추고『모비 딕』과『피의 자오선』의 문학적 특성들을 비교하면서 살펴보았다. 두 작품은 미국의 시작부터 끝까지를 시야에 넣는 서사시적인 스케일을 지니고 있을뿐더러 미국의 근대를 핏빛으로 물들이면서 그 체제 속에 똬리를 튼 폭력성에 대해 독특한 예술적 대응을 보여준다. 이런 성취를 이룬 데는 우선 고래사냥과 머리가죽사냥이라는 미국사의 주변적인 사건들을 소설의 중심으로 끌어들인 것이 주효했다고 본다. 두 소설이 공유하는 또 하나의 미덕은 생생한 묘사의 사실적 지평과 광기 이야기에 매개되는 상징적·신화적 차원을 결합하는 복합적인 서사를 구사함으로써 이를 통해 근대의 폭력성을 중층적으로 탐구할 수 있다는 것이다.

근대의 폭력성과 관련해서도 주목을 요하는 것은 두 작가의 남다른 자연관과 빼어난 자연묘사다. 이런 미덕은 폭력적 근대의 인간중심주의에서 벗어나는 사유와 감각을 구사함으로써 이뤄졌기에 남다르다. 그러나 두 작가가 인간중심주의에서 벗어난 정도와 그 양상은 다르다. 이를테면 멜빌은 의식적 차원에서는 인간관계를 중심에 두는 사유를 보여준다. 그가 '위대한 민주주의 신'을 불러내는 것은 선원들 사이의 민주주의적 관계를 열망하기 때문이다. 하지만 깊은 무의식의 수준에서 그는 인간적인 정서를 넘어선 예술가이며 그렇기에 아기고래의 젖먹는 장면처럼 '인간세계 너머의' 경이로운 풍경을 제대로 그려낼 수 있었다. 이에 반해 매카시의 '시각의 민주주의'는 지각의 단계에서 이미 만물의 평등성을 전제하는 급진성을 지니고 있다. 이 평등성은 에머슨적인 초월주의에 매개된 관념적 급진성이 아니라 순전한 물질성과 '향유하는 낮은 능력'이 결합된 근본적 지각형태인 듯하다. 이 새로운 지각 덕분에 그의 자연묘사는 감각적 기이함과 생생한 표현력을 획득한다.

두 작품의 상보적인 조명을 통해서 얻을 수 있는 통찰은 멕시코전쟁을 전후해서 두드러지는 인종주의와 팽창주의의 광기어린 폭력이 미국 민주주의에서의 부끄러운 일탈이라기보다 사실은 산업화와 자본주의체제에 내재한 객관적 폭력과 함께 미국의 근대세계를 주조하고 형성한 주요 성분이라는 것이다. 근대화와 개척지의 신화가 '미국의 꿈'이라면 지도자의 폭력적 광기에 동참한 피쿼드호 선원들과 글랜턴 일당의 여정은 '미국의 악몽'이라 할 만하다. 민주주의의 진전으로 인종 간 평등이 점진적으로 실현되면서 이 섬뜩한 광기의 이야기들은 시효가 다한 것처럼 보일지 모른다. 하지만 멜빌 사후에 미국을 포함한 근대세계는 여러 차례 반생명적인 광란에 휩싸였으며, 매카시가 소설을 준비하는 동안에도 글랜턴 일당의 후예들이 베트남 정글에서 이민족의 머리가죽을 벗기지 않았던가? 아니 오늘날 지구촌 곳곳에서 일어나는 인종주의적 폭력 역시 일종의 머리가죽 벗기기가 아닐지 생각해볼 일이다.

근대체제와 애매성

◆

「필경사 바틀비」재론

불가해성과 애매성

허먼 멜빌의 단편소설 「필경사 바틀비」(1853, 앞으로 「바틀비」)를 읽으며 새삼 절감하는 것은 주인공 바틀비의 불가해성이다. 그는 뉴욕 월가의 변호사인 화자에게 고용되지만 고용주의 마땅한 요구 — 필사 대조, 필사, 잔심부름 등 — 에 대해 '그렇게 안 하고 싶습니다'(I would prefer not to)라는 말을 반복하면서 일절 응하지 않는다. 바틀비는 왜 그런 특이한 방식의 거부를 하는 걸까? 그리고 멜빌은 어쩌자고 그런 바틀비의 불가해한 행위를 버젓이 보여주는 걸까? 독자는 이런 물음을 피하기 힘들다.

사실 이 물음을 붙들고 나아갈 때 우리는 바틀비가 비범한 인물 같기도, 살짝 미친 사람 같기도 한 애매한 지점에 이른다. 「바틀비」의 애매성은 바틀비라는 인물의 불가해한 면모에서 비롯되지만 작품의 특이한 형식과도 밀접한 관련이 있다. 멜빌은 독자가 공감할 만한 인물인 바틀비를 그 속내를 전혀 알 수 없게 추상적으로 표현한 반면, 비판받기 쉬운 변호사는 그 내밀한 심리까지 속속들이 그려냈다. 이런 까닭에 작품은 변호사

쪽의 사실주의적 구체성과 바틀비 쪽의 모더니즘적인 추상성이 기이한 짝패를 이루는 독특한 형식을 갖게 되었다. 차원이 다른 두 인물과 두 관점과 두 서사방식이 접붙여져 있는데, 문제는 변호사의 말처럼 "바틀비의 경우 내 놀란 두 눈으로 본 것, **그것이** 결말 부분에 등장하는 한 가지 모호한 소문을 제외하면, 사실 내가 그에 관해 알고 있는 전부"[1]라는 것이다.

「바틀비」를 한편의 소설로 대할 때 첫번째 제약조건은 바틀비라는 인물이 일인칭 화자인 변호사의 이야기를 통해서만 등장하고 철저히 변호사의 관점에서 묘사되고 품평된다는 사실이다. 변호사는 합리적이고 온정적인 사람으로 보이지만, 자기기만이랄까 허위의식 같은 것이 있어서 미묘한 지점에서는 '신뢰할 수 없는 화자'이기도 하다.[2] 사실 그의 이야기 중에 진실과 거짓을 명확히 식별하기 힘든 영역이 있는데, 애매성의 한 원천은 여기에 있는지 모른다. 가령, '결말 부분에 등장하는 한가지 모호한 소문'에 대한 변호사의 이야기가 애매성이 발원하는 중요한 지점이다. 요컨대 「바틀비」의 탁월함은 화자의 이런 미심쩍은 속성을 교묘하게 활용하여 작품 깊숙이 애매성의 요소를 삼투시킨 정교한 형식과 떼어놓을 수 없다.

바틀비라는 인물에서 비롯되어 작품 전체를 관통하는 불가해성과 애매성 덕분에 20세기 후반 미국문학계에서는 '바틀비 산업'(Bartleby Industry)이라고 불릴 만큼 온갖 다양한 해석의 평문이 쏟아져나왔다.[3] 한때는 바틀비를 자본주의 체제에서 창조성의 위기를 겪는 예술가로, 혹은

---

1 Herman Melville, "Bartleby, the Scrivener," *The Piazza Tales and Other Prose Pieces: 1839-1860*, ed. Harrison Hayford et al., Evanston and Chicago: Northwestern UP and Newberry Library 1987, 13면. 강조는 원문의 것임. 앞으로 작품 인용은 이 책에 따르며 면수만 병기한다. 국역본으로는 졸역 『필경사 바틀비』(창비 2010) 참조.

2 일찍이 이 점을 날카롭게 분석한 논의로 김영희 「"Bartleby, the Scrivener": 일상인을 향한 아이러니」, 『장왕록박사회갑기념논문집』, 탑출판사 1984 참조.

3 Dan McCall, *The Silence of Bartleby*, Ithaca: Cornell UP 1989, x, 1~32면.

'소외된 노동자'로 조명하기도 했다. 바틀비를 실존주의나 부조리극의 주인공으로 부각하거나 수도승이나 그리스도 같은 메시아적 인물로 해석하는 평문도 나왔다. 그런데 지난 반세기 이상 이어져온 「바틀비」 논의에서 분명해진 것은 바틀비의 기이한 언행으로 말미암아 근대 자본주의 '체제'가 문제의 대상으로 떠올랐다는 점이다. 바틀비가 '체제'에 대응하는 독특한 방식을 규명하기란 쉽지 않다는 점도 덧붙일 수 있겠다.

20세기 중반 이래 미국문학 연구자들 사이에 「바틀비」 논의가 중단된 적은 없었으나, 1990년대에 접어들면서 그 새로운 전기는 주로 바깥에서 왔다. 들뢰즈, 아감벤, 하트(Michael Hardt)/네그리(Antonio Negri), 지젝 같은 서구의 영향력있는 철학자·이론가·비평가 들이 근대체제에 대한 바틀비의 독특한 대응방식에 주목하면서 「바틀비」 논의는 새로운 활력을 띠기 시작했다. 이들은 바틀비의 행위를 그들 각각의 탈근대적·반체제적 사유와 긴밀하게 연결함으로써 작품의 현재적 의미에 초점을 맞추었다. 이 바람에 1853년에 탄생한 「바틀비」가 150년가량이 지난 오늘날의 현실에 핵심적인 질문을 던지는 작품으로, 이를테면 근대의 매트릭스에서 벗어나는 탈근대의 계기를 빼어나게 사유하는 작품으로 부각되었다. 이들의 정치적이고 철학적이고 이론적인 접근방법은 일차적으로 바틀비라는 주체와 그의 행위를 문제삼지만, 그와 더불어 「바틀비」의 형식적 특이성에 눈을 돌리기도 했다. 이들의 논의가 알려지면서 '바틀비 산업'은 이제 미국과 유럽뿐 아니라 전지구적으로 뻗어나갔고, 「바틀비」와 그 주인공은 한국의 논객과 작가, 비평가에게도 상당한 반향을 불러일으켰다.[4]

이 글은 이들의 새로운 「바틀비」 논의를 검토하면서 이 작품의 독특한 예술적 현재성을 다시 짚어보려는 시도다. 필자는 1990년대 중후반에

---

4 한국사회에서의 바틀비 논의에 대해서는 몇몇 사례만 언급하기로 하고 본격적인 검토는 다음 기회로 미룬다.

「바틀비」에 대한 논문을 두편 썼으나[5] 그때는 이들의 논의를 참조하지 못했다. 그 후 이들의 논의가 영감을 불러일으키고 작품을 새롭게 생각하는 계기가 되었지만, 종종 이들의 낯선 사유와 언어의 숲속에서 길을 잃는 기분이었다. 하지만 묘하게도 작품 자체에서 나오는 불가해성과 애매성의 요소가 마치 아리아드네의 실처럼 작품으로 복귀하는 길을 인도해주었다. 이런 경험 덕분에 이들의 견해를 비판적 거리를 두고 받아들이게 되는 한편 예전의 내 생각의 허실을 돌아보게 되었다.

어떤 변혁적 주체인가?: 해방정치와 '바틀비의 정치'

「바틀비」에 대한 다양한 논의들 가운데 근대 자본주의 비판에 초점을 두는 정치적 독법은 오래전에 등장했다. 1970년대 맑스주의 비평은 바틀비에게서 '소외된 노동자'의 완벽한 초상을 발견하여 '월가 이야기'(A Story of Wall Street)라는 부제가 붙은 이 소설을 자본주의의 무정함을 현시하는 이야기로 부각했다.[6] 맑스주의 평자에게는 월가 변호사 사무실에 고용된 한 창백하고 과묵한 사무직 노동자의 외롭지만 의로운 투쟁이 눈에 띄었으니, 바틀비의 필사 거부를 파업으로, 해고에 대한 불응을 농성으로, 심지어 구치소에서의 음식 거부를 단식투쟁으로 해석하려는 시도까지 나왔다. 이런 노동·정치적 독법은 체제와 계급의 문제를 환기하는 미덕을 지녔으나 작품의 핵심을 건드리는 비평적 설득력은 없었다. 심각한

---

5 졸고 「「필경사 바틀비」: 상처입은 영혼의 초상」, 『영학논집』 제19호(서울대학교 인문대학 영어영문학과 1995) 및 「모더니티와 미국 르네쌍스기의 작가들」, 『안과밖』 1998년 상반기호 참조.

6 Louise K. Barnett, "Bartleby as Alienated Worker," *Studies in Short Fiction* 11 (Fall 1974) 참조.

약점은 맑스주의적 관점에 들어맞지 않는 작품의 기이한 측면과 바틀비의 불가해성을 무시하거나 자의적으로 처리한 점이다. 게다가 「바틀비」가 노동자의 일상적 삶을 그려낸 '사실적인 이야기'(realistic story)임을 강조하기도 하고 자본주의의 비정함과 노동의 소외를 일깨워주는 '우화'(parable)임을 암시하기도 하는데, 두 양식이 어떻게 결합되어 있는가 하는 미학적 문제는 방치되었다.

맑스주의 비평은 「바틀비」에 대한 1970년대의 주제적 접근방식이 비평적 취약성을 드러냄에 따라 철저한 역사주의적 독법으로 이행했다.[7] 이 소설의 집필 당시 뉴욕의 노동운동과 노동담론, 이에 대한 정치적 논쟁의 문맥을 치밀하게 추적하는 연구들이 진행됨으로써 「바틀비」의 시공간적 좌표가 정밀하게 재구성되었다. 그리하여 사료에 철저한 연구자 폴리(Barbara Foley)는 "19세기 중엽 뉴욕에서의 계급투쟁—그리고 이 투쟁에 대한 당대의 담론—에 대해 숙지하고 있는 것이 「바틀비」를 완전히 이해하는 데 필수불가결하다"[8]고 주장한다. 사실 그가 이 작품의 '써브텍스트'로 파악한 1849년의 '애스터 플레이스 폭동'(Astor Place Riot)과 이를 둘러싼 논쟁은 작품을 이해하는 데 참조할 만하다. 하지만 이것이 '필수불가결'한 것인지는 의문이다. 「바틀비」가 탁월한 것은 작품이 자아내는 기이한 감흥이 1849년 뉴욕의 노동·정치적 상황을 자세히 알지 못하는 오늘날의 독자에게도 직접적으로 와닿아 깊은 울림을 주기 때문이 아닐까?

하트와 네그리의 짤막한 논평이 주목을 끈 것은 「바틀비」의 이런 남다

---

7 이에 대한 간결한 소개는 Naomi Reed, "The Specter of Wall Street: 'Bartleby, the Scrivener' and the Language of Commodities," *American Literature* 76:2 (2004) 247~49면 참조.

8 Barbara Foley, "From Wall Street to Astor Place: Historicizing Melville's 'Bartleby'," *American Literature* 72:1(2000) 88면.

른 현재성에 초점을 맞추고 있기 때문이다. 이들은 "바틀비는 이런저런 일에 반대하는 것도 아니며 자신의 거부에 대해 어떤 이유를 대지도 않는다. 그냥 수동적으로 절대적으로 거절한다"[9]고 지적하며, 이 '절대적인 거부'(absolute refusal)를 '제국'——이들의 이론에 따르면 국민국가 주권의 쇠퇴와 세계시장의 실현과 더불어 도래하는 새로운 전지구적 주권형태——의 지배에서 벗어나는 "해방정치의 시작"(the beginning of liberatory politics, 204면)으로 평가한다. 말하자면 바틀비는 예전의 맑스주의 평자들이 보여주려 했던 19세기 중엽의 소외된 노동자라기보다 오늘날의 '제국'에 대한 자발적 예속을 거부하는 정치적 주체로 조명된 것이다. 단, 이 거부는 시작일 뿐이라서 후속작업이 뒤따라야 함을 강조한다.

이 거부는 확실히 해방정치의 시작이지만 단지 시작일 뿐이다. 거부 그 자체는 공허하다. (⋯) 정치적으로도 역시 (노동, 권위 그리고 자발적 예속에 대한) 거부 그 자체는 일종의 사회적 자살에 이를 뿐이다. (⋯) 우리에게 필요한 것은 새로운 사회체(社會體)를 창조하는 것이고, 이는 거부를 훨씬 능가하는 기획이다. 우리의 탈주선들, 우리의 대탈출은 제헌(制憲)적이어야 하고 진정한 대안을 창조해야 한다. 우리는 또한 이 단순한 거부를 넘어서서, 혹은 이 거부의 일환으로서 새로운 삶의 양식과 무엇보다 새로운 공동체를 건설할 필요가 있다. 이 기획은 인간 그 자체의 벌거벗은 삶을 지향하는 것이 아니라 인간다운 인간, 즉 집단지성과 공동체의 사랑으로 반듯해지고 풍부해진 인간성을 지향한다.(204면)

하트와 네그리가 보기에는, 바틀비의 거부는 혁명의 첫걸음이지만 거

---

9 Michael Hardt and Antonio Negri, *Empire*, Cambridge: Harvard UP 2000, 203면. 앞으로 이 책에서의 인용은 면수만 밝힘. 이 책을 포함하여 이 글에서 인용되는 외국어 저작의 번역은 모두 필자의 것임.

기서 멈춘다면 '일종의 사회적 자살'로 끝날 수밖에 없다. 바틀비의 절대적인 거부가 뜻있는 결실을 맺으려면 새로운 삶의 양식과 새로운 공동체의 건설로 나아가야 한다는 것이다. 그런데 그들이 이렇게 다짐을 두는 까닭은 바틀비의 됨됨이가 자기들이 기획하는 해방정치의 구도에 딱 들어맞지는 않음을 감지하고 있기 때문이 아닐까. 자기들 기획의 지향을 "인간 그 자체(homo tantum)의 벌거벗은 삶"과 "인간다운 인간(homohomo), 즉 집단지성과 공동체의 사랑으로 반듯해지고 풍부해진 인간성"의 대비를 통해 설명하면서 현재의 바틀비는 전자에 해당하는 것으로 가늠하는 듯하다.

하트와 네그리의 이런 입장을 정면으로 비판한 것은 지젝이었다. 지젝은 우선 바틀비의 거부하는 말에 주의를 환기한다.

> 그의 "그렇게 안 하고 싶습니다"는 문자 그대로 받아들여져야 한다. 즉 그 말은 "그렇게 하고 싶지 (또는 하고자 하지) 않습니다"가 아니라 "그렇게 안 하고 싶습니다"다. (…) 주인의 명령을 거부하면서 바틀비는 술어를 부정한 것이 아니라, 오히려 비술어를 긍정한 것이다. 그는 **그것을 하기를 원하지 않는다**고 말한 것이 아니다. 그는 **그것을 안 하고 싶다(안 하기를 원한다)**고 말한 것이다. 이것이 우리가 자기가 부정하는 것에 기생하는 '저항' 또는 '항의'의 정치로부터 패권적 위치 및 그 부정 바깥에 새로운 공간을 여는 정치로 이행하는 방식이다.[10]

여기서 눈여겨볼 것은 '그렇게 안 하고 싶습니다'(I would prefer not to)[11]

---

10 Slavoj Žižek, *The Parallax View*, Cambridge: MIT Press 2006, 381면. 강조는 원문의 것임. 앞으로 이 책에서의 인용은 면수만 밝힘.

11 이 역어가 전적으로 만족스러운 것은 아니지만 다른 것들보다 낫다고 본다. 가령 '그러고 싶지 않습니다'라고 옮기고자 할 때에는 지젝의 지적을 새겨볼 일이다. 다른 한편

라는 특이한 표현에 대한 지젝의 날카로운 지적뿐 아니라 "자기가 부정하는 것에 기생하는 '저항' 또는 '항의'의 정치"와 "패권적 위치 및 그 부정 바깥에 새로운 공간을 여는 정치"의 대비다. 이 대비의 구도에서는 체제에 저항하고 개선책을 제시하는 이른바 '진보정치'는 전자에 속할 뿐이며 바틀비처럼 기존 체제의 요청에 특이한 방식으로 거절하거나 물러나는 것만이 후자에 속한다.

지젝은 하트와 네그리가 바틀비를 어떤 정치적 비전도 대책도 없이 순수하게 체제에 저항하는 인물로 파악할 뿐이라고 판단한다. 지젝은 이런 그들과 자신의 입장 차이를 '이중적'이라고 밝힌다. 첫째, 그들에게 바틀비의 "안 하고 싶습니다"는 기존 사회체제에 대한 거리를 획득하는 첫번째 행보일 뿐이고 그다음에는 새로운 공동체를 건설하는 힘든 과업으로 나아가야 하는데, 지젝의 관점에서는 이런 단계론적 발상이야말로 가장 경계해야 할 대상이다. 지젝은 바틀비의 "안 하고 싶습니다"가 체제를 추상적으로 부정하는, 변혁운동의 출발점이 아니라 "일종의 아르케(arche), 즉 전체운동을 뒷받침하는 근본적인 원리"(382면)라고 주장한다. 달리 말하면 "바틀비의 태도는 단지 새로운 대안적 질서를 형성하는 두번째의 좀더 '건설적인' 과업을 위한 첫번째 예비단계가 아니다. 그것은 바로 이 질서의 원천이자 배경이며 그것의 상시적인 토대다. 바틀비의 물러남의 제스처와 새로운 질서 형성의 차이는 (…) 시차(視差)의 차이다."(383면) 요컨대 거부에서 건설로, 개인에서 공동체로 나아갈 것을 전제하는 하트와 네그리의 단계론적 발상과 분명한 선을 긋는다.[12]

'안 하는 쪽을 택하겠습니다'와 같이 적극적인 선택과 강한 부정의 의지를 강조하는 것은 완곡하게 선호를 나타내는 'prefer'의 뜻을 무리하게 강화한 것이다. 이런 번역보다 '(그렇게) 안 하는 게 좋겠습니다/낫겠습니다' 혹은 '(그렇게) 안 했으면 합니다'가 훨씬 방불하지만 이것도 만만찮은 어려움이 있어 '(그렇게) 안 하고 싶습니다'라는 역어를 택했다.

12 김성호는 이 양자의 '숨겨진 차이'를 요령있게 정리하면서 하트와 네그리의 '어떤 병

둘째, "안 하고 싶습니다"에 함축된 거부 혹은 물러남의 대상이 전혀 다르다는 것이다. 하트와 네그리에게 그 말은 제국의 체제적 지배에 대한 거부로 상정되지만, 지젝에게는 무엇보다 "우리의 참여를 확보함으로써 체제가 재생산하는 것을 돕는 모든 저항행위"(383면)에 대한 거절로 나타난다. 달리 말하면 지젝에게 바틀비의 일차적인 거절 대상은 "자기가 부정하는 것에 기생하는 '저항' 또는 '항의'의 정치"다. 지젝은 이런 정치의 예로 자선운동, 환경운동, 인종적·성적 차별철폐 운동, '서구 불교' 등 대체로 '진보정치'로 불리는 것들을 거론한다. 지젝이 항의의 정치 혹은 진보정치에 대해 이토록 비판적인 입장을 취하는 것은 그것이 체제의 울타리 안에 안주한 채 혁명의 기운을 빼놓는 역할을 하고 있다고 생각하기 때문이다.

지젝은 이런 종류의 진보정치로부터 자신이 지향하는 정치를 선명하게 구분하기 위해 '바틀비의 정치'(politics of Bartleby)[13]라는 용어를 만들어낸다. 이는 체제에 기생해서 반대활동을 하는 방식을 접고 체제의 위계질서 바깥으로 나가는 정치이며, 체제는 물론 체제와 싸우다가 체제의 일부가 되어버린 진보세력과도 결별하는 정치다. 말하자면 "패권적 위치 및 그 부정 바깥에 새로운 공간을 여는 정치"인 것이다. 지젝의 '바틀비의 정치'가 하트와 네그리의 단계론적 혁명론에 대한 예리한 비판임은 분명하지만, 그것이 오늘날 현실에서 얼마나 설득력이 있는지는 따로 따져봐야 한다. 구체적인 현장에서 '항의의 정치'의 패러다임과 결별하고 '바틀비

리적 낙관주의'를 지적한다. 설득력 있는 논평인데, 다만 양자의 차이가 그렇게 '숨겨진' 것인지는 의문이다. 김성호 「과잉활동에서 무위의 활동으로: 피로사회 담론을 넘어서」, 『안과밖』 2012년 하반기호 152면.

13 Žižek, "Notes towards a politics of Bartleby: The ignorance of chicken," *Comparative American Studies* Volume 4 (2006) – Issue 4 참조. 이 글은 *The Parallax View* 365~85면과 상당부분 겹치는데, 여러 일화를 통해 '바틀비의 정치'를 위해서는 의식뿐 아니라 무의식의 차원에서도 체제로부터 물러나는 뺄셈의 움직임이 있어야 함을 분명히 한다.

의 정치'로 나아가야 할지, 아니면 양자의 결합이 더 바람직할지 규명할 필요가 있다.

사실은 '바틀비의 정치'라는 명명이 적절한지도 의문이다. 지젝은 소설적 인물인 바틀비를 마치 우화 속 관념의 화신으로 취급하는데, 이것부터 문제다 싶다. 가령 지젝은 혁명적 상황에서도 완전히 철폐되지 않는 "공공의 법과 그 외설적인 초자아적 보충물 사이의 간극"에서 "바틀비의 제스처란 법의 보충물 자리에서 그 모든 외설적인 초자아적 내용이 비워졌을 때 남는 것"이라고 평한다.(382면) 그 자체로는 흥미로운 논평일지언정 바틀비에 대한 묘사로는 실감이 나지 않는 것은 바틀비가 소설의 맥락에서 떨어져나와 지젝의 생각대로 재단된 것 같기 때문이다.[14] 바틀비라면 오늘날 신자유주의적 경쟁과 출세의 요구뿐 아니라 인종적·성적 차별철폐 운동과 빈민운동, 환경운동 등 온갖 진보운동의 동참 요구에 대해 "안 하고 싶습니다"라고 응답할 것이라는 지젝의 주장에 공감하기 어려운 것은 '저항의 정치'를 그렇게 획일적으로 거부해도 좋을지 의문이거니와[15] 바틀비의 거부가 반드시 '저항의 정치'만을 향하고 있다는 느낌은 들지 않기 때문이다. 만약 지젝이 바틀비에게 '바틀비의 정치'에 동참하기를 요청한다면 바틀비는 어떤 반응을 보일까? 십중팔구 그 특유의 유순하되 단호한 목소리로 '그렇게 안 하고 싶습니다'라고 답할 것 같다.

---

14 바틀비가 지젝의 정치에 대변자 노릇을 한다는 지적으로는 Armin Beverungen and Stephen Dunne, "'I'd Prefer Not To.' Bartleby and the Excesses of Interpretation," *Culture and Organization* 13.2 (June 2007) 176면 참조.

15 진중권 「거절은 구원인가」, 『씨네21』 2010. 9. 10 참조. 특히 '사이비 저항'을 거부하라는 지젝의 주장에 대한 진중권의 비판적인 논평은 주목할 만하다.

메시아인가 병자인가, 아니면 깨친 자인가

아감벤은 하트와 네그리, 지젝이 바틀비의 주체성을 놓고 논쟁하기 전에 이미 바틀비에 대한 존재론적 논의를 시도한 바 있다. 아감벤은 우선 필경사로서 바틀비가 문학의 별자리뿐 아니라 철학의 별자리에도 속하며 어쩌면 그 속에서만 온전한 형상을 찾을 수 있다고 하면서 철학적 접근의 필요성을 정당화한다.[16] 아감벤은 서구철학사에서 필사 혹은 글쓰기의 행위를 사유와 창조의 행위에 비유해온 전통을 추적하는 한편, 잠재성(potentiality) 개념을 중심으로 바틀비가 보여주는 새로운 존재방식을 조명하고자 한다.

아감벤은 철학적 전통의 근본적 형상을 필경사로 제시하면서 사유를 글쓰기 행위에 비유하는 발상들의 기원을 추적한 결과 아리스토텔레스의 『영혼론』(*De anima*)에서 "지성이란 아무것도 실제로 쓰여 있지 않은 서판과도 같다"는 구절을 발견한다.(243~45면) 이 공백 서판의 이미지는 라틴어로 '타불라 라사'(tabula rasa)로 번역되고 존 로크(John Locke)에 이르러 '백지'(white sheet)로 변주되면서 서양철학의 기본적인 형상적 비유로 자리잡는다. 아감벤은 아리스토텔레스가 그 서판의 이미지를 통해 전하고자 한 뜻을 이렇게 정리한다.

지성은 그러므로 사물이 아니라 순수한 잠재성의 존재이며, 아무것도 쓰여 있지 않은 서판의 이미지는 정확히 순수한 잠재성이 존재하는 양태를 표현하는 기능을 한다. 아리스토텔레스에게 무엇일 수 있거나 무엇을 할 수 있는 모든 잠재성은 항상 무엇이지 않을 수 있거나 무엇을 하지 않을 수

---

16 Giorgio Agamben, "Bartleby, or On Contingency," *Potentialities: Collected Essays in Philosophy*, ed. and trans. Daniel Heller-Roazen, Stanford: Stanford UP 1999, 243면. 앞으로 이 책에서의 인용은 면수만 밝힘.

있는 잠재성이기도 한데, 이 후자가 없다면 잠재성은 언제나 이미 현실로 이행했을 것이며 현실과 구분될 수 없을 것이다. (…) "않을 수 있는 잠재성"이야말로 아리스토텔레스 잠재성론의 핵심적인 비법으로서 모든 잠재성 그 자체를 비(非)잠재성으로 변형시킨다.(245면)

아감벤이 아리스토텔레스 이후 서양철학의 핵심 개념으로 파악하는 잠재성 가운데 주목하는 것은 '현존하는 잠재성'(existing potentiality)으로서 이미 특정한 지식이나 능력을 갖고 있는 경우다. 가령 건축가와 시인에게 집을 지을 잠재성과 시작(詩作)의 잠재성을 지녔다고 말할 때다. 그런데 이때 잠재성은 건축가가 집을 짓지 않을 잠재성과 시인이 시를 쓰지 않을 잠재성을 갖고 있는 한에서 잠재성일 수 있다는 것이다.(179~80면) 그러므로 잠재성 중에 '무엇일 수 있거나 무엇을 할 수 있는 잠재성'(potential to be or to do something)보다 '(이지/하지) 않을 수 있는 잠재성'(potential not to)이 기본인 것이다. '비잠재성'(impotentiality)이란 잠재성이 아니거나 없다는 뜻이 아니라 '않을 수 있는 잠재성'에 의해 실행이 보류된 잠재성을 뜻한다.

한편 아감벤은 글쓰기 행위와 창조를 연관시키는 사례를 중세 이슬람 아리스토텔레스학파의 글에서 발견한다. 가령 신의 창조를 글쓰기 행위에, 신을 필경사에 비유하거나, 세상의 창조를 신의 지성이 스스로를 사유하는 행위로 묘사하는 예를 찾아낸다.(246면 참조) 이 지점에서 아감벤은 창조란 무엇인가를 묻는다. 유대교·기독교·이슬람교는 하나같이 창조를 '무(無)에서 만들어내는 것'으로 상정한다. 그런데 '무에서 창조하다'(to create from nothing)의 뜻을 면밀하게 따지면 무는 단순한 없음이 아니라 만물이 비롯되는 원천에 가깝다. 가령 카발라주의자들은 오로지 이런 무 속에 침잠함으로써 신이 세계를 창조할 수 있었다고 믿었다. 아감벤은 이처럼 필경사와 연관된 글쓰기·지성/사유·잠재성·창조에 대한 일련의 철학적 담론을 살펴본 후 그 맥락에서 바틀비의 존재론적 의의를 이렇게 평한다.

> 글쓰기를 중단한 필경사로서 바틀비는 모든 창조의 원천인 무(無)의 극단적인 형상이며, 동시에 그는 순수하고 절대적인 잠재성으로서 이 무에 대한 가차없는 옹호가 된다. 필경사는 서판이 되었으며 이제 그는 자기 자신의 백지와 다르지 않다.(253~54면)

여기서 주목할 것은 '절대적인 잠재성'(absolute potentiality)이다. 아감벤에 따르면 절대적인 잠재성은 신이 자신의 의지에도 구속되지 않고 무엇이든 (심지어 악행이나 모순적인 일도) 할 수 있는 경우를 지칭한다.(254~55면) 이성의 법칙이나 신 자신의 의지마저 초과하는 무한한 가능성의 세계를 지칭하는 것이다. 멜빌이 바틀비에게 떠맡긴 예술적(시적) 실험 — "절대적 우연성의 실험"(261면) — 에 대해서도 아감벤은 유사한 논지를 이어간다. 그것은 과학적 실험과 달리 "어떤 조건하에서 어떤 일이 일어나는 동시에 일어나지 않을 수 있는가?"라고 정식화될 수 있다.(260면) 바틀비의 실험은 이처럼 합리적인 이성에서 물러난 경험의 지점까지 내려갈 때만이 충분한 의미를 획득한다는 것이다. 그런 실험은 오로지 잠재성 자체, 즉 있으면서 동시에 있지 않을 수 있는 어떤 것의 발생과 관련이 있기 때문에 (어떤 일이 일어나거나 안 일어날 것이라는) 필연성의 원칙과 어긋난다. "그런 실험은 오로지 '과거의 변경 불가능의 원칙'에 의문을 제기함으로써만이, 아니 '잠재성의 역행적 실현 불가능성'에 이의를 제기함으로써만이 가능한 것이다."(266면)

아감벤은 잠재성이 과거로 되돌아갈 수 있는 두 방식을 지적한다. 하나는 니체의 '영원회귀'의 길이고, 다른 하나는 바로 바틀비의 잠재성을 통한 '탈창조'(decreation)의 길이다. 짜라투스트라(Zarathustra)는 의지로

하여금 과거로 되돌아가 일어났던 일을 자신의 의지의 결과로 변형함으로써만이 과거를 향한 의지의 복수심 혹은 분한(憤恨)의 형벌에서 해방될 수 있음을 설파한다. 그러나 아감벤은 "니체가 오로지 복수심을 억누르는 데만 신경쓸 뿐, 있지 않았던 것이나 달리 될 수 있었던 것의 비탄에 대해서는 까맣게 잊는다"(266면)고 비판한다.[17] 이에 반해 바틀비가 보여주는 탈창조의 길은 바로 '있지 않았던 것이나 달리 될 수 있었던 것'에 초점을 맞춘다. 바틀비가 배달불능 우편물을 처리한 적이 있다는 소문을 전하는 변호사의 발언 중에 아감벤이 다음 구절에 주목하는 것도 바로 그 때문이다.

> 때때로 창백한 직원은 접힌 편지지 속에서 반지를 꺼내는데, 그 반지의 임자가 되어야 했을 그 손가락은 어쩌면 무덤 속에서 썩고 있을 것이다. 또한 자선헌금으로 최대한 신속하게 보낸 지폐 한 장을 꺼내지만 그 돈이 구제할 사람은 이제 먹을 수도 배고픔을 느낄 수도 없다. (…) 삶의 심부름에 나선 이 편지들이 죽음으로 질주한 것이다.(45면)

아감벤에게, 배달되지 않은 편지는 "있을 수 있었으나 결코 일어나지 않은 즐거운 사건을 가리키는 암호"(269면)를 암시한다. 실제로 일어난 것은 정반대의 가능성이 실현되는 우연의 발생이었지만, 그렇다고 불발된 그 '즐거운 사건'이 전혀 존재하지 않았던 것은 아니다.

바틀비의 잠재성을 통한 탈창조의 길을 따라가면 결국 메시아로서의 바틀비에 도달하게 되는데, 다만 "바틀비가 만약 새로운 메시아라면, 그는 예수와 달리 있었던 바를 되찾기 위해서가 아니라 있지 않았던 바를

---

17 아감벤은 바틀비가 처음에 열심히 필사를 한 것은 "과거에 있었던 바를 무한히 반복하는" '영원회귀'의 방법에 매달린 것으로 보는데, 이것이 참된 해결책이 아니기 때문에 필사를 그만둘 수밖에 없었다고 해석한다. (268면 참조)

구하기 위해 온 것"(270면)이라고 단서를 단다. "있을 수 있었으나 결코 일어나지 않은 즐거운 사건"을 구하기 위해 찾아온 메시아라는 뜻이다. 이를테면, 바틀비는 신이 세상을 '있을 수 있는 잠재성'을 바탕으로 창조한 첫번째 창조가 아니라 신이 '있지 않을 수 있는 잠재성'을 모두 소환하여 창조한 두번째 창조의 메시아라는 것이다. 바틀비가 필사를 중단하면서 이행한 이 두번째 창조는 "재창조도 영원한 반복도 아니며 차라리 탈창조라 하겠는데, 그 속에서는 일어난 일과 일어나지 않은 일이 신의 지성 속에서 그것들의 원래의 하나됨으로 되돌려지는 한편, 있지 않을 수 있었으나 있었던 것이 있을 수 있었으나 있지 않았던 것과 구분될 수 없게 된다."(270면)

아감벤의 바틀비론의 논지를 비교적 상세히 소개한 것은 그의 철학적 논의가 난해하기도 하거니와 그를 거론하는 논의들이 적잖은 혼란과 왜곡을 불러일으키고 있다고 판단하기 때문이다. 특히 변호사가 마지막에 덧붙인 바틀비에 관한 소문에 대한 해석에서 그러하다. 섬세한 분별이 필요한데, 일단 변호사의 발언을 들어보자.

그 소문은 이렇다. 즉 바틀비가 워싱턴의 배달불능 우편물 취급소의 말단직원이었는데, 행정부의 물갈이로 갑자기 그 자리에서 쫓겨났다는 것이다. 이 소문을 곰곰이 생각할 때면 나를 사로잡는 감정을 표현할 길이 없다. 배달불능 편지라니! 죽은 사람과 같은 느낌이 들지 않는가? 천성적으로 혹은 불운에 의해 창백한 절망에 빠지기 쉬운 사람을 생각해보라. 그런 사람이 계속해서 이 배달불능 편지를 다루면서 그것들을 분류해서 태우는 것보다 그 창백한 절망을 깊게 하는 데 더 안성맞춤인 일이 있을까?(45면)

이 대목에서 논란이 되는 쟁점은 두가지다. 소문의 진위 문제와 소문에 대한 변호사의 생각을 어떻게 받아들이느냐의 문제다. 상당수 논자들이 소문이 사실로 밝혀진 것처럼 논리를 펴는데, 가령 한 논자는 "왜 멜빌은 바틀비를 워싱턴 D.C.의 우체국에서, 그것도 수취불능 우편물을 취급했다고 설정했을까?"[18]라고 따진다. 하지만 변호사가 소문의 내용을 전하기 전에 "그 소문의 근거가 무엇인지 확인할 수 없었고 따라서 그것이 얼마나 진실한지도 지금 알 수 없다"고 단서를 달았으니 그렇게 단정적으로 묻기보다 '멜빌은 왜 이렇게 애매한 이야기 방식을 택했을까'를 물어야 하지 않을까. 이런 단정적인 판단이 널리 퍼진 데는 아감벤 자신도 일조한 것으로 보인다. 그는 소문에 대해 "이야기의 다른 곳에서처럼 법률가는 독자에게 **정확한 정보**를 제공하지만, 늘 그렇듯이 *그*가 *그것*에서 끌어내는 설명은 과녁을 벗어난다"(269면, 인용자 강조)라고 서술한다. 하지만 텍스트 어디에도 그 소문이 '정확한 정보'임을 뒷받침할 근거는 없다.

두번째 문제는 상당수 논자들이 소문에 대한 변호사의 반응을 멜빌의 의도로 간주한다는 사실이다. 변호사는 "배달불능 편지라니! 죽은 사람과 같은 느낌이 들지 않는가?"라고 토로함으로써 '배달불능 편지'(dead letters)를 '죽은 사람'(dead men)과 등치시키고 양자를 바틀비와 연관시킨다. 또한 바틀비가 배달불능 편지를 소각처리하면서 '창백한 절망'(pallid hopelessness)이 더 깊어졌으리라는 공감 어린 해석을 내놓아 바틀비의 병적인 성향을 암시한다. 그러나 아감벤은 변호사의 이런 설명을 과녁을 벗어난 것으로 일축하며, 무엇보다 이 설명이 "배달불능 편지와 바틀비의 정형어구(定型語句, formula) 사이의 특수한 연관"의 문제를 전혀 다루지 못하기 때문에 하찮다고 평한다.(269면) 아감벤이 소설 말미의 소문과 그에 대한 변호사의 해설을 선택적으로 받아들이는 것은 그의 입장과 무관하지 않다. 그로서는 바틀비와 배달불능 편지의 '특수한 연관'은

---

18 장정윤 「허먼 멜빌의 「필경사 바틀비」와 후기근대사회의 '바틀비적' 삶의 가능성」, 『안과밖』 2010년 상반기호 267면.

꼭 필요하지만, 변호사처럼 바틀비의 언행과 죽음에서 '창백한 절망'의 징후를 읽는 독법은 그의 구도에 맞지 않는다. 아감벤은 오히려 바틀비가 툼즈 구치소 안뜰의 "영원한 피라미드들 한가운데" 서 있는 지점에서 탈창조가 일어나 이미 삶과 죽음의 경계를 넘어선 것으로 본다.[19]

아감벤의 존재론적 성찰은 바틀비의 기이한 언행을 새롭게 사유하게 하는 소중한 계기임이 틀림없으나 그가 제시한 바틀비의 형상이 소설 속의 인물과 얼마나 부합하는가의 물음은 따로 짚어볼 문제다. 사실 한병철은 "병리학적 측면을 완전히 도외시하는 아감벤의 존재신학적 바틀비 해석은 소설 자체의 이야기하고도 맞지 않는다"[20]고 직격탄을 날린다. 한병철은 '창백한 절망'을 부각하는 변호사의 반응에 근거하여 "바틀비의 실존은 죽음으로 향하는 부정적 존재"라고 판단하며, 이런 부정성은 바틀비를 "존재와 무 사이의 경계를 다시 해소하는 '탈창조'의 선포자로 끌어올"리는 아감벤의 신학적 해석과 모순된다고 지적한다.(60면) 툼즈 구치소의 안뜰 장면에 대해서도 "아감벤은 하늘도 풀도 메시아적 표징으로 해석한다. 그러나 죽음의 왕국 한가운데 유일한 생명의 신호로 남아 있는 작은 잔디밭은 그저 희망없는 허무감만을 강화할 따름이다"(61면)라고 반박한다.

한병철 자신의 '병리학적 독해'의 설득력[21]과는 별개로 그의 아감벤 비판은 가장 흔한 반응 중의 하나인 만큼 아감벤의 견해와 함께 그 허실을

---

19 아감벤은 변호사의 말을 받아 "결국 벽들로 둘러싸인 뜰은 슬픈 장소가 아니다. 하늘이 있고 풀이 있다. 그리고 그 존재는 '자기가 어디에 있는지' 완벽하게 인식한다"(271면)라고 논평한다.
20 한병철 『피로사회』, 김태환 옮김, 문학과지성사 2012. 앞으로 이 책에서의 인용은 면수만 밝힘.
21 한병철의 바틀비론까지 검토할 계제는 아니지만 "그[바틀비]는 복종적 주체이다. 후기근대적 성과사회의 표증인 우울증의 증상은 아직 나타나지 않는다"(57면)는 식의 해석 역시 자기 이론에 매몰되어 '소설 자체의 이야기'와 동떨어진 사례가 아닐까 싶다.

따져볼 필요가 있다. 여기서 하나의 시금석은, 멜빌이 미묘한 도덕적 문제에서 신뢰할 수 없는 화자인 변호사를 통해 진위가 확인되지 않은 소문을 이야기함으로써 이중의 불확정성을 텍스트 속에 흩뿌렸다는 것을 감지하느냐다. 즉, 우리는 끝내 그 소문이 사실인지 아닌지 확인할 길이 없으며, 또한 그 소문이 사실이라 해도 변호사의 해설이 얼마나 정당한지를 판별하기 어려운 것이다. 이 점에서 아감벤도 한병철도 '소설 자체의 이야기'를 섬세하게 읽은 것은 아니다. 그렇다면 이런 이중의 불확정성을 감안하면 어떤 해석이 나올 수 있을까?

변호사는 자신이 끝내 이해하지도 감당하지도 못한 채 바틀비를 자기 나름의 '인간적인' 기준에서 이해해보려고 시도하는 것 아닐까? 변호사의 마지막 탄성 '아, 바틀비여! 아, 인간이여!'는 불가해한 바틀비를 자기식으로 인간화하는 서사작업을 매듭짓는 신호로 들린다. 이런 변호사의 서사적 노력은 작품 전반에 깔려 있는 변호사의 자기기만적인 합리화와 합쳐져 하나의 흐름을 형성한다. 이때 어렵지만 중요한 비평작업은 그의 말에서 진실과 거짓을 구분하는 일일 것인데, 변호사가 암시한 바틀비의 '창백한 절망'과 병적 성향은 여전히 진상이 가려지지 않은 애매한 상태로 남는다. 가령 변호사가 일요일 우연히 자신의 사무실에 들렀다가 뜻밖에도 바틀비를 발견하고 착잡한 상념에 빠지는 대목이 그렇다.

나의 첫번째 감정은 순수한 우울과 진지하기 그지없는 연민의 감정이었다. 그러나 내 상상 속에서 바틀비의 절망적인 고독이 커지면 커질수록 그에 비례하여 바로 그 우울감이 공포로, 연민이 반발로 바뀌었다. (…) 그날 아침 목격한 것으로 말미암아 나는 그 필경사가 선천적인 불치병의 희생자라는 것을 납득하게 되었다. 내가 그의 육신에 자선을 베풀 수는 있다. 그러나 그를 아프게 하는 것은 그의 육신이 아니다. 아픔을 겪는 것은 그의 영혼인데, 그 영혼에는 내 손이 미치지 않는다.(29면)

이 대목에서 분명한 것은 바틀비에 대한 변호사의 공감과 연민이 한계에 달했다는 것, 그리고 그 지점에서 발생하는 자신의 공포와 반발을 합리화하는 과정에서 필경사가 '선천적인 불치병' 혹은 '영혼'의 병을 앓고 있다는 가설을 끌어들인다는 것이다. 어려운 점은 그렇다고 반드시 바틀비의 '영혼'의 병에 대한 변호사의 판단이 거짓이라고 확정할 수 없다는 것이다. 사실 변명 없이 태연히 거부하는 바틀비를 보고 진저 넛은 "저 아저씨는 살짝 머리가 돈 것 같아요"(22면)라고 반응한 바 있다. 바틀비가 비범한 사람인지 아니면 정신적 질환을 앓는 사람인지, 혹은 비범한 동시에 정신적 질환을 앓는 사람인지의 애매함은 남는다.

비범한 사람일 경우도 비범함의 성격과 정도가 다를 수 있다. 아감벤은 바틀비를 '있는 그대로의 존재'(whatever being)와 관련짓기도 하는데, 이때의 바틀비는 탈창조의 메시아적 존재라기보다 어떤 경계에 매이지 않는 깨친 존재에 가깝다.[22] 아감벤에 따르면, '무엇이라도 상관없는'이 아니라 '그러하기에 항상 중요한'이라는 뜻의 'whatever'는 불교의 '여여(如如)한'과 통하는 면이 있다. 메시아적 존재로서의 바틀비가 인류의 구원을 위해 보내진 초월적 존재라면 깨친 존재로서의 바틀비는 지상의 존재로 자기 나름의 기이한 수행을 통해 '여여해진' 것으로 느껴진다. 아감벤은 양자의 바틀비 가운데 메시아적 존재를 선호하는 듯하지만, 그것은 서구철학의 뿌리 깊은 메시아주의의 인력에 끌려간 결과가 아닌가 싶다.

---

22 Agamben, *The Coming Community*, trans. Michael Hardt (U of Minnesota P 1993)의
  1장 'Whatever'와 9장 'Bartleby' 참조.

바틀비는 아버지 없는 형제인가

앞서 검토한 논자들은 「바틀비」를 소설로 대하지 않은 듯하다. 이를테면 그것이 정치적 문건이나 철학적 에세이라도 크게 상관없는 논의를 펼쳤다. 이에 반해 들뢰즈는 「바틀비」를 우선 문학 텍스트로 대하며, 그 고유한 문학적 형식과 언어에 비상한 관심을 기울인다. 들뢰즈의 「바틀비」론[23]을 마지막에 다루는 까닭은 「바틀비」의 정치적·철학적 요소가 아무리 두드러진다 해도 모두 문학적인 것 속에 통합될 수밖에 없기 때문이다. 들뢰즈의 논의가 「바틀비」를 다루는 데 그치지 않고 멜빌의 주요 소설들과 인물들, 심지어 미국문학에 대한 논의로 확장되는 것도 다른 논자들이 보여주지 못한 미덕이다.

그렇다고 들뢰즈의 논의가 전통적인 문학비평의 관례를 따른다는 뜻은 아니다. 오히려 그것은 근대문학의 미학적 전제들을 뒤엎는 발상으로 가득하다. 글의 첫머리부터 "「바틀비」란 작가에게 메타포도 아니요 어떤 무엇의 상징도 아니다. 그것은 결렬하게 희극적인 텍스트인데, 희극적인 것은 항상 문자 그대로다"(68면)라고 단언하면서, 그 희극적인 것의 구현체로서 '그렇게 안 하고 싶습니다'라고 반복되는 '정형어구'에 주목한다. 이 정형어구는 "언어 속에 일종의 외국어를 개척하는 것"(71면)이므로 들뢰즈의 '소수문학'(minor literature) 개념에 부합한다. 들뢰즈는 모든 걸작이 그것이 쓰인 언어 내에서 일종의 외국어를 형성하기 마련이라면, 멜빌은 영어 밑에서 작동하는 외국어를 발명한 것이라고 평하면서, 그것을 탈영토화된 '고래의 언어'(the language of the Whale)로 명명한다.(72면)

들뢰즈 논의의 전반부는 이 정형어구가 인습적인 주류언어를 파괴하면

---

23 Gilles Deleuze, "Bartleby; or, The Formula," *Essays Critical and Clinical*, trans. Daniel W. Smith and Michael A. Greco, New York: Verso 1998. 앞으로 이 책에서의 인용은 면수만 밝힘.

서 일종의 외국어(고래의 언어)를 형성하는 이중의 은밀한 과정을 추적한다. 이 정형어구는 "단어들을 구분할 수 없게 하고 언어 속에 진공상태를 만들어내는 비결정성의 영역"(73면)을 창출하여 언어의 지시적 기능을 훼손한다. 언어는 '발화행위'(speech act)를 함으로써 명령·약속·거부·승낙 따위의 행위를 수행하기도 하는데, 긍정도 부정도, 거부도 승낙도 아닌 바틀비의 정형어구는 이 기능도 마비시킨다는 것이다. 가령 "바틀비가 거부를 했다면 그는 그래도 반란자나 전복자로 간주될 수 있고 그런 자격으로 여전히 사회적 역할을 가질 것이다. 그러나 그 정형어구는 모든 발화행위를 좌절시키면서 동시에 바틀비를 어떤 사회적 지위도 부여될 수 없는 순수한 국외자로 만든다".(73면) 요컨대 이 어구는 언어를 모든 '지시대상'(references)으로부터 단절함으로써 언어적 기능에 필요한 추정과 위계질서가 힘을 쓰지 못하게 한다. 바틀비의 언어가 지닌 '선호의 논리'가 주류 언어가 근거하고 있는 '추정의 논리'를 무력화시키기 때문이라는 것이다.

랑씨에르는 들뢰즈가 바틀비의 정형어구에 대한 분석으로 논의를 시작한 것을 높이 사면서, 이 어구는 "순문학의 체계를 떠받쳤던 아리스토텔레스 기원의 재현체제로부터 문학 그 자체가 파열되어 나왔음을 선언하는 것"[24]이라고 풀이한다. 사실 이 정형어구를 통해 「바틀비」의 세계로 들어가는 들뢰즈의 방식은 인물과 행위와 사건 중심의 전통적인 소설비평과는 판이하다. 그러나 바틀비의 정형어구를 주목한 후에 들뢰즈가 천착하는 것은 ─ 어쩌면 지극히 전통적인 ─ 바틀비라는 인물, 변호사와 바틀비의 관계, 나아가 멜빌의 주요 인물들과 그 상호관계다.[25]

---

24 Jacques Rancière, "Deleuze, Bartleby, and the Literary Formula," *The Flesh of Words: The Politics of Writing*, trans. Charlotte Mandell, Stanford: Stanford UP 2004, 147면. 앞으로 이 책에서의 인용은 면수만 밝힘.

25 랑씨에르는 들뢰즈가 재현 이전의 미학적 문제를 논하다가 아리스토텔레스의 시학으로 돌아오는 것을 '일관성 결여'로 비판하고, "그의 분석은 언제나 이야기의 '주인공'을 중심으로 이뤄진다"(154면)고 일침을 가한다.

들뢰즈가 바틀비에게서 주목하는 것은 그가 소유물도 없고 특성도 특수성도 없고 참조할 것도 없는 사람이라는 점이다. 바틀비는 과거도 미래도 없기에 순간을 살 뿐이라는 것이다. 들뢰즈는 바틀비의 정형어구 "안 하고 싶습니다"만큼이나 "내가 까다로운/특별한 것은 아니에요"(I am not particular, 41면)라는 발언에 의미를 부여한다.(74면) 들뢰즈는 나중에 바틀비를 '독창적인 인물'(Original)로 규정하고 나아가 '실용주의의 영웅'으로 조명하기도 하지만, 그에게 결정적으로 중요한 것은 바틀비는 '특수성이 없는 사람'(the man without particularities)으로서 특수성을 지닌 '개인'(individual)의 개념에서 벗어난 새로운 존재라는 것이다.

들뢰즈에게 바틀비와 변호사의 관계가 중요한 것은 그것이 "되기의 가능성, 새로운 인간의 가능성"(the possibility of a becoming, of a new man, 74면)을 시험하기 때문이다. 사실적인 지평에서 양자는 자본주의 체제의 근간인 고용관계로 맺어져 있다. 다만 앞서 살펴보았듯이 바틀비의 특이한 정형어구로 인해 이 고용관계의 위계질서가 위태로워지면서 이상징후를 보인다. 고용주의 권력은 피고용자인 노동자에게 노동력을 요구할 수 있을뿐더러 노동자의 공간적 위치를 임의로 정할 수 있다는 데 있다. 변호사는 처음에 바틀비를 고용하면서 반투명유리 접문으로 나뉜 사무실 공간에서 터키와 니퍼즈, 진저 넛이 함께 쓰는 공간이 아닌 자기 쪽의 공간에 배치시킨다. 그리고 "더욱더 만족스러운 배치를 위하여 나는 바틀비 쪽에서 내 목소리는 들을 수 있되 그를 내 시야에서 완전히 격리할 수 있는 높다란 접이식 녹색 칸막이를 구입했다. 그래서 그런대로 사적인 자유와 그와의 소통을 동시에 누릴 수 있었다".(19면)

그러나 그의 특이한 정형어구가 시작되면서 상황은 달라진다. 변호사는 자기 사무실에서 바틀비에게 되레 쫓겨나기도 하고, 해고해도 떠나지 않는 바틀비를 어쩌지 못해 자신이 사무실을 옮기고, 나중에 바틀비를 설득하려다 실패하자 도망치듯 사륜마차를 타고 뉴욕 인근을 떠돌기까지

한다. 들뢰즈는 이 일련의 해프닝에 대해 "처음의 배치에서부터 이 무책임하고 카인과 같은 도망에 이르기까지 모든 것이 기이하고, 변호사는 미친 사람처럼 행동한다"(75면)고 논평한다. 변호사도 바틀비 못지않게 미친 사람처럼 행동한 사실을 지적함으로써 양자의 관계가 단순한 고용관계를 '초과'하고 있음을 지적한 것이다. 특히 '카인과 같은 도망'(Cain-like flight)이라는 표현이 암시하듯 그것은 이미 형제간의 관계로 사유되기 시작한다.

사실 들뢰즈가 변호사와 바틀비 간의 '동일시 관계'에 주목하는 것은 그것이 부자관계에서 형제관계로 전화할 가능성을 염두에 두기 때문이다. 그는 멜빌의 소설에서 아버지의 이미지와 아들 주체 사이에 식별 불가능의 영역이 형성되어 미묘한 변이가 일어나는데, 그것은 "더이상 미메시스의 문제가 아니라 되기의 문제"라고 주장한다. 나아가 미국문학의 정신분열증적 특성은 "아버지를 통하지 않는, 아버지 기능의 폐허에 기초하여 세워진, 보편적 형제애의 기능을 수립하려는 꿈"(78면)을 추구한다는 것이다. 들뢰즈가 형제관계를 중시하는 맥락은 다음 대목에서도 드러난다.

> 인간을 아버지 기능으로부터 해방시키는 것, 새로운 인간 혹은 특수성이 없는 인간을 낳는 것, 형제들의 사회를 새로운 보편성으로 구성함으로써 독창적인 인물과 인류를 재결합시키는 것. 형제들의 사회에서는 동맹이 부자(父子)관계를 대신하며 피의 계약이 혈족을 대신한다. 남성은 실로 동료 남자의 피의 형제이며, 여성은 그의 피의 자매다. 멜빌에 따르면 이것이 **독신자들의 공동체**이며, 그 성원들을 무제한적인 되기로 이끈다.(84면, 강조는 원문)

'피의 형제'(blood brother), '피의 자매'(blood sister), '피의 계약'(blood pact)에서 '피'는 혈연이 아니라 오히려 혈연에서 자유로워진 존재의 어떤 경지를 뜻한다. 이때의 '피'는 로런스의 '피의 의식'(blood consciousness) 혹은 '피의 앎'(blood knowledge)에서의 '피'를 연상시키지만, 양자 간에는 중요한 차이가 있다. 들뢰즈에게 피란 '욕망하는 기계'와 관련된다면 로런스에게는 살아 있는 존재의 몸과 관련되어 있다.[26] 사실 들뢰즈는 글의 후반에서 로런스의 『미국 고전문학 연구』(*Studies in Classical American Literature*, 1923)의 발상과 어법을 활용하여 미국과 미국문학, 민주주의와 실용주의(pragmatism)에 대한 논의를 과감하게 펼치고 있지만 로런스와는 입장 차이가 점점 확연해진다.[27]

들뢰즈가 꿈꾸는 아버지 없는 형제자매들의 세계는 전근대적 가부장제라든지 자본주의적 남녀차별도 사라진 세상이며, 남녀 간의 결혼제도 역시 의미를 상실하는 '독신자들의 공동체'다. 배타적인 성원만의 가족생활이 아니라 독신자들의 '무제한적인 되기'의 실천공동체인 것이다. 그에게 이런 독신자들의 관계는 "사랑보다 더 깊은 불타는 열정"이며, 그 관계는 '비식별 영역' 속에서 "형제 간의 동성애적 사랑"까지 뻗어나가며 "남매 간의 근친상간적 사랑"까지 통과한다.(84~85면) 들뢰즈가 멜빌 문학에 매료된 이유는 그가 보기에 이런 독신자들의 관계가 펼쳐놓은 새로운 경험의 강도와 낯선 영역 때문일 것이다. 그러나 멜빌 자신은 들뢰즈가 흠모하는 독신자들의 공동체에 대해 결코 찬양 일색은 아니었다. 이를테면 매

---

26 몸에 대한 로런스와 들뢰즈의 차이에 대해서는 강미숙 「오이디푸스 콤플렉스를 넘어서: 로렌스와 들뢰즈의 정신분석학 비판」, 『D. H. 로렌스 연구』 19:1(2011) 11~17면 참조.

27 양자의 비교 논의는 차후의 과제로 미루고, 여기서는 몇몇 사항만 짚는다. 가령 "미국인은 영국의 아버지 기능에서 해방된 사람"이며 미국인들의 신명(神命)은 "형제들의 사회"와 "무정부주의적 개인들의 공동체"를 구성하는 것이라는 들뢰즈의 주장(85면)은 『미국 고전문학 연구』의 초반에 나오는 '도망노예'(escaped slaves), '장소의 기운'(the spirit of place), 반생명적인 '민주주의', 미국문학의 '표리부동성'(duplicity) 같은 로런스의 핵심 개념들과 근본적으로 다르다. 미국의 초월주의와 실용주의를 높이 사면서 바틀비를 '실용주의의 영웅'으로 조명하는 것도 '되기'(becoming) 사상과 맞아떨어질지언정 로런스의 입장은 물론 멜빌 문학의 진면목에서는 벗어난다는 생각이다.

혹과 반발을 동시에 보여준다고 하겠다. 가령 『모비 딕』에서 거친 바다에서 온갖 노역을 마다하지 않는 뱃사람들의 씩씩한 모습을 박진감 넘치게 그려내는가 하면, 그들이 에이헙의 광기어린 흰고래 추격전에 자기도 모르게 열광하여 불나방처럼 뛰어드는 광경을 섬뜩하게 포착하기도 했다.

어쨌거나 「바틀비」의 경우 독신자들의 그런 '되기'의 시도가 있었다 해도 그것은 성공하지 못한다. 들뢰즈는 바틀비가 변호사에게 요구한 것은 약간의 신뢰일 뿐인데, 변호사는 아버지 기능의 가면에 불과한 자선과 박애로써 반응한다고 해석한다. 변호사는 바틀비의 고독한 실존을 통해 바틀비 '되기'에 끌려들어가지만 주류사회 표준의 한 척도랄 수 있는 주위의 소문 때문에 그런 '되기'로부터 후퇴하고 만다는 것이다.(88면 참조) 들뢰즈는 이 같은 변호사의 바틀비 되기 실패가 미국혁명의 종국적 실패에 조응하는 것으로 파악하는 듯하다. 가령 "'아버지 없는 사회'의 위험들에 대한 지적이 종종 있었지만, 진정한 위험은 오로지 아버지의 귀환밖에 없다. (…) 국가의 탄생, 국민국가의 복원 ─ 그리고 괴물 같은 아버지들이 다시 질주해서 돌아오는 동안 아버지 없는 아들들이 다시 죽어가기 시작한다".(88면) 국가와 아버지의 귀환이야말로 미국혁명의 실패요인이며 남북전쟁을 계기로 더한층 깊어진 미국의 병증이라고 본 것이다. 이런 실패에도 불구하고 들뢰즈는 미국의 '실용주의의 영웅'인 바틀비에 대한 희망을 버리지 않으며, "바틀비가 병자가 아니라 병든 미국의 의사, 치료 주술사, 새로운 그리스도 혹은 우리 모두의 형제"(90면)라고 결론짓는다.

하지만 들뢰즈의 이런 관점은 호손과 멜빌의 걸작소설에서 실감하는 것과는 판이하다. 가령 호손의 「나의 친척 몰리노 소령」(My Kinsman, Major Molineaux, 1831)은 들뢰즈의 '아버지 없는 형제들'에 해당하는 미국혁명의 주체들을 불길한 모습으로 그렸으며, 멜빌의 『모비 딕』은 들뢰즈의 '무정부주의적 개인들'에 해당할 법한 뱃사람들의 민주주의 공동체가 에이헙의 광기를 제어하기는커녕 오히려 그 광기의 실현에 앞장선다는 섬뜩한 진실을 보여준 것이다.

이런 심각한 관점의 문제에도 불구하고 들뢰즈 말년에 쓰여진 「바틀비」론은 멜빌과 미국문학에 대한 그의 깊은 애정과 그의 문학관이 응축된 역작 평문이라 할 만하다. 특히 서두에서 바틀비의 정형어구를 집중적으로 분석하여 그것이 주류언어 속에서 일종의 외국어를 형성하고 바틀비를 국외자로 만든다는 주장은 그 후의 논자들에게 지대한 영향을 끼쳤다. 또 하나 뜻깊은 점은 체제에서 "더없이 안전한 사람"인 변호사가 체제 바깥의 국외자인 바틀비와 유의미한 관계를 맺을 수 있는가를 중요한 비평적 관심사로 삼은 점이다. 물론 이 문제를 주제로 다룬 평문들도 쌓여 있지만 들뢰즈 고유의 새로운 접근방식 — '변호사의 바틀비 되기' 시도로 읽는 방식 — 에는 그 나름의 절박함이 있다고 본다. 그 성패를 가르는 것은 변호사가 자선과 박애 같은 아버지 기능을 버리고 바틀비를 형제로 대할 수 있느냐의 문제인데, 앞서 보았듯이 이런 되기의 시도는 실패로 끝난다.[28]

들뢰즈가 변호사와 바틀비의 관계를 자본주의적 고용관계를 넘어서 탐구한 의의는 높이 사줄 만하다. 근대 자본주의 체제 속에서 두 존재가 만났고 그중 하나가 수수께끼 같은 인물이기에, 두 사람이 유의미한 관계를 맺기 위해서는 그 체제의 근간인 고용관계를 넘어서야 한다는 것까지는 설득력이 있다. 그러나 되기의 시도가 부자관계에서 형제관계로의 전환이라는 설정에 대해서는 짚어볼 것이 있다. 하나는 이런 설정이 두 사람의 관계를 특정한 관점에 가두는 것이 아닐까 하는 의구심이고, 다른 하나는 들뢰즈가 되기의 최종 목표로 여긴 '아버지 없는 형제들'의 세상을

---

28 이 독법에 따라 한 논문은 변호사의 마지막 대사 '아, 바틀비여! 아, 인간이여!'에서 "바틀비와의 마지막 화해에 이르는 화자가 아니라, 바틀비가 죽는 마지막 순간에도 자선적인 제스처밖에 할 수 없는 아버지의 모습"을 읽는다. 윤교찬·조애리 「'되기'의 실패와 잠재성의 정치학: 멜빌의 「필경사 바틀비」」, 『현대영어영문학』 53:4(2009) 77면.

멜빌도 과연 바람직한 것으로 느꼈느냐의 문제다.

후자의 문제와 관련하여 들뢰즈가 바틀비를 '특수성이 없는 인간'으로 규정한 것에 주목할 필요가 있다. 들뢰즈는 이런 사람만이 개인의 특수성에서 벗어나 '무제한적인 되기'를 누릴 수 있으며, 그런 의미에서 바틀비를 '실용주의의 영웅'으로, 미국의 '열린 길'에 나서는 독창적인 영혼으로 부각하려 한다. 하지만 과연 이런 탈개인화가 해방을 가져다줄지 의심스럽거니와 이것이 바틀비에게 합당한 서술인지도 의문이다. 바틀비가 들뢰즈식의 '되기'를 즐기는/수행하는 '욕망기계'와 같은 존재인 것 같지 않고, 미국의 '열린 길의 영웅'은 더더욱 아니다.[29] 벽으로 둘러싸인 사무실이나 감옥에 붙박이로 남아 있는 바틀비에게 '열린 길'의 이미지는 어울리지 않을뿐더러, 바틀비가 생사의 문제에 연연하지 않는 비범함은 보여줄지언정 들뢰즈가 주장하듯 '진리와 믿음'의 공동체의 영웅은 아니기 때문이다.

오히려 뭔가 감지되는 것이 있다면 열림을 거부하는 비타협적인 고집 같은 것이 아닐까. 들뢰즈도 아감벤도 바틀비의 "안 하고 싶습니다"가 순수한 선호를 나타내며 의지를 넘어선 것임을 강조한다. 사실 그 자체는 특정한 의지를 배제한 응답이다. 하지만 그런 순수한 선호에 의한 거절이 수십 차례 되풀이될 때에는 뉘앙스가 달라진다. 들뢰즈는 이에 대해 "무(無)에의 의지가 아니라 의지의 무(無)가 자라나는 것"(71면)이라고 풀이하지만, 그보다는 새로운 방식으로 의지가 작동하는 것이 아닌지 의심할 수밖에 없다. 무심한 듯 유순한 방식으로 관철되는 이 완강한 의지가 감지되는 순간 바틀비는 들뢰즈가 상정하듯 그렇게 개방적인 존재는 아님을 느끼게 된다.

---

29 랑씨에르는 들뢰즈가 바틀비를 논하면서 '열린 길'을 언급한 것에 대해 로런스에 따르면 미국의 '열린 길의 영웅'은 휘트먼이지 멜빌은 아니었다고 지적한다. Rancière, 앞의 글 161면 참조.

맺음말

이제껏 멜빌의 「바틀비」에 대한 하트/네그리와 지젝의 정치적인 논의, 아감벤의 철학적인 논의, 들뢰즈의 문학적인 논의를 비판적으로 살펴보았다. 바틀비는 하트/네그리에게는 '해방정치의 시작'을 여는 사람으로, 지젝에게는 체제는 물론 체제에 기생하는 체제 반대세력('항의'의 정치)과도 결별하려는 새로운 정치의 주체로, 아감벤에게는 순수하고 절대적인 잠재성의 형상으로, 들뢰즈에게는 아버지의 권능에서 벗어난 '형제 공동체'의 영웅으로 호명되었다. 이 다양한 접근방식이 이 소설을 새롭게 읽는 가능성을 열어놓은 것은 분명하다. 하지만 이 논의들의 공통의 약점은 바틀비의 불가해성을 직시하지 않고 논자 자신의 관점으로 환원시키거나 굴절시켜 해석한다는 것이다. 가령 이들은 바틀비에게 감지되는 부정적인 기미를 씻어내어 오로지 긍정적인 모습만을 남겨놓으려는 경향이 있는데, 앞서 몇몇 사례를 통해 보듯이 이런 환원주의 독법에서는 십중팔구 소설과 바틀비에 대한 관념화가 일어나기 마련이다.

물론 바틀비의 불가해성이란 것도 관념의 소산이 아닌지 의심해봐야 한다. 멜빌은 변호사의 겉과 속을 세밀한 사실주의 기법으로 형상화한 반면, 바틀비의 경우는 오로지 밖으로 드러난 언행만을, 그것도 '신뢰할 수 없는 화자'인 변호사의 제한적인 관점에서 보여주고 해석하는 화법을 구사한다. 이런 제한된 관점의 화법으로 말미암아 바틀비는 필시 더 수수께끼 같은 존재로 비칠 것이다. 그러나 이런 설명과는 별개로, 바틀비의 존재 자체는 불가해성을 갖는다. 가령 에이헙과 이쉬미엘이 각각 다른 방식으로 느낀 흰고래의 불가해성 같은 것 말이다. 이때의 불가해성은 우리 앞에 있는 한 사람이, 한 생명체가 바로 불가해한 존재라는 사실에서 나온다. 그런 만큼 이때의 불가해성은 살아 있는 존재 특유의 속성이며, 그런 사실이 타자성의 본질이기도 하다.

「바틀비」의 남다른 예술성은 다른 어떤 관념이나 이상으로 환원될 수 없는 바틀비의 불가해한 현존을 실감나게 표현한 데 있지 않을까 싶다. 여기서 유의할 것은 바틀비와 흰고래가 각각 불가해성을 지녔지만 양자는 존재적으로 중대한 차이점이 있다는 것이다. 가령 흰고래의 불가해성은 생명력이 충만한 존재의 생동감과 떼어놓을 수 없는 반면, 바틀비의 그것은 유순하되 추상적이고 생동감을 결하고 있다. 이 점에서 바틀비는 흰고래보다 흰고래의 불가해성을 증오하여 그것을 죽이고자 하는 에이헙에 더 가깝다. 하지만 바틀비와 에이헙 사이에도 중요한 차이가 있다. 우리는 에이헙의 내면 독백을 통해 그의 속내를 자세하게 들을 수 있지만 바틀비의 경우에는 그렇지 못하기 때문에 바틀비가 에이헙과 얼마나 닮아 있거나 다른지 감지할 수 있을 뿐 확신하기는 힘들다. 바틀비의 유순하되 완강한 의지를 생각하면 그가 '소진된 에이헙'처럼 느껴지기도 하지만,[30] 그의 불가해한 죽음을 생각하면 삶의 의욕을 잃고 해안에 올라와 자살하는 고래처럼 여겨지기도 한다.

이 소설의 탁월함은 바로 그런 바틀비를 근대 자본주의 체제의 한가운데 — 월가의 변호사 사무실과 툼즈 구치소는 자본주의 체제의 전제와 규범을 떠받치는 전형성을 갖고 있다 — 갖다놓고 그로 말미암아 빚어지는 기이한 상황을 비정하게 지켜보고 기록하는 데 있다. 화자인 변호사는 온

---

30 졸고 「모더니티와 미국 르네쌍스기의 작가들」에서 "우리는 흰고래에 사로잡혀 자신과 선원들의 모든 역량을 필살의 도구로 만드는 에이헙의 '제정신의 광기'를 목격할 수 있고, 진리에 대한 열정에 사로잡혀 누이를 아내로 삼아 파국적인 숙명의 길을 가는 피에르의 병적인 고집을 엿볼 수 있다. 하지만 바틀비에게는 그런 '사로잡힘'조차 없다. 어떤 비타협적인 의지 외에 아무런 인간적인 면도 볼 수 없고 왜 그런지조차 알 길이 없다. 이런 까닭에 바틀비의 거부는 보통의 이상주의와는 무관하여 보인다. 그러나, 어떤 강렬한 정신주의 혹은 극단적인 이상주의의 소산이 아니라면 바틀비의 무차별적인 거부와 집요한 의지를 도저히 이해하기 힘든 것도 사실이다. 이를테면 예전에는 이상을 치열하게 추구하였으되 이제는 그럴 마음을 상실한 사람, 이상의 내용은 소진되고 비타협적인 원칙만 남은 사람처럼 느껴지는 것이다"(82~83면) 참조.

정적인 사람으로서 바틀비에 대해 그 나름대로 공감이나 감수성을 지닌 사람이지만 끝까지 바틀비의 편에 서지는 못한다. 사실 그의 내면 독백은 불가해한 바틀비의 엄연한 현존과 자본주의 체제의 요구 사이에서 어쩔 줄 몰라 하는 어느 중생의 번민의 기록이다. 그에 반해 바틀비 자신이 이 체제에 순응하거나 복종하지 않는다는 것은 짐작할 수 있지만 그외에는 어떤 생각을 가지고 있는지 알 길이 없다. 체제 안에 있는지 바깥에 있는 지조차 판단하기 어려운데, 오히려 이 때문에 바틀비는 체제의 타자로서 선명하게 나타나게 된다.

바틀비에 대한 변호사의 내적 갈등이 심해질수록 바틀비가 비범한 사람인지 살짝 미친 사람인지 애매하게 보인다는 것도 흥미로운 점이다. 이같은 애매함의 소설적 효과는 어느 한쪽으로 확정될 경우보다 훨씬 크고 차원이 다르다. 왜냐하면 묘하게도 바틀비의 애매성이 지극히 합리적인 것 같기도 완전히 미친 것 같기도 한 자본주의 세상의 애매성과 맞물려 있음이 불현듯 감지되기 때문이다. 이를테면 바틀비의 불가해한 언행으로 말미암아 우리가 사는 세상의 '체제'가 절대성을 잃고 상대화되면서 고용관계를 포함하여 체제에 의해 당연시되던 모든 전제와 가정이 돌연 애매함의 소용돌이에 빠진 듯도 하다. 근대 자본주의 체제의 강력한 논리와 균형을 뒤흔드는 이 애매함의 효과야말로 앞의 논자들이 각각 나름으로 멋진 바틀비상을 제시했음에도 불구하고 놓쳐버린 이 소설의 탁월한 현재성이 아닐까.

로런스는 들뢰즈의 미국문학론에 동의할까?

◆

그들의 멜빌 비평에 대한 비교론적 연구[1]

로런스와 들뢰즈의 멜빌 논의

질 들뢰즈는 로런스(D. H. Lawrence)를 종종 자신의 위대한 선구자라고 언급한다. 그는 몇몇 문학평론에서 로런스의 『미국고전문학 연구』[2]가 자신이 미국문학을 재고할 때 영감의 주된 원천이 되었음을 분명히 한다. 들뢰즈의 로런스 인용이 다양한 성향의 후기구조주의가 이론과 문학연구에 지대한 영향을 발휘했던 1970년대~1990년대 동안 로런스의 존재감을 전세계적으로 퍼트리는 데 크게 기여한 것은 분명하다. 그러나 로런스와

---

1 이 글의 영문 초고는 2014년 이딸리아 가르냐노(Gargnano)에서 열린 13회 D. H. 로런스 국제학술대회에서 처음 발표한 것이다. 그후 상당한 수정·보완을 거쳐 "Would Lawrence Agree with Deleuze's View of American Literature?: A Comparative Study of Their Critical Essays on Melville"이라는 제목으로 한국로렌스학회의 영어논문 특별호 *D. H. Lawrence Studies* 23-2(2015년 12월)에 게재했고, 이를 필자가 우리말로 옮기면서 몇군데 사소한 교정과 수정을 했다.

2 D. H. Lawrence, *Studies in Classic American Literature*, ed. E. Greenspan, L. Vasey and J. Worthen (Cambridge University Press 2003). 이 책의 인용은 *SCAL*로 표시하고 면수만 밝힘.

들뢰즈가 실제로 얼마나 공통의 기반을 갖고 있는지, 혹은 역으로, 양자가 얼마나 심각한 차이가 있는지를 검토하는 것은 여전히 중요한 비평적 과제로 남아 있다.

로런스는 『미국고전문학 연구』의 두 장에서 멜빌의 소설들을 — 10장에서 『타이피』(*Typee*, 1846)와 『오무』(*Omoo*, 1847)를, 11장에서 『모비 딕』(1851)을 — 논한다. 독자들에게 멜빌의 작품은 차치하고 그의 이름조차 거의 잊혀가던 시기에 이 두 장에서 멜빌 예술의 비범한 성격을 드러낸 로런스의 비평적 통찰은 그야말로 희유한 것이었다. 사실, 로런스는 1920년대의 '멜빌 부흥'(Melville Revival)에 그 나름의 방식으로 기여했다. 멜빌 탄생 100주년(1919년)을 계기로 미국문학에서 멜빌의 작품과 위상을 재평가하고자 하는 움직임은 레이먼드 위버(Raymond Weaver)의 선구적 평전 『허먼 멜빌: 뱃사람이자 신비주의자』(*Herman Melville: Mariner and Mystic*, 1921)와 칼 밴 도런(Karl Van Doren)의 『미국소설』(*The American Novel*, 1921) 3장 「모험의 로맨스」(Romances of Adventure)의 한 절에서 시작되었다. 그러나 그 글들은 역사적인 의의 이상으로 지속적인 가치를 갖지 못하는 반면에 로런스의 멜빌 논의는 그 특유의 비평적인 힘을 여전히 갖고 있다.

당대 미국의 학자와 비평가 대다수는 『미국고전문학 연구』의 어조와 관점을 쉽게 용인하지 못했다. 로런스 저서의 활력과 비평적 중요성을 상당히 알아주는 이가 몇몇 있었지만[3] 주류 학계의 거물들 다수가 이 저서

---

3 『모비 딕』에 관한 주목할 만한 비평서로서 멜빌 부흥에 중요하게 기여한 올슨(Charles Olsen)의 *Call Me Ishmael* (Grove Press 1947)은 로런스의 『미국고전문학 연구』에 많은 영향을 받은 것으로 간주되었다. 1960년대 후반과 1970년대 초반 미국문학 연구에 끼친 로런스의 영향에 관해서는 Michael J. Colacurcio, "The Symbolic and the Symptomatic: D. H. Lawrence in Recent American Criticism," *American Quarterly* 27 (1975) 486~501면 참조. 1980년대 '신미국학자들' 중 로런스 관점의 미덕을 알아보는 드문 예로는 Donald Pease, *Visionary Compacts: American Renaissance Writings in*

를 사실상 무시하는 경향이 있었다. 1970년대 이래 '신미국학자들'(New Americanists)이라고 불리는 저명한 학자들 — 몇몇만 거론하자면 리처드 슬로트킨(Richard Slotkin), 마이클 폴 로긴(Michael Paul Rogin), 쌔크번 버코비치(Sacvan Bercovitch), 도널드 피즈(Donald Pease), 존 카를로스 로우(John Carlos Rowe) — 이 "유럽에서의 '후기구조주의' 이론의 부상에 유의미한 방식으로 점점 더 반응을 보였"[4]으나, 대체로 로런스를 피하거나 아니면 인사치레 비평만 하는 식의 미국의 학자 및 비평가의 경향은 오늘날까지 계속되었다.

이런 상황을 고려하면 들뢰즈가 멜빌의 텍스트를 우월한 문학의 본보기로 거론하면서 멜빌의 탁월한 예술을 제대로 파악하는 데 있어 종종 로런스를 자신의 선구자로 언급한 것은 주목할 만한 사건이다. 특이한 해석을 곁들인 그의 새로운 접근방식은 미국과 유럽 양쪽에서 멜빌 연구의 급증을 촉발하는 데 일조했다. 그의 비평 「영미문학의 우월성에 대하여」(On the Superiority of Anglo-American Literature, 1987〔1977〕)와 「바틀비 혹은 정형어구」(Bartleby: or, The Formula, 1997〔1993〕), 그리고 『천개의 고원』(A Thousand Plateau, 1987〔1980〕)을 포함한 몇몇 비평적·철학적 저서는 멜빌과 미국문학의 후기구조주의적인 연구 경향에 크게 기여했다.[5] 들뢰

Cultural Context, University of Wisconsin Press 1987, 9면 참조. 해럴드 블룸 역시 이라크 전쟁의 와중에서 "…나는 우리의 국민적 자기파괴성이라고 여겨지는 것을 충분히 설명해줄 무언가를 찾고 있다. D. H. 로런스는 자신의 저서 『미국고전문학 연구』에서 내게는 아직도 월트 휘트먼과 허먼 멜빌을 가장 잘 조명한 비평으로 여겨지는 글을 썼다"고 말했다. Harold Bloom, "Reflections in the Evening Land," The Guardian, 16 (December 2005) 참조.

4 William V. Spanos, Herman Melville and the American Calling: The Fiction after Moby-Dick, 1851-1857, SUNY Press, 2008, 9면. 스파노스 자신이 알튀세르, 데리다, 푸꼬, 들뢰즈와 같은 후기구조주의자들에게 "점점 더 반응적으로 된" 신미국학자들 중의 하나지만, 그의 동료인 피즈(Pease)와 달리 로런스의 존재를 사실상 무시했다.

5 격쇠괄호 속 연도는 프랑스어 원본 텍스트의 출간연도를 표시한다.

즈의 경우 특이하게 보이는 것은, 비록 그가 결국에는 멜빌에 대한 로런스의 논평들을 거의 언제나 자기 고유의 개념들로 전유하고야 말지만, 다른 후기구조주의자들과 달리 자신이 그런 로런스의 논평들에 대단한 영감을 받았다고 스스로 고백한다는 것이다. 그러므로 우리는 "로런스가 여기서 들뢰즈에게 동의할까?"라고 자문하면서 양자의 해석을 숙고하고 비교하는 비평적 과업에 직면하게 된다.

　나는 몇몇 비평적 요점을 검토하면서 양자 사이에 중요한 차이가 있음을 논하고자 한다. 첫째, 『타이피』에 대한 들뢰즈의 논평은 대체로 로런스의 논평에 의존하면서도 화자이자 주인공인 토모(Tommo)가 야만인들로부터 도망치려는 부분을 삭제하면서 로런스와 달라진다. 둘째, 로런스는 '도망노예들'(escaped slaves)을 미국사를 이해하는 데 필수불가결한 개념으로 보는 반면 들뢰즈에게는 그에 필적할 만한 것이 전혀 없다. 셋째, 로런스가 「필경사 바틀비」에 대한 들뢰즈의 비평에 대해서 뭐라고 말할 것인지 상상의 차원에서 논함으로써, 그리고 그들의 『모비 딕』 해석을 에이헙이라는 인물에 초점을 맞추고 비교함으로써 그들의 차이점에 대한 내 논지를 더 진전시키고자 한다.[6]

탈주선과 두 종류의 탈출

「영미문학의 우월성에 대하여」의 첫단락에서 들뢰즈는 우월한 문학이

---

6 이 논의는 멜빌과 로런스에 대한 내 자신의 선행 연구들을 기반으로 개진되었으며, 몇몇 인용구를 포함하여 겹치는 부분들이 있다. 「로런스의 미국문학론에 대한 체험적 고찰」, 설준규·김명환 엮음 『지구화시대의 영문학』(창비 2004); 「근대체제와 애매성: 「필경사 바틀비」 재론」, 『안과밖』 2013년 상반기호; 「멜빌의 남태평양 소설들과 근대성 문제: 로런스의 멜빌론 고찰」, 『로런스 연구』 제22권 1호(2014.6); 「로런스 멜빌론의 현재성: 포스트모던 논의들과의 비교 연구」, 『로런스 연구』 제23권 1호(2015.6) 참조.

라는 자신의 발상을 멜빌의 『타이피』에 대한 로런스의 견해를 사용해서 제시한다.

> 떠난다는 것, 탈출한다는 것은 하나의 선을 따라가는 것이다. 문학의 최고의 목적은 로런스에 따르면 "떠나는 것, 떠나는 것, 탈출하는 것……수평선을 가로질러 또 다른 삶으로 들어가는 것이다…… 그래서 멜빌은 태평양의 한가운데로 와 있는 자신을 발견하게 된다. 그는 실제로 수평선을 가로질렀던 것이다."[7]

로런스의 구절에서 발췌한 부분은 들뢰즈가 '탈주선'(the line of flight) 혹은 '탈영토화'(deterritorialization)라고 부르는 발상의 좋은 예로 여기서 제시된다. 들뢰즈에게 영미문학이 우월한 것은 정확히 그 문학이 "탈주선을 창조하는 이런 인물들"을 끊임없이 보여준다는 바로 그 이유 때문인데, 멜빌은 "탈주선을 통해 창조하는" 이런 작가들 가운데 최상에 속한다는 것이다. 로런스 역시 예전의 미국작가들이 "벼랑 끝" 혹은 고도의 극단적 의식에 도달했다고 주장한다. 그리고 로런스는 "내게 바다의 가장 위대한 선지자이자 시인은 멜빌이다"(*SCAL* 122면)라고 분명히 서술한다. 그러나 들뢰즈와 로런스 둘 다 미국문학과 멜빌에 대해 최상의 존경을 표하고 있음이 사실이라고 해서 그들이 동일한 비평적 기반 위에 서 있다고 장담할 수는 없다.

로런스가 "수평선을 가로질러 또다른 삶으로 들어가"려는, 멜빌의 — 의식적이든 아니든 — 행위에서 의미심장함을 발견한 것은 의심의 여지가 없다. 그러나 그는 또한 『타이피』가 근대문명으로부터 벗어나려는 것

---

7 Gilles Deleuze, and Claire Parnet, *Dialogues*, trans. Hugh Tomlinson and Barbara Habberjam, Columbia University Press 1987, 36면. 이 책의 인용은 *D*로 표시하고 면수만 밝힘. 이 인용문에서의 로런스 인용 구절은 *SCAL* 124면 참조.

뿐 아니라 더욱 중요하게는 남양군도(the South Sea Islands) 중 하나인 뉴크 히바(Nuke Hiva)의 야만인들로부터 벗어나려는 것에 대한 이야기임을 눈여겨본다. 사실, 로런스는 두 종류의 벗어나기 혹은 탈출에 대해서 이야기한다. 하나는 문명화된 세계로부터의 벗어나기/탈출이며 다른 하나는 『타이피』에서 처음에는 낙원으로 묘사된 야만적인 삶으로부터 벗어나기/탈출이다. 그리고 두번째인 '낙원'으로부터의 탈출에 대해서 로런스는 단도직입적으로 "오 하나님, 왜 그〔멜빌 혹은 『타이피』의 화자인 토모〕는 행복하지 않았던 건가요?"라고 묻고 "사태의 진실은 우리가 되돌아갈 수 없다는 것이다. 되돌아갈 수 있는 사람들이 있기는 하다. 배교자이다. 하지만 멜빌은 되돌아갈 수 없었다…… 그리고 나는 지금 내가 결코 되돌아갈 수 없다는 것을 알고 있다. 과거의, 야만적인 삶을 향해 되돌아갈 수는 없다"(SCAL 126면)라고 답한다.

로런스가 "난 되돌아갈 수 없다" 혹은 "우리는 되돌아갈 수 없다"라는 말을 너무 열정적인 어조로 반복하다보니 '배교자'(renegade)라는 말은 특별히 부정적인 의미를 띠게 된다. 당신이 배교자가 아닌 데도 야만인들에게로 되돌아갈 때는 "당신의 영혼 자체가 당신 안에서 분해되고 있다고 느낀다."(SCAL 127면) '예술가'(the artist)인 멜빌은 야만인들을 자기 친구로 포용하는 포즈를 취할 수도 있겠지만 '이야기'(the tale)는 토모의 치유되지 않는 다리라는 기이한 일화를 통해 거기에서의 삶에 뭔가 끔찍하게 잘못된 것이 있음을 드러낸다.[8]

들뢰즈는 겉으로는 유사한 견해를 표현하고 있으나 그 관점은 다르다.

항해는 야만적인 것으로의 귀환인 것임이 판명되지만 그런 귀환은 퇴행

---

8 "예술가를 절대로 믿지 마라. 이야기를 믿어라. 비평가의 고유한 기능은 이야기를 창작한 예술가로부터 이야기를 건지는 일이다"(SCAL 14면) 참조.

이다. 항해에는 항상 자신을 재영토화하는 방식이 있다. 항해에서 다시 발견하는 것은 언제나 자신의 아버지나 어머니(혹은 더 나쁜 것)이다. "야만인들에게로 돌아가는 것이 멜빌을 더없이 병들게 만들었다…… 그런데 그는 일단 탈출을 하자 즉각 '낙원'을 향해 한숨짓고 그리워하는데, 고래잡이 항해의 다른 쪽 끝에는 집과 어머니가 있기 때문이다."(D 38)

첫번째 탈출에 관한 한 들뢰즈는 로런스의 견해에 동의하는 것 같지만, 그가 선별적으로 인용한 구절에서 로런스의 주된 관심인 두번째 탈출에 대해서는 거의 주의를 기울이지 않는다. 위 인용문의 로런스 발언에서 건너뛴(말줄임표 부분) 큰 덩어리를 검토해보면 들뢰즈가 두번째 탈출 이야기를 하고 싶어 하지 않는다는 것이 분명해진다. 건너뛴 부분은 아래와 같다.

그것〔야만인들에게로 돌아가는 것〕은 그로 하여금 자신이 마치 분해되고 있다는 느낌을 들게 만들었다. 심지어 집과 어머니보다 더 안 좋았다.

그런데 이게 실제로 일어나는 일이다. 당신이 야만인들에게로 돌아감으로써 정신을 매음시키면 당신은 점점 더 산산조각이 난다. 되돌아가려면 당신은 분해될 수밖에 없다. 그런데 백인남자가 분해되는 광경은 끔찍하다. 심지어 타이피에서의 멜빌조차도 그렇다.

우리는 설령 깨부수면서 앞으로 나아가야 한다고 해도 계속, 계속, 계속 나아가야 한다.

그래서 멜빌은 탈출했다. 그의 가장 아끼는 야만인 친구 중의 하나가 헤엄쳐 자기를 뒤쫓아 온다는 이유로 그의 목구멍 속에 갈고리 장대를 푹 찔러 그를 물속에 가라앉혔다. 그게 야만인들이 그를 붙들고 싶어 했을 때 그들에 대해 그가 느낀 기분이었다. 탈출 길이 막히느니 차라리 그들 모두를 모조리 적나라하게 살해해버리고 싶었던 것이다. 어떤 대가를 치르더라도

그들로부터 벗어나야 — 야만인들로부터 벗어나야 하는 것이다.(*SCAL* 128면)

들뢰즈는 탈주가 결국 실패로 끝났음을 인정하긴 하지만, 그런 연후에 그 실패를 재영토화의 과정과 직접 연결시킨다.[9] 그러므로 이 대목에서 강조되는 것은 만약 진정한 탈주를 성취하지 못하면 스스로를 재영토화함으로써 아버지와 어머니의 세상으로 다시 휩쓸려 들어가는 일을 피할 수 없다는 것이다. 로런스가 강조한 두번째 탈출을 들뢰즈가 생략한 것은 근대문명에 대한 로런스의 입장으로부터 의도적인 거리두기를 하려는 것이거나 아니면 십중팔구 그 문제에 대한 들뢰즈 자신의 근본적인 무관심을 표시한 것일 수 있다.

그러나 로런스가 근대의 곧바른 전진을 지지하는 쪽으로 되돌아가는 것이 아님을 분명히 해둬야 한다. 그는 비록 두번째 탈출의 필요성, 혹은 "설령 깨부수면서 앞으로 나아가야 한다고 해도 계속, 계속, 계속 나아가야" 할 필요를 강조하지만 "우리가 다시 야만의 신비를 획득하기 위해서는 지금 전방을 향하는 삶의 길에서 크게 벗어나야 한다"(같은 면)고 뼈있는 지적을 덧붙인다. 사실, 로런스의 미국에서의 삶과 작품들에서 그가 "크게 벗어나야" 할 필요에 대해 실로 진지했다는 충분한 증거가 있다. 그는 아메리카 인디언들의 신비한 유산을 주워 모으는 것을 기본적인 과업으로 여겼다. 「미국고전문학 연구 서문」(Foreword to Studies in Classic American Literature, 1920)에서 로런스는 다음과 같이 말한 바 있다. "미국인들은 홍인 인디언들, 아즈테크인들, 마야인들, 잉카인들이 멈춘 곳에서 삶을 재개해야 한다. 미국인들은 신비한 홍인종이 내려놓았던 곳에서 삶

---

9 '얼굴성'(faciality) 개념을 활용하여 이런 실패 원인을 분석한 예로는 Gilles Deleuze and Félix Guattari, *A Thousand Plateaus: Capitalism and Schizophrenia*, trans. Brian Massumi, University of Minnesota Press 1987, 186~89면 참조. 이 책의 인용은 *TP*로 표시하고 면수만 밝힘.

의 실마리를 다시 주워들어야 한다. 그들은 코르테스(Cortes)와 콜럼버스(Columbus)가 살해한 삶의 박동을 되찾아야 한다. 진정한 연속성이란 유럽과 미국의 새 연방들 사이가 아니라 살해당한 홍인 아메리카와 북적대는 백인 아메리카 사이에 놓여 있다."(SCAL 384면)[10]

미국역사와 '도망노예'

앞의 논의를 미국의 역사 전체로까지 확장한다면, 로런스와 들뢰즈의 차이점들은 좀더 두드러지게 된다. 그들은 모두 미국의 미래에 희망을 걸고 있지만, 어떻게 새로운 공동체를 형성할 것인가부터 실용주의를 어떻게 생각하고 있는지에 이르기까지 여러 지점에서 갈라지기도 했다. 가장 징후적인 차이는 들뢰즈에게는 로런스의 '도망노예'에 상응하는 개념이 전혀 없다는 사실이다.

'도망노예'라는 용어는 『미국고전문학 연구』의 첫장인 「장소의 기운」(The Spirit of Place)에서 나온다. 거기서 로런스는 처음에는 "그들 청교도 교부들과 그 후예들은 결코 예배의 자유를 위해" 혹은 "어떤 종류의 자유, 이를테면 적극적인 자유"를 위해서 "여기에 온 것이 아니"고, "그들 자신의 현재와 과거의 존재 모두로부터 벗어나기 위해" 왔다고 주장한다.(SCAL 15면) 그런데 다른 각도에서 보면 무의식의 수준에서는 그들이 **"그것"**(IT) 혹은 "가장 깊은 온전한 자아"(the deepest whole self)에 몰려서 미국으로 왔다는 주장도 한다. 그러나 그 경우에 그는 미국의 이민자를 두 집단으로, 즉 "도망노예들의 방대한 공화국"과 "열성적이고 자기고

---

10 백인과 아메리카 인디언의 관계가 백인과 흑인의 관계보다 더 근본적이라고 주장하는 주목할 만한 사회정치적 평문으로는 Mahmood Mamdani, "Colonialism: Then and Now," *Critical Inquiry* 41 (Spring 2015), 596~614면 참조.

뇌적인 소수의 사람들"로 나눈다. 전자는 "그들의 이미 주어진 운명을 맹신한" 나머지 **그것**(IT)에 거스르게 된다.(18면) 후자는 "청교도 교부들과 예전의 대단한 이념주의자 집단, 사색의 고뇌에 찬 근대적인 미국인들"을 포함한다.(16면) 로런스는 후자가 새로운 온전한 사람들로 바뀌기를 열망하지만 도망노예들로부터는 아무것도 기대하지 않으며, 첫장의 말미에 가서 "미국에서 누가 승리할까, 도망노예일까 아니면 새로운 온전한 사람일까?"(18면)라는 물음을 제기한다.

로런스와 들뢰즈는 둘 다 아메리카 이민의 긍정적인 측면을 알아보며, 근대세계에서 혁명적인 변화에 상응하는 그것의 거대한 역사적 충격을 지적한다. 그런데 들뢰즈는 '도망노예' 같은 개념이 부재하기 때문에 로런스가 날카롭게 논평하는 아메리카 이민의 부정적인 측면은 외면하는 경향이 있다. 들뢰즈는 자신이 생각하는 바람직한 미국사회를 다음과 같이 묘사한다.

인간을 아버지 기능으로부터 해방시키는 것, 새로운 인간 혹은 특수성이 없는 인간을 낳는 것, 형제들의 사회를 새로운 보편성으로 구성함으로써 독창적인 인물과 인류를 재결합시키는 것. 형제들의 사회에서는 동맹이 부자(父子)관계를 대신하며, 피의 계약이 혈족을 대신한다. 남성은 동료 남자의 피의 형제이며 여성은 그의 피의 누이이다. 멜빌에 따르면 이것이 **독신자들의 공동체**이며, 그 성원들을 무제한적인 되기로 이끈다.[11]

들뢰즈의 이상적인 미국사회는 "아버지 기능"(father function)이 없는 "형제들의 사회"(society of brothers)로 요약될 수 있다. "피의 형제"(blood

11 Gilles Deleuze, "Bartleby; Or, The Formula," *Essays Critical and Clinical*, trans. Daniel W. Smith and Michael A. Greco, Verso 1998, 84면. 저자 강조. 이 책의 인용은 *ECC*로 표시하고 면수만 밝힘.

brother), "피의 누이"(blood sister) 혹은 "피의 계약"(blood pact)에서 '피'는 여기서 관습적인 혈연관계를 뜻하는 것이 아니라 그로부터 자유로 워진 존재의 높은 경지를 뜻한다. 하지만 들뢰즈의 '피'가 로런스의 "피의 의식"(blood consciousness) 혹은 "피의 앎"(blood knowledge)과 조응하 지 않는 까닭은 전자는 '욕망하는 기계' 혹은 '기관 없는 신체'와 관련되 어 있는 반면 후자는 실제 인간 존재의 살아 있는 몸에서 비롯되기 때문 이다. "특수성이 없는 인간"(man without particularities), "동맹"(alliance), "되기"(becoming) 같은 들뢰즈의 개념들에 대하여 로런스는 설령 그 이 면의 동기를 일부 사줄 수는 있겠지만 찬동하지는 않을 것이다.

들뢰즈가 여기서 제시하는 공동체가 다분히 이상주의적으로 들린다는 점 또한 논할 만하다. 들뢰즈가 "이 공동체가 어떻게 실현될 수 있을까? 가장 큰 이 문제가 어떻게 해결될 수 있을까?" 하는 물음을 제기하는 것도 바로 그 때문이다. 그러나 그는 "그러나 이게 개인적인 문제가 아니라 역 사적이고 지리적이고 정치적인 문제라는 바로 그 이유 때문에 이미 저절 로 해결된 것은 아닌가?"라고 수사의문문의 방식으로 즉답한다. 그는 그 해결책이 미국인의 정의(定義) 그 자체에 있다고 생각한다.

미국인은 영국의 아버지 기능으로부터 해방된 사람이며, 와해된 아버지 의 아들이자, 모든 국가들의 아들이다. 미국인들은 심지어 그들의 독립 이 전부터 국가들의 결합에 대해, 그들의 소명(召命)과 가장 잘 양립할 수 있 는 국가형태에 대해 생각하고 있었다. 그러나 그들의 소명은 "해묵은 국가 기밀"을, 하나의 국가를, 가족을, 유산을, 아버지를 재구성하는 것이 아니 었다. 그 소명은 무엇보다도 제퍼슨, 소로, 멜빌에게서 영감을 받아, 하나의 우주를, 형제들의 사회를, 인간과 재화의 연합을, 무정부주의적 개인들의 공동체를 구성하는 것이었다.(*ECC* 85면)

들뢰즈식으로 규정된 미국인은 로런스에게 의미했던 미국인과 아주 다르게 보인다. 어떤 '도망노예'도 부재한 들뢰즈의 미국인은 '형제들의 사회'를 향한 진보적인 길을 일방적인 방식으로 추구해온 듯이 보이는 반면 로런스의 미국인은 처음부터 다수의 '도망노예들'과 소수의 '열성적이고 자기고뇌적인 사람들'의 혼합으로 구성되었고 이중의 잠재성을 갖고 민주주의를 지향해왔다. 로런스에 따르면, "민주주의라는 부정적 이상"(the negative ideal of democracy)의 기운에 사로잡힌 "미국의 의식"(American consciousness)이 "미국의 온전한 영혼"(American whole soul)을 압도하고 은폐해옴에 따라, 미국인은 미국의 온전한 영혼 ─ **그것**(IT) ─ 이 바라는 바를 행할 수 없었다는 것이다. 그 때문에 로런스는 "진정한 미국의 날은 아직 시작되지도 않았다. (…) 이제까지는 거짓새벽이었다. 말하자면, 진보적인 미국의 의식 속에는 낡은 것을 파괴하고자 하는 한가지 지배적인 욕망이 있었을 뿐이다. 주인을 없애고 인민의 의지를 드높이려는 욕망. 인민의 의지란 오로지 허구일 뿐이니 그걸 찬양하는 것은 별로 의미가 없다"(*SCAL* 18면)라고 말한다. 미국인 혹은 미국의 역사에 대한 들뢰즈의 생각은, 비록 급진적이긴 하지만, 로런스가 여기서 언급하는 "진보적인 미국의 의식"(the progressive American consciousness)에 해당하는 것 같다.[12]

---

12 '도망노예'라는 용어는 매우 강한 부정적 의미를 갖고 있지만 로런스가 이 용어를 단지 미국의 일반대중을 낙인찍기 위해 사용한 것이 아님을 눈여겨볼 필요가 있다. 오히려 그는 '도망노예들'이 유럽의 "낡은 지배력, 낡은 **그것**의 주술(呪術)을 깨뜨리는"(break the spell of the old mastery, the old IT) 데 크게 기여했음을 인정한다. 똑같은 이치로, 도망노예들이 사로잡혔던 "민주주의라는 부정적 이상" 혹은 "부정적 자유"(negative freedom)는 미국 영혼의 역사에서 그와 유사한 역할을 했다. 피즈는 로런스가 자유의 두 형태를 분별한 것을 평가하며 "긍정적 자유"(positive freedom)와 "부정적 자유" 사이의 대비를 활용하여 로런스가 후자를 비판하는 한편 전자를 수호한다고 분명히 서술한다. Pease, *Visionary Compact*, 5~10면 참조. 피즈의 논의에 대해서 "로런스는 긍정적 자유의 수호자인 동시에 비판자다. 그리고 부정적 자유에 대해서 그가

들뢰즈와 로런스는 둘 다 근대세계를 변혁하려는 미국의 실험이 아직 성공하지 못했다고 생각하지만, 그 실패의 원인이나 시발점에 대한 둘의 진단은 사뭇 다르다. 로런스에게 문제는 다수의 '도망노예들'이 소수의 '열성적이고 자기고뇌적인 사람들'과 함께 아메리카로 이주한 미국 역사의 시초부터 시작된 것이다. 실패의 주된 원인은 전자의 맹목적인 욕망이 지금까지 미국의 의식을 지배해왔다는 사실에 있다. 아메리카 이민의 성공은 후자가 미국의 온전한 영혼을 발견하고 장소의 기운을 삶의 생명적 원천으로 받아들일 때야 실현될 것이다. 반면에 들뢰즈에게 미국인들은 미국사의 첫단계 동안 아버지 기능 없이 형제들의 새로운 공동체를 창출하고자 애쓰면서 올바른 방향으로 간 것이다. 그러나 독립 과정에서 뭔가 잘못된 일이 일어났는데, 그 일의 역사적인 후과를 들뢰즈는 "국가의 탄생, 국민국가의 복원 — 괴물 같은 아버지들이 다시 질주해서 돌아오는 동안 아버지 없는 아들들은 다시 죽어가기 시작한다"(*ECC* 88면)고 간단히 기술한다. 그는 실패의 주된 원인이 아버지의 귀환에 있음을 강조하며("'아버지 없는 사회'의 위험이 종종 지적되었으나, 진정한 위험은 오로지 아버지의 귀환일 뿐이다" *ECC* 88면), 심지어는 "로런스 훨씬 이전에 멜빌과 소로가 미국의 악을, 즉 장벽을 재건설할 새로운 시멘트인 아버지의 권위와 더러운 자선을 진단하고 있었다"(*ECC* 88면)고 논평함으로써 로런스와 멜빌을 자기 관점의 미국역사 속으로 끌어들이려고 한다.

하지만 로런스와 멜빌이 미국의 악과 관련하여 자신과 같은 견해를 갖고 있었다는 들뢰즈의 주장은 실제적인 근거가 없다. 아버지의 권위와 자

___

싫어하는 것만큼이나 칭찬하는 것도 많다"라는 반론이 제기되었다. Isobel M. Findlay and Garry Watson, ""Learning to Squint"/ the Critic as Outlaw: Teaching *Studies in Classic American Literature* as Cultural Criticism," *Approaches to Teaching the Works of D. H. Lawrence*, ed. M. Elizabeth Sargent and Garry Watson, Modern Language Association of America 2001, 143면. 이들은 부정적 자유에 관해서는 일리 있는 지적을 하지만, 로런스가 긍정적 자유의 비판자인지는 의심스럽다.

선의 문제에 대해 소로(Henry David Thoreau)의 분명한 반대의 태도와 비교할 때 멜빌은 분명하지도 일관되지도 않은 반응을 보였다. 멜빌이 한창 창작활동을 하던 남북전쟁 이전의 미국은 시장자본주의와 민주주의라는 근대화의 충동을 추구함에 따라 아버지의 권위와 자선이라는 두 문제가 쟁점으로 부상했다. 멜빌이 종종 이 문제들에 대해서 비판적인 입장을 밝힌 것은 사실이지만 이것들을 미국의 악으로 진단하기까지 했다고 말하는 것은 — 멜빌을 그의 소설의 등장인물 중의 하나와 동일시하지 않는 이상 — 정당하지 않을 것이다. 그보다는 멜빌 소설에서 인물들이 이런 쟁점들과 관련하여 딜레마나 시련에 빠진 상황을 종종 발견하기 때문에 그의 태도를 양가적이라고 여기는 것이 좀더 타당할 것이다. 에이헙, 피에르(Pierre), 바틀비는 아버지의 권위에 반항했으며 멜빌이 이들 인물의 전복적인 독립의 길에 상당히 매혹되었음은 분명한 듯하지만, 자기 주인공들의 선택이 필연적으로 초래한 재앙적 결과들을 고려할 때 멜빌의 '이야기'가 명백히 아버지의 권위를 반대했다고 할 수는 없다.

　'도망노예'와 관련해서는 로런스를 자기편으로 끌어들이고자 하는 들뢰즈의 시도를 찬동하기가 더 어렵다. 로런스의 관점에서는 유럽의 아버지(아버지의 권위)를 거부한 미국인들은 그저 도망노예로 끝나거나 아니면 새로운 온전한 인간으로 변할 수 있다. 따라서 여기서 로런스의 관심사는 미국인들이 아버지를 거부하느냐 마느냐라기보다 그들이 "**그것을** 발견하고 **그것을** 충족시키는 데까지 나아가느냐 마느냐"인데, "**그것은** 인간의 가장 깊은 **온전한** 자아, 관념적인 반쪽자리가 아니라 온전한 상태의 자아이다."(*SCAL* 18면) 요컨대, 미국역사에 대한 로런스의 입장은 '관념적인 반쪽자리'의 미국적 자아를 기반으로 삼은 듯한 들뢰즈의 입장과 중요한 차이가 있다.

바틀비는 새로운 미국의 영웅인가?

들뢰즈에게 탈주란 체제로부터의 도망뿐 아니라 "체제를 패주(敗走)시키는 것이기도"(also to put a system to flight, D 136면) 하다면, 바틀비야말로 그런 탈주를 창조하는 데서 최상의 후보가 될 것이다. 사실 들뢰즈는 자신의 평문 「바틀비 혹은 정형어구」에서 바틀비를 새로운 인간으로, 미국의 영웅으로 평가하려고 했다. 이 평문, 특히 바틀비의 독특한 정형어구인 "안 하고 싶습니다"(I would prefer not to)에 대한 그의 분석은 창의적인 발상들로 가득하여 전세계적으로 광범위한 반응을 촉발했다.[13]

로런스가 「필경사 바틀비」에 대해 아무 말도 하지 않았다는 것은 유감이다. 그러나 들뢰즈의 「바틀비」론에 대해 로런스가 뭐라고 했을까를 추측해보는 것은 좋은 비평적 실행이 될 것이다. 여기서 "절대로 예술가를 믿지 말고 이야기를 믿어라"(SCAL 14면)라는 로런스의 말을 다시 한번 상기할 필요가 있다.

들뢰즈가 바틀비에게서 가장 눈여겨보는 것은 텍스트 곳곳에서 수십번 반복되는 그의 정형어구적 응답, "안 하고 싶습니다"이다. 들뢰즈는 그 정형어구가 긍정도 부정도, 거절도 수락도 아니라고 주장하면서 그것의 특이한 언어적·사회적 효과를 이렇게 지적한다. "만약 바틀비가 거절했더

---

13 들뢰즈 이후 아감벤, 하트와 네그리, 지젝 등이 바틀비가 근대세계의 영웅임을 입증하고자 하는 시도에 합류했다. 바틀비의 잊을 수 없는 '정형어구'인 "안 하고 싶습니다"에 촉발된 그들의 열띤 반응은 아감벤에게는 순수하고 절대적인 잠재성의 구현을, 하트와 네그리에게는 "해방정치의 시작"(the beginning of liberatory politics)을, 지젝에게는 주류뿐 아니라 반체제적 권력으로부터에서 이탈을 가능하게 하는 원리(arche)를 각각 가리킨다. Giorgio Agamben, *Potentialities: Collected Essays in Philosophy*, Ed. and Trans. Daniel Heller-Roazen, Stanford University Press 1999, 253~54면; Michael Hardt and Antonio Negri, *Empire*, Harvard University Press 2000, 203면; Slavoj Žižek, *The Parallax View*, MIT Press 2006, 381면 참조. 이들의 견해에 대한 비교분석과 평가에 대해서는 앞의 글 「근대체제와 애매성: 「필경사 바틀비」 재론」 참조.

라면 그는 그래도 반란자나 반란 선동자로 간주될 수 있고 또 그런 자격으로 여전히 사회적 역할을 가질 것이다. 그러나 그 정형어구는 모든 발화행위를 좌절시키면서 동시에 바틀비를 어떤 사회적 지위도 부여될 수 없는 순수한 국외자로 만든다."(ECC 73면) 이런 해석 노선에 따라 들뢰즈는 바틀비라는 인물에 대해 마침내 이런 판단에 도달한다.

바틀비는 참조도 없고 소유도 없고 재산도 없고 자질도 없고 특수성도 없는 사람이다. 그는 너무 매끄러워서 어느 누구도 그에게 어떤 특수성을 걸어둘 수 없다. 과거도 미래도 없기에 그는 즉각적이다. **안 하고 싶습니다**는 바틀비의 화학적 혹은 연금술적 정형어구이지만, 뒤집으면 **내가 까다로운 것은 아니에요**를 그것의 불가피한 보충으로 읽을 수 있다.(강조는 원문, ECC 74면)

여기서 바틀비는 무엇보다 "특수성 없는 인간"으로 특징지어지는데, 그런 사람은 들뢰즈의 비평에서 "새로운 인간"으로 통한다("인간을 아버지 기능으로부터 해방시키는 것, 새로운 인간 혹은 특수성이 없는 인간을 낳는 것," ECC 84면). '특수성 없는 인간'이 '새로운 인간'에 해당하는 이유는 오로지 개체적 특성을 결여한 새로운 존재("기관 없는 신체"a body without organs)만이 어떠한 영토적 경계에서도 도망할 수 있고 '무제한적인 되기'를 수행할 수 있기 때문이다. 들뢰즈의 탈근대 철학의 구도에서는 '특수성 없는 인간'이 근대적 개인, 즉 '특수성 **있는** 인간'을 대체하는 것으로 되어 있다.

특수성 없는 인간이라는 발상은 전통적인 인간 개념에 대한 전복적인 도전을 함축하고 있는 들뢰즈의 특이한 생각을 펼쳐 보이면서 멜빌 작품들의 어떤 측면을 새롭게 조명하는 듯하다. 그러나 이런 '전복적' 해석의 의미를 헤아리려 할 때 두가지 물음이 떠오른다. 첫째, 바틀비를 특수성 없는 인간으로 제시하는 것이 어느 정도로 적절한 걸까? 들뢰즈는 이에 대해 어떤 텍스트상의 근거가 있는가? 둘째, 바틀비를 새로운 인간으로 특징지으려는 들뢰즈의 시도에 대해 로런스는 어떤 반응을 보일까? 여기서 멜빌 텍스트의 다음 구절을 숙고할 필요가 있다.

"포목상 점원 일은 어떤가?"

"그 일은 너무 틀어박혀 있어서요. 아뇨, 점원 일은 하고 싶지 않습니다. 하지만 내가 **까다로운 것은 아니에요.**"

"너무 틀어박혀 있다니," 하고 내가 소리쳤다. "아니 자네는 계속 틀어박혀 있잖아!"

"점원 자리는 안 택하고 싶습니다." 그는 마치 그 작은 사안을 즉각 매듭지으려는 듯이 대꾸했다.

"바텐더 일은 자네 마음에 맞을 것 같나? 그 일은 눈을 피곤하게 하지는 않아."

"그 일은 전혀 하고 싶지 않습니다. 하지만 앞서 말했듯이 **내가 까다로운 것은 아니에요.**"(강조는 인용자)[14]

변호사와 바틀비 사이의 대화는 이후에도 계속되고 바틀비가 "내가 까다로운 것은 아니에요"(I am not particular)라는 구절을 두번 더 사용한다. 이 장면은 미묘한 말장난을 곁들인 블랙코미디의 분위기를 자아낸다. 문제의 요체는 반복되는 구절을 어떻게 받아들이느냐는 것이다. 들뢰즈는 그 구절을 정형어구인 "안 하고 싶습니다"의 불가피한 보충으로 읽을 수 있다고 주장하고 거기서 바틀비가 '특수성 없는 인간'이라는 근거

---

14 Herman Melville, "Bartleby, the Scrivener," *The Piazza Tales and Other Prose Pieces: 1839-1860*, ed. Harrison Hayford et al., Northwestern University Press 1987, 41면. 한국어 번역본으로는 졸역 『필경사 바틀비』, 창비 2010, 93~94면.

를 끌어낸다. 그의 지적은 주목할 만하지만, 바틀비가 변호사의 권고를 터무니없는 이유로 번번이 거절하면서 "내가 까다로운 것은 아니에요"라는 말을 여러번 되풀이함으로써 사실상 까다롭게 굴고 있는 상황을 고려할 때 설득력이 떨어지는 것 같다. 변호사가 제안하는 직업들(점원, 바텐더, 여행 동무 등)은 바틀비의 인물됨과 터무니없을 정도로 부적절하다는 사실에서 블랙유머가 나오지만 그런 제안들이 변호사가 바틀비의 인물됨에 대해 전혀 이해하지 못하고 있음도 보여준다. 어쨌거나, 바틀비가 여기서 내보이는 것은 특수성의 결여인가 아니면 특수성의 기이한 변종인가? 애매모호함은 남지만 후자가 더 설득력 있는 것 같다.[15]

들뢰즈는 또한 바틀비를 어떤 의지도 완전히 결여된 새로운 인간으로, 말하자면 '의지 없는 인간'(the man without wills)으로 제시한다. 그는 바틀비가 "뭔가를 원하기보다 아무것도 원하지 않는다는 것, 무(無)에의 의지가 아니라 의지의 무(無)가 자라나는 것"(*ECC* 71면)임을 강조한다. 그러나 '예술가'가 아니라 '이야기'를 믿는다면, 유순하되 송장 같은 바틀비가 수십번 되풀이하는 "안 하고 싶습니다"라는 구절은 사실상 완강한, 심지어 기이한 방식으로 자신의 의지를 천명하는 것에 다름없다. "안 하고 싶습니다"가 드러내는 것은 "의지의 무"라기보다 자기 의지의 결정을 해명하는 것조차 거절하는 색다른 방식이다. '이야기'가 제시하는 바틀비라는 인물은 빌리 버드(Billy Budd)보다 에이헙을, 이를테면 과묵하고 핏기 없지만 똑같이 무자비한 에이헙을 더 닮았다.[16]

---

15 들뢰즈는 "I am not particular"라는 구절을 마치 "I am not a man with particularities" (나는 특수성이 있는 인간이 아니에요)를 뜻하는 것처럼 구사하고 있는데 이런 활용은 자의적이다. 그 구절은 변호사와 바틀비 사이의 대화에서 볼 수 있듯이 일상생활의 대화에서는 그가 의도한 것보다 오히려 "나는 까탈스럽지 않다"는 뜻이기 때문이다. 물론 여기서 '이중적 의미'의 울림을 포착할 수는 있으나 해당 문맥에서 일차적인 구어적 의미를 배제할 수는 없을 것이다.

로런스는 이 '이야기'의 진가를 높이 사줄 듯하지만, 작품에 대한 반응은 사뭇 다를 것이 분명하다. 우선 한가지 이유는, '특수성 없는 인간'이라는 발상 자체를 로런스는 탐탁잖아 할 것인데, 그것은 그 개념이 그가 다른 무엇보다 열정적으로 믿는 현실인 '개별적 존재'(the individual being)의 온전함[17]을 깨고 나와야 할 필요를 함축하고 있기 때문이다. 또 한가지, 로런스는 아마도 들뢰즈가 바틀비를 '실용주의의 영웅'(the hero of pragmatism)으로 만드는 것을 이야기보다 예술가를 신뢰한 결과에서 비롯되는 과잉해석의 예로 볼 것이다.[18] 로런스는 바틀비를 새로운 온전한 인간이라기보다는 오히려 도망노예의 새로운, 어쩌면 마지막 변종으로 생각할 가능성이 크다.

---

16 들뢰즈에 따르면 멜빌의 인물들은 세 집단으로 분류된다. 첫째는 "무(無)에의 의지에 내몰려서 기괴한 선택을 하는 편집광이나 악마적 인간으로서, 에이헙, 클래가트(Claggart), 바보(Babo) 등"이고 두 번째는 "무에의 의지보다 의지의 무"를 선호하는 "천사 혹은 성자적인 침울한 인간"으로 세레노(Cereno), 빌리 버드, 그리고 무엇보다 바틀비가 있다. 셋째는 "신의 법과 인간의 법의 수호자"로서 델라노 선장, 이쉬미얼, 비어 선장, 그리고 「바틀비」의 변호사가 있다.(*ECC* 78~81면)

17 "우주에 대한 단서는 단 하나뿐이다. 그리고 그것은 개별적 존재 속의 개별적 영혼이다. 태양들과 달들과 원자들로 이뤄진 바깥 우주는 이차적인 것이다. 그건 살아 있는 개인들의 죽음 결과이다." D. H. Lawrence, *Psychoanalysis and the Unconscious And Fantasia of the Unconscious*, ed. Bruce Steele, Cambridge University Press 2004, 167면.

18 "실용주의의 영웅은 성공적인 기업인이 아니라, 바틀비이다……"(*ECC* 88면) 그리고 "……바틀비는 병든 미국의 환자가 아니라 의사이며, 치료주술사(Medicine-Man)이며, 새로운 그리스도 혹은 우리 모두의 형제다."(*ECC* 90면) 들뢰즈는 초월주의에서 실용주의에 이르는 미국 혁명사상의 한 계보를 제시하고 멜빌을 그런 흐름 속에 끌어들이려고 한다. "미국 초월주의(에머슨, 소로)의 동시대인으로서 멜빌은 초월주의의 지속인 실용주의의 대략적인 특징들을 이미 보여주고 있다"(*ECC* 86면)는 것이다. 로런스 역시 멜빌에게서 그런 특징을 보기는 하지만("[멜빌 속의] 예술가는 그 사람보다 훨씬 더 위대했다. 그 사람은 다소 지겨운 윤리적-신비주의적-초월주의적 종류의 뉴잉글랜드인이다" *SCAL* 134면), 그가 멜빌을 실용주의의 선구자로 만들려는 들뢰즈의 생각에 동의할지는 심히 의문이다. 오히려 들뢰즈의 그런 기술에 합당하는 사람은 에머슨이며, 들뢰즈의 되기의 철학이 멜빌의 위대한 작품들에 구현된 사상보다 에머슨의 초월주의·실용주의 철학과 훨씬 더 큰 친화성을 지닌 것은 우연이 아니다.

이야기의 주제와 관련해서 들뢰즈는 "바틀비가 자신의 외로운 실존을 통해 변호사를 끌어들이려는 되기(becoming)"(*ECC* 88면)를 변호사가 성공적으로 수행하느냐 아니냐의 문제에 초점을 맞춘다. 그는 변호사가 바틀비에 대해 형제애의 신뢰 대신 아버지처럼 온정주의적 자선과 박애로 응답한 탓에 변호사의 시도가 실패하고 만다고 진단한다. 이와 관련하여 로런스는 들뢰즈가 변호사와 바틀비의 관계를 다루면서 드러내는 열성적인 일면을 높이 사줄 법하지만 십중팔구 그런 '되기'라는 발상 자체에는 찬동할 것 같지는 않다. 게다가, 비록 변호사가 벤저민 프랭클린의 후예로 여겨질 만한 특징들이 있고 그런 면에서 비판받을 점이 많기는 하지만 로런스라면 두 사람 관계의 실패를 오로지 변호사 탓으로 돌리지는 않을 것이다.

에이헙의 모비 딕 '되기'라는 발상

로런스와 들뢰즈는 둘 다 『모비 딕』을 최고로 평가하지만 그 이유는 상당히 다른 듯하다. 로런스에게 "그건 심오한 의미의 비의적(祕儀的)인 상징주의 책"이며 "위대한 책, 아주 위대한 책, 바다에 관해 씌어진 가장 위대한 책"(*SCAL* 146면)인 데 비해 들뢰즈에게는 "『모비 딕』 전체가 되기(becoming)의 가장 위대한 걸작 중 하나"(*TP* 243면)이다. 로런스는 비록 전통적인 방식은 아니지만 멜빌 소설의 탁월한 예술을 조명하면서 그 작품 전체의 심오한 의미를 지적하는 튼실한 비평을 썼다. 반면에 들뢰즈는 몇몇 산발적인 논평을 통해 주로 에이헙의 모비 딕 '되기' 현상을 다뤘다. 이에 에이헙의 모비 딕과의 관계에 초점을 맞추어 몇몇 쟁점을 비교론적 관점에서 간략하게 논하고자 한다.

들뢰즈의 논의에서 관건적인 것은 '동물-되기'라는 개념이다. 오로지

'되기'와 '동물-되기'의 개념들이 수용되었을 때만이 들뢰즈의 다음과 같은 논평, "에이헙 선장은 거부할 수 없는 고래-되기를 수행하지만 무리나 떼를 우회해서 고유한 것, 거대한 해수, 모비 딕과의 기괴한 동맹을 통해 직접 작업하는 것"(TP 243면)의 의미가 분명해진다. 들뢰즈의 개념 창고에는 다양한 종류의 되기가 있는데, 그 가운데 동물-되기는 "되기란 되기의 대상이 될 동물의 항이 부재할 때조차 동물-되기의 자격을 얻을 수 있고 얻어야 마땅하다"(TP 238면)는 의미에서 기본이다.

이런 동물-되기의 개념을 고려하면, 에이헙의 거부할 수 없는 고래-되기가 지시하는 바는 에이헙이 "모든 형태들이 해체되어 (⋯) 탈영토화된 흐름의 형태 없는 물질이 유리해지는, 순수한 강렬도의 세계(a world of pure intensities)"[19]를 발견할 수밖에 없다는 것이다. 고래-되기는 또한 에이헙이 겪는 "물체적 조합에서 분자조합으로, 단일성에서 복합성으로, 즉 조직에서 무정부상태로의 (노마드적) 이동"[20]을 함축하고 있다. 흰고래쪽에서 어떤 변신이 일어나든 이는 무엇보다도 에이헙이 인간과 동물 간의 식별불가능의 영역 혹은 근접성의 영역에 들어섰음을 뜻한다.

들뢰즈식으로 표현하면, 멜빌이 '물체적' 세계 아래로 잠수하여 지하나 물속의 '분자적' 현상을 광범위하고 심도있게 탐색한다는 것이 사실일 수 있다. 그러나 그게 멜빌이 기존의 '물체적' 세계로부터 멀리 떨어져 있다는 뜻은 아니다. 오히려 멜빌은 인간뿐 아니라 동물의 영역들을 가로질러 탐색하며 물체와 분자, 두 세계 사이의 경계를 횡단한다. 여기서 멜빌 소설의 독특한 양날의 예술 혹은 이층의 예술이 나온다. 즉 생생하게 사실적이면서 동시에 고도로 상징적인 것이다. 로런스는 이 양면을 동시에 고

---

19 Gilles Deleuze and Félix Guattari. *Kafka: Toward a Minor Literature*, trans. Dana Polan, University of Minnesota Press 1986, 13면. 이 책의 인용은 *K*로 표시하고 면수만 밝힘.

20 Gerald L. Bruns, "Becoming-Animal (Some Simple Ways)," *New Literary History* 38 (2007) 704면. 이 글의 인용은 Bruns로 표시하고 면수만 밝힘.

려함으로써 놀라운 비평적 균형감을 보여준다.

그것은 온통 기이할 정도 환상적이고 환영의 주마등같다. 영혼의 항해이다. 하지만 희한하게도 진짜 고래잡이 항해이기도 하다……
영혼의 역사로서 그것은 사람을 화나게 한다. 바다이야기로서 그것은 너무나 멋지다. 바다이야기들에는 늘 뭔가 약간 과도한 것이 있기 마련이니까. 그래야만 하는 거고. 그러다가 다시 실제 선원의 경험을 낭랑한 신비주의로 몽땅 가려버리는 것이 때론 신경에 거슬리기도 한다. 그런데도, 운명의 계시록으로서 이 책은 너무도 깊어 슬퍼할 수조차 없다. 느낌을 넘어설 만큼 심오하다.(*SCAL* 136면)

로런스에게 모비 딕은 현실적으로 온혈의 흰고래이면서 상징적으로는 "백인종의 가장 깊은 피의 존재"(the deepest blood-being of the white race)이기도 한 것이다. 영혼의 역사로서 이 책은 "백인종의 가장 깊은 피의 존재"인 모비 딕이 "우리 백인의 정신적 의식의 광신적 믿음"(the maniacal fanaticism of our white mental consciousness, 146면)에 쫓기고 있음을 드러낸다. 그러나 들뢰즈는 여기서 로런스를 따라가지 않고 자기 고유의 작품 읽기 방식을 제시한다.

그것은 더이상 미메시스의 문제가 아니라 되기의 문제이다. 에이헙은 고래를 모방하는 것이 아니라, 모비 딕이 된다. 그는 더 이상 모비 딕과 구별될 수 없는 근접성의 영역으로 진입하며, 고래를 공격하는 것이 곧 자신을 공격하는 것이 된다. 모비 딕은 그가 융합하게 되는 "바싹 들이닥친 벽"인 것이다.(*ECC* 78면)

에이헙의 모비 딕 되기라는 이 발상은 에이헙이 무서운 복수심에 불타서 모비 딕에게 광적으로 집착한다는, 양자 관계에 대한 기존 인식에서 완전히 이탈한 것이기에 터무니없지는 않다고 해도 실로 용감하게 보인다. 그렇지만 들뢰즈가 어떤 근거로 이런 대담한 발상을 제시하는 걸까? 잘 알려져 있듯이 이 소설의 핵심에는 에이헙 선장의 특이한 광기가 있고 그것에 대해 에이헙 자신은 "내 모든 수단은 멀쩡한데 내 동기와 목적은 미쳐 있구나"(all my means are sane, my motive and my object mad)[21]라고 자평한다. 소설의 텍스트 자체가 에이헙이 복수심에 광적으로 사로잡혀 존재론적 차원에서 그의 내면에서 모종의 변형이 일어났음을 일러주는 것도 사실이다.

거의 치명적인 그 조우 이후 에이헙이 줄곧 고래에 대한 걷잡을 수 없는 복수심을 간직해왔다는 것을 의심할 이유가 별로 없었다. 그것은 그 광적인 병증에서 **그가 마침내 자신의 모든 신체적인 고통뿐 아니라 모든 지적이고 정신적인 분노를 그 고래와 동일시하게 되었다**는 데서 더욱더 섬뜩했다. 그 흰 고래는 모든 사악한 행위자들의 편집광적인 육화로서 그의 앞에서 헤엄쳤으니, 어떤 심오한 사람들은 그런 사악한 행위자들이 자신을 파먹어서 자신은 가슴의 절반과 폐의 절반으로만 살아남는 느낌이었다.(*MD* 186면, 강조는 인용자)

여기서 강조된 에이헙의 모비 딕과의 동일시가 들뢰즈의 '되기'의 징표일 수 있을까? 들뢰즈는 되기란 "유사성, 모방, 혹은 한계점에서 동일시"(*TP* 237면)는 아니라는 점을 분명히 하곤 있지만, 앞서 변호사와 바틀비의 관계에 대해 논평할 때 그랬듯이 여기서도 "그것은 아직 동일시의 한 과

---

21 Herman Melville, *Moby-Dick or The Whale*, ed. Harrison Hayford et al., Northwestern University Press 1988, 186면. 이 책의 인용은 *MD*로 표시하며 면수만 밝힘.

정이지만 신경증 환자의 모험을 추종하는 것이라기보다 왠지 정신병적인 것이 되었다"(*ECC* 78면)고 반응할 수 있다. 들뢰즈는 에이헙의 모비 딕 되기 과정에서 그의 정신병의 특수한 역할을 강조하고 있는 듯하다. 포경 선원들은 어떤 고래든 마주치는 대로 추적해야만 한다는 포경법뿐 아니라 자본주의 시장의 명령에도 불구하고 "에이헙은 식별 불가능한 되기의 과정에 내던져진 상태에서 하나의 선택을, 즉 모비 딕과의 동일시를 추구하는 선택을 하는데, 그럼으로써 자기 선원들을 치명적인 위험에 빠트린다"(*ECC* 79면)는 것이다. 게다가, 어떤 의미에서 그는 고래뼈로 된 의족이라는 "보형물을 통해 이미 부분-고래(part-whale)가 되었다".[22]

여기서 들뢰즈의 논의가 도발적으로 시사하는 바가 많다는 것은 분명하지만 하나의 일관된 견해로서는 타당성이나 적합성에 관한 의심을 지울 수 없다. 첫째, '동일시의 과정'이 언제 '되기라는 사건'으로 변했는지 분명하지 않다. 가령 '고래-되기'라는 개념을 사용하지 않더라도 복수심에 내몰려 에이헙 내면에서 발생하는 변모를 제대로 알아보는 일은 충분히 가능하기 때문에 '고래-되기' 개념의 적절성은 물론 그것의 필요성조차 실감되지 않는다. 반면, 이 개념이 야기하는 모순과 혼란은 심각하다. 비록 에이헙이 고래를 추적하는 필사적인 과정에서 '강렬하게-되기'(becoming-intense)를 행하는 것은 사실이지만, 그가 동물-되기 "사건의 관건"으로 일컬어지는 "결의 없는 노마드적 운동"(nomadic movement without determination, Bruns 703)을 수행하는 데 성공했다고 평하기는 어렵다. 오히려 "내 고정된 목표로 가는 길은 철로가 놓여 있고 내 영혼이 그 철로를 따라 달리니"(*MD* 167면)라고 호언하는 에이헙이야말로 **고정된 결의를 지닌** 강력한 의지적 남자의 전형이 아닌가? 그 때문에 들뢰즈의 유

---

22 T. Hugh Crawford, "Captain Deleuze and the White Whale: Melville, Moby-Dick, and Cartographic Inclination," *Social Semiotics* 7 (1997) 224면.

희 정신을 흠모하는 한 평자는 이 문제에 관해서 "에이헙은 적어도 피상적으로는 노마드적인 운동선수이지만 에이헙의 충동과 전략은 나무적인 것과 분명히 동조되고 리좀적인 것과는 대립되어 있다"[23]고 불만을 표했다.

들뢰즈가 에이헙을 비(非)파시스트로 파악했다는 것도 주목할 만하다. 진보적 평자들이 에이헙을 "전체주의 유형의 화신"(embodiment of the totalitarian type)[24] 혹은 "자본주의와 제국주의가 만나는 교차점에 위치한" 실업계의 수장[25]으로 평가한 경향과 상이한 관점이다. 에이헙 선장에 관한 들뢰즈의 이러한 관점은 앞서 로런스의 논의와 비교할 때 『모비 딕』이라는 텍스트가 숱하게 강조하고 있는 에이헙과 고래 모비 딕 간의 적대적 양극성이라는 관계를 인정하지 못하는 지점에서 분명 심각한 결함이 있다. 에이헙의 특이한 지각력에 대한 들뢰즈의 논평 ─ "에이헙은 실로 바다를 지각하고 있지만 이는 오로지 그가 모비 딕과의 관계 속으로 들어감으로써 고래-되기를 할 수 있게 되고 어느 누구도 더이상 필요로 하지 않는 감각들의 혼합체를, 이를테면 대양을 형성하고 있기 때문에 그런 것이다"[26] ─ 도 똑같이 텍스트의 기조에 어긋난다는 문제가 있다. 『모비 딕』의 유명한 37장「해질 녘」(Sunset)에서 에이헙은 셰익스피어 풍의 독백으로 자신이 모비 딕을 죽이려는 광적인 충동에 사로잡힌 이후로 저주와 같은 변화가 자기 내면에서 일어났음을 고백한다.

---

23 Crawford, "Captain Deleuze and the White Whale" 224면.

24 C. L. R. James, *Mariners, Renegades & Castaways: The Story of Herman Melville and the World We Live In*, University Press of New England 2001, 15면.

25 Michael Paul Rogin, *Subversive Genealogy: The Politics and Art of Herman Melville*, University of California Press 1983, 120면.

26 Gilles Deleuze and Félix Guattari, *What is Philosophy?*, trans. Hugh Tomlinson and Graham Burchell, Columbia University Press 1994, 169면.

오! 해돈이가 나를 고결하게 북돋워주듯 지는 해가 나를 달래주던 때도 있었지. 이젠 아니다. 이 사랑스러운 빛, 이 빛은 나를 비추지 않는다. 나는 결코 누릴 수 없으니 모든 사랑스러움은 내게는 고통일 따름이다. 높은 지각을 부여받았건만 향유하는 낮은 능력을 결하고 있다니, 더없이 미묘하고 더없이 악랄하게 저주받았구나! 천국의 한가운데서 저주받았구나!(*MD* 167면)

로런스의 어법으로는, 에이헙의 지옥살이는 그의 정신은 여전히 "높은 지각"의 능력이 있건만 그의 살아 있는 몸이 "향유하는 낮은 능력"을 상실한 바로 그 지점에 있다. 한편 에이헙의 고래-되기라는 들뢰즈의 발상에서는 이 구절을 어떻게 이해해야 할지 상상하기 어렵다.

멜빌의 수많은 인물들 가운데 들뢰즈가 되기의 모범적인 사례로 바틀비와 에이헙을 선택한 것이 흥미롭고 심지어 아이러닉하기까지 하다. 그들이 실제로는 노마드적이지 않다는 것을 시사하는 텍스트상의 증거가 충분하기 때문이다. 이런 잘못된 해석은 들뢰즈가 로런스가 지지하는 개체적인 온전한 존재를 불신한 결과이다. 어쩌면 들뢰즈는 "아마도 벼랑 너머로 가버린 (…) 프랑스의 더 부질없는 사람들"(*SCAL* 11~12면)인지도 모른다. 아니면 어쩌면 그가 바틀비, 에이헙, 로런스의『연애하는 여인들』(*Women in Love*)의 에이헙적인 인물인 제럴드 크리치(Gerald Critch)의 세계에 너무 매료된 나머지 그들의 비전 너머를 보지 못한 것일 수도 있다. 에이헙이나 제럴드의 차원 너머를 직시한 로런스는 그들이 새로운 온전한 인간이 아니라 근대의 최종단계에서 출현하는 사로잡힌 인간임을 알아본 것이다.

"숨을 쉴 수 없어"

◆

체제적 인종주의와 미국문학의 현장

플로이드의 죽음이 촉발한 것

2020년 5월 25일, 조지 플로이드(George Floyd)의 충격적인 죽음에 항의하여 미국은 물론 세계 곳곳에서 격렬한 시위가 벌어졌다. 코로나19 사태에도 불구하고 수많은 사람들이 거리로 쏟아져 나오게 된 데는 백인 경찰 데릭 쇼빈(Derek Chauvin)에게 짓눌려 죽어가는 플로이드의 모습이 현재 흑인의 처지를 여실히 보여주었기 때문이다. 쇼빈은 수갑을 채우고 바닥에 눕힌 플로이드의 목을 총 8분 46초 동안 무릎으로 짓눌렀는데, 미동조차 없어진 뒤로도 2분 53초간 더 눌렀다. 20달러짜리 위조지폐 사용 혐의로 체포된 플로이드는 경찰 검문을 받을 때부터 공포에 질려 있었으며, "숨을 쉴 수 없어요"(I can't breathe)라는 말을 스무차례 이상 되풀이했고 "엄마, 사랑해요. 아이들에게 사랑한다고 전해주세요. 나 죽어요"라는 유언 같은 말을 남겼다.[1]

---

1 8월 4일 『데일리메일』(*Daily Mail*) 웹사이트에 공개된 경찰의 보디캠 영상에서 경찰

이 사건을 통해 충격적으로 드러난 것은 노예해방(1863년) 이래 150년, 시민권 쟁취(1965년)로부터 50년이 지났고, 게다가 '흑인' 대통령 오바마의 8년 집권을 거쳤음에도 현재 대다수 흑인들의 삶은 참담하고 그들을 대하는 공권력의 태도 역시 더없이 가혹하다는 것이다. 이번 시위에서 이름을 알린 운동단체 '흑인 생명은 소중하다'(Black Lives Matter, 이하 BLM)와 운동연합체인 '흑인생명운동'(Movement for Black Lives, 이하 M4BL)은 모두 오바마 시절에 결성된 것이고, 그 명칭이 일러주듯 흑인의 생명 보호를 일차적인 목표로 내걸었다.[2]

플로이드뿐 아니라 근년에 터무니없는 이유로 죽은 상당수 흑인들의 마지막 장면에는 그들이 아메리카 땅에서 겪은 온갖 형태의 차별과 냉대, 모멸과 예속이 응축된 듯하다. 가깝게는 1950~60년대 시민권운동 당시 인종격리와 차별에 저항하며 평등한 시민권을 요구한 흑인들로부터 멀리는 노예제 시대 백인 주인의 어떤 처벌에도 복종해야 했던 흑인 노예의 모습도 발견할 수 있다. 또한 20세기 초반 남부에서 북부 대도시로 이주하여 백인 주류 사회의 또다른 형태의 차별과 착취에 시달리던 흑인 노동자, 빈민의 모습도 떠오른다. 특이한 것은 최근 죽임을 당한 흑인들의 삶

관이 처음 총을 들이대는 순간부터 플로이드는 연신 "쏘지 마세요, 제발요"라고 애걸한다. https://www.dailymail.co.uk/news/article-8576371/Police-bodycam-footage-shows-moment-moment-arrest-George-Floyd-time.html 참조.

2 오바마 정부 때 유행한 '탈인종 시대'(post-racial period)나 '인종불문주의'(colorblindness) 담론은 백인 경찰의 잇따른 흑인 살해사건들을 통해 기만적인 이데올로기임이 드러났다. 2012년 흑인 청년 마틴(T. Martin)이 백인 자경단 지머먼(G. Zimmerman)의 총에 죽었고, 2014년 에릭 가너(Eric Garner)는 '개비 담배' 불법판매 혐의로 경찰에게 목졸림을 당해 죽었다. 그는 "숨을 쉴 수 없다"는 말을 열한차례 되풀이했다. 브라운(M. Brown)은 백인 경찰 윌슨(D. Wilson)에게 여섯발의 총을 맞고 죽었으나, 윌슨은 기소중지로 풀려났다. 이에 대한 흑인들의 분노로 '퍼거슨 소요'(Ferguson Unrest)가 일어났다. BLM은 지머먼의 기소중지 결정에 항의하는 과정에서, M4BL은 퍼거슨 소요 동안 각각 결성되었다.

과 죽음이 짐 크로우(Jim Crow)[3] 시대나 시민권운동 시기보다 오히려 남북전쟁 이전의 노예들의 모습에 더 가까운 느낌을 주기도 한다는 점이다. 사실 플로이드 살해사건이 의미심장한 것은 그를 죽음에 이르게 한 경찰폭력의 야만성보다 그런 야만적 폭력을 공권력의 이름으로 버젓이 행사하는 방식이다. 경찰은 만약 혐의자가 백인이라면 엄두도 내지 못했을 과도한 폭력을 가난한 흑인들에게 행사했다. 백주의 거리에서 행인들이 지켜보는 가운데서 천연덕스럽게 자행된 공권력의 이런 폭력행위는 제도적인 지지가 없다면 가능하지 않은 일이다. 플로이드 죽음 이래 '체제적 인종주의'(systemic racism)의 문제점을 지적하는 논의들이 쏟아진 것은 당연한 일이다.

그런데 '체제적 인종주의' 철폐/극복의 주장에서 '체제'를 어떤 범위와 차원으로 상정하느냐에 따라 문제의 틀과 해결책이 크게 달라질 수 있다. 가령 '체제'를 법무부와 경찰국, 사법제도처럼 국가기구의 부분적인 제도와 관행에 한정한다면 경찰폭력과 부당한 형사법 제도를 고치는 것만으로도 중요한 진전이 이뤄지는 셈이다. 그러나 이런 차원에서 제도와 관행이 개선된다고 해서 미국사회에서 인종주의가 종식될 가능성은 없다. 인종주의의 뿌리는 미국이라는 다인종 국가의 여러 사회적 관계 안에 속속들이 뻗어 있고, 사실은 근대 자본주의 세계체제의 밑바탕에까지 닿아 있기 때문이다. 미국은 처음부터 자본주의체제로 시작했고 북부 산업지역의 공장제 임금노동 외에도 흑인 노예제를 주요하게 활용했다. 아메리카 원주민에 대해서는 또다른 방식으로 대응했는데, 그들을 노예화하는 대신 학살하거나 인디언 보호구역에 가두어놓는 '정착식민주의'(settler colonialism)를 택했다. 미국의 백인 지배세력은 두 인종에 대해 다른 방

---

[3] 노예해방에 대한 백래시(backlash)로 남부 대부분 지역에서 1880년대에 제정된 인종격리·차별의 법과 관행을 뜻함.

식의 지배전략을 구사한 것이다.

이 글은 이런 논점들을 염두에 두고 플로이드 항의시위를 계기로 제기된 인종주의 극복의 과제를 '체제적' 관점에서 짚고자 한다. 그 일환으로 아메리카 땅에서 흑인 삶의 조건과 인종주의 문제를 천착한 몇몇 문학작품을 살펴보기로 한다. 인종주의 극복의 과제를 인종 간 평등과 정의, 시민권과 선거제도 등을 기준으로 사회정치적으로 따져보는 것도 중요한 일이지만, 노예화와 인종적 격리·차별이 개별 흑인들의 구체적인 삶에 어떻게 와닿았는가를 살펴보는 가운데 인종주의의 본질적 면모를 탐구하는 데는 문학 텍스트 논의가 요긴하다는 생각이다. 이런 차원에서 플로이드가 죽어가며 되풀이한 '숨을 쉴 수 없어요'라는 말이 노예제 때부터 지금까지 흑인들 대다수에게 절절히 닿는 언어라는 것에 주목하지 않을 수 없다. 이 말이 코로나19와 기후위기 시대에 갖는 특별한 호소력도 상기하게 된다. 코로나바이러스에 감염되었거나 그 때문에 실직한 사람들 ─ 흑인들이 인구비례 다수인 ─ 에게도 플로이드의 마지막 말은 더없이 아프게 느껴질 것이다. 자본주의 말기로 가면서, 한국을 포함한 세계 곳곳의 노동자들 상당수가 착취당할 뿐 아니라 '불완전 고용'(underemployment) 상태에 놓이고 여차하면 '폐기처분'되기도 하니, 생존의 위기에 몰린 이들은 제대로 '숨을 쉴 수 없'다. 이것이 아마도 이번 플로이드 항의시위에 전지구적으로 다양한 인종이 참여한 이유 중의 하나일 것이다.

노예로 산다는 것

플로이드가 죽임을 당하는 장면은 미국 흑인문학, 특히 '노예 이야기'(slave narrative)라 불리는 자전적 서사장르의 잔인한 폭력 장면을 떠올리게 한다. 이 장르의 고전인 『미국인 노예 프레더릭 더글러스의 삶 이야기』(1845, 이하 『더글러스 자서전』)[4]의 여러 폭력 장면 중에서 가장 강렬한 것은 어린 화자가 처음으로 목격하는 채찍질 장면(1장)이다. 더글러스는 유아기 때부터 자신의 주인인 앤서니 선장—그는 그 지역의 최대 농장주이자 노예주인 로이드 대령 농장의 서기이자 총감독이다—의 가족이 사는 로이드 대농장의 외곽에서 외할머니의 손에 컸기 때문에 자신이 일곱 살 때 죽은 어머니와는 평생 네댓번 만났을 뿐이다. 아버지가 누군지는 알 수 없지만 소문에 의하면 자신의 주인이 바로 아버지다. 노예의 생부가 노예주인 경우는 실로 허다했다.[5]

어린 더글러스는 주인집에 와서 산 이후 새벽녘에 헤스터 이모의 "가슴이 찢어지는 듯한 비명"(heart-rending shrieks) 소리에 깨어나곤 했는데, 이모가 채찍질당하는 장면을 이렇게 서술한다.

그[앤서니 선장]는 헤스터 이모에게 채찍질을 시작하기 전에 그녀를 부엌으로 데려가, 목에서 허리까지 발가벗겨 목과 어깨와 등이 완전히 드러나게 했다. (…) 그는 그녀의 양손을 교차시킨 후, 튼튼한 밧줄로 양손을 묶고, 그런 용도로 들보에 설치한 커다란 갈고리 밑의 스툴 의자로 그녀를 끌어갔다. 그는 그녀를 의자에 올라가게 하고 그녀의 손을 갈고리에 묶었다. 그녀는 이제 그의 흉측한 의도에 맞춰 똑바로 섰다. 그녀의 팔은 최대한으

---

4 David W. Blight, ed. *Narrative of the Life of Frederick Douglass, an American Slave, Written by Himself*, Bedford Books 1993. 앞으로 이 책의 인용은 본문에 면수를 밝힘. 그 밖의 대표적인 '도망노예 이야기'로는 Solomon Northup, *Twelve Years a Slave*, 1855 (Steve McQueen의 동명의 영화 2013); Harriet Jacobs, *Incidents in the Life of a Slave Girl*, 1861 참조.

5 더글러스는 백인 농장주들이 그렇게 해서 성적 욕망을 채우는 동시에 이익을 늘려나갔다고 꼬집는다.(1장) 포크너(W. Faulkner)의 중편 「곰」(The Bear, 1942)은 이 문제를 집중적으로 다룬다. 「곰」의 화자는 자신의 할아버지가 흑인 여자노예를 범해서 낳은 딸을 또다시 범해서 자식을 낳는 패륜적 행위를 저질렀다는 것에 대한 죄의식 때문에 유산 상속을 포기한다.

로 뻗쳐졌고 그녀는 발가락 끝으로 겨우 섰다. 그러자 그는 그녀에게 "자, 이 ××년, 내 명령을 어기면 어떻게 되는지 가르쳐주겠어!"라고 말했고, 소매를 걷어붙인 후 무거운 소가죽으로 가격하기 시작했으며, (그녀에게선 가슴이 찢어지는 듯한 비명이, 그로부턴 무시무시한 욕설이 터져 나오는 와중에) 곧 따뜻하고 붉은 피가 바닥으로 뚝뚝 떨어졌다. 나는 그 광경을 보고 너무 무섭고 공포에 질려 옷장 속에 숨었으며, 그 피비린내 나는 일이 끝난 지 한참 지나도록 밖으로 나올 엄두를 내지 못했다. 다음 차례는 내가 될 줄 알았다.(42~43면)

이모가 채찍 맞는 이 광경은 선정적으로 느껴질 수 있고 읽기 불편하지만, 노예제의 폭력적 현실을 논하려면 건너뛰기 힘든 부분이기도 하다. 노예제를 포함한 인종주의에는 인종적인 폭력만이 아니라 성적인 폭력도 중요하게 작동한다는 것을 분명하게 보여주기 때문이다. 아마도 더글러스가 "내가 뭔가를 기억하는 한 그건 결코 잊지 못할 것"이라고 말하는 것도 그 장면이 인종적이자 성적인 폭력의 현장이었기 때문일 것이다. 그는 그 광경을 "내가 곧 통과하게 될 노예제라는 지옥의 입구, 피로 얼룩진 관문"이라고 평하는데, 이 표현에서 암시되듯 — 자신이 채찍질당할 때가 아니라 — 이모가 채찍질당하는 광경을 최초로 목격한 것이 어린 화자에게는 일종의 노예제 '입문' 경험이었다.(42면) 그것이 어떤 것인지는 화자 자신도 정확히 표현하지 못하겠다고 하지만, 이 대목에서 '노예 됨'의 관건적인 특징 몇가지는 짚을 수 있다.

노예가 된다는 것은 자신의 몸에 대한 결정권을 다른 사람(주인)에게 넘겨주고 그 사람의 처분에 자신의 몸을 맡긴다는 것을 전제로 한다. 이것이 노예 됨의 전제조건이라면 노예화된 몸의 두드러진 특징은 고통과 공포, 그리고 수치, 특히 성적인 수치가 아닐까 싶다. 이 세 요소의 경계가 뚜렷한 것은 아니고, 당사자(이모)와 목격자(더글러스)의 느낌에도 상당한 차이가 있을 수 있다. 어린 화자가 "그 광경을 보았을 때의 느낌을 종이에 쓸 수 있으면 좋으련만"(42면)이라고 했듯이 세 요소가 뒤섞이면서 형언하기 힘든 정동을 자아낸다. 그런 가운데 확실하게 감지되는 것은 노예제하에서 절대 권력자인 백인 주인이 흑인 여성 노예를 신체적·정신적으로 최대한 학대하려는 의지를 관철시킨다는 것, 그리고 그 과정에서 고통과 공포뿐 아니라 성적인 수치심까지 동원한다는 것이다.

플로이드가 짓눌림을 당하는 모습에서 꼼짝없이 채찍질당하는 흑인 노예의 모습이 연상되는 것은 양자가 엄연히 다른 경우임에도 불구하고 노예화된 몸의 두드러진 특징인 고통과 공포, 수치를 공유하고 있기 때문인 듯하다. 경찰은 수갑을 채워 플로이드를 꼼짝 못하게 해놓은 상태에서 땅바닥에 쓰러뜨리고는, 호주머니에 손을 집어넣은 채 무릎으로 그의 목을 짓눌렀는데, 9분 가까이 계속된 이 동작은 신체적 고통과 죽음의 공포뿐 아니라 한 남자/인간으로서 존엄이 짓밟히는 수치심까지 유발한다. 이 동작은 경찰이 흑인을 제압할 때 애용하는 '목 조르기'(chokehold) 관행의 일종이다. 고통, 공포, 수치의 정동에 주목하면 현재의 '목 조르기'는 노예제 시대의 채찍질에 해당한다.

앤서니 선장이 잔인한 것은 맞지만 그가 행사한 폭력은 당시 흑인 노예를 대하는 일반적인 관행에서 크게 벗어난 것은 아니다. 더글러스의 두번째 주인 토마스 올드 — 앤서니 선장의 사위 — 는 야비하기 짝이 없는 위인으로 기독교로 개종한 이후에 오히려 더 잔인해졌다. 그는 어릴 때 화재를 당해 심한 흉터를 지닌 장애인 여성 헤니를 한번에 네댓시간씩 묶어두고 소가죽채찍으로 어깨를 후려쳐 피를 흘리게 했는데, 종종 아침식사 전에 후려치고 가게에 나갔다가 점심 먹으러 집으로 돌아와서 같은 자리를 또 후려치곤 했다. 그러고는 '주인의 뜻을 알고도 행하지 아니한 종은 많이 맞을 것이요'라는 성경 구절(누가복음 12 : 47)을 훈계랍시고 인용하곤 했다. 여성이자 장애인에 대한 폭력의 현시인 이 대목은 노예제가 노예

가운데서도 약자에게 더 가혹했음을 일러준다.

이외에도 『더글러스 자서전』에는 채찍질 장면이 숱하게 등장한다. 주인뿐 아니라 주인의 농장을 관리하는 농장 감독도 흑인 노예를 길들이고 고된 농장노동을 독려하기 위해 채찍질을 수시로 사용한다. 더글러스도 이런 채찍질에서 면제될 수 없었다. 토마스 올드는 반항기가 있는 더글러스를 악명 높은 '검둥이 조련사'(negro-breaker) 코비에게 맡겨 순종적인 노예로 길들이려고 했다. 더글러스는 6개월간의 힘든 노동과 가혹한 채찍질 끝에 자신이 완전히 무너져 노예로 길들여졌음을 깨닫는다. 그러다가 한 사건을 계기로 코비가 그를 단단히 혼내주려고 하자, 어디서 그런 용기가 나왔는지 모르지만 싸우기로 결심한다. 거의 두시간 동안의 싸움 끝에 더글러스는 코비에게서 놓여난다. 이에 대한 더글러스의 서술은 이렇다.

> 코비씨와의 이 싸움은 노예로서의 내 이력에서 전환점이었다. 이 싸움은 몇개 안 되는 꺼져가던 자유의 불씨에 다시 불을 지폈고 내 속에 있던 남자로서의 자존심을 되살려놓았다. (…) 나는 그후로도 수년간을 노예로 있었지만, 이 시간부터 다시는 이를테면 제대로 채찍질당하는 일은 없었다. 몇 차례 싸움은 했지만 결코 채찍질을 당하지는 않았다.(79면)

정신적인 차원에서 보면, 앞서 인용한 헤스터 이모의 채찍질 장면이 더글러스가 노예제로 들어가는 입구였다면 코비와의 싸움은 노예제로부터 벗어나는 출구였다. 여기서 또 하나 눈여겨볼 것은 '남자로서의 자존심'이라는 표현이다. 흑인 남자의 남자다움은 백인, 특히 백인 남자에게 위협적으로 느껴지며 바로 그렇기에 남자 노예를 길들이는 관건은 그의 남자다움 혹은 남성성을 꺾어버리는 것이다. 더글러스가 코비와의 싸움에서 선제공격으로 "양손으로 코비의 목덜미를 세게 움켜잡았다"는 것도 예사롭지 않다. 코비는 "사시나무처럼 떨었"는데(79면) 그것은 노예인 더글러스가 자신을 공격하니 놀라기도 했겠지만 공격 부위가 하필 숨쉬기를 담당하는 목이라서 더 그랬는지 모른다. 더글러스는 코비와의 싸움에서 노예 주인이 남자 노예를 굴복시킬 때 취할 법한 동작으로 공격한 것이다. 그의 동작은 최근에 백인 경찰이 흑인 남자들을 제압할 때 사용하는 '목조르기'에 가깝다.

더글러스가 노예의 굴레에서 벗어나는 계기는 코비와의 싸움이 결정적이지만 그가 일고여덟살 무렵에 볼티모어에 가서 휴 올드 — 주인 사위의 동생 — 의 가족과 함께 살면서 휴의 부인 소피아로부터 글을 배운 일도 빠뜨릴 수 없다. 이때의 경험에서 부각되는 것은 서로 연관된 두가지다. 하나는 선량한 소피아가 노예를 갖게 됨으로써 보여주는 변화, 다른 하나는 더글러스가 글을 배우는 과정에서 얻게 되는 중요한 깨달음이다. 소피아를 처음 만났을 때, 더글러스는 다정한 감정으로 함박 미소를 짓는 백인의 얼굴을 처음 보고 "영혼을 관통하는 황홀"을 느꼈다. 그만큼 "새롭고도 낯선 광경"이었는데(56면) 그것은 노예제의 영향을 받지 않은 그녀가 처음에는 더글러스를 노예로 대하지 않았기 때문이다. 더글러스가 온 지 얼마 안 되는 시점에서 소피아가 그에게 글자를 가르친 것도 그 때문일 것이다. 하지만 이를 알아차린 남편은 "노예에게 글 읽는 법을 가르치는 것은 위험할뿐더러 불법"이라고 하면서 글공부를 중단시키고 아내에게 강력한 주의를 준다.

"검둥이한테 한치(an inch)를 주면 세자(an ell)를 가지려고 해. 검둥이는 오로지 자기 주인에게 복종하는 법 — 시키는 대로 하는 것 — 만 알아야 하거든. 배움은 이 세상에서 최상의 검둥이도 **망칠 거야**"라고 그가 말했다. "당신이 저 검둥이(나를 말함)에게 읽는 법을 가르치면 저 애를 붙잡아 둘 길이 없어. 쟤는 노예가 되기는 영영 틀린 거야. 다루기 힘들게 되는 동

시에 주인에게는 아무 소용이 없게 돼."(57면, 강조는 원문)

휴 올드의 이 말이 의도와는 정반대로 더글러스에게 획기적인 발상의 전환을 가져왔다. 그가 여태껏 이해하려고 버둥거려보았지만 성공하지 못한 난제, 즉 "흑인을 노예화하는 백인의 힘"(58면)의 신비를 알아차린 것이다. 더글러스는 흑백 인종 간의 관계를 도덕적 올바름의 차원과 별개로 권력관계로 파악하여 백인이 흑인을 노예화하는 힘 자체는 대단한 '성취'로 평가한다. 그는 휴 올드가 우려한 바로 그 행로 ─ 문자를 깨치고 스스로 생각할 줄 아는 지적 능력을 갖추는 것 ─ 로 나아감으로써 "노예제로부터 자유로 가는 길"(58면)을 갈 수 있다는 희망을 갖게 되었다.

한편 소피아는 친절한 태도와 선량한 마음씨를 지녔지만 남편의 지적을 받고는 더글러스의 감시자가 된다. 2년간 함께 지내는 동안 휴는 알코올에, 소피아는 노예제에 서서히 찌들어가 더글러스가 그의 집을 떠날 때는 그들에 대한 미련이 거의 남아 있지 않았다. 그렇지만 휴와 소피아 부부는 청년이 되어 다시 볼티모어로 돌아온 더글러스를 반갑게 맞아들인다. 휴는 더글러스에게 조선소에서 선박 방수 일을 익히게 하여 그가 받은 임금을 가로챌 수 있다는 데 흡족해한다. 더글러스는 휴의 속내를 간파하고는 자신이 벌어줄 돈과 행동의 자유를 놓고 협상을 벌이기도 하는데, 그가 마침내 북부로 도망칠 수 있었던 것은 이런 협상을 통해 휴의 마음을 사로잡을 수 있었기 때문이다. 요컨대 더글러스가 휴-소피아 부부와의 관계를 통해 배운 것은 문자뿐 아니라 자본주의 세상에서 돈을 버는 것의 중요성이고, 노예제가 영구불변하는 것이 아니라 백인과 흑인의 권력관계 ─ 그리고 협상력 ─ 를 통해 결정된다는 것이다. 이들 부부는 백인 중산층 자유주의자의 자질과 성향을 미리 보여준다는 점에서도 눈여겨볼 만하다.

자본주의 풍요 속에서 흑인으로 산다는 것

더글러스는 북부로 도망하여 개인적으로 자유를 찾았고, 미국 흑인들은 1863년 노예해방선언으로 노예제의 멍에에서 벗어날 수 있었다. 그러나 그것으로 미국의 인종주의가 종식된 것은 전혀 아니었다. 노예해방으로부터 13년 동안 남부 주들에서 노예제와 인종격리를 철폐하고, 흑인 시민권을 확립하려는 '재건'(Reconstruction)이 추진되었지만 곧 거기에 반발하여 인종격리를 법제화하고 흑인의 투표권을 제한하는 '짐 크로우 법'이 제정·시행됨으로써 흑인들은 "노예제 쪽으로 다시"[6] 밀어붙여졌다. 짐 크로우 법은 1954년 공립학교에서의 인종격리가 위헌이라는 대법원 판결 이후 해체되기 시작해 1960년대 시민권운동을 통해서야 완전히 폐지되었다.

그동안 북부의 흑인은 어땠을까? 산업화시대 남부의 짐 크로우 법을 피해 북부로 대거 이주한 흑인들은 풍요롭고 자유로운 도시의 풍경을 목격했으나 정작 그들에게는 그런 풍요와 자유가 허락되지 않았다. 리처드 라이트(Richard Wright)의 『미국의 아들』(*Native Son*, 1940, 1991)[7]은 자본주의의 풍요 속에서 백인들과는 달리 아무것도 할 수 없었던 1930년대 시카고의 한 흑인 청년, 비거 토머스(Bigger Thomas)의 격정적인 삶을 보여준다. 이 작품의 중심에는 비거가 운전수로 자신을 고용한 주인집 딸을 베개로 짓눌러 죽이는 사건이 놓여 있다. 이 살해 장면에서 '숨을 쉴 수 없어'서 죽는 쪽은 흑인 남자가 아니라 백인 여자지만, 죽인 자에게 가해

---

6 W. E. B. Du Bois, *Black Reconstruction*, Notre Dame: University of Notre Dame Press 2006, 27면.

7 이 작품의 인용은 김영희 옮김 『미국의 아들』 개정판(창비 2012)에 따르고 본문에 면수만 밝힌다. 리처드 라이트와 이 소설에 대한 논의로는 김종철 「리처드 라이트와 제3세계 문학의 가능성」, 『大地의 상상력』(녹색평론사 2019) 및 김영희 「리처드 라이트」, 영미문학연구회 엮음 『영미문학의 길잡이 2』(창작과비평사 2001) 참조.

자 못지않게 피해자의 측면이 있다는 데 아이러니가 있다. 이 중심사건이 지닌 의미를 충분히 이해하자면 비거라는 인물이 어떤 존재인지부터 감지할 필요가 있다.

비거가 친구 거스와 나누는 다음 대화는 그들의 상태에 대해 시사하는 바가 많다. 비거가 거스에게 백인들이 사는 곳을 묻자 거스는 백인거주지역 쪽을 가리킨다. 당시 시카고는 흑인과 백인의 거주지역이 분리되어 있었다. 그런데 비거는 거스의 대답이 틀렸다고 하면서, 자신의 명치께를 치고는 "바로 여기 내 뱃속에" 산다고 말한다. 그러고는,

> "백인들 생각만 하면, 여기서 그놈들이 느껴져." 비거가 말했다.
> "알아. 그리고 가슴에서도 목구멍에서도." 거스가 말했다.
> "꼭 불덩이 같아."
> "그리고 어떨 때는 숨 쉬기도 힘들고……"
> 허공을 응시하는 비거의 눈은 크고 담담했다.
> "바로 그럴 때, 엄청난 일이 생길 것 같은 느낌이 드는 거야……" 비거는 눈을 가늘게 뜨며 잠시 말을 멈추었다. "아냐, 나한테 무슨 일이 생길 것 같은 게 아니라, 마치…… 마치 내가 뭔가를 어쩔 수 없이 저지를 것만 같은 거야……"(38면)

이 대목에서 비거에게는 더글러스와 구분되는 특징들이 발견된다. 하나는 백인의 존재가 자신의 내부에 들어와 박혀 이미 몸으로 느껴진다는 것, 그리고 그에 따라 바깥 백인에 대한 두려움 못지않게 자신이 어떤 일을 저지를 것만 같은 두려움이 크다는 점이다.[8] 또 하나는 이런 상황에

---

8 이 점은 프란츠 파농이 명료하게 지적한 바 있다. "비거 토마스, 그는 두려워한다, 끔찍하게 두려워한다. 두려워하는데, 대체 뭘 두려워하는 걸까? 바로 그 자신이다."("It is Bigger Thomas —he is afraid, he is terribly afraid. He is afraid, but of what is he afraid?

서 거스가 '숨 쉬기 힘들어'(can't hardly breathe)하면서도 두려움을 견디는 쪽이라면 비거는 자기 안팎의 두려움에 대해 분노와 폭력으로 대응하는 쪽인 것이다. 그는 흑인차별적인 현실을 그러려니 하면서 체념적으로 받아들이지 못한다. "그 생각을 할 때마다, 누가 목구멍 속으로 시뻘겋게 달군 인두를 쑥 집어넣는 느낌이야. (…) 우리는 여기 살고 그놈들은 저기 살아. 우리는 검고 그놈들은 희고. 그놈들한텐 이것저것 없는 게 없지만 우린 아냐. 그놈들은 뭔가 해내지만 우린 못해. 이거야 꼭 감옥살이지. 세상 밖에서 울타리에 뚫린 구멍으로 들여다보는 느낌이 들 때가 태반이야……"(35~36면)

지적이고 신실한 더글러스와 대조를 이루는 비거의 이런 반란자적인 면모는 『더글러스 자서전』에는 노예제를 매개로 나타났던 자본주의체제가 『미국의 아들』에서 본격적인 모습으로 등장한 것과 관련이 있다. 라이트는 이 소설의 '서문'으로 덧붙인 「'비거'는 어떻게 태어났는가」에서 "눈물의 위안 없이 직시해야 할 만큼 냉엄하고 깊은 책을 쓰"고자(635면) 했다고 밝혔는데, 그러자면 인종적 억압체계를 장착한 자본주의 '체제'에 뼛속까지 저항하는 인물이 필요했다. 사실 라이트는 비거를 모든 억압적 체제에 생래적으로 저항하는 존재들의 통칭으로 사용하기도 한다.

비거의 이런 이중적인 두려움과 분노, 폭력은 백만장자 돌턴씨의 대학생 딸 메리를 죽이는 장면에서 정점에 달하지만, 그전부터 전조가 나타난다. 단칸방에 세 들어 사는 비거의 가족(비거와 비거의 어머니, 남동생과 여동생)이 쥐를 잡는 첫 장면과, 친구들에게 백인 가게를 털자고 부추겼다가 그에 따른 두려움을 못 견뎌 거스한테 싸움을 걸어 강도 계획을 망쳐버리는 당구장 장면 등에서 두려움과 분노를 오가면서 폭력적으로 변

Of himself.") Frantz Fanon, *White Skin, Black Masks*, tr. Charles Lam Markmann, London: Pluto Press 1967, 107면.

하는 비거의 이런 특질이 드러나는 것이다. 비거의 실제적인 삶을 핍진하게 묘사하는 이 사실적인 장면들은 흑인의 존재적 조건과 불안한 심리를 압축하는 상징성을 띠고 있다. 문제의 장면 역시 그렇다.

비거가 메리를 죽이게 된 것은 일견 우발적인 사건으로 보인다. 비거는 돌턴가(家)에 운전수로 고용된 날 메리를 대학교에 데려다주기로 되어 있었지만 메리는 학교에 가지 않고 남자친구인 공산주의자 잰과 만난다. 백인인 그들과 함께하는 것이 비거에게 얼마나 고역인지는 아랑곳하지 않은 채 그들은 자신들이 평소 해보고 싶었던 대로 비거를 이끌고 흑인지역의 식당에서 식사를 하고 술을 마시고 헤어졌고, 비거는 만취한 메리를 부축해서 그녀의 침실까지 어렵사리 데려간다. 자신에게 완전히 몸을 맡긴 메리에게 자극된 비거는 그녀에게 키스를 하는데, 문간에 유령처럼 나타난 돌턴 부인이 "메리!"라고 부르는 소리가 들린다. 눈이 보이지 않는 돌턴 부인이 심상치 않은 기색을 감지하고 점점 침대가로 다가오자 공포에 질린 비거는 메리가 기척을 못 내도록 베개로 그녀의 머리를 덮고 내리누른다.

메리가 웅얼대며 다시 일어나려 했다. 그는 미친 듯이 베개 모서리를 잡아 그녀의 입술에 갖다댔다. 웅얼대지 못하게 해야 한다. 그러지 않으면 들킬 것이다. 돌턴 부인이 천천히 그에게 다가오고, 그는 금방이라도 터질 듯 몸이 팽팽해졌다. 메리의 손톱이 그의 손을 파고들었다. 그래서 그는 베개를 들고 그녀의 얼굴 전부를 꽉 덮었다. 메리의 몸이 위로 솟구치고, 그는 그녀가 움직이거나 소리를 내는 바람에 들키는 일이 있어서는 안된다는 일념에 온 힘을 다해 베개를 눌렀다.(127면)

비거는 버둥거리는 메리를 베개로 짓눌러 결국 그녀를 죽음에 이르게 하는데, 그는 자신이 그런 행동을 했는지조차 인지하지 못할 정도로 공

포에 사로잡혀 있었다. 돌턴 부인에게 발각되면 끝장이라는 다급한 생각
이 공포를 부른 것이겠지만, 어둠 속에서 유령처럼 쳐다보는 돌턴 부인의
희끗한 형체 자체가 더 큰 공포였다. 나중에 비거가 메리의 시신을 지하
실 난방로에 집어넣을 때 돌턴 집의 '하얀 고양이'(케이트)가 마치 포우
(Edgar Poe)의 '검은 고양이'처럼 섬뜩하게 지켜보는 장면에서도 이런 공
포가 강조된다.[9]

돌턴 가족의 면면을 고려하면 이 장면은 더 의미심장하다. 아빠를 "자
본가 양반"(Mr. Capitalist)이라고 부르고 비거에게 "노조에 가입했나요?"
라고 묻는 메리는 급진적인 언사에도 불구하고 순진한 인물이다. 메리
는 마치 소피아가 처음 더글러스를 대할 때처럼 비거를 순수하게 대한다.
"그녀는 마치 그가 인간인 것처럼, 자기와 같은 세계에 사는 존재인 것처
럼 대했"는데, 비거는 이에 놀라면서도 "그녀가 백인이며 부자라는, 그에
게 무엇은 해도 되고 무엇은 안된다고 명령하는 그런 사람들 세계에 속하
는 인물이라는 엄연한 사실이 뒤얽혀 마음이 혼란스러웠다."(99면) 사실
메리와 잰이 비거를 친구로 대하려 할수록 비거는 '자신의 검은 피부'와
그 위에 부착된 '수치의 표지'를 강하게 의식할 수밖에 없다. 자신의 흑인
성과 그 속에 박힌 열등감을 의식하는 비거에 비해 메리와 잰은 마치 인
종주의에서 벗어나 있는 양 인종적 경계를 헤집고 다닌다.

하지만 이들의 그런 자유로운 언행은 비거를 동등한 인간으로 대하는
것이라기보다 흑인의 장소와 언어, 신체를 자유롭게 취할 수 있는 백인의
특권을 누리는 것에 가깝다. 이들은 차 앞좌석에 비거를 사이에 두고 양
쪽에 밀착해서 앉음으로써 비거로 하여금 "우뚝 선 거대한 두개의 흰 벽
사이에 앉아 있"(102면)는 느낌을 준다. 백인 여자와 그렇게 가까이 앉아

---

9 「'비거'는 어떻게 태어났는가」의 마지막 문장은 이렇다. "만일 포우가 살아 있다면, 공
포를 발명해낼 필요가 없을 것이다. 오히려 공포가 그를 발명해낼 것이다."(645면)

본 적이 없는 비거로서는 그녀의 몸을 강하게 의식할 수밖에 없었다. 함께 들어가고 싶지 않은 '어니네 밥집'—흑인들이 가는 식당—에 비거를 억지로 데리고 들어가는 것도 그렇다. 물론 거기에는 비거를 '검둥이' 운전수처럼 식당 바깥에 대기하도록 하지 않겠다는 배려의 측면이 있기는 하다. 하지만 술 취한 후에는 둘이 차 뒷좌석에서 진한 스킨십을 버젓이 나눔으로써 비거를 정확히 '검둥이' 운전수로 취급한다. 이처럼 이들은 인종주의가 체질화되어 있는 탓에 의식되지도 않는 '맹점'(blind spot)을 드러낸다.

인종주의적 관계에서 흑인이 백인의 막강한 권력에 짓눌려 자신이 처한 전체적인 상황을 파악하기 어렵다면, 백인은 흑인이 온몸으로 느끼고 인지하는 현실을 자신은 느낄 필요가 없기 때문에 전혀 의식하지 못하는 경향이 있다. 잰과 메리의 경우에서 보듯 이런 인종주의적 권력관계에서 생기는 맹점을 벗어나기란 쉽지 않다. 돌턴 부부는 더더욱 그렇다. 돌턴 부인은 비거의 전임자 그린에게 그랬듯 흑인에게 교육의 기회를 권장하고 진정으로 흑인을 도우려는 인물이며, 돌턴씨도 전국유색인향상협회(NAACP)의 후원자이자 유색인 학교에 오백만 달러를 기부하기도 했다. 그렇지만 돌턴씨는 비거의 셋집이 속해 있는 싸우드사이드 부동산회사의 소유주이다. 돌턴 부부는 자본주의체제의 기득권자로서 권력자인데, 이 경우 인종 문제에서의 그들의 선행과 진보적 입장은 권력관계에서 비롯되는 맹점을 더 확장하여 자기기만 속에 굳어지게 하는 촉매제가 될 수 있다.[10] 이를테면 '맹점'이 '눈멂'으로 전화할 수 있는데, 이 지점에서 돌

---

10 이와 관련하여 주목할 작품은 허먼 멜빌의 중편 「베니토 서리노」(Benito Cereno, 1854)다. 진보주의자를 자처하는 아마사 델라노(Amasa Delano) 선장은 자신이 방문한 노예선에서 바보(Babo)가 주동하는 선상반란을 막판까지 알아차리지 못한다. 바보의 지휘하에 노예들이 선원들을 포로로 삼은 채 델라노의 맹점을 노려 흑인 노예의 특징적인 행동을 때맞춰 시연함으로써 그의 합리적인 의심을 해체한다. 하지만 델라노 선장의 자기기만과 허위의식에도 불구하고 결국 반란자들은 제압된다.

턴 부인의 유령성과 눈멂이 상징적인 차원에서는 인종주의/자본주의체제의 파놉티콘적 현전으로 작동하는 면이 있다. 체제의 감시자가 거기 있건 없건 피감시자는 항상 감시 아래에 놓이는 효과가 있는 것이다.

이렇게 보면 이 사건은 우발적이지만,[11] 갑작스러운 돌턴 부인의 출현으로 비거의 의식·무의식에 가해지는 체제적 인종주의의 압력까지 감안하면 필연적이기도 하다. 물론 이 상황에서도 비거가 아닌 거스라면 살인까지는 일어나지 않았을 것이다. 거스라면 메리의 숨을 막는 대신 자신이 숨을 쉴 수 없는 지경이 되었을 것이며, 현장에서 발각되어 '백인 여성을 탐한(강간한) 흑인 남자'로 가혹한 처벌을 받았을 것이다. 파농이 "마침내 비거는 행동한다. 자신의 긴장을 끝내기 위해 그는 행동하고, 세상의 기대에 반응한다"[12]라고 비거의 폭력적 행위를 높이 평가한 것은 식민화된 인종주의에 격렬하게 저항할 때만 혁명이 가능하다고 보았기 때문이다.

비거 자신도 자신의 살인행위를 실수라고 변명하거나 그의 진보주의 변호사 맥스처럼 사회적 모순의 결과라는 식으로 주장하지 않는다. 경찰에 체포되어 구치소에 갇힌 비거는 "내가 살인까지 하게 만든 것, 그게 바로 나입니다!"라고 자신의 행위를 긍정한다. 또한 "살인할 만큼 절실한 느낌이 들기 전까지는, 전 제가 이 세상에 정말 살아 있는지 알 수 없었습니다"라고 토로한다.(603면) 살인행위에서 비로소 '살아 있음'을 느꼈다는 비거의 이 도발적인 증언은 '미국의 꿈'에 부풀어 있던 풍요의 나라에서 '악몽' 같은 삶을 버텨내야 했던 사람의 육성으로서, 거기에는 시민권적 요구뿐 아니라 온전한 삶에 대한 욕구와 변혁적 열망까지 깃들어 있다. 사실 라이트는 비거를 참된 모습으로 형상화하는 일이 "정치적, 인종

---

11 "이 우발성이야말로 비거 토마스가 한 사람의 흑인으로서 자신의 내부에 끊임없이 쌓아온 신경증적 긴장, 공포, 균형의 상실이 얼마나 큰 것이었던가를 단적으로 알려준다." 김종철, 앞의 책 302면.
12 Frantz Fanon, 앞의 책 107면.

적 권리보다 더 깊고 절박한 권리, 즉 인간적 권리, 정직하게 생각하고 느낄 권리가 걸린 문제"(628면)라고 생각했다.

라이트가 비거를 통해 도달한 이 지점은 1960년대 흑인운동이 성취한 최상의 통찰을 앞질러 쟁취한 듯하다. 가령 킹 목사가 미국 민주주의를 위해 극복해야 할 것으로 "인종주의, 극단적인 물질주의, 그리고 군사주의라는 거대한 세쌍둥이"를 거론한 것[13]이나 인종주의와 자본주의가 쌍생아 — "인종주의 없이는 자본주의를 가질 수 없는 것" — 라는 말콤 X의 인식[14]은 체제적 인종주의 극복이 시민권 차원에서 해결될 문제가 아님을 분명히 한 것이다. 흑인민족주의 회교단체 '이슬람 국가'(Nation of Islam)에서 탈퇴한 말콤 X가 시민권운동 지도자와 협업할 뜻을 밝히면서 '시민권'(civil rights) 대신 '인권'(human rights)에 초점을 맞추자고 제안한 것도 그 때문이다.

2,200만 미국 흑인의 공동의 목표는 인간존재로서의 존엄이다. (…) 미국에서 우리의 인권이 먼저 회복되어야 비로소 시민권을 가질 수 있다. 거기에서 우리가 인간으로서 먼저 인정받아야 시민으로서 인정받을 것이다. (…) 남아프리카와 앙골라에서 우리 형제자매의 인권 침해가 국제적인 이슈이고 그래서 남아프리카와 뽀르뚜갈의 인종주의자들이 유엔의 모든 독립적인 정부로부터 공격을 받게 되듯이, 2,200만 미국 흑인의 비참한 곤경이 인권의 수준으로 제고되면 그땐 우리의 투쟁이 국제적인 이슈가 되고 모든 문명화된 정부의 직접적인 관심사가 된다.[15]

---

13 Martin Luther King Jr, "A Time To Break Silence," *A Testament of Hope : The Essential Writings of Martin Luther King Jr*, Harper & Row Publishers 1986, 240면.

14 Malcolm X, speech at the founding rally of the Organization of Afro-American Unity, New York, 1964.6.28. (http://malcolmxfiles.blogspot.com/2013/07/oaau-founding-rally-june-28-1964.html)

15 Malcolm X, "Racism: The Cancer That Is Destroying America," *The Egyptian Gazette*,

BLM 운동과 미국 민주주의의 미래

1960년대 흑인시민권운동은 체제적 인종주의를 근절하는 데까지 나아가지 못했지만, 노예해방 이래 뿌리내린 짐 크로우 법을 폐지함으로써 흑인운동사의 큰 진전을 이루었다. 그로부터 50여년, 플로이드의 죽음으로 촉발된 BLM 주도의 인종차별 항의시위와 흑인생명운동은 체제적 인종주의와의 싸움에서 또 한번의 획기적인 진전을 이뤄낸 것으로 보인다. 미국 역사상 최대 규모, 미국 안팎으로 최대 지역적 분포, 흑인뿐 아니라 백인을 비롯한 다양한 인종의 참여 등에서 기대를 모으기에 충분했다.[16]

현재진행형인 BLM 주도의 인종차별 항의운동이 향후 어떤 결과를 낳을지 단언하기 힘들지만, 분명한 것은 이 운동의 향방에 인종주의 철폐뿐 아니라 미국 민주주의의 많은 과제가 걸려 있다는 점이다. 코로나바이러스 국면을 통과하면서 세계 제일 강국인 미국이 인종차별 문제뿐 아니라 코로나 방역에서도 '실패한 국가'(failed state)임이 확연히 드러나고 보니,[17] 이 운동이 과연 그런 '실패한 국가'를 구하는 데까지 나아갈 수 있을지 묻게 된다. 이 질문에 제대로 답할 능력이 없는 필자로서는 이번 항의운동을 60년대 시민권운동과 비교함으로써 이 문제들을 생각해보고자 한다.

이번 플로이드 항의운동은 1950~60년대 시민권운동과 흑인권력운동

1964.8.25. (https://malcolmxfiles.blogspot.com/2015/09/racism-cancer-that-is-destroying.html)

16 시위 시작 후 몇주 동안 1,500만~2,600만명이, 시위가 정점에 달한 6월 6일에는 하루 동안 미국 전역 550곳에서 총 50만명이 참여한 것으로 추정된다. 참여자 중 백인 비율이 50~75퍼센트로 나타났다. "Black Lives Matter May Be the Largest Movement in U.S. History," *The New York Times*, 2020.7.3.

17 George Packer, "We Are Living in a Failed State: The coronavirus didn't break America. It revealed what was already broken," *The Atlantic*, 2020.6.

(Black Power Movement)의 유산을 계승하되 새로운 양식의 인종주의에 대응하는 새로운 방식의 운동이라 할 수 있다. '새로운 양식의 인종주의'와 관련된 중요한 담론은 크게 세가지다. 하나는 1970년대 이래 '마약과의 전쟁' 등으로 말미암은 '대량투옥'(mass incarceration)과 이를 뒷받침하는 형사법·형벌 제도, 그리고 흑인을 하층계급(undercaste)화하는 '인종적 카스트제도'(racial caste system)에 주목하고 이런 현상에 '새로운 짐 크로우'라는 이름을 붙인 미셸 알렉산더의 연구[18]가 있다. 현재 미국 인구는 세계 인구의 5퍼센트인데 교도소 수용인원은 전세계의 25퍼센트가량을 차지하고 그중 흑인 비율은 백인의 6배에 달한다.[19] 게다가 재소자 흑인 중 절대다수를 차지하는 흑인 남자들은 출소 후에도 낙인효과 때문에 취업을 비롯한 여타 사회활동에서 배제되는 동시에 '범죄자'라는 이미지를 떼어버릴 수가 없다.

또 하나는 새로운 양식의 인종주의에 주목하되 그것을 노예제의 연장으로 보는 시각이다. 가령 미셸 알렉산더도 출연한 에바 두버네이(Ava DuVernay) 감독의 다큐멘터리 「수정헌법 13조」(13th, 2016)는 미국에서 수정헌법 13조가 통과됨으로써 노예제가 공식적으로는 폐지되었지만, 13조 1항의 단서 "판결로서 확정된 형벌일 경우를 제외하면"이라는 예외조항을 악용해 강제노역과 노예제가 양식을 바꿔가며 계속되었다고 주장한다. 이런 관점에서 레이건의 '마약과의 전쟁' 이후 폭증한 '대량투옥'과 교도소의 민영화에 따른 '범산복합체'(prison-industrial complex), 그리고 강제적인 '교도소 노동'(prison labor) 등은 그 양상은 바뀌었지만 본질적으로는 '노예제'라는 것이다.

---

18 Michelle Alexander, *The New Jim Crow : Mass Incarceration in the Age of Colorblindness*, Revised Edition, The New Press 2011.

19 Keeanga-Yamahtta Taylor, *From BlackLivesMatter to Black Liberation*, Haymarket Books 2016, 11면 참조.

끝으로 로렌조 베라찌니(Lorenzo Veracini)를 비롯한 '정착식민주의' 론의 관점이 있다. 베라찌니는 흑인들이 '대량투옥'되는 오늘날의 미국 교정시설들을 아메리카 원주민 보호구역과 유사한 흑인 보호구역 혹은 수용소로 본다. 그는 흑인들을 대거 교도소에 가둬두는 것은 두버네이 의 '노예제' 관점과는 달리 강제노역을 통한 착취가 주된 목적이 아니라 '정착식민주의'의 특징인 '재생산 없는 축적'에 동반되는 '봉쇄와 제거' (containment and elimination)를 위한 것이라고 주장한다. 다른 학자의 글을 논평하는 다음 대목은 그의 시각을 잘 보여준다.

이 '국가'의 결정적인 특징은 이 국가가 과거에 한때 그랬던 것처럼 불 평등한 관계의 유지를 목표로 삼지 않는다는 것이다. 이 국가는 이제 그런 관계의 단절을 목표로 삼고 있다. 이 국가(즉 미국)는 더이상 식민주의 국 가(예컨대 일종의 내부 식민지를 감독하는 국가)가 아니라, 정착식민지 국 가인 것이다. 물론 미국은 언제나 정착식민지 국가였지만, 일차적으로 그 리고 건국할 때부터 원주민들에 대해서 그랬던 것이다. 이제 미국은 다른 구성원들과의 관계들을 단절하는 것도 노리고 있으며 흑인들을 점점 더 아 메리카인디언들**처럼** 취급하고 있다.[20]

이번 항의운동을 주도한 BLM과 BLM이 소속된 연합운동체 M4BL이 이 세가지 관점 중에 어느 쪽 입장을 취하고 있는지는 정확하게 알 수 없 다. 다만 흑백 간의 평등이나 시민권보다는 흑인생명의 수호를 전면에 내 걸고 있다는 점에서는 흑인들이 '봉쇄되거나 제거되는' 측면을 강조하 는 정착식민주의 논리에 대한 대응의 측면이 두드러진다. 베라찌니도 "마

---

20 Lorenzo Veracini, "Containment, Elimination, Endogeneity: Settler Colonialism in the Global Present," *Rethinking Marxism*, 2019.4, 131면. 강조는 원문.

침내 우리는 흑인 생명이 소중한지 아니면 흑인 생명이 물질(matter)인지 선택에 직면하게 된다"[21]라고 BLM의 명칭을 정착식민주의의 논지에 맞게 재해석한다. 플로이드의 죽음 장면은 짐 크로우 시대의 흑인보다 노예의 모습을 방불케 하지만, 따지고 보면 재산인 까닭에 죽이지는 않았던 노예와 달리 최근의 흑인들은 너무 빈번하게 죽임을 당한다. 그것도 '물질'인 것처럼 '폐기처분'되는 방식으로!

이렇게 보면 '제거의 논리'를 내장한 새로운 양식의 인종주의 앞에서 이전 세대 흑인운동처럼 '평등'의 요구가 아닌 '생명'의 돌봄으로 대응하는 BLM의 방식은 적절할뿐더러 불가피한 것 같다.[22] 이때 '생명'은 단지 '생존'의 차원으로 환원되지 않는다. 오히려 그것은 온전한 '삶'을 살기 위해 '생존'의 차원으로 내몰리기를 거부하는 저항적 행위이다. BLM의 창립자 중 한명인 앨리시아 가자(Alicia Garza)는 '왜 흑인 생명은 소중한가'라는 연설[23]에서 흑인을 소중하게 여기지 않는 미국의 현실에 적응하기보다 당당하게 맞서 싸우겠다는 패기를 보여준다. 더글러스의 글을 인용하면서 '정책의 변화'가 아니라 '저항'만이 현재의 인종적 질서를 바꿔놓을 수 있음을 강조하기도 한다. 현재 교도소에 갇혀 있는 비거의 수많은 후예들이 BLM의 더글러스 후예들과 만나서 큰일을 낼 것 같은 기대를 갖게 된다.

BLM 운동이 그간 성취한 것도 적잖다. 질식사를 유발하는 '목 조르기' 관행을 폐지시키고 '경찰예산 철회'(Defund the Police)와 코로나바이러

---

21 Lorenzo Veracini, 앞의 글 132면. "In the end, one is faced with a choice: either black lives matter or they *are* matter".

22 이런 변화는 흑인운동권에서 확실한 세대교체가 이뤄졌음을 시사하는데, 평등에서 생명으로의 초점 이동은 BLM의 창립자 및 주도적인 활동가 대부분이 여성이라는 점과도 관련이 있다.

23 Alicia Garza, "Why Black Lives Matter," 2016.3.18. (http://opentranscripts.org/transcript/why-black-lives-matter)

스 기간 동안의 '집세 철회'(Cancel the Rent)를 구체적인 요구안으로 제시한 것도 생명 돌봄의 일환이자 풀뿌리운동다운 성격을 일러준다. 교도소 폐지와 이민정책 개혁도 흑인 및 소수민족의 당사자성에 입각한 생명 돌봄 요구의 일환이라 하겠다. 또한 젠더, 트랜스젠더, LGBTQ 등 페미니즘과 퀴어운동에 적극적이며, SNS 활동을 통한 대중과의 소통에도 능하다. BLM 주도의 항의운동이 노예제/식민주의 위인들의 동상을 대거 철거하고 미시시피 주기(州旗)에서 남부연합의 깃발의 게양을 금지한 것도 획기적인 '역사 다시 쓰기'로 평가할 만하다. 그중에서도 BLM 운동의 무엇보다 큰 공로는 지금 우리가 어떤 가혹한 양식의 인종주의 체제에 살고 있는지를 일깨워준 점이 아닐까 싶다.

우려되는 바도 없지는 않다. 가령 이번 인종차별 항의운동이 미국 대중의 폭넓은 지지를 받았지만, 미국 민주주의가 심각한 위기에 봉착해 있고 11월 3일 대통령선거를 앞둔 상태에서 큰 시야로 향후의 나아갈 길을 제시하지는 않는다. 체제적 인종주의를 극복하는 일과 미국 민주주의를 새롭게 재건하는 일은 자본주의 세계체제의 변혁을 요구할 터인데, 이런 큰 이야기는 별로 하지 않는다는 느낌이다. 킹 목사와 말콤 X처럼 미국의 제국주의적 행태에 대해 날카롭게 비판하거나 인종주의 외에도 물질주의와 군사주의에 찌든 미국문명 자체까지 고심하는 경우는 드물다.[24] 하지만 BLM 운동 이후 미국의 수많은 소도시에서 백인 주민들이 유례없이 침묵을 깨고 흑인 주민들에게 다가와 말을 걸거나 BLM 지지 집회 및 토론회에 참여하는 모습에서 작지만 소중한 변화가 일어났다는 것을 절감한다.

---

[24] '미국문명의 극복'과 '새로운 민주주의'와 관련해서 백낙청의 저서 『서양의 개벽사상가 D. H. 로런스』(창비 2020) 참조. 특히 새로운 미국문명을 싹틔우기 위해서는 백인들이 아메리카 대륙의 '원주민'으로 거듭나는 것이 관건임을 강조하는 제4장 「『쓴트모어』의 사유모험과 소설적 성취」와 '평균적인 것'과 평등주의에 바탕한 미국식 민주주의를 비판하고 새로운 민주주의를 모색하는 제10장 「로런스의 민주주의론」 참조.

인종주의 극복의 길이 험난하고 요원하더라도 일상을 살아가는 사람들의 실감과 작은 변화를 밑바탕으로 삼아 나아갈 수밖에 없는데, 그 밑바탕은 지금 넓고 단단해지고 있다.

426